SANDRA BROWN

Blindes Vertrauen

W0378987

Buch

Finstere, undurchdringliche Nacht. Ein neugeborenes Baby hört plötzlich auf zu atmen – das Baby des Präsidentenehepaares der USA! In ihrem Schmerz spricht die First Lady drei Monate später mit der jungen Fernsehreporterin Barrie Travis über den tragischen Todesfall. Doch wider Erwarten verläuft das Gespräch enttäuschend vage. Als Barrie erneut um einen Interviewtermin bittet, stößt sie im Weißen Haus plötzlich auf eisige Ablehnung – was ihre Neugierde weckt. Sie beginnt zu recherchieren und findet heraus, daß das Kind auf ausdrücklichen Wunsch des Präsidenten nicht obduziert worden ist, obwohl dies in solchen Fällen durchaus üblich ist. Barries journalistischer Spürsinn ist endgültig erwacht, als sie auf die Spur von Gray Bondurant, einem ehemals engen Berater des Präsidenten, stößt, der vor einem Jahr, angeblich wegen einer Affäre mit der First Lady, entlassen wurde. Bondurant bemüht sich mit aller Kraft, Barrie daran zu hindern, im Sumpf von Korruption und dunklen Machenschaften zu stochern. Ein Sog aus mörderischen Intrigen , raffinierten Machtspielen und verhängnisvollen Leidenschaften droht Barrie zu verschlingen…

Autorin

Sandra Brown ist ein wahres Multitalent. Sie arbeitete mit großem Erfolg als Schauspielerin und TV-Journalistin, bevor sie 1990 mit ihrem Roman »Trügerischer Spiegel« auf Anhieb einen internationalen Erfolg landete. Jedes ihrer Bücher stand seitdem monatelang auf den Spitzenplätzen der Bestsellerlisten. Sandra Brown lebt mit ihrer Familie abwechselnd in Texas und South Carolina.

Von Sandra Brown ist bereits erschienen

Celinas Tochter (35002) · Die Zeugin (35012) · Blindes Vertrauen (35134) · Trügerischer Spiegel (35192) · Im Haus meines Feindes (35289) · Schöne Lügen (35499) · Nachtglut (35721) · Kein Alibi (35900)

Betrogen. Roman (Blanvalet geb., 0135)
Neid. Roman (Blanvalet geb., 0161)

Sandra Brown

Blindes Vertrauen

Roman

Aus dem Amerikanischen
von Wulf Bergner

BLANVALET

Die Originalausgabe erschien unter dem Titel
»Exclusive« bei Warner Books, Inc., New York.

Umwelthinweis:
Alle bedruckten Materialien dieses Taschenbuches
sind chlorfrei und umweltschonend.

Blanvalet Taschenbücher erscheinen im
Goldmann Verlag, einem Unternehmen der
Verlagsgruppe Random House.

Einmalige Sonderausgabe April 2004
Copyright © der Originalausgabe 1996
by Sandra Brown Management, Ltd.
Copyright © der deutschsprachigen Ausgabe 1999
by Blanvalet Verlag, München,
in der Verlagsgruppe Random House GmbH
Umschlaggestaltung: Design Team München
Umschlagfoto: Photonica/Jed Share
Druck: GGP Media, Pößneck
Titelnummer: 36134
MD · Herstellung: wag
Made in Germany
ISBN 3-442-36134-6
www.blanvalet-verlag.de

1. Kapitel

»Gut sehen Sie aus, Mrs. Merritt.«

»Ich sehe einfach furchtbar aus.«

Vanessa Merritt sah wirklich furchtbar aus, aber Barrie war es peinlich, bei einem unaufrichtigen Kompliment ertappt worden zu sein. Sie versuchte, elegant darüber hinwegzugehen. »Nach allem, was Sie durchgemacht haben, ist es ganz normal, daß Sie etwas mitgenommen aussehen. Die meisten Frauen – mich eingerechnet, *besonders* mich – wären glücklich, so auszusehen wie Sie, wenn sie sich mies fühlen.«

»Danke.« Vanessa Merritt rührte lustlos ihren Cappuccino um. Könnten Nerven Geräusche von sich geben, hätten ihre geklappert wie der Kaffeelöffel, den sie nun mit zitternden Fingern auf die Untertasse zurücklegte. »Mein Gott, für eine einzige Zigarette würde ich mich von Ihnen mit glühenden Zangen malträtieren lassen.«

Da sie jedenfalls nie in der Öffentlichkeit geraucht hatte, war Barrie überrascht, daß sie sich als Raucherin zu erkennen gab. Andererseits könnte eine Nikotinabhängigkeit ihre nervöse Unruhe erklären.

Ihre Hände hielten keine Sekunde still. Sie schlang ihre Perlenkette um einen Finger, spielte mit den geschmackvollen Brillantsteckern in ihren Ohrläppchen und rückte mehrmals die Ray-Ban-Sonnenbrille zurecht, die die dunklen Ringe um die verschwollenen Augen nicht ganz verbergen konnte.

Vor allem diese bemerkenswerten Augen hatten bisher zu ihrer Schönheit beigetragen. Heute sprachen aus ihren strahlend babyblauen Augen nur Schmerz und Enttäuschung. Sie wirkten wie die Augen eines Engels, der gerade einen ersten grauenerregenden Blick in die Hölle geworfen hat.

»Ich habe gerade keine Zange bei mir«, antwortete Barrie. »Aber wie wär's hiermit?« Sie kramte eine unangebrochene Packung Zigaretten aus ihrer großen ledernen Umhängetasche und schob sie über den Tisch.

Für Mrs. Merritt war die Versuchung offenbar groß. Ihr gequälter Blick glitt nervös über die Terrasse des Restaurants. Es war nur ein einziger weiterer Tisch besetzt – dort saßen mehrere Männer –, und im Hintergrund hielt sich nur ein beflissener Ober auf. Trotzdem schob sie die Zigaretten zurück. »Danke, lieber nicht. Aber rauchen Sie ruhig.«

»Ich rauche nicht. Zigaretten habe ich nur für den Fall in der Tasche, daß ich einen Interviewpartner entkrampfen muß.«

»Bevor Sie ihm den Todesstoß versetzen.«

Barrie lachte. »Ich wollte, ich wäre so gefährlich.«

»Tatsächlich liegen Ihnen eher die Reportagen, die voll aus dem Leben gegriffen sind.«

Sie war angenehm überrascht, daß Mrs. Merritt ihre Arbeiten kannte. »Oh, danke!«

»Einige Ihrer Reportagen waren wirklich außergewöhnlich. Zum Beispiel die über den Aids-Kranken. Und die über eine obdachlose alleinerziehende Mutter von vier Kindern.«

»Sie wurde für einen Branchenpreis nominiert.« Barrie hielt es für überflüssig zu erwähnen, daß sie ihre Reportage selbst eingereicht hatte.

»Sie hat mich zum Weinen gebracht«, sagte Mrs. Merritt.

»Mich auch.«

»Tatsächlich sind Sie so gut, daß ich mich schon gefragt habe, warum Sie nicht bei einer der großen Fernsehgesellschaften arbeiten.«

»Ich hab' ein paarmal Pech gehabt.«

Vanessa Merritt runzelte ihre glatte Stirn. »War da nicht die Sache mit Bundesrichter Green, die…«

»Zum Beispiel«, unterbrach Barrie sie. Sie hatte jedoch keine Lust, hier ihre Mißerfolge aufgezählt zu bekommen. »Warum haben Sie mich angerufen, Mrs. Merritt? Ich bin entzückt, aber auch neugierig.«

Vanessa Merritts Lächeln verblaßte allmählich. »Ich habe mich klar genug ausgedrückt, oder? Dieses Gespräch ist kein Interview.«

»Ja, ich verstehe.«

Aber das stimmte nicht. Barrie Travis hatte nicht die geringste Ahnung, warum Mrs. Merritt sie ganz unerwartet angerufen und zu einer Tasse Kaffee eingeladen hatte. Sie kannten einander seit ein paar Jahren flüchtig, waren aber bestimmt keine Freundinnen.

Selbst der Treffpunkt, den sie gewählt hatte, war merkwürdig. Dieses Restaurant war eins von mehreren am Ufer des Kanals, der den Potomac mit dem Tidal Basin verband. Nach Einbruch der Dunkelheit wimmelte es in den Clubs und Restaurants der Water Street von Gästen, hauptsächlich von Touristen. In einigen Lokalen herrschte auch mittags reger Betrieb, aber am späten Nachmittag, vor allem an einem Werktag, waren die Restaurants praktisch menschenleer.

Vielleicht war dieser Treffpunkt gerade wegen seiner Abgeschiedenheit ausgesucht worden.

Barrie ließ einen Zuckerwürfel in ihren Cappuccino fallen und rührte ihn langsam um, während sie über das eiserne Terrassengeländer hinwegstarrte.

Es war ein trübseliger Tag. Der Himmel war bewölkt, und das Wasser des Kanals kabbelte. Die Motor- und Segelboote im Jachthafen tanzten im grauen Wasser auf und ab. Der Sonnenschirm über ihrem Tisch knatterte in den heftigen Windböen, die den Geruch von Fisch und Regen herantrugen. Weshalb saßen sie an einem so stürmischen Tag im Freien?

Mrs. Merritt rührte in der aufgeschäumten Milch ihres Cappuccinos und nahm endlich einen Schluck. »Jetzt ist er kalt.«

»Möchten Sie einen frischen?« fragte Barrie. »Ich kann den Ober rufen.«

»Nein, danke. Eigentlich wollte ich diesen schon nicht. Die Einladung zum Kaffee war nur…« Sie zuckte mit einer Schulter, die einst elegant und schmal, mittlerweile aber ausgesprochen knochig war.

»Eine Ausrede?« hakte Barrie nach.

Vanessa Merritt hob den Kopf. Trotz der Sonnenbrille sah Barrie trostlose Aufrichtigkeit im Blick der anderen. »Ich muß mit jemandem reden.«

»Und da sind Sie auf *mich* gekommen?«

»Genau.«

»Weil Sie ein paar meiner Reportagen zum Weinen gebracht haben?«

»Deshalb – und wegen der Beileidskarte, die Sie mir geschrieben haben. Die hat mich berührt, tief berührt.«

»Ich bin froh, wenn sie Sie ein bißchen getröstet hat.«

»Ich… ich habe nicht viele gute Freunde. Sie und ich sind ungefähr gleich alt. Ich dachte, Sie könnten ein guter Resonanzboden sein.« Als sie den Kopf sinken ließ, fiel ihre kastanienbraune Mähne nach vorn und verdeckte teilweise ihre hohen Wangenknochen und ihr aristokratisches Kinn.

Barrie sprach halblaut weiter: »Meine Karte hat nicht ausdrücken können, wie betroffen mich dieser Schicksalsschlag gemacht hat.«

»Doch, das hat sie. Und dafür danke ich Ihnen.« Vanessa Merritt zog ein Papiertaschentuch aus ihrer Handtasche und tupfte sich damit die Augen unter der Sonnenbrille ab. »Ich weiß nicht, wo die noch herkommen«, sagte sie und meinte damit die vom Taschentuch aufgesogenen Tränen. »Eigentlich müßte ich schon völlig ausgetrocknet sein.«

»Möchten Sie darüber reden?« fragte Barrie behutsam. »Über das Baby?«

»Robert Rushton Merritt«, sagte sie nachdrücklich. »Warum vermeidet es jeder, seinen Namen zu nennen? Er hatte einen Namen, Himmel noch mal! Das Baby war drei Monate lang ein *Mensch* und hatte einen *Namen*.«

»Wahrscheinlich...«

Aber Mrs. Merritt ließ Barrie nicht zu Wort kommen. »Rushton war der Mädchenname meiner Mutter«, erklärte sie. »Es hätte sie gefreut, daß ihr erster Enkel den Namen ihrer Familie trägt.«

Beim Sprechen starrte sie auf den aufgewühlten Kanal. Ihre Stimme klang, als käme sie aus weiter Ferne. »Und der Name Robert hat mir schon immer gefallen. Ein geradliniger, schnörkelloser Name ohne irgendwelchen Scheiß.«

Dieser vulgäre Ausdruck verblüffte Barrie, weil er überhaupt nicht zu Vanessa Merritts *Südstaatenlady*-Persönlichkeit paßte. Barrie war ihr Leben lang noch nie so um Worte verlegen gewesen. Was wäre unter diesen Umständen passend gewesen? Was sagte man zu einer Frau, die vor kurzem ihr Baby begraben hatte? *Hübsche Beerdigung?*

»Was wissen Sie darüber?« fragte Mrs. Merritt plötzlich.

Auf diese Frage war Barrie nicht gefaßt. War das eine Herausforderung? *Was wissen Sie schon darüber, wie es ist, ein Kind zu verlieren? Was wissen Sie eigentlich überhaupt?*

»Meinen Sie...? Meinen Sie den Tod des Babys... Roberts Tod?«

»Ja. Was wissen Sie darüber?«

»Über den plötzlichen Kindstod weiß niemand so recht Bescheid, nicht wahr?« fragte Barrie, während sie versuchte, den eigentlichen Sinn dieser Frage zu erfassen.

Mrs. Merritt hatte sich die Sache mit der Zigarette offenbar anders überlegt und riß die Packung auf. Ihre Bewegungen waren die einer Marionette, eckig und ruckartig. Ihre Finger zitterten, als sie die Zigarette an ihre Lippen führte. Barrie angelte rasch ein Feuerzeug aus ihrer Umhängetasche. Vanessa Merritt sprach erst weiter, nachdem sie mehrmals tief inhaliert hatte. Aber die Zigarette beruhigte sie nicht. Statt dessen wurde sie immer erregter.

»Robert hat auf der Seite liegend geschlafen – von einem kleinen Kissen gestützt, das ich ihm wie empfohlen untergeschoben hatte. Alles ist so schnell passiert! Wie konnte…« Ihre Stimme versagte.

»Machen Sie sich deswegen Vorwürfe? Hören Sie mir bitte gut zu, Mrs. Merritt.« Barrie griff über den Tisch, nahm ihr die Zigarette aus den Fingern und drückte sie im Aschenbecher aus. Dann nahm sie Vanessa Merritts kalte Hände zwischen ihre. Diese impulsive Geste wurde von den Männern am anderen Tisch registriert.

»Robert ist dem Krippentod zum Opfer gefallen. Jedes Jahr verlieren Tausende von Eltern ein Baby durch plötzlichen Kindstod, und alle stellen anschließend ihre elterlichen Fähigkeiten in Frage. Es liegt in der menschlichend Natur, angesichts einer Tragödie die Schuldfrage zu stellen, deshalb belasten die betroffenen Eltern sich mit Schuldgefühlen. Aber in diese Falle dürfen Sie nicht tappen. Wenn Sie anfangen, sich für den Tod Ihres Babys verantwortlich zu fühlen, kommen Sie unter Umständen nie darüber hinweg.«

Mrs. Merritt schüttelte nachdrücklich den Kopf. »Nein, das verstehen Sie nicht. Roberts Tod *war* meine Schuld.« Hinter der Sonnenbrille irrte ihr Blick umher. Sie entzog Barrie ihre

Hände und berührte auf ihrer rastlosen Suche nach Ruhe ihre Wangen, die Tischplatte, ihren Schoß, den Kaffeelöffel und ihren Hals. »Die letzten Monate meiner Schwangerschaft waren unerträglich.«

Einen Moment lang legte sie sich die Hand auf den Mund, als wäre das letzte Schwangerschaftsdrittel unaussprechlich schmerzhaft gewesen. »Und dann ist Robert auf die Welt gekommen. Aber statt daß es sich, wie ich gehofft hatte, gebessert hätte, ist alles nur noch schlimmer geworden. Ich konnte nicht...«

»Was konnten Sie nicht? Ihrer neuen Verantwortung gerecht werden? Alle jungen Mütter haben Wochenbettdepressionen und fühlen sich überfordert«, versicherte Barrie ihr.

Sie knetete ihre Stirn mit den Fingerspitzen. »Sie verstehen nicht«, wiederholte sie angestrengt flüsternd. »Niemand versteht es. Es gibt keinen Menschen, dem ich es erzählen kann. Nicht einmal meinem Vater. O Gott, ich weiß nicht, was ich tun soll!«

Ihr Zusammenbruch war so offenkundig, daß die Männer am anderen Tisch sich umdrehten, um sie anzustarren. Auch der Ober näherte sich mit besorgter Miene.

Barrie sprach rasch und halblaut. »Vanessa, bitte reißen Sie sich zusammen! Wir werden beobachtet.«

Vielleicht weil Barrie sie mit dem Vornamen angesprochen hatte, verkehrte sich der emotionale Kollaps schlagartig ins Gegenteil. Ihre nervösen Hände hielten plötzlich still, und ihre Tränen versiegten. Sie trank den kalten Cappuccino, den sie noch vor kurzem abgelehnt hatte, mit einem Zug aus und tupfte sich anschließend ihre farblosen Lippen zierlich mit der Serviette ab. Sprachlos beobachtete Barrie diese Verwandlung.

Wieder ganz gefaßt, sagte sie mit kühler, beherrschter Stimme: »Unser Gespräch war völlig inoffiziell, nicht wahr?«

»Absolut«, bestätigte Barrie. »Das haben Sie deutlich gesagt, als Sie mich angerufen haben.«

»Angesichts Ihrer und meiner Position ist mir jetzt klar, daß es ein Fehler war, dieses Treffen zu vereinbaren. Ich bin seit Roberts Tod nicht mehr ich selbst. Ich dachte, ich müßte darüber reden, aber das war ein Irrtum. Darüber zu reden macht mich nur noch verzweifelter.«

»Sie haben Ihr Baby verloren. Das gibt Ihnen alles Recht, durcheinander zu sein.« Barrie legte ihr eine Hand auf den Arm. »Seien Sie nachsichtiger mit sich selbst. Der plötzliche Kindstod passiert einfach.«

Sie nahm ihre Sonnenbrille ab und sah Barrie direkt in die Augen. »Glauben Sie wirklich?«

Dann setzte Vanessa Armbruster Merritt, die First Lady der Vereinigten Staaten, ihre Ray Ban wieder auf, hängte sich den Riemen ihrer Handtasche über die Schulter und stand auf. Die Secret-Service-Agenten am anderen Tisch kamen hastig auf die Beine. Die drei Kollegen, die außer Sichtweite am Terrassengeländer Wache gehalten hatten, stießen zu ihnen.

Die Gruppe umringte die First Lady und begleitete sie von der Restaurantterrasse zu einer bereitstehenden Limousine.

2. Kapitel

Barrie wühlte in ihrer Umhängetasche nach Kleingeld für den Getränkeautomaten. »Hat jemand ein paar Vierteldollars, die er mir leihen kann?«

»Nicht für Sie, Schätzchen«, antwortete ein Videoredakteur, der eben vorbeiging. »Mir haben Sie schon fünfundsiebzig Cent abgeluchst.«

»Sie kriegen sie morgen zurück. Ehrenwort.«

»Vergessen Sie es, Wackelpopo.«

»Schon mal was von sexueller Belästigung am Arbeitsplatz gehört?« rief sie ihm nach.

»Klar. Ich hab' dafür gestimmt«, antwortete er über die Schulter hinweg. Barrie gab es auf, aus den Tiefen ihrer Tasche irgendwelche Münzen zutage fördern zu wollen, da ihr eine Diätlimonade die ganze Mühe nicht wert schien.

Sie schlängelte sich in der Nachrichtenredaktion des Fernsehsenders durch das Labyrinth aus Glaskästen, bis sie ihren eigenen erreicht hatte. Ein Blick auf ihren Schreibtisch hätte genügt, um einen Ordnungsfanatiker zum Selbstmord zu treiben. Sie knallte ihre Umhängetasche auf die Schreibtischplatte und wischte dabei drei Zeitschriften zu Boden.

»Lesen Sie je eine davon?«

Die vertraute Stimme entlockte Barrie ein Ächzen. Howie Fripp war der Chef vom Dienst, ihr unmittelbarer Vorgesetzter und eine fürchterliche Nervensäge.

»Klar lese ich sie«, log Barrie. »Von der ersten bis zur letzten Seite.«

Sie hatte mehrere Zeitschriften abonniert. Diese Magazine

kamen regelmäßig und bildeten auf ihrem Schreibtisch turmhohe Stapel, bis Barrie sie irgendwann wegwerfen mußte – meistens ungelesen. Aber sie versäumte es nie, ihr Monatshoroskop im *Cosmopolitan* zu lesen. Das war ungefähr alles, was sie in den Zeitschriften las, aber sie war schon aus Prinzip nicht bereit, ihre Abonnements zu kündigen. Alle guten Fernsehjournalisten waren nachrichtensüchtig und lasen, was ihnen unter die Finger kam.

Und sie war eine gute Fernsehjournalistin.

Das war sie *wirklich*.

»Plagt Sie denn nicht das schlechte Gewissen, wenn Sie daran denken, daß Tausende von Bäumen sterben müssen, nur um Sie mit Lesestoff zu versorgen, den Sie dann doch nicht lesen?«

»Howie, *Sie* plagen mich. Außerdem sind Sie gerade der Richtige, um Umweltbewußtsein zu predigen, wo Sie mit Ihren vier Päckchen Zigaretten am Tag die Atmosphäre vergiften.«

»Von meinen Fürzen ganz zu schweigen.«

Sie verabscheute sein bösartiges kleines Grinsen fast so sehr wie die Kleingeister in der Geschäftsleitung von WVUE, einem unabhängigen Fernsehsender mit niedrigem Budget und geringem Niveau, der schwer zu kämpfen hatte, um sich in Washington, D. C., gegen die Fernsehgiganten zu behaupten. Sie hatte um Geld betteln müssen, um jene Features produzieren zu können, die die First Lady gelobt hatte. Sie hatte Ideen für viele weitere. Aber die Geschäftsleitung des Senders, auch Howie, stellte sich taub. Ihre Ideen wurden von Männern blockiert, denen es an Vision, Talent und Energie mangelte. Sie gehörte nicht hierher.

Ist das nicht genau die Überzeugung, an die sich Häftlinge klammern?

»Schweigen wir lieber von Ihren Fürzen, Howie.«

Sie ließ sich in den Schreibtischsessel fallen, grub mit den Fingern Tunnels in ihr Haar und hielt es von ihrem Gesicht weg. Ihre Frisur war von Anfang an nicht sehr elegant gewesen, aber der feuchte Wind auf der Restaurantterrasse hatte sie völlig verwüstet.

Ein merkwürdiger Treffpunkt.

Noch merkwürdiger war unser Gespräch.

Welchen Zweck hat sie damit verfolgt?

Auf der Rückfahrt zum Sender hatte Barrie sich jedes einzelne Wort ihres Gesprächs mit der First Lady ins Gedächtnis zurückgerufen. Sie hatte jeden Tonfall von Vanessa Merritts Stimme analysiert, jede ihrer Handbewegungen beurteilt, ihre Körpersprache eingeschätzt und über die beunruhigende letzte Frage nachgedacht, die gleichzeitig ihr Abschiedsgruß gewesen war. Trotzdem konnte sie noch immer nicht genau sagen, was eigentlich passiert war. Oder was nicht passiert war.

»Haben Sie Ihre e-mail schon gelesen?« Howies Frage riß sie aus ihren Gedanken.

»Noch nicht.«

»Dieser Tiger, der aus einer Jahrmarktstierschau ausgebrochen ist, der ist wieder da. Er war überhaupt nicht ausgebrochen. Ergo gibt's keine Story.«

»O neiiin!« sagte sie dramatisch. »Und ich hatte mich *so* darauf gefreut, darüber zu berichten.«

»Hey, das hätte 'ne große Story werden können. Das Tier hätte ein Kind oder sonstwen fressen können.« Er schien dieser verpaßten Gelegenheit aufrichtig nachzutrauern.

»Es war ein beschissener Auftrag, Howie. Die beschissenen Aufträge kriege immer ich. Weil Sie mich nicht mögen oder weil ich eine Frau bin?«

»Himmel, nicht schon wieder die alte feministische Leier! Was ist los – PMS oder was?«

Sie seufzte. »Howie, Sie sind ein hoffnungsloser Fall.«

Hoffnungslos. Das war's! Vanessa Merritt hatte hoffnungslos gewirkt.

Um in Ruhe über diesen neuen Einfall nachdenken zu können, sagte Barrie ungeduldig: »Hören Sie, Howie, wenn Sie nichts Bestimmtes mit mir besprechen wollen, habe ich hier jede Menge zu tun, wie Sie sehen.«

Howie trat an die Trennwand zwischen ihrer Bude – so bezeichnete sie ihren engen Glaskasten – und der nebenan. Unabhängig von der Jahreszeit trug er kurzärmelige weiße Hemden. Unweigerlich. Unweigerlich mit schwarzen Hosen, die unweigerlich glänzten. Seine Krawatten waren Schnellbinder. Das heutige Exemplar war besonders scheußlich und hatte einen Fleck über der ausgefransten Unterkante, die nur bis zur Mitte seines gewaltigen Brustkorbs reichte, der in keinem Verhältnis zu seinem fast nicht vorhandenen Hintern und seinen spindeldürren O-Beinen stand.

Er verschränkte die Arme über der Brust. »Eine Story wäre nett, Barrie. Sie wissen schon – eine *Story*. Wofür wir Sie bezahlen und was wir, mehr oder weniger täglich, von Ihnen erwarten. Wie wär's mit einer für die heutigen Abendnachrichten?«

»Ich hab' an einer gearbeitet, die sich zerschlagen hat«, murmelte sie, während sie ihren Computer anlaufen ließ.

»An welcher denn?«

»Wozu noch darüber diskutieren, wenn sie sich zerschlagen hat?«

Vanessa Merritt hatte gesagt, die letzten Monate ihrer Schwangerschaft seien unerträglich gewesen. Selbst wenn sie nicht diesen starken, anschaulichen Ausdruck verwendet hätte, hätte allein ihr Verhalten gezeigt, daß sie eine sehr schwere Zeit hinter sich hatte. Und nach der Geburt war das »Unerträgliche«

noch schlimmer geworden. Aber was war so unerträglich gewesen? *Und warum hat sie es mir erzählt?*

Howie schwafelte weiter, ohne zu merken, daß sie nur mit halbem Ohr zuhörte. »Ich verlange weiß Gott keine Livereportage über jemand, der den Kopf runtergeschossen kriegt, oder die ersten Schritte eines Menschen auf dem Mars oder irgendeinen Extremisten der Nation of Islam, der den Papst im Vatikan als Geisel genommen hat. Eine einfache kleine Story tät's schon. Irgendwas. Sechzig Sekunden, um die Zeit zwischen dem zweiten und dritten Werbeblock auffüllen zu helfen. Mehr verlange ich ja gar nicht.«

»Sehr kurzsichtig von Ihnen, Howie«, meinte Barrie. »Wenn das Ihre beste Rede zur Mitarbeitermotivierung ist, wundert es mich nicht, daß Ihre Untergebenen so unbefriedigende Arbeit abliefern.«

Er ließ die Arme sinken und richtete sich zu seiner vollen Größe von einem Meter siebenundsechzig auf, die er nur mit Einlagen in seinen abgelatschten Oxfords erreichte. »Wissen Sie, was Ihr Problem ist? Sie haben zu hochgesteckte Ziele. Sie wollen eine Diane Sawyer sein. Nun, hier ist 'ne Kurzmeldung für Sie: Sie sind keine. Und Sie werden nie einen berühmten Filmregisseur heiraten oder ein eigenes Nachrichtenmagazin bekommen. Sie werden in unserer Branche nie Ansehen und Glaubwürdigkeit erringen – weil Sie eine Versagerin sind, was die ganze Branche weiß. Warten Sie also nicht länger auf die ganz *große* Story, geben Sie sich mit solchen zufrieden, denen Sie und Ihr beschränktes Talent gewachsen sind. Mit Sachen, die ich senden kann. Okay?«

Barrie hatte ihn unmittelbar nach den »hochgesteckten Zielen« ausgeblendet. Zum ersten Mal hatte sie diese Tirade an dem Tag gehört, an dem er sie eingestellt hatte – in seiner Herzensgüte, hatte er behauptet. Außerdem, hatte er hinzugefügt, solle er auf Wunsch der Geschäftsleitung einen weiteren »Rock« einstellen, und Barrie sehe »okay« aus. Diesen Quatsch hatte sie seither an fast jedem Werktag gehört. Drei Jahre lang.

In ihrer E-Mail fand sie einige Mitteilungen, aber nichts, was nicht Zeit bis später hatte. Sie schaltete ihren Computer aus und stand auf. »Für heute abend ist es schon zu spät, Howie. Aber morgen kriegen Sie 'ne Story von mir. Ehrenwort.« Sie griff nach ihrer Umhängetasche und hängte sie sich wieder über die Schulter.

»Hey! Wohin wollen Sie?« rief er hinter ihr her, als Barrie an ihm vorbeirauschte.

»In die Bibliothek.«

»Wozu?«

»Recherchen, Howie.«

Als sie am Getränkeautomaten vorbeikam, schlug sie mit einer Faust dagegen. Prompt rollte ein Diet Coke ins Ausgabefach.

Sie betrachtete das als gutes Zeichen.

Barrie jonglierte mit ihrer Umhängetasche, einem Stapel Bibliotheksbücher und ihren Schlüsseln, sperrte den Hintereingang ihres Stadthauses auf und stolperte hinein. Sobald sie die Schwelle überschritt, bekam sie einen innigen, feuchten Kuß auf die Lippen.

»Danke, Cronkite.« Sie wischte sich den Geifer aus dem Gesicht. »Ich liebe dich auch.«

Cronkite und der übrige Wurf hatten an dem Tag im Tierheim eingeschläfert werden sollen, an dem Barrie zu dem Entschluß gekommen war, sie brauche einen vierbeinigen Gefährten, nachdem ein zweibeiniger angekündigt hatte, er brauche mehr Bewegungsfreiheit, und für immer aus ihrem Leben verschwunden war.

Die Entscheidung, welchen Welpen sie retten sollte, war ihr nicht leichtgefallen, aber sie hatte ihre Wahl nie bereut. Cronkite war ein großer, langhaariger Mischlingshund mit deutlichem Golden-Retriever-Einschlag. Seine großen, braunen Augen verehrten sie jetzt andächtig, während sein Schwanz überglücklich gegen ihre Wade trommelte.

»Also mach schon«, forderte sie ihn auf und nickte in ihren winzigen Garten hinaus. »Reinkommen kannst du durch die Hundetür.« Cronkite winselte. Barrie seufzte. »Schön, ich warte. Aber beeil dich! Diese Bücher sind verdammt schwer.«

Selig begoß er mehrere Büsche und stürmte dann vor Barrie ins Haus.

»Mal sehen, ob in der Post was Interessantes ist«, sagte Barrie, als sie zur Haustür ging, hinter der ihre Post in einem Haufen unter dem Einwurfschlitz lag. »Rechnung, Rechnung, überfällige Rechnung... Einladung zum Dinner im Weißen Haus.« Sie sah den Hund an, der fragend den Kopf schief legte. »Wollte bloß mal sehen, ob du aufpaßt.«

Cronkite folgte ihr nach oben ins Schlafzimmer, wo sie Kleid und Pumps gegen ein fast knielanges Redskins-Trikot und Sportsocken vertauschte. Nach einigen Bürstenstrichen durch ihr Haar faßte sie es zu einem Pferdeschwanz zusammen. »Umwerfend«, murmelte sie, als sie ihr Spiegelbild betrachtete. Aber dann dachte sie nicht mehr an ihr Aussehen, sondern konzentrierte sich auf ihre Arbeit.

Im Lauf der Jahre hatte sie sich verschiedene Quellen erschlossen – Angestellte, Sekretärinnen, Callgirls, Zimmermädchen, Polizeibeamte, eine Handvoll Leute in einflußreicher Position –, von denen sie gelegentlich wertvolle Informationen und verläßliche Hinweise bekam. Eine dieser Quellen war Anna Chen, eine junge Verwaltungsangestellte im General Hospital. Der üppig blühende Klatsch, den Anna Chen im Krankenhaus mitbekam, führte oft zu guten Storys. Sie war eine von Barries verläßlichsten Quellen.

Weil Barrie hoffte, sie noch im Büro erwischen zu können, suchte sie Annas Nummer in ihrer privaten Rolodex-Kartei und tippte sie ein. Die Telefonistin im Krankenhaus verband sie sofort weiter.

»Hi, Anna. Hier ist Barrie Travis. Ein Glück, daß ich Sie noch erwischt habe.«

»Ich wollte eben gehen. Was gibt's?«

»Wie gut wären meine Chancen, eine Kopie vom Obduktionsbefund des Merritt-Babys zu bekommen?«

»Soll das ein Witz sein?«

»So schlecht?«

»Unmöglich, Barrie. Sorry.«

»Das hab' ich mir gedacht, aber fragen kostet ja nichts.«

»Wozu wollen Sie den?«

Sie verstieg sich zu einiger Wortakrobatik, die ihre Quelle zufriedenzustellen schien. »Trotzdem vielen Dank, Anna.«

Barrie legte enttäuscht auf. Ein Autopsiebericht wäre ein guter Ausgangspunkt gewesen, obwohl sie noch immer nicht recht wußte, worauf sie hinauswollte.

»Was willst du zum Abendessen, Cronkite?« fragte sie, während sie mit ihm nach unten in die Küche trabte. Sie öffnete eine Schranktür und las vor, was auf der Speisekarte stand. »Im Angebot sind heute abend Kibbles and Bits, Huhn mit Leber von Alpo oder Gravy Train.« Er winselte vor Enttäuschung. Sie erbarmte sich seiner und fragte: »Luigi's?« Cronkite ließ seine lange rosa Zunge heraushängen und begann zu hecheln wie ein Perverser in einer Peep-Show.

Ihr Gewissen ermahnte sie, sich mit einem Lean-Cuisine-Menü zu begnügen, aber wozu eigentlich? Was machten ein paar Gramm Fett, wenn man seine Abende in einem alten Footballtrikot und Sportsocken daheim verbrachte, sich mit einem Mischlingshund unterhielt und nichts vor sich hatte als stundenlange Recherchen?

Als sie telefonisch zwei Pizzas bestellte, begann Cronkite zu winseln, weil er nach draußen wollte. Barrie hielt die Sprechmuschel zu. »Wenn es so dringend ist, kannst du zur Hundetür raus.« Cronkite musterte die Öffnung in der Hintertür verächtlich. Sie war groß genug für den Hund, aber nicht so groß, daß sie sich wegen Einbrechern Sorgen machen mußte. Während sie die Pizzabestellung wiederholte, deutete sie mit ihrem Zeigefinger energisch auf die Hundetür. Cronkite kroch sichtlich gedemütigt hindurch. Als er wieder hereinkommen wollte, hatte sie bereits aufgelegt und machte ihm die Hintertür auf. »Unsere Pizzas kommen garantiert in fünfundzwanzig Minuten, sonst kriegen wir sie umsonst.«

Während sie auf die Pizzas wartete, goß sie sich ein Glas Merlot ein und nahm es mit in den zweiten Stock hinauf, den sie zum Arbeitszimmer ausgebaut hatte. Sie hatte einen Treuhandfonds mit ihrer Erbschaft aufgelöst, um sich das Stadthaus im fashionablen Wohnviertel Dupont Circle kaufen zu können. Das Haus war anheimelnd altmodisch, hatte Charakter und lag zudem sehr verkehrsgünstig.

Ursprünglich hatte sie die abgeschlossene Wohnung im zweiten Stock vermietet. Aber als ihre Mieterin ein halbes Jahr vor Vertragsablauf nach Europa übersiedelte, hatte Barrie das Geld dazu verwendet, die drei beengten Räume in ein einziges großes Atelierbüro umzuwandeln.

Eine Wand des Raums verschwand jetzt völlig hinter Videokassetten. Barrie hatte ganze Regale voll davon. Sie bewahrte ihre eigenen Reportagen, historisch bedeutende Nachrichtensendungen und sämtliche Nachrichtenmagazine auf. Alle Kassetten waren alphabetisch nach Themen geordnet. Sie griff zielsicher nach einer bestimmten Kassette, schob sie in den Recorder und sah sie sich an, während sie mit kleinen Schlucken ihren Wein trank.

Tod und Beisetzung Robert Rushton Merritts waren ausführlichst dokumentiert worden. Die Tragödie schien doppelt unfair, weil sie den Merritts zugestoßen war, deren Ehe man als mustergültig ansah.

Präsident David Malcomb Merritt hätte jedem jungen, männlichen Amerikaner, der davon träumte, eines Tages dieses Amt zu bekleiden, als Modell dienen können. Er sah auf klassische Weise gut aus, war sportlich und attraktiv und hatte auf Frauen wie auf Männer eine charismatische Wirkung.

Vanessa Merritt war die vollkommene Frau an seiner Seite. Sie war einfach atemberaubend. Ihre Schönheit und ihr Südstaatencharme wogen etwaige Mängel spielend auf. Zum Beispiel an Esprit. Und an Klugheit. Sie galt nicht gerade als Intelligenzbestie, aber das schien niemanden zu stören. Die amerikanische Öffentlichkeit hatte sich eine First Lady gewünscht, in die man sich verlieben konnte, und Vanessa Armbruster Merritt hatte dieses Bedürfnis mühelos erfüllt.

Davids Eltern waren schon lange tot; er hatte keine lebenden Verwandten. Aber Vanessas Vater machte das mehr als wett. Cletus Armbruster vertrat seinen Heimatstaat Mississippi praktisch seit Menschengedenken als erster Senator in Washington. Er hatte mehr Präsidenten überlebt als die meisten Amerikaner sich zu wählen erinnern konnten.

Zusammen gaben sie ein fotogenes Triumvirat ab, das es an Berühmtheit mit jeder königlichen Familie aufnehmen konnte. Seit J. F. Kennedy hatte kein amerikanisches Präsidentenpaar im In- und Ausland so viel öffentliche Aufmerksamkeit und Bewunderung erregt. Was sie auch unternahmen, wo sie auch auftraten – einzeln oder gemeinsam –, es erregte Aufsehen.

Deshalb war ganz Amerika hingerissen, als bekanntgegeben wurde, die First Lady erwarte ihr erstes Kind. Das Baby würde die vollkommene Idylle noch vollkommener machen.

Die Geburt des Kleinen rief ein größeres Medienecho hervor als das Unternehmen Wüstensturm oder die ethnischen Säuberungen in Bosnien. Barrie erinnerte sich noch gut, wie sie in der Redaktion auf einem Bildschirm den x-ten Bericht über die Ankunft des kleinen Merritts im Weißen Haus gesehen hatten. Howie hatte säuerlich gefragt: »Sollten wir vielleicht Ausschau nach einem hellen Stern im Osten halten?«

Das einzige Ereignis, das ein vergleichbar großes Medienecho fand, war der Tod dieses Babys ein Vierteljahr später.

Diese Nachricht stürzte alle in Kummer und Entsetzen. Niemand wollte es glauben. Niemand konnte es glauben. Amerika trauerte.

Barrie trank ihren Wein aus, spulte die Kassette zum dritten Mal zurück und sah sich erneut die rührenden Bestattungsszenen an.

Vanessa Merritt, die in Trauerkleidung blaß und tragisch schön aussah, konnte nicht allein stehen. Jedermann sah, daß ihr Herz gebrochen war. Sie war erst nach jahrelangen Bemühungen schwanger geworden – ein weiterer Aspekt ihres Privatlebens, den die Medien in allen Einzelheiten erforscht und ausgeschlachtet hatten. Daß sie das mit solchen Mühen empfangene Kind nun verloren hatte, ließ sie zu einer wirklich tragischen Heldin werden.

Der Präsident wirkte stoisch gefaßt, während Tränen sein hageres Gesicht benetzten und in die attraktiven Falten beiderseits der Mundwinkel liefen. Alle Berichterstatter hoben lobend hervor, wie rührend er um seine Frau besorgt war. An diesem Tag sah man David Merritt vor allem als Ehemann und Vater, der zufällig auch Präsident der Vereinigten Staaten war.

Senator Armbruster weinte in ein weißes Taschentuch, ohne sich seiner Tränen zu schämen. Sein letzter Gruß war eine winzige Staatsflagge von Mississippi, die aus den weißen Rosen und dem Schleierkraut auf dem kleinen Sarg seines Enkels ragte.

Wäre Barrie in der Situation der First Lady gewesen, hätte sie lieber zurückgezogen getrauert. Sie hätte die Kameras und Kommentatoren verabscheut. Obwohl Barrie wußte, daß ihre Kollegen nur ihre Arbeit getan hatten – tatsächlich war sie selbst mitten unter ihnen gewesen –, war die Beisetzung ein öffentliches Schauspiel gewesen, das über Satelliten weltweit übertragen wurde. Wie hatte Vanessa Merritt es auch nur einigermaßen durchstehen können?

An der Haustür wurde geklingelt.

Barrie sah auf ihre Uhr. »Verdammt! Vierundzwanzig Minuten und neununddreißig Sekunden. Weißt du, Cronkite«, sagte sie, während sie die Treppe hinunterstürmten, »ich glaube, daß sie das absichtlich tun, um einem erst mal Hoffnungen zu machen.«

Luigi brachte die Pizzas persönlich. Er war ein kleiner, rundlicher Italiener mit rosigem, verschwitztem Gesicht, vollen Cherublippen und dichten, schwarzen Locken – auf der Brust. Sein Kopf war kahl wie eine Billardkugel.

»Miss Travis«, sagte er, während er ihre Aufmachung mißbilligend musterte. »Ich hatte gehofft, daß die zweite Pizza heute abend für einen Liebhaber ist.«

»Nö, die mit Hackfleischklößchen ist für Cronkite. Hoffentlich ist nicht zuviel Knoblauch drin. Davon kriegt er immer Blähungen. Wieviel schulde ich Ihnen?«

»Ich schreib's auf Ihre Rechnung.«

»Danke.« Sie griff nach den beiden Schachteln, deren Duft Cronkite zu einem ekstatischen Tanz um ihre Beine animierte.

Seine Kreise, der Merlot und ihr Hunger machten Barrie leicht schwindlig.

Luigi war jedoch nicht bereit, seine Pizzas ohne den kleinen Vortrag, der zu jeder Lieferung gehörte, aus der Hand zu geben. »Sie sind ein Filmstar…«

»Ich bin Fernsehjournalistin.«

»Ist doch dasselbe«, behauptete er. »Ich sage zu Missus: ›Miss Travis ist 'ne gute Kundin. Sie ruft uns zwei bis drei Abende die Woche an. Gut für uns, aber schlecht für sie. Sie ist zuviel allein.‹ Und die Missus sagt…«

»Daß Miss Travis vielleicht lieber allein ist.«

»Nein. Sie sagt, daß Sie keine Männer kennenlernen, weil Sie immer nur arbeiten.«

»Ich lerne Männer kennen, Luigi. Aber die guten sind alle vergeben. Die Männer, die ich kennenlerne, sind verheiratet, schwul, langweilig oder kommen aus einem anderen Grund nicht in Frage. Aber ich weiß Ihre Besorgnis zu schätzen.« Barrie griff erneut nach den Pizzas. Sie wurden ihr erneut vorenthalten.

»Sie sind hübsch, Miss Travis.«

»Ich halte nicht gerade den Verkehr auf.«

»Sie haben schönes Haar. Mit hübscher rötlicher Färbung. Auch Ihr Teint ist in Ordnung. Und Sie haben sehr ungewöhnliche grüne Augen.«

»Sehr gewöhnliche haselnußbraune.« Keineswegs spektakulär. Bestimmt nicht mit Vanessa Merritts klaren Saphirsternen zu vergleichen.

»Bißchen schmal hier oben.« Luigis Blick war jetzt auf ihren Busen gerichtet. Wie Barrie aus Erfahrung wußte, würde er jetzt, falls sie das zuließ, mit einer Bewertung ihrer Figur beginnen.

»Aber nicht zu klein«, beteuerte er hastig. »Weil Sie nämlich überall schlank sind.«

»Und ich werde mit jeder Minute schlanker.« Sie riß ihm die Schachteln aus der Hand. »Danke, Luigi. Setzen Sie ein gutes Trinkgeld für sich auf meine Rechnung und grüßen Sie Ihre Frau von mir.« Barrie schloß die Haustür, bevor er ein weiteres Lamento über ihr nicht vorhandenes Liebesleben anstimmen konnte.

Cronkite führte eine Art Veitstanz auf, deshalb servierte sie ihm seine Pizza gleich mitsamt der Schachtel. Dann setzte sie sich mit ihrer Pizza, einem weiteren Glas Wein und den Büchern, die sie nachmittags entliehen hatte, an den Küchentisch. Die Pizza war wie immer köstlich. Das zweite Glas Wein schmeckte noch besser als das erste. Die Recherche über den plötzlichen Kindstod war faszinierend.

Von diesen drei Dingen war die Recherche das einzige, von dem sie nicht genug bekommen konnte.

3. Kapitel

Howie Fripp runzelte skeptisch die Stirn und bohrte mit dem gezackten Ende seines Autoschlüssels in seinem Gehörgang herum. »Ich weiß nicht recht…«

Barrie fühlte den raubtierhaften Trieb, über den Schreibtisch zu springen und ihm mit ihren Zähnen die Kehle zu zerfleischen. Diese barbarische Seite ihrer Persönlichkeit weckte außer ihm niemand. Nur Howie Fripp. Nicht nur seine widerwärtigen Angewohnheiten und sein schamloser Chauvinismus stachelten solche wilden Instinkte an. Ebenso schlimm waren seine weinerliche Unentschlossenheit und seine völlige Visionslosigkeit.

»Was gefällt Ihnen an meinem Exposé nicht?«

»Es ist deprimierend«, antwortete er und schüttelte sich demonstrativ. »Säuglinge, die in ihrer Wiege sterben. Wer will darüber schon eine Serie sehen?«

»Junge Eltern. Zukünftige Eltern. Eltern, denen das zugestoßen ist. Jeder, der informiert und aufgeklärt werden möchte, was hoffentlich auf wenigstens einen Teil unseres Publikums zutrifft.«

»Sie leben in einer Traumwelt, Barrie. Die Zuschauer bleiben nur dran, weil nach unseren Nachrichten die Wiederholung von *Ein himmlisches Vergnügen* kommt.«

Barrie bemühte sich, alle Ungeduld aus ihrem Tonfall herauszuhalten. Wenn er merkte, daß sie sich ärgerte, wurde er noch sturer. »Wegen des Themas wird diese Serie nicht gerade heiter. Aber sie braucht auch nicht rührselig zu sein. Ich habe mit einem Ehepaar gesprochen, das vor zwei Jahren sein Baby durch plötzlichen Kindstod verloren hat. Die beiden jungen Leute haben inzwischen wieder ein Kind und sind bereit, vor der Kamera darüber zu sprechen, wie sie den Schock überwunden haben.«

Sie stand auf und versuchte, das Geschäft perfekt zu machen. »Leitmotiv ist das Licht am Ende des Tunnels. Der Sieg über widrige Umstände. Das könnte sehr erhebend sein.«

»Sie haben schon ein Interview vereinbart?«

»Sobald Sie grünes Licht geben, versteht sich«, antwortete sie diplomatisch. »Ich wollte alles fertig haben, bevor ich zu Ihnen komme, Howie. Ich habe eine Woche lang recherchiert und mit Kinderärzten und Psychologen gesprochen. Dieses Thema liegt in der Luft – vor allem seit dem Tod des Präsidentenbabys.«

»Das hängt doch allen schon zum Hals raus.«

»Aber ich gehe das Thema von mehreren neuen Blickwinkeln aus an.«

Das war nicht nur ein Verkaufsargument. Je länger sie den plötzlichen Kindstod recherchiert hatte, desto mehr hatten sie damit zusammenhängende Themen fasziniert, die ebenso interessant und berichtenswert waren wie das Hauptthema. Dabei hatte sich rasch gezeigt, daß ein einziges Neunzigsekundenfeature die Problematik lediglich hätte anreißen können.

Nur Howie stand ihr noch im Weg. »Ich weiß nicht recht«, wiederholte er. Der Zündschlüssel kreiste in seinem anderen Ohr, während er nochmals ihr Exposé las. Es war detailliert, aber ziemlich kurz. Bestimmt auch für jemanden mit seinen beschränkten Geistesgaben verständlich.

Barrie verlangte drei Sendungen, die an aufeinanderfolgenden Tagen zwischen den beiden Abendnachrichten ausgestrahlt werden sollten. Jede würde einen unterschiedlichen Aspekt des plötzlichen Kindstods behandeln. Weiterhin schlug sie vor, frühzeitig und verstärkt für diese Sendungen zu werben.

Letztlich – aber das stand natürlich nicht in ihrem Exposé – würde ein Nachrichtenproduzent im Publikum die Qualität ihrer Arbeit erkennen und ihr anbieten, sie aus dieser ansonsten als WVUE-Nachrichtenredaktion bekannten Leprakolonie des Fernsehjournalismus wegzuengagieren.

Howie rülpste. Sein Schlüssel hatte einen braunen Ohrenschmalzklumpen zutage gefördert, den er am Deckblatt von Barries Exposé abwischte. »Das überzeugt mich alles nicht.«

»Mrs. Merritt hat mir ein Interview zugesagt.«

Er ließ den verschmierten Zündschlüssel fallen. »Hä?«

Das war natürlich gelogen. Aber verzweifelte Situationen erforderten verzweifelte Maßnahmen. »Wir haben neulich miteinander Kaffee getrunken.«

»Sie und die First Lady?«

»Genau. Auf ihre Einladung hin. Während unseres Gesprächs habe ich ihr von meiner geplanten Serie erzählt. Sie hat diese Idee begrüßt und sich bereit erklärt, ihre Gedanken dazu zu äußern.«

»Vor der Kamera?«

Barrie hatte plötzlich eine Vision von Vanessa Merritt, wie sie sich hinter ihrer Ray-Ban-Sonnenbrille zu verstecken suchte, während sie zwischen zitternden Fingern eine verbotene Zigarette hielt – die Vision einer Frau, die ein emotionales Wrack war.

»Natürlich vor der Kamera«, sagte sie und verdrehte dabei die Augen.

»In Ihrem Exposé steht nichts von der First Lady.«

»Die hab' ich mir als Überraschung aufgehoben.«

»Okay, ich bin überrascht«, sagte er trocken.

Barrie war keine gute Lügnerin, aber Howie war ein so miserabler Menschenkenner, daß ihr von dieser Seite vermutlich keine Gefahr drohte.

Er beugte sich über seinen Schreibtisch. »Falls Mrs. Merritt Ihnen wirklich ein Interview gibt…«

»Das tut sie.«

»… müssen Sie trotzdem weiter jeden Tag eine Reportage abliefern.« Damit ließ er sich zurücksinken und kratzte sich zwischen den Beinen.

Sie dachte über diese Bedingung nach, dann schüttelte sie nachdrücklich den Kopf. »Diese Sache verdient meine volle Aufmerksamkeit, Howie. Ich möchte mich wirklich ganz darauf konzentrieren.«

»Und ich würde wirklich gern Sharon Stone ficken. Aber wir kriegen nicht immer, was wir wollen, stimmt's?«

Barrie lenkte ein. »Okay. Bedingung akzeptiert.«

»Barrie Travis.«

»Wer?«

Die First Lady räusperte sich, bevor sie den Namen wiederholte. »Barrie Travis. Sie ist Reporterin bei WVUE.«

»Ach ja. Die mit der rauchigen Stimme?« David Merritt, Präsident der Vereinigten Staaten, steckte einen Manschettenknopf mit dem Präsidentensiegel durch seine Manschette. »Ich habe sie erst neulich bei einer Pressekonferenz angesprochen. Aus dem Weißen Haus berichtet sie im allgemeinen freundlich, oder?«

»Sehr.«

»Was ist also mit ihr?«

Vanessa, die schon im Abendkleid auf einem Liegesofa saß, trank einen Schluck Weißwein. »Sie plant eine Serie über den plötzlichen Kindstod und will dafür auch mich interviewen.«

David Merritt schlüpfte in seine Smokingjacke und begutachtete sein Spiegelbild. Nach seinem Amtsantritt hatte er beschlossen, auf einen Kammerdiener zu verzichten. Auch der erfahrenste Herrenausstatter hätte seine körperlichen Vorzüge nicht besser herausstreichen können als er selbst. Der Schnitt seiner Jacke betonte seine breiten Schultern und seine schmale Taille. Sein Haar war gut frisiert, aber niemals mit Pomade festgeklebt. Insgeheim hatte er es am liebsten verwegen windzerzaust. Gesellschaftskleidung trug er mit Eleganz und Grazie. In Jeans war er der Junge von nebenan.

Er war mit seiner Erscheinung zufrieden und drehte sich zu seiner Frau um. »Und?«

»Sie kommt heute abend zu dem Empfang. Dalton hat ihr eine Antwort versprochen.«

Dalton Neely war der Pressesprecher des Weißen Hauses. Er war von Merritt und seinem Chefberater Spencer Martin ausgesucht und gut ausgebildet worden.

»Tatsächlich ist die offizielle Anfrage über Daltons Büro gelaufen.« Vanessa nahm eine Valiumtablette aus dem Medizinfläschchen in ihrer mit Perlen bestickten Abendtasche. »Barrie Travis ruft seit Tagen in meinem Büro an. Ich war nie zu sprechen, aber sie ist sehr hartnäckig.«

»Reporter leben von ihrer Hartnäckigkeit.«

»Nun, mit ihrer hartnäckigen Art hat sie mich in die Enge getrieben. Dalton hat mir heute nachmittag ihre Bitte um ein Interview vorgetragen. Und beide erwarten heute abend eine Antwort von mir.«

Der Präsident trat rasch auf sie zu, packte ihre Hand und nahm die kleine, gelbe Tablette aus ihrer Handfläche. Er holte das Medizinfläschchen aus ihrer Abendtasche und ließ die Tablette wieder hineinfallen, dann steckte er das Fläschchen ein.

»Das brauche ich, David.«

»Nein, du brauchst es nicht. Und das hier auch nicht.« Er

nahm ihr das Weinglas weg und stellte es beiseite. »Alkohol beeinträchtigt die Wirkung deiner Medikamente.«

»Das ist erst mein zweites Glas.«

»Es ist dein drittes. Du belügst mich, Vanessa.«

»Okay, ich hab' nicht nachgezählt. Na und. Ich…«

»Ich meine nicht den Wein, sondern diese Reporterin. Nicht sie hat dich in die Enge getrieben – das warst du selbst. Sie hat erst angefangen, dein Büro anzurufen, seit du dich vor einigen Wochen mit ihr getroffen hast. So war es doch?«

Da er über dieses Treffen noch am gleichen Tag informiert worden war, überraschte ihn Barrie Travis' Bitte um ein Interview keineswegs. Was ihm Sorgen machte, war die Tatsache, daß Vanessa sich ohne sein Wissen mit einer Reporterin getroffen hatte – vor allem mit einer, die als wenig zuverlässig galt, was eine gefährliche Kombination war.

»Hast du mich bespitzeln lassen?« fauchte sie.

»Wozu hast du dich mit ihr getroffen, Vanessa?«

»Ich wollte mit jemandem reden. Ist das ein Verbrechen?«

»Du hast dich ausgerechnet einer Reporterin anvertraut?« Er lachte skeptisch.

»Sie hat mir eine rührende Beileidskarte geschrieben. Ich dachte, es wäre nett, mal mit ihr zu reden.«

»Versuch es nächstes Mal lieber mit einem Geistlichen.«

»Du machst aus einer Mücke einen Elefanten, David.«

»Warum hast du mir euer Treffen verschwiegen, wenn es so unwichtig war?«

»Es war unwichtig, bis sie mich um ein Interview vor laufender Kamera gebeten hat. Vorher war es keiner Erwähnung wert. Sie hat mir versprochen, dieses Gespräch streng vertraulich zu behandeln. Ich habe jemanden gebraucht, eine Frau, mit der ich reden konnte.«

»Worüber?«

»Worüber wohl?« schrie Vanessa.

Sie sprang vom Liegesofa auf, griff sich das Weinglas und leerte es trotzig.

Er hatte große Mühe, sich zu beherrschen. »Du bist nicht du selbst, Vanessa.«

»Da hast du verdammt recht, das bin ich nicht. Also wäre es für dich besser, wenn du heute abend ohne mich hingehst.«

Der Empfang zu Ehren einer Goodwill-Delegation aus Skandinavien sollte ihr erster offizieller Auftritt nach Robert Rushtons tragischem Tod sein. Eine kleine, elegante Abendgesellschaft schien den richtigen Rahmen für Vanessas Rückkehr ins öffentliche Leben zu bieten. Nach dem Tod des Babys hatte sie sich ganz daraus zurückgezogen. Aber ein Vierteljahr war genug. Die amerikanische Wählerschaft mußte sie wieder in Aktion sehen.

»Natürlich kommst du mit«, sagte der Präsident. »Du wirst die Ballkönigin sein. Das bist du immer.«

»Aber…«

»Kein *aber* mehr! Ich hab's satt, dich dauernd entschuldigen zu müssen. Damit muß endlich Schluß sein, Vanessa. Alles liegt jetzt zwölf Wochen zurück.«

»Gibt's für Trauer ein Zeitlimit?«

Er ignorierte die Schärfe in ihrem Tonfall. »Heute abend bewährst du dich wie das Vollblut, das du bist. Du brauchst nur wie früher zu lächeln und charmant zu sein, dann ist alles in Ordnung.«

»Ich hasse diese Leute, die mich mitleidig und vorwurfsvoll anstarren und nicht wissen, was sie sagen sollen. Und wenn jemand doch etwas sagt, ist es so trivial, daß ich kreischen könnte!«

»Du dankst ihnen einfach für ihre Beileidsbekundungen und läßt es dabei bewenden.«

»Gott!« rief sie mit versagender Stimme aus. »Wie kannst du einfach weitermachen, als sei nichts…«

»Weil ich muß, verdammt noch mal. Und du mußt auch.«

Er funkelte sie so aufgebracht an, daß sie aufs Sofa zurücksank und angstvoll zu ihm aufblickte.

Er wandte sich ab. Als er weitersprach, klang seine Stimme wieder ganz beherrscht. »Dein Abendkleid gefällt mir. Ist es neu?«

Sie senkte den Kopf und ließ die Schultern hängen. Er beobachtete sie im Spiegel und erkannte in diesen reflexartigen Bewegungen das Eingeständnis ihrer Niederlage. »Ich habe abgenommen«, murmelte sie. »Aus meinem Kleiderschrank paßt mir nichts mehr.«

In diesem Augenblick wurde angeklopft. Er durchquerte den Raum und öffnete die Tür. »Hey, Spence. Sind die Leute bereit für uns?«

Spencer Martin, genannt Spence, sah über Davids Schulter in den Raum. Beim Anblick Vanessas und des leeren Weinglases auf dem niedrigen Tischchen neben dem Sofa kehrte er Davids Frage um. »Seid ihr bereit für die Leute?«

Der Präsident tat die Besorgnis seines Beraters mit einer Handbewegung ab. »Vanessa hat einen leichten Anfall von Lampenfieber, aber sie schafft es ja immer.«

»Vielleicht haben wir sie zu sehr gedrängt. Wenn sie sich dieser Sache nicht gewachsen fühlt…«

»Unsinn. Sie schafft es.« Er drehte sich zu seiner Frau um und bot ihr seinen Arm. »Gehen wir, Darling?«

Vanessa stand auf und kam langsam auf sie zu, ohne einen der beiden Männer direkt anzusehen.

Zu Davids Charakterzügen gehörte die Eigenschaft, einfach zu ignorieren, was er nicht wahrhaben wollte – zum Beispiel die unausgesprochene Aversion zwischen seiner Frau und seinem

Chefberater. Um das peinliche Schweigen zu überspielen, fragte er: »Ist sie heute abend nicht schön, Spence?«

»Das ist sie wirklich, David.«

»Danke«, antwortete Vanessa steif. Als sie auf den Korridor hinaustraten, nahm sie den Arm ihres Mannes und erkundigte sich: »Was soll Dalton Barrie Travis mitteilen?«

»Dieser Reporterin Barrie Travis?« warf Spencer ein. »In welcher Sache mitteilen?« Er warf dem Präsidenten einen fragenden Blick zu.

»Sie hat Dalton um ein Interview mit Vanessa gebeten.«

»Zu einem bestimmten Thema?«

»Krippentod«, antwortete der Präsident.

Barrie war noch richtiggehend aufgedreht. Die Worte sprudelten aus ihr hervor wie Wasser aus einem geborstenen Hydranten.

»Ich habe also mit meinem Begleiter in der Gästeschlange gestanden. Nein, nein, kein Grund zur Aufregung. Er ist ein schwuler Freund, der sich noch nicht geoutet hat. Wir haben uns gegenseitig einen Gefallen getan. Er hatte eine Einladung zu dem Empfang und brauchte eine Begleiterin, und ich hatte Gelegenheit, persönlich mit dem Präsidenten und der First Lady zu sprechen.

Schön, ich schiebe mich also mit der Gästeschlange weiter und benehme mich ganz cool und blasiert, und als ich vor dem Präsidenten stehe, ergreift er meine Hand mit beiden Händen – Ehrenwort! – und sagt: ›Miss Travis, vielen Dank, daß Sie gekommen sind. Es ist uns immer ein Vergnügen, Sie im Weißen Haus begrüßen zu können. Sie sehen heute abend bezaubernd aus.‹

Tatsächlich habe ich den genauen Wortlaut vergessen, aber jedenfalls bin ich nicht wie eine Fremde, eine flüchtige Bekannte oder auch nur wie eine gewöhnliche Reporterin behandelt worden. Barbara Walters hätte nicht herzlicher begrüßt werden können.«

Cronkite gähnte und machte es sich mitten auf ihrem Bett bequemer.

»Langweile ich dich?« fragte Barrie. Sie machte eine Pause, um Luft zu holen. »Du scheinst nicht zu erkennen, was für ein Riesenerfolg es ist, daß die First Lady das erste Exklusivinterview seit dem Tod ihres Kindes mir gewährt.

Übrigens hat der Präsident die Sache noch vor mir angesprochen. Er hat gesagt, Mrs. Merritt habe ihm von meiner Serie über den plötzlichen Kindstod erzählt. Er halte sie für eine ausgezeichnete Idee und habe die First Lady gedrängt, sich daran zu beteiligen. Er hat mich dafür gelobt, daß ich die Öffentlichkeit auf dieses traurige Phänomen aufmerksam mache, und mir seine und Mrs. Merritts volle Unterstützung versprochen. Ich bin... Nun, ich will's mal so ausdrücken: Wäre das Sex gewesen, hätte ich mehrfache Orgasmen gehabt.«

Sie stieg ins Bett zu Cronkite, der zwei Drittel der Fläche beanspruchte und keine Handbreit zur Seite rückte. Während sie sich am Matratzenrand ausstreckte, fügte sie hinzu: »Wenn Howie das bloß miterlebt hätte!«

4. Kapitel

Er wußte, daß sein Fernseher lief, aber er nahm ihn nur als Hintergrundgeräusch wahr, bis er die vertraute Stimme hörte. Sie veranlaßte ihn, vom Waschbecken aufzuschauen, in dem er sich das Gesicht mit kaltem Wasser wusch. Er griff sich ein Handtuch und trat aus dem Bad um die Ecke ins Schlafzimmer.

»... das Präsident Merritt und Sie unglücklicherweise mit Tausenden von anderen Paaren gemeinsam haben.«

Die Fernsehjournalistin kannte er nicht. Sie war um die Dreißig, vielleicht etwas älter. Schulterlanges rotbraunes Haar. Große Augen und volle Lippen, die Spaß versprachen, obwohl Augen und Lippen jetzt nicht lächelten. Auffällig rauchige Stimme, ungewöhnlich für eine Fernsehjournalistin; die meisten redeten, als hätten sie alle dieselbe Akademie für sterile Aussprache absolviert. Ihr Name war am unteren Bildschirmrand eingeblendet: Barrie Travis. Aber dieser Name sagte ihm nichts.

»Es hat den Präsidenten und mich sehr erstaunt, wie viele Familien von dieser Tragödie betroffen sind«, sagte Vanessa Merritt gerade. »Allein in unserem Land sind es jährlich fünftausend.«

Dieses Gesicht und diese Stimme erkannte Gray Bondurant; sie waren ihm so vertraut, daß er sofort merkte, daß Vanessa für das Interview sorgfältig präpariert worden war. Ihre Hände blieben bescheiden auf ihrem Schoß, als seien ihr Handbewegungen verboten. Und ihr Mienenspiel war sorgfältig einstudiert.

Die Interviewerin leitete jetzt zu einem Statement von Dr.

George Allan über, der als Arzt der Familie Merritt die traurige Pflicht gehabt hatte, Robert Rushton Merritt in seinem Kinderzimmer im Weißen Haus für tot zu erklären. Dr. Allan führte aus, die medizinische Wissenschaft versuche noch immer, die Ursachen des plötzlichen Kindstods zu isolieren, um Vorbeugungsmaßnahmen empfehlen zu können.

Dann wurde das Interview persönlicher. »Mrs. Merritt, wir alle haben miterlebt, wie Sie und Präsident Merritt bei der Beisetzung Ihres Sohnes gelitten haben.« Nun folgten Beerdigungsszenen. »Jetzt haben Sie ein Vierteljahr Abstand gewonnen. Die Wunden sind bestimmt noch nicht verheilt, aber ich weiß, daß unser Publikum an allen Gedanken interessiert wäre, die Sie mit ihm zu teilen bereit sind.«

Vanessa überlegte einen Augenblick. »Mein Vater sagt immer: ›Ein Unglück ist eine gut getarnte große Chance.‹ Daddy hat wie immer recht«, meinte sie mit flüchtigem Lächeln. »David und ich haben das Gefühl, stärker geworden zu sein – einzeln und als Paar –, weil wir bis zu den Grenzen unserer Leidensfähigkeit belastet worden sind und diese schwere Prüfung bestanden haben.«

»Bockmist.« Er knüllte das Handtuch zusammen und warf es quer durchs Schlafzimmer. Dann griff er nach der Fernbedienung, weil er nicht länger zuhören wollte.

Aber er schaltete das Gerät nicht aus. Vanessa sagte eben: »Der Präsident und ich hoffen, daß Eltern, die diese Tragödie gerade erleben, durch unser Beispiel und das von anderen Hinterbliebenen neuen Mut und Trost finden. Das Leben *geht* weiter.«

Bondurant drückte fluchend auf den Ausschaltknopf.

Vorgefertigte Antworten – unterzeichnet, gesiegelt und Vanessa zugestellt, damit sie sie auswendig lernte und nachplapperte. Von Dalton Neely aufgesetzte Phrasen. Vielleicht auch von Clete Armbruster, Vanessas Vater. Vielleicht sogar vom Präsidenten, wobei das letzte Wort bestimmt Spencer Martin gehabt hatte.

Aber trotz aller Proben und Verbesserungen vor dem Interview waren es nicht Vanessas Worte geworden. Okay, sie hatte sie gesprochen – aber nicht spontan, nicht aus tiefster Seele. Ihm war nicht klar, ob die Reporterin mit der sexy Stimme wußte, daß sie reingelegt worden war. Vanessa war so gut programmiert wie eine Sprechpuppe mit einem Chip im Kopf. Ihre innersten Gefühle preiszugeben wäre nicht schicklich gewesen. Und ganz bestimmt wäre es taktisch nicht klug gewesen.

Bondurant, der den Eindruck hatte, die Wände seines Schlafzimmers rückten immer enger zusammen, stiefelte in die Küche hinaus, um sich ein Bier zu holen, und ging damit auf die Veranda vor dem Haus. Die drei Meter tiefe überdachte Veranda erstreckte sich über die gesamte Breite des Hauses. Er ließ sich in seinen Schaukelstuhl mit der Sitzfläche aus Binsengeflecht fallen und hob die Bierdose an den Mund. Die Muskeln und Sehnen seines sonnengebräunten Halses bewegten sich, als er mit einem Zug die halbe Dose leerte.

Es sah wie eine Bierwerbung aus. Mit einem Foto, auf dem er mit bloßem Oberkörper in dieser ländlichen Umgebung Bier trank, hätten sich Millionen Dosen jeder Biermarke verkaufen lassen, aber das war ihm nicht bewußt, und es wäre ihm auch gleichgültig gewesen. Er wußte, daß er anderen Leuten imponierte, aber er hatte sich nie die Mühe gemacht, die Ursachen dafür zu analysieren. Eitelkeit war ihm fremd – erst recht hier draußen, wo er seit einem Jahr lebte und manchmal wochenlang keine Menschenseele zu Gesicht bekam. Er rasierte sich höchstens einmal, wenn er nach Jackson Hole fuhr. Vielleicht aber auch nicht.

Er war, wie er war. Das mußte seine Umgebung akzeptieren.

Diese Einstellung, die er wortlos jedem vermittelte, der ihm begegnete, war einer der Gründe, weshalb er in der Szene in Washington oft angeeckt war. Er war froh, ihr nicht mehr anzugehören. Vertraute des Präsidenten mußten eine gewisse Anpassungsfähigkeit besitzen; Gray Bondurant war ein Nonkonformist.

Mit blauen Augen, die hart und kalt wie ein Gletscher waren, starrte er die schneebedeckten schroffen Gipfel der Teton Range an. Obwohl sie kilometerweit entfernt waren, sahen sie zum Greifen nahe aus. Majestätische Schneegipfel in seinem Vorgarten. Phantastisch.

Gray zerdrückte die leere Bierdose wie dünnes Kaugummipapier. Er wünschte sich, er könnte die Uhr um zehn Minuten zurückdrehen. Warum war er nicht noch etwas länger draußen geblieben, bevor er reingegangen war, um sich zu waschen? Welcher Zufall hatte ihn veranlaßt, dieses spezielle Programm zu diesem speziellen Zeitpunkt einzuschalten?

Er wünschte sich, er hätte das Interview nie gesehen. *Besten Dank, Barrie Travis, wer zum Teufel du auch bist.* Jetzt würden ihn die Erinnerungen an David, Vanessa und das Baby, das im Kinderzimmer des Weißen Hauses gestorben war, wieder tagelang verfolgen.

Am meisten ärgerte ihn, daß das Interview die Öffentlichkeit dazu führen konnte, sich wieder für ihn zu interessieren. Die Leute würden anfangen nachzudenken, Vermutungen anzustellen, die Punkte miteinander zu verbinden. Und dann wäre die Scheiße wieder am Dampfen.

David Merritt tigerte vor seinem Schreibtisch im Oval Office, seinem Amtszimmer, auf und ab. Die Ärmel seines Hemdes waren bis zu den Ellbogen aufgekrempelt; beide Hände waren tief in den Hosentaschen vergraben. Unter einer vorwitzigen

Locke war seine Stirn zerfurcht. »Davon hab' ich noch nie gehört. Was zum Teufel ist das?«

»Das Münchhausen-Syndrom bedeutet, daß man sich durch selbst zugefügte Schmerzen Aufmerksamkeit und damit Befriedigung verschafft.«

»Ich dachte, das sei Masochismus«, meinte Spencer Martin.

Dr. George Allan zuckte mit den Schultern und goß sich einen weiteren Scotch aus dem Privatvorrat des Präsidenten ein. »Das ist nicht mein Fachgebiet, und ich habe mich nicht allzu gründlich damit befaßt.«

»Barrie Travis schon«, stellte Merritt fest. Es klang wie ein Tadel, und der Arzt faßte seine Äußerung auch so auf.

Dr. Allan wirkte leicht zerknirscht, als er jetzt sagte: »Und stellvertretendes Münchhausen-Syndrom meint Fälle, in denen der Schmerz anderen zugefügt wird – typischerweise einem Kind.«

»Was hat das mit Krippentod zu tun?« fragte Merritt. »Warum hat Barrie Travis sich so eingehend damit beschäftigt?«

Der Arzt nahm hastig einen Schluck Scotch. »Weil bei Erwachsenen, die daran leiden, manchmal extreme Reaktionen vorkommen. Um sich Aufmerksamkeit und Mitgefühl zu sichern, verletzen sie ihre Kinder oder bringen sie sogar um. In einigen rätselhaften Todesfällen von Kleinkindern, die bisher als plötzlicher Kindstod gegolten haben, wird jetzt wegen Mordverdachts ermittelt.«

Der Präsident murmelte einen Fluch und ließ sich hinter seinem Schreibtisch nieder. »Warum hat diese Travis-Kuh sich nicht ans Thema halten können, statt solche Horrorgeschichten aufzutischen? Schenken Sie mir auch einen ein, ja?«

Der Arzt tat wie geheißen.

»Danke.« Merritt trank nachdenklich einen kleinen Schluck

Scotch und beobachtete dann Spencer. Was er sah, gefiel ihm nicht. Spencer befand sich in seinem Denkmodus, und der Gegenstand seiner Überlegungen war beunruhigend.

»Vielleicht hätte ich Vanessa nicht zureden sollen, dieses Interview zu gewähren«, meinte der Präsident.

»Da bin ich anderer Meinung. Was kann es geschadet haben?« fragte Dr. Allan.

»Mein Gott, George, das müßten Sie am besten wissen!« sagte Merritt gereizt. »Seit dieser gottverdammten Serie ist sie wieder völlig hysterisch.«

»Es fällt allmählich auf«, warf Spencer ruhig ein. Merritts scharfer Blick verlangte Namen. »Das Personal, Sir. Die Leute nehmen die Stimmungsschwankungen der First Lady wahr und sind um sie besorgt.« Im Beisein von Dritten, selbst wenn es nur Dr. Allan war, gab sich Spencer Martin dem Präsidenten gegenüber eher förmlich.

Merritt sah mit vorwurfsvoller Miene zu dem Arzt hinüber.

»Ich kann ihre Stimmungsschwankungen nicht mit Medikamenten behandeln, wenn sie weiter so viel trinkt«, rechtfertigte Dr. Allan sich.

Merritt bohrte sich die Fingerknöchel in die Augenhöhlen. »Diese Trinkerei wirft Clete mir auch ständig vor. Ich erinnere ihn dann daran, daß sie ihr Baby verloren hat. Rechnet man noch ihre generelle Verfassung mit ein, ist es eigentlich kein Wunder, wenn sie ein bißchen labil ist.«

»Auf eine Tragödie reagiert jeder Mensch anders«, stellte der Arzt fest, der hilfreich zu sein versuchte. »Manche Leute stürzen sich in ihre Arbeit, weil sie hoffen, sich so zu erschöpfen, daß sie nicht mehr die Kraft haben, sich damit zu befassen. Andere Leute finden zu Gott, zünden Kerzen an und beten. Manche…«

»Verstehe, verstehe«, knurrte Merritt. »Bloß mein Schwiegervater kapiert's nicht.«

»Wenn Sie wollen, rede ich mit ihm«, bot Spencer ihm an.

Der Präsident lachte – ein humorloses Bellen. »Clete kann Sie nicht leiden, Spence. Sie sind der letzte Mensch, von dem er ein Urteil über Vanessas Gemütszustand hören möchte. Und sie selbst steht auch nicht gerade auf Sie.« Er wandte sich wieder an den Arzt. »Aber Sie, George – wenn Sie mal mit ihm reden, ihm einiges erklären würden…«

»Ich rufe ihn morgen an und sage, daß Sie mir von seiner Besorgnis erzählt haben. Ich versichere ihm, daß sie sorgfältig überwacht wird.«

»Danke.« Merritt lächelte, als wäre die Angelegenheit damit erledigt.

»Wir müssen uns nicht nur Sorgen wegen Clete machen«, sagte Spencer. »Nächstes Jahr wird wieder gewählt. Diese Regierung braucht ihre First Lady. Wir brauchen Vanessa, wir brauchen sie bald, und wir brauchen sie emotional stabil und zum Wahlkampf bereit.« Er wandte sich an den Arzt. »Können Sie dafür garantieren?«

»Natürlich. Schließlich gibt es keine Alternative.«

»Eine Alternative gibt es immer.«

Spencers Antwort wehte wie ein Eishauch durch den Raum.

»Himmel, Spence«, protestierte Merritt. »Das klingt ungefähr so fröhlich wie 'ne Totenglocke. Vergessen Sie Mr. Trübsal dort drüben, George«, sagte er und stand auf, um dem Arzt die Hand zu schütteln. »Vanessa ist bei Ihnen in guten Händen, also brauche ich mir keine Sorgen zu machen. Und noch mal vielen Dank, daß Sie mir diese Münchhausensache erklärt haben, obwohl sie nichts mit Roberts Tod zu tun hat.«

Er starrte den Arzt durchdringend an, während er hinzufügte: »Robert ist in seinem Bettchen an Atemstillstand gestorben. Ursache unbekannt. Das war Ihr offizieller Befund, zu dem Sie weiterhin stehen. Richtig?«

»Hundertprozentig. Plötzlicher Kindstod.« Dr. Allan trank seinen Scotch aus und verabschiedete sich.

»Hoffentlich hält er durch«, meinte Spencer, sobald er mit dem Präsidenten allein war.

»Keine Angst, das tut er.«

»Aber was ist mit Vanessa?«

»Die hat es immer wieder geschafft, oder?«

»Bisher schon. Aber ich weiß nicht, ob sie es auch diesmal auf die Reihe kriegt.« Nur Spencer Martin konnte es sich erlauben, mit dem Präsidenten so freimütig über die First Lady zu sprechen.

Obwohl Merritt die Besorgnis seines Chefberaters verstand, hielt er sie für übertrieben. »Ich stehe zu meiner Entscheidung. Die Öffentlichkeit hat Vanessa bei diesem Interview sehen müssen, Spence. Sie hat großartig ausgesehen. Und großartig gewirkt.«

Spencer runzelte noch immer die Stirn. »Warum wünsche ich mir dann, ich hätte diesem Interview nie zugestimmt? Irgendwie habe ich ein schlechtes Gefühl dabei. Mich stört es, daß sie von sich aus Verbindung mit der Journalistin aufgenommen hat – nicht andersherum.«

»Das hat mich anfangs auch gestört«, gab Merritt zu. »Aber zuletzt hat doch alles geklappt. Das Interview war ein PR-Erfolg für sie und für uns. Wie George eben gesagt hat – es hat nicht geschadet.«

Als Spencer sich nicht dazu äußerte, starrte der Präsident ihn forschend an.

»Nun, man wird sehen«, sagte Spencer in seiner unheilverkündenden Art.

»Also gut, wer ist er?«

»Wer?« Barrie sah nicht einmal auf. In ihrem Schoß lag ein Stapel von Gesprächsnotizen und Zuschauerpost, die alle in Zusammenhang mit ihrer Serie über den plötzlichen Kindstod standen. Auch in ihren kühnsten Träumen hatte sie sich kein so überwältigendes Echo ausgemalt.

»Ganz schön gerissen von Ihnen, Barrie, daß Sie uns den hier verschwiegen haben.«

Jetzt sah sie endlich auf. »Großer Gott!«

Die Empfangsdame der Nachrichtenredaktion verschwand völlig hinter einem riesigen Blumenarrangement, das sie in Barries Glaskasten geschleppt hatte. »Wo soll ich es hinstellen?«

»Äh…« Die Schreibtischplatte war wie immer ein Gefahrengebiet. »Am besten einfach auf den Boden.«

Die Empfangsdame stellte die Blumen ab und richtete sich wieder auf. »Ich weiß nicht, von wem die sind, aber wer so viel Geld für Blumen ausgibt, den sollte man sich warmhalten – auch wenn er wie ’ne Kröte aussieht.«

Barrie hatte die in dem Bukett steckende Karte aus dem Umschlag gezogen. »Das finde ich auch, aber er ist verheiratet.«

»Das sind die Guten alle.«

Als Barrie ihr die Karte überließ, starrte die Empfangsdame die vertraute Unterschrift unter den handgeschriebenen Zeilen mit hervorquellenden Augen an. Ihr Aufschrei lockte die halbe Nachrichtenredaktion in Barries Glaskasten.

Barrie nahm die Karte wieder an sich und fächelte sich damit Luft zu. »Bloß ein kleines Zeichen der Anerkennung des Präsidenten, der meine Begabung und mein Einfühlungsvermögen lobt, die Qualität meiner Serie hervorhebt und mir für meinen Dienst am amerikanischen Volk dankt.«

»Kein Wort mehr, sonst muß ich kotzen.« Auch Howie hatte sich zu den Neugierigen gesellt.

Barrie lachte und steckte die Karte in ihren Umschlag zurück. So etwas konnte man später seinen Enkeln zeigen. »Sie sind bloß neidisch, weil Sie nicht mit den Merritts befreundet sind.« Während Howie und ihre übrigen Kollegen sich wieder verdrückten, meckerten einige halblaut über das Glück, das *manche* Leute hatten.

Sobald Barrie allein war, führte sie ein Telefongespräch. »Hast du heute abend Zeit für mich?« fragte sie leise.

»Soll das ein Witz sein?«

»Was hast du in der Tiefkühltruhe?«

»Zwei Steaks.«

»Ich bringe Wein mit.« Sie warf einen Blick auf den Blumenstrauß. »Und Blumen. Ich bin in einer halben Stunde da.«

5. Kapitel

»Nennst du das ’ne halbe Stunde?«

»Laß das Maulen und nimm mir lieber was ab.« Barrie, die außer dem Bukett des Präsidenten zwei Flaschen Wein und eine Einkaufstüte mit Lebensmitteln trug, quetschte sich durch die Tür von Daily Welshs Haus.

»Hast du die von einem frischen Grab geklaut?« fragte er.

»Lies die Karte, Klugscheißer.«

Daily zog die Karte aus dem Umschlag und stieß einen leisen Pfiff aus. »Ziemlich eindrucksvoll.«

Sie grinste frech. »Das gehört alles mit dazu.«

»Was willst du als Zugabe bringen?«

»Normalerweise würde ich mich jetzt sarkastisch über dein unfehlbares Talent äußern, jeden Erfolg mit deinen Kommentaren zu ersticken, aber ich bin müde, deshalb gehe ich nicht darauf ein, sondern mache lieber den Wein auf.«

»Dafür bin ich auch.«

Sie gingen miteinander in die Küche, die nur deshalb der gemütlichste Raum war, weil alle anderen noch ungemütlicher waren. Das ganze Haus war ungewöhnlich häßlich. Daily mühte sich mit einer klemmenden Schublade ab, um an den Korkenzieher heranzukommen.

»Wie geht’s dir?« fragte sie sichtlich besorgt.

»Ich lebe noch.«

Aber Ted Welsh – oder Daily, wie seine Freunde ihn nannten – sah aus, als ob der nächste mühsame Atemzug sein letzter sein könnte. Von den unzähligen Zigaretten, die er an unzähligen Arbeitstagen geraucht hatte, während er die Öffentlichkeit mit Nachrichten versorgt hatte, hatte er sich ein Lungenemphysem zugezogen.

Gleich nach der High-School hatte er bei einer Tageszeitung – daher sein Spitzname Daily – als Mädchen für alles angefangen. Er hatte sich durch die verschiedenen Medien nach oben gearbeitet und war schließlich Nachrichtenchef eines einer großen Fernsehgesellschaft angegliederten Lokalsenders in Richmond geworden. Aber dann hatte er in den Vorruhestand treten müssen, weil sein Leiden sich rasch verschlimmert hatte.

Da er noch nicht alt genug war, um eine Sozialrente zu beziehen – und dieses Alter vermutlich nie erreichen würde –, lebte er von einer bescheidenen Pension seines Arbeitgebers. Die auf der Arbeitsplatte in der Küche auftauenden »Steaks« waren in Wirklichkeit Frikadellen. Da Barrie etwas Ähnliches befürchtet hatte, hatte sie außer dem Wein auch zwei Rippensteaks gekauft. Während sie ihr Abendessen zubereitete, trank Daily mit kleinen Schlucken ein Glas des Weins aus dem Sonoma County.

Jetzt zog er seinen fahrbaren Sauerstofftank etwas näher an seinen Stuhl heran, um sie nicht zu behindern, und meinte: »Cronkite wird ’nen Steifen kriegen, wenn er diese Knochen wittert.«

»Unwahrscheinlich. Er ist kastriert.«

»Ah, richtig! Du hast ja sogar ihn kastriert.«

Sie knallte ein Glas Fleischmarinade auf die Arbeitsplatte und drehte sich aufgebracht zu ihm um. »Fang bloß nicht wieder *damit* an!«

»Aber es ist wahr. Du entmannst jeden Kerl, dem du begegnest. Auf die Art weist du die Männer zurück, bevor sie dich zurückweisen können.«

»Dich habe ich nicht zurückgewiesen.«

»Ich zähle nicht«, sagte er und lachte keuchend. »Ich bin sowieso zu alt und zu krank, um ihn hochzukriegen. Ich stelle keine Bedrohung dar. Womit wir bei einem anderen Thema wären: Du solltest deine Abende nicht mit Besuchen bei mir vergeuden. Wenn ich das Beste bin, was du an männlicher Gesellschaft auftreiben kannst, ist dein Leben ziemlich erbärmlich.«

»Aber ich liebe dich, Daily.« Sie kam zu ihm und küßte ihn auf die Wange.

»Unsinn!« Er schob sie von sich weg. »Und paß auf, daß die Steaks nicht verbruzzeln. Ich will meins blutig.«

Barrie ließ sich durch seine schroffe Art nicht täuschen. Sie wußte, daß Daily ihre Zuneigung erwiderte. Ihre Freundschaft, die anfangs auf wackligen Füßen gestanden hatte, war jetzt unverbrüchlich. Sie hatten jene vertraute Ebene erreicht, wo herabsetzende Äußerungen fast gleichbedeutend mit Koseworten waren.

»Ich würde zwanzig Jahre meines Lebens für eine Zigarette geben«, meinte er, als sie nach dem Essen beim Kaffee in seinem Wohnzimmer saßen.

»Das hast du bereits.«

»Oh. Genau.« Er saß in seinem abgewetzten Liegesessel und hatte sein Atemgerät neben sich auf dem Boden stehen. Kunststoffschläuche leiteten den Sauerstoff aus dem Tank direkt in seine Nasenlöcher.

Ihm gegenüber lehnte Barrie sich auf dem Sofa zurück. Sie zog die Beine hoch und hielt ein Sofakissen an sich gedrückt. »Ich war neulich mit jemandem zusammen, der wegen Nikotinmangel akute Entzugserscheinungen hatte. Jemand, von dem man's nie vermuten würde.«

»Wer?«

»Das ist vertraulich.«

»Wem sollte ich's erzählen? Außer dir kommt kein Mensch zu mir.«

»Du könntest Besuch von anderen Freunden bekommen. Aber du lädst niemanden ein.«

»Ich kann Mitleid nicht ertragen.«

»Du könntest dich wenigstens einer Selbsthilfegruppe anschließen.«

»Wer will seine Zeit schon mit einer Gruppe asthmatisch keuchender Kranker verbringen?«

»Darüber haben wir schon diskutiert«, wehrte sie ab. »Fangen wir also nicht wieder davon an.«

»Mir nur recht«, knurrte er. »Wer ist der geheimnisvolle Raucher?«

Barrie zögerte. »Unsere First Lady.«

Daily zog interessiert die Augenbrauen hoch. »Echt wahr? Lampenfieber vor dem Interview?«

»Nein. Es war, als wir uns zum Kaffee getroffen haben.«

»Hältst du sie nach deinem persönlichen Interview noch immer für geistig minderbemittelt?«

»Dafür habe ich sie nie gehalten.«

Er musterte sie spöttisch. »So hast du sie mindestens ein dutzendmal genannt – genau auf diesem Sofa. Mississippi Belle. Ist das nicht dein Spitzname für sie? Du hast sie als eine der Frauen geschildert, die nie einen selbständigen Gedanken haben oder jedenfalls diesen Eindruck erwecken wollen. Alle ihre Ansichten werden von Männern geprägt, die sie umschmeichelt – vor allem ihr Vater und ihr Ehemann. Sie ist hohlköpfig und geistlos. Habe ich irgendwas ausgelassen?«

»Nein, das dürfte alles sein«, gab Barrie seufzend zu. Sie fuhr geistesabwesend mit einem Finger über den Rand ihrer Kaffeetasse. »Dieser Meinung bin ich noch immer, aber ich habe auch Mitleid mit ihr. Ich meine, sie hat doch ihr Baby verloren. Gott…«

»Also?«

Sie merkte erst, daß sie in nachdenkliches Schweigen verfallen war, als Dailys Frage sie in die Gegenwart zurückholte. »Also was?«

»Du kaust auf der Innenseite deiner Backe herum – ein untrügliches Zeichen dafür, daß dich etwas beschäftigt. Ich warte schon den ganzen Abend darauf, daß du es endlich los wirst.«

Barrie konnte ihre Gefühle vor jedem verbergen, sogar vor sich selbst, aber niemals vor Daily. Wenn sie besorgt, ratlos oder sonstwie im Streß war, ortete er ihre Bedrücktheit mit jenem inneren Radar, der ihn zu einem ausgezeichneten Journalisten gemacht hatte.

»Ich weiß selber nicht, was ich habe«, gab sie aufrichtig zu. »Es ist nur so ein…«

»So ein Prickeln im Nacken?«

»Irgendwas in dieser Art.«

»Das bedeutet vermutlich, daß du einer Sache auf der Spur bist, aber noch nicht genau weißt, welcher.«

Daily beugte sich in seinem Sessel nach vorn. Seine Augen glänzten wie die eines Feuerwehrhundes beim ersten Alarmsignal. Er hatte wieder Farbe bekommen und sah viel gesünder aus als in den letzten Wochen: Eine heiße Spur zu wittern machte ihn wieder jung.

Angesichts so viel eifrigen Interesses bekam Barrie ein schlechtes Gewissen, weil sie dieses Thema angeschnitten hatte. Bestimmt würde es mit einer großen Enttäuschung für ihn enden. Wahrscheinlich gab es hier überhaupt keine Story. Andererseits, was konnte es schaden, über ein paar Gedanken zu diskutieren? Vielleicht wurde er daraus schlau. Oder er konnte ihr sagen, daß ihre verschwommenen Ideen völlig an den Haaren herbeigezogen waren.

»Meine Serie über den plötzlichen Kindstod hat viel Aufsehen erregt«, begann sie. »Hab' ich dir schon erzählt, daß sie über Satellit ausgestrahlt worden ist?« So war die Serie überall in den Vereinigten Staaten zu sehen gewesen.

»Für deine Karriere war sie wie ein Tritt in den Hintern«, sagte Daily. »Aber das wolltest du doch, oder? Wo liegt also das Problem?«

Sie starrte in ihre Tasse und ließ den Kaffee kreisen, der jetzt kalt war und nicht mehr schmeckte. »Als sie bei unserer ersten Begegnung Schuldgefühle geäußert hat, was ja verständlich ist, habe ich sie daran erinnert, daß an einem Krippentod niemand schuld ist – daß er eben einfach passiert. Seltsamerweise hat sie daraufhin gefragt: ›Glauben Sie wirklich?‹

Diese Frage und die Art, wie sie sie gestellt hat, haben mich dazu gebracht, mich mit dem plötzlichen Kindstod zu beschäftigen. Dann bin ich auf die bizarre Story einer Frau gestoßen, deren vier Säuglinge den Krippentod gestorben waren. Was sich später als unwahr herausgestellt hat.«

»Sie hatte ein… dieses…«

»Ein stellvertretendes Münchhausen-Syndrom«, ergänzte Barrie. »Mehrere Fälle von plötzlichem Kindstod werden jetzt erneut untersucht. Den Müttern wird vorgeworfen, die eigenen Säuglinge umgebracht zu haben, um Aufmerksamkeit zu erregen.

Nun…« Sie holte tief Luft, hielt den Atem an, hob ihren Kopf und warf ihm einen vielsagenden Blick zu.

Daily erwiderte ihren Blick einige Sekunden lang. Schließlich sagte er: »Vielleicht sollte ich meine Sauerstoffzufuhr nachregeln. Ich bekomme entweder nicht genug, oder ich bekomme zuviel. Eine Sekunde lang habe ich tatsächlich geglaubt, du wolltest andeuten, die First Lady der Vereinigten Staaten habe ihr Baby umgebracht.«

Barrie stellte ihre Kaffeetasse wieder auf den Couchtisch und stand auf. »Das habe ich überhaupt nicht gesagt.«

»So hat's aber geklungen.«

»Das wollte ich aber damit nicht andeuten, Daily. Ehrenwort!«

»Warum kaust du dann ständig auf deiner Backe herum?«

»Keine Ahnung! Aber irgendwas stimmt hier nicht.« Sie ließ sich auf die Sofakante zurücksinken und stützte den Kopf in beide Hände. »In den letzten Wochen habe ich zweimal länger mit Vanessa Merritt gesprochen. Beim ersten Mal war sie zittrig wie ein Junkie am zweiten Tag einer Entziehungskur – sie stand echt kurz vor dem Nervenzusammenbruch, und am Tag des Interviews war sie wie ausgewechselt: überlegen. Cool. Selbstbeherrscht. Korrekt. Und ungefähr so... so *menschlich* wie dieser Couchtisch.«

»Das Interview war gut.«

»Es war leidenschaftslos, Daily, das weißt du genau«, stellte sie fest. Als er leicht zusammenzuckte, wußte sie, daß er ihrer Meinung war. »Das Interview mit Mrs. Merritt hätte der Höhepunkt meiner Serie sein sollen. Statt dessen war es der Tiefpunkt. Sie hat völlig künstlich gewirkt. Wäre sie auch beim ersten Treffen so aufgetreten, wäre mir wahrscheinlich nichts aufgefallen. Aber der Unterschied zwischen der ersten Vanessa Merritt und der zweiten war dramatisch.«

»Okay, dann hat sie eben ein paar Valium eingeworfen, bevor sie vor die Kamera getreten ist«, meinte Daily schulterzuckend.

»Schon möglich. Als ich sie auf dem Empfang wiedergesehen habe, hat sie garantiert unter Medikamenten gestanden – oder unter Alkohol. Schön wie immer, aber irgendwie vage. Fast... ich weiß nicht... ängstlich. Der Präsident ist für sie eingesprungen, aber...

Und da ist noch eine Sache«, sagte sie und unterbrach sich gewissermaßen selbst, um ein anderes Thema anzuschneiden. »Er hat mich begrüßt, als wären wir alte Freunde. Seine Aufmerksamkeit hat mir natürlich geschmeichelt, aber ich habe sie trotzdem als merkwürdig empfunden. Er war von meiner Serie begeistert – vor und erst recht nach der Ausstrahlung. Ich meine, du brauchst bloß an die Blumen zu denken. Wenn er sich die gespart hätte, hätte er die Staatsverschuldung enorm drücken können.«

»Aber das widerlegt deine Theorie doch, oder? So hätte er dir und deiner Serie nicht gegenübergestanden, wenn sie ein ungünstiges Licht auf seine Frau geworfen hätte.«

»Mich hat nur diese Vertraulichkeit gewundert. Ich berichte seit langem über das Weiße Haus. Warum sind der Präsident und ich dann plötzlich ein Herz und eine Seele?«

»Barrie, du bist Journalistin. Er ist ein Amtsinhaber, der nächstes Jahr wiedergewählt werden möchte. Gewinne die Medien für dich, gewinne die Wahl.«

Sie mußte zugeben, daß Dailys Erklärung plausibel klang. David Merritt hatte es schon als junger Kongreßabgeordneter verstanden, erfolgreich um die Medien zu werben. Die Liebesaffäre hatte auch während seiner Präsidentschaftskandidatur angehalten. Obwohl diese Romanze seither etwas verblaßt war, blieb die Berichterstattung überwiegend positiv. Aber Barrie Travis war eine kleine Reporterin, die null Einfluß hatte. Warum tat er ihr schön?

Seit ihrer ersten Begegnung mit Vanessa Merritt flitzten ihre Gedanken von einem Rätsel zum nächsten. Sie wagte nicht, sich allzulange mit einem zu beschäftigen, weil sie überall Fallstricke fürchtete.

»Wäre nicht eine Sache passiert, könnte ich die Ungereimtheiten vermutlich mit einem Schulterzucken abtun und nachts trotzdem ruhig schlafen«, berichtete sie Daily. »Und das ist der wahre Hammer, finde ich. Nach dem Interview hat sie mich umarmt. *Mich.*«

Daily spielte weiter den Advocatus Diaboli. »Ein geschickter PR-Trick.«

»Nein, es war ein Vorwand.«

»Wofür?«

»Damit sie nahe genug an mich herankommen konnte, um mir etwas ins Ohr zu flüstern, das niemand hören sollte. ›Barrie, bitte helfen Sie mir‹, hat sie gesagt. ›Begreifen Sie nicht, was ich Ihnen zu sagen versuche?‹«

»Verdammt!«

»Genau das hab' ich mir auch gedacht, Daily. Das war an diesem Tag ihre erste und einzige aufrichtige Gefühlsregung. Ihre Stimme hat echt verzweifelt geklungen. Was kann sie bloß damit gemeint haben?«

»Woher zum Teufel soll ich das wissen? Es könnte heißen: Helfen Sie mir, daß mein Mann wiedergewählt wird. Oder: Helfen Sie mir, die Erforschung des Krippentods voranzutreiben. Oder: Helfen Sie mir, meinen Schmerz zu überwinden. Es könnte alles oder nichts bedeuten.«

»Wenn es nichts bedeutet, war es eben nichts«, sagte Barrie. »Aber wenn es etwas bedeutet, sind die möglichen Auswirkungen explosiv.«

Daily schüttelte den Kopf. »Ich bin noch keineswegs überzeugt. Wozu sollte sie ihr Baby umbringen, nachdem sie sich so darauf gefreut hat?«

»Ich dachte, das sei geklärt. Münchhausen-Syndrom.«

»Dafür hat sie nicht das richtige Persönlichkeitsprofil«, widersprach Daily. »Frauen, die an diesem Syndrom leiden, sehnen sich fast immer nach Aufmerksamkeit und Mitgefühl. Was das Medienecho betrifft, da hat Vanessa Merritt selbst Lady Di hinter sich gelassen. Sie genießt mehr Aufmerksamkeit als jede andere Frau der Welt.«

»Aber bekommt sie sie auch von dem, der wirklich zählt?«

»Du meinst ihren Mann? Hältst du sie für eine vernachlässigte Ehefrau, die das getan hat, um ihn mal tüchtig wachzurütteln?«

»Möglich wär's doch.«

»Entfernt möglich.«

»Aber immerhin möglich«, betonte Barrie. »Du brauchst nur an das Mitgefühl zu denken, mit dem Jackie Kennedy überhäuft wurde, als der kleine Patrick gestorben ist. Man hat sie zu einer Lichtgestalt hochstilisiert.«

»Doch nicht nur, weil ihr Baby starb!«

»Aber diese Tragödie hat zu der Legende beigetragen, die sie später geworden ist. Vielleicht möchte die jetzige First Lady sich mit einer ähnlichen Aura umgeben.«

»Nächste Theorie«, verlangte Daily mit einer wegwerfenden Handbewegung.

»HIV. Was ist, wenn einer der beiden mit dem Virus infiziert ist? Ein Aidstest bei dem kleinen Robert hätte positiv ausfallen können. Mrs. Merritt konnte der Demütigung nicht ins Auge sehen, daß Details über ihr Sexualleben oder das ihres Mannes bekannt werden.«

»Eine weitere sehr entfernte Möglichkeit«, meinte Daily. »Wäre einer von ihnen HIV-positiv, wäre das längst rausgekommen – zum Beispiel während ihrer Schwangerschaft. Der Präsident wird regelmäßig untersucht. Ein Geheimnis dieser Art bliebe nicht lange geheim.«

»Wahrscheinlich hast du recht.« Sie überlegte wieder einen Augenblick lang. »Vielleicht sehen wir den Wald vor lauter Bäumen nicht. Was wäre, wenn ihr Motiv ganz normale, gewöhnliche Rachsucht gewesen wäre? Sie kommt mir vor wie eine Frau, die es gewohnt ist, ihren Kopf durchzusetzen, und die keine Zurückweisung dulden würde.«

»Was willst du damit sagen?«

»Sie hat ihren Sohn umgebracht, um den Präsidenten für seine Affären mit anderen Frauen zu bestrafen.«

»Seine *angeblichen* Affären.«

»Komm schon, Daily«, ächzte Barrie. »Jeder weiß, daß er ein Schürzenjäger ist. Er ist bloß noch mit keiner seiner Ladys im Bett erwischt worden – noch nicht.«

»Und solange er nicht erwischt wird, solange das Reporterteam von *60 Minutes* ihn nicht dabei filmt, solange Mike Wallace nicht sein Geständnis auf Band aufnimmt, bleiben die Eskapaden des Präsidenten ein Gerücht.«

»Mrs. Merritt muß es doch wissen.«

»Klar weiß sie es. Aber sie spielt lächelnd die Ahnungslose, wie es die Frauen sämtlicher geiler gewählter Amtsinhaber schon immer getan haben.«

»Ich finde das Verschmähtenmotiv trotzdem verdammt stark.«

Daily zupfte nachdenklich an seiner Unterlippe. »Barrie, die Serie hat die ganze Branche auf dich aufmerksam gemacht. Diesmal hast du positives Aufsehen erregt.«

»Mein Augenblick im Rampenlicht hat nichts mit dieser Sache zu tun.«

»Weißt du das bestimmt? Die Serie war so gut, daß sie das Debakel mit Bundesrichter Green überschattet und deine Kritiker widerlegt hat. Du hast Beifall verdient, aber paß auf, daß du nicht süchtig wirst. Kannst du beschwören, daß du nicht versuchst, noch mehr Aufmerksamkeit zu erregen, indem du eine Story erfindest? Könnte es nicht sein, daß dir diese Sensationshascherei zur Flucht aus deinem beruflichen Fegefeuer verhelfen soll?«

Barrie wollte seine Frage mit einem nachdrücklichen, unwiderlegbaren Nein beantworten, hielt dann aber inne, um ihre Motive noch einmal unter die Lupe zu nehmen. Bog sie etwa die

Tatsachen zurecht, damit sie ihr in den Kram paßten? Ließ sie zu, daß Ehrgeiz ihre Objektivität beeinträchtigte? Oder noch schlimmer: Verfiel sie wieder in ihren alten Fehler, voreilig falsche Schlußfolgerungen zu ziehen, um eine Story dramatisch aufzupeppen?

»Ehrlich nicht, Daily. Ich habe diese Sache objektiv und von allen Seiten betrachtet. Die Frau hat ihr Kind verloren. Das sichert ihr mein aufrichtiges Mitgefühl. Aber ist es nicht möglich, daß sie nicht das Opfer eines grausamen Schicksals, sondern eines rätselhaften verbrecherischen Drangs ist, der sie dazu getrieben hat, das Schlimmste aller Verbrechen zu verüben? Das ist die Frage, die mich einfach nicht mehr losläßt.

Die Geschichte ist mir von Anfang an verdächtig vorgekommen. Warum hat sie mich angerufen und zum Kaffee eingeladen? Das hat sie noch nie getan – bei keinem Kollegen, bei keiner Kollegin, die ich kenne. Und während unseres Gesprächs hatte ich den Eindruck, sie versuche mir etwas mitzuteilen, ohne es offen auszusprechen. Was wäre, wenn das ein Geständnis gewesen wäre?

Wenn sie nicht ausgerechnet die First Lady wäre, hätte ich nie so lange gezögert, der Sache nachzugehen. Ich denke, ich bin es mir schuldig, etwas tiefer zu schürfen. Und selbst auf die Gefahr hin, daß das unglaublich kitschig klingt, denke ich, daß ich das unserer Nation schuldig bin.«

»Okay«, sagte Daily. »Dann habe ich nur noch eine einzige Frage.«

»Schieß los.«

»Warum zum Teufel lungerst du noch hier rum?«

6. Kapitel

Nachdem Barrie eine Woche lang eifrig Spuren verfolgt hatte, die nirgendwohin führten, begann sich ihre Begeisterung abzukühlen. Die Zeit, die sie geopfert hatte, um die näheren Umstände von Robert Rushton Merritts Tod aufzuklären, hatte ihr lediglich Enttäuschungen eingebracht.

Sie hatte sämtliche Aspekte, über die sie mit Daily diskutiert hatte, unter die Lupe genommen, ohne irgendwo fündig zu werden. Tatsächlich steckte sie in einer Zwickmühle: Die Story erforderte gründliche Recherchen, die nicht möglich waren, ohne die ganze Sache preiszugeben.

Noch schlimmer wurde alles dadurch, daß Howie wieder mal Schwierigkeiten mit seiner Prostata hatte – natürlich schilderte er ihr alle widerlichen Einzelheiten – und daher noch unausstehlicher als sonst war. Aus Eifersucht auf den Erfolg ihrer Serie teilte er ihr die Storys zu, die andere Reporter sich zu übernehmen weigerten und die in den Nachrichtensendungen an letzter Stelle kamen. Sie erledigte diese Aufträge klaglos und so schnell wie möglich, damit sie mehr Zeit für die Story hatte, von der sie förmlich besessen war.

Allein die Idee, die First Lady könnte ihr Baby erstickt haben, grenzte an Hochverrat. Welche Strafe stand heutzutage auf Hochverrat? Öffentliches Erhängen? Tod durch Erschießen?

Barrie fürchtete allmählich, nicht Vanessa Merritt, sondern sie selbst habe einen Nervenzusammenbruch erlitten. Sie hörte Modulationen, die gar nicht existierten, und las in harmlose Äußerungen versteckte Bedeutungen hinein. Es wäre besser gewesen, dieses verrückte Projekt aufzugeben und ihre ganze

Energie auf die Storys zu konzentrieren, die Howie ihr gnädigerweise zuteilte, anstatt ihre Zukunft an einen Stern zu hängen, der wahrscheinlich explodieren und ein Schwarzes Loch um sie und ihre Karriere hinterlassen würde.

Aber sie konnte einfach nicht aufgeben. Was wäre gewesen, wenn Bernstein und Woodward die Watergate-Story nach den ersten Fehlschlägen aufgegeben hätten?

Sie saß in ihrem winzigen Büro und studierte ihre Notizen auf der Suche nach einem ganz neuen Blickwinkel, als der Nachrichtenchef sie bei ihren Überlegungen störte. »Hi, Barrie. Die Einführung zu Ihrer Story für heute abend?«

»Was ist damit?«

»Ihr Mikro hat gebrummt. Howie sagt, daß Sie die Einführung live im Studio sprechen sollen.«

Barrie sah auf die Uhr auf ihrem Schreibtisch. Acht Minuten bis Sendebeginn. »Falls Sie es nicht gemerkt haben sollten – ich bin heute nachmittag bei den Außenaufnahmen klitschnaß geworden. Mein Haar ist noch immer feucht.«

»Und Ihr Make-up ist völlig…« Seine Handbewegungen vor seinem eigenen Gesicht waren entmutigend. »Aber wir müssen es durchziehen oder Ihre Story rausschmeißen. Howie sagt, daß das Ihre große Chance ist, ein Star zu werden.«

»Das wohl kaum«, seufzte sie, »aber um des lieben Friedens willen muß ich's wohl machen.« Sie griff nach ihrer Umhängetasche. »Falls jemand nach mir fragt, ich bin auf der Damentoilette.«

»Ich warte hier draußen und bete um ein Wunder!« rief der Sendeleiter ihr nach.

Nach der Sendung kehrte Barrie an ihren Schreibtisch zurück und hörte ihren Anrufbeantworter ab. Ein Anruf kam von dem Spinner, der sie seit Jahren anrief und behauptete, die Hersteller eines beliebten Abführmittels hätten ihn mit einem

Voodoozauber belegt, der chronische Verstopfung bewirkte. Ein weiterer kam von einer neuen Spinnerin, die sich als Charlene vorstellte und Barrie vorwarf, sie sei begriffsstutzig und einfach dämlich. Und einer kam von Anna Chen, ihrer Informantin im General Hospital.

»Anna?«

»Hi.«

Anna Chens Stimme klang leise und vorsichtig, und Barrie fiel auf, daß ihre Informantin sie nicht mit ihrem Namen angesprochen hatte, obwohl sie ihre Stimme erkannt haben mußte. Barrie griff automatisch nach Notizblock und Bleistift.

»Diese Sache, über die wir vor ein paar Tagen gesprochen haben«, begann die Krankenhausangestellte.

»Ja.«

»Davon gibt es keine Kopie.«

»Ja, ich verstehe.« Barrie wartete, denn sie spürte, daß Anna noch mehr zu sagen hatte.

»Das Verfahren wurde nie durchgeführt.«

Barrie schluckte trocken. »Nie durchgeführt? Ist das… eine Ermessenssache? Wäre es unter den… äh… ungewöhnlichen Umständen nicht zwingend vorgeschrieben gewesen?«

»Normalerweise schon. Aber in diesem Fall hat der behandelnde Arzt entschieden, es sei nicht notwendig. Er hat angeordnet, auf das Verfahren zu verzichten, und das ist dann auch geschehen.«

Dr. George Allan, der Leibarzt des Präsidenten, hatte den Coroner angewiesen, keine Autopsie vorzunehmen. Barrie drückte so stark auf, daß die Bleistiftmine abbrach. »Wissen Sie das bestimmt?«

»Ich muß jetzt weg.«

»Nur noch ein paar Fragen?«

»Tut mir leid.«

Anna Chen legte auf. Barrie stopfte ihre Notizen in ihre Umhängetasche, nahm Regenmantel und Schirm mit und stürmte aus der Redaktion.

Sie hatte nicht damit gerechnet, daß Anna Chen in ihrem Büro im Krankenhaus auf sie warten würde. Trotzdem war sie enttäuscht, als der Raum bei ihrer Ankunft dunkel und verschlossen war. In ihrem Auto benutzte sie dann ihr Mobiltelefon.

»Hast du dein Telefonbuch griffbereit?« fragte sie Daily, sobald er sich meldete.

»Auch dir einen wunderschönen Abend.«

»Keine Zeit für Höflichkeiten.«

Er merkte, daß der Anruf dringend war, und fragte: »Stadtgebiet?«

»Dort kannst du anfangen. Sieh nach, ob du eine Anna Chen findest. C-h-e-n.«

»Wer ist das?«

»Kann ich nicht sagen.«

»Ach, eine Informantin. Um was geht's denn?«

»Das erzähl' ich dir später.«

»Hab' dich heute abend in den Nachrichten gesehen«, sagte Daily. Sie hörte ihn im Telefonbuch blättern.

»Wie habe ich ausgesehen?«

»Ich hab' schon Schlimmeres gesehen.«

»So schlecht?... Wie kommst du mit den Chens voran?«

»Keine Anna, aber hier steht ein oder eine A. Chen.«

»Gib mir die. Telefonnummer und Adresse, bitte.«

Die Krankenhausangestellte wohnte in einem frisch renovierten Apartmentgebäude in Adams Morgan, einem lebhaften, ethnisch buntgemischten Viertel. Leider war bei der Renovierung kein Aufzug eingebaut worden, so daß Barrie etwas außer

Atem war, als sie im dritten Stock ankam. Um Anna Chen keine Gelegenheit zu geben, ihr auszuweichen, hatte sie ihren Besuch nicht telefonisch angekündigt. Sie war erleichtert, als sie hinter der Wohnungstür einen Fernseher hörte.

Sie klingelte. Der Fernseher wurde sofort leise gestellt. Barrie ahnte, daß sie durch den Spion in der Tür beobachtet wurde. »Bitte, Anna, ich muß mit Ihnen reden.«

Nach scheinbar endlos langer Zeit wurden Riegel zurückgezogen, dann öffnete sich die Tür mit eingehakter Sicherungskette einige Zentimeter weit. Durch den Spalt sah Barrie nur eine Hälfte von Anna Chens hübschem Gesicht.

»Was machen Sie hier? Sie hätten nicht herkommen dürfen.«

»Darf ich reinkommen, wenn ich schon mal da bin?«

»Was wollen Sie?«

»Was ich *will*? Ist das nicht klar? Ich möchte wissen, warum keine Autopsie vorgenommen worden ist, obwohl ...«

»Ich mache jetzt die Tür zu. Bitte belästigen Sie mich nicht wieder.«

»Anna!« Barrie stellte ihren Fuß in die Tür. »Das verstehe ich nicht. Sie können mich doch nicht anrufen, mir so was hinknallen und dann...«

»Ich weiß nicht, wovon Sie reden.«

Barrie starrte sie ungläubig an. »Anna, was soll das? Ich versteh nicht, was...«

Und dann ging ihr ein Licht auf. Aus Annas schönen, mandelförmigen Augen sprach nackte Angst.

Sie senkte ihre Stimme zu einem Flüstern und fragte: »Haben Sie Anweisung bekommen, nicht mit mir zu reden?«

»Bitte gehen Sie jetzt.«

»Hat jemand Sie davor gewarnt, mit mir zu sprechen? Hat man Sie bedroht? Wer, Anna? Ihr Vorgesetzter im Krankenhaus? Jemand aus dem Büro des Coroners? Dr. George Allan?«

Sie sprach leise und eindringlich weiter. »Ich nenne Sie nicht als meine Informantin, das schwöre ich Ihnen. Sie brauchen nur zu nicken, wenn ich recht habe. Dr. Allan hat den Coroner angewiesen, keine Autopsie vorzunehmen. Hat er dabei im Auftrag des Präsidenten gehandelt?«

Die verängstigte junge Frau versuchte erneut, die Tür zu schließen, in der Barries Fuß jetzt wie in einem Schraubstock festsaß. »Anna, bitte erzählen Sie mir, was Sie darüber wissen.«

»Ich weiß nichts. Gehen Sie! Lassen Sie mich in Ruhe.«

Die Asiatin warf sich mit ihren vollen fünfundvierzig Kilogramm Gewicht gegen die Wohnungstür. Barrie zog klugerweise ihren Fuß heraus. Dann stand sie auf dem Gang, starrte die Messinglettern an, die das Apartment als 3C bezeichneten, und fragte sich, wer zum Teufel Anna Chen einen Maulkorb umgehängt hätte. Und warum.

Vanessa Merritt schaltete den Fernseher in ihrem Schlafzimmer aus. Sie hatte herumgezappt und dabei in den WVUE-Abendnachrichten zufällig Barrie Travis gesehen. Wie konnte die Reporterin bloß so dämlich sein? Warum hatte sie den Hinweis nicht begriffen? Aber in gewisser Beziehung war Vanessa erleichtert, daß sie so begriffsstutzig war.

Obwohl Vanessa einerseits nicht wollte, daß ihr Geheimnis enthüllt wurde, wußte sie andererseits nicht, wie lange sie es noch ertragen würde, es für sich zu behalten. Sie fürchtete, es werde sie so oder so umbringen.

Sie goß sich ein weiteres Glas des verbotenen Weins ein. Zum Teufel mit den Rügen ihres Arztes, ihres Vaters und ihres Ehemanns! Woher wollten sie wissen, was sie brauchte oder nicht brauchte? Sie konnten unmöglich verstehen, was sie durchgemacht hatte. Sie hatten sich gegen sie verbündet. Sie...

Der Gedanke entglitt ihr, bevor er zu Ende gebracht war. Das passierte ihr in letzter Zeit häufig. Sie schien nicht mehr imstande zu sein, einen Gedanken mehr als einige Sekunden zu verfolgen, bevor er ihr entglitt.

Woran hatte sie eben gedacht?

An das Baby. Ja, das tat sie ständig. Aber auch an etwas anderes...

Als ihr Blick den Fernseher streifte, erinnerte sie sich wieder. Barrie Travis. Die blöde Kuh. Mußte man ihr mit einer Dachlatte über den Schädel schlagen, bevor sie etwas kapierte? Warum hatte sie nichts verstanden? Oder hatte sie alles begriffen, hatte aber nicht den Mut, etwas zu unternehmen? War sie dumm oder feige? Das Ergebnis war in beiden Fällen das gleiche. Von ihr war keine Hilfe zu erhoffen.

Vanessa hatte es für eine clevere Idee gehalten, die Reporterin für ihre Zwecke einzuspannen. Sie war darauf gekommen, als sie Barrie vor kurzem bei einer Pressekonferenz auf dem Rasen des Weißen Hauses gesehen hatte. War das nicht die Journalistin, die mit einer Story über den »Tod« von Bundesrichter Green baden gegangen war? Hatte sie nicht einmal bei einer Pressekonferenz eine unglaublich dumme Frage gestellt, die spontanes Gelächter provoziert hatte?

Barrie Travis' geringe Glaubwürdigkeit hätte sie zu einem idealen Werkzeug für Vanessas Plan gemacht, der vorsah, einer verantwortungslosen Reporterin gegenüber einige Andeutungen zu machen, die sie hoffentlich aufgreifen würde, indem sie Fragen stellte, die anfangs verrückt klingen mochten, bis auch einflußreiche Kommentatoren sich für sie zu interessieren begannen. Hätte Vanessa diese Andeutungen einem der bekannten großen Journalisten gegenüber gemacht, hätte sie sich selbst gefährlich exponiert. So würde die Wahrheit an den Tag kommen, aber eben nicht direkt durch sie.

Das hatte sie jedenfalls gehofft. Aber Barrie Travis war offenbar eine schlechte Wahl gewesen. Sie war nicht nur rücksichtslos, sie war auch hirnlos.

An wen konnte sie sich noch wenden?

Aus alter Gewohnheit griff Vanessa nach dem Telefonhörer.

»Hi, Daddy.«

»Hallo!« sagte der Senator. »Ich wollte dich später anrufen. Wie geht's dir?«

»Gut.«

»Ein ruhiger Abend zu Hause?«

»David hält eine Rede vor irgendeinem Gewerkschaftskongreß. Wo der stattfindet, habe ich vergessen.«

»Soll ich rüberkommen und dir Gesellschaft leisten?«

»Nein, aber trotzdem vielen Dank.« Wenn ihr Vater bei ihr war, konnte sie kaum etwas trinken.

»Du solltest nicht allein sein, Liebes.«

»David kommt heute abend zurück. Es wird sicher spät, aber er hat mir versprochen, mich zu wecken.«

Nach einer Pause, in der sie sich das besorgte Stirnrunzeln ihres Vaters vorstellen konnte, meinte er: »Du solltest doch mal wieder zu deinem Gynäkologen gehen. Vielleicht kann er dir ein paar Hormone oder so was verschreiben.« Er führte alle weiblichen Beschwerden auf Hormonstörungen zurück.

»Das würde George verletzen.«

»Zum Teufel mit George und seinen Gefühlen!« polterte der Senator. »Hier geht's schließlich um deine Gesundheit. George ist ein netter Kerl und vermutlich ein kompetenter Arzt, solange es um Bauchschmerzen und Grippeschutzimpfungen geht. Aber du brauchst einen Spezialisten, Kind. Du brauchst einen Psychiater.«

»Nein, Daddy. Ich habe alles unter Kontrolle.«

»Seit du den kleinen Robert verloren hast, bist du völlig durcheinander.«

Vanessa trank einen Schluck Wein, um die schmerzvollen Reuegefühle zu betäuben, die sie bei diesen Worten durchzuckten. »David wäre bestimmt dagegen. Die First Lady darf zu keinem Psychiater gehen.«

»Das läßt sich vertraulich arrangieren. Wer könnte es dir außerdem verübeln, daß du Hilfe holst, wenn du sie am nötigsten brauchst? Ich werde mit David darüber reden.«

»Nein!«

»Schätzchen...«

»Bitte, Daddy, er soll sich nicht noch mehr Sorgen machen. Ich komme irgendwie darüber hinweg. Es dauert nur ein bißchen länger, als wir alle gedacht haben.«

Vanessa hatte auf den Knien des Meisters – Senator Cletus Armbruster – gelernt, Politik zu machen. Als sie sich eine gute Nacht wünschten, hatte sie ihm das Versprechen abgenommen, nicht mit David über ihren Gesundheitszustand zu reden.

Um sich zu beruhigen, spülte sie ein weiteres Valium mit einem großen Schluck Wein hinunter, bevor sie ins Bad schwebte und Nachthemd und Morgenrock anlegte. Sie versuchte, im Bett sitzend ein paar Briefe zu schreiben, konnte jedoch ihren Füller nicht richtig halten. Dann wollte sie anfangen, den neuen Bestseller zu lesen, von dem alle Welt sprach, aber es fiel ihr schwer, sich auf die Buchstaben zu konzentrieren und die Worte zu verstehen. Als sie eben aufgeben und ihre Nachttischlampe ausknipsen wollte, klopfte jemand an die Schlafzimmertür. Sie stand auf und ging zur Tür.

»Vanessa?«

Sie öffnete die Tür. »Hallo, Spence.«

»Hast du geschlafen?«

»Ich habe gelesen.« Spencer Martin machte sie unweigerlich nervös. Sie fuhr sich mit einer Hand durchs Haar. »Was willst du?«

»Der Präsident hat mich gebeten, nach dir zu sehen.«

»Tatsächlich?« fragte sie sarkastisch.

»Er bedauert, daß er dich heute abend allein lassen mußte.«

»Warum sollte dieser Abend anders als alle anderen sein?«

Spencer Martin zuckte mit keiner Wimper. Frechheit allein genügte nicht, um ihn zu provozieren. Selbst wenn er gereizt war, ließ er sich nichts anmerken. Das hatte er während seiner Ausbildung trainiert.

Zu Nixons Mannschaft hatte Gordon Liddy gehört, dessen eine Handfläche in der Mitte vernarbt war, wo er sie über eine Kerzenflamme gehalten hatte, bis das Fleisch verbrannt war. Spencer Martin brauchte sich nicht vor Liddy zu verstecken; er war selbst eine unheimliche Gestalt. Und für den Präsidenten unersetzlich.

»Kann ich irgend etwas für dich tun?«

»Zum Beispiel?«

»Was du möchtest.«

»Bemühe dich bitte nicht.«

»Ich versichere dir, es wäre keine Mühe. Wie fühlst du dich?«

»Beschissen. Wie fühlst du dich?«

»Du bist durcheinander. Am besten rufe ich Dr. Allan an, damit er rüberkommt.«

»Den brauche ich nicht!« widersprach sie heftig. »Was ich brauche…« Sie machte eine Pause, um ihre Kräfte zu sammeln. »Was ich brauche, ist jemand in diesem Haus, der zur Kenntnis nimmt, daß ich einen Sohn hatte und daß er tot ist.«

»Das haben alle zur Kenntnis genommen, Vanessa. Wozu immer wieder darauf zurückkommen? Welchen Zweck hat es, auf der Tatsache herumzureiten, daß dein Sohn…«

»Sag seinen Namen, du Dreckskerl!« Sie stürzte sich auf Spencer und packte ihn an den Aufschlägen seines perfekt geschnittenen Sakkos. »David und dir fällt es schwer, seinen Namen auszusprechen, hab' ich recht? Euer schlechtes Gewissen hindert euch daran. Sag ihn!« kreischte sie. »Los, sag ihn sofort!«

Ein Secret-Service-Agent kam hereingestürzt. »Mr. Martin, ist irgendwas nicht in Ordnung?«

»Die First Lady fühlt sich nicht wohl«, antwortete Spencer. »Rufen Sie Dr. Allan an, er möchte sofort kommen.«

Spencer schob sie ins Schlafzimmer zurück und schloß die Tür. »Willst du mich hier einsperren, Spence?«

»Durchaus nicht. Falls du dich vor dem Personal lächerlich machen willst... bitte sehr«, sagte er und deutete gelassen auf die Schlafzimmertür.

Vanessa verfiel in mürrisches Schweigen, goß sich jedoch trotzig ein weiteres Glas Wein ein. Bis der Arzt kam, hatte sie es ausgetrunken und war beim nächsten.

»Sie ist betrunken, George«, stellte Spencer Martin fest.

Als Dr. Allan sie untersuchen wollte, strampelte sie und wehrte sich. »Vanessa, solange Sie diese Medikamente nehmen, dürfen Sie nicht so viel trinken.«

Spencer wies ihn an, ihr etwas zu geben, was sie ruhigstellte. »Das ist eigentlich nicht ratsam. Ich muß die Dosis erhöhen, damit sie wirkt.«

»Es ist mir gleich, was Sie tun müssen«, sagte der Mann aus Stahl.

Vanessa entblößte ihren Arm. »Los, geben Sie mir die verdammte Spritze! Frieden finde ich sowieso nur, wenn ich schlafe. Und Spence hat völlig recht: Ich bin nicht müde, ich bin betrunken.«

Als das Mittel zu wirken begann, kam David ins Schlafzimmer gestürmt. Er war offensichtlich wütend über den Auftritt, den sie sich in seiner Abwesenheit geleistet hatte.

Wirklich verdammtes Pech, Mr. President, dachte sie, obwohl sie zu entspannt war, um die Worte auszusprechen.

David, Spencer und Dr. Allan fanden sich am Fußende ihres Bettes zu einer angespannten, im Flüsterton geführten Beratung zusammen. Zum Abschluß hörte sie Spencer etwas lauter sagen: »Wir dürfen nicht länger untätig zusehen.«

Was sollte das nun wieder heißen? Sie hatte sich gnädiges Vergessen gewünscht, aber jetzt kämpfte sie darum, ihre Benommenheit abzuschütteln.

Sie lag im Tiefschlaf, als sie sie kurz vor Tagesanbruch abholten.

7. Kapitel

Präsident Merritt beendete ein Telefonat mit Barrie Travis und wandte sich an seinen Berater. »Was hältst du davon?«

Spencer Martin hatte am zweiten Apparat jedes Wort mitgehört. »Sie hat nach Informationen geangelt, aber du hast dich gut aus der Affäre gezogen«, antwortete er. »Du hast ihre Bitte freundlich, aber bestimmt abgelehnt. Ist ihr Anruf über Dalton gekommen?«

»Ja. Sie hat sich strikt an den Dienstweg gehalten.«

»Um so netter von dir, sie persönlich abzuweisen. Vermutlich hat sie geglaubt, es könne nicht schaden, dich um ein Exklusivinterview über deine Wahlkampfstrategie zu bitten. Vanessa hat sie offenbar aufgefordert, sie mit Vornamen anzusprechen, und du hast ihr diese Blumen geschickt. Da ist es nur verständlich, wenn sie glaubt, einen direkten Draht zum Oval Office zu haben.«

David Merritt starrte durch ein Fenster, das auf den gepflegten Park des Weißen Hauses hinausging. Entlang des hohen, schmiedeeisernen Zaunes standen die Besucher Schlange, um die Standardtour mitzumachen, bei der sie die Speiseservices früherer Präsidenten angaffen würden.

Insgeheim verachtete er die Durchschnittsamerikaner, aber er liebte es, ihr Präsident zu sein. Und diesen Wohnsitz würde er auch nach seiner zweiten Amtsperiode nur höchst ungern aufgeben. Er zog nie in Erwägung, daß es keine zweite geben könnte. Seine Wiederwahl war für ihn beschlossene Sache. Das stand in dem Programm, das er sich damals auf dem Wohnwagenplatz in Biloxi vorgenommen hatte. Bis auf unbedeutende Abweichungen hatte bisher alles genau nach Plan geklappt. Nichts durfte der Zukunft, die David Malcomb Merritt für sich ausgearbeitet hatte, im Weg stehen. Nichts.

Als hätte er seine Gedanken erraten, fragte Spencer jetzt: »Was mag sie mit der letzten Frage nach Vanessa bezweckt haben?«

»Der Gesundheitszustand meiner Frau beschäftigt ganz Amerika. Es wäre verdächtiger gewesen, wenn sie sich nicht nach ihr erkundigt hätte.«

»Schon möglich«, stimmte Spencer zu.

Das klang so wenig überzeugt, daß der Präsident sich umdrehte und ihn fragend anstarrte.

Spencer zuckte mit den Schultern. »Nun, vor ein paar Wochen ist Barrie Travis praktisch aus dem Nichts aufgetaucht. Jetzt müssen wir bei jeder Bewegung damit rechnen, daß sie uns in die Quere kommt.« Er fluchte halblaut. »Was hat Vanessa sich bloß dabei gedacht? Und warum läßt diese Reporterin nicht locker? Ich verstehe, daß sie vor ihrer Serie im General Hospital rumgeschnüffelt hat – aber wieso hinterher?«

»Das hat mich auch beunruhigt«, gab Merritt zu. »Aber man konnte ihre Informantin davon überzeugen, daß sie sich unloyal verhalten hat. Miss Travis wird sehr große Schwierigkeiten haben, in diesem Krankenhaus eine weitere Quelle aufzutun.«

Barrie Travis mochte glauben, ihre Quellen seien geheim, aber Spencers waren noch geheimer. Der Präsident hatte nicht gefragt, durch wen oder wie Anna Chen mit der Tatsache konfrontiert worden war, daß sie vertrauliche Informationen an eine Journalistin weitergegeben hatte. Spencer hatte ihm nur versichert, die Sache sei erledigt, und auf Spencers Wort war unbedingt Verlaß.

In dieser Beziehung war Spencer unersetzlich. Tauchte ein

Problem auf, übernahm er die Lösung. Ohne lange Erklärungen. Ohne Begründung. Ohne Diskussion. Spencer war völlig unkompliziert. Ganz im Gegensatz zu ihrem Freund Gray Bondurant, der darauf bestanden hatte, die genauen Gründe für jede verdammte Anordnung des Präsidenten zu erfahren.

Wenn entschlossenes Handeln erforderlich war, verlangte David Merritt tatkräftiges Zupacken, ohne sich rechtfertigen zu müssen. Ihm lag daran, daß das Zweckmäßige getan wurde, und er scherte sich dabei den Teufel um die Integrität. Gray jedoch sehr. Für Gray hatte Integrität einen hohen Stellenwert.

»Meiner Ansicht nach ist Barrie Travis nur eine übereifrige Reporterin. Sie hat ihre Viertelstunde im Rampenlicht gehabt – das ist großzügig gerechnet – und versucht jetzt, aus ihrer flüchtigen Berühmtheit möglichst viel Kapital zu schlagen. Leider wird sie allmählich lästig.« Der Präsident schmunzelte. »Dabei ist sie eine Versagerin, das weiß jeder. Keine Sorge, Spence, sie ist nicht clever genug, um wirklichen Schaden anzurichten.«

»Ich weiß nicht, David«, meinte Spencer besorgt. »Ich halte sie für intelligenter, als die meisten Leute glauben. Wenn ihr nicht dieser grobe Schnitzer passiert wäre, könnte sie heute eine einflußreiche Journalistin sein. Ihre verdammte Hartnäckigkeit sagt uns jede Menge über ihren Charakter.«

»Oder ihren Leichtsinn und ihren blinden Ehrgeiz.«

»In beiden Fällen könnte sie uns schaden, wenn sie weitermacht.«

Der Präsident musterte seinen Berater. Sie verstanden sich oft ohne Worte. Wie Guerillakämpfer in einem Dschungel voller Feinde konnten sie sich wortlos miteinander verständigen. Blicke genügten, um sich gegenseitig vor möglichen Gefahren zu warnen. So war es auch diesmal.

»Wenn dir dabei wohler wäre, Spence, solltest du die Sache im Auge behalten.«

»Mir wäre dabei wohler.«

Barrie starrte die stenografische Mitschrift ihres Telefongesprächs mit Präsident Merritt nachdenklich an. Weder daran, was er gesagt, noch daran, wie er es gesagt hatte, fand sie das geringste auszusetzen. Es war ein freundlicher kleiner Schwatz gewesen. Er hatte ihre Bitte um ein Exklusivinterview entschieden, aber freundlich abgelehnt, was sie jedoch nicht enttäuscht oder auch nur überrascht hatte. Ihre Bitte war ohnehin nur ein Vorwand gewesen. Eigentlich hatte sie angerufen, um sich nach der First Lady zu erkundigen.

Seit jenem stürmischen wolkenverhangenen Tag, an dem sie sich mit Vanessa Merritt zum Cappuccino getroffen hatte, war Barrie in ganz Washington auf der Suche nach dem Drama, das sie witterte. Bisher ohne Erfolg. Ihre Quellen waren versiegt. Da der Piepser, den sie Tag und Nacht trug und dessen Nummer nur Daily und ihre Informanten kannten, kein einziges Mal piepste, verstieß sie gegen die ungeschriebenen Regeln und rief ihre Informanten selbst an. Niemand wußte etwas. Danach war sie bereit gewesen, sich einzugestehen, daß ihre Phantasie wieder einmal mit ihr durchgegangen war.

Dann hatte der rätselhafte Vorfall mit Anna Chen ihren Verdacht erneut geweckt. Und gleich am nächsten Morgen hatte Dalton Neely eine Pressekonferenz einberufen, um bekanntzugeben, Mrs. Merritt werde sich für unbestimmte Zeit aus der Öffentlichkeit zurückziehen. Nach dieser schockierenden Einleitung hatte er eine kurze Mitteilung des Präsidenten verlesen:

»Senator Armbruster und ich glauben, daß meiner Frau die Verpflichtungen als First Lady nicht genug Zeit gelassen haben, sich von dem tragischen Tod unseres Sohnes zu erholen. Wir haben ihr deutlich klargemacht, wie wertvoll sie für uns als Mensch und als Patriotin ist. Sie ist es ihren Angehörigen und ihrem Land schuldig, sich körperlich und seelisch völlig zu erholen, bevor sie sich erneut ihren anstrengenden Aufgaben, die sie sich selbst auferlegt hat, widmet. Zu diesem Zweck hat sie sich zu einer längeren Erholungskur zurückgezogen.«

Danach konnten die Medienvertreter Fragen stellen. Diese Kur werde von Dr. George Allan überwacht, hatte der Pressesprecher auf eine Frage hin erklärt. Er hatte strikt dementiert, daß es sich um eine Entziehungskur wegen Alkohol- oder Drogenmißbrauchs handelte. Barrie selbst hatte das Stimmengewirr ihrer Kollegen überschrien, um zu fragen, wann die First Lady zurückkommen werde; die Antwort hatte gelautet, für Spekulationen darüber sei es noch zu früh.

Seither hatte Neely die nach Nachrichten gierenden Medien periodisch mit Bulletins über Mrs. Merritts Gesundheitszustand beliefert. Ruhe und Entspannung bekamen ihr nach Auskunft Dr. Allans sehr gut. Als Barrie vorhin mit dem Präsidenten telefoniert hatte, hatte er sich für ihre Frage nach Vanessa bedankt und versprochen, ihr Grüße von Barrie auszurichten. Sie erhole sich rasch, ihr Zustand sei sehr befriedigend. Merritt versicherte ihr, Vanessas Fortschritte könnten nicht erfreulicher sein.

Alles in gottverdammt bester Ordnung.

»Das könnt ihr mir nicht erzählen«, murmelte Barrie. Sie spürte wieder jenes Prickeln im Nacken. Irgendwas stimmte hier nicht. Sie griff nach dem Telefonhörer.

»General Hospital. Wen möchten Sie sprechen?«

»Anna Chen, bitte.«

»Miss Chen arbeitet nicht mehr hier.«

»Wie bitte?«

»Miss Chen arbeitet nicht mehr hier. Kann Ihnen jemand anders weiterhelfen?«

»Äh, nein. Danke.«

Barrie legte rasch auf und wählte Anna Chens Privatnummer. »Kein Anschluß unter dieser Nummer«, teilte ihr eine freundliche Computerstimme mit. Keine fünf Minuten später saß Barrie in ihrem Wagen und raste zu Anna Chens Apartmentgebäude. Sie trabte die drei Treppen hinauf und klingelte an der Tür von Apartment 3C. Nach dem vierten oder fünften Klingeln wurde ihr klar, daß die Wohnung leer stand.

Sie klingelte frustriert an der Tür des Wohnungsnachbarn gegenüber. Als sie ein Ohr an die Wohnungstür drückte, hörte sie dahinter Bewegungen und flüsternde Stimmen. »Hallo?« rief sie und klopfte an die Tür. »Ich suche Miss Chen.«

Der Nachbar war ein junger Managertyp mit glattem Pferdeschwanz und einem Monogramm auf der Brusttasche seines Oberhemds, das bis zum Gürtel aufgeknöpft war; den Reißverschluß seiner Hose hatte er so hastig zugezogen, daß er einen weißen Hemdzipfel eingeklemmt hatte. Ein Blick über seine Schulter zeigte Barry, daß er eine junge Dame zu Gast hatte. Die beiden veranstalteten ein Picknick auf dem Fußboden im Wohnzimmer.

»Tut mir leid, wenn ich störe…«

»Wenn Sie Anna suchen, die ist ausgezogen«, sagte der junge Mann. Er hatte es eilig, zum Lunch zurückzukommen. Oder wozu auch immer.

»Wann?«

»Irgendwann letzte Woche. Freitag, vielleicht schon Donnerstag. Vor dem Wochenende, weil der Hausverwalter die Wohnung am Samstag hat renovieren lassen. Den ganzen Tag sind Arbeiter ein- und ausgegangen.«

»Haben Sie eine Ahnung…«

»Wohin sie gezogen ist? Nein. Aber sie arbeitet im General Hospital.«

»Nein, nicht mehr.«

»Wirklich? Dann weiß ich auch nicht weiter.«

»Danke, daß du gekommen bist, Daily.« Barrie betrat ihr Haus durch den Hintereingang. In der Küche schlug ihr aromatischer Kochdunst entgegen.

»Wie hätte ich einer so freundlichen Einladung widerstehen können? ›Sei um sieben da. Fang an zu kochen.‹«

Daily hatte sich eine Weihnachtsschürze umgebunden, stand am Herd und rührte in einem Topf Spaghettisauce. Sie entsann sich vage, diese Schürze vor Jahren geschenkt bekommen zu haben; seither hatte sie sie nicht mehr gesehen. Wo hatte Daily sie bloß ausgegraben?

»Riecht köstlich.« Sie wehrte Cronkite ab, der sie freudig jaulend begrüßte. »Hast du ihm was gegeben?«

»Ein rohes Hackfleischklößchen, das er ganz verschlungen hat.« Daily legte seinen Kochlöffel weg und drehte sich zu ihr um. »Wieso mußte ich eigentlich an der Ecke aussteigen, die rückwärtige Gasse entlangschleichen und durch die Hintertür reinkommen? Spielen wir Spion oder was?«

»Nach dem Essen.«

Er erinnerte sie an ihr Versprechen. Sobald das Geschirr abgeräumt war, machten sie es sich im Wohnzimmer bequem. Zumindest Daily saß bequem in einem Sessel und hatte Cronkites mächtiges Haupt in seinem Schoß liegen. Barrie ging ruhelos im Wohnzimmer auf und ab. Sie kontrollierte zweimal die Haustür, um sich zu vergewissern, daß sie abgesperrt und verriegelt war. Und sie ließ die Jalousien herunter, damit niemand von draußen hereinsehen konnte.

»Was zum Teufel soll das alles?« fragte Daily.

Sie legte ihren Zeigefinger an die Lippen und stellte den Fernseher an. Erst nachdem sie die Lautstärke so weit aufgedreht hatte, daß es ihnen schier das Trommelfell zerriß, rückte sie eine Polsterbank neben Dailys Sessel.

»Du denkst wahrscheinlich, daß ich übertreibe«, begann sie, »aber ich glaube, ich werde beschattet. Heute nachmittag habe ich mein Mobiltelefon abgemeldet. Ab sofort soll es keine Aufzeichnungen über meine Telefongespräche mehr geben. Wenn wir miteinander sprechen, müssen wir uns sehr vorsichtig ausdrücken – vor allem in bezug auf Vanessa Merritt.«

Daily nickte zu dem plärrenden Fernseher hinüber. »Du hast den Verdacht, daß wir hier abgehört werden?«

»Wundern würde es mich nicht.« Sie berichtete von Anna Chens Verschwinden und fügte hinzu: »Ich habe mit dem Hausverwalter gesprochen. Sie hat nicht gekündigt, sondern die Miete bis zum Ende der vertraglichen Laufzeit gezahlt. Dann hat sie ihre Sachen zusammengepackt und ist ausgezogen.«

»Dafür kann sie ein Dutzend Gründe gehabt haben. Ein anderer Job, eine andere Wohnung.«

»Sie hat weder im Krankenhaus noch beim Hausverwalter eine Nachsendeadresse hinterlassen. Das ist nicht üblich, wenn jemand nur umzieht.«

»Vielleicht versucht sie, einen jähzornigen Exfreund abzuschütteln.«

»Sie hatte Angst – aber nicht vor einem gewalttätigen Exfreund. Anna hat gefürchtet, jemand könnte sie dabei beobachten, wie sie mit mir spricht. Irgend jemand hat herausbekommen, daß sie Informationen an mich weitergegeben hat, und sie mit Drohungen zum Schweigen gebracht.«

Daily zupfte an seiner Unterlippe und schwieg.

»Warum ist die Autopsie bei dem kleinen Robert unterblieben?« fuhr Barrie fort. »Dr. Allan war nicht an seinem Bett, als er gestorben ist. Bei einem Unfalltod ist die Autopsie zur Feststellung der Todesursache gesetzlich vorgeschrieben.«

»Wir reden vom Präsidenten und der First Lady der Vereinigten Staaten, Barrie. Da läßt sich das Gesetz schon mal beugen.«

»Nehmen wir mal an, dein Kind stirbt plötzlich einfach so – würdest du dann nicht genau wissen wollen, warum? Weshalb hätten die Merritts eine Autopsie verweigern sollen, wenn sie nichts zu verbergen hatten?«

»Viele Leute sind gegen Autopsien.« Daily machte eine wegwerfende Handbewegung. »Nächstes Argument.«

»Ich muß immer wieder an die seltsamen Mitteilungen denken, die Vanessa mir gemacht hat. *Könnten* sie verschlüsselte Geständnisse gewesen sein?«

»Weshalb sollte sie gestehen, daß sie ihr Kind umgebracht hat?«

»Im Innersten will sie, daß ihr Verbrechen ans Tageslicht kommt. Sie will dafür bestraft werden.«

»Weißt du, je länger du redest, desto kränker wird sie.«

»Und wo ist sie?« fragte Barrie ungeduldig, ohne dabei ihre Stimme zu erheben. »In Highpoint?« Das Landhaus der Merritts lag am Fluß Shenandoah einige Autostunden südwestlich von Washington.

»Das liegt nahe«, antwortete Daily, »obwohl sie sich nach offizieller Lesart an einem ›nicht bekanntgegebenen Ort‹ erholt.«

»Wozu diese Geheimhaltung, wenn sie nicht krank, sondern nur erholungsbedürftig ist?«

»Wenn seine Tochter ernstlich krank wäre, würde Clete Armbruster sich intensiv um sie kümmern«, sagte Daily. »Dann würde sie im besten Krankenhaus Amerikas von unseren besten Ärzten behandelt. Hast du schon mit jemandem aus seinem Büro gesprochen?«

»Ich hab's versucht. Sein Stab leiert bloß Neelys Pressemitteilungen herunter.«

»Bestünde wirklich Gefahr für ihre Gesundheit, würde der Senator sich niemals mit einer Erholungskur zufriedengeben. Er würde Himmel und Erde in Bewegung setzen, um ihr die bestmögliche Behandlung zu verschaffen.«

»Und wenn der Senator wüßte, daß Vanessa einen Mord verübt hat, würde er genauso erbittert kämpfen, um ihn zu vertuschen und sie zu schützen.«

»Scheiße«, sagte Daily. »Da bin ich voll reingetappt.«

»Du türmst ständig neue Hindernisse vor mir auf«, stellte sie irritiert fest. »Du willst nicht, daß ich recht habe.«

»Ich will nicht, daß du *unrecht* hast. Ich will nicht, daß du dich noch mal in eine Sache wie die Story mit Bundesrichter Green verrennst. Und in andere.«

»Aber diese Sache ist anders. Völlig anders.«

»Und so soll es auch bleiben. Nach einer Serie von Fiaskos bist du eben dabei, etwas Glaubwürdigkeit zurückzugewinnen. Kannst du dir den Aufschrei vorstellen, den deine Theorien auslösen müssen, sobald sie bekanntwerden?«

»Kannst du dir vorstellen, was für ein gewaltiger Karriereschub mir bevorsteht, wenn meine Theorien sich als richtig erweisen?«

»Bevor du anfängst, von einem eigenen Nachrichtenmagazin zu phantasieren, solltest du dir darüber klarwerden, was du hast. Eine Vermutung, Barrie. Das ist alles. Eine Vermutung, die im Journalismus null wert ist.«

»Nein, das stimmt nicht«, widersprach sie nachdrücklich. »Außer man ist zufällig dabei, wenn jemand von einer Brücke springt, ein Flugzeug abstürzt oder ein Mörder gefaßt wird, während er noch mit rauchender Waffe über seinem Opfer steht, beginnt jede gute Story mit einer Ahnung, mit einer instinktiven Vermutung, die einem sagt, daß hinter einer Sache mehr steckt, als auf den ersten Blick zu erkennen ist.

Du wirst es vielleicht nicht glauben, Daily, aber meine Motive sind nicht nur egoistisch. Ich mache mir Sorgen um Vanessa. Bei unserer ersten Begegnung war sie am Rand eines Nervenzusammenbruchs. Nehmen wir mal an, ich hätte völlig unrecht und sie hätte ihr Baby wirklich durch Krippentod verloren. Vielleicht hat ihr Schmerz sie zum Wahnsinn getrieben. Wenn ihr Verhalten fürs Weiße Haus peinlich würde – wäre es dann nicht möglich, daß man sie irgendwohin abgeschoben hat, wo die Öffentlichkeit sie nicht mehr zu sehen bekommt?«

»Du denkst, daß der Präsident sie gegen ihren Willen einsperren läßt?«

So ausgedrückt, klang ihre Hypothese lächerlich. »Das wäre völlig unplausibel, nicht wahr?«

»Nicht unplausibler als alles andere, was wir bisher diskutiert haben.« Er dachte einen Augenblick darüber nach. »Macht hat ihre ganz spezielle Psychologie, das ist bekannt. Die Geschichte lehrt uns, daß es Präsidenten gegeben hat, für die der Zweck jedes Mittel geheiligt hat. Ich vermute, daß sich das auch auf den Hausarrest einer emotional gestörten First Lady, die den Amtsinhaber auf seinem Weg zur Wiederwahl behindern könnte, erstrecken würde.«

Sie fuhr zusammen. »Gott, unsere Theorien werden ja immer schlimmer.«

»Es sind trotzdem nur Theorien, Barrie.«

»Hör auf, mich ständig daran zu erinnern«, murmelte sie.

»Das ist mein Job.«

»Du bist nicht mehr mein Boß.«

»Klar. Ich bin bloß dein Freund. Hör zu, Barrie.« Er machte eine Pause, um mehrmals keuchend Atem zu holen. »Du hast jetzt von allen Seiten Anerkennung erfahren. Warum schonst du dich nicht ausnahmsweise mal ein Weilchen?«

Diesen Tonfall konnte sie nicht leiden. »Psychologiestunde,

Daily? Wird es Zeit, in Barries Kopf nachzusehen, was sie antreibt?«

»Das weiß ich schon lange. Und was noch wichtiger ist: Du weißt es auch.«

»Wozu dann darüber reden?« fragte sie aufgebracht.

»Kannst du mir in die Augen sehen und mir versichern, daß dein unbezähmbarer Drang, diese gefährliche Story zu verfolgen, nichts damit zu tun hat, daß du dir die Anerkennung der beiden Menschen sichern willst, die...«

»Klar kann ich dir in die Augen sehen und dir das versichern. Und ganz abgesehen von meinen Motiven – diese Story muß einfach an die Öffentlichkeit gebracht werden, findest du nicht?«

»Falls es tatsächlich eine Story gibt, dann schon«, stimmte er widerstrebend zu.

»Okay, dann hör auf, die Narben aus meiner Kindheit zu erwähnen, und hilf mir.«

»Wie?«

»Wer würde mit mir reden? Senator Armbruster?«

Daily schüttelte den Kopf. »Selbst wenn er innerlich anderer Meinung wäre, würde er die offizielle Linie vertreten und bis zum letzten verteidigen. Er ist durch und durch Politiker. Er würde niemanden kritisieren, den seine Partei ins Weiße Haus geschickt hat – nicht mal Jack the Ripper. Und seinen Schwiegersohn erst recht nicht. Schließlich hat er David Merritt praktisch im Alleingang ins Weiße Haus gebracht.«

»Okay. Wer sonst kennt die Merritts gut genug? Vielleicht ein ehemaliger Vertrauter, mit dem sie sich verkracht haben. Oder jemand, der...« Barrie setzte sich ruckartig auf, als ihr etwas Neues einfiel. »Dieser... dieser Soldat, der die Geiseln befreit hat.«

»Bondurant?«

»Bondurant! Ja! Gary Bondurant.«

»Gray.«

»Richtig. Gray. Er war ein enger Vertrauter der Merritts. Vielleicht würde er mit mir reden.«

Es tat Barrie weh, das asthmatische Keuchen in Dailys Lachen zu hören. »Da könntest du eher die Präsidentenköpfe am Mount Rushmore interviewen. Die sind weit freundlicher und gesprächiger als Gray Bondurant. Der ist in etwa so umgänglich wie eine Kobra.«

»Was weiß man über ihn? Wo ist er hergekommen?«

Daily zuckte mit den Schultern. »Das weiß kein Mensch genau.«

»Er kann doch nicht einfach aus dem Nichts aufgetaucht sein, als Merritt ihn zu seinem Berater ernannt hat!« meinte Barrie frustriert.

»So sieht es aber aus«, stellte Daily fest. »Spencer Martin ist eine ebenso rätselhafte Gestalt. Was über die beiden vor ihrer Beratertätigkeit für Merritt bekannt ist, würde keinen Fingerhut füllen. Meiner Ansicht nach kultivieren sie ihre geheimnisvolle Aura ganz bewußt.«

»Weshalb?«

»Effekthascherei, denke ich.«

»Was hat Bondurant vor der Geiselbefreiung getan?«

»Vermutlich hat er sie geplant. Alle drei – Martin, Bondurant und Merritt – sind bei der Marineinfanterie für Kommandounternehmen ausgebildet worden. Von den dreien ist der Präsident der Glatteste, der geborene Politiker. Spencer Martin ist ein verschlagener Schleicher, dem seine jetzige Rolle auf den Leib geschrieben ist. Und Bondurant... Er ist komplexer als die beiden anderen. Soll ich dir was verraten? Der Kerl hat mir immer höllische Angst eingejagt. Und wenn ich darüber nachdenke, glaube ich, daß auch der Präsident Angst vor ihm hatte.«

»Ich dachte, Merritt hätte ihn gefeuert, weil er sich etwas zu sehr für Vanessa interessiert hat.«

Daily grunzte. »Wieso weißt du darüber so wenig Bescheid? Wo hast du nur gesteckt, als das alles passiert ist? So lange ist es schließlich auch nicht her.«

»Howie war aus irgendeinem Grund sauer auf mich, deshalb hat er mich auf angebliche Betrügereien bei Berufsringkämpfen angesetzt. Ich habe Bondurants Rückkehr und seinen Bruch mit Washington verpaßt.«

»Tatsächlich hast du nicht allzuviel verpaßt. Bondurant hat sämtliche Reporter Washingtons ausmanövriert. Er ist jeder Kamera ausgewichen und hat keine Interviews gegeben. Die Boulevardpresse hat den üblichen Schrott gedruckt, aber das war natürlich nicht die wahre Story.«

»Und was war die wahre Story?«

»Weiß ich nicht. Aber wenn Merritt Bondurant im Verdacht hatte, die First Lady zu vögeln – weshalb hat er ihm dann die Führung dieses Befreiungsunternehmens übertragen? Damit hat er Bondurant zum Nationalhelden gemacht. Ein eifersüchtiger Ehemann würde sich wohl anders verhalten, meinst du nicht?«

Daily bewegte seinen erhobenen Zeigefinger vor ihrem Gesicht hin und her. »Und eine andere Sache hast du auch nicht richtig mitgekriegt. Der Präsident hat ihn nicht gefeuert. Nach dem Einsatz hat er Bondurant gebeten, auf seinen Beraterposten im Weißen Haus zurückzukehren. Aber Bondurant hat gesagt: ›Danke, lieber nicht.‹«

»Woher weißt du das alles?«

»Du bist nicht die einzige, die Informanten hat, Schätzchen. Ich mag mit einem Fuß im Grab stehen, aber der andere ist in einigen Lagern Washingtons noch immer willkommen.«

»Wenn du so gut informiert bist, weißt du bestimmt auch, wo Bondurant jetzt ist.«

»Er ist irgendwohin in den Westen gezogen. In einen dieser viereckigen Staaten.«

8. Kapitel

Sie ging soweit, ihn zum Lunch in seinen Lieblingsimbiß einzuladen. Sie ließ ihn sogar essen, bevor sie ihr Anliegen vortrug.

»Bitte, Howie. Geben Sie mir grünes Licht. Ein paar Tage müßten reichen.«

Howie wischte den Saft seines Frikadellensandwichs mit dem letzten Stück Brot auf und stopfte es sich in den Mund. »Reisen ist teuer, wissen Sie«, sagte er kauend. »Dafür haben wir keinen Etat.«

»Die Reisekosten lege ich vorerst aus. Die Quittungen dafür bewahre ich auf. Der Sender kann mir die Kosten später erstatten. Aber nur, wenn ich die Story liefere.«

Sie hoffte, daß dieses Opfer ihn umstimmen würde. Außerdem verstärkte es den Anreiz, einen Exklusivbericht zu produzieren, der die Nation elektrisieren würde. Ihrer festen Überzeugung nach stand sie kurz davor, genau das zu tun. Nur eine Story dieser Größenordnung konnte sie dazu bewegen, mit Howie Fripp das Brot zu brechen.

Er kaute herum – auf einer rohen Zwiebel und Barries Vorschlag. »Wohin wollen Sie?«

»Kann ich nicht sagen.«

»Ich soll Ihnen grünes Licht geben, ohne zu erfahren, wohin Sie wollen und um welche Story es geht?«

»Die Story ist explosiv. Und die Recherchen erfordern äußerste Geheimhaltung.« Sie senkte ihre Stimme zu einem Flüstern und beugte sich zu Howie hinüber, obwohl die Knoblauch- und Zwiebeldämpfe aus seinem Mund ihre Augen tränen ließen.

»Wenn bekannt würde, daß ich an dieser Sache arbeite, könnten alle, die davon wissen, gefährdet sein.«

»Erbarmen!« ächzte er. »Warum versuchen Sie nicht, der NBC diesen Schwachsinn anzudrehen? Vielleicht ist irgendein Schmock dort drüben so dämlich, Ihnen die Story abzukaufen.«

»Danke, Howie. Ich hatte gehofft, daß Sie das sagen würden.« Sie griff nach ihrer Umhängetasche.

Howie war zunächst verblüfft, dann kniff er durchtrieben die Augen zusammen. »Wieso sind Sie nicht sauer?«

»Weil ich jetzt mit gutem Gewissen zu Jenkins gehen kann. Ich wollte den Dienstweg einhalten, deshalb habe ich erst Sie gefragt. Da Sie meine Bitte rundweg abgelehnt haben, kann ich mich jetzt an den Chef wenden.«

Bei der Erwähnung des WVUE-Geschäftsführers durchfuhr Howie Fripp ein eisiger Schreck. »Jenkins stellt sich hinter meine Entscheidung«, behauptete er mit gespielter Zuversicht. »Er wird sich kranklachen, wenn er hört, daß Sie den Nerv gehabt haben, eine Dienstreise zu beantragen.«

»Das glaube ich nicht«, sagte Barrie fröhlich. »Habe ich das Memo, das er mir geschickt hat, nicht erwähnt?«

Howie kniff erneut die Augen zusammen.

»Er hat darin meine Serie über den Krippentod in den höchsten Tönen gelobt. In Zukunft soll ich möglichst viele Spezialthemen dieser Art bearbeiten. Er hat geschrieben, daß mein Talent auf das Zeug, das ich bisher gemacht habe, vergeudet ist. Und er hat vor, mich auch für PR-Einsätze einzuplanen.« Sie runzelte die Stirn. »Ich dachte, darüber hätte er inzwischen mit Ihnen gesprochen. Nein? Nun, vermutlich ist er so überlastet, daß er noch nicht dazu gekommen ist.«

Das alles war frei erfunden, aber Howie schluckte es. »Also gut, ich werd' darüber nachdenken«, knurrte er.

»Nicht nötig. Wirklich nicht. Ich bespreche es einfach mit Jenkins.«

»Augenblick! Nicht so eilig! Herrgott, lassen Sie mir doch 'ne Minute Zeit! Sie haben mich damit ohne Vorwarnung überfallen.« Während er darüber nachdachte, knabberte er an einer koscheren Dillgurke herum. »Schwören Sie mir, daß die Story wirklich groß ist?«

»Riesig. Gigantisch.«

Er warf einer am Fenster vorbeijoggenden jungen Frau lüsterne Blicke zu, biß noch ein Stück Gurke ab, kratzte sich unter der Achsel. »Okay, Sie können ein paar Tage freinehmen. Aber versuchen Sie bloß nicht, Spielchen mit mir zu treiben.«

Sie erschauderte bei dieser Vorstellung.

»Willkommen auf der Ponderosa«, sagte Barrie zu sich, als sie durchs offene Tor fuhr und der kiesbestreuten Auffahrt zu Gray Bondurants Haus folgte.

Sie reiste unter falschem Namen, hatte einen falschen Führerschein in der Tasche, den ein ehemaliger Zuchthäusler – einer von Dailys zweifelhafteren Informanten – für sie gefälscht hatte, zahlte überall bar, um keine Kreditkartenspur zu hinterlassen, und hatte an diesem Spätnachmittag ihr Ziel erreicht. Sie hoffte, daß ihre Vorsichtsmaßnahmen übertrieben waren, aber sie wollte nichts riskieren.

Selbst für die im Nordwesten Wyomings geltenden Maßstäbe lag Bondurants Besitz ziemlich einsam. Das einstöckige Ranchhaus stand vor einer Gruppe Espen, die eben ihre spektakuläre Herbstfärbung annahmen. Um das Haus zu erreichen, war sie auf einer kleinen Brücke über einen Bach gefahren, dessen klares Wasser über bemooste Steine rauschte.

Das massive Haus war aus Holzbalken und Stein erbaut. Entlang der Vorderfront erstreckte sich eine offene Veranda. Auf einer Koppel grasten drei Pferde. Hinter der Ranch standen eine Scheune, die älter als das Haus zu sein schien, und eine freistehende Garage, deren offenes Tor zeigte, daß sie bis auf ein Schneemobil leer war. An der Außenwand der Garage war Brennholz aufgeschichtet. Das einzige Lebenszeichen waren die Pferde.

Nun, wo sie hier war, verkrampften sich Barries Magennerven vor Nervosität. Die Landschaft um sie herum war rauh und einschüchternd. Angesichts der Berge kam sie sich klein und unbedeutend vor – eine Einschätzung, die Gray Bondurant bestimmt teilen würde. Als sie aus ihrem Mietwagen stieg, fragte sie sich, mit welchen Worten sie sich vorstellen sollte. Nach dem wenigen, was sie über ihn gehört und gelesen hatte, war kaum zu erwarten, daß er sie mit offenen Armen empfangen würde.

Ihre Nervosität war umsonst gewesen: Er war nicht daheim. Das wurde ihr klar, nachdem sie mehrere Minuten lang vergeblich geklingelt und an die Haustür geklopft hatte.Verdammt. Sie hatte sich geistig auf eine Begegnung mit dem ehemaligen Marineinfanteristen eingestellt. Sie hatte schon zuviel Zeit und Geld geopfert, um gleich wieder den Rückzug anzutreten. Sogar die vernünftige Idee, vorerst nach Jackson Hole zurückzufahren, gefiel ihr nicht.

Sie beschloß, hier auf Bondurants Rückkehr zu warten, und ließ sich auf der Veranda in den Schaukelstuhl mit Flechtsitz sinken. Der Blick auf die Teton Range war so atemberaubend, daß es ihr zunächst genügte, hier zu sitzen und zu schaukeln, während sie dieses Naturwunder betrachtete. Aber es dauerte nicht lange, bis sich ein weiteres Naturphänomen bemerkbar machte – diesmal ein biologisches. Sie brauchte eine Toilette.

Nachdem sie noch eine Viertelstunde abgewartet hatte, ließ sie ihre Umhängetasche auf dem Schaukelstuhl liegen und kehrte zur Haustür zurück. Da die Garage offenstand, konnte es gut sein, daß die Haustür ebenfalls unversperrt war. Und so war es auch.

Die Haustür führte direkt in einen riesigen Wohnraum. Unverkleidete Balken trugen die hohe Decke. Ein gewaltiger offener Kamin beherrschte die gemauerte Rückwand des Raumes. Die Einrichtung war eindeutig maskulin. Die Polster der massiven Sitzmöbel waren mit tannengrünem Wildleder bezogen. An den Fenstern hingen keine Vorhänge. Wollene Webteppiche, die an übergroße Satteldecken erinnerten, bedeckten den Hartholzboden. Es herrschte absolute Stille, in der nicht einmal das Ticken einer Uhr zu hören war. Im Wohnraum roch es schwach nach Holzrauch und ... und nach Mann.

Dieser männliche Duft war so stark, so deutlich, daß Barrie sich rasch umsah, fast als erwartete sie, Bondurant aus dem Nichts hinter sich auftauchen zu sehen.

Sie schalt sich töricht, durchquerte hastig den Wohnraum und betrat ein großes Schlafzimmer. Auch hier waren alle Oberflächen hart – mit Ausnahme des ungemachten Bettes, an dem Barrie bewußt vorbeisah. Sie verschwand in dem danebenliegenden Bad.

In der Halterung über dem Waschbecken steckte eine einzelne Zahnbürste. Ein Regal enthielt zusammengelegte frische Handtücher. Innen an der Tür hing ein Hemd an einem Messinghaken. Barrie konnte dem Impuls nicht widerstehen, es kurz anzufassen. Baumwolle. Ungestärkt. Bequem.

Das Bad war ziemlich gut aufgeräumt, obwohl ihr auffiel, daß der Schraubverschluß eines Rasierwassers wegen Nichtbenutzung staubig war. Barrie war versucht, den Spiegelschrank zu öffnen und einen Blick hineinzuwerfen, überlegte sich jedoch, daß das ein grober Eingriff in Bondurants Privatsphäre gewesen wäre.

Nachdem sie das WC benützt hatte, wusch sie sich die Hände und trocknete sie mit dem Handtuch ab, das in einem verchromten Ring an der Wand hing. Es war noch leicht feucht. Vor nicht allzu langer Zeit hatte er Gesicht oder Hände daran abgetrocknet. Barrie fand das irgendwie beunruhigend und hatte wieder ein merkwürdiges Gefühl im Magen. Sie war sich der Persönlichkeit des Hausbewohners erneut sehr stark bewußt, als wäre er irgendwo in der Nähe – nur eben unsichtbar.

Diese Stille und Einsamkeit brachten sie auf verrückte Gedanken, sagte Barrie sich.

Auf dem Weg zurück durchs Schlafzimmer versprach sie ihrem unsichtbaren Gastgeber, sobald sie einen Schluck Wasser getrunken habe, werde sie aus dem Haus verschwinden.

Die Küche war leicht zu finden. Im Kühlschrank stand ein Sechserpack Bierdosen, aber kein Mineralwasser, keine Limonade. Barrie begnügte sich mit Leitungswasser, in das sie mehrere Eiswürfel aus dem Gefrierschrank warf, der außer abgepacktem Rinderfilet nicht viel enthielt.

Sie hielt ihr Versprechen und kehrte auf die Veranda zurück, um weiterzuwarten. Bestimmt würde er vor Einbruch der Dunkelheit zurückkommen. Wenn er vorgehabt hätte, länger fortzubleiben, hätte er das Haus nicht unversperrt zurückgelassen.

Der orangerote Sonnenuntergang ging in eine purpurrote Abenddämmerung über. Die Sterne kamen heraus – mehr Sterne, als sie, das Stadtkind, je zuvor gesehen hatte. Direkt über ihr zog sich die Milchstraße wie ein geisterhaft leuchtendes Band über den Himmel.

Seit Einbruch der Dunkelheit ging die Temperatur zurück. Um sich warmzuhalten, schlang sie sich die Arme um den Oberkörper. Trotz der Kälte nickte sie immer wieder ein und schrak jedesmal auf, wenn ihr Kopf nach vorn fiel. Ihr Körper war der hiesigen Zeitzone zwei Stunden voraus, und ihr Wecker hatte um fünf Uhr morgens geklingelt.

»Verrückt, völlig verrückt«, murmelte sie zähneklappernd vor sich hin.

Bevor sie es sich ausreden konnte, ging sie ins Haus zurück und streckte sich auf dem langen Wildledersofa aus. Wenige Sekunden nachdem sie den Kopf auf das Kissen hatte sinken lassen, war sie eingeschlafen.

9. Kapitel

Die Billardkugeln klickten, und Howie Fripp schnaubte triumphierend, als sein Stoß eine Kugel versenkte. »Mein Spiel! Wie viele sind es jetzt?«

»Drei.«

»Uiii! Fünfzehn Dollar. Oder wollen Sie um die besten fünf aus sieben spielen?«

»Nein, danke. Sie würden mich bloß ausnehmen.«

Howie griff nach den drei Fünfern, die der Unbekannte ihm hinhielt. Er stopfte sich das Geld in die Tasche und wollte schon eine weitere prahlerische Bemerkung über seinen außergewöhnlichen Gewinn machen, als etwas im Blick des anderen ihn warnte, es sei vielleicht keine gute Idee, jetzt schadenfroh zu triumphieren.

»Sie könnten mich wenigstens zu 'nem Drink einladen.« Der Verlierer der Partie rang sich ein schwaches Lächeln ab.

»Einen Drink? Klar, klar«, sagte Howie. »Was möchten Sie?«

Der Mann wollte einen Wodka mit Eis. Howie ging an die Bar und gab seine Bestellung auf. Er kam mit dem Wodka und einem Bier für sich selbst an den Tisch zurück, an dem der Mann inzwischen Platz genommen hatte.

»Ich muß leider bald fort«, behauptete Howie, als er sich zu ihm setzte. Tatsächlich wäre er am liebsten sofort gegangen. Der Kerl hatte einen Markenwodka bestellt. Die nächste Runde Drinks hätte Howies Gewinn praktisch aufgezehrt. »Muß morgen wieder früh zur Arbeit.«

Der andere trank einen kleinen Schluck Wodka. »In welcher Branche sind Sie denn?«

»Fernsehjournalismus«, prahlte Howie und kippte eine Prise Salz in sein Bier. »WVUE.«

»Sie kommen im Fernsehen?«

»Nö, ich stell' mich nie vor die Kamera. Das ist was für Idioten. Nein, ich teile unseren Reportern die Aufträge zu.«

»Sie sind also mehr oder minder dafür verantwortlich, was gesendet wird?«

»Ich bin voll und ganz dafür verantwortlich, was gesendet wird.« Howie, der sich im Interesse des Mannes sonnte, nutzte die Gelegenheit, seine Rolle herauszustreichen. »Von mir hängt es ab, welcher Reporter über welche Story berichtet, welche Storys rausfliegen, welche gesendet werden und wieviel Sendezeit sie kriegen. Ich muß jeden Tag 'ne Million Entscheidungen treffen.«

»Das ist eine sehr verantwortungsvolle Position.«

»Unter Druck arbeite ich am besten«, behauptete er überschwenglich.

Der Mann, der Howie gegenübersaß, war der Mann, den Howie Fripp gern im eigenen Rasierspiegel gesehen hätte. Manchmal bildete er sich fälschlicherweise sogar ein, auf andere Leute so zu wirken, wie dieser Mann auf ihn wirkte. Sein neuer Freund war ein gewandter Typ. Er würde in keiner Situation die Gelassenheit verlieren. Er war nicht mal wütend geworden, als Howie ihn in drei Partien Billard nacheinander vernichtend geschlagen hatte. Er war einer dieser Kerle, die bei Frauen unkontrollierbare Begierde und bei Männern angstvollen Respekt hervorriefen.

»Dann müssen Sie über alles bestens informiert sein«, bemerkte der andere. »Sie bekommen die Nachrichten ja als allererster.«

»Ja, das stimmt.«

»Also, was läuft im Augenblick?«

Howie suchte in seinem Gedächtnis nach etwas, was diesen eindrucksvollen Mann beeindrucken würde. »Hmmm, nun, mal sehen. Neulich abend habe ich einen Reporter nur wenige Minuten nach der Tat zum Tatort dieses Dreifachmords geschickt. Er hat Nahaufnahmen von den Leichen gemacht, bevor sie zugedeckt wurden.«

Der Mann lächelte schwach und warf einen Blick auf seine Armbanduhr.

»Und, äh, Augenblick…«

»Nun, unsere Partie hat mir Spaß gemacht. Sorry, ich muß jetzt weiter.«

»Aber die allergrößte Sache, die wir in letzter Zeit gemacht haben, war unsere Serie über den plötzlichen Kindstod«, sagte Howie hastig und hoffte, die Aufmerksamkeit des Mannes zurückzugewinnen.

»Ja?«

Bingo! »Die Serie war meine Idee. Quasi als Fortsetzung zu der Sache mit dem Präsidentensohn, wissen Sie.«

»Tragischer Fall.«

»Wir haben ein Interview mit der First Lady bekommen.«

»Das war ein richtiger Coup. Sie gibt nicht allzu viele Interviews, hab' ich recht?«

»WVUE hat es exklusiv gesendet.«

»Wie haben Sie das hingekriegt?«

»Sie wissen doch, wie es ist. Ich habe ein paar Leute angerufen. Sie daran erinnert, daß sie mir einen Gefallen schulden.« Er zuckte mit den Schultern, um anzudeuten, der Umgang mit dem Weißen Haus sei für ihn kein Problem. »Wollen Sie noch einen Drink?«

»Nein, danke. Wenn ich mich betrinke, lasse ich mich womöglich auf noch 'ne Runde und noch 'ne Niederlage ein.« Der Mann grinste.

Howie erwiderte sein Grinsen. Er hatte keinen wirklichen Freund. Vielleicht war er jetzt dabei, eine Freundschaft zu schließen. Bei dieser Vorstellung wurde ihm fast schwindlig.

»Ich habe das Interview mit der First Lady gesehen«, bemerkte der Mann. »Sehr scharfsinnig. Wie hieß die Journalistin gleich wieder?«

»Barrie Travis.« Howie erzählte seinem neuen Freund, wie es dazu gekommen war, daß er sie eingestellt hatte. »Damals hätte sie sich nicht mal 'nen Job kaufen können. Ich hab' mir gedacht, was soll's? Gib ihr 'ne Chance und mach' damit ein paar Punkte bei der FCC. Außerdem sieht sie ziemlich gut aus.«

Sein neuer Freund schmunzelte. »Wenn wir schon mit ihnen zusammenarbeiten müssen, warum dann nicht die Hübschen einstellen, stimmt's?«

Howie grinste lüstern. Sein neuer Freund sprach seine Sprache. »Da haben Sie recht, Kumpel.« Er kniff ein Auge zu. »Barrie und ich hatten 'ne kleine Affäre, aber es ist dann schwierig geworden, weil ich doch ihr Chef war, darum hab' ich die Sache beenden müssen. Sie hat es tapfer hingenommen. Hat mir keine Schwierigkeiten gemacht wie so manche andere. Und sie hat sich zu einer ziemlich guten kleinen Reporterin gemausert. Sie strengt sich an. Vielleicht ein bißchen ehrgeiziger, als ihr guttut.«

»Tatsächlich? Wie das?«

»Ach, Sie wissen schon. Weil ihre Serie, die in Wirklichkeit ich produziert habe, Erfolg hatte, hält sie sich jetzt für die Größte. Sie treibt mich mit einer heißen Story, der sie angeblich auf der Spur ist, fast zum Wahnsinn.«

»Wirklich?« Der andere sah jetzt nicht mehr auf seine Armbanduhr. Er lehnte sich bequem zurück und versetzte das Eis in seinem Glas in kreisende Bewegung. »Um welche Story geht's denn?«

»Keine Ahnung. Sie rückt nicht damit raus.«

»Ach, kommen Sie! Wem sollte ich es schon weitererzählen?«

»Ehrenwort, ich weiß es nicht. Aber sie sagt, wenn diese Story wie erhofft rauskommt, sieht Watergate daneben wie ein Mickymausfilm aus.«

Der Mann wurde eine Spur ernster. »Dann muß sie verdammt heiß sein.«

»Heiß genug, daß sie ein paar Tage für Recherchen außerhalb Washingtons freigenommen hat.«

»Wohin ist sie gefahren?«

Die Stimme des anderen klang plötzlich so scharf, daß Howies Hand auf halbem Weg zwischen der Erdnußschale auf dem Tisch und seinem Mund verharrte. Auf einmal hatte er das Gefühl, sich indiskret zu verhalten. Vielleicht sollte er nicht soviel über Barries Story erzählen. »Das hat sie mir nicht verraten.«

Der Mann lächelte wieder. »Nicht mal andeutungsweise?«

»Nicht mal das.«

»Ihre Kleine steckt voller Geheimnisse.«

»Sie ist 'ne Frau. Was soll ich noch sagen? Wer wird jemals aus den Weibern schlau?« Howie griff nach seinem Bier, um die Erdnüsse hinunterzuspülen.

»Nun, es ist schon spät, und Sie müssen früh zur Arbeit. Danke für den Drink.«

Howie sprang hastig auf, als sein neuer Freund sich erhob. »War mir ein Vergnügen.«

»Kann ich mir denken, verdammter Kerl. Sie gehen um fünfzehn Dollar reicher heim.«

»Vielleicht spielen wir mal wieder 'ne Partie«, schlug Howie vor. Er hoffte, daß es nicht übereifrig klang. Der andere sollte ihn nicht etwa für schwul halten. »Ich bin jede Woche ein paar

Abende hier, wenn ich gerade nichts anderes vorhabe. Ich trinke ein paar Biere mit den Jungs, wissen Sie.«

»Dann sehen wir uns bestimmt mal wieder.« Sie schüttelten sich die Hand.

Howie sah ihm nach, als er ging. Er bewunderte das Selbstbewußtsein des anderen, beneidete ihn darum und wußte fast sicher, daß er ihn nie wiedersehen würde.

Aus irgendwelchen unerfindlichen Gründen schien es Howie einfach schwerzufallen, Freundschaft zu schließen.

Spencer Martin war schon zwei Blocks weit gefahren, bevor er sich zufällig im Rückspiegel sah. Er griff lachend nach oben, um die Baseballmütze abzunehmen, an die hinten lange gelockte Haare angenäht waren. Und er zog sich den angeklebten Schnurrbart von der Oberlippe. Etwas mühsamer würde es sein, den Gestank von Tabakqualm und schalem Bier loszuwerden, den er aus der Kneipe, in die er Howie Fripp gefolgt war, mitgebracht hatte.

Was für ein Wurm! dachte Spencer, während er in Richtung Weißes Haus zurückfuhr.

Aber er hatte von Fripp erfahren, was David und er wissen mußten: Barrie Travis recherchierte weiter wegen einer anscheinend brandheißen Story. Betraf sie den Präsidenten oder Mrs. Merritt oder den Tod von Robert Rushton Merritt?

Seiner Überzeugung nach wußte Fripp es wirklich nicht, sonst hätte er mit seinem Wissen angegeben. Vorläufig wußte Spencer es auch nicht. Aber er würde mit höchster Dringlichkeit daran arbeiten, es herauszubekommen.

»Nun, freut mich, daß Sie sich freuen, Mrs. Gaston… Nein, ich bin sicher, daß Mrs. Merritt mit meiner Wahl einverstanden sein wird… Gut, Sie werden also morgen um halb sieben abgeholt. Ich weiß, daß das früh ist, aber... Okay. Ausgezeichnet. Dann sehen wir uns morgen früh. Gute Nacht.«

Dr. George Allans Hand lag noch auf dem Telefonhörer, den er nachdenklich anstarrte, als seine Frau mit zwei dampfenden Tassen Kaffee hereinkam. Die eine stellte sie vor ihn auf den Schreibtisch, mit der anderen setzte sie sich in den Ledersessel vor seinem Schreibtisch. »Wer war das?«

Sein Arbeitszimmer lag im ersten Stock ihres modern, aber behaglich eingerichteten Hauses im Anschluß an den als Embassy Row bekannten Teil der Massachusetts Avenue. George Allan kostete seinen Kaffee. »Sind die Jungs schon im Bett?«

»Ja, aber sie dürfen noch zehn Minuten Licht anhaben. Wer war das?« wiederholte Amanda und nickte zum Telefon hinüber.

»Eine Krankenschwester, die ich für Vanessa engagiert habe. Zu behaupten, Mrs. Gaston sei wegen ihrer neuen Patientin aufgeregt, wäre stark untertrieben. Sie kann nicht glauben, daß sie sich um die First Lady kümmern soll.«

»Vanessa braucht ständige Pflege?«

Die Allans hatten die Merritts schon in ihrer Zeit als junges Ehepaar kennengelernt. »Nur als Vorsichtsmaßnahme«, antwortete George. »David findet, sie sollte ständig jemanden mit medizinischer Ausbildung um sich haben.«

»Ich dachte, sie müßte sich nur erholen.«

»Das stimmt auch.«

»Müßte sie nicht ins Krankenhaus, wenn sie ständige Pflege braucht?«

»Schluß mit diesem Verhör, Amanda!« George sprang so erregt auf, daß sein Schreibtischsessel zurückrollte und gegen die Wand knallte. Er trat an den Barschrank, nahm eine Karaffe heraus und kippte einen Schuß Cognac in seinen Kaffee.

»Ich habe dich nicht verhört«, sagte sie leise.

»Doch, das hast du! In letzter Zeit artet jedes Gespräch mit dir in ein Kreuzverhör aus.«

»Das liegt nur an deiner defensiven Haltung«, gab Amanda zurück. »Die harmloseste Frage bringt dich auf die Palme.«

»Deine Fragen sind nie harmlos, Amanda. Sie sind bohrend und mißtrauisch.«

»Und du bist paranoid!« behauptete sie erregt. »Womit hat David dich in der Hand, daß du vor allem Angst hast – sogar vor mir?«

»Du weißt nicht, wovon du redest.«

»Ich weiß, daß du ein anderer Mensch geworden bist, seit du diesen Job übernommen hast.«

»Du täuschst dich, Amanda!«

»Dad?«

George drehte sich ruckartig um und sah seine beiden Söhne an der Tür stehen. Sie trugen Schlafanzüge und sahen mit ihren frisch gewaschenen Gesichtern süß und verwundbar aus. Bei ihrem Anblick verflog sein Ärger. »Hallo, Jungs! Kommt rein.«

Sie zögerten auf der Schwelle, bis der Ältere kühn den ersten Schritt in die feindliche Arena wagte. Sein Bruder folgte ihm langsam. George setzte sich wieder, nahm seine beiden Söhne auf die Knie und drückte sie an sich.

Sie rochen nach Seife, Zahnpasta und Haarwaschmittel. Sie rochen nach Sauberkeit. Er hatte beinahe vergessen, wie gut *sauber* roch. An sich hatte er diesen Geruch schon lange nicht mehr wahrgenommen.

»In der Matheschulaufgabe hab' ich ein ›sehr gut‹«, berichtete der Ältere stolz.

»Mich hat die Lehrerin heute vorlesen lassen. Ich hab' alle Wörter gewußt«, warf der Jüngere ein.

»Großartig! Dafür habt ihr beide eine Belohnung verdient.

Wie wär's mit diesem Wochenende? Gehen wir ins Kino? In einen Freizeitpark? Irgendwas Besonderes.«

»Mom auch?«

George sah zu Amanda hinüber. »Klar, Mom kommt auch mit – wenn sie will.«

»Willst du, Mom?«

Sie lächelte ihre Söhne an. »Im Augenblick will ich, daß ihr ins Bett verschwindet.«

Nach einer weiteren Runde Umarmungen und sonstiger Verzögerungstaktiken scheuchte sie die beiden aus dem Arbeitszimmer und den Flur entlang in ihr Zimmer.

Amanda war im Elternschlafzimmer, als George eine Viertelstunde später hereinkam. Sie bürstete ihr glattes, schulterlanges Haar, das sie noch immer so trug wie damals, als sie sich begegnet waren. Wie ihre Augen war ihr Haar schokoladebraun.

Mit einem Slip und einem dünnen Top war sie schon fürs Bett angezogen. George blieb einen Augenblick an der Tür stehen, um sie zu beobachten. Er hatte sie von dem Moment an begehrt, da er sie eines Unabhängigkeitstags auf einer Party kennengelernt hatte. Danach waren sie regelmäßig miteinander ausgegangen, aber es hatte ein halbes Jahr gedauert, bis er den Mut aufbrachte, sie zu fragen, ob sie mit ihm schlafen wolle. Sie hatte ja gesagt und dann wissen wollen, warum er so lange gezögert habe. Noch vor dem nächsten Unabhängigkeitstag waren sie verheiratet gewesen.

Amanda hatte es nie gestört, daß ihn sein Beruf stark in Anspruch nahm. Sie war selbst berufstätig und hatte ihre eigenen Interessen: Sie lehrte Kunstgeschichte an der Georgetown University, und daneben schuf sie für ihre Familie ein wunderbares Heim. In ihrer Freizeit arbeitete sie ehrenamtlich in einem Frauenhaus mit. Tennis spielte sie gut und ehrgeizig. Sie gab großartige Partys und besaß gute Kenntnisse in mehreren

Fremdsprachen. Sie verstand es, sich geschmackvoll zu kleiden und sich in jeder Umgebung sicher zu bewegen.

Er liebte sie. Gott, wie er sie liebte!

Während sie weiter ihr Haar bürstete, beobachtete er die eleganten Bewegungen ihrer schlanken Arme. Jeden Abend hundert Bürstenstriche, wie sie in Virginia von ihrer Mutter gelernt hatte. Eine liebenswerte Angewohnheit. Das Auf und Ab ihrer Brüste faszinierte ihn. Unter ihrem weichen Baumwolltop zeichneten sich die Brustspitzen deutlich ab.

»Tut mir leid, daß ich vorhin ausgerastet bin«, begann er mit halblauter, zerknirschter Stimme.

Amandas dunkle Augen erwiderten seinen Blick im Spiegel. »Ich will keine Entschuldigung, George.« Sie drehte sich zu ihm um. »Ich will meinen *Ehemann*.«

Er kam zu ihr, schlang seine Arme um sie, zog sie an sich. »Ich gehöre dir.«

Obwohl sie sich an ihn klammerte, schüttelte sie den Kopf. »Du gehörst David. Er hat dich mir und den Jungen weggenommen.«

Er löste sich aus ihrer Umarmung und fuhr mit den Fingern seiner Hand durch ihr glänzendes Haar. »Das ist nicht wahr, Amanda.«

»Doch! Ich habe Angst, daß ich dich nie zurückbekomme.«

»Ich gehe doch nirgendwo hin«, flüsterte er über ihr Gesicht gebeugt. »Du und die Jungen bedeuten mir mehr als mein eigenes Leben. Ich könnte es nicht ertragen, euch zu verlieren.«

Sie erwiderte seinen Blick eindringlich. »Du bist dabei, uns zu verlieren, George. Du entgleitest mir von Tag zu Tag ein bißchen mehr. Wie sehr ich mich auch anstrenge, ich scheine dich nicht mehr erreichen zu können. Du hast Geheimnisse vor mir. Du wirst mir allmählich fremd.« Ihre Stimme versagte, und sie hatte Tränen in den Augen.

»Bitte nicht weinen. Bitte.« Er küßte ihre hohen Wangenknochen, dann ihre zitternden Lippen. »Mit mir ist alles in Ordnung.«

Aber das war gelogen. Und er wußte, daß sie wußte, daß er log. Das merkte er daran, wie sie sich an ihn klammerte. Ihr Kuß war mehr als leidenschaftlich, er war verzweifelt.

Sie brachte diese Verzweiflung mit ins Bett und reagierte auf sein Liebeswerben mit hemmungsloser Leidenschaft, als könnte wilder Sex den Einfluß David Merritts auslöschen. Als er in sie eindrang, war ihnen schwindlig vor Begierde.

Als sie dann befriedigt waren, hielten sie sich nackt und schweißnaß in den Armen und versicherten einander flüsternd ihrer ewigen Liebe und Treue.

Beide wußten jedoch, daß Georges Ergebenheit dem Präsidenten gegenüber ebenso absolut war… und viel weitreichender.

10. Kapitel

Barrie schrak von einer an die Unterseite ihrer linken Brust gedrückten Gewehrmündung auf.

Sie unterdrückte den Impuls, aufzuspringen und zu flüchten, und bewegte zunächst nur die Augen. Ihr Blick folgte dem Gewehrlauf zu einem Augenpaar hinauf, das kälter, blauer und härter als der Waffenstahl war.

»Hoffentlich taugt er was.«

Sie versuchte zu schlucken, aber vor Schreck war ihr buchstäblich die Spucke weggeblieben. »Wer?«

»Der Grund, aus dem Sie in mein Haus eingedrungen sind.« Er stieß ihre Brust an, hob sie leicht mit dem Gewehr hoch. »Also?«

»Ich bin gestern abend angekommen. Sie waren nicht zu Hause, deshalb habe ich stundenlang auf der Veranda gewartet. Es ist dunkel und kalt geworden, und ich war müde. Die Haustür war nicht abgesperrt. Ich habe gedacht, es würde Sie nicht stören.«

»Es stört mich aber.«

»Ich heiße Barrie Travis.« Er kniff kaum merklich die Augen zusammen. Sie hätte schwören können, daß er ihren Namen erkannte, obwohl er sich nicht dazu äußerte. »Ich bin eigens aus Washington gekommen, um mit Ihnen zu reden.«

»Dann haben Sie die Reise umsonst gemacht.« Er nahm sein Gewehr weg. »Da Sie wissen, wo die Tür ist, finden Sie wohl selbst hinaus.« Er trat beiseite, damit sie aufstehen konnte.

Barrie richtete sich langsam auf und kam lammfromm auf die Beine. Und dann holte sie aus und schlug ihm kräftig ins Gesicht. »Wie können Sie es wagen, mich mit einem Gewehr zu bedrohen? Sind Sie verrückt? Sie hätten mich erschießen können!«

Seine Kiefermuskeln verhärteten sich. »Lady, wenn ich Sie hätte umbringen wollen, wären Sie jetzt tot. Und ich hätte mir dabei nicht die Sofapolster verdorben.«

Er bückte sich rasch, hob ihre Umhängetasche vom Fußboden auf und warf sie ihr zu. »Verschwinden Sie, und nehmen Sie Ihren miserablen Lesestoff mit.«

Vor ihrer Abreise aus Washington hatte sie sich Fotokopien aller Boulevardblätter beschafft, die mit Schlagzeilen über seine angebliche Affäre mit der First Lady berichtet hatten. Alles nur Schund, aber sie ärgerte sich darüber, daß er ihre Handtasche durchsucht hatte. »Sie haben in meiner Tasche herumgewühlt?«

»Sie sind hier der Eindringling, nicht ich.«

»Freiwillig würde ich solches Zeug nicht lesen, Mr. Bondurant. Das sind Arbeitsunterlagen. Ich bin Journalistin.«

»Um so mehr Grund, schleunigst zu verschwinden.«

Er war sich so sicher, daß sie seiner Aufforderung nachkommen würde, daß er sich abwandte und ins Schlafzimmer ging.

Barrie nutzte diese Gelegenheit, um sich kurz zu sammeln. Sie hatte beruflich schon einige haarsträubende Abenteuer erlebt, aber mit einer Waffe war sie noch nie bedroht worden. Ganz bestimmt nicht aus nächster Nähe. Gray Bondurant war so angsteinflößend, wie er ihr geschildert worden war, obwohl sie nicht glaubte, daß er wirklich abgedrückt hätte.

Er hatte ihr Angst einjagen wollen, sonst nichts. Er hatte gehofft, sie so einschüchtern zu können, daß sie eiligst verschwand. Aber sie war noch längst nicht bereit, die weiße Flagge zu schwenken.

Sie strich sich über ihr Haar, zog den Rock glatt und räusperte sich. »Mr. Bondurant?« Daß er nicht antwortete, entmutigte sie keineswegs. Sie trat an die offene Schlafzimmertür. »Ich… oh!«

Er hatte sein Hemd ausgezogen. Nirgends ein überflüssiges Gramm Fett. Alles verdiente Note eins. Sogar eins mit Stern. Die Brustbehaarung verlief V-förmig über dem breitschultrigen Oberkörper hinab zu den schmalen Hüften. An den Rippen hatte er eine häßliche, aber nicht unattraktive Narbe.

Die Boulevardzeitungen hatten alle den gleichen körnigen Schnappschuß von ihm gebracht – offenbar das einzige vorhandene Foto. Es zeigte hauptsächlich seine dunkle Pilotenbrille. Kinn und Unterkiefer wie aus Granit, schmal zusammengekniffene Lippen, windzerzaustes Haar über einer hohen Stirn und die Sonnenbrille. Das war alles.

Die zweidimensionalen Details auf dem Foto sahen ganz anders aus, wenn man sie im Original vor sich hatte. Barrie bemühte sich, ihn nicht anzustarren. »Mr. Bondurant, ich habe stundenlang auf Sie gewartet.«

»Das ist Ihr Problem.«

»Sie könnten mich wenigstens…«

»Ich bin Ihnen nichts schuldig.«

Sie versuchte Zeit zu gewinnen. »Wie spät ist es jetzt?«

»Ungefähr vier.« Er zog einen Stiefel aus, streifte seine Socke ab und ließ beides achtlos fallen.

»Vier Uhr *morgens*?«

»Sind Sie eigens aus Washington gekommen, um mich nach der Uhrzeit zu fragen, Miss Travis?« Der zweite Stiefel, die andere Socke fielen zu Boden.

»Nein, ich bin eigens aus Washington gekommen, um mit Ihnen über Vanessa Merritt zu reden.«

Das ließ ihn innehalten. Sein eisiger Blick schien sie zu durchbohren. »Die weite Reise haben Sie vergeblich gemacht.«

»Es ist ungeheuer wichtig, daß wir miteinander reden.«

Er löste seinen Gürtel, zog den Reißverschluß seiner Jeans auf und streifte sie mitsamt dem knappen Slip ab, so daß er jetzt nackt vor ihr stand.

Offenbar erwartete er, sie werde kreischend die Flucht ergreifen. Barrie dachte nicht daran, irgendeine Reaktion zu zeigen – obwohl sie eindeutig auf ihn reagierte. »Mich können Sie nicht schockieren, Mr. Bondurant.«

»Oh, ich wette, daß ich's könnte«, sagte er schleppend. Er bewegte sich an ihr vorbei in Richtung Bad. Dann drehte er sich plötzlich um und zog sie an sich.

Entweder der überraschende Kontakt mit seinem Oberkörper oder ihre abgrundtiefe Verblüffung verschlug Barrie den Atem. Sprachlos und bewegungsunfähig stand sie vor ihm. Sein Blick schien sie förmlich zu hypnotisieren, während seine Hände sich unter ihren Pullover schoben. Die Pulloverärmel waren so weit, daß er die Träger ihres Seidenhemdchens von ihren Schultern streifen konnte. Sogar dabei bewegte sie sich nicht. Erst als sie seine schwieligen Handflächen auf ihren Brüsten spürte, taumelte sie rückwärts gegen die Wand und zog ihn mit sich.

Als sein Mund ihre Brust suchte, reckte Barrie sie ihm in schamloser Gier entgegen, um seine Lippen, seine Zunge auf ihrem Fleisch zu spüren. Sie hatte das Gefühl, jede einzelne Zelle ihres Körpers sei auf ein schmetterndes Trompetensignal hin erwacht. Eine Woge der Leidenschaft, neuen *Lebens* überflutete sie. Sie ließ sich nicht eindämmen oder auch nur unter Kontrolle halten. Sie hatte nichts erlebt, was diesem Ansturm nackter Sinnlichkeit gleichgekommen wäre, diesem alles erfassenden, überwältigenden, urzeitlichen, unerhörten Drang, sich zu paaren – bald, schnell, *sofort!*

Sie stolperten blindlings zum Bett hinüber. Barrie zog ihren

Pullover aus, zerriß dabei einen Träger ihres Hemdchens und stand nun barbusig da. Sie fielen quer über das ungemachte Bett. Ihre Liebkosungen waren wie ein Ringkampf ohne Regeln und Grenzen. Er griff unter ihren Rock und zog ihren Slip herunter.

Dann berührte er sie.

Tief in ihrem Inneren.

Seine Berührung traf sie wie ein Blitzstrahl, ganz Feuer und weißglühende Hitze. Sie stöhnte vor Lust und änderte die Haltung ihres Beckens, um seine Liebkosungen besser genießen zu können. Seine Lippen berührten ihren Bauch, küßten ihn leicht. Seine Zungenspitze tupfte gegen ihre Haut, während sein Mund wieder nach oben zu ihren Brüsten wanderte. Sie legte ihre Hand an seine harte Wange, fasziniert von der sandpapierartigen Rauheit an ihrer Handfläche.

Seine Finger berührten sie so erotisch und subtil, so gekonnt, daß sie einen Orgasmus erreichte, fast bevor sie sich dessen bewußt war. Zu verzückt, um sich zu genieren, bedeckte sie seine Hand mit ihrer, drückte sie tiefer in sich hinein, rieb ihren Körper daran und klemmte sie zwischen ihren Schenkeln ein.

Als die Wogen sich verliefen, lag sie wie das Opfer eines Schiffbruchs da – feucht, verausgabt, mit geschlossenen Augen, nach Atem ringend. Als sie schließlich die Augen öffnete, blickte sie direkt in seine. Er nahm ihre Hand und führte sie an sein Geschlecht.

»Sag es mir jetzt«, verlangte er heiser. »Gibt es irgendwas, was du nicht tust?«

Ihre Lippen öffneten sich, als sie erschrocken tief Luft holte. Sie schluckte trocken. »Was hast du vor?«

Er legte seine Hände auf ihre Knie und drückte sie langsam wieder auseinander. Als sein Gesicht dann zwischen ihren Schenkeln verschwand, wurde ihr anfänglich überraschter Aufschrei zu einem Stöhnen, das rein animalische Lust verriet. Er war nicht schüchtern. Er zögerte nicht, seine Hände unter ihr Gesäß zu schieben und es zu sich emporzuheben.

Ihre Fingerspitzen erforschten neugierig sein hartes Geschlecht. Ihr Daumen glitt über die glatte Spitze. Sie rutschte tiefer und suchte es mit den Lippen. Als sie es dann in den Mund nahm, ächzte er etwas, was wie ein blumiger Fluch klang.

Aber selbst diese Minuten absoluter, blinder Lust konnten sie nicht auf das erste Eindringen seines Glieds oder die beherrschte Wildheit seiner Stöße vorbereiten. Der Orgasmus war keine warme, langsam anschwellende Gefühlsflut, nein, er war ein kometenhaftes Auflodern von Energie, das ohne Vorwarnung über sie hereinbrach, alles andere auslöschte und ein luftleeres, lautloses, lichtloses Nichts hinterließ.

Als sie endlich wieder zu sich kam und die Augen öffnete, stand er neben dem Bett. Seine Haut war mit winzigen Schweißperlen bedeckt, so daß sich seine Brustbehaarung kräuselte. Sein Gesichtsausdruck wirkte angespannt und nervös. Seine locker herabhängenden Fäuste öffneten und schlossen sich reflexartig.

»Bild' dir bloß nicht ein, daß du mich rumgekriegt hast. Wenn ich aus der Dusche komme, will ich dich nicht mehr sehen.« Er machte kehrt, marschierte ins Bad und knallte die Tür hinter sich zu.

Barrie schloß die Augen und blieb völlig unbeweglich liegen. Dies war einer der Momente, in denen sie vorgab, nur zu träumen. Ein Spiel, das sie aus ihrer Kindheit herübergerettet hatte. Wenn es zu Hause wieder einmal unerträglich gewesen war, weil ihre Eltern sich erbittert gestritten hatten, war sie ins Bett gegangen, hatte die Augen fest geschlossen und sich einzureden versucht, die Welt, in der sie lebte, sei der Alptraum und sie werde bald in einer anderen Welt erwachen – in einer friedlicheren Welt voller Zuneigung und Liebe, in einer Welt, in der es keinen Streit gab und alle Menschen Freude aneinander hatten.

Dieser Trick hatte schon in Barries Kindheit nie funktioniert, und er versagte auch diesmal. Als sie die Augen öffnete, lag sie immer noch in Gray Bondurants Schlafzimmer auf seinem Bett, und ihre Kleidung – das wenige, was sie noch anhatte – war in Unordnung.

Wie alles andere auch.

Schließlich riß sie sich soweit zusammen, daß sie aufstehen und sich anziehen konnte. Das Duschwasser rauschte noch, als sie das Schlafzimmer verließ. Ihre Umhängetasche lag auf dem Sofa. Sie griff danach, stopfte ihr Hemdchen mit dem abgerissenen Träger hinein und ging zur Haustür.

Aber dort blieb sie stehen. Wenn sie jetzt wegfuhr, hatte sie nichts gewonnen als eine peinliche Erfahrung, die sie verlegener machte, als sie sich je hätte vorstellen können. Ihr eigenes Verhalten war ihr so unbegreiflich, daß sie darauf verzichtete, ihr Gewissen mit Rechtfertigungs- oder Erklärungsversuchen zu belasten.

Es war passiert. Sie hatte es geschehen lassen. Richtigstellung: Sie hatte aktiv, begierig daran mitgewirkt, es geschehen zu lassen. Es war eine vollendete Tatsache, an der sich nichts mehr ändern ließ.

Diese Erfahrung war sie teuer zu stehen gekommen. Jetzt konnte sie nur versuchen, mit den Konsequenzen ihres Tuns zu leben, aus dieser katastrophalen Situation das Beste zu machen und zu versuchen, wenigstens einen Bruchteil ihrer persönlichen Würde zu retten. Mit etwas Glück konnte sie Bondurant dabei vielleicht doch noch einige Auskünfte entlocken.

Als er zehn Minuten später in die Küche kam, erwartete sie

ihn mit dem Rücken zur Arbeitsplatte und in sichtbar defensiver Haltung. »Damit eins klar ist, Mr. Bondurant: Ich weiß nicht, was dort drinnen passiert ist.«

»Damit eins klar ist, Miss Travis: Ich weiß es sehr gut.« Er nahm lässig einen Becher aus dem Schrank und goß sich von dem Kaffee ein, den sie inzwischen gekocht hatte. »Holen Sie Ihren Notizblock raus. Das sollten Sie sich aufschreiben.« Er drehte sich nach ihr um. »Man nennt es ›ficken‹.«

Innerlich fuhr sie zusammen, äußerlich war ihr nichts anzumerken. »Sie hoffen, daß ich verschwinde, wenn Sie gräßlich genug sind. Aber das funktioniert nicht.«

»Was denn sonst?«

»Reden Sie mit mir.«

»Kommt nicht in Frage!« wehrte er aufgebracht ab. »Ich bin auch aus Washington weggegangen, um keine Reporter mehr sehen zu müssen. Für 'ne Story würden die meisten von euch ihre Seele verkaufen. Und wenn es keine Story gibt, erfindet ihr eine.« Er musterte sie abschätzig. »Sie sind allerdings eine Klasse für sich, Miss Travis. Sie haben nicht mal was verkauft, Sie haben es hergeschenkt.«

Sie nickte zum Schlafzimmer hinüber. »Das war ein… ein Versehen.«

»Das glaube ich nicht. Mein Schwanz hat genau gewußt, wohin er wollte.«

Barrie biß sich auf die Unterlippe, um nichts Falsches zu sagen. Außerdem bemühte sie sich, die Tränen zurückzuhalten, denn sie hatte sich geschworen, nicht zu weinen. »Bitte, Mr. Bondurant, ich versuche, den Rest meiner professionellen Integrität zu retten.«

»Ich wußte nicht, daß Sie so etwas besitzen.«

Sie breitete die Arme aus und fragte: »Sehe ich aus, als wäre ich hergekommen, um Sie zu verführen?«

Er begutachtete ihre Aufmachung. »Eigentlich nicht. Aber als es sich dann so ergeben hat, habe ich von Ihrer Betthälfte aus keine Einwände gehört.«

Barrie errötete bei dem Gedanken an die Laute, die er von ihrer Betthälfte aus gehört hatte. »Ich bin nur hergekommen, um Ihnen ein paar Fragen über die Merritts zu stellen.«

»Wie oft muß ich es denn noch sagen? Ich erzähle nichts, verdammt noch mal!«

»Nicht einmal, daß die Berichte der Boulevardpresse Lügen sind?«

»Das sind sie.«

»Sie hatten keine Affäre mit Vanessa Merritt?«

»Das geht Sie einen Dreck an.«

»Haben Sie sie so unglücklich gemacht?«

»Wenn sie unglücklich ist, könnte es daran liegen, daß ihr Sohn vor kurzem gestorben ist.«

»Wissen Sie das bestimmt?«

»*Was* soll ich wissen?«

»Wissen Sie bestimmt, daß er gestorben ist? Oder wurde Robert Rushton Merritt vielleicht ermordet?«

11. Kapitel

Gray kehrte ihr mit einem stillen Fluch den Rücken zu. Diese Frau ging einem gleich an die Halsschlagader. Sie interviewte so hemmungslos, wie sie vögelte.

Schon bevor er sie aufgeweckt hatte, hatte er sie als die Journalistin erkannt, die vor einigen Wochen Vanessa interviewt hatte. Offenbar hatte dieses Interview sie nicht völlig zufriedengestellt. Er hatte halbwegs damit gerechnet, daß sie oder jemand wie sie bei ihm aufkreuzen und versuchen würde, den ganzen alten Dreck wieder aufzurühren. Seit Wochen hortete er seine Ressentiments gegen die bevorstehende Invasion.

Deshalb empfand er keinerlei Schuldgefühl wegen des Verlaufs, den die Ereignisse genommen hatten. Er war sauer gewesen und hatte eine Frau gebraucht. Sie hatte bereitwillig mitgemacht – und das war noch milde ausgedrückt. Unter diesen Umständen hatte natürlich etwas passieren müssen.

Tatsächlich bezweifelte er, daß sie mit der Absicht hergekommmen war, ihn zu verführen. Ihre Aufmachung – langer Rock, Pullover und Stiefel – weckte nicht gerade sexuelle Phantasien. Ihre Augen waren vom Schlaf noch leicht verquollen, und ihre Wimperntusche war verlaufen. Ihr Lippenstift war abgeblättert, und ihre Haare waren ungekämmt.

Ihre Stimme war jedoch geradezu unglaublich. Ihre Stimme war ein feuchter Traum. Sie versprach nicht nur unglaublichen Sex, sondern hielt dieses Versprechen auch.

Aber falls sie glaubte, eine hemmungslose kleine Bumserei werde seine Position schwächen, hatte sie sich gründlich getäuscht. Er war jetzt nur noch zorniger darüber, daß sie in sein Heim eingedrungen war und seine Intimsphäre verletzt hatte. Sie hatte sich seine Verachtung verdient.

Er trank seinen Kaffee aus, nahm eine Kasserolle und eine Pfanne aus dem Regal und stellte sie auf den Herd. Dann holte er eine Büchse Chili aus der Speisekammer, machte sie auf und kippte den Inhalt in die Kasserolle. Schließlich schlug er Eier in eine Schüssel. Nachdem er sie mit einem Schneebesen durchgerührt hatte, goß er sich Kaffee nach und trank einen Schluck, während das Chili auf kleiner Flamme zu brodeln begann.

»Darf ich?« Sie hielt einen leeren Becher hoch.

»Klar doch. Schließlich haben Sie ihn selbst gekocht. Ich will nicht daran schuld sein, wenn Sie nachher am Steuer einschlafen.«

Ihm fiel auf, wie klein ihre Hände waren, die den großen Kaffeebecher umfaßten. Als sie seinen Blick spürte, sah sie zu ihm auf. »Ich möchte mich dafür entschuldigen, daß ich Sie geschlagen habe. Ich habe vorher noch nie jemanden geschlagen. Sie sind ein sehr provozierender Typ, Mr. Bondurant.«

»Das höre ich nicht zum ersten Mal.« Er rührte das Chili um. »Wie haben Sie mich aufgespürt?«

»Durch Informanten in Washington. Aber Sie brauchen sich keine Sorgen zu machen. Ich war diskret.«

»Ich mache mir nie Sorgen, Miss Travis. *Miss* stimmt doch? Oder haben Sie vorhin Ehebruch verübt?«

Diese Frage ärgerte sie mehr als das Ereignis selbst oder seine früheren Beleidigungen. Ihre Augen blitzten vor Zorn. »Nein, ich habe keinen Ehebruch verübt. Auf diesem Gebiet haben Sie bestimmt weit mehr Erfahrung. Und außerdem können Sie mich einfach Barrie nennen.«

Gray drehte sich wieder zum Herd um, warf ein Stück Butter in die Pfanne und zündete das Gas darunter an. Während er zusah, wie die Butter zerlief, überlegte er, wie er Barrie loswerden konnte, ohne sie körperlich ins Freie zu befördern. Relativ mühelos hätte er ein halbes Dutzend Methoden aufzählen können, einen Mann lautlos, augenblicklich und schmerzlos zu töten. Aber der Gedanke, gegen eine Frau Gewalt anzuwenden, war ihm zuwider.

»Eine schöne Ranch haben Sie da«, meinte sie und riß ihn damit aus seinen Überlegungen.

»Danke.«

»Wie viele Hektar?«

»Ungefähr fünfhundert.«

»Sie leben hier allein?«

»Bis heute morgen.«

»Mir ist aufgefallen, daß es hier in der Nähe eine Kleinstadt namens Bondurant gibt. Hat die…«

»Nein. Das ist reiner Zufall.«

»Halten Sie auch Vieh? Außer den Pferden draußen auf der Koppel?«

»Ich habe eine kleine Rinderherde.«

»Aha, daher kommt also das viele Fleisch in Ihrem Gefrierschrank.«

Gray drehte sich um und starrte sie durchdringend an.

»Ich habe ein Glas Wasser getrunken und ein paar Eiswürfel hineingeworfen«, sagte sie mit leicht trotzig vorgerecktem Kinn.

»Was haben Sie noch entdeckt, während Sie hier herumgeschnüffelt haben?«

»Ich habe nicht herumgeschnüffelt!«

Er wandte sich ab von ihr, verteilte die zerlassene Butter in der Pfanne und kippte die Eier hinein. Dann steckte er zwei Scheiben Brot in den Toaster, nahm einen Teller aus dem Schrank und rührte die Eier mit einer Spatel, bis sie seinem Geschmack entsprachen. Er häufte etwa die Hälfte des Rühreis auf seinen Teller, tat mit einem Schöpflöffel brodelndes Chili darauf und würzte alles reichlich mit Tabasco-Sauce. Wie auf ein Stichwort sprang in diesem Augenblick der Toast hoch. Er legte die beiden Scheiben auf seinen Teller, nahm eine Gabel mit und setzte sich mit seinem Frühstück an den Küchentisch.

Aus dem Augenwinkel heraus beobachtete Gray, wie sie näher kam. Sie ließ sich ihm gegenüber nieder. Er ignorierte sie und schaufelte mehrere Gabeln Rührei in seinen Mund. Erst als er eine Pause machte, um einen Schluck Kaffee zu trinken, fragte er: »Hungrig?«

»Ein bißchen.«

»Wollen Sie auch was?«

Sie betrachtete zweifelnd seinen Teller. »Ich weiß nicht recht…«

Er zuckte mit dem Schultern. »Steht alles auf dem Herd.«

Barrie stand auf und kam kurze Zeit später mit einer kleineren Portion seines Frühstücks zurück. Er beobachtete, wie sie vorsichtig davon kostete. Sie kaute, schluckte und begann dann, mit herzhaftem Appetit zu essen.

»Ihre Ranch ist ziemlich abgelegen«, sagte sie zwischen zwei Bissen. »Fühlen Sie sich nicht manchmal einsam?«

»Nein.«

»Oder langweilen Sie sich?«

»Niemals.«

»Vor Ihrem, äh, Rückzug aus der Öffentlichkeit haben Sie ein sehr bewegtes Leben geführt. Vermissen Sie den aufregenden Alltag in Washington nicht?«

»Wenn ich es täte, würde ich dorthin zurückgehen.«

»Wie verbringen Sie hier Ihre Zeit?«

»Auf jede Art, die mir Spaß macht.«

»Womit verdienen Sie sich Ihren Lebensunterhalt?«

»Über Geld redet man nicht, das ist unhöflich.«

»Nun, da kann nichts passieren, denn Sie haben schon festgestellt, daß Reporter unhöflich sind.« Sie zog fragend die Augenbrauen hoch.

»Ich bin Rancher.«

Diese simple Antwort schien sie zu verblüffen. »Viehzüchter?« Er nickte. »Tatsächlich? Hmmm. Und davon verstehen Sie was?«

»Ich hab's in meiner Jugend gelernt.«

»Wo?«

»Auf der Farm meines Vaters.«

»Das sagt mir nicht viel.«

»Soll es auch nicht, Miss Travis.«

Sie seufzte frustriert. »Sie haben bewiesen, daß Sie verdeckte Kommandounternehmen leiten können, und waren Präsidentenberater. Im Gegensatz dazu stelle ich mir ein Leben als Rancher ziemlich ereignislos vor. Ich kann kaum glauben, daß Ihre neue Tätigkeit Ihnen stimulierend und herausfordernd erscheint.«

»Mir ist egal, was Sie glauben.«

»Sie leben einfach hier draußen und reiten den ganzen Tag herum?«

Er machte sich nicht die Mühe, darauf zu antworten.

»Sie kümmern sich wie ein braver kleiner Cowboy nur um Ihre Rinder?«

»Klar. Wenn sie's brauchen.«

»Und das haben Sie gestern gemacht? Sie waren unterwegs und haben sich um Ihr Vieh gekümmert?«

»Nein. Gestern war ich in Jackson Hole.«

»Von dort bin ich hergekommen. Wir müssen aneinander vorbeigefahren sein.« Sie schob ihren leeren Teller zur Seite. »Das Frühstück war gut. Danke.«

Gray lachte. »Wär's ein Kuhfladen gewesen, hätten Sie ihn auch gegessen und als köstlich bezeichnet.«

»Wozu sollte ich das tun?«

»Weil Sie etwas von mir wollen. Da Sie mit Sex nicht ans Ziel gekommen sind, versuchen Sie jetzt, mich mit Freundlichkeit einzuwickeln. Ist dieses Geplauder nicht nur ein weiterer Versuch, mich für Sie einzunehmen? Ehrlich, Miss Travis, Ihr erster Annäherungsversuch hat mir besser gefallen.«

»Das war *kein* Annäherungsversuch. Ich habe Ihnen doch erklärt, daß es...«

»Ein Versehen war. Sagen Sie, hüpfen Sie mit jedem Mann, der Ihnen über den Weg läuft, gleich ins Bett?«

»Hören Sie...«

»Hat Ihr Daddy Sie nicht geliebt?«

Sie senkte den Kopf, starrte die Tischplatte an und blickte sofort wieder zu ihm auf. »Ich kann es Ihnen nicht verübeln, daß Sie eine so schlechte Meinung von mir haben.«

»Ah, jetzt verwandelt der Kumpel sich in eine reuige Sünderin.«

»Zum Teufel mit Ihnen!« rief sie aus, schlug mit der flachen Hand auf die Tischplatte und sprang auf. »Ich bin bloß ehrlich.«

Er stand ebenfalls auf. »Nein, Miss Travis, Sie sind entweder tapfer oder dumm. Ich weiß nur nicht, was von beidem. Jedenfalls habe ich nicht vor, mit Ihnen über mich oder die Merritts zu sprechen. Und mich interessiert auch nicht, was Sie über sie zu erzählen haben.«

»Haben Sie nicht gehört, was ich vorhin über den Tod ihres Kindes gesagt habe?«

»Ich hab's gehört. Ich hab's ignoriert. Und das werde ich auch weiterhin tun.« Er stellte die Teller übereinander, trug sie zum Ausguß und ließ Wasser darüberlaufen.

»Warum ignorieren Sie es?«

»Weil es eine dieser Äußerungen ist, die ihr Reporter in der Hoffnung ausstreut, daß irgendein Idiot anbeißt.«

»Trauen Sie mir etwa zu, eine so schwerwiegende Behauptung nur so zum Spaß aufzustellen?«

Er drehte das Wasser ab und wandte sich wieder um. »Klar. Obwohl wir uns erst seit kurzem kennen, habe ich Grund zu der Annahme, daß Sie so ziemlich alles tun würden, um beim ABC Network anzukommen. Warum schlafen Sie nicht mit einem Produzenten, statt mich zu belästigen?«

»Weil keiner der Produzenten, die ich kenne, Vanessa Merritts Liebhaber war.«

Die blinde Wut, die in ihm aufstieg, ängstigte ihn. Bevor er sich zu etwas hinreißen ließ, hastete er an ihr vorbei in die hinteren Räume des Hauses. Er hörte sie hinter sich herkommen. Sie bewegte sich so rasch, daß sie plötzlich vor ihm stand und beide Hände gegen seine Brust stemmte.

Barrie atmete schwer. »Sie glauben, ich sei hergekommen, um Sex gegen eine heiße Story einzutauschen. Aber das stimmt nicht. Tatsächlich bin ich entsetzt darüber, wie ich mich und meinen Beruf kompromittiert habe. Sie kennen mich nicht, deshalb müssen Sie mir einfach glauben, wenn ich Ihnen sage, daß ich nichts lieber getan hätte, als stillschweigend aus Ihrem Haus zu verschwinden – und wie schwer es mir fällt, Ihnen auch nur ins Gesicht zu sehen.«

Irgend etwas in ihrem Tonfall brachte ihn dazu, stehenzubleiben und zuzuhören.

Sie nahm ihre Hände von seiner Brust und fuhr damit glättend über ihren Rock. »Daß ich noch immer hier bin, sollten Sie als Hinweis darauf begreifen, wie wichtig diese Story ist, Mr. Bondurant. Nicht nur für mich und meine Karriere, sondern für alle. Lassen Sie mich jetzt bitte ausreden. Wenn Sie dann immer noch wollen, daß ich gehe, verschwinde ich ohne Widerrede. Fünf Minuten, okay?«

Eine sehr gute Nummer, fand er, aber nicht gut genug. Seine angeborene Vorsicht war durch seine Spezialausbildung, die ihn gelehrt hatte, dem äußeren Eindruck grundsätzlich zu mißtrauen, noch gesteigert worden. Aus Erfahrung wußte er, daß alle Journalisten erbarmungslose Aasgeier waren. Sie pickten einem das Fleisch von den Knochen, ohne das geringste Mitleid zu empfinden, und ließen einen exponiert und verletzlich zurück, um sich auf das nächste Opfer zu stürzen.

Aber auch wenn er das Gegenteil behauptete, begann ihn zu interessieren, was Barrie Travis über den Krippentod von Vanessas Baby wußte oder vermutete. Obgleich er wußte, daß es keine gute Idee war, und in der Hoffnung, daß er es später nicht allzusehr bereuen würde, genehmigte er ihr diese fünf Minuten. »Draußen.«

Gray setzte sich in seinen Schaukelstuhl. Sie ließ sich auf der obersten Treppenstufe nieder und umschlang ihre Knie mit den Armen. Bestimmt war ihr kalt, aber er bot ihr nichts gegen die morgendliche Kälte an.

Nun, da sie sich seiner Aufmerksamkeit endlich sicher sein konnte, schien sie nicht sofort anfangen zu wollen, obwohl ihr Notizblock bereitlag. »Gott, wie schön es hier ist!«

An diesem Morgen war das Tal in Nebelschwaden gehüllt. Der Nebel verdeckte die Berge, aber die aufgehende Sonne ließ ihn wie rosa Zuckerwatte aussehen. Die Luft war kühl und frisch.

»Die Scheune ist offenbar älter als Haus und Garage.«

Scharf beobachtet. »Sie hat schon gestanden, als ich die Ranch gekauft habe. Sie wurde auf den Fundamenten des ursprünglichen Hauses errichtet. Ich habe sie nur ein bißchen renovieren müssen.«

Die Pferde trabten lebhaft wiehernd über ihre Koppel. »Wie heißen sie?« fragte Barrie.

»Sie haben keine Namen.«

Er sah ihre Überraschung. »Ihre Pferde haben keine Namen? Wie traurig! Warum nicht?«

»Sind wir schon beim Interview, Miss Travis?«

Sie schüttelte verwirrt den Kopf. »Ich kenne niemand, der seinen Tieren keine Namen gibt. Cronkites Name ist geradezu Teil seiner Persönlichkeit.« Als sie von ihrem Hund erzählte, wurde ihr Gesichtsausdruck sanft und animiert. »Er ist ein großes, wuscheliges, anhängliches, verzogenes Baby. Sie sollten einen Hund haben«, fügte sie hinzu. »Der wäre ein guter Gefährte für Sie.«

»Mir gefällt meine Einsamkeit.«

»Das haben Sie unmißverständlich klargemacht.«

»Die Uhr läuft.«

Daraufhin schoß sie los. Mit beiden Läufen. »Ich glaube, daß Vanessa Merritt ihr eigenes Baby umgebracht hat.«

Gray biß die Zähne zusammen, um ja nichts zu sagen.

Sie sprach minutenlang ohne Punkt und Komma. Er sah nicht auf die Uhr, aber es waren bestimmt mehr als fünf Minuten. Sie setzte ihm auseinander, welche Motive die First Lady für ihre grausige Tat gehabt haben könnte, beschrieb ihre bisherigen Recherchen und schilderte, auf welche Hindernisse sie dabei gestoßen war.

»Nun hat Mrs. Merritt sich an einen ›unbekannten Ort‹ zurückgezogen. Finden Sie das nicht merkwürdig?«

»Nein«, log er.

»Daß sie sich nach dem Tod des Kleinen aus dem öffentlichen Leben zurückgezogen hat, war verständlich. Das hat auch Jackie Kennedy nach dem Tod ihres Babys getan. Aber das sollte nur für begrenzte Zeit gelten – und die ist längst abgelaufen. Und wenn sie sich nur erholt, wie Insider beteuern, warum hält sie sich dann nicht bei ihrem Vater auf? Oder in ihrem Elternhaus in Mississippi?«

»Woher wissen Sie, daß sie nicht dort ist?«

»Das weiß ich nicht«, gab sie stirnrunzelnd zu. »Aber sie wird nach offizieller Mitteilung von Dr. Allan betreut – und der ist nach wie vor in Washington. Ich verstehe nicht, was die ganze Geheimnistuerei soll.«

»Die existiert nur in Ihrer Phantasie.«

»Wie erklären Sie sich dann Anna Chens rätselhaftes Verhalten? Sie war immer eine zuverlässige Informantin, die bereitwillig Auskünfte geliefert hat.«

»Vielleicht war sie sauer auf Sie?«

»Ich kenne sie nicht gut genug, um sie wütend zu machen.«

»Ich kenne Sie überhaupt nicht, und Sie haben mich trotzdem wütend gemacht.«

»Sie hatte Angst«, stellte Barrie fest. »Das hab' ich deutlich gemerkt.«

»Okay, vielleicht hatte sie Angst«, sagte er ungeduldig. »Vielleicht hatte sie eben eine Maus gesehen. Und vielleicht ist Vanessas Benehmen etwas ungewöhnlich, aber hat sie kein Anrecht darauf, ungestört trauern zu dürfen?«

Diese Barrie Travis, diese Reporterin, deren Stimme so sexy klang, förderte all die Zweifel zutage, die ihn selbst quälten. Seine Eingeweide verkrampften sich. Gray stand auf und trat ans Verandageländer. »Himmel, was sie jetzt durchmachen muß!« Er fuhr sich mit beiden Händen durchs Haar, kniff die Augen fest zusammen und versuchte, seine eigenen Dämonen zurückzudrängen.

Einige Sekunden vergingen, bevor er sich daran erinnerte, daß sie noch da war. Er stellte fest, daß sie mit eigenartigem Gesichtsausdruck zu ihm aufsah. »Es war nicht nur eine Affäre,

Sie haben sie aufrichtig geliebt, stimmt's?« sagte sie halblaut. »Sie lieben sie noch immer.«

Er verfluchte sich, weil er so dumm gewesen war, ihr auch nur fünf Minuten lang zuzuhören, bückte sich zum zweiten Mal an diesem Morgen nach ihrer großen Umhängetasche und drückte sie ihr in die Arme. »Ihre Zeit ist um.«

Seine Hand umfaßte ihren Bizeps und zog sie hoch. Um nicht das Gleichgewicht zu verlieren, hielt sie sich an einer der Säulen fest, die das Verandadach trugen. »Ist das nach allem, was ich Ihnen erzählt habe, Ihr einziger Kommentar?«

»Sie befinden sich in einer Sackgasse, die nirgends hinführt, Miss Travis. Alle diese Unstimmigkeiten sind verdrehte Tatsachen, die Ihre krankhafte Phantasie und Ihr ehrgeiziger kleiner Verstand zusammengestückelt haben, um eine häßliche, aber sensationelle Story zu erfinden.

Auch wenn Sie vermutlich nicht auf mich hören werden, rate ich Ihnen, die Finger von dieser Sache zu lassen, bevor Sie jemanden in Regierungskreisen verärgern, der Ihnen wirklich schaden könnte. Vergessen Sie den kleinen Robert und wie er gestorben ist.«

»Ich *kann* ihn nicht einfach vergessen. Die offizielle Version von seinem Tod klingt irgendwie nicht wahr.«

»Tun Sie, was Sie für richtig halten. Aber lassen Sie mich dabei aus dem Spiel.« Er ging hinein und sperrte die Haustür hinter sich ab.

12. Kapitel

Als Howie zum Geschäftsführer gerufen wurde, mußte er plötzlich dringend auf die Toilette. Danach ging er in die luxuriöse Bürosuite im ersten Stock hinauf. Eine hochnäsige Sekretärin erklärte ihm, »sie« erwarteten ihn drinnen und er solle gleich hineingehen.

Jenkins saß hinter seinem Schreibtisch. Ein weiterer Mann stand am Fenster, während ein zweiter Besucher in einem Sessel Platz genommen hatte. »Kommen Sie rein, Howie«, forderte Jenkins ihn auf. Er betrat das Chefbüro mit weichen Knien. Überraschend angesetzte Besprechungen dieser Art bedeuteten fast immer schlechte Nachrichten wie einen dramatischen Rückgang der Einschaltquoten, drastische Budgetkürzungen oder einen allgemeinen Anschiß.

»Guten Mogen, Mr. Jenkins«, sagte Howie und bemühte sich, gelassen zu wirken. Er konzentrierte sich bewußt auf seinen Chef und nicht auf die beiden Männer, die ihn streng musterten, als wollten sie ihn wie bei einer Gegenüberstellung identifizieren. »Was kann ich für Sie tun?«

»Diese Gentlemen sind vom FBI.«

Howies Schließmuskel verkrampfte sich. Die gottverdammte Steuerbehörde! Er hatte seit drei Jahren keine Einkommensteuererklärung mehr abgegeben.

»Sie möchten Ihnen einige Fragen über Barrie Travis stellen.«

Vor Erleichterung hätte Howie beinahe aufgelacht. Kalter Schweiß sickerte aus seinen Achselhöhlen und sammelte sich an seinem Hosenbund. »Was ist mit ihr?«

»Ist sie in Ihrem Auftrag unterwegs?« fragte Jenkins.

»Äh…«

Das war eine verfängliche Frage, und Howie brauchte Zeit, um zu überlegen, wie er sie beantworten sollte. Wenn er die Frage bejahte und Barrie steckte tief in der Scheiße, sprang er praktisch zu ihr hinein. Förderte sie jedoch tatsächlich eine sensationell heiße Story zutage, verzichtete er auf seinen Anteil des Ruhmes, wenn er diese Frage verneinte.

Howie sah zu dem FBI-Agenten am Fenster hinüber. Der Kerl meinte es offenbar ernst, und sein Partner wirkte ebenso streng.

»Nein«, antwortete Howie. »Sie hat mich gebeten, ein paar Tage freinehmen zu dürfen, weil sie eine Story recherchieren wollte, aber ich habe ihr keinen Auftrag dazu erteilt.«

»Was für eine Story?« fragte der Agent am Fenster.

»Das weiß ich nicht. Irgendeine, auf die sie selbst gekommen ist.«

»Sie hat nicht mit Ihnen darüber gesprochen?« fragte der zweite Agent.

»Nicht direkt – nicht über das Thema. Sie hat mir nur versichert, es sei eine heiße Story.«

»Sie haben keinen blassen Schimmer?«

Sein neuer Kumpel, den er neulich abend in seiner Stammkneipe kennengelernt hatte, hatte ihm die gleichen Fragen gestellt. »Nein, Sir.«

»Das kann ich kaum glauben.«

»Es stimmt aber!« beteuerte Howie. »Ich hab' versucht, ihr genauere Angaben zu entlocken, aber sie wollte erst was dazu sagen, wenn sie ihre Vermutungen konkret belegen konnte.«

»Sie sind ihr unmittelbarer Vorgesetzter, nicht wahr?«

»Ja, Sir.«

»Und Sie haben keine Ahnung, an welcher Story Ihre Reporterin arbeitet?«

Howie spürte, daß seine Position schwächer wurde, daher ging er sofort in die Defensive. »Nun, Sie müssen meine Philosophie der Mitarbeiterführung verstehen: Meine Untergebenen dürfen bis zu einem gewissen Grad Eigeninitiative entwickeln. Glaubt ein Reporter, einer heißen Sache auf der Spur zu sein, lasse ich ihn an der langen Leine laufen. Aber dabei versteht sich, daß ich als Gegenleistung für meine Großzügigkeit eine verdammt gute Story erwarte.«

Jenkins blieb unbeeindruckt. Er ließ Howie kaum ausreden. »Aber Miss Travis *ist* diese Woche irgendwo unterwegs?«

»Ja, das stimmt. Sie ist, mal sehen, vorgestern abgereist. Voraussichtlich für den Rest der Woche, hat sie gesagt.«

Einer der Agenten fragte: »Wohin ist sie gereist?«

»Das hat sie mir nicht verraten.«

Die FBI-Agenten wechselten einen bedeutungsvollen Blick. Howie hätte gern gewußt, was dieser Blick bedeutete.

»Kommen wir für ihre Unkosten auf?« fragte Jenkins, dessen stets finstere Miene sich in den letzten Minuten weiter verfinstert hatte.

»Nur wenn sie eine Story mitbringt.« Howie erläuterte die Vereinbarung, die er mit Barrie getroffen hatte. »Ich wollte nicht, daß sie Firmengelder für sinnlose Recherchen vergeudet.« Das würde hoffentlich Punkte machen.

»Wo steht sie politisch?«

Howie sah zu dem Agenten am Fenster hinüber. »Politisch?«

»Richtig. Steht sie eher links oder rechts?«

Howie überlegte einen Augenblick. »Ich denke, man könnte sie als liberal bezeichnen. Sie steht immer auf der Seite der Schwächeren, wissen Sie. Frauen, Schwule, Ausländer, Leute dieser Art. Sie hat für Präsident Merritt gestimmt.« Er lächelte in die ernste Runde. »Der Präsident hat ihr vor kurzem Blumen geschickt. Das hat sie natürlich toll gefunden.«

Die FBI-Agenten äußerten sich nicht dazu. Der Mann im Besuchersessel fragte weiter: »Ist Miss Travis Mitglied irgendwelcher Organisationen? Irgendwelcher Aktivistengruppen, religiöser Sekten oder Kulte?«

»Klar«, antwortete Howie begeistert nickend. »Sie ist Methodistin.«

Einer der Agenten verdrehte die Augen. Der andere fragte: »Aber Sie würden sie wohl nicht als religiöse Fanatikerin bezeichnen?«

»Nein. Sie hat nichts gegen Kraftausdrücke und kann ganz schön fluchen.«

»Sympathisiert sie mit irgendwelchen Splittergruppen oder radikalen Organisationen?«

»Nicht, daß ich wüßte. Aber sie hat schon an einigen Protestaktionen teilgenommen.«

»Gegen was?«

»Bücherverbote. Zerstörung des Regenwalds. Delphine statt Thunfisch in Konserven. Sachen dieser Art.«

»Nichts Subversives?«

»Nein.«

»Wie steht's mit ihrem Privatleben?«

»Darüber redet sie nicht viel.«

»Liebhaber?«

»Keinen ständigen.«

»Mitbewohner?«

»Sie lebt allein.«

»Enge Freunde?«

Er schüttelte den Kopf. »Sie hat nie von welchen gesprochen. Wissen Sie, sie ist eine dieser Frauen, die mit ihrem Beruf verheiratet sind.«

»Was ist mit ihren Eltern?«

»Tot.«

»Kennen Sie ihre Namen? Wo sie gelebt haben?«

»Sorry. Sie sind gestorben, bevor sie hier angefangen hat.«

In seinem Bestreben, wichtig zu wirken und mitteilsam zu sein, hatte Howie fast vergessen, daß sie über Barrie, nicht über eine hartgesottene Kriminelle sprachen. Jetzt empfand er leichte Gewissensbisse. Barrie konnte verdammt lästig sein, aber irgendwie war es nicht richtig, mit der Bundespolizei so freimütig über sie zu diskutieren.

»Warum interessiert das FBI sich für sie? Hat sie was angestellt?«

»Nur eine Routineüberprüfung.« Der zweite Agent stand auf. »Sie hat mehrmals angerufen, um sich nach dem Gesundheitszustand der First Lady zu erkundigen. Dabei hat sie ungewöhnlich starkes Interesse an Mrs. Merritt und ihrem gegenwärtigen Aufenthaltsort an den Tag gelegt.«

Howie atmete auf. »Ach, sie hat doch bloß als Freundin angerufen. Die beiden haben sich angefreundet, als Barrie sie interviewt hat.«

»Das Weiße Haus wird mißtrauisch«, sagte der erste Agent, »wenn jemand allzu neugierig nach dem Präsidenten oder Mitgliedern seiner Familie fragt.«

Die Agenten bedankten sich bei Jenkins und Howie für ihre Auskünfte und gingen.

Howie gelang es nicht, sich ebenso rasch abzusetzen. Jenkins' finsterer Blick schien ihm Fußfesseln anzulegen. »Wissen Sie etwa mehr, als Sie zugegeben haben?« fragte er scharf.

»Nein, Sir.«

»Worum geht's bei dieser heißen Story?«

»Wie ich den beiden schon erklärt habe, Mr. Jenkins, ich weiß es nicht, das schwöre ich Ihnen. Aber Barrie hat gesagt, Watergate sei nichts im Vergleich dazu.«

»Die Sache *ist* also politisch?«

»Das hat sie nicht gesagt. Nur, daß sie groß sein soll.«

Jenkins deutete gebieterisch mit dem Zeigefinger auf ihn. »Ich will nicht, daß bei meinem Sender irgendwelche radikalen Spinner arbeiten.«

»Dazu gehört Barrie bestimmt nicht, Sir. Sie ist eine gute Reporterin. Das haben Sie ihr neulich in Ihrem Memo selbst bestätigt.«

»Ich hab' ihr nie ein Memo geschickt. Wovon zum Teufel reden Sie überhaupt, Fripp?«

»George?«

Vanessa wußte nicht, ob sie sich verständlich gemacht hatte, aber der Arzt blickte auf sie herab und lächelte. »Freut mich, daß Sie wach sind. Wie fühlen Sie sich?«

»Nicht gut.« Ihr war übel, und es war schwierig, sich auf seine verschwommene, mehrfach überlagerte Erscheinung zu konzentrieren. Sie erinnerte sich vage an eine häßliche Szene. George hatte ihr eine Beruhigungsspritze gegeben. Das schien vor sehr langer Zeit gewesen zu sein. »Was ist los mit mir? Wo ist David?«

»Der Präsident und ich waren uns darüber einig, daß Sie absolute Bettruhe brauchen, deshalb haben wir Sie hierher verlegt.« Er tätschelte ihren Arm, aber sie hätte diese Berührung vermutlich gar nicht gespürt, wenn sie nicht zufällig ihren Handrücken betrachtet hätte, auf dem eine intravenöse Nadel eine farblose Lösung in ihre Vene tropfen ließ.

Dann lenkte eine Bewegung ihre Aufmerksamkeit auf die andere Bettseite. Eine Krankenschwester lächelte auf sie herab. »Ich bin Jayne Gaston«, sagte sie dabei. Sie war eine Mittfünfzigerin mit breitem, freundlichem Gesicht, die ihr graumeliertes Haar ziemlich kurz trug.

»Mrs. Gaston ist Tag und Nacht bei Ihnen«, sagte George.

»Sie versorgt Sie ausgezeichnet, und Sie waren bisher eine ideale Patientin.«

Vanessa war verwirrt und desorientiert. Dieses Zimmer kam ihr irgendwie bekannt vor, aber sie konnte sich nicht daran erinnern, wo sie es schon einmal gesehen hatte. »Warum hänge ich am Tropf?«

»Damit Sie genug Flüssigkeit bekommen«, erklärte der Arzt ihr. »Sie haben lange nichts trinken können.«

Die Krankenschwester war dabei, ihren Blutdruck zu messen.

»Bin ich krank?« fragte sie, von plötzlicher Panik erfaßt. Was verschwiegen sie ihr? Hatte sie einen Unfall gehabt und ein Bein verloren? Hatte sie Krebs im Endstadium? Hatte man auf sie geschossen?

Diese beängstigenden Möglichkeiten wurden augenblicklich durch die schreckliche Wahrheit verdrängt: David hatte sie hier unterbringen lassen.

»Wo ist David? Ich möchte mit ihm reden.«

»Der Präsident ist an der Westküste«, erklärte George ihr mit unverändert freundlichem Lächeln. »Aber ich glaube, daß er heute abend zurückkommt. Vielleicht können Sie später mit ihm reden.«

»Wozu brauche ich eine Pflegerin? Liege ich im Sterben?«

»Natürlich nicht, Mrs. Merritt. Bleiben Sie bitte liegen«, sagte George und drückte sie sanft ins Kissen zurück, als sie sich aufsetzen wollte. Er sah zu Jayne Gaston hinüber. »Wir müssen sie noch etwas mehr sedieren.«

»Aber, Dr. Allan…«

»Bitte, Mrs. Gaston.«

»Gewiß, Doktor.« Sie verließ den Raum.

»Wo ist mein Vater?« fragte Vanessa. Ihre Stimme klang selbst in ihren eigenen Ohren weit entfernt und schwach. »Ich möchte Daddy sehen. Rufen Sie ihn an. Er soll kommen und mich holen.«

»Tut mir leid, Vanessa, aber das geht nicht. Dazu müßte ich erst Davids Erlaubnis einholen.«

Die Schwester kam mit einer Spritze zurück. Sie gab Vanessa eine Injektion in den Oberschenkel.

»Sie erholen sich viel schneller, wenn Sie sich entspannen und uns für Sie sorgen lassen«, erklärte George seiner Patientin freundlich.

»Was fehlt mir überhaupt? Ist das Baby schon da?«

Jayne Gaston sah zu Dr. Allan hinüber. »Die Ärmste bildet sich ein, noch schwanger zu sein.«

George nickte grimmig.

»Mein Baby«, schluchzte Vanessa. »Habt ihr mein Baby?«

»Gehen wir lieber, damit sie sich ausruhen kann.«

»Bitte nicht«, sagte Vanessa heiser. »Verlaßt mich nicht. Ihr haßt mich alle! Das weiß ich genau. Was verschweigt ihr mir? Mein Baby ist tot, oder?«

Dr. Allan machte der Schwester ein Zeichen, sie solle ihm folgen. Mrs. Gaston schloß leise die Tür hinter ihnen.

Vanessa versuchte, sich an etwas zu erinnern. Es war wichtig, aber sie bekam es nicht zu fassen. Sie mußte konzentriert nachdenken, mußte sich erinnern. Es gab etwas, an das sie sich erinnern mußte. Aber was?

Dann entrang sich ihr ein lautes Stöhnen. Sie sah wieder den leblosen kleinen Körper vor sich, den sie aus dem Kinderbett gehoben hatte. Sie hörte wieder das Echo ihrer eigenen Schreie, wie sie in dieser Nacht durch die Korridore des Weißen Hauses gehallt waren.

»Mein Baby«, schluchzte sie. »Mein Baby. O Gott, es tut mir leid!«

Ihr Schmerz lähmte sie jedoch nicht, sondern elektrisierte sie geradezu. Obwohl sie kein bestimmtes Ziel hatte, wußte sie, daß sie nicht länger untätig im Bett liegen durfte. Ohne auf den Schmerz zu achten, riß sie das Pflaster ab, das die Nadel auf ihrem Handrücken fixierte. Sie unterdrückte die Übelkeit und zog den kleinen Katheter aus der Vene.

Als sie sich aufzusetzen versuchte, hatte sie das Gefühl, ein Amboß laste auf ihrer Brust, der sie in die Kissen zurückdrücke. Indem sie sämtliche Kraftreserven mobilisierte, gelang es ihr endlich, sich doch aufzusetzen. Der Raum drehte sich vor ihren Augen. Die Bäume vor dem Fenster schienen mit fünfundvierzig Grad Schräglage zu wachsen. Sie würgte, ohne sich übergeben zu können.

Ihr Gehirn schien außerstande zu sein, den Beinen Befehle zu senden. Sie mußte sich fünf Minuten lang ungeheuer anstrengen, um sie nur über die Bettkante zu schieben. Dann baumelten ihre Füße über dem Boden, während sie gegen Übelkeit und wiederkehrende Schwindelanfälle ankämpfte. Schließlich brachte sie den Mut und die Kraft auf, über die Matratze nach vorn zu rutschen und ihre Füße auf den Boden zu stellen.

Ihre Beine trugen sie nicht. Sie brach neben dem Bett zusammen, blieb dort schluchzend liegen und rang keuchend nach Atem – zu schwach, um aufzustehen, sogar zu schwach, um Hilfe herbeizurufen. Sie wünschte sich, sie wäre tot.

Nein! Der Teufel sollte sie holen, wenn sie es den anderen so einfach machte.

Entschlossen rutschte sie wie eine primitive Lebensform über den Fußboden, setzte dabei eine Hand, einen Fuß, eine Schulter oder eine Ferse wie ein Pseudopodium ein, um sich in winzigen Etappen vorwärtszuschieben.

Als sie endlich die Tür erreichte, war sie in Schweiß gebadet. Ihr Haar und ihr Nachthemd klebten an ihrer Haut. Sie rollte sich in fetaler Haltung zusammen, um frische Kräfte zu sammeln, und begann zu zittern, als ihr schweißnasser Körper abkühlte.

Schließlich hob sie den Kopf und sah zum Türknauf empor. Er schien so unerreichbar wie der Mond zu sein. Sie versuchte gegen die Tür zu hämmern, aber ihre Hände klatschten nur schwach dagegen. Also drückte sie ihre Handflächen ans kühle Holz, strengte die Arm- und Brustmuskeln an und arbeitete sich an der Tür hinauf, bis sie erst ein Bein und dann das zweite unter ihren Körper ziehen und sich kniend aufrichten konnte.

Als nächstes umklammerte sie den Türknauf mit beiden Händen und schaffte es, ihn zu drehen, während sie zugleich gegen die Tür sank. Als die Zimmertür aufsprang, fiel sie über die Schwelle in den Korridor hinaus. Sie landete auf einer Schulter, so daß schmerzhafte kleine Blitze durch ihren Arm zuckten.

»Mrs. Merritt! O Gott! Dr. Allan!«

Laute Stimmen. Polternde Schritte. Hände, die unter ihre Arme griffen, um sie aufzuheben.

Schlaff und erschöpft wankte sie zwischen den beiden Secret-Service-Agenten, die sie stützten, zu ihrem Bett zurück.

George Allan schob die Agenten beiseite. »Danke, Gentlemen.«

»Soll ich einen Krankenwagen rufen, Dr. Allan?« fragte einer von ihnen.

»Danke, nicht nötig.« Er hörte ihr Herz mit seinem Stethoskop ab. »Mrs. Gaston, bereiten Sie bitte einen neuen Tropf vor.«

Der andere Agent fragte, ob er den Präsidenten oder Mr. Martin anrufen solle. Der Arzt antwortete, er werde den Präsidenten selbst anrufen, sobald Mrs. Merritt stabilisiert sei. Die beiden Agenten zogen sich zurück.

»Wir fixieren sie im Bett«, erklärte George der Krankenschwester. »An Armen und Beinen.«

»Ist das nicht übertrieben?«

»Wir dürfen nicht riskieren, daß sie noch einmal aufsteht und hinfällt, Mrs. Gaston.«

»Ich wäre Mrs. Merritt gern behilflich, wenn sie aufstehen will, Dr. Allan. Wahrscheinlich täte es ihr gut, das Bett zu verlassen. Ich glaube, daß sie zu stark sediert wird.«

»Ich weiß Ihre Sorge zu schätzen«, sagte George in einem Tonfall, der vom Gegenteil kündete, »aber ich kann am besten beurteilen, was meine Patientin braucht. Bitte führen Sie meine Anweisungen aus, die auch die des Präsidenten der Vereinigten Staaten sind. Haben wir uns verstanden?«

»Ja, Dr. Allan.«

Vanessas Augen waren geschlossen, aber sie hatte den größten Teil dieses Gesprächs mitbekommen, obwohl es ihr schwerfiel, manchen Worten eine Bedeutung zuzuordnen. Warum sollte sie nicht mehr aufstehen dürfen?

Wo war David?

Wo war ihr Vater?

Wo war *sie*?

Vielleicht in der Hölle.

Nein, bestimmt in der Hölle.

»*Wo?*«

»Wyoming.«

»Scheiße!«

Nachdem Spencer dem Präsidenten die Hiobsbotschaft überbracht hatte, joggte er schweigend weiter neben ihm her. Die nun folgende Schimpfkanonade hätte jeden Seemann erröten lassen können. Merritt gebrauchte Ausdrücke, die er von seinem Vater, einem Werftarbeiter in Biloxi, aufgeschnappt hatte.

Merritts Herkunft war während seines ersten Wahlkampfs um einen Abgeordnetensitz bekanntgeworden. Als er später

Präsidentschaftskandidat war, wußte die amerikanische Wählerschaft genau, daß er nicht reich und privilegiert aufgewachsen war. Seine Mutter war Köchin in einer Schulkantine gewesen, aber trotz zweier Einkommen war die Familie selten flüssig gewesen. Sie hatte nie ein eigenes Haus besessen. David Merritt hatte seine Kindheit in einem gemieteten Mobile Home auf einem zweitklassigen Abstellplatz verbracht.

Statt zu versuchen, seine einfache Herkunft zu vertuschen, hatten seine Wahlkampfmanager ihn als die Verkörperung des amerikanischen Traums hingestellt. Er war der Abraham Lincoln des 21. Jahrhunderts. Er hatte unglaubliche Nachteile überwunden, um das höchste Amt der Welt zu erringen. Senator Armbrusters Förderung war sehr hilfreich gewesen, aber Merritts angeborene Intelligenz und sein Durchsetzungsvermögen hatten Armbruster erst auf ihn aufmerksam gemacht.

Unerwähnt blieb jedoch, wie jämmerlich die Armut des jungen Merritt gewesen war. Nur wenige wußten, daß seine Eltern beide Alkoholiker gewesen waren. Bevor sie sich praktischerweise zu Tode gesoffen hatten, hatte er schon lange für sich selbst sorgen müssen. Betrunken hatte er sich nur einmal in seinem Leben: am Tag der Beisetzung seines Vaters. Er hatte sich betrunken, um seine Befreiung von zwei Menschen zu feiern, die er schon immer gehaßt und verachtet hatte.

Spencer sah wieder zu dem Präsidenten hinüber.

Sein Ausbruch hatte wie üblich nicht lange gedauert. Jetzt schwieg er und konzentrierte sich auf seine Atemübungen. Spencer hatte sich dafür entschieden, ihm die Hiobsbotschaft bei dieser Gelegenheit zu überbringen, weil die Sache persönlich war und absolute Geheimhaltung erforderte. Beim Joggen war es unwahrscheinlich, daß auch nur die Secret-Service-Agenten, die ihnen in einigem Abstand folgten, etwas mitbekamen. Die Agenten wußten, daß sie Abstand halten mußten, wenn der Präsident etwas mit Spencer zu besprechen hatte. Ihre Gespräche waren immer streng geheim.

»Woher weißt du, daß Barrie Travis nach Wyoming gereist ist?« fragte Merritt zweifelnd.

»Sie war zwei Tage nicht mehr in ihrem Haus. Ihr Köter ist in einer Hundepension.«

»Ich hab' nicht gefragt, ob sie verreist ist«, knurrte der Präsident. »Ich hab' gefragt, woher du weißt, daß sie in Wyoming ist.«

Spencer steckte den Anpfiff ungerührt weg. Er hielt Reizbarkeit für eine Schwäche, selbst bei Präsidenten – *vor allem* bei Präsidenten. »Während deiner Kalifornienreise habe ich mit ihrem Vorgesetzten geredet.« Er schilderte Merritt, wie er Howie Fripp in seiner Stammkneipe angesprochen hatte. »Der Kerl ist ein Schwachkopf. Aber ich glaube nicht, daß er weiß, wo Travis ist, denn er hat zwei FBI-Agenten gestern morgen am Arbeitsplatz die gleiche Geschichte erzählt. Dabei hat er sich vor Angst fast in die Hose gemacht. Hätte er was gewußt, hätte er garantiert ausgepackt.«

»Ist ihr Haus durchsucht worden?«

»Offiziell nicht«, antwortete Spencer. »Wir haben keinen Durchsuchungsbefehl und keinen triftigen Grund für einen.«

»Und inoffiziell?«

»Inoffiziell wurde es vom besten Mann der Branche durchsucht«, berichtete Spencer mit kaltem Grinsen. »Seinem Eindruck nach hat sie versucht, ihre Spur zu verwischen. Er hat nirgends den geringsten Hinweis auf die bevorstehende Reise oder ihr Reiseziel entdeckt. Gefunden hat er lediglich mehrere überfällige Bibliotheksbücher über Krippentod und psychische Störungen bei Frauen.«

Merritt fuhr sich mit dem Handrücken über die schweißnasse Stirn. »Sie macht also weiter.«

»Das vermute ich auch. Wir haben ihr Auto auf einem Parkplatz am Flughafen gefunden und angefangen, die Passagierlisten sämtlicher Flüge zu kontrollieren. Sie ist unter falschem Namen gereist und hat keine ihrer Kreditkarten benützt.«

Der Präsident machte halt. Auch Spencer blieb stehen. Die Secret-Service-Agenten behielten ihren Abstand bei.

»Sie verhält sich schrecklich paranoid«, sagte Merritt.

»Genau. Als ihr Name nicht aufgetaucht ist, haben wir bei den Airlines nachgefragt, bis wir die Angestellte gefunden haben, die ihr das Ticket verkauft hat. Travis hat einen falschen Namen angegeben und den Flug nach Jackson Hole bar bezahlt. Die Angestellte hat sie auf einem Foto identifiziert.«

»Sie ist zu Gray geflogen.«

»Sie ist zu Gray geflogen.« Spencers Miene war ebenso düster wie die des Präsidenten. »Zumindest müssen wir das annehmen.«

Merritt starrte nachdenklich in die Luft. »Er haßt Reporter. Ich glaube nicht, daß er mit ihr redet.«

»Es wäre riskant, sich darauf zu verlassen.«

»Verdammt!« Der Präsident schnippte einen Schweißtropfen von seiner Nasenspitze. »Was ist, wenn wir zu spät dran sind? Wenn sie bereits mit Gray gesprochen, wenn er ihr irgend etwas erzählt hat...«

»Dann haben wir ein potentielles Problem«, sagte Spencer.

»Im Vorfeld eines Wahljahrs können wir nicht mal ein ›potentielles‹ Problem brauchen.«

»Ganz meine Meinung.« Spencer suchte Merritts Blick. »Ich glaube, wir müssen sicherstellen, daß die Reporterin den Mund hält.«

Der Präsident nickte, dann joggte er weiter. »Tu, was du für notwendig hältst.«

Spencer hielt mit ihm Schritt. »Ich kümmere mich umgehend darum.«

13. Kapitel

»Willst du mich verscheißern? Das FBI?«

»Doch, das hat Howie gesagt.« Barrie beobachtete sich im Spiegel, während sie in ihrem Motelzimmer in Jackson Hole ein Ferngespräch mit Daily führte. Ließ die schlechte Beleuchtung sie so blaß aussehen – oder lag das an ihrer zunehmenden Besorgnis?

»Zwei FBI-Agenten sind bei WVUE aufgekreuzt und haben ihn über mich ausgefragt.« Sie berichtete Daily, was Howie ihr von dieser Befragung erzählt hatte. »Er hat sich fast in die Hose gemacht. Buchstäblich. Du hättest hören sollen, wie er mir das in allen Einzelheiten erzählt hat!«

»Das ist nicht zum Lachen, Barrie.«

Ein weiterer Abwehrmechanismus, den sie in ihrer Kindheit entwickelt hatte, war ihr süffisanter Humor. Diesmal konnte jedoch selbst ihr Witz nichts gegen den Ernst der Lage ausrichten. Sie hatte gehofft, Daily werde ihre Befürchtungen zerstreuen. Statt dessen verstärkte er sie noch. »Was steckt deiner Meinung nach dahinter?«

»Ich denke, daß du einige Leute nervös gemacht hast.«

»Welche Leute?«

»Vielleicht bloß Dalton Neely. Deine ständigen Anrufe haben den Pressesprecher aufgebracht – schließlich legen sie den Verdacht nahe, er sage in bezug auf den Gesundheitszustand der First Lady nicht die volle Wahrheit. Um endlich Ruhe vor dir zu haben, hat er dir das FBI auf den Hals gehetzt.«

»Oder?«

»Oder«, fuhr Daily seufzend fort, »die Anweisung kann

direkt aus dem Oval Office gekommen sein. Hatte Howie irgendeine Theorie?«

»Die Agenten haben Jenkins und ihm erklärt, es handle sich um eine Routineuntersuchung, und Howie hat ihnen erzählt, mein Interesse für Mrs. Merritt sei eine nette Folge meines Interviews.«

»Haben sie ihm das abgenommen?«

»Anscheinend. Vermutlich ist die Sache damit erledigt.«

»Vermutlich.«

Nach kurzer Pause stellte sie fest: »Daily, wir sind uns über einen Punkt einig, an den wir beide nicht glauben.«

Danach herrschte erneut Schweigen. Der einzige Laut, der aus dem Hörer drang, war Dailys keuchender Atem. Schließlich sagte er: »Das hätte ich fast vergessen – wie war Bondurant?«

Ihr Herz vollführte einen fehlerlosen Kopfsprung. Wie Bondurant war? Im Bett oder außerhalb? Im Bett war er atemberaubend gut. Außerhalb… »Nicht anders, als ich erwartet hatte. Feindselig. Schweigsam.«

»Hat dich nicht mit offenen Armen empfangen, was?«

In gewisser Beziehung hatte er genau das getan. »Na ja, nicht gerade.«

»Hat er etwas zur Aufklärung beigetragen?«

»Nichts. Jedenfalls nicht absichtlich. Ich bin überzeugt, daß Vanessa und er eine intensive Beziehung miteinander hatten. Zumindest von seiner Seite aus.«

»Glaubst du, daß sie das Unaussprechliche getan haben?«

»Kann ich nicht sagen, aber er hängt noch sehr an ihr. In einem unvorsichtigen Augenblick hat er beklagt, was sie durchmachen muß. Ich vermute, daß er ihren Schmerz über den Tod ihres Kindes gemeint hat.«

»Keine Vermutungen, Barrie! Hörst du mir nicht zu? Lernst du nichts dazu? Nur *Tatsachen* zählen.«

»Nun, ich fahre nicht zurück, um es noch mal mit ihm aufzunehmen, falls du das vorschlagen wolltest. Er hat gesagt, ich soll die Story vergessen – oder wenigstens ihn. Und letzteres habe ich vor. Ich bekomme meine Story. Aber ich bekomme sie ohne Bondurant.«

»Was ist eigentlich los mit dir?«

»Was soll mit mir schon los sein? Nichts!« Gott, sie würde *sterben*, wenn Daily jemals herausbekäme, wie sie ihre journalistische Integrität und Objektivität für ein paar Minuten sexueller Seligkeit geopfert hatte.

»Okay«, sagte er, ohne überzeugt zu sein. »Aber du klingst schrecklich defensiv.«

»Ich mache mir Sorgen wegen meiner Story.«

»Du verfolgst sie also weiter?«

»Selbstverständlich. Seit wann wird der Arbeitgeber einer kleinen Reporterin vom FBI mit einem Besuch beehrt? Je mehr Türen mir vor der Nase zugeknallt werden, desto überzeugter bin ich, daß irgend jemand etwas zu verheimlichen hat.«

»Wann kommst du zurück?«

»Morgen. Ich nehme die Spur in Washington wieder auf. Irgendwelche Neuigkeiten über Vanessa?«

»Immer noch dasselbe.«

»Ich rufe dich morgen abend an, sobald ich heimkomme. Und was ist mit dir? Geht's dir gut?«

»Ausgezeichnet«, behauptete er. »Barrie? Wenn du auf eine wirklich häßliche Sache gestoßen bist... Nun, sieh dich jedenfalls vor. Okay?«

Seine Besorgnis rührte sie, und sie bekam Sehnsucht nach ihm. Nachdem sie aufgelegt hatte, blieb ihre Hand auf dem Hörer liegen, als fiele es ihr schwer, den Kontakt abreißen zu lassen. Daily war für sie wie ein Angehöriger, ein Freund, der ihr vertrauter war, als es ihre Eltern je gewesen waren.

Sie schlich müde ins Bad und begann sich auszuziehen. Der Spiegel über dem Waschbecken war nicht freundlicher als der über dem Toilettentisch. Sie sah gräßlich aus. Die Überreste ihres Make-ups waren sechsunddreißig Stunden alt. Es verklebte die feinen Falten um ihre Augen, die sich von Tag zu Tag tiefer einzugraben schienen. Sie war dreiunddreißig. Wie würde sie mit dreiundvierzig aussehen? Mit dreiundfünfzig? Dafür fehlte ihr die Vergleichsbasis. So alt war ihre Mutter nicht geworden.

Barrie zog den Duschvorhang auf und drehte das Wasser an. Sie stieß einen Schrei aus, als die Wasserstrahlen ihren Oberkörper trafen, und blickte an sich herab, um festzustellen, was so brannte. An ihren Brüsten entdeckte sie leichte rosa Hautabschürfungen. Spuren eines stoppelbärtigen Kinns.

Gott, was hatte sie nur getan?

Sie hielt ihren Kopf unter die Düse und wünschte sich, die harten Wasserstrahlen könnten ihre Erinnerungen an Gray Bondurant herauswaschen. Nackt war er schlank und hart und geschmeidig. Sein Körper besaß nicht die glatte Vollkommenheit der Jugend. Die Zeit hatte ihre Spuren auf ihm hinterlassen. Aber die Ecken und Kanten machten ihn nur noch attraktiver, genau wie seine ergrauenden Schläfen und die Falten um seine Augen sein Gesicht interessanter machten.

Sie brauchte Erholung, sagte Barrie sich, während sie ihr Haar einschäumte. Wenn sie übermüdet und im Streß war, reagierte sie immer sehr empfindlich und geriet gefährlich leicht ins Grübeln. Erst hatte sie über Daily nachgedacht. Dann über ihre Eltern. Und jetzt über einen großen, langgliedrigen Mann mit laserblauen Augen und einem grausamen Mund.

Hat Ihr Daddy Sie nicht geliebt?

Nein, Mr. Bondurant, das hat er nicht getan. Meine Mutter hat er auch nicht geliebt.

Hätte er sie sonst immer wieder betrogen? Warum hatte er als Familienvater gewohnheitsmäßig die Ehe gebrochen? Warum hatte er gelogen, die Anschuldigungen ihrer Mutter zurückgewiesen und sie in die lautstarken Auseinandersetzungen verwickelt, die Barries Nächte mit Elend und Entsetzen erfüllt hatten? Warum hatte er seine Familie weiter mit seinen Affären gequält, bis er in einem Hotel in Las Vegas einem Herzschlag erlegen war, während die Geliebte des Monats ihm die Lenden mit Liebesgel mit Kokosnußgeschmack gesalbt hatte? Er war nicht einmal rücksichtsvoll genug gewesen, auf anständige Weise tot umzufallen.

Und was hatte Barries dämliche, dumme Mutter getan? Hatte sie ihm jemals vorgeworfen, sein Eheversprechen gebrochen zu haben? Hatte sie ihn beschimpft, weil er seine Tochter ignorierte und vor lauter Rumbumserei nicht dazu kam, ihre Entwicklung vom Kind zum jungen Mädchen wahrzunehmen? Hatte sie geflucht und geschimpft, weil er der kälteste, unaufmerksamste Vater war, den man sich vorstellen konnte? Hatte sie wenigstens nach seinem Tod allen erzählt, was für ein Scheißkerl er war?

Nein. Sie hatte ihn mit großem Pomp bestatten lassen, war dann heimgefahren und hatte Schlaftabletten geschluckt, weil sie sich ein Leben ohne ihn nicht vorstellen konnte.

Eine Woche, zwei Beerdigungen.

Ja, Mr. Bondurant, Sie haben einen wunden Punkt getroffen.

Barrie trat aus der Dusche und griff nach einem Badetuch. Sie hatte die Bücher gelesen, sich die Talk-Shows angesehen. Sie kannte die psychologischen Deutungen. Für Mädchen, die von ihren Vätern abgelehnt wurden, gab es zwei Hauptentwicklungslinien: Sie wurden Nymphomaninnen, die bei jedem Mann, der ihnen über den Weg lief, Liebe und Anerkennung in irgendeiner Form suchten, oder sie lehnten Männer völlig ab – meistens zugunsten anderer Frauen.

Barrie hatte keins von beiden getan.

Sie war kein Flittchen geworden, das sich nach männlicher Anerkennung sehnte, weil es allein daraus sein Selbstwertgefühl bezog. Und sie hatte auch nicht den anderen Weg eingeschlagen. Ihren sexuellen Appetit konnten nur Männer wecken. Wenn sie mit einem zusammen war, den sie körperlich attraktiv, halbwegs charmant und hinreichend intelligent fand, machte Sex ihr viel Spaß. Ihre eiserne Regel dabei war jedoch, daß sie Zeitpunkt, Ort und Bedingungen jeder Beziehung bestimmte. Sie gab den Ton an.

Bis zu der sexuellen Episode von heute morgen.

So hatte sie noch nie den Kopf verloren. Sich bedenkenlos, spontan und rücksichtslos einer Leidenschaft hinzugeben war gefährlich für die Psyche. Ein abschreckendes Beispiel dafür war ihre eigene Mutter. Barrie hatte sich geschworen, deren fatalen Fehler, blindlings zu lieben und diese Liebe mißbrauchen zu lassen, auf keinen Fall zu wiederholen.

Barrie würde ihren Körper mit Männern teilen, wenn ihre Begierde und die Umstände es erlaubten. Aber sie hatte sich geschworen, niemals zuzulassen, daß dabei ihr Kopf – und erst recht nicht ihr Herz – in Verwirrung geriet.

Gray wachte noch rechtzeitig auf, um das Kissen auf sein Gesicht herabkommen zu sehen.

Er wollte instinktiv nach der Pistole unter seinem Kopfkissen greifen, aber seine Arme waren durch die Knie des auf seiner Brust hockenden Angreifers festgenagelt. Er strampelte und wehrte sich. Er bäumte sich auf. Er rang verzweifelt nach Atem, ohne Luft zu bekommen.

Und das Schwein lachte dabei.

Gray erkannte dieses Lachen in dem Sekundenbruchteil, bevor das Kissen zur Seite geworfen wurde. Über ihm erschien Spencer Martins grinsendes Gesicht. »Du bist hier draußen im Wilden Westen verweichlicht, alter Junge.«

Gray stieß ihn weg und wälzte sich aus dem Bett. »Verdammter Idiot! Ich hätte dich umbringen können.«

»Verwechselst du da nicht etwas?« fragte Spencer noch immer lachend. »*Ich* hätte *dich* umbringen können.«

»Was zum Teufel fällt dir eigentlich ein, dich hier einzuschleichen und solche Spielchen zu treiben? Himmel, wie spät ist es überhaupt? Ich muß pissen.«

»Freut mich auch, dich wiederzusehen, Gray.« Spencer folgte ihm bis an die Badezimmertür. »Du hast ein paar Pfund abgenommen.«

Gray nahm seine Jeans vom Haken hinter der Tür. Während er sie anzog, begutachtete er seinen früheren Kollegen. »Du hast ein paar angesetzt. Der Chefkoch des Weißen Hauses versteht seine Sache anscheinend noch immer.«

Spencer grinste unbeirrbar weiter. »Weißt du, was mir am meisten gefehlt hat, seit du nicht mehr da bist?«

»Mein Charme?«

»Dein völliger Mangel an Charme. Die meisten Leute kriechen mir in den Hintern. Ich bin der vertraute Berater des Präsidenten und sein bester Freund. Ich kann so grob sein, wie ich will, die Leute versuchen trotzdem, mir in den Hintern zu kriechen. Aber du nicht, Gray. Du behandelst jeden gleich. Wie ein Stück Scheiße«, fügte er hinzu.

»Bist du deshalb hier? Weil du Sehnsucht nach mir hast?«

Er führte Spencer durch das Haus in die Küche. Über dem Herd hing die einzige Uhr, die er im Haus hatte. Ein Blick darauf zeigte Gray, daß es bald Tag werden würde. Vor vierundzwanzig Stunden hatte er in diesem Raum Barrie Travis zu Besuch. Die beunruhigende Symmetrie dieser Ereignisse fiel ihm auf.

»Ein Spaßvogel bist du nie gewesen, Gray. Aber es war immer gut, dich in der Nähe zu haben. Du hast deinen Zweck erfüllt.«

Gray warf Spencer einen vielsagenden Blick zu. »Tja, das hab' ich wohl. Ich war immer da, wenn jemand mich gebraucht hat.« Er starrte ihn sekundenlang durchdringend an, bevor er sich abwandte. »Kaffee?«

»Bitte. Hast du auch was zu essen da?«

Er bereitete ein ähnlich herzhaftes Frühstück wie das gestrige zu, das er Barrie vorgesetzt hatte. Als sie dann aßen, war nur das Klappern der Bestecke auf den Tellern zu hören. Nach einiger Zeit fragte Spencer: »Ist es hier immer so?«

»Wie?«

»So still?«

»Nein.« Gray trank einen Schluck Kaffee. »Meistens ist es noch stiller. Weil hier keiner redet.«

»Gray, der Einzelgänger«, sagte Spencer Martin. »Der starke, schweigsame, immer ernste Held, der sich aus dem öffentlichen Leben zurückzog und ein Leben in Einsamkeit führte! Verdammt! Das ist der Stoff, aus dem Heldensagen sind. Wer weiß? Vielleicht singen Schulkinder in hundert Jahren Folksongs über dich.«

Gray äußerte sich nicht dazu. Nach der Geiselbefreiung hatte er Angebote von Verlegern und Filmproduzenten bekommen, die danach gierten, sein wahres Abenteuer in Unterhaltung umzumünzen. Sie hatten ihm atemberaubende Summen geboten, die ihn jedoch keinen Augenblick in Versuchung geführt hatten. Er hatte genug zusammengespart, um sich die Ranch kaufen und bis ans Ende seiner Tage behaglich leben zu können. Er hatte nur rausgewollt, und draußen war er.

Gray räumte die Teller ab, kam mit der Kaffeekanne zurück und goß ihnen beiden nach. Erst dann schnitt er die Frage an, was Spencer nach Wyoming geführt habe.

»Du. So einfach ist das«, antwortete Spencer. »David hat mich mit einem Auftrag nach Seattle geschickt. Ich hab' mir gedacht, wenn ich schon im Westen unterwegs bin, könnte ich mal vorbeischauen und sehen, was du so treibst.«

David konnte Spencer mit einem Auftrag losgeschickt haben, aber nichts, was Spencer tat, war jemals einfach. Er hatte für alles eine Vielzahl von Motiven. So war er immer nach allen Seiten abgesichert. Wenn er durch etwas, was er tat, in Konflikt mit den ins föderale System eingebauten Kontrollmechanismen geriet, hatte er stets genug Rückzugspositionen.

Bei der Marineinfanterie war Spencer Martin eindeutig der beste Mann der Aufklärungseinheit gewesen. Er hatte alles meisterhaft beherrscht: Waffen, Aufklärung, Überleben. Angst war ein Fremdwort für ihn. Spencer war eine Maschine. Gray wäre nicht überrascht gewesen, in seinem Kopf statt des Gehirns einen Computer zu finden. Oder eine Pumpe an der Stelle, wo sein Herz hätte sitzen sollen.

Er wußte hundertprozentig sicher, daß der Mann, der ihm am Frühstückstisch gegenübersaß, keine Seele hatte.

»Du lügst, Spence.«

Spencer Martin blinzelte nicht einmal. »Scheiße, ich lüge. Ich kann dir gar nicht sagen, wie sehr es mich freut, daß du mich dabei ertappt hast. Du bist noch so hellwach wie früher. Kein bißchen eingerostet.« Er beugte sich nach vorn. »Er will, daß du zurückkommst.«

Obwohl Gray verblüfft war, zuckte er mit keiner Wimper.

»David braucht dich in Washington«, drängte Spencer.

»Den Teufel tut er.«

»Laß mich ausreden.« Spencer hob beide Hände mit nach vorn gekehrten Handflächen. »Er ist ein stolzer Mann. Gott, das brauche ich dir nicht zu erzählen. Er ist stur und halsstarrig, und nichts fällt ihm schwerer, als nachzugeben oder sich für einen Fehler zu entschuldigen.«

»Also hat er dich losgeschickt, damit du es für ihn tust.«

»Ich liege nicht vor dir auf den Knien, aber ich fordere dich im Auftrag von David auf, deinen Arsch nach Washington zurückzuverfrachten, wo er hingehört.«

»Mein Arsch gehört dorthin, wo er jetzt ist.«

Spencer warf einen Blick auf das spektakuläre Gebirgspanorama. »Du bist kein Grizzly Adams, Gray.«

»Mir gefallen die Berge.«

»Mir auch, Gray. Zum Klettern, Skifahren und Jodeln sind sie großartig. Behalt die Ranch als Ferienhaus – aber komm mit mir nach Washington zurück. Hier vergeudest du deine Talente sinnlos. Der Präsident braucht dich. Ich brauche dich. Dein Land braucht dich.«

»Eine bewegende Ansprache. Wer hat sie für dich verfaßt? Neely?«

»Das ist mein Ernst.«

»Mein Land braucht mich?« schnaubte Gray. »Bockmist! Meinem Land ist es egal, ob ich tot oder lebendig bin. Ich habe den Auftrag ausgeführt, für den ich ausgebildet wurde. Mehr hat mein Land nicht von mir verlangt, und ich habe nie mehr erwartet. Und so sollte es auch sein.«

»Okay, vergessen wir deine patriotische Pflicht. Was ist mit David?«

»Teufel, der braucht mich erst recht nicht. Seine Popularität bricht ständig neue Rekorde. Die Opposition wird irgendeinen armen Kerl aufstellen, der nächstes Jahr gegen ihn antreten muß, aber damit wirft sie bloß einen Haufen Geld zum Fenster hinaus, weil David todsicher wiedergewählt wird. Er braucht mich so dringend wie 'nen Pickel am Hintern.«

»Das stimmt nicht.«

Spencer stand auf, reckte sich und sah wieder aus dem Fenster. Die Sonne war inzwischen aufgegangen, deshalb war die Aussicht atemberaubend. Der Schnee auf den Gipfeln erschien goldgefleckt.

»Diese Sache mit Vanessa«, sagte Spencer, »ist eine potentielle Handgranate.«

»Welche ›Sache‹?«

Spencer drehte sich um. »Der Tod ihres Babys. Seitdem ist sie völlig durchgedreht.«

»Wie es jede andere Mutter auch wäre.«

Spencer schüttelte den Kopf. »Das ist nicht alles. Durch den Schock hat sich ihr anderes Problem verschlimmert. Die Konsequenz: Man kann sie nicht mehr allein lassen.« Er berichtete Gray, sie werde in Highpoint von George Allan und einer Vollzeitpflegerin betreut. »David hat Angst, sie könnte etwas Verrücktes anstellen.«

»Sich etwas antun, meinst du?«

»Irgendwas in dieser Art. Jedenfalls meint David, daß sich deine Anwesenheit beruhigend auf sie auswirken könnte.«

»Er hat mehr Vertrauen in meine Heilfähigkeiten, als sie verdienen. Was erwartet er außerdem von mir, wenn er es selbst nicht schafft, seine Frau positiv zu beeinflussen?«

»Du sollst das neuerliche Gerede, das über ihre Ehe in Umlauf ist, widerlegen«, antwortete Spencer offen. »Vanessa war in letzter Zeit viel fort. Du weißt ja, wie die Leute reden. Plötzlich schwirren alle möglichen Gerüchte herum.

Eine gute Ehe würde Davids Wiederwahl entscheidend voranbringen. Eine Ehe, in der es kriselt, wäre dagegen katastrophal.Wärst du wieder da, wären alle Gerüchte endgültig widerlegt. David ist vielleicht nicht nachtragend, aber den Exliebhaber seiner Frau würde er nie wieder zu seinem Berater machen.«

Gray biß die Zähne so krampfhaft zusammen, daß sein Kiefer schmerzte. Seine Hände waren unter der Tischplatte zu Fäusten geballt.

»Noch komplizierter wird die Situation durch diese Reporterin«, fuhr Spencer fort, indem er sich wieder setzte. »Barrie Travis. Sie hat einige Fragen gestellt, die unangenehm persönlich waren. In ihrem Beruf ist sie nicht gerade angesehen.« Er stützte einen Arm auf seinen Laptop, den er immer bei sich hatte, und faßte Barrie Travis' beruflichen Werdegang zusammen. »Aber seit Vanessa ihr dieses eine Interview gegeben hat, gibt sie sich als beste Freundin und Vertraute der First Lady aus. Sie ist eine Versagerin – aber manchmal geht von einem vorlauten Mundwerk die größte Gefahr aus.«

»Sie stellt eine Gefahr dar. Sie war hier.«

»*Hier?* Wann?«

»Gestern.«

Spencer Martin rieb sich das Gesicht mit beiden Händen. »Wir dachten, sie schnüffelt bloß in Washington herum, aber wenn sie dich hier aufgesucht hat, meint sie es ernst.«

»Oh, sie meint es wirklich ernst. Sie hatte einen ganzen Packen Zeitungsausschnitte über Vanessa und mich in der Tasche. Sie hatte ihre Hausaufgaben gemacht und wollte mich ausquetschen. Ich habe ihr erklärt, daß ich nichts über die Merritts zu sagen habe – und daß mich nicht interessiert, was sie über die beiden zu sagen hat.«

»*Hat* sie etwas über sie gesagt?«

Gray lachte halblaut. »Halt dich fest, Kumpel! Sie glaubt, daß Vanessa ihr Baby umgebracht und den Mord als plötzlichen Kindstod ausgegeben hat.«

»Das soll hoffentlich ein Witz sein.«

»Kennst du mich als jemanden, der Witze reißt?«

»Himmel!« flüsterte Spencer. »Wir wissen, daß sie verrückte Ideen hat, aber… Das traut sie Vanessa tatsächlich zu? Das ist grotesk!«

»Natürlich ist es das.«

»Aber wenn die Travis so was auch nur andeutet, kannst du dir vorstellen, wie schädlich das sein könnte – nicht nur für David und seinen nächsten Wahlkampf, sondern auch für Vanessa. Sie ist jetzt sehr labil. George hat zu stärkeren Mitteln greifen müssen, um sie im Gleichgewicht zu halten. Sie trinkt noch mehr als früher, was das Problem weiter verstärkt. Wenn die Travis ihre Theorie öffentlich verbreitet, könnte Vanessa ganz durchdrehen.«

Gray stellte sich vor, wie Spencers Verstand sich auf seiner einzigen Schiene bewegte: Sicherung, Erhaltung und Bewahrung der Präsidentschaft für David – und damit auch für ihn selbst.

»Wo ist diese verdammte Travis jetzt?«

Gray zuckte mit den Schultern. »Vermutlich auf dem Rückflug nach Washington. Ich hab' sie aufgefordert, mich nicht weiter zu belästigen.«

Spencer war wieder auf den Beinen. »Ich muß dringend mit Washington telefonieren. Das wird David sofort hören wollen.«

»Das Telefon steht im Schlafzimmer auf dem Nachttisch.«

»Danke. Und das Frühstück war echt klasse«, sagte Spencer über die Schulter hinweg, als er den Raum verließ.

Gray stellte das Radio an, um sich die Nachrichten und den Wetterbericht anzuhören, während er die Küche aufräumte. Er stellte methodisch alles Verderbliche in den Kühlschrank und die übrigen Vorräte in die Speisekammer.

Während er aufräumte, zog er die Schublade für größere Küchengeräte auf, legte den breiten Spatel zurück und nahm dafür eine Beretta heraus.

Dann ließ er heißes Wasser einlaufen und gab ein Geschirrspülmittel zu, das üppigen Schaum entwickelte, in den er das schmutzige Geschirr gleiten ließ. Während er abwusch, behielt er den Toaster im Auge. Als die verchromte Außenseite eine Bewegung hinter ihm erkennen ließ, riß er die Pistole aus seinem Hosenbund, warf sich herum und drückte ab.

Von seiner Hand mit der Waffe tropften weiße Schaumflocken auf den Küchenboden.

14. Kapitel

Barries Rückflug nach Washington war lang und turbulent. Auf dem Flughafen ging es zu wie auf einem türkischen Basar. Bis sie ihren Wagen vom Parkplatz abgeholt und den Sender erreicht hatte, war sie völlig erledigt. Sie hoffte, es werde ihr gelingen, ihren Schreibtisch ungesehen zu erreichen, E-Mail und Anrufbeantworter zu kontrollieren und wieder zu verschwinden, ohne mit jemandem reden zu müssen.

E-Mail war keine da, aber auf ihrem Anrufbeantworter fand sie vier Mitteilungen. Zwei waren von Bekannten, eine kam von ihrer Textilreinigung, die ihr mitteilte, der Fleck auf ihrer Seidenbluse lasse sich leider nicht entfernen, und die letzte war von Charlene, der alten Spinnerin, die wissen wollte, weshalb Barrie nie zurückrufe.

Barrie fragte sich, welche Sensation Charlene wohl zu bieten hatte: Unterwanderung der Pfadfinderorganisation durch Terroristen, Mafiaaktivitäten bei den Eskimos, Zyankali in Cornflakes?

»Armes Ding«, murmelte Barrie, während sie die Mitteilungen löschte. »Wahrscheinlich ist sie nur einsam und möchte mit jemandem reden.«

»Wer will das?«

»Verdammt, Howie!« rief sie aus und drehte sich mit ihrem Stuhl um. »Ihnen macht's wohl Spaß, sich anzuschleichen und mich zu erschrecken?«

»Wenn Sie kein schlechtes Gewissen hätten, wären Sie nicht so zusammengefahren.«

»Reden Sie keinen Blödsinn. Ich bin schlechter Laune.«

»*Sie?*« rief er mit schriller Stimme aus. »Und was ist mit mir? Ich hab' den Kopf für Sie hingehalten, als das FBI nach Ihnen gefragt hat. Mich haben Sie angelogen, so daß ich wie ein Idiot vor Jenkins gestanden habe. Memo, Schmemo!«

»Tut mir echt leid, Howie. Ich hätte nicht gelogen, wenn es nicht nötig gewesen wäre.«

Sie stand auf, aber Howie vertrat ihr den Weg. »In welcher Sache recherchieren Sie, Barrie? Ich will es endlich wissen.«

»Erst muß ich mehr haben.«

»Warum haben Sie keinen Kameramann mitgenommen?«

Sie hatte sich schon gefragt, wann es Einstein hier auffallen würde, daß sie für die Recherchen zu ihrer heißen Story keinen Kameramann angefordert hatte. Was war eine Fernsehstory ohne Bildmaterial?

»Für 'nen Kameramann wäre es noch zu früh gewesen. Sie erfahren es als erster, wenn jemand bereit ist, sich vor laufender Kamera zu äußern.«

Sein Gesichtsausdruck wurde häßlich. Häßlicher. »Ich bin nur noch ein paar Jahre von der Pensionierung entfernt. Wenn Sie glauben, daß ich Ihretwegen meine Pension aufs Spiel setze, sind Sie auf dem Holzweg. Sie waren von Anfang an ein Risikofaktor, aber ich hab's mit Ihnen probiert.«

»Wofür ich Ihnen ewig dankbar sein werde. Hören Sie, ich habe die kontinentale Wasserscheide und zwei Zeitzonen überquert. Ich bin müde, mißgelaunt und nicht gerade taufrisch. Ich hole jetzt meinen Hund ab und fahre nach Hause ins Bett. Gute Nacht!« Sie zwängte sich an ihm vorbei.

»Gut, okay, vergraben Sie sich nur. Aber glauben Sie bloß nicht, daß ich mich mit runterziehen lasse! Ich hab' mich zum letzten Mal für Sie eingesetzt.« Sie war schon fast außer Hörweite, als er noch eine Bosheit anbrachte. »Und Sie sehen wirklich höllisch aus!«

Sie überlegte, ob sie Cronkite noch eine Nacht in der Hundepension lassen sollte, aber sie hatte das Bedürfnis nach Gesellschaft. Außerdem wollte sie ihn nicht länger als unbedingt nötig eingesperrt lassen.

Barrie erreichte die Hundepension wenige Minuten vor Torschluß. Nicht nur Cronkite, auch das Personal jubelte über ihr Kommen. »Er ist lieb, aber schrecklich verzogen«, sagte die junge Frau, die ihn seiner Besitzerin übergab.

»Ja, ich weiß. Aber er ist ein Fürst unter den Hunden.« Sie kniete sich hin, um mit beiden Händen durch sein Fell zu fahren, während er ihr begeistert das Gesicht leckte.

Seine überschwengliche Freude ließ auch auf der Heimfahrt nicht nach. »Sobald wir im Haus sind, gibt's was besonders Gutes«, versprach sie ihm beim Aussteigen. »Aber jetzt beruhige dich bitte.« Da irgend jemand sein Auto vor ihrem Stadthaus geparkt hatte, mußte sie einen Parkplatz nehmen, der einen halben Block entfernt war.

»Cronkite, bitte!« Vierzig Kilogramm Hund zerrten an seiner Leine. Da er wußte, daß es im Haus etwas Gutes geben würde, war er außer Rand und Band.

»Okay, okay.« Barrie machte ihn von der Leine los, sonst hätte er sie mitgezerrt. Sobald Cronkite merkte, daß er frei war, machte er einen Satz in die Luft, bevor er mit riesigen Sprüngen die Straße entlanghetzte.

»Benütz deine Hundetür!« rief sie ihm nach.

Dann beugte sie sich in den Wagen, um ihr Gepäck vom Rücksitz zu holen.

Die Druckwelle der Explosion traf sie wie eine Riesenfaust und warf sie rücklings zu Boden.

Ein gigantischer Feuerball stieg in den dunklen Himmel auf und tauchte die gesamte Umgebung in unheimlich rotglühendes Höllenlicht.

»O mein Gott mein Gott mein Gott.« Sie schaffte es, sich auf allen vieren aufzurichten. Einen Augenblick lang konnte sie das Inferno, das einen halben Block entfernt an der Stelle loderte, wo ihr Stadthaus gestanden hatte, nur sprachlos anstarren. Dichte, schwarze Rauchwolken verdeckten die schmale Mondsichel.

Barrie war sekundenlang wie gelähmt. Dann begann der Adrenalinstoß zu wirken. Betrunken torkelnd rappelte sie sich auf die Beine und rannte den Gehsteig entlang. Wenigstens versuchte sie zu rennen. In Wirklichkeit wankte sie mehr auf ihr Haus zu.

»Cronkite!« Ihr Schrei war wenig lauter als ein Krächzen. »Cronkite! Hierher, Cronkite!«

Barrie nahm die Hitze kaum wahr, als sie den Klinkerweg zu ihrer ehemaligen Haustür entlangstolperte.

»Lady, sind Sie verrückt?«

Hände bekamen sie von hinten zu fassen, hielten sie fest.

»Helft mir, Leute!« rief ein Mann. »Sie will ins Haus!«

Weitere Händepaare griffen nach Barrie und zogen sie weg. Sie strampelte, aber die Hände waren stärker. Sie wurde über die Straße in einen Nachbarsgarten gezerrt, wo sie in Sicherheit war. Barrie versuchte, sich verständlich zu machen, aber sie konnte nur schluchzen. »Cronkite. Cronkite.«

»Cronkite ist ihr Hund, glaub' ich.«

»Nicht mehr. Wenn er im Haus war, hat's ihn…«

»Weiß jemand, was passiert ist?«

»Wem gehört das Haus überhaupt?«

Barrie nahm das Stimmengewirr um sie herum nur undeutlich wahr. Aus allen Nachbarhäusern liefen Leute zusammen. Auf Gehsteig und Straße wimmelte es von Gaffern. Aus der Ferne heulten Sirenen heran.

Als ihre wohlmeinenden Nachbarn das Gefühl hatten, Barrie

werde nicht in das brennende Haus laufen, ließen sie sie los und gingen selbst wieder auf die Straße, um den Brand zu beobachten. Sie blieb im Schatten einer Hecke zwischen zwei Rasenflächen stehen und beobachtete entsetzt, wie ihr Haus abbrannte. Niemand achtete auf sie. Neugierige schwatzten miteinander und versuchten, die Ereignisse zu rekonstruieren.

»Da ist die Feuerwehr. Ob sie durchkommt?«

»Hoffentlich spritzt sie unsere Dächer naß.«

»War jemand im Haus?«

»Nur ein Tier. Der Hund der Hausbesitzerin, hat jemand gesagt.«

»Cronkite«, wimmerte Barrie leise.

Das war ihr letztes Wort, bevor eine große Hand ihren Mund bedeckte und sie rückwärts durch die Hecke gezogen wurde.

Sie versuchte zu schreien, aber die Hand verstärkte ihren Druck. Barrie grub ihre Absätze in den gepflegten Rasen, doch ihr Entführer riß sie hoch und schleppte sie mit sich. Als sie die Gasse hinter dem Haus erreichten, trat sie ihn so kräftig gegen die Schienbeine, daß er sie einen Augenblick losließ. Aber sie war nur lange genug frei, um hinzufallen und sich die Knie aufzuschlagen. Sie kreischte, aber ihr Schrei ging im allgemeinen Durcheinander und dem Sirenengeheul der Rettungs- und Löschfahrzeuge unter.

Bevor sie sich aufrappeln konnte, umschlangen die Arme des Unbekannten sie wieder, so daß sie kaum Luft bekam. »Klappe halten, sonst passiert was!«

Sie glaubte ihm und leistete keinen Widerstand mehr, als er sie durch den nächsten Garten, über eine weitere Gasse und durch noch einen Garten schleppte. Schließlich erreichten sie einen Wagen, der in der übernächsten Straße am Randstein parkte.

Als ihr Entführer die Autotür öffnen wollte, grub sie ihre Zähne in den fleischigen Teil seiner Handfläche und rammte ihm den Ellbogen in den Magen. Er fuhr heftig zusammen und grunzte einen Fluch; Barrie nutzte diese Gelegenheit, um loszuspurten. Aber sie war nicht lange frei. Er bekam ihr wehendes Haar zu fassen und hielt sie fest.

Dann wurde sie umgedreht und so fest geschüttelt, daß ihre Zähne klapperten. »Verdammt noch mal, hören Sie auf, sich zu wehren! Ich versuche, Ihnen das Leben zu retten!«

Als Barrie wieder klar sehen konnte, erkannte sie, daß sie Gray Bondurant gegenüberstand.

»Haben Sie Ihre Brille dabei?«

Er saß am Steuer und fuhr in eine der Vorstädte Washingtons in Maryland hinaus. Er fuhr zügig, aber nicht schneller als erlaubt. Was er jetzt auf keinen Fall brauchen konnte, war ein Strafmandat wegen zu schnellen Fahrens. Unterwegs behielt er den Rückspiegel im Auge, aber nach ein paar Straßenblocks war er sich sicher, daß sie nicht verfolgt wurden. Niemand fahndete nach ihm. Noch nicht.

Als er merkte, daß seine Beifahrerin seine Frage offenbar nicht gehört hatte, sah er zu ihr hinüber. Barrie starrte benommen durch die Windschutzscheibe nach vorn. »Haben Sie Ihre Brille dabei?« wiederholte er.

Sie wandte sich ihm zu, starrte ihn einige Sekunden ausdruckslos an und nickte dann. Auf unerklärliche Weise hatte sie es geschafft, ihre Umhängetasche nicht zu verlieren.

»Nehmen Sie Ihre Kontaktlinsen heraus und setzen Sie Ihre Brille auf«, wies er sie an.

Sie fuhr sich mit der Zungenspitze über die Lippen und schluckte trocken. »Woher wissen Sie, daß ich...«

»Ich weiß es eben. Tun Sie's einfach. Dann verstecken Sie Ihr Haar unter der Baseballmütze.« Er hatte eine mitgebracht. Sie lag in der Ablage zwischen den Sitzen.

»Was… warum…«

»Weil ich nicht riskieren will, daß Sie erkannt werden.«

»Von wem?«

»Von den Kerlen, die Ihr Haus in die Luft gesprengt haben – von wem sonst?«

»Mein Hund ist tot.«

Ihre Stimme brach. Die Scheinwerfer eines entgegenkommenden Wagens spiegelten sich in ihren tränennassen Augen. Sie begann leise zu schluchzen. Gray war feig genug, den Mund zu halten. Ihm fiel nichts ein, was er hätte sagen können. Tröstende Worte waren nicht seine Stärke. Aber ihm war es lieber, wenn sie weinte, statt wie ein Zombie neben ihm zu sitzen.

Er fuhr schweigend weiter. Als ihre Tränen allmählich versiegten, bog er in den Parkplatz eines Tag und Nacht geöffneten Cafés ab.

»Wir haben viel zu besprechen«, sagte er. »Aber ich kann Sie nicht mit reinnehmen, wenn Sie wieder zu heulen anfangen und Aufmerksamkeit erregen.«

Er wartete, während sie die Kontaktlinsen herausnahm und ihre Brille aufsetzte. Er hatte die Brille in ihrer Umhängetasche gesehen, als er sie durchsucht hatte, nachdem er Barrie schlafend auf seinem Sofa entdeckt hatte.

»Haben Sie ein Taschentuch für mich?« fragte sie.

»Nein.«

Sie wischte sich die Nase am Ärmel ab. »Dann bin ich soweit. Aber diese Mütze setze ich nicht auf. Mich erkennt auch so kein Mensch.«

Bevor er sie daran hindern konnte, öffnete sie die Beifahrertür und stieg aus. Er holte sie ein, als sie von der lächelnden Serviererin begrüßt wurde, die sie zu einer Sitznische begleitete. Er lehnte die auf Hochglanzkarton gedruckte Speisekarte dankend ab. »Bitte nur Kaffee.«

Das Lokal war gut beleuchtet. Um diese Zeit waren nur wenige Tische besetzt. Ein Teil des Speisesaals war durch eine Kordel abgetrennt; dort wurde der Fußboden mit einer starken Lösung gereinigt, die nach gebratenem Schinken und Ahornsirup duftete.

»Mr. Bondurant, wie kommt es, daß Sie mich nur wenige Minuten nach der Explosion meines Hauses entführt haben?«

Er wartete mit seiner Antwort ab, bis die Serviererin ihnen Kaffee eingegossen hatte. »Ich war es nicht, falls Sie das andeuten wollen.«

»Genau das habe ich andeuten wollen.«

»Nun, Sie irren sich.« Gray sah in seinen Kaffee und fügte hinzu: »Das mit Ihrem Hund tut mir leid.«

»Und das von einem Mann, der nicht mal seinen Pferden Namen gegeben hat«, wehrte sie verächtlich ab.

»Hören Sie, ich habe Ihnen einen Gefallen damit getan, daß ich Sie weggeschleppt habe.«

»Aber wozu *wegschleppen*? Warum haben Sie mich nicht bloß wegbegleitet?«

»Weil Sie in diesem Zustand nicht auf logische Gründe gehört hätten. Ich mußte sie von dort wegschaffen, und das war die schnellste Methode. Ich hab mir gedacht, daß sie hinter Ihnen her sind, und das hat gestimmt. Aber wenn Sie sich jetzt von mir trennen wollen, ist mir das auch recht.«

»Ich weiß überhaupt nicht, wovon Sie reden!« rief sie aus – aber so leise, daß sie kein Aufsehen erregte.

»Dann halten Sie am besten die Klappe, damit ich es Ihnen erklären kann.«

Barrie lehnte sich gegen das Kunstlederpolster und verschränkte die Arme.

Er trank einige Schlucke Kaffee. »Als erstes muß ich wissen, was genau passiert ist. Ich vermute, daß Brinkey…«

»Cronkite.«

»... daß Cronkite vor Ihnen ins Haus gelaufen ist.«

»In die Hintertür ist... *war* eine Hundetür eingebaut.«

»Sind Sie meistens durch die Hintertür reingekommen?«

»Meistens.«

»Dann haben sie wahrscheinlich diese Tür präpariert.«

Barrie beugte sich über den Tisch. »*Wer?* Und was tun Sie hier? Weshalb sind Sie mir nach Washington gefolgt? Sie sind mir doch gefolgt, oder?«

»Ich bin gekommen, um Sie zu warnen, daß Sie den falschen Leuten die falschen Fragen stellen. Sie sind einer Story auf der Spur, die der Präsident unter allen Umständen unterdrücken muß.«

Sie wurde noch etwas blasser und biß sich nervös auf die Unterlippe. »Woher wissen Sie das?«

»Keine vierundzwanzig Stunden nach Ihrem Verschwinden hat mich Spencer Martin besucht.«

»Spielt der nicht eine wichtige Rolle im Weißen Haus?«

»So könnte man es ausdrücken. Er ist gleich nach David Merritt der mächtigste Mann Amerikas.«

»Warum sehen und hören wir dann nicht mehr von ihm?«

»Weil er sich absichtlich im Hintergrund hält. Er bewegt sich wie ein Gespenst durchs Weiße Haus und pflegt seine Anonymität ganz bewußt, weil sie ihn noch mächtiger macht. Er agiert sehr unauffällig, aber er ist Merritts wichtigster Berater.«

»Sie sind nicht mehr auf dem laufenden, Mr. Bondurant. Der Chefberater des Präsidenten ist...«

»Frank Montgomery können Sie vergessen. Er ist bloße Dekoration, ein Lakai. Merritt wirft ihm gelegentlich einen Knochen hin, den er eifrig apportiert. Er hat einen Titel, ein schönes Büro und die entsprechenden Privilegien, aber Spence ist Davids zweites Ich. David geht nicht mal aufs Klo, ohne vorher

Spence zu konsultieren. Spence ist an jeder Entscheidung beteiligt, sei sie noch so groß oder so klein. Man könnte ihn als Erlediger bezeichnen.«

»Was erledigt er denn?«

»Lästige Pflichten.«

Barrie zog eine Augenbraue hoch.

»Dinge, die den Präsidenten kompromittieren würden, wenn er die Ausführung selbst übernähme.«

Mehr brauchte er ihr nicht zu erklären. »Mit anderen Worten, Spencer Martin agiert im Auftrag des Präsidenten mitunter in bestimmten Grauzonen. Und das wissen Sie, weil Sie…«

»Weil ich selbst ein Erlediger war.«

»Ja, ich verstehe.«

Die Augen hinter ihrer Brille erschienen ihm wie Spiegelbilder seines Gewissens. »Aber ich habe diesen Job aufgegeben. Ich hatte seit über einem Jahr nichts mehr von Spencer Martin gehört oder gesehen – seit meinem Weggang aus Washington. Aber einen Tag nach Ihrem Besuch ist er bei mir aufgekreuzt.«

»Zufall?«

»Nein. Er hat mich aufgesucht, weil er gewußt oder erraten hat, daß Sie bei mir waren, um mich über Vanessa auszufragen.«

»Was haben Sie ihm erzählt? Über mich, meine ich.«

Gray wußte, warum sie das gefragt hatte: Sie wollte wissen, ob er seinem Kumpel gegenüber mit seiner neuesten Eroberung geprahlt hatte. Die Hand, in die sie ihn vorhin gebissen hatte, pochte noch immer schmerzhaft. Gleich bei der ersten Begegnung hatte sie ihn ins Gesicht geschlagen. In mancher Beziehung war diese Barrie Travis frech und mutig. Aber im Augenblick wirkte sie sehr verwundbar, und außerdem war soeben ihr Hund gestorben, daher verzichtete er auf diese perfekte Gelegenheit, sie erneut in Verlegenheit zu bringen.

»Ich habe Spence erzählt, daß Sie mich auszuhorchen versucht haben, weil Sie die verrückte Idee haben, Vanessa habe ihr Baby ermordet und die Tat als plötzlichen Kindstod ausgegeben.«

»Das haben Sie ihm erzählt?« rief sie aus. »Kein Wunder, daß sie mein Haus angezündet haben!«

»Hätte ich geleugnet, etwas zu wissen, hätte er diese Lüge sofort durchschaut, deshalb mußte ich zunächst mitspielen. Aber mir war sofort klar, daß Sie auf etwas gestoßen sein mußten. Andernfalls wäre Spence kaum nervös genug gewesen, um nach Wyoming zu kommen und herauszukriegen, was ich weiß.«

»Wissen Sie bestimmt, daß das der Zweck seines Besuchs war?«

»Ja«, antwortete Bondurant. »In seiner Jackentasche hat ein gewöhnliches Flugticket nach Jackson Hole und zurück gesteckt.«

»Und?«

»Nun, mir hat Spencer erzählt, er sei im Auftrag des Präsidenten nach Seattle unterwegs. Dafür hätte er normalerweise eine Maschine der Luftwaffe benützt. Und sein Ticket war auf einen falschen Namen ausgestellt. In Jackson Hole hat er sich dann unter einem weiteren falschen Namen einen Leihwagen genommen. Er hatte nie die Absicht, nach Seattle zu fliegen. Nein, Miss Travis, das war kein Freundschaftsbesuch. Ihre Story kann dem Präsidenten extrem gefährlich werden, und er wird nichts unversucht lassen, um die Veröffentlichung zu unterbinden.«

»Großer Gott!« flüsterte sie und hob ihre blutleeren Finger an die Lippen. »Ich begreife erst jetzt, was… Ich hatte recht. Das arme Baby ist keinen plötzlichen Kindstod gestorben.«

»Wann haben Sie das zum ersten Mal vermutet?« Aber sie starrte ins Leere. »Miss Travis?«

»Entschuldigung«, murmelte sie und rieb sich die Schläfen. »Meine Hypothese von jemand anderem zu hören, macht sie *real.* Die Konsequenzen sind erschütternd – und erschrekkend.«

»Vor allem für den Mann im Weißen Haus. Erzählen Sie mir mehr davon«, forderte Gray sie auf. »Was hat Sie auf die Idee gebracht, da sei etwas nicht in Ordnung?«

»Vanessa hat mich aus heiterem Himmel angerufen und wollte sich mit mir treffen. Ich habe mit einem Blick erkannt, daß sie sich praktisch nur mit reiner Willenskraft auf den Beinen gehalten hat.«

Er hörte gespannt zu, als Barrie ihm schilderte, was nach dieser ersten Begegnung passiert war und wie sie ihre Serie produziert hatte.

»Die habe ich gesehen – zumindest den Teil mit dem Interview mit Vanessa.«

»Die Vanessa Merritt, die ich vor laufender Kamera interviewt habe, war völlig anders als die Elendsgestalt, die ich einige Wochen zuvor kennengelernt hatte.«

»Das überrascht mich nicht«, antwortete Gray. »Vanessa ist manisch-depressiv.«

Er sah, wie ihre vollen Lippen sich überrascht öffneten. »Wissen Sie das sicher? Wann ist das festgestellt worden?«

»Schon vor Jahren. Kurz nach ihrer Hochzeit, glaube ich.«

Barrie war sichtlich verblüfft. »Wie haben sie das so lange geheimhalten können?«

»Weil sie unter ärztlicher Aufsicht steht und sorgfältig überwacht wird. Ihre manischen Perioden haben sie zu einer ausgezeichneten Wahlkämpferin gemacht. Sie war immer obenauf. Natürlich bekommt sie Lithium zur Dämpfung ihrer Gefühlsschwankungen, die man nur wahrnimmt, wenn man sie ziemlich gut kennt. Außerdem bekommt sie Antidepressiva und

Antipsychotika. Solange sie ihre Medikamente nimmt, funktioniert sie gut. Aber in einem Punkt hat Spence die Wahrheit gesagt: Der Tod ihres Babys hat sie aus dem Gleichgewicht gebracht. Als ich sie im Fernsehen gesehen habe, war mir augenblicklich klar, daß etwas mit ihr nicht stimmt.«

»Sie haben sie also sehr gut gekannt.«

Er wich ihrem Pfeil aus, indem er sagte: »David kenne ich noch besser.«

»Glauben Sie wirklich, daß sein Chefberater und er veranlaßt haben, daß mein Haus in die Luft gesprengt wird?«

»Hören Sie denn nicht zu? Ja, verdammt noch mal, das glaube ich! Spence muß den Auftrag erteilt haben, bevor er nach Jackson Hole abgereist ist. Sobald sich rausstellt, daß heute abend nur Ihr Hund umgekommen ist, werden sie versuchen, Sie auf andere Weise zu erledigen.«

Sie war blaß geworden und holte erschrocken tief Luft. Ihre Stimme klang heiserer als sonst, als sie fragte: »Sie behaupten also, mein Leben sei praktisch nichts mehr wert?«

»Ja, so könnte man sagen.«

Sie stützte ihre Stirn in eine Handfläche. »Ich muß mich, glaube ich, übergeben.«

»Nicht!« sagte er scharf. »Bloß keine Szene, verstanden? Atmen Sie durch den Mund.«

Gray saß nervös neben ihr, bis ihre Übelkeit abgeklungen war. Nach einiger Zeit verlangte sie ein Glas Wasser, und er winkte die Serviererin heran. Sie merkte, daß Barrie sich offenbar nicht wohl fühlte. »Fehlt ihr was?«

»Morgendliche Übelkeit«, sagte Gray, der sich vorstellen konnte, wie dämlich sein aufgesetztes Grinsen wirken mußte. »Aber sie kriegt sie abends.«

»Ach, das gibt sich nach ein paar Monaten, Schätzchen. Im wievielten Monat sind Sie denn?«

»Äh…«

»Im dritten«, warf Gray ein.

Die Serviererin tätschelte Barries Schulter und bot an, ihr einen heißen Tee zu bringen. »Ihr geht's schon wieder besser«, beteuerte Gray. »Aber trotzdem vielen Dank.«

Die Serviererin verschwand beruhigt. Barrie trank mehrere Schluck Wasser. »Sie lügen sehr gut.«

»Sie nicht.«

»Ja, ich weiß.«

Gray merkte, daß sie noch unter Schock stand. Sie konnte jederzeit wieder in Tränen ausbrechen.

»Ich habe Sie mit in diese Sache reingezogen, stimmt's, Mr. Bondurant?«

Er zuckte gleichmütig mit den Schultern.

»Doch, das habe ich«, stellte Barrie mit zitternder Stimme fest. »Weil ich Sie besucht habe, ist jetzt auch Ihr Leben in Gefahr. Sie wissen von der Story, die unter keinen Umständen bekanntwerden darf.« Je länger sie redete, desto besorgter wurde sie.

»Ihr Kommen war ein großes Risiko. Sie hätten in Wyoming bleiben sollen. Wenn Sie jetzt zurückfliegen, vergessen die anderen vielleicht, daß Sie etwas wissen. Dann glauben sie vielleicht, Sie hätten mich abgetan.«

Ihre Naivität amüsierte ihn, aber er blieb trotzdem ernst. »Sie vergessen nichts. Sie lassen auch nichts unerledigt liegen. Geographie spielt dabei keine Rolle. Was dem Baby auch zugestoßen ist, was immer jetzt mit Vanessa geschieht, es soll ihr Geheimnis bleiben. Deshalb müssen sie uns ausschalten.«

»Wie sind Sie so schnell hergekommen?«

»Ich habe Spences Laptop zertrümmert und seinen Mietwagen zurückgegeben, indem ich Schlüssel und Papiere bei der Autovermietung auf dem Flughafen eingeworfen habe. Dann bin ich mit seinem Ticket zurückgeflogen.«

Barrie wußte, daß es nicht allzu viele Flüge von Jackson Hole nach Washington gab. »Waren Sie in meinem Flugzeug?« fragte sie. Er nickte. »Ich hab' Sie nicht gesehen.«

»Das sollten Sie auch nicht.«

»Oh.« Sie machte eine Pause, während sie überlegte, wie er es geschafft hatte, sich unsichtbar zu machen. »Warum haben Sie mich nicht einfach unterwegs gewarnt? Dann wäre Cronkite vielleicht noch am Leben.«

»Ich habe mich verrechnet – ich hätte nicht erwartet, daß sie gleich zu solchen Mitteln greifen würden. Ich dachte, am Anfang würde eine versteckte Drohung stehen – wie Ihre Informantin im Krankenhaus vermutlich eine bekommen hat. Aber diese Leute gehen aufs Ganze. Sie sollen nicht aus Angst schweigen, sondern endgültig zum Schweigen gebracht werden.«

»Das haben Sie schon gesagt.« Sie biß sich auf die Unterlippe. »Wie sind Sie mit Spencer verblieben?«

»Wie meinen Sie das?«

»Ich meine, wie sind Sie an sein Flugticket gekommen? Wie haben Sie es geschafft, ihm zu entwischen?«

Er starrte sie nachdenklich an und fragte sich, wieviel er ihr erzählen sollte. Schließlich sagte er nur: »Gar nicht.«

15. Kapitel

»Daily, das ist Gray Bondurant. Gray, Daily Welsh.«

Barrie rechnete es Daily sehr hoch an, daß er sich nicht aufregte, als sie ihn um zwei Uhr morgens herausklingelten. Er machte ihnen keine Vorwürfe, überschüttete sie nicht mit Fragen. Statt dessen grunzte er nur und trat beiseite, um sie einzulassen.

Sie hatten ihn offensichtlich aus dem Bett geholt. Strähnen seines schütteren Haars standen ihm vom Kopf ab, wie die Strahlen auf der Krone der Freiheitsstatue. Er trug ein fadenscheiniges Unterhemd und dazu Boxershorts, die fast bis zu seinen Knubbelknien reichten. Die schwarzen Socken taten nichts, um seinen weißen, praktisch unbehaarten Beinen zu schmeicheln.

Als sie das Café verlassen hatten, waren sie sich darüber einig gewesen, daß sie eine Unterkunft brauchten, um sich auszuruhen, ihre Kräfte zu sammeln und zu überlegen, wie es weitergehen sollte. Gray hatte sich von ihr die Route zu Dailys Haus erklären lassen. Barrie sah ihm jetzt an, was er dachte: Wenn dies ihr bester Zufluchtsort war, sah ihre Zukunft allerdings düster aus.

Dailys kleines Haus war nicht gerade eine Festung, und wer ihn nicht kannte, mußte ihn für einen Schwerkranken halten, dessen Leben von seiner bescheidenen Pension und seinem Atemgerät abhing – was leider beides in vollem Umfang zutraf.

»Ich weiß, daß es eine schreckliche Zumutung ist, Daily«, sagte Barrie, während er durchs Wohnzimmer ging, um die

Lampen anzuknipsen. »Aber wir haben keinen anderen Zufluchtsort gewußt… sie haben Cronkite umgebracht.«

Seine Hand erstarrte auf einem Schalter. »Cronkite umgebracht? Wer?«

»Das ist eine lange Geschichte.«

»Ich hab' die ganze Nacht Zeit.«

Sein schmerzerfüllter Gesichtsausdruck spiegelte wider, was sie empfand. Er breitete die Arme aus, und sie flüchtete sich in seine Umarmung. Normalerweise umarmte Barrie ihn, während er den Bärbeißigen spielte, der solche Beweise ihrer Zuneigung ablehnte.

Diesmal umarmte er sie nicht nur, sondern drückte sie an sich und klopfte ihr etwas unbeholfen, aber tröstend auf den Rücken. »Diese dreckigen Schweine! Was haben sie getan, sein Futter vergiftet? Wenn ich die erwische… Wer war es?«

Barrie löste sich aus seiner Umarmung und nahm die Brille ab, um ihre Tränen trocknen zu können. »Ich hab' dir eine Menge zu erzählen.«

Daily ging automatisch zu seiner Liege und zog dabei seinen Sauerstofftank hinter sich her. Sie setzte sich wie üblich aufs Sofa. Gray blieb vorerst stehen. Bisher hatte Daily sich noch nicht dafür interessiert, warum der im Ruhestand lebende Nationalheld aus der Versenkung aufgetaucht war und mitten in der Nacht in seinem Wohnzimmer stand.

Jetzt nickte er zu Gray hinüber. »Was tut der hier?«

»Mein Haus wurde gestern abend in die Luft gejagt.«

»In die Luft gejagt? So richtig kawumm, meinst du?« Er betrachtete sie, sah zu Gray hinüber und starrte wieder Barrie an.

»Es ist weg, Daily. Niedergebrannt. Ich habe alles verloren – auch meine Videosammlung«, sagte sie verbittert, weil sie an die unersetzlichen Aufnahmen dachte, die sie über Jahre hinweg gesammelt hatte. »Bondurant glaubt, daß der Hintereingang vermint war. Cronkite ist vor mir reingelaufen – durch seine Hundetür.«

Daily war entsetzt. »Wer würde so was tun?«

»Der Präsident.«

»Wie bitte? Der Präsident der Vereinigten Staaten?«

»Bondurant glaubt, daß die Sprengladung mich töten sollte – wegen der Fragen, die ich über Vanessas Gesundheit und den Tod ihres Babys gestellt habe«, erklärte Barrie ihm.

»Himmel.« Daily sah zu Gray hinüber. »Wie kommen Sie darauf, daß… jetzt setzen Sie sich doch endlich hin! Dauernd muß ich mir den Hals verrenken!«

Barrie war zum ersten Mal seit vielen Stunden wieder nach einem Lächeln zumute. Gray setzte sich auf den einzigen freien Platz – neben sie aufs Sofa.

»Wie kommen Sie darauf, daß Merritt soweit gehen würde, um Barrie zum Schweigen zu bringen?« fragte Daily ihn.

»Er hat Spencer Martin losgeschickt, damit er sich um mich kümmert, nur weil ich mit ihr gesprochen hatte.«

»Was meinen Sie mit ›kümmern‹?«

»Ermorden.«

»Ich dachte, Spencer und Sie seien Freunde.«

»Das waren wir auch. Trotzdem ist er nach Wyoming gekommen, um mich zu ermorden, weil sie Angst hatten, Barrie könnte mir ihre Theorie über den Tod des Babys erzählt haben. Das zeigt Ihnen, wie entschlossen diese Leute sind, ihre Story zu unterdrücken.«

Daily runzelte die Stirn und strich einige Strahlen seiner Krone glatt. »Wissen Sie das bestimmt?« fragte er skeptisch.

»Er weiß es bestimmt«, sagte Barrie. »Erzählen Sie's ihm, Bondurant.«

Während er Daily die seltsamen Umstände von Spencer Martins Trip nach Wyoming schilderte, fragte sie sich, wie sie Gray auf dem Rückflug nach Washington übersehen haben konnte. Sie hatte nicht weiter auf ihre Mitreisenden geachtet, aber hätte er ihr nicht auffallen müssen? Offenbar hatte er dafür gesorgt, daß er es nicht tat. Seine Verwandlungskünste ließen ihn nicht gerade vertrauenswürdiger erscheinen. In vieler Beziehung machte es sie sogar mißtrauischer.

»Offiziell war Spencer Martin also überhaupt nie in Wyoming«, stellte Daily fest.

»In meinem Haus hat er nichts angefaßt außer seinem Eßbesteck, und das habe ich abgewaschen. Daß er nichts angefaßt hat, war eins der ersten Warnsignale, das mir aufgefallen ist.«

»Wo ist Martin jetzt?« fragte Daily.

Grays Miene war steinern. Das Schweigen wurde so peinlich, daß Barrie schließlich antworten mußte. »Mr. Bondurant will sich nicht dazu äußern, wie er ihm entkommen konnte.«

Sie sah zu dem starren Profil des Mannes neben ihr. Bestimmt war er imstande, jemanden umzubringen – auch einen ehemaligen Freund. Sein kalter Blick und sein schmallippiger Mund wiesen darauf hin. Wenn er Spencer Martin in Notwehr umgebracht hatte, wäre das entschuldbar. Aber konnte sie sich darauf verlassen?

Daily sprach eine Frage aus, die sie sich ebenfalls schon gestellt hatte. »Hätte Spencer Martin sich inzwischen nicht längt wieder beim Präsidenten gemeldet?«

»Normalerweise schon. Er ist sogar unter dem Vorwand hinausgegangen, mit dem Weißen Haus telefonieren zu müssen. Aber er hätte erst angerufen, wenn er David hätte melden können, daß ich unschädlich gemacht bin. David läuft jetzt vermutlich in seinem Zimmer auf und ab und fragt sich, warum er nichts von Spence gehört hat, aber er kann niemanden nach Wyoming schicken, um nach ihm suchen zu lassen, weil Spence offiziell gar nicht dort war.«

»Irgendwann wird ihn jemand vermissen und anfangen, nach ihm zu suchen«, warf Barrie ein.

»Spence hat weder Angehörige noch gute Freunde«, antwortete Gray. »David und die Präsidentschaft sind sein Lebensinhalt. Um das zu verstehen, muß man Spences Vergangenheit kennen. Er war ein schwächlicher, unsportlicher und unattraktiver Junge, den sie in der Schule gehänselt haben, weil er so klein war. Aber er war viel cleverer als seine Altersgenossen.

All die Jahre, in denen er von seinen Mitschülern tyrannisiert wurde, haben in ihm den Entschluß reifen lassen, eines Tages der fieseste Kerl von allen zu werden. Und das hat er geschafft – er ist der größte Tyrann Washingtons geworden. Statt Spence zu verärgern, könnte man genausogut den Präsidenten anspucken, das wissen alle Eingeweihten. Er hätte keinem Menschen gesagt, wohin er unterwegs ist. Spence untersteht nur David.«

»Selbst der engste Mitarbeiter des Präsidenten kann nicht so unabhängig sein«, wandte Barrie ein. »Das Justizministerium, Justizminister Yancey, das FBI, die...« Sie sprach nicht weiter, als Gray den Kopf zu schütteln begann.

»Bill Yancey ist ein guter Mann«, sagte er. »Fast zu gut für diese Regierung. Seit seiner Ernennung ist er schon mehrmals mit David aneinandergeraten. Aber eins können Sie mir glauben: Spencer Martins Netzwerk aus Agenten ist so elitär und brutal wie die SS im Dritten Reich. Sie operieren wie Maulwürfe in allen Regierungsbehörden – auch im Secret Service. Spencers Männer sind ständig in Alarmbereitschaft. Widersprächen seine Befehle denen, die sie auf dem Dienstweg erhalten, würden sie Spences Anweisungen ausführen.«

Barrie drückte ihre verschränkten Arme an sich. »Sie machen mir angst.«

»Manche dieser Leute sind wirklich beängstigend. Die meisten sind ehemalige Soldaten aus Sondereinheiten, die aus dem aktiven Dienst ausgeschieden sind und jetzt keinen Krieg mehr zu führen haben.«

Barrie fragte sich, ob er merkte, daß er damit auch sich beschrieben hatte.

»Wenn eine Sache wirklich wichtig ist«, fügte Gray hinzu, »würde Spence den Job selbst übernehmen.«

»Zum Beispiel die Ermordung eines alten Kameraden aus der Militärzeit.«

Gray quittierte Dailys Bemerkung mit einem grimmigen Lächeln. »Genau. Aber in den meisten Fällen würde er damit einen seiner Männer beauftragen. Im allgemeinen sorgt Spence dafür, daß er zum Tatzeitpunkt nicht in Washington ist, damit er ein Alibi hat, falls der Täter gefaßt wird oder verräterische Spuren hinterläßt. Ich bin überzeugt, daß er das bei dem Anschlag auf Barries Stadthaus gemacht hat. Er ist öfter unterwegs. Da wird es eine Weile dauern, bis jemand neugierig genug ist, um Fragen zu stellen.«

»Merritt wird neugierig sein.«

»Sobald David erfährt, daß ich noch am Leben bin«, sagte Gray als Antwort auf Barries Feststellung, »weiß er, daß Spences Auftrag in Wyoming fehlgeschlagen ist.«

Dieser ernüchternde Kommentar brachte sie einige Zeit zum Schweigen. Schließlich wandte Daily sich an Gray. »Ich bewundere Sie für das, was Sie damals im Nahen Osten getan haben.«

Gray quittierte das Kompliment mit einem leichten Nicken. »Aber?«

»Aber jetzt erzählen Sie uns möglicherweise den größten Scheiß, wenn Sie mir diese Bemerkung gestatten.«

Die Beleidigung schien Bondurant kaltzulassen. »Daß Sie mißtrauisch sind, ist Ihr gutes Recht. Es ist kein Geheimnis, daß es Spannungen zwischen David und mir gegeben hat, bevor ich Washington verlassen habe.«

»Wegen seiner Frau?«

Barrie konnte Dailys Kühnheit kaum fassen. Er nannte die Dinge beim Namen und stellte die Fragen, für die ihr der Mut gefehlt hatte.

»Vanessa hat bei unserem endgültigen Zerwürfnis eine Rolle gespielt, ja.«

»Warum sollten wir dann irgend etwas glauben, was Sie uns erzählt haben?«

»Mit anderen Worten: Ich könnte mir das alles ausgedacht haben, weil ich hoffe, damit David Merritts Wiederwahl zu verhindern.«

»Daran habe ich schon gedacht«, gab Daily mit charakteristischem Freimut zu.

Gray antwortete gelassener, als Barrie ihm zugetraut hätte: »Ich habe nicht davon angefangen. Ich habe mich nicht mit einer heißen Story an Miss Travis gewandt. Sie ist zu mir gekommen, um Fragen über den Tod des Babys zu stellen – Fragen, die meinem eigenen Verdacht entsprochen haben.«

Das war eine Überraschung, die sie aufbrachte. »Warum haben Sie mir das nicht gesagt? Sie haben mir vorgeworfen, eine rücksichtslose Opportunistin zu sein. Sie...«

»Laß den Mann reden, Barrie«, unterbrach Daily sie. Er sah zu Gray hinüber. »Was hat Ihren Verdacht erregt?«

Er stand auf und ging zwischen ihnen auf und ab, während er sprach. »Vanessa kann charmant und liebenswert sein. Aber sie kann auch das aufreizendste, egoistischste, berechnendste Wesen sein, das Gott jemals geschaffen hat. Sie steht unter dem Enfluß ihres Vaters und Davids, aber ich habe schon erlebt, wie sie deren Machenschaften zu ihrem Vorteil umgemünzt hat, ohne daß sie es gemerkt haben.«

»Sie zeichnen kein allzu vorteilhaftes Bild von ihr. Aber die Frau, die Sie eben beschrieben haben, entspricht meinem ersten Eindruck von ihr«, gab Barrie zu.

»Ich weiß bestimmt, daß Vanessa sich trotz ihrer Probleme nichts mehr gewünscht hat als ein Baby«, fuhr Gray fort. »Das weiß ich ganz sicher. Sie war bereit, alles zu tun, um ein Kind zu bekommen, obwohl die Ärzte ihr wegen ihrer Krankheit von einer Schwangerschaft abgeraten haben.«

»Krankheit?« Daily zog fragend die Augenbrauen hoch.

»Sie ist manisch-depressiv«, erklärte Barrie ihm und fügte hinzu, was Gray ihr erzählt hatte.

»Ich werd' nicht mehr!« murmelte Daily verblüfft.

»Schade, daß sie nicht öffentlich über ihre Krankheit gesprochen hat«, meinte Barrie. »Tausende von Menschen hätten von diesem Wissen profitieren können. Andere Patienten hätte ihre Fähigkeit ermutigt, trotz ihrer Krankheit ein erfülltes Leben zu führen.«

»Bis vor kurzem«, sagte Gray.

»Richtig«, stimmte Barrie zu.

»Man hätte Vanessa in dieser Nacht nicht allein lassen dürfen.«

»Damals wurde berichtet, das Kindermädchen der Merritts habe sich den Abend wegen dringender Familienangelegenheiten freigenommen«, warf Daily ein.

»Aber ihre Bitte ist nicht überraschend gekommen. Die entscheidende Frage lautet: Warum war kein Ersatzmädchen da?« sagte Gray. »Warum hat Vanessa das Baby allein versorgen müssen, warum waren für Notfälle nur David und Spence da, obwohl alle Beteiligten genau gewußt haben, daß Vanessa in Notfällen oft versagt?«

»Als manisch-depressiver Typ muß Vanessa die Gefühle vieler Frauen nach der Geburt eines Kindes verstärkt empfunden haben. Ressentiments, ein Gefühl von Unzulänglichkeit, der Eindruck, in der Falle zu sitzen, und so weiter.« Barrie sah zu Gray hinüber. »Deswegen wollten Sie Ihren Verdacht für sich behalten, nicht wahr? Sie wollten Vanessa beschützen.«

»Ich habe sie durch mein Schweigen beschützt – aber nicht so, wie Sie meinen. Ich bin nämlich nicht Ihrer Ansicht. Vanessa hat ihr Kind nicht erstickt.«

»Sie verwirren mich«, sagte Barrie gereizt. »Wir sind uns doch einig, daß kein plötzlicher Kindstod vorliegt?«

»Richtig.«

»Das verstehe ich nicht«, sagte sie halblaut. »Wenn Vanessa ihr Kind nicht erstickt hat, wer soll es dann …«

Sie verstummte abrupt. Sie sah zu Daily hinüber, der die Diskussion verfolgt hatte. Aus seinem Blick sprach die gleiche Erkenntnis, zu der sie soeben gelangt war.

Sie wandte sich wieder an Gray. »Merritt?«

Er nickte.

»Aber *warum*?«

»Was könnte einen Mann mit tödlichem Haß gegen ein dreimonatiges Kind erfüllen?«

Darüber brauchte Barrie nicht nachzudenken. »Wenn das Kind nicht von ihm wäre.«

Er nickte brüsk, wandte sich ab und trat ans Fenster.

Natürlich! Das erklärte viele bisher offene Fragen. Vanessas Verzweiflung und ihre völlige Hilflosigkeit. Der Verzicht auf eine Autopsie. Die gewalttätigen Versuche, die Story zu unterdrücken. Bondurants Verwicklung in die Sache. Vor allem Bondurants Verwicklung.

Ihr Blick wanderte langsam zu ihm hinüber. Er kehrte ihr noch immer den Rücken zu und starrte durch einen Spalt zwischen den verschlossenen Vorhängen nach draußen.

Daily stand auf. »Nun, mit dem Vorwurf, der Präsident der

Vereinigten Staaten sei ein Kindsmörder, dürfte unser Bedarf an Aufregung für einen Abend gedeckt sein. Jedenfalls für einen alten Furz wie mich. Ich gehe wieder ins Bett. Ihr beiden könnt hierbleiben, solange ihr es für richtig haltet.«

Ein Rad am Wägelchen seines Sauerstofftanks quietschte. Das Geräusch war noch zu hören, während er den Flur entlangging und in seinem Schlafzimmer verschwand. Als er die Tür hinter sich schloß, senkte sich tiefe Stille herab.

»Der Präsident hat sie ermutigt, mir das Interview zu gewähren«, sagte Barrie nachdenklich.

»Um von der Fährte abzulenken. Was ist verdächtiger – eine Sache öffentlich anzusprechen oder sie unter den Teppich zu kehren?«

»Wahrscheinlich haben Sie recht.«

»Darauf würde ich meinen letzten Cent verwetten.«

»Sie haben Angst um Vanessa, nicht wahr?«

Gray drehte sich um und sah Barrie an, ohne ihre Frage zu beantworten.

»Solange sie halbwegs ausgeglichen erschien«, sagte Barrie, als dächte sie laut nach, »haben Sie Ihren Verdacht in bezug auf den Tod des Babys nicht wahrhaben wollen. Aber als Sie mein Interview mit ihr gesehen haben, ist Ihnen klargeworden, daß sie, selbst wenn man ihre Stimmungsschwankungen mit in Betracht zieht, nicht sie selbst war. Das hat Ihre Zweifel erst recht geweckt. Dann bin ich bei Ihnen aufgekreuzt, und meine Theorie hat bestätigt, was Sie schon lange befürchtet hatten – daß das Baby keinen Krippentod gestorben ist. Spencer Martins Besuch hat die letzten Zweifel beseitigt.

Jetzt glauben Sie, daß auch Vanessas Leben in Gefahr ist. Falls David Merritt einen Säugling ermordet hat, welche Bedenken hätte er dann noch, seine Frau zu ermorden, um sicherzustellen, daß sein erstes Verbrechen nicht aufgedeckt wird?«

»Nicht die geringsten«, bestätigte Gray. »Selbst wenn Sie mir sonst nichts glauben – das müssen Sie glauben! Er würde alles tun, um seine Präsidentschaft zu schützen und sich eine zweite Amtsperiode zu sichern. Alles.«

Barrie rieb sich die Arme, um ein plötzliches Frösteln abzuwehren.

»Sie sehen todmüde aus«, stellte er fest. »Wir reden morgen weiter. Schlafen Sie sich erst mal aus.«

»Ist das Ihr Ernst? Ich kann bestimmt nicht schlafen.«

»Legen Sie sich hin und machen Sie die Augen zu. Irgendwann schlafen Sie doch ein.«

Sie war zu müde, um zu widersprechen, und zeigte den Korridor entlang. »Das Gästezimmer, falls der Ausdruck nicht zu hochtrabend ist, liegt da hinten. Dort steht ein Feldbett, das ich aber nicht empfehlen kann. Zuletzt hat Cronkite darauf geschlafen.«

Er sah zu Dailys geschlossener Zimmertür hinüber. »Trauen Sie ihm?«

»Bedingungslos.«

»Dann wissen die anderen wahrscheinlich, daß sie Sie hier suchen müssen.«

»Niemand weiß, daß ich hierherkomme.«

»Möchten Sie mir das erklären?«

»Nein, das möchte ich nicht.« Ihre Freundschaft mit Daily war etwas, was nur sie und ihn anging, und sie hatte keine Lust, Bondurant darüber aufzuklären. »Hier sucht mich garantiert niemand. Vorerst sind wir also sicher.«

»Okay«, sagte Gray schroff. »Ich schlafe hier. Sie nehmen das Feldbett.«

Barrie ging den Flur entlang und war fast zu müde, um einen Fuß vor den anderen zu setzen. Sie konnte sich nicht erinnern, körperlich und seelisch jemals so erschöpft gewesen zu sein.

In der Kommode im Gästezimmer fand sie einen Schlafanzug, der selbst für Dailys nicht gerade wählerischen Geschmack abstoßend häßlich war. Sie nahm die Schlafanzugjacke mit ins Bad und ließ die Wanne vollaufen.

Sie hatte fast vierundzwanzig Stunden nicht mehr geschlafen. Ihre Augen waren verquollen. Sämtliche Muskeln und Gelenke schmerzten. Sie hatte sich die Knie aufgeschlagen. Sie schluckte zwei Aspirin aus dem Spiegelschrank und ließ sich dankbar ins heiße Wasser gleiten. Nachdem sie sich eingeseift und die Haare gewaschen hatte, lehnte sie sich in der Wanne zurück und schloß die Augen.

Während nun das heiße Wasser ihr körperliches Unbehagen linderte, begannen ihre seelischen Wunden mehr zu schmerzen. Ihr Kummer saß tief. Angesichts der vielen Menschen, die Naturkatastrophen, Krankheiten, Kriegen und Morden zum Opfer fielen, erschien es fast lächerlich, um einen toten Hund zu trauern. Trotzdem tat ihr der Verlust entsetzlich weh. Obwohl sie sich zu beherrschen versuchte, begann sie heftig zu weinen.

Aus dem Wasserhahn fielen einzelne Tropfen in die Wanne. Das gleichmäßige, sanfte Platschen war seltsam tröstlich. Tränen liefen ihr über die Wangen, tropften ihr vom Kinn auf die Brust und dann durch die Täler ihres Körpers ins Badewasser. Immer wenn sie glaubte, sich ausgeweint zu haben, fiel ihr etwas anderes ein, was an Cronkite besonders liebenswert gewesen war, und der Zyklus begann von vorn. Neue Tränen quollen unter ihren geschlossenen Lidern hervor und endeten schließlich im Badewasser.

Erst als sie einen kühlen Luftzug auf der Haut spürte, merkte sie, daß sie nicht mehr allein war. Sie öffnete die Augen. Bondurant stand in der Tür, hatte eine Hand gegen den Rahmen gestützt und betrachtete sie intensiv.

Barrie bewegte sich nicht. Es wäre sinnlos gewesen, nach etwas zu greifen, um ihre Blöße zu bedecken. Er hatte schon alles gesehen, was es zu sehen gab. Und er hatte auch schon alles berührt. Ihr Körper begann allmählich zu reagieren wie an jenem Morgen in seinem Schlafzimmer – mit Hitzewallungen.

»Alles in Ordnung mit Ihnen?«

Sie konnte nur wortlos nicken.

»Sie haben geweint.«

Da ihr keine passende Antwort einfiel, sagte sie nichts, sondern erwiderte weiter seinen Blick. Er schwankte nur einmal, als er über ihren Körper glitt, bevor er wieder ihr Gesicht fixierte.

»Rocket, Tramp und Doc«, sagte er fast schroff.

Sie schüttelte leicht verwirrt den Kopf.

»Meine Pferde. Sie haben doch Namen.«

Er trat wieder auf den Flur hinaus und zog die Tür zu.

16. Kapitel

Senator Clete Armbruster kam am nächsten Morgen früh ins Weiße Haus und wollte sofort den Präsidenten sprechen. Er wurde informiert, der Präsident sei wach, habe aber seine Privaträume noch nicht verlassen. Armbruster sagte, er werde warten. Er wurde ins Oval Office geleitet und mit Kaffee versorgt. Er hatte seine zweite Tasse schon fast ausgetrunken, als David Merritt mit energischem Schritt den Raum betrat. Der Präsident wirkte wie immer fit, aber an diesem Morgen auch etwas gereizt.

»Entschuldige, daß du warten mußtest, Clete. Was gibt es denn Dringendes? Danke«, sagte er zu der Sekretärin, die ihm eine Tasse Kaffee hinstellte. »Sie können uns jetzt allein lassen.«

Armbruster war von Natur aus ungeduldig. Er war seit vier Uhr wach. Er hatte sich angezogen, die *Washington Post* gelesen und die Zeit totgeschlagen, bis er den Präsidenten zu einer seiner Meinung nach vernünftigen Stunde aufsuchen konnte. Die erzwungene Warterei hatte seine Laune nicht gerade verbessert.

Jetzt vergeudete er keine Zeit. »Ich möchte meine Tochter sehen. Heute.«

»Du warst gestern in Highpoint, habe ich gehört.«

»Der Quacksalber, der sich als ihr Arzt ausgibt, hat dir bestimmt auch gemeldet, daß er mich nicht zu ihr gelassen hat.«

»Auf Vanessas eigenen Wunsch, Clete. Nimmst du eigentlich dein Blutdruckmittel? Dein Gesicht ist knallrot.«

Die unerschütterliche Gelassenheit seines Schwiegersohns

erhöhte seinen Blutdruck noch mehr. »Hör zu, David, ich will wissen, was Vanessa fehlt. Wozu diese Isolierung? Wozu eine ausgebildete Pflegerin? Wenn sie tatsächlich so krank ist, gehört sie ins Krankenhaus.«

»Beruhig dich, Clete, bevor wir *dich* ins Krankenhaus bringen müssen.« Merritt führte den Senator zu einem Sofa und setzte sich neben ihn. »Vanessa hat ziemlich viel getrunken. Alkohol und ihre Medikamente passen nicht zusammen. George und ich haben sie drauf angesprochen, und sie war einverstanden, sich wegen ihrer Abhängigkeit behandeln zu lassen.«

»Abhängigkeit? Muß man es inzwischen schon so nennen?«

»Klinisch vermutlich nicht. Aber Vanessa hat diesen Ausdruck selbst benutzt. Sie hat erkannt, daß sich ein paar Gläser Wein pro Tag zu einem ernsteren Problem auswachsen können, wenn man nicht rechtzeitig etwas dagegen tut.«

»Warum hat sie sich nicht mir anvertraut? Warum hast du es nicht getan?«

»Ich wollte mit dir darüber reden«, behauptete David. »Ich wollte deinen Rat einholen, aber Vanessa hat darauf bestanden, daß du nichts erfahren darfst.«

»Warum nicht?«

»Sie hat sich geschämt, Clete.« Merritt stand auf und goß sich Kaffee nach. »Vanessa wollte dich auf keinen Fall enttäuschen. Du bist ihr großes Idol, weißt du.«

»Und das beruht auf Gegenseitigkeit. Sie ist sonst immer mit ihren Problemen zu mir gekommen, und ich habe sie alle in Ordnung gebracht.«

Vanessa war erst dreizehn gewesen, als ihre Mutter tödlich verunglückt war, aber Clete war nicht in Panik geraten, als er vor der Aufgabe stand, seine Tochter im Teenageralter allein großzuziehen. Vanessa war schon immer Daddys Mädchen gewesen. Er hatte sie seit ihrer Geburt angebetet und ihre Kindheit weit mehr geprägt als seine Frau.

Vielleicht hatte er sie ein bißchen verzogen, aber das war sicher entschuldbar. Manche Menschen – und Vanessa zählte zu ihnen – schienen nur auf der Welt zu sein, um verwöhnt zu werden. Und als ihre Krankheit diagnostiziert worden war, war das für Clete nur noch ein Grund mehr gewesen, die mittlerweile Zwanzigjährige zu beschützen und zu verwöhnen.

»Vielleicht hatte sie das Gefühl, es sei an der Zeit, ihre Probleme selbst zu lösen«, fuhr David fort. »Oder vielleicht wollte sie nicht, daß du dir Sorgen machst. Jedenfalls hat sie mich gebeten, dir nicht mehr zu sagen, als wir der Öffentlichkeit mitteilen – was natürlich die Wahrheit ist. Sie hat sich zurückgezogen, um ihren Verlust zu verarbeiten.«

»Für wie lange?«

»Jedenfalls so lange, bis George sie wieder stabilisiert hat. Das entspricht Vanessas eigenen Wünschen. Sie möchte wieder die First Lady sein, die sie gewesen ist, bevor sie das Baby bekommen hat. Sobald die Medikamente wieder richtig wirken, spricht auch nichts dagegen. Augenblick!« sagte er und kam damit Armbrusters nächstem Kommentar zuvor.

Merritt griff nach der Fernbedienung seines Großbildfernsehers, der bisher ohne Ton gelaufen war. Während ihres Gesprächs war Clete aufgefallen, daß David zwischendurch immer wieder auf den Bildschirm gesehen hatte. Jetzt drehte er sich um, weil er sehen wollte, was das Interesse des Präsidenten erregt hatte.

Ein Lokalreporter, der vor versengten Bäumen, rauchendem Brandschutt und arbeitenden Feuerwehrleuten stand, berichtete: »Der prompte Einsatz der Feuerwehr hat ein Übergreifen des Brandes auf andere Wohnhäuser in dieser Straße am Dupont Circle verhindert. Nur ein einziges Haus brannte vollständig nieder.« Die Kamera schwenkte über die rauchgeschwärzte Ruine hinweg. »Heute morgen durchsuchten ATF-Brandfahnder und Feuerwehrleute die noch rauchenden Trümmer nach Hinweisen auf die Ursache der Explosion, die den Brand auslöste.«

Er warf einen Blick auf seine Notizen. »Besitzerin dieses Stadthauses ist Barrie Travis, Journalistin bei WVUE, einem unabhängigen Fernsehsender Washingtons. Miss Travis machte kürzlich durch eine Serie über den plötzlichen Kindstod von sich reden. Obwohl Miss Travis die Explosion allem Anschein nach überlebte, war es bisher nicht möglich, sie zum Hergang der Brandkatastrophe zu befragen.«

Der Reporter wurde ausgeblendet, statt dessen erschien ein Nachrichtensprecher im Studio. David stellte den Ton wieder ab, als sein Schwiegervater aufstand. »Ich werde nicht lockerlassen, bis sie mit mir spricht.«

»Barrie Travis?« fragte David scharf.

»Was zum Teufel hätte ich mit der zu reden? Schade um ihr Haus, aber sie ist echt verdammt lästig. Dauernd ruft sie in meinem Büro an, um mich zu einem Kommentar zu Vanessas Verschwinden zu bewegen.« Er machte eine wegwerfende Handbewegung, um anzudeuten, was er von dieser Reporterin hielt.

»Ich will Vanessa sehen«, betonte der Senator. »Sie müßte wissen, daß ich sie wegen ein paar Gläsern Wein nicht gleich ausschimpfen würde. Sie kann schließlich nichts dafür, daß sie krank ist.«

»Genau das finde ich auch, Clete. Ich habe Vanessa gebeten, sich keine Selbstvorwürfe zu machen, aber du weißt ja, wie sie immer nach Perfektion strebt. Sie haßt es, sich mit den Einschränkungen abfinden zu müssen, die ihre manisch-depressive Veranlagung mit sich bringt.«

Merritt legte ihm eine Hand auf die Schulter und begleitete

ihn zur Tür. »Ich wollte, ich hätte mehr Zeit für dich, aber ich habe heute morgen ziemlich viele Termine. Nachmittags telefoniere ich mit Vanessa. Ich bestelle ihr herzliche Grüße von dir.«

»Ja, tu das.«

Der Senator hatte zugelassen, daß sein Schwiegersohn ihm auf die Schulter klopfte und ihn wie ein Kind zur Tür brachte. Aber wenn David Merritt, der Präsident der Vereinigten Staaten von Amerika, sich einbildete, ihn mit ein paar banalen Äußerungen beschwichtigen und dann mit seinem flinken Gequatsche und aalglatten Lächeln aus dem Oval Office bugsieren zu können, hatte er sich getäuscht.

David Merritt öffnete lächelnd die Tür.

Clete Armbruster schloß sie, ohne zu lächeln.

Merritt starrte ihn verblüfft an. »Was ist los, Clete?«

»Du und ich kennen uns nun seit vielen Jahren, David. Ich habe einen guten Blick für Talent und Potential, und in dir habe ich von beidem reichlich gesehen. Ich wollte nie selbst Präsident werden, aber ich wollte einen heranbilden. Du hast die nötigen Voraussetzungen mitgebracht. Du warst gelehrig und hast sehr rasch begriffen, was einen guten Politiker ausmacht. Mein Instinkt hat mich nicht getrogen, und ich könnte nicht stolzer auf dich sein.«

»Danke.«

»Aber ich erinnere mich an eine Nacht vor achtzehn Jahren, in der du bei mir aufgetaucht bist – bleich vor Angst und wie ein junger Hund winselnd, weil du Scheiße gebaut hattest. Erinnerst du dich an diese Nacht, David, mein Junge?«

»Worauf willst du hinaus?« fragte Merritt mit gepreßter Stimme.

»Ich will darauf hinaus«, sagte Armbruster und trat einen Schritt näher an ihn heran, »daß der damalige Vorfall genug

Ähnlichkeit mit der jetzigen Situation hat, daß mir verdammt unwohl zumute ist.«

»Mein Gott, Clete, ein Vergleich zwischen damals und heute ist doch...«

Der Senator unterbrach diesen ernsten Appell, indem er Merritt die Faust in die Brust stieß. »Ich weiß, daß deine Ehe mit meiner Tochter nicht vollkommen ist. Aber das ist keine Ehe. Ich weiß, daß du Weibergeschichten hast. Teufel, ich hab' dich sogar gedeckt, weil ich akzeptiere, daß du zuerst ein Mann und erst dann mein Schwiegersohn bist. Ich habe deine Affären toleriert, weil du Vanessa trotz allem einigermaßen glücklich gemacht hast.« Er senkte seine Stimme zu einem tiefen Knurren. »Aber solltest du sie jemals unglücklich machen, wäre ich verdammt sauer, David. Hast du mich verstanden, Junge?«

»Vorsichtig, Clete. Das klingt beinahe so, als wolltest du dem Präsidenten der Vereinigten Staaten drohen.«

»Das hast du ganz richtig erfaßt«, stellte Armbruster wütend fest. »Denk lieber daran, wer dich in dieses Amt gehievt hat. Ich habe dich geschaffen, ich kann dich zerbrechen. Ich habe keine Angst vor Spencer Martin, diesem Widerling, seiner Geheimarmee aus Ganoven oder sonst jemandem. Ich habe mehr Macht in dieser Stadt, als du dir vorstellen kannst. Ich habe viele Freunde gewonnen und mir ebenso viele Feinde gemacht, von denen mir jeder irgendwas schuldet.«

Er machte eine Pause, um die Wirkung seiner Worte zu verstärken. »Und jetzt, Sohn, solltest du mir versichern, daß Vanessa wieder völlig gesund ist, wenn Dr. Allan droben in Highpoint mit seiner Behandlung fertig ist.«

»Ich schwöre es dir.«

Der Senator musterte ihn prüfend. »Hoffentlich lügst du mich nicht an, David. Sonst kannst du dich von deinem Pimmel und deiner Präsidentschaft verabschieden.«

Sobald Merritt seinen Schwiegervater losgeworden war, verlor er keine Zeit, seinen Computer einzuschalten und den Geheimcode einzutippen, der die Verbindung zu Spencers Laptop herstellte.

Nichts. *Nichts!* Spencers Gerät meldete sich nicht, obwohl es pannensicher mit mehreren Reservefunktionen programmiert war. Für einen Totalausfall gab es keine Erklärung, außer der Laptop war zerstört worden. Dann waren ihre privaten Mitteilungen ebenfalls vernichtet, weil dieser Notfall bei der Programmierung berücksichtigt worden war.

Aber Merritts eigentliche Sorge galt nicht dem Computersystem, sondern seiner Unzugänglichkeit. Sie deutete darauf hin, daß irgend etwas dramatisch schiefgegangen war. Spencer hätte ihre Verbindung nie abreißen lassen, solange er selbst nicht außer Gefecht gesetzt war. Und das war nur vorstellbar, wenn Gray…

»Gray.«

Merritt sprach den Namen wie eine Verwünschung aus. Der heilige Gray – der einzige Fehler, den sich der Präsident eingestand. Er hatte Gray an Bord geholt, weil er seine Zurückhaltung mit Skrupellosigkeit verwechselt hatte. Wer hätte gedacht, daß ein Mann, der dafür ausgebildet war, blitzschnell mit bloßen Händen zu töten, sich als so tugendhaft erweisen würde? Gray und seine Moralbegriffe waren ein quietschendes Rädchen in einem ansonsten gutgeölten Getriebe gewesen.

Aber auch Gray Bondurant war nicht ohne Makel gewesen. Er hatte die Frau eines anderen geliebt. *Seine* Frau.

Die Vermutung, daß Gray für Spencers Schweigen verantwortlich war, versetzte David Merritt in Angst und Wut. Er gab aufgebracht einen Code ein, der ihm Zugang zu einem Terminal in einem unscheinbaren Büro in einem anderen Stadtteil verschaffte. Sobald die Verbindung hergestellt war, tippte er einen einzigen Namen ein: Bondurant.

Der Mann am anderen Ende, einer von Spencers Geheimagenten, würde wissen, was er zu tun hatte. Er würde sofort die Situation in Wyoming überprüfen. Merritt konnte nur untätig warten, bis er sich meldete.

Nein, tatsächlich konnte er doch etwas tun. Er ließ sich von seiner Sekretärin mit dem Bureau of Alcohol, Tobacco and Firearms verbinden und verlangte den Direktor.

Nachdem sie ein paar Artigkeiten ausgetauscht hatten, fragte Merritt: »Was haben Ihre Jungs über diese Explosion rausgekriegt, die sich gestern abend am Dupont Circle ereignet hat?«

Er merkte, daß der Direktor sich über sein Interesse wunderte, aber der Mann antwortete, ohne zu zögern: »Unsere Ermittlungen haben gerade erst begonnen, Mr. President. Sogar für Vermutungen ist es noch zu früh.«

»Barrie Travis ist eine gute Freundin von Mrs. Merritt. Diese Explosion geht meiner Frau sehr nahe, und die First Lady kann, ehrlich gesagt, nicht noch mehr Streß brauchen. Ich habe ihr versprochen, Sie anzurufen und mich zu erkundigen. Ich belästige Sie nicht gern, aber Sie wissen ja, wie so was ist…«

Die Stimme des Direktors klang weniger zurückhaltend, als er sagte: »Das verstehe ich natürlich, Mr. President. Bitte versichern Sie Mrs. Merritt, daß wir die Situation im Griff haben.«

»Und Sie sorgen dafür, daß die Ermittlungen möglichst bald abgeschlossen werden?«

»Ich kümmere mich persönlich darum, Mr. President.«

»Dafür wären Mrs. Merritt und ich Ihnen dankbar. Übrigens, hat heute morgen schon jemand mit Miss Travis gesprochen? In welcher Verfassung ist sie?«

»Tut mir leid, Sir, das weiß ich nicht. Sie ist seit der Explosion nicht mehr aufgetaucht. Augenzeugen, die sie unmittelbar danach gesehen haben, schildern sie als sehr verzweifelt. Ihr Hund ist bei der Explosion umgekommen.«

»Hmmm. Schrecklich. Nun, halten Sie mich auf dem laufenden.«

»Natürlich, Mr. President.«

Merritt legte auf, aber er war nicht beruhigter als vor diesem Telefongespräch. Spencer hatte sicher dafür gesorgt, daß sich die Explosion nicht ins Weiße Haus zurückverfolgen ließ. Trotzdem war es besser, wenn die Ermittlungen oberflächlich blieben und möglichst rasch abgeschlossen wurden.

Wirklich ein irritierender Vormittag.

Die Drohungen seines Schwiegervaters machten Merritt wenig Sorgen. Der Senator war längst nicht so furchterregend, wie er sich gern sah. Die meisten seiner Freunde und Feinde, mit denen er sich gebrüstet hatte, waren tot, lebten im Ruhestand oder waren zu altersschwach, um einen beliebten Präsidenten ernsthaft gefährden zu können.

Außerdem konnte der Senator ihn nicht mit Scheiße bewerfen, ohne selbst reichlich davon abzukriegen. Das Skelett im Schrank gehörte Clete und ihm gemeinsam. Trotz seiner Drohungen würde der Alte es sich nicht einfallen lassen, die Tür zu öffnen und mit den Knochen zu scheppern.

Aber er würde ihn weiter wegen Vanessa belästigen, bis er sich davon überzeugt hatte, daß es ihr gutging. Also mußte etwas passieren, was seine Besorgnis beschwichtigte. David würde sich später mit Spencer beraten, um…

Der Präsident fluchte laut. Das war nur eins der Probleme, um die Spencer sich hätte kümmern müssen. *Wo zum Teufel steckte er?*

Obwohl er es im Grunde seines Herzens *wußte,* brachte David es nicht über sich, der Wahrheit ins Auge zu sehen.

17. Kapitel

»Mich hat der Kerl zwar nie sonderlich begeistert, aber mir fällt es trotzdem schwer, ihm so was zuzutrauen.«

»Er wäre dazu imstande, ohne weiteres.«

»Wozu wäre wer ohne weiteres imstande?« fragte Barrie, als sie in die Küche kam, wo Daily und Gray Bondurant Kaffee tranken. Sie goß sich ebenfalls eine Tasse ein und setzte sich zu den beiden an den Küchentisch. Dabei vermied sie es, Bondurant anzusehen. Wie er vorhergesagt hatte, hatte sie fest geschlafen.

Nachdem sie sich einen guten Morgen gewünscht hatten, antwortete Daily: »Gray versucht mich davon zu überzeugen, unser Präsident sei imstande, einen Mord zu verüben.«

»Was ich Ihnen jetzt erzähle, kann ich nicht beweisen«, sagte Gray. »Sie könnten mich für geistig verwirrt, paranoid oder einen ausgemachten Lügner halten.«

»Wir könnten Ihnen auch glauben«, stellte Barrie fest. Er sah zu ihr hinüber, und ihre Blicke begegneten sich zum ersten Mal an diesem Morgen. Ihr wurde etwas schwindlig, daher beschäftigte sie sich angelegentlich damit, ihren Kaffee umzurühren.

»Also gut, heraus damit!« sagte Daily.

»David hat mir den Auftrag erteilt, das Unternehmen zur Geiselbefreiung zu planen und durchzuführen. Aus einem ganz bestimmten Grund.«

»Weil Sie hervorragend qualifiziert waren?«

»Das wären andere Männer auch gewesen. Nein, er hat mich rübergeschickt, weil ich sterben sollte.«

»Wegen der Gerüchte über Ihre Affäre mit Vanessa?« fragte Barrie.

»Ja.«

Gray machte eine kurze Pause, als ordnete er seine Erinnerungen. »Ich habe dreißig Mann ausgesucht. Die besten Marineinfanteristen, die ich bekommen konnte. Diese Leute könnten sich an Sie anschleichen und Ihnen eine Wimper auszupfen, und Sie merken gar nicht, daß sie dagewesen sind.

Wir wurden von einem Flugzeugträger im Persischen Golf aus mit Hubschraubern ins Zielgebiet gebracht. Eine Staffel F-16 hat Scheinangriffe geflogen und das Abwehrfeuer auf sich gezogen, damit wir abgesetzt werden konnten. Danach sind wir fünf Kilometer weit in die Stadt marschiert. Der Gestank war unbeschreiblich. Überall haben sich Müllberge aufgetürmt. Der gesamte Staatshaushalt des Landes ist für Militärausgaben draufgegangen; für Hygiene und Lebensqualität war kein Geld übrig.

Die Innenstadt war ein Labyrinth aus uralten Gebäuden und Sackgassen, aber unser Nachrichtendienst hatte uns die Lage des Gefängnisses genau beschrieben, und wir wußten, wie wir dort eindringen würden. Von einem ehemaligen Häftling hatten wir einen Gebäudeplan und eine genaue Beschreibung der Sicherheitsvorkehrungen bekommen. Der Wachdienst war nicht besonders effektiv oder gut organisiert, aber die Bewacher waren Soldaten und schwer bewaffnet. Außerdem wußten wir, wo die Zellen lagen, in denen die Geiseln festgehalten wurden. Natürlich hatten wir den Ablauf der Befreiung tausendmal mit der Stoppuhr geübt.

Alles hat wie am Schnürchen geklappt. Wir haben die Wachen überwältigt, bevor sie überhaupt wußten, daß sie angegriffen worden waren. Meine Sorge war, daß die Geiseln uns verraten würden, aber sie haben den Mund gehalten und unsere

Handzeichen widerspruchslos befolgt. Ein paar von ihnen hatten Verletzungen, die nicht behandelt worden waren. Alle waren durch Krankheiten und Unterernährung geschwächt, aber sie konnten wenigstens laufen. Das war ein großer Vorteil.

Als wir schon auf dem Rückweg waren, ging plötzlich alles schief. Mehrere Wachsoldaten hatten einen blutjungen Häftling in eine leere Zelle geschleppt, wo sie sich mit ihm vergnügten. Da dieser Teil des Gefängnisses leerstehen sollte, sind wir ahnungslos dort reingeraten. Und dann war plötzlich die Hölle los. Bei der wilden Schießerei habe ich zuerst den Jungen erschossen.«

Er machte eine Pause. Barrie und Daily hielten unwillkürlich den Atem an.

»Er… äh… er kann nicht älter als neun oder zehn gewesen sein.« Er schloß die Augen und rieb sie sich mit Daumen und Mittelfinger. »Seine Oberschenkel waren hinten ganz rot vor Blut. Auf dem Fußboden war eine große Blutlache. Er hatte bestimmt schwere innere Verletzungen. Diese Schweine hatten… Nun, er hat geschrien. Mit diesen Verletzungen hätte er nie überlebt. Er hat schrecklich gelitten. Deshalb habe ich ihn erschossen.«

Barrie beobachtete mit Tränen in den Augen, wie Gray nach seiner Kaffetasse griff. Aber er trank nicht daraus, sondern hielt sie nur zwischen seinen kräftigen Händen.

»Wir haben diese Schweine abgeknallt, aber das hat uns natürlich verraten. Wir mußten… Gott, ich weiß nicht mehr, wie viele Korridore wir noch vor uns hatten. Und diese Geiseln waren überhaupt nicht mehr ruhig, sondern starr vor Entsetzen.

Aber wir waren entschlossen, nicht in diesem Höllenpfuhl zu sterben. Wie durch ein Wunder sind wir aus dem Gefängnis entkommen, aber inzwischen war das Militär alarmiert, so daß wir von schießwütigen Amerikahassern umzingelt waren. In ihrer maßlosen Blutgier haben diese Dreckskerle auf alles geschossen, was sich bewegt hat – sogar auf die eigenen Leute.

Wir sind erst mal in Deckung gegangen, und ich habe über Funk Luftunterstützung angefordert. Die haben wir auch bekommen, aber die Hubschrauber konnten nicht näher als vorgesehen heranfliegen, denn wenn man sie abgeschossen hätte, wären wir alle erledigt gewesen.

Einer meiner Männer hat die Umgebung erkundet und eine Gasse entdeckt, die anscheinend frei war. Wir sind sie entlanggestürmt, ohne zu wissen, wohin sie führen würde. In diesem Augenblick war uns nur wichtig, das Gefängnis hinter uns zu lassen.

Aber schon nach ein paar Metern wurden wir von Scharfschützen auf den Hausdächern unter Beschuß genommen. Meine Jungs haben einen nach dem anderen runtergeschossen, aber wir waren ungefähr fünf Minuten lang fast ohne Deckung. Dabei ist es dann passiert.«

Er hob den Kopf und sah Barrie und Daily an, bevor er weitersprach.

»Man hat uns aus dem offenen Fenster eines Wohngebäudes beschossen. Jemand hat vorgeschlagen, eine Rakete reinzujagen, aber David hatte mich ausdrücklich ermahnt, Opfer unter der Zivilbevölkerung möglichst zu vermeiden. Unser Unternehmen sollte eine reine Rettungsmission sein – kein militärischer Überfall, der die Weltöffentlichkeit gegen uns hätte aufbringen können.

Da wir festgenagelt waren, konnten wir nur versuchen, das Feuer des Heckenschützen auf uns zu ziehen, damit einer unserer Scharfschützen ihn erledigen konnte. Die Rolle des Köders habe ich übernommen. Ich habe dem Mann bewußt ein Ziel geboten. Meine Jungs haben ihn dann erledigt. Aber bei diesem Schußwechsel hat einer meiner Männer mit seinem Sturmgewehr auf mich gezielt.

Er hieß Ray Garrett... ein großer, grobknochiger Junge aus Alabama. Da ich aus Louisiana stamme, hatten wir uns als Südstaatler immer gut verstanden. Ich hatte ihn ausgewählt, habe Taktiken mit ihm ausgearbeitet, den genauen Ablauf mit ihm geübt. Aber er wollte mich erschießen. Und das hätte er auch getan, wenn unsere Blicke sich nicht begegnet wären.

Er scheint eine Zehntelsekunde gezögert zu haben, und dieser Augenblick hat mir das Leben gerettet. Jedenfalls hat er nicht sofort abgedrückt. Und in diesem winzigen Moment wurde er von der Kugel eines feindlichen Scharfschützen getroffen.«

Gray starrte sekundenlang ins Leere, dann atmete er tief durch. »Was danach passiert ist, wißt ihr – mehr oder minder. Nach sechs Sunden hatten wir uns endlich zu den Hubschraubern durchgekämpft. Wir haben sogar den toten Garrett mitgeschleppt, und er hat ein Heldenbegräbnis bekommen.«

»Vielleicht haben Sie sich geirrt«, wandte Barrie halblaut ein. »Im allgemeinen Durcheinander...«

»Seine Absicht war unverkennbar. Er hat nur drei Meter von mir entfernt gelegen. Sonst hat's keiner gesehen – nur ich.«

»Erinnern Sie sich an den peinlichen Irrtum des Präsidenten?« fragte Daily. »Als gemeldet wurde, bei dem Rettungsunternehmen sei ein Amerikaner gefallen, hat Merritt bewegende Worte des Lobes für *Sie* gefunden.«

»Das hatte ich fast vergessen«, warf Barrie ein. »Dieses Versehen ist im Trubel Ihrer siegreichen Rückkehr untergegangen, aber ich weiß noch, wie peinlich es für Dalton Neely war. Er hatte eine Pressekonferenz einberufen, um den Erfolg des Unternehmens und die sichere Heimkehr der Geiseln bekanntzugeben. Dann hat er eine kurze Erklärung des Präsidenten verlesen, in der Ihre Bereitschaft hervorgehoben wurde, für die Befreiung Ihrer Landsleute das höchste Opfer zu bringen. Er hat erklärt, es habe nie einen besseren Soldaten und Patrioten, nie einen besseren Freund als Gray Bondurant gegeben. Im ganzen Saal blieb kein Auge trocken.«

»Als David erfuhr, daß bei dem Unternehmen ein Amerikaner gefallen sei, hat er angenommen, der Attentäter habe seinen Auftrag ausgeführt. Er hat die Erklärung abgegeben, ohne vorher den Namen des Gefallenen zu überprüfen.«

»Woher haben sie gewußt, daß dieser junge Mann bestechlich war?« fragte Daily.

»Ich glaube nicht, daß er das war«, sagte Gray zu ihrer Überraschung. »Mit materiellen Vorteilen hätte man Garrett nicht bestechen können. Ich vermute vielmehr, daß Spence sich im Auftrag des Präsidenten an ihn herangemacht und mich als Verräter, als Spion, als eine Gefahr für die Demokratie oder dergleichen hingestellt hat.

Garrett war ein guter Marineinfanterist, aber nicht allzu helle. Als er mit seinem Gewehr auf mich gezielt hat, hat er auf ausdrückliche Anweisung seines Oberbefehlshabers gehandelt. Nichts anderes hätte ihn dazu bewegen können, mich zu verraten, nicht einmal eine Todesdrohung. Ich habe ihm die Sache nicht nachgetragen. Er war eine Marionette Davids und Spences. Die beiden haben ihn ebenso auf dem Gewissen wie der feindliche Scharfschütze.«

»Haben Sie Merritt damit konfrontiert?« fragte Barrie.

»Das hätte ich weiß Gott gern, aber dann hätte ich mein Wissen preisgegeben und wäre noch verwundbarer gewesen.«

»Aber Sie haben sich schnellstmöglich davongemacht.«

»Ich bin nicht aus Feigheit zurückgetreten«, stellte Gray gereizt fest.

Daily, der die Bemerkung gemacht hatte, hob abwehrend die

Hände. »Kein Grund zur Aufregung. Ich wollte Sie nicht beleidigen.«

»Ich habe meinen Job im Weißen Haus aufgegeben, weil ich nicht länger in David Merritts Diensten stehen wollte.«

»Aber er betrachtet Sie weiter als Störfaktor. Wyoming ist plötzlich nicht mehr weit genug vom Weißen Haus entfernt.«

Gray nickte. »David weiß, daß ich ihm auf die Schliche gekommen bin. Erst in bezug auf Garrett, jetzt in bezug auf Vanessas Baby. Ich stelle ein Problem dar, das nie ganz gelöst wurde, deshalb hat er Spencer Martin losgeschickt, um es endgültig aus der Welt schaffen zu lassen.«

»Alles nur meinetwegen«, sagte Barrie trübselig.

»Nein, das wäre früher oder später ohnehin passiert. Ich habe schon lange darauf gewartet. David konnte mich nicht gut beseitigen lassen, solange ich als neuer Nationalheld im Rampenlicht stand. Deshalb hat er vorgegeben, die allgemeine Begeisterung über den Erfolg unseres Unternehmens zu teilen.

Er hat sich ausgerechnet, mich leichter und unauffälliger beseitigen zu können, sobald diese Sache aus dem Bewußtsein der Öffentlichkeit verschwunden war. Auch ohne Sie, Barrie, wäre das nur eine Frage der Zeit gewesen.«

»Also gut, wie wollen wir das Problem lösen, nachdem wir es jetzt kennen?« fragte Daily. »Ich habe nicht mehr lange zu leben, aber ich möchte meine Tage nicht wegen einer Verschwörung zum Sturz des Präsidenten in einem Bundesgefängnis beschließen müssen.«

»Sobald die Wahrheit über das Baby bekannt wird, stirbt seine Präsidentschaft eines natürlichen Todes«, versicherte Gray ihm.

»Richtig«, bestätigte Barrie. »Das erledigt sich von selbst. Meine Hauptsorge gilt Vanessa. Im Augenblick stellt sie die größte Gefahr für Merritt dar.«

»Diesen Unsinn mit ihrem freiwilligen Rückzug aus der Öffentlichkeit glaube ich keine Sekunde lang. David hat sie irgendwo eingesperrt.«

»Wozu, Gray?« fragte Daily.

»Um sie einzuschüchtern, damit sie den Mund hält, was die wahre Todesursache des Babys betrifft. Ich weiß genau, wie er denkt. In seinen Augen hat Vanessa nur bekommen, was sie verdient. Er wird versuchen, sie davon zu überzeugen, alles sei ihre Schuld, weil sie ihn betrogen hat. Je nach der angewandten Überredungsmethode wird sie den Versuch überleben – oder auch nicht.«

»›Überredungsmethode‹?«

»Ich mag nicht mal darüber nachdenken.«

»Was ist mit Armbruster? Er ist immerhin ihr Vater. Wieso stellt er sich tot?«

»Das wüßte ich auch gern, Daily. Aber bis ich mehr weiß, möchte ich ihn aus dem Spiel lassen und selbständig weiterarbeiten.«

»Was haben Sie vor?« fragte Barrie.

»Ich hab' ein paar Ideen.«

Er hatte offenbar nicht vor, diese Ideen preiszugeben.

»Sie können mein Haus gern als Operationsbasis benützen«, bot Daily ihm an.

»Danke, aber ich möchte Sie nicht in Gefahr bringen.«

Daily lachte. »Was hätte ich schon zu verlieren? Außerdem sind Sie hier sicher. Hier sucht Sie niemand.«

»Das hat sie heute nacht auch gesagt«, stellte Gray fest und nickte zu Barrie hinüber.

»Sie erzählt keinem, daß wir Freunde sind«, erklärte Daily ihm.

»Warum nicht?«

»Das geht nur Daily und mich etwas an«, fauchte Barrie.

»Aber Sie können sich darauf verlassen, Gray. Hier sind Sie am sichersten«, sagte Daily.

»Was ist mit Ihrem Job?« fragte Gray Barrie.

»Beim Sender hat es bereits Schwierigkeiten gegeben«, antwortete Daily an ihrer Stelle. »Das FBI war da und hat sich nach ihr erkundigt.«

Gray runzelte die Stirn. »Keine echten FBI-Agenten, sondern Spences Leute, möchte ich wetten. Er hat bestimmt für alles gesorgt. Barrie, wer von Ihren Kollegen beim Sender weiß von der Story?«

»Ich habe mit keinem darüber gesprochen.«

»Freunde?«

»Niemand außer Daily.«

»Liebhaber?«

Sie hörte den spöttischen Unterton in seiner Frage und schüttelte gereizt den Kopf.

»Gut«, sagte Gray. »Je weniger Leute davon wissen, desto besser.«

»Nach allem, was letzte Nacht passiert ist«, sagte Daily, »sollte sie untergetaucht bleiben, finde ich – wenigstens bis wir wissen, was mit Mrs. Merritt los ist.«

»Unbedingt.« Gray wandte sich an Barrie. »Sie bleiben am besten bei Daily und lassen sich nirgends blicken. Überlassen Sie diese Sache mir. Dafür verspreche ich Ihnen, daß Sie die Story als erste erfahren.«

»Wirklich? Na, vielen lieben Dank!« Sie warf den zwei Männern einen vernichtenden Blick zu. »Ihr habt über mich geredet, als wäre ich gar nicht da. Ihr seid sogar so weit gegangen, mir meine Entscheidungen abzunehmen. Aber darauf kann ich dankend verzichten! Ich sage euch jetzt, was ich vorhabe.«

»Sorry, Miss, hier können Sie nicht durch.«

»Das war mein Haus. Ich habe hier gewohnt. Ich bin Barrie Travis.«

Wie erwartet wirkten diese Worte wie ein Zauberstab. Binnen Sekunden war sie von Reportern umringt, die mit ihren Kameraleuten am Brandort herumgelungert und darauf gewartet hatten, irgendeine Äußerung, irgendeine offizielle Erklärung aufschnappen zu können.

Die meisten Nachbarn und Augenzeugen waren mehrfach interviewt worden, aber ihre Storys waren alle ähnlich. Jeder mögliche Aspekt war beleuchtet worden. Es gab absolut nichts Neues zu berichten. Und die zuständigen Stellen wollten sich nicht auf Spekulationen über die möglichen Ursachen der Explosion einlassen. Vor allem die ATF-Brandfahnder waren sehr zugeknöpft. Niemand wollte sich vor laufender Kamera äußern.

Jetzt war Barrie Travis plötzlich wieder da. Kameras und Mikrofone umringten sie. »Wie Sie sehen, ist mein Haus völlig zerstört«, sagte sie. »Ich besitze nur noch das, was ich auf dem Leib trage. Aber der schlimmste Verlust ist für mich, daß mein Hund Cronkite bei der Explosion umgekommen ist.«

»Wo waren Sie seit der Explosion?«

»Warum treten Sie erst jetzt an die Öffentlichkeit?«

»Wissen Sie, was die Explosion ausgelöst hat?«

Barrie hob eine Hand, um die auf sie einprasselnden Fragen abzuwehren. »Was die Ursache betrifft, überlasse ich die Antwort den zuständigen Behörden.«

»Glauben Sie, daß es ein Unfall war?«

Sie musterte den Reporter erstaunt, als hätte er eine unsinnige Frage gestellt. »Natürlich war es ein Unfall. Was denn sonst? Sobald die Ermittlungen abgeschlossen sind, wird es bestimmt eine logische Erklärung geben.«

Gray hatte ihr versichert, dafür werde Spencer Martin gesorgt haben.

»Wenn Sie mich jetzt bitte entschuldigen...«

Sie folgten Barrie zu ihrem Wagen, der noch dort stand, wo sie ihn vor der Explosion geparkt hatte. Ein paar ganz Hartnäckige verfolgten sie bis zu WVUE, aber sie wich ihnen auf dem Parkplatz aus und verweigerte jeden weiteren Kommentar. Der Wachmann am Eingang hinderte die Reporter daran, ihr ins Gebäude zu folgen.

Vor einer Stunde hatte sie Grays und Dailys Ratschlag zurückgewiesen, sich vorerst nicht blicken zu lassen. »Ich denke nicht daran, in den Untergrund zu gehen!« hatte sie ihnen temperamentvoll erklärt. »Erstens glaube ich nicht, daß das etwas nützen würde. Wenn Spencer Martins Spitzelsystem so gut ausgebaut ist, wie Gray behauptet, würden sie mich ohnehin aufspüren.

Zweitens ist es mein Beruf, über Ereignisse zu berichten. Eine Ironie des Schicksals will es, daß ich selbst Nachrichtenwert bekomme. Ich wäre verrückt, wenn ich aus meiner flüchtigen Berühmtheit kein Kapital schlagen würde.

Drittens, je sichtbarer ich bin, desto unwahrscheinlicher ist es, daß mir ein tödlicher ›Unfall‹ zustößt. Wie Sie vorhin selbst gesagt haben, Gray, unternimmt Merritt bestimmt nichts gegen mich, solange ich im Rampenlicht stehe.«

»Klasse, Bondurant!« hatte Daily säuerlich angemerkt.

»Merritt ist alles andere als ein Dummkopf«, hatte Barrie festgestellt. »Er kann kein zweites Attentat auf mich verüben lassen, ohne auch in den naivsten Gemütern einen dringenden Verdacht gegen sich zu wecken. Nein, Gentlemen«, hatte sie erklärt, »solange ich in der Öffentlichkeit gesehen werde, bin ich sicher.«

Jetzt breitete sich die Nachricht, Barrie sei im Gebäude, wie ein Buschfeuer aus. Howie erreichte ihren Glaskasten schneller als sonst und scheuchte alle anderen weg. Zur Begrüßung sagte er: »Himmel, Barrie, wir dachten schon, Sie seien verkohlt.«

»Tut mir leid, daß ich Sie enttäuschen muß.«

»Ich wollte doch bloß nett sein.«

Vielleicht wollte er das tatsächlich, denn ihre Bemerkung schien ihn gekränkt zu haben. »Was halten Sie von einem Exklusivbericht für die Abendnachrichten?« fragte sie ihn. »Ein Interview mit mir, wie ich jetzt bin.« Sie hatte wieder die Sachen anziehen müssen, die sie gestern abend getragen hatte. »In diesem erbärmlich mitleiderregenden Zustand. Vielleicht kann ich mir sogar ein paar Tränen für eine Nahaufnahme abringen.«

Seine kleinen Augen glänzten. »Das wäre großartig.«

»Morgen bringe ich dann eine Story, die an das Interview anschließt, etwas über Leute, die dem Tod nur knapp entronnen sind, über die Konfrontation mit der eigenen Sterblichkeit – irgendwas in dieser Art. Am besten mit einigen kurzen Statements von Geistlichen und Psychologen, die mit Traumaopfern arbeiten. Und vielleicht haben die Ermittler Ende dieser Woche schon Klarheit über die Explosionsursache.«

»So bald?«

»Ich bezweifle, daß die Untersuchung lange dauern wird«, sagte sie mit trockener Ironie, die ihm jedoch entging. »Sobald der Abschlußbericht vorliegt, bringe ich jedenfalls eine Story darüber, wie sie alle Spuren auswerten, um den Hergang zu rekonstruieren und die Ursache zu finden.«

»Gott, Sie sind ’ne heiße Nummer. Sollte kein Wortspiel sein.« Er sah sich vorsichtig um und flüsterte dann: »Kann das Absicht gewesen sein? Hat irgend jemand Wind von der Story bekommen, an der Sie arbeiten? Könnte ein Zusammenhang zwischen Ihrer Story und der Explosion bestehen?«

»Sie haben zu viele Filme mit Sylvester Stallone gesehen, Howie. Einen Zusammenhang kann es unmöglich geben. Und meine große Story?« Sie machte eine wegwerfende Handbewegung. »Die ist nichts im Vergleich zu dem Erlebnis, das eigene Haus explodieren zu sehen. Jenkins und Sie können beruhigt sein. Ich habe dem Tod ins Auge geblickt. Glauben Sie mir, das verändert die eigene Perspektive – einfach so!« Sie schnalzte mit den Fingern. »In Zukunft werden Sie hier eine völlig andere Barrie Travis erleben.«

Gray hatte sie als schlechte Lügnerin bezeichnet. Hoffentlich hatte er damit unrecht.

»Nun, ich bin mächtig froh, das zu hören«, sagte Howie. Er blies sich wie ein Frosch auf. »Ich hab' immer gewußt, wenn ich lange genug dranbleibe, würde ich Ihren niedlichen kleinen Hintern in Form bringen.«

Barrie lächelte gewinnend, aber in Wirklichkeit knirschte sie mit den Zähnen.

18. Kapitel

Der Präsident reagierte seine Frustration in seinem privaten Gymnastikraum im Weißen Haus ab. Er betrachtete den Stufentrainer und die sonstigen Übungsgeräte als Feinde, die es zu besiegen galt. Schweiß tropfte ihm von Nase, Ohrläppchen, Kinn und Fingerspitzen. Durchtrainierte Muskeln spannten sich, als er sie bis zur Grenze belastete.

Der Laufbursche, den er losgeschickt hatte, damit er die Situation in Wyoming überprüfe, hatte sich an diesem Morgen über Computer gemeldet. Sein Bericht war nicht das gewesen, was Merritt sich erhofft hatte. Spencer Martin schien nie auf Gray Bondurants Ranch gewesen zu sein. Auf die Frage, was Bondurant dazu gesagt habe, hatte der Laufbursche die zweite Bombe gezündet – auch Bondurant war spurlos verschwunden.

Trotz dieses Berichts war Merritt überzeugt, daß Spencer auf der Ranch gewesen war. Er hatte seine Spuren eben nur sorgfältig verwischt. Und Merritt war sich auch sicher, daß Gray nicht ohne zwingenden Grund untergetaucht wäre. Daraus schloß er, Gray habe Spencer erledigt, bevor Spencer ihn hatte erledigen können.

Wenn dieser Schluß zutraf, war Gray ihnen auf die Schliche gekommen. Die möglichen Konsequenzen waren so weitreichend, so katastrophal, daß Merritt sich in die Einsamkeit des Gymnastikraums zurückgezogen hatte. Er brauchte Zeit, um ungestört nachdenken, um einen Plan ausarbeiten zu können.

Gray würde nicht davor zurückschrecken, es mit dem Präsidenten aufzunehmen. Abwehrmaßnahmen, die jeden anderen, der das Weiße Haus herauszufordern wagte, in Angst und

Schrecken versetzt hätten, würden ihn nicht einschüchtern. Und er würde nicht irgendwann aufgeben und wieder verschwinden. Wenn Gray sich im Recht fühlte, schreckte er vor nichts zurück, um seinen Standpunkt zu verteidigen. Seine Überzeugungen waren so unerschütterlich wie der Felsen von Gibraltar. Dieser Mangel an Flexibilität war einer der Gründe, warum Merritt ihn haßte.

Bei seiner Amtseinführung hatte er große Pläne für ihr Trio gehabt. Er selbst besaß genug Charisma und politisches Einfühlungsvermögen, um dem Kongreß und der Nation alles aufschwatzen zu können. Spencer war der skrupellose Muskelmann ihres Trios. Er verlangte nie eine Begründung, er führte einfach jeden Befehl rasch und effizient aus. Und Gray war der erfahrene Stratege. Er begutachtete jede Situation aus jedem nur möglichen Blickwinkel und fand unweigerlich die beste Lösung. Gemeinsam hätten sie das mächtigste Trio der Welt sein können.

Wenn Gray bloß nicht auf Vanessa scharf gewesen wäre und sich ein Gewissen zugelegt hätte.

»Verdammter Idiot«, murmelte Merritt, während er von der gepolsterten Liegebank glitt und nach einem Handtuch griff. Als er sich Gesicht und Nacken abwischte, klopfte jemand an. »Herein!«

Ein Secret-Service-Agent öffnete die Tür. Neben ihm stand Gray Bondurant.

»Mr. President«, sagte der Agent lächelnd, »ich habe eine Überraschung für Sie.«

Merritt setzte ein breites Grinsen auf, das ihm wie ein Riß vorkam, der durch eine Betonplatte ging. »Gray! Mein Gott, Mann, ist das 'ne Überraschung!«

Auch Gray lächelte, aber sein Blick wurde dadurch wie üblich keineswegs wärmer. »Ich bin einfach vorbeigekommen, weil ich gehofft habe, du hättest einen Augenblick Zeit für mich.« Er musterte Merritt anerkennend. »Die Nation kann beruhigt schlafen. Du siehst fit genug aus, um mit allen inneren und äußeren Feinden allein fertig zu werden.«

Sie schüttelten sich die Hand und klopften sich gegenseitig auf den Rücken, als wären sie immer noch die besten Freunde. Der Secret-Service-Agent hatte keine Ursache, an der Herzlichkeit ihrer Begrüßung zu zweifeln. Alle Gerüchte über ein Zerwürfnis zwischen den beiden waren nachdrücklich dementiert worden. Als Gray das Weiße Haus verlassen hatte, war ihre Freundschaft angeblich so eng wie immer – vielleicht sogar noch enger, weil Grays Rettungsunternehmen so spektakulär erfolgreich gewesen war.

Merritt mußte seine gesamten schauspielerischen Fähigkeiten aufbieten, um seinen Zorn zu tarnen. Das war wieder eine Meisterleistung! Hatte er nicht gerade daran gedacht, was für ein erfahrener Stratege Gray war? Dieser Besuch war ein sorgfältig geplanter Überfall, der ganz harmlos wirkte. Der Prophet war geradewegs zum Berge gekommen: unangemeldet und entwaffnend. Das Personal des Weißen Hauses kannte ihn gut und würde nicht mißtrauisch sein. Er war gekommen, um seinen Kumpel, den Präsidenten, zu besuchen – wie nett von ihm!

Am meisten ärgerte sich Merritt darüber, daß er Grays Spiel mitspielen mußte – zumindest so lange, bis er wußte, worauf der andere hinauswollte. Als sie allein waren, trat er an die Saftbar. »Was darf ich dir anbieten?«

»Was du trinkst.«

Merritt goß zwei Gläser Orangensaft ein. »Verdammt schön, dich mal wiederzusehen«, sagte er, als sie miteinander anstießen.

»Laß dich nicht beim Training stören.«

»Ich wollte gerade Schluß machen. Ich halt' nicht mehr

soviel aus wie früher«, sagte er mit einer Grimasse, die seine Leistung herabsetzte.

»Das bezweifle ich.«

»Stört es dich, wenn ich in den Whirlpool gehe?«

»Durchaus nicht.«

Merritt streifte seine Shorts ab und ließ sich in das wirbelnde, perlende Wasser gleiten, aus dem eine Dampfwolke aufstieg. »Ahhh, wunderbar! Willst du auch reinkommen?«

»Nein, danke.« Gray zog einen Liegestuhl an den Rand des Whirlpools und setzte sich hinein.

»Dein Haar ist grauer geworden.«

»Vererbung«, antwortete Gray. »Hab' ich dir nie erzählt, daß mein Vater vorzeitig grau gewesen ist?«

Im Grunde genommen hatte Gray Bondurant sich nicht verändert. Sein Körper war noch immer hart und straff, sein Gesichtsausdruck noch immer resolut. Der Mann, der aus eigener Kraft aus einer Wohnwagensiedlung ins Weiße Haus gelangt war, empfand sehr selten Neid, doch Neid war der Grund für seinen Haß auf Gray.

Er sah besser aus als Gray. Vermutlich war er sogar intelligenter. Und körperlich war er ebenso stark.

Aber in Gray steckte ein stahlharter Kern Rechtschaffenheit und Selbstbewußtsein, der ihm gestattete, jedem anderen unverwandt ins Auge zu blicken. Schon in der guten alten Zeit, bei der Marineinfanterie, vor ihrer Entfremdung, hatte Merritt nach längerem Blickkontakt mit Gray immer als erster wegsehen müssen. Es ärgerte ihn, wie gut Gray Ehre und edle Gesinnung anstanden. Er verachtete ihn wegen seiner Prinzipien, während er ihn insgeheim um die zusätzliche Kraft beneidete, die sie ihm verliehen.

»Fett hast du keins angesetzt«, stellte er fest. »Freut mich, daß du in Wyoming kein dicker Farmer geworden bist.«

»Das Landleben kann hart sein. Hätte ich mir meine Sporen nicht in Washington verdient, hätte ich's gar nicht durchgehalten.«

Merritt lachte halblaut. »Dein Sinn für Humor ist mir echt abgegangen. Er ist staubtrocken, aber du bringst mich immer zum Lachen.« Er breitete seine Arme auf dem Fliesenrand des Whirlpools aus. Dann fragte er, obwohl er die Antwort zu kennen glaubte: »Was führt dich nach Washington?«

»Eine Frau.«

Damit hatte er nicht gerechnet. Gray hatte ihm einen weiteren Kurvenball zugespielt. Er verbarg seine Verblüffung hinter einem Lachen. »Ein Rock? Eine Frau soll den Hagestolz Bondurant endlich von seinem Sockel geholt haben? Schwer zu glauben.«

»Traurig, aber wahr.«

»Bitte!« ächzte Merritt. »Mach mir mein Bild von dir nicht kaputt, indem du behauptest, du hättest ein bißchen Gefühl entwickelt. Du bist doch hoffentlich kein Softie geworden!«

Gray lächelte sein grimmiges schwaches Lächeln. »Nie im Leben. Deshalb ist diese eine genau das, was ich brauche. Sie sieht gut aus, hat eine Stimme wie aus 'nem Pornofilm und ist vor allem nicht zu intelligent.«

»Hat diese Wunderfrau auch einen Namen?«

»Barrie Travis.«

Merritt zuckte zusammen. »Soll das ein Witz sein? Die ist bloß verdammt lästig! Gut, ich gebe zu, daß ihre Stimme sexy ist. Gesicht und Figur verdienen auch Spitzennoten. Aber mit dieser Frau kriegst du nur Schwierigkeiten, Gray, alter Kumpel. Sobald eure Beziehung über bloßen Sex hinausgeht, klammert sie sich an dich, und du wirst sie nie wieder los! Weißt du bestimmt, worauf du dich da einläßt?«

»Mir ist wichtig, daß *sie* mich einläßt.«

Sie kicherten lüstern. »Das ist bestimmt nicht übel«, gab Merritt zu.

»Jedenfalls gut genug, um mich von meiner Ranch wegzulocken.«

»Für wie lange?«

Gray zuckte mit den Schultern. »Bis ich genug von ihr habe und zurückgehe.«

Merritt trank seinen Orangensaft aus, stellte das Glas auf die Fliesen und stemmte sich aus dem Whirlpool. Er wickelte sich ein Badetuch um die Taille und ließ sich in den Liegestuhl neben Gray fallen. Das Gespräch mit seinem ehemaligen Freund fortzusetzen war unter Umständen höchst riskant, aber er konnte der Versuchung nicht widerstehen. Wenn Gray diese Parodie eines freundschaftlichen Wiedersehens durchhalten konnte, konnte er das erst recht. Auf schauspielerischem Gebiet war er weit begabter als Gray. Er hatte mehr Übung darin.

»Wo habt ihr beiden euch kennengelernt? Mich interessieren alle pikanten Details.«

»Sie hat mich aufgespürt. Letzte Woche ist sie unangemeldet bei mir aufgetaucht.«

»Weshalb?«

»Wegen einer Story. Oder vielmehr wegen einer neuen Sichtweise einer alten Story. Sie wollte die Sache mit der Geiselbefreiung neu aufbereiten.«

»Und du hast sie nicht rausgeschmissen? Du hast Reporter nie leiden können.«

»Ich ficke doch nicht ihren Beruf, David.«

Merritt lachte. »Siehst du? Wieder dieser köstlich trockene Humor.« Dann runzelte er die Stirn. »Da fällt mir gerade etwas ein. Ihr Haus ist gestern abend abgebrannt.«

»Ja. Eine ganz verrückte Sache.«

»Ich habe sie heute morgen in den Nachrichten im Gespräch mit Reportern gesehen. Die Kleine hat wirklich Mumm.«

»Deswegen ist sie auch eine echte Herausforderung.«

»Wo seid ihr beiden jetzt untergekommen? Hotel?«

»Nein, bei einem Freund.«

Barrie Travis' Freund war ein im Ruhestand lebender Journalist namens Ted Welsh. Auch in Spencers Abwesenheit hatten seine Geheimagenten dem Präsidenten Fotos geliefert, auf denen Welsh im Bademantel die Morgenzeitung von dem unkrautüberwucherten Rasen vor seinem Haus aufhob. Der alte Knacker litt an einem Lungenempyhsem und wirkte etwa so gefährlich wie eine Stubenfliege.

Ein schönes Paar, Travis und Welsh, das in Welshs verfallener Bude hauste, während es den Sturz des Präsidenten plante. Geradezu lächerlich. Mit einem einzigen Schlag hätte er sie beide erledigen können.

Gray war das Problem. Mit ihm als Anführer stellte das Trio eine ernstzunehmende Bedrohung dar. Es war nicht mehr lachhaft.

»Wo wir gerade von Freunden sprechen«, fuhr Gray fort, »wundert mich eigentlich, daß du nicht schon über Barrie und mich Bescheid weißt. Ich dachte, Spence hätte dich über alle pikanten Details informiert. Er war kurz nach ihrem Besuch bei mir auf der Ranch.«

Merritts Lächeln wurde sekundenlang schwächer. Selbst der beste Schauspieler hätte es nicht durchhalten können. »Spence macht gerade Urlaub. Ich habe ihn praktisch dazu zwingen müssen – du weißt ja, was für ein Workaholic er ist. Er hat erwähnt, daß er bei dir vorbeischauen wollte, aber ich habe seitdem nichts mehr von ihm gehört. Hat er dir erzählt, wohin er von Wyoming aus wollte?«

»Er hat seine weiteren Reisepläne nicht erwähnt. Aber du

kennst ihn ja: Spence taucht immer dort auf, wo man ihn am wenigsten erwartet. Ich hatte jedenfalls nicht mit seinem Besuch gerechnet.«

Merritt hatte sich an die Hoffnung geklammert, Spencer lebe noch. Jetzt wußte er bestimmt, daß diese Hoffnung vergeblich war. Spencer war tot. Gray hatte ihn umgebracht.

Trotzdem kein Grund, sentimental zu reagieren. Er brauchte Spencer ohnehin nicht. Er brauchte niemanden. Andererseits war es immer sehr praktisch gewesen, Spencer um sich zu haben. Männer mit seinen Fähigkeiten, seiner Ergebenheit und seiner blinden, bedingungslosen Loyalität waren selten. Und noch seltener waren Männer, die absolut kein Gewissen besaßen.

Gray hatte ihn dieses wertvollen Mitarbeiters beraubt und saß jetzt harmlos lächelnd da und riß Witze darüber. Merritt hätte ihm am liebsten ins Gesicht geschlagen. Aber er verbarg seinen Zorn sorgfältig, um sich nicht selbst zu belasten.

Außerdem hatte er keine Lust, seine Energien auf eine Situation zu vergeuden, an der sich nichts ändern ließ. Spencer hätte als erster zugestimmt, Trauer sei kontraproduktiv und nur etwas für Schwächlinge.

»Was ich noch fragen wollte… ist die First Lady zufällig da?«

Grays Frage ließ Merritt aus seinen privaten Überlegungen hochschrecken. »Äh, nein, sie ist noch weg.«

»An diesem ›nicht bekanntgegebenen Ort‹?«

»Ganz recht«, antwortete Merritt. »Und ich habe versprechen müssen, ihn geheimzuhalten.«

Gray beugte sich nach vorn, stützte seine Ellbogen auf die Oberschenkel und nahm eine Merritt abgeschaute vertrauliche Haltung ein. »David, ich mache mir Sorgen um sie. Ist mit ihr alles in Ordnung? Ich will die Wahrheit hören. Nicht diesen Bockmist, den Neely den Medien vorwirft. Wie geht es Vanessa *wirklich?*«

»Du willst deiner neuen Bettgefährtin wohl Informationen für einen Exklusivbericht verschaffen?«

»Wenn wir im Bett sind, hat sie bessere Dinge zu tun, als mich zu interviewen.«

»Mit vollem Mund kann sie schlecht reden, was?«

Gray grunzte das Lachen, das diese Bemerkung erforderte. Danach wurde sein schmales, von Falten durchzogenes Gesicht wieder ernst. »Vanessa scheint sich nach dem Tod ihres Babys ziemlich verändert zu haben. Ist sie krank?«

Wenn Merritt die Wahl gehabt hätte, wäre er Gray jetzt an die Kehle gesprungen. Dieser Mann hatte ihm Hörner aufgesetzt. Die Gerüchte um Vanessa und ihn waren dementiert worden, aber nicht rechtzeitig genug.

Wie viele Leute waren zu dem Schluß gekommen, Gray – nicht er – sei der Vater von Vanessas Baby? Wie konnte dieser Dreckskerl es wagen, den Balg ohne den Schimmer einer Entschuldigung in seinen eisblauen Augen zu erwähnen?

Der Präsident der Vereinigten Staaten unterdrückte seinen Zorn durch reine Willenskraft. Wie hätte er erklären sollen, daß Gray im Whirlpool des Gymnastikraums des Weißen Hauses ertrunken war? Nicht einmal Spencer hätte sich getraut, das dem Justizminister und der amerikanischen Öffentlichkeit zu verkaufen.

Er zügelte den mörderischen Impuls, senkte seinen Kopf und fuhr sich mit einer Hand durchs Haar. »Ich will ganz ehrlich sein, Gray, sie hat eine schlimme Zeit hinter sich. Sie wirft sich selbst vor, wegen ihrer Krankheit keine perfekte Mutter gewesen zu sein und das Baby nicht vor dem plötzlichen Kindstod bewahrt zu haben.«

»Etwas in dieser Art habe ich befürchtet. Ich habe gehört, daß George Allan sie behandelt. Ist er für einen Fall wie ihren qualifiziert?«

»Oh, durchaus. Schließlich ist er seit vielen Jahren ihr Arzt. Er weiß genau, was Vanessa braucht, um möglichst normal zu funktionieren. Sobald sie diese Krise überstanden hat, ist wieder alles in Ordnung.«

»Das hoffe ich sehr.«

Merritt sah ostentativ auf die Wanduhr, dann stand er auf. »Hat mich sehr gefreut, dich wiederzusehen, Gray. Entschuldige, daß ich jetzt abbrechen muß, aber in einer halben Stunde beginnt eine Kabinettssitzung.«

»Ich kann von Glück sagen, daß du überhaupt so lange Zeit für mich hattest.« Gray stand ebenfalls auf, und die beiden schüttelten sich die Hand. »Sag Vanessa bitte, daß ich mich nach ihr erkundigt habe. Oder könnte ich sie besuchen?«

»Leider nicht. Obwohl ihr Zustand sich mit jedem Tag bessert, will sie vorläufig nicht einmal Clete sehen. Du kannst Barrie Travis ausrichten, daß mir die Sache mit ihrem Stadthaus leid tut.«

»Wird gemacht.«

Vor dem Gymnastikraum warteten Secret-Service-Agenten, um den Präsidenten in seine Privaträume zurückzubegleiten. Merritt sagte zu einem von ihnen: »Bitte bringen Sie Mr. Bondurant zu seinem Wagen zurück.«

»Danke, nicht nötig«, wehrte Gray lässig ab. »Schließlich habe ich früher hier gearbeitet. Ich kenne mich noch aus.«

»Trotzdem«, sagte der Präsident, indem er Grays nonchalanten Tonfall imitierte, »rollen wir für alte Freunde gern den roten Teppich aus.«

19. Kapitel

Zu behaupten, der Präsident sei erregt, wäre stark untertrieben gewesen.

Merritt hatte Dr. George Allan soeben in einem Telefongespräch über Gray Bondurants Überraschungsbesuch informiert. Er hatte so getan, als wäre er entzückt gewesen, seinen alten Freund wiederzusehen, aber George konnte zwischen den Zeilen lesen: David wollte nicht, daß Gray sich in Washington herumtrieb und sich allzu gründlich mit dem Tod von Robert Rushton Merritt befaßte.

George hatte sich davon überzeugen lassen, wie die Nation überzeugt worden war, der Kleine sei einen plötzlichen Kindstod gestorben. Als er in jener Nacht gerufen wurde und atemlos ins Kinderzimmer des Weißen Hauses gestürmt war, hatte er Davids Versicherung geglaubt, Vanessa und er hätten das Kind tot in seinem Bettchen liegend aufgefunden.

Um keine andere Möglichkeit in Betracht ziehen zu müssen, hatte George nicht viele Fragen gestellt. Auf Anweisung des Präsidenten hatte er ihnen die Beerdigung des Kleinen erleichtert. Ende der Geschichte.

Oder leider doch nicht. Vanessa hatte eine neugierige Reporterin eingeschaltet, die sich nach Merritts Darstellung an Gray Bondurant herangemacht hatte. Für Davids Zwecke war es offenbar besser, die damaligen Ereignisse im Kinderzimmer etwas anders darzustellen. Er wollte unbedingt verhindern, daß Gray Bondurants Neugier geweckt wurde, denn falls irgend jemand David Merritt entlarven konnte, war es Gray.

»Was ist mit dieser… äh… Reporterin?« fragte George. »Ich

habe in den Nachrichten gesehen, daß ihr Haus abgebrannt ist.«

»Ja, das habe ich auch gehört. Das ist natürlich bedauerlich, aber wenigstens hat diese Katastrophe sie vorerst von uns abgelenkt.« Nach kurzer Pause fuhr David fort: »Das ist alles Vanessas Schuld. Sie ist für Barrie Travis' hartnäckiges Interesse verantwortlich. Hätte sie sich nicht mit ihr in Verbindung gesetzt, würde die Travis uns jetzt nicht belästigen.« Dann fragte er: »Wie geht's Vanessa heute?«

Das war die elegante Überleitung des Präsidenten auf den eigentlichen Grund seines Anrufs. George, der die aufsteigende Panik nur mühsam beherrschen konnte, erstattete ihm Bericht über den Zustand seiner Frau.

Dann erteilte David ihm seine Anweisungen.

Er wurde nicht allzu deutlich, aber das war auch nicht nötig. Für jeden, der genau zuhörte, war die Botschaft sonnenklar, und George hörte genau zu.

Heute war der entscheidende Tag. Der Präsident wollte seinen Schuldschein einlösen.

George legte den Hörer auf und bedeckte sein Gesicht mit schweißnassen Händen. Er zitterte am ganzen Leib. In seinen Ohren röhrte es laut. Er fühlte sich schwach und schwindlig.

Er überlegte, ob er Amanda anrufen sollte. Seine heitere, treue Gefährtin war wie eine Insel der Ruhe in dem Chaos, in das sein Leben sich verwandelt hatte. Manchmal genügte schon der Klang ihrer Stimme, um ihm neue Hoffnung einzuflößen, obwohl seine Zukunft sich wie ein zur Katastrophe führendes Minenfeld vor ihm ausbreitete. Und das war Grund genug, sie nicht anzurufen. Wieso sollte er ihr die Konsequenzen seiner Fehler aufbürden?

Statt seine Frau anzurufen, schluckte er ein Valium.

Schmutzarbeit dieser Art übertrug David sonst Spencer Martin. Spencer wäre nicht zittrig gewesen. Spencer hätte kein Valium gebraucht. George fragte sich, was David gegen Spencer in der Hand haben mochte, das ihm solchen blinden Gehorsam sicherte. Oder verhielt sich die Sache in Wirklichkeit umgekehrt? War Spence der Puppenspieler und David seine Marionette? Oder – und das war am wahrscheinlichsten – Spencer brauchte keinen Grund für die Dinge, die er tat.

Grausamkeit machte ihn erst richtig munter. Nie hatte er geliebt oder war wiedergeliebt worden. Er war nie bei der Geburt eines Kindes dabeigewesen, das er aus Liebe gezeugt hatte. Er hatte nie ein strampelndes Neugeborenes auf dem Arm gehabt und es mit Tränen in den Augen angeblickt. Und er hatte auch nie Schuld oder Reue empfunden.

George mochte ein Feigling sein, aber er war ein besserer Mensch als Spencer Martin.

Aber darauf kam es jetzt nicht an. Spencer schien sich in Luft aufgelöst zu haben. Ohne es direkt zu sagen, hatte David angedeutet, Gray sei für Spencers unerklärliche Abwesenheit verantwortlich. Falls Gray ihn umgebracht hatte, konnte George nur hoffen, daß er den herzlosen Dreckskerl zuvor hatte leiden lassen.

Gray war clever genug gewesen, um rechtzeitig auszusteigen. George wünschte sich oft, er hätte auch soviel Mut aufgebracht. »Ich hau' ab«, hatte Gray gesagt – und damit war die Sache für ihn erledigt gewesen. Andererseits hatte Gray auch keine Schlinge um den Hals gehabt.

Um Georges Hals lag eine, und sie hatte sich eben fester zugezogen.

Er drückte seinen Nasenrücken zwischen Daumen und Mittelfinger zusammen, bis es weh tat. Dann ließ er die Hand sinken und sah zur Tür seines kleinen, holzgetäfelten Arbeitszimmers hinüber. Selbst wenn er noch eine oder zwei Stunden sitzen blieb und die Tür anstarrte, würde er die Anweisung des Präsidenten schließlich doch ausführen müssen. Je länger er das hinausschob, desto mehr konnte er darüber nachdenken, und je mehr er darüber nachdachte, desto verächtlicher erschien es ihm.

Jetzt stand er schwerfällig wie ein Neunzigjähriger auf. Sein Schritt war bleischwer, als er den Raum verließ und den Flur überquerte.

Die Luft im Krankenzimmer war zum Ersticken.

Jayne Gaston war eine gewissenhafte Krankenpflegerin. Sie badete ihre Patientin jeden Morgen und wechselte ihre Bettwäsche. Aber ein Krankenzimmer war ein Krankenzimmer, und Krankheit hatte einen bestimmten Geruch.

Dr. George Allan trat ans Bett. »Wie geht es ihr?«

»Sie schläft jetzt.« Die Krankenschwester warf ihrer Patientin einen mitfühlenden Blick zu.

George untersuchte Vanessa flüchtig. Er hörte ihre Herztöne ab und las Blutdruck und Temperatur vom Krankenblatt ab, ohne ihr ins Gesicht zu sehen. Zum Glück blieben ihre Augen geschlossen. Er hätte ihr nicht in die Augen blicken können. Er fragte sich, wie er in Zukunft imstande sein sollte, Amanda – oder sich selbst im Spiegel – in die Augen zu sehen.

»Vorhin war sie ganz aufgeregt und hat angefangen zu weinen«, berichtete die Schwester. »Sie hat mich gebeten, sie doch aufstehen zu lassen. Dr. Allan, wenn sie sich kräftig genug fühlt, sehe ich keinen Grund …«

»Danke, Mrs. Gaston.«

»Doktor, Sie wissen natürlich, was für sie am besten ist, aber …«

»Ja, das weiß ich allerdings.« Er warf ihr einen strengen Blick zu. »Ich bin nicht länger bereit, meine Entscheidungen von Ihnen in Frage stellen zu lassen, Mrs. Gaston.«

»Ich habe nur das Wohl der Patientin im Auge.«

»Und ich anscheinend nicht?«

»Doch, natürlich haben Sie das, Doktor. Ich wollte nichts anderes andeuten.« Sie richtete sich etwas auf. »Aber ich bin eine ausgebildete Krankenschwester mit langjähriger Berufserfahrung.«

»Eben deshalb wurden Sie für diese Position ausgewählt. Aber Sie überschreiten Ihre Befugnisse.«

»Mrs. Merritt erhält zu viele Sedativa. Wenn Sie mich fragen...«

»Ich frage Sie aber nicht!« brüllte George.

»Außerdem finde ich ihre Lithiumdosis gefährlich hoch.«

»Sie haben die Laborwerte gesehen. Ihr Lithiumspiegel ist genau richtig.«

»Dann traue ich dem Labor nicht, denn diese Werte können unmöglich stimmen.«

Georges Herz hämmerte gegen seine Rippen. Seine Knie waren wachsweich, sein Puls pochte hinter seinen Augen, und er wußte, daß sein Gesicht rot angelaufen war.

Er beherrschte sich mühsam und sagte steif: »Ihre Dienste werden nicht länger benötigt, Mrs. Gaston. Bitte packen Sie sofort Ihre Sachen. Ich sorge dafür, daß Sie noch heute abend nach Washington zurückgefahren werden.«

Sie legte sich eine Hand mit gespreizten Fingern auf die Brust. »Sie schmeißen mich raus?«

»Sie passen nicht länger in Mrs. Merritts Behandlungsprogramm. Wenn Sie jetzt so gut sein wollen...«

Sie schüttelte widerspenstig den Kopf und griff nach Vanessas Hand. »Ich gehe aber nicht, Doktor. Sie ist auch meine Patientin. Ich weigere mich, sie in diesem Zustand allein zu lassen. Wenn Sie meine ehrliche Meinung hören wollen, ist sie vergiftet und steht kurz vor dem Kollaps.«

»Wenn Sie nicht freiwillig gehen, bleibt mir nichts anderes übrig, als Sie gewaltsam hinauswerfen zu lassen.«

Er durchquerte mit raschen Schritten den Raum, riß die Tür auf und rief nach den Secret-Service-Agenten.

20. Kapitel

»Barrie Travis?«

»Am Apparat. Wer sind Sie?« Barrie verstopfte ihr freies Ohr mit dem Zeigefinger, um die leise Frauenstimme trotz des Lärms in der Redaktion verstehen zu können.

»Wissen Sie über Highpoint Bescheid?«

Barrie war sofort hellwach. »In welcher Beziehung?«

»Dort ist was passiert.«

»Können Sie sich nicht deutlicher ausdrücken?«

»Nein. Ich weiß nicht genug. Ich darf nicht mehr sagen.« Die Verzweiflung in ihrem Tonfall war unüberhörbar. »Jemand müßte feststellen, was dort draußen vor sich geht.«

Die Anruferin legte auf.

Barrie wählte die Nummer der Vermittlung. »Hat die Anruferin, die Sie eben durchgestellt haben, ihren Namen genannt oder gesagt, von wo aus sie anruft?«

»Nein, sie hat nur Sie verlangt. Wieder eine Spinnerin?«

»Weiß ich nicht genau. Danke.«

Barrie sprang auf und griff nach ihrer Umhängetasche. Für heute war sie fertig. Ihre Story für die Abendnachrichten lag sendefertig auf dem Schreibtisch des Produzenten. Kein Mensch würde sie vermissen, wenn sie etwas früher ging.

In den vergangenen Tagen war es ihr einigermaßen gelungen, ihre Zuschauer – zu denen hoffentlich auch David Merritt gehörte – davon zu überzeugen, daß sie nach dem Verlust ihres Stadthauses weitermachte wie zuvor.

Der Bericht über die Ursache der Explosion, die ihr Haus in Schutt und Asche gelegt hatte, stand noch aus, aber allem Anschein nach hatte Barrie keinen Zusammenhang zwischen diesem Ereignis und ihrer Schnüffelei im Privatleben des Präsidenten und der First Lady hergestellt.

Als sie durch die Redaktion hastete, dachte sie kurz daran, sich einen Kameramann zu schnappen und für den Fall mitzunehmen, daß sich der Tip als brauchbar erwies. Aber sie entschied sich doch für Zurückhaltung. Sie würde einen Camcorder nach Highpoint mitnehmen. Entwickelte sich doch eine Story, konnte sie die Ereignisse wenigstens in Amateurvideoqualität festhalten.

Aber erst mußte sie eine Möglichkeit finden, in den Landsitz Highpoint hineinzukommen, ohne erschossen zu werden.

»Du hast die Stimme nicht erkannt?«

»Habe ich das nicht eben gesagt?« fragte Barrie gereizt. »Nein, Gray, ich habe die Stimme nicht erkannt.«

»Reg dich nicht auf«, warf Daily ein. »Er will doch nur, daß du nicht unbedacht losrennst, das ist alles.«

Daß Daily sich auf Grays Seite schlug, machte sie wütend. »Ich verlange von keinem, daß er unbedacht mit mir losrennt. Bleibt meinetwegen ruhig hier. Das ist mir völlig egal. Aber ich gehe diesem Hinweis nach.«

»Könnte diese Spinnerin gewesen sein«, sagte Daily. »Diese Charlene.«

»Die war es nicht«, widersprach sie nachdrücklich. »Ich weiß nicht, wer es war, aber sie hat nicht wie irgendeine Spinnerin geredet. Ihre Stimme hat kultiviert und gebildet geklungen. Und ängstlich. Ich glaube ihr.«

Daily ließ nicht locker. »Du hast keinerlei Beweis dafür, daß in Highpoint etwas Ungewöhnliches vorgeht. Wenn du Pech hast, geht es dir wie damals mit Bundesrichter Green. Du kriegst ein Ei ins Gesicht und sitzt in der Scheiße.«

»Was war mit Bundesrichter Green?« fragte Gray.

»Nichts«, fauchte Barrie. Sie funkelte Daily aufgebracht an, zerteilte die Luft mit einem heftigen Handkantenschlag und sagte: »Schluß der Debatte! Ich fahre hin.«

Wenn sie ihren Camcorder bei sich gehabt hätte, wäre sie gar nicht erst zu Dailys Haus zurückgefahren und hätte die beiden über ihr Vorhaben informiert. Aber das Gerät, das sie vor kurzem als Ersatz für ihren bei der Explosion verbrannten Camcorder gekauft hatte, lag noch in seinem Karton in Dailys Gästezimmer. Barrie hatte die Akkus eingesetzt, ließ das Gerät zur Probe kurz laufen, steckte es dann in ihre Umhängetasche und wandte sich an ihre besorgten Mitstreiter. »Also, drückt mir die Daumen!«

Daily war so außer sich, daß er keuchend nach Luft zu ringen begann. Er wandte sich an Gray. »Du bist der Marineinfanterist. Irgendwelche Ideen?«

»Absolut keine, außer sie an Händen und Füßen zu fesseln. Aber ich begleite sie. Vermutlich kriegt sie es hin, daß wir beide erschossen werden.« Das sagte er, während er sich seine Pistole in den Hosenbund steckte.

In diesem Augenblick meldete sich Barries Piepser.

»Einer deiner Informanten?« fragte Daily.

»Außer dir sind sie die einzigen, die diese Nummer haben.«

Die im Display angezeigte Telefonnummer sagte ihr nichts, aber die Stimme, die sich offenbar von einer Telefonzelle aus meldete, erkannte sie sofort. Im Hintergrund waren Verkehrsgeräusche zu hören. Der Informant verlor keine Zeit, ihr seine Mitteilung zu machen, und hängte dann sofort ein.

Barrie ließ nachdenklich den Hörer sinken und sah zu Gray auf. »Also los, wenn du mitkommen willst.«

»Wer war das?« fragte Daily, der ihnen mit seinem Wägelchen zur Haustür folgte. »Ein Anruf wegen Highpoint?«

»Nein, nichts Wichtiges«, antwortete Barrie, aber ihr schwaches Lächeln paßte nicht recht dazu. »Wir rufen dich an, sobald wir was wissen. Versuch inzwischen, dich ein bißchen auszuruhen.«

»Und ihr versucht, möglichst heil zu bleiben. Ich möchte euch im Gefängnis besuchen können.«

»Woher in Louisiana?«

»Wie bitte?«

»Du hast erzählt, daß du aus Louisiana stammst. Aus welcher Stadt?«

»Bloß eine bessere Straßenkreuzung«, sagte Gray. »Den Namen hast du nie gehört.«

»Ich war in Erdkunde immer gut.«

»Grady.«

»Nie gehört«, gab Barrie zu.

Gray fuhr angespannt, hielt das Lenkrad mit beiden Händen umklammert. Sie waren nach Südwesten ins ländliche Virginia unterwegs. Ein Panorama aus sanft gewellten Weideflächen, Gestüten und Wäldern bot sich ihnen dar, aber keiner der beiden schien darauf zu achten.

Das waren die ersten Worte, die sie seit ihrer Abfahrt gewechselt hatten. Barrie, die das feindselige Schweigen und ihre eigenen sorgenvollen Gedanken keine Minute länger ertragen konnte, hatte ein – wie sie hoffte – neutrales Thema angeschnitten.

»Wie war es denn, dort aufzuwachsen?«

»In Ordnung.«

»Gute Kindheit?«

»War ganz okay.«

»Schlecht?«

»Hab' ich schlecht gesagt?«

»Dann war sie also gut?«

»Sie war *okay*. Okay?«

»Reiß mir doch nicht gleich den Kopf ab! Mich interessiert nur, wo ein Mann wie du herkommt.«

»Ein Mann wie ich?« wiederholte er spöttisch. »Was für ein Mann bin ich denn?«

Sie brauchte einen Augenblick, um eine Antwort zu finden, die ihr gefiel. »Ein großer, nervtötender.«

Er lächelte tatsächlich, wenn auch nur flüchtig.

»Eltern?« fragte sie.

»Zwei.«

»Jetzt nerv mich nicht, Bondurant.«

Nach kurzer Pause sagte er: »Meine Eltern sind umgekommen, als ein Tornado, der sich aus einem Hurrikan entwickelt hatte, ihre Werkstatt in Trümmer gelegt hat.«

»Das tut mir leid«, sagte sie aufrichtig. »Wie alt warst du damals?«

»Neun. Ungefähr.«

Es fiel ihr schwer, das zu begreifen – nicht die Tatsache, daß seine Eltern bei einem Tornado umgekommen waren, sondern daß er wirklich einmal ein Kind gewesen war. Sie konnte ihn sich nicht als sorglosen kleinen Jungen vorstellen, der mit anderen Kindern spielte, auf Geburtstagsfeiern fröhlich lachte und im Familienkreis unter dem Weihnachtsbaum Geschenke auspackte.

»Neulich in Wyoming hast du mir erzählt, deine Kenntnisse als Rancher hättest du von deinem Vater.«

»Er hat immer eine eigene Rinderherde gehabt. Aber gelebt hat er von seiner Landmaschinen- und Autowerkstatt. Im ganzen Staat hat es keinen Motor gegeben, den er nicht hätte reparieren können. Und Mutter war als Mechanikerin fast so gut wie er.«

Barrie sah einen seltenen weichen Zug um seinen strengen Mund. »Du hast sie geliebt.«

Gray zuckte mit den Schultern. »Ich war damals noch klein. Alle Kinder lieben ihre Eltern.«

Auch wenn sie es nicht verdient haben, dachte Barrie. »Bei wem bist du nach dem Tod deiner Eltern aufgewachsen?«

»Abwechselnd bei beiden Großeltern. Sehr anständige Leute. Sie sind jetzt alle tot.«

»Geschwister?« fragte sie.

»Eine Schwester. Sie lebt noch immer in Grady. Vier Kinder, mit einem Wirtschaftsprüfer verheiratet, der Präsident des Schulausschusses und Diakon der Baptistengemeinde ist.«

»Es muß nett sein, wenn man Nichten und Neffen hat, die man verwöhnen kann.«

»Wir sehen uns nie.«

»Wie kommt das?«

»Mein Schwager hält mich für gefährlich.«

»Und bist du das?«

Gray sah zu ihr hinüber. Sein Laserblick schien durch sie hindurchzugehen. »Hast du das noch nicht gemerkt?«

»Doch.« Sie senkte ihren Blick. »Ich glaube, daß du sehr gefährlich sein kannst.«

Als sie dann nach vorn durch die Windschutzscheibe starrte, fiel ihr auf, daß die Abenddämmerung unmerklich in tiefe Dunkelheit übergegangen war. Die Wälder zu beiden Seiten der zweispurigen Überlandstraße waren schwarz. Barrie zögerte einen Augenblick, bevor sie fragte: »Du erinnerst dich an den Anruf, den ich bekommen habe, bevor wir bei Daily weggefahren sind? Das war mein Informant im Justizministerium.«

»Du hast einen Informanten im Justizministerium?«

»Ist das so überraschend?«

»Wer? In welcher Abteilung? In welcher Position?«

»Du weißt, daß ich das nicht verraten darf.«

»Na schön, dann können wir nur hoffen, daß der Kerl keiner von Spencers Maulwürfen ist.«

Barrie ignorierte diese Spitze und sagte: »Mein Informant hat mir mitgeteilt, daß du heute unter vier Augen mit Merritt gesprochen hast.«

»Ja, das stimmt.«

»Komisch, daß du Daily und mir nichts davon erzählt hast.«

»So wichtig war die Sache nicht.«

»Du hast eine Viertelstunde allein mit dem Präsidenten gesprochen – und das soll nicht wichtig gewesen sein?«

»Ich bin zufällig reingeschneit...«

»Reingeschneit? Ich könnte zufällig reinschneien, aber mir würde David Merritt bestimmt keine Privataudienz gewähren.«

»Ich habe Freunde im Secret Service. Ich bin unangemeldet aufgekreuzt, um seine Reaktion auf mein Auftauchen beobachten zu können.«

»Und die war?«

»Er hat sich beinahe in die Hose gemacht.«

Gray faßte den Inhalt ihres Gesprächs zusammen, dann fügte er hinzu: »Ich habe ihn wissen lassen, daß Spencer seinen letzten Auftrag nicht ausgeführt hat.«

»Und das war alles?«

»Richtig.«

»Vielleicht.«

Er warf ihr einen mißtrauischen Blick zu. »Warum hat dein Informant dich wegen meines Besuchs bei David angerufen?«

»Aus Sorge um meine persönliche Sicherheit. Mein Informant ist etwas nervös wegen der Gesellschaft, in der ich mich bewege. Zum Beispiel hat man angedeutet, der Präsident könnte dich dazu benützen, einer lästigen Reporterin, die er zum Schweigen bringen möchte, eine Falle zu stellen.«

»Ich arbeite nicht mehr für den Präsidenten.«

»Das behauptest du. Aber ich frage mich, wie vielschichtig dein Verhältnis zu den Merritts wohl ist. Du warst erst Davids Blutsbruder und später der Liebhaber seiner Frau. Das könnte alle möglichen Konflikte mit sich bringen.«

Seine Hände umklammerten das Lenkrad fester. »Warum sagst du nicht einfach, was du wirklich denkst?«

»Ich denke, daß du dich vielleicht in einem unlösbaren Loyalitätskonflikt befindest.«

Er funkelte sie erneut an, ohne ihre Unterstellung jedoch zu bestätigen oder zurückzuweisen.

»Ist in eurem Gespräch mein Name gefallen?« wollte Barrie wissen.

Er nickte.

»In welchem Zusammenhang?«

»Ich hab' ihm erzählt, daß ich dich bumse.«

Barrie fühlte, daß sie heftig errötete. »Der Ausdruck gefällt mir besser als dein anderer, obwohl er noch immer derb ist.«

»So hab' ich es in Erinnerung. Derb.«

»Hat er etwas über Vanessa gesagt?« fragte sie, um auf das ursprüngliche Thema zurückzukommen.

»Nichts Neues.«

»Würdest du es mir erzählen, wenn er es getan hätte?«

»Wahrscheinlich nicht.«

»Warum nicht?«

»Weil du schon bis über beide Ohren in dieser Sache drinsteckst.«

»Für einen Exklusivbericht, der die Welt erschüttert, riskiere ich gern etwas.«

»Aber ich nicht«, sagte er knapp. »Ich bin nicht bereit, mein Leben, Vanessas Leben oder auch nur deins zu riskieren, nur damit du bei den nächsten Vertragsverhandlungen ein paar

Tausender mehr rausholen kannst. Ich bemühe mich darum, daß wir heil aus dieser Sache rauskommen, und ich habe nicht vor, mir meine Strategie von einer Amateurin, die nach den Sternen greift, durchkreuzen zu lassen.«

Das war kränkend. »Ich bin ein Profi.«

»Vielleicht im Fernsehen«, antwortete Gray. »Aber in Highpoint stehen wir keinen Studiokameras gegenüber. Dort haben wir es mit bewaffneten Männern zu tun. Denen bist du nicht gewachsen.«

»Ich bin zäher, als du denkst.«

»Oh, ich weiß, daß du Mumm hast. Ich kann mich gut erinnern, wie weit du notfalls gehst, um deine Story zu bekommen. Oder hast du das vergessen?«

Da Gray es offenbar darauf anlegte, eine Reaktion zu provozieren, senkte Barrie ihre Stimme in eine laszive Tonlage und antwortete: »Nein, ich habe es nicht vergessen. Keine Sekunde habe ich vergessen. Und du auch nicht, Bondurant.«

Sie hatte den Spieß erfolgreich umgedreht. An Grays Unterkiefer zuckte ein Muskel. Sie lächelte selbstgefällig und sah wieder nach vorn.

Aber ihre Selbstgefälligkeit hielt nicht lange an. »Vorsicht!« kreischte sie.

Mit der blitzschnellen Reaktion eines für Kommandounternehmen ausgebildeten Soldaten riß er das Lenkrad nach rechts, um einen Zusammenstoß zu vermeiden. Um die scharfe Kurve vor ihnen kamen vier Motorradpolizisten, die paarweise nebeneinander fuhren. Ihnen folgten eine graue Limousine, ein Krankenwagen und zum Schluß ein Streifenwagen. Diese kleine Kolonne fuhr mit hoher Geschwindigkeit.

Gray blieb am äußersten rechten Straßenrand, bis die Fahrzeuge an ihnen vorbeigeflitzt waren; dann bremste er, wendete und gab wieder Gas.

»Du willst ihnen folgen?«

»Allerdings!«

»Aber was...«

»Über uns«, sagte Gray und beantwortete damit ihre Frage, bevor Barrie sie ausgesprochen hatte. Sie preßte ihre Wange ans Seitenfenster und sah zwei Hubschrauber hinter den Bäumen aufsteigen und der Straße folgen. »Deine anonyme Quelle hatte recht. Hier ist tatsächlich was passiert.«

»Aber Highpoint liegt dort drüben«, wandte Barrie ein und zeigte in die entgegengesetzte Richtung.

»Der Landsitz des Präsidenten liegt drüben am anderen Seeufer, aber die ganze Gegend hier heißt Highpoint. Dr. George Allans Ferienhaus steht dort oben auf einem Hügel.« Sein Kinn deutete etwa in die Richtung, aus der die Hubschrauber gekommen waren. »Dort war Vanessa untergebracht.«

»Woher weißt du das?«

»Ich hab's geahnt, und meine Ahnung hat sich soeben bestätigt. Die Limousine war ein Dienstwagen, wahrscheinlich ein Fahrzeug des Secret Service.«

Seine Hände hielten das Lenkrad mit energischem Griff umfaßt. Gray trat das Gaspedal von Barries Wagen durch, um die Schlußleuchten des letzten Fahrzeugs der Notfallkolonne nicht aus den Augen zu verlieren.

»Was kann das zu bedeuten haben?«

»Was meinst du?« fragte er knapp.

Sie sprach nur widerstrebend aus, was ihr durch den Kopf ging. »Dr. Allan würde ihr doch nichts antun. Jedenfalls nicht absichtlich. Bestimmt nicht, solange der Secret Service über sie wacht.«

»Auch im Weißen Haus hat es in der Nacht, in der das Baby gestorben ist, von Secret-Service-Agenten gewimmelt. Das hat den Arzt nicht davon abgehalten, einen plötzlichen Kindstod zu attestieren. David hat ihn anscheinend so in der Hand, daß George Allan alles tut, was er von ihm verlangt.«

Sie folgten der Kolonne nach Shinlin hinein, eine malerische, gepflegte Kleinstadt mit etwa fünfzehntausend Einwohnern. Wegen der Nähe zum Landsitz des Präsidenten waren die Einheimischen daran gewöhnt, daß Autokolonnen durch ihre ruhigen Alleen fuhren.

Gray hielt diskret Abstand. Er war einen Straßenblock hinter der Kolonne, als sie vor der Notaufnahme des Krankenhauses vorfuhr.

Barrie sah zu Gray hinüber. »Warum ist Vanessa nicht mit einem Hubschrauber abtransportiert worden, wenn sie dringend ins Krankenhaus muß?«

Bevor Gray eine Vermutung äußern konnte, sahen sie George Allan hinten aus dem Krankenwagen steigen. Der Arzt wirkte nervös und erschöpft. Er hatte die Ärmel hochgekrempelt, und die Haare standen ihm zu Berge, als hätte er mit beiden Händen darin gewühlt. Unter seiner Aufsicht hoben die Sanitäter eine fahrbare Krankentrage aus dem Wagen.

Auf der Krankentrage war eine mit einem weißen Laken verhüllte Gestalt festgeschnallt.

»O Gott, nein!« rief Barrie aus.

Die Sanitäter schoben die Krankentrage auf die Glastür zu, die sich automatisch vor ihnen öffnete. Die beiden Männer aus dem Dienstwagen stiegen aus und folgten der Krankentrage mit ernsten Gesichtern, als sie in die Notaufnahme gerollt wurde.

Dr. George Allan, der zurückgeblieben war, mußte sich auf dem Gehsteig übergeben.

21. Kapitel

Als Clete Armbrusters Telefon ihn aus tiefem Schlaf klingelte, drehte er sich im Bett um und warf einen Blick auf seinen Wecker. »Verdammt!« Ein Anruf um diese Zeit konnte nur irgendeinen Notfall bedeuten. »Ja?«

»Senator Armbruster?«

Da er die knappe, präzise Stimme eines seiner Mitarbeiter erwartet hatte, war er nicht auf die sanfte, leicht heisere Frauenstimme gefaßt, die eher fürs Bett als für die Übermittlung schlechter Nachrichten geeignet war. Verrückterweise versetzte ihn das in Panik. Obwohl es schon ziemlich lange her war, daß er die Dienste eines Callgirls in Anspruch genommen hatte, schoß Armbruster als erster Gedanke durch den Kopf, eine seiner früheren Gespielinnen sei angewiesen worden, allen ehemaligen Kunden mitzuteilen, sie sei von einem lebensbedrohenden Virus befallen.

»Wer sind Sie?«

»Barrie Travis. Vanessas Freundin. Die Journalistin.«

Der Senator schlug gereizt die Decke zurück, schob seine stämmigen Beine über die Bettkante und setzte sich auf. Daß Barrie Travis sich als Vanessas Freundin ausgab, war reichlich anmaßend. Noch anmaßender fand er jedoch, daß sie sich als Journalistin bezeichnete. Er wußte wirklich nicht, warum Vanessa ihr neulich dieses Interview gewährt hatte.

»Was wollen Sie?«

»Ich muß mit Ihnen reden. Es geht um Vanessa.«

»Wissen Sie, wie spät es ist? Wo haben Sie überhaupt meine Privatnummer her? Und haben meine Mitarbeiter Ihnen nicht erklärt, daß ich nicht daran denke, mit Reportern über meine Tochter zu sprechen?«

»Mir geht's nicht um eine Story, Sir.«

»Sie halten mich wohl für einen Idioten! Gute Nacht.«

»Senator! Bitte legen Sie nicht auf!«

Die Besorgnis in ihrem Tonfall ließ Armbruster zögern. Er nahm sein schnurloses Telefon ins Bad mit, stellte sich vors WC und erleichterte sich. »Was gibt's diesmal? Schon wieder eine Explosion?«

»Ich muß Sie unbedingt sprechen.«

»Wozu?«

»Das kann ich Ihnen nur persönlich sagen.«

Er lachte vor sich hin, während er die Spülung betätigte. »Ich kann die Spannung kaum noch ertragen.«

»Ich versichere Ihnen, Senator Armbruster, dies ist kein Journalistentrick und erst recht nichts, was man belächeln oder leichthin abtun dürfte. Glauben Sie mir bitte, wenn ich sage, daß die Sache äußerst wichtig ist. Sind Sie bereit, sich mit mir zu treffen?«

Er rieb sich die Stirn. »Ach, du lieber Gott. Ich werd's vermutlich bereuen, aber rufen Sie morgen mein Büro an und lassen Sie sich einen Termin geben.«

»Sie haben mich mißverstanden. Ich muß Sie sofort sprechen. Jetzt gleich.«

»*Jetzt?* Hören Sie, es ist mitten in der Nacht!«

»Bitte, Senator. Ich bin in einem Schnellimbiß in Shinlin, Ecke Lincoln Street und Paul's Meadow Road. Ich warte dort auf Sie.«

Sie hängte ein und ließ den Senator laut fluchend in seinem Schlafzimmer zurück. Er knallte das Telefon auf die Ladestation, setzte sich auf die Bettkante und schenkte sich einen Schluck Jack Daniel's ein. Er kippte den Bourbon, fest entschlossen, diesen Anruf zu ignorieren, sich wieder hinzulegen und weiterzuschlafen.

Aber dann zögerte er erneut. Was zum Teufel konnte diese Reporterin über Vanessa wissen, das nicht bis zum kommenden Morgen Zeit hatte?

Armbruster starrte das Telefon vorwurfsvoll an, als wäre es ein Todfeind. Er wußte genau, daß er nicht wieder würde einschlafen können. Außerdem hatte die Dringlichkeit in ihrem Tonfall echt geklungen.

Er stand auf und zog sich an. Zehn Minuten später saß er in seinem Wagen, um nach Shinlin zu fahren. Die kleine Stadt war ihm vertraut, weil er schon oft in Highpoint gewesen war. Er kannte die Strecke dorthin fast auswendig.

Unterwegs erinnerte er sich an eine Nacht vor achtzehn Jahren, in der er ebenfalls zu nachtschlafender Zeit geweckt worden war. Damals hatte er ein paar Tage Urlaub auf seiner Farm in Mississippi gemacht. Dort konnte man sorgenlos und ohne Hetze leben. Außer in dieser einen Nacht.

Clete war hochgeschreckt, als jemand an der Haustür Sturm geklingelt hatte. Seine Haushälterin kam aus ihrem Zimmer hinter der Küche und zog den Gürtel ihres Morgenrocks fester, aber er hatte die Haustür vor ihr erreicht.

Auf der Schwelle stand David Merritt. Er war vom Regen durchnäßt wie eine halbertränkte Katze und sah auch genauso elend aus. Ein Blitzstrahl ließ lange blutige Kratzer auf seinem Gesicht erkennen.

»Was zum Teufel ist mit dir passiert?« rief Clete aus.

»Entschuldige, daß ich dich aus dem Bett geholt habe, aber ich muß dich sofort sprechen.«

»Was ist los? Hattest du einen Unfall?«

David sah besorgt zu der Haushälterin hinüber. Clete sagte, er brauche sie nicht mehr, und sie ging in ihr Zimmer zurück.

Danach führte er David in sein Arbeitszimmer, knipste die Schreibtischlampe mit dem Seidenschirm an und goß dem jungen Mann einen Brandy ein. David saß auf der Polsterbank am Fenster, hielt den Schwenker zwischen beiden Händen und stürzte den Inhalt in einem Zug hinunter.

»Sonst trinkst du langsamer«, stellte Clete fest, während er David ein Papiertaschentuch gab, damit er sich die blutenden Kratzer abtupfen konnte. »Anscheinend hast du was Schlimmes mitgemacht. Also, raus mit der Sprache!«

Clete machte es sich mit einer Zigarre in seinem Ledersessel bequem. David stand auf und begann nervös auf und ab zu laufen.

»Es geht um eine Frau.«

»Hab' ich mir gedacht«, sagte Clete und warf das Streichholz in den Aschenbecher.

»Ich habe sie kennengelernt, als wir letzten Sommer hier waren.«

»Ein einheimisches Mädchen? Wo hast du sie kennengelernt? Wie heißt sie? Wer sind ihre Eltern?«

»Sie heißt Becky Sturgis, aber du kennst sie bestimmt nicht. Sie ist ein ganz einfaches Mädchen, ein Nichts. Ich habe sie in einer Fernfahrerkneipe am Highway aufgegabelt. Sie war schon angetrunken, als ich reingekommen bin. Wir haben ein bißchen geflirtet, miteinander getanzt und zu schmusen angefangen. Sie hat sich gleich mächtig ins Zeug gelegt. Wir mußten rausgehen, sonst wär' es peinlich geworden. Wir waren kaum im Freien, als sie über mich hergefallen ist. Wir haben's gleich dort gemacht – an der Außenwand des Gebäudes.«

Es wäre heuchlerisch gewesen, seinem Schützling wegen dieser Eskapade Vorwürfe zu machen. In Davids Alter hatte Clete selbst einige ziemlich wilde Geschichten erlebt. Erst als er reifer geworden war, hatte er gelernt, wie wertvoll Diskretion und nüchterne Überlegung waren. Trotzdem hatte er das Gefühl, ihn wenigstens ein bißchen zurechtweisen zu müssen.

»Mehrere große Staatsmänner sind nicht ins Weiße Haus gekommen, weil sie Kopf und Schwanz verwechselt haben. Sie haben nicht mehr gewußt, womit sie vögeln und womit sie denken sollten.«

»Ja, das weiß ich«, bestätigte David mit gepreßter Stimme. »Aber ich habe sie ehrlich für harmlos gehalten. Sie war hübsch, sexy und ungebunden. Sie lebt allein, arbeitet in einer Molkerei als Fahrdienstleiterin für die Lieferwagen und hat so gut wie keine Angehörigen.«

Clete grunzte skeptisch. »Wenn die Kleine so harmlos ist, was führt dich dann mitten in der Nacht zu mir – mit blutigem Gesicht und so hundeelend, als wolltest du jeden Augenblick auf den Orientteppich kotzen, der der ganze Stolz meiner seligen Frau war?«

»Ich… ich hab' sie umgebracht.«

Cletes Lippen wurden so schlaff, daß die brennende Zigarre ihm beinahe in den Schoß gefallen wäre. Allmählich erholte er sich soweit, daß er aus dem Sessel aufstehen und einen weiteren Brandy einschenken konnte – diesmal für sich selbst. Er kippte ihn fast so hastig, wie David seinen getrunken hatte. Clete sah, wie sich seine Träume für den jungen Mann wie ein Stück Würfelzucker auflösten.

David Merritt hatte sich in Armbrusters Wahlkampf als freiwilliger Helfer so bewährt, daß ihm bald ein bezahlter Job angeboten worden war. Als Clete ihn damals kennengelernt hatte, war David erst vor kurzem aus der Marineinfanterie entlassen worden. Er war diszipliniert und besaß Intuition. Er brauchte wenig oder keine Aufsicht und führte jeden Auftrag rasch und geschickt aus. So dauerte es nicht lange, bis Clete ihm mehr Verantwortung übertrug.

Nachdem er in den Senat gewählt worden war, schlug er David vor, in Washington in seinem Stab mitzuarbeiten. In den vergangenen zwei Jahren hatte David sich als wertvoller Mitarbeiter erwiesen, der auf politischem Gebiet wißbegierig und lernfähig war. Clete hatte bereits Großes mit ihm vor, denn er wußte, daß David alle Voraussetzungen für einen hervorragenden Politiker mitbrachte.

In bezug auf wirtschaftliche Fragen besaß er viel praktischen Sachverstand, weil er sich in seiner Jugend mit geringen Mitteln hatte durchschlagen müssen. In seiner Freizeit studierte er Zivil- und Verwaltungsrecht. Beim Militär hatte er mit Auszeichnung gedient. Er sah gut aus, konnte gut reden und war – jedenfalls bis zu diesem Abend – mit keinerlei Skandalen belastet.

Clete mußte seine gesamte Selbstbeherrschung aufbieten, um sich nicht auf David zu stürzen und ihn dafür zu ohrfeigen, daß er so unglaublich dämlich gewesen war. »Ich nehme an, daß du sie aus gutem Grund umgebracht hast«, sagte er barsch.

»Ich kann beschwören, daß es ein Unfall war.«

»Du sollst nichts beschwören!« brüllte Clete. »Dein Ehrenwort genügt mir.«

»Ich gebe dir mein Ehrenwort, Clete.«

Er studierte Davids Gesichtsausdruck sorgfältig, entdeckte aber in seiner Elendsmiene keinerlei Anzeichen für einen Täuschungsversuch. Er sah nur einen verängstigten jungen Mann. »Okay«, sagte Clete. »Was ist passiert?«

»Dazu muß ich ein bißchen ausholen. Nach diesem ersten Mal habe ich mich immer mit ihr getroffen, wenn wir hier waren.«

Clete wälzte seine Zigarre von einem Mundwinkel in den anderen. »Zu Weihnachten?«

»Ja.«

»Ostern?«

David nickte.

»Während du um Vanessa geworben hast?« brüllte Clete. »Du hast uns beide für dumm verkauft!«

»Das darfst du nicht sagen, Clete«, widersprach David mit gepreßter Stimme. »Du weißt genau, wie ich zu Vanessa stehe. Ich liebe sie und will sie heiraten, aber...«

»Aber du hast den Drang verspürt, irgendeine Schlampe zu vögeln, die sich betrinkt und sich an der Wand einer Fernfahrerkneipe bumsen läßt. Ist das deine Vorstellung von einem Liebesleben?«

Sein Ausbruch brachte Clete wieder zur Vernunft. Er ließ sich in seinen Sessel fallen und paffte heftig an seiner Zigarre, während er sich allmählich beruhigte. David war klug genug, ihm Zeit zu lassen. »Also gut«, knurrte er schließlich, »wie ist es weitergegangen?«

»Bei meinem letzten Urlaub hat sie mich angerufen, um mich in ihren Wohnwagen einzuladen. Als ich dann hingekommen bin...« Er machte eine Pause und rieb sich das Gesicht. »Ich hab's kaum glauben können. Sie hatte einen Bauch bis hierher.«

Clete starrte ihn einige Augenblicke an. »Her mit der Brandykaraffe!« verlangte er dann. David gehorchte, obwohl der Senator nicht übel Lust zu haben schien, ihm die Kristallkaraffe über den Schädel zu ziehen. Clete nahm zwei große Schlucke daraus. »Soll das heißen, daß sie schwanger war?«

»Damals schon. Das Kind ist vor ein paar Wochen zur Welt gekommen. Ein Junge.«

»Deiner?«

»Woher zum Teufel soll ich das wissen?« rief David aus und erhob damit erstmals die Stimme. »Natürlich ist das möglich, aber als Vater kommen ebensogut ein Dutzend andere Männer in Frage. Sie hat behauptet, er wäre mein Kind gewesen.«

»*Gewesen?* Vergangenheitsform?«

»Becky hat mir zugesetzt, sie und das Kind, das angeblich meins war, zu besuchen. Ich hatte Angst, daß sie irgendwas Verrücktes tun würde, wenn ich nicht käme.

Also bin ich heute abend hingefahren, um ihr etwas Geld zu geben. Ich dachte, das sei das mindeste, was ich tun könnte. Aber… sie war völlig durchgedreht, Clete. Sie hat mir das Geld ins Gesicht geworfen, mir erklärt, ich könnte mich von der Verantwortung nicht freikaufen, und bekräftigt, sie werde sich mit nichts weniger als einer Heirat zufriedengeben.«

Jedes Wort glich einem Hammerschlag, der den Sarg von David Merritts politischer Zukunft zunagelte. Clete begann schon zu fürchten, er selbst müsse sich auf den Orientteppich, der der Stolz seiner verstorbenen Frau gewesen war, übergeben.

»Ich habe ihr unmißverständlich erklärt, eine Heirat komme nicht in Frage«, berichtete David. »Ich habe ihr gesagt, daß ich schon mit einer anderen verlobt bin – mit einer Frau, die ich liebe.«

Er machte eine Pause und sah zu Clete hinüber. »Ich habe Vanessa noch keinen Heiratsantrag gemacht und will das auch erst tun, wenn sie aus dem College kommt, aber sie weiß, wie sehr ich sie liebe. Wir sind uns mehr oder minder darüber einig, daß…«

»Red schon weiter!« unterbrach Clete ihn grob. »Was ist passiert, als du dieser Schlampe erklärt hast, du würdest sie nicht heiraten?«

»Sie hat völlig durchgedreht.« David ließ sich wieder auf die Bank fallen und verbarg sein Gesicht in den Händen. Dann ließ er die Hände sinken und faltete sie zwischen den Knien. »Sie hat eine Kommodenschublade als Kinderbettchen benützt. Ich nehme an, daß unsere lautstarke Auseinandersetzung das Baby erschreckt hat. Jedenfalls hat es angefangen zu brüllen, und das hat ihr anscheinend den Rest gegeben. Sie hat gekreischt, sie denke nicht daran, den Balg allein aufzuziehen, und dann... dann hat sie ihm beide Hände um den Hals gelegt und ihn gewürgt. Ich habe versucht, ihre Hände auseinanderzureißen, aber sie hat übermenschliche Kräfte entwickelt. Sie hat ihn erwürgt.«

»Himmel!« keuchte Clete. »Sie hat ihn umgebracht?«

David nickte. »Ich hab's nicht fassen können. Eben hat er noch geweint, und im nächsten Augenblick war er still. Tot.«

»Warum hast du nicht die Polizei gerufen?«

»Weil ich keine Gelegenheit dazu hatte!« rief David aus. »Das Weibsbild ist über mich hergefallen. Daher stammen alle diese Kratzer. Sie hat mich wie eine Wildkatze angefallen. Ich hab' mich wehren müssen. Bei dieser Rangelei hat sie das Gleichgewicht verloren und ist mit dem Hinterkopf gegen eine Tischkante geknallt. Dabei muß sie sich einen Schädelbruch geholt haben. Der ganze Fußboden ist voller Blut. Sie ist tot.«

David hielt seine Augen fest geschlossen, aber die Tränen ließen sich nicht zurückhalten. Er begann zu schluchzen. Seine Schultern zuckten, während er wie ein kleines Kind flennte. »Ein einziger Fehler, und jetzt ist alles, was du für mich getan hast, worauf wir hingearbeitet haben, mit einem Schlag ruiniert. Und Vanessa... Gott«, blubberte er, »was wird Vanessa von mir denken? Wie wird sich das auf unsere gemeinsame Zukunft auswirken?«

Clete hatte bereits zuviel Zeit und Mühe darauf verwendet, David Merritt als zukünftigen Präsidenten aufzubauen, als daß er bereit gewesen wäre, sich alles von einer jungen Frau, die niemand vermissen würde, und einem Baby, das nie hätte geboren werden dürfen, ruinieren zu lassen. Auch wenn es nur um die politischen Konsequenzen von Davids Missetaten gegangen wäre, hätte Clete diese Angelegenheit vertuscht, um seine Investition zu retten.

Aber indem er Vanessa ins Spiel brachte, hatte David sich das rasche Eingreifen des Senators gesichert. Clete würde nicht zulassen, daß seiner Tochter das Herz brach, wenn sie erfuhr, der Mann, den sie seit Jahren bewunderte und zu heiraten hoffte, habe irgendein Weibsbild geschwängert und dann versehentlich umgebracht.

Im Weltmaßstab spielten Becky Sturgis und ihr Kind so gut wie keine Rolle, während David Malcomb Merritt zu Höherem berufen war. Eines Tages würde er der mächtigste Mann der Welt sein. Warum sollte sein ganzes Potential einem einzigen Fehltritt geopfert werden? Warum sollten Vanessas Träume und Hoffnungen bitter enttäuscht werden, wenn sie doch schuldlos war? Da sie nichts verbrochen hatte, hätte sie am meisten unter dieser Sache gelitten.

Das würde Clete auf keinen Fall zulassen.

»Also gut, reiß dich zusammen, Junge.« Er trat auf David zu und schlug ihm kräftig auf den Rücken. »Geh unter die Dusche. Schenk dir noch einen Brandy ein. Geh ins Bett. Erzähl keinem Menschen von dieser Sache. Niemals.«

David sah deprimiert und ungläubig zu ihm auf. »Soll das heißen, daß du...«

»Ich kümmere mich darum«, sagte Clete.

David kam unsicher auf die Beine. »Das kann ich unmöglich von dir verlangen, Clete. Zwei Menschen sind tot. Wie willst du...«

»Die Einzelheiten kannst du mir überlassen.« Sein stämmiger Zeigefinger tippte kräftig gegen Davids Brust. »Ich habe die Aufgabe, dieses Problem aus der Welt zu schaffen. Und du hast die Aufgabe, dein Verhalten zu ändern. Hast du verstanden, Junge?«

»Ja.«

»Keine hemmungslose Rumfickerei mehr. Wenn der Druck zu groß wird, gehst du zu einer Nutte, läßt dir hübsch einen blasen und schickst mir die Rechnung.«

»Ja.«

»Wir dürfen nicht riskieren, daß nach deiner Wahl zum Präsidenten alle möglichen Flittchen auftauchen und Vaterschaftsklagen schwenken, oder?« meinte Clete lächelnd.

David erwiderte sein Lächeln zaghaft. »Nein.«

»Also gut, auf welchem Platz steht ihr Wohnwagen?«

Clete gelang es, das Problem noch in dieser Nacht aus der Welt zu schaffen. Das war nicht leicht, aber das Wort *unmöglich* gehörte nicht zu Cletes Wortschatz. In weniger als achtundvierzig Stunden war der Vorfall mit Becky Sturgis bereits Geschichte.

David hatte sich nie dafür interessiert, wie Clete es geschafft hatte, zwei Leichen verschwinden zu lassen, ohne daß peinliche Fragen gestellt wurden. Er fragte nie, wie es Clete gelungen war, Beckys gesamte Existenz auszulöschen. Statt dessen nahm er sich ein Beispiel an Clete und tat so, als wäre dieser Vorfall nie passiert. In den folgenden achtzehn Jahren hatten sie ihn niemals wieder erwähnt. Zumindest nicht, bis Clete vor einigen Tagen im Oval Office subtil darauf angespielt hatte.

Der Tod seines eigenen Enkels hatte beunruhigende Erinnerungen an eine andere junge Mutter und ihr Neugeborenes geweckt. Obwohl die beiden Vorfälle nichts miteinander zu tun hatten, wiesen sie genügend Ähnlichkeiten auf, um ihm Sorgen zu machen.

Dem Senator ging ärgerlich häufig ein ganz bestimmter Gedanke durch den Kopf:

Hatte David Merritt – nicht die Muttter – damals vor achtzehn Jahren das Baby erwürgt? Und hatte er vielleicht wieder gemordet?

22. Kapitel

Barrie behielt die Eingangstür aufmerksam im Auge und erwartete Senator Armbrusters Kommen sehnsüchtig und zugleich etwas ängstlich.

In einem Stadtviertel mit überwiegend georgianischer Architektur fiel der Schnellimbiß völlig aus dem Rahmen. Sein glänzendes, grellbuntes Ambiente aus den fünfziger Jahren beruhte auf blitzendem Chrom und türkisgrünem Kunstleder. Der Fußboden wies ein Schachbrettmuster aus schwarzen und weißen Fliesen auf. Nachts um diese Zeit waren die einzigen Gäste einige Angestellte des Krankenhauses und ein Teenagerpärchen, das mal an Milchshakes, mal aneinander nuckelte.

Barrie und Gray, die nur Kaffee bestellt hatten, saßen an einem großen Panoramafenster, von dem aus sie den Zugang zur Notaufnahme des Krankenhauses beobachten konnten. Nachdem Dr. George Allan sich von seinem Brechanfall erholt hatte, war er dem kleinen Trauerzug ins Krankenhaus gefolgt. Er war nicht wieder zum Vorschein gekommen, und auf der Straße waren keine weiteren Fahrzeuge vorgefahren.

Gray war noch schweigsamer als sonst. Sein Blick blieb auf die Tür gerichtet, durch die Vanessa vermutlich tot auf einer Krankentrage in die Notaufnahme gerollt worden war. Seine Unterarme lagen auf dem flamingorosa Kunststoff der Tischplatte. Von Zeit zu Zeit ballte er die Hände zu Fäusten, um seine Finger dann wieder starr zu strecken. Er schien sich mühsam zu beherrschen und wirkte äußerst gefährlich.

Barrie räusperte sich. »Wahrscheinlich versuchen sie, ihren Tod als Selbstmord auszugeben.«

»Nein, das werde ich irgendwie verhindern. Vanessa hätte ihr Baby nicht umgebracht, und sie hätte auch sich nicht umgebracht.«

Barrie griff impulsiv über den Tisch und legte Gray eine Hand auf den Arm. Ihre Berührung ließ ihn zusammenzucken. Er betrachtete erst ihre Hand, dann hob er den Kopf und sah ihr ins Gesicht.

»Es tut mir leid, Gray«, sagte sie. »Ich weiß, daß du Vanessa geliebt hast. Das Baby…« Sie zögerte kurz. »Es war deins, oder?«

»Welchen Unterschied macht das?« knurrte er und schüttelte ihre Hand ab. »Es ist tot – und sie auch.«

Diese Zurückweisung traf Barrie schwer. Selbst ihr Vater, der allerdings nur selten zu Hause gewesen war, hatte sie nie körperlich abgewiesen oder bewußt gekränkt.

»Zum Teufel mit dir, Bondurant!«

Sie glitt von der Bank, stand auf und wollte einfach gehen und ihn seinem Elend überlassen. Wenn sie nicht jeden Augenblick Senator Armbruster erwartet hätte, hätte sie das auch getan. Statt dessen ging sie auf die Toilette. Dort stützte sie sich mit beiden Händen auf den Waschbeckenrand, bis sie den Mut fand, den Kopf zu heben und sich im Spiegel zu betrachten. Vielleicht ärgerte sie sich weniger über Gray als über sich selbst. Sein Schmerz saß tief, seine Gefühle waren ehrlich. Barrie dagegen befand sich in einem Gefühlskonflikt. Der Zwiespalt zwischen ihrem professionellen Instinkt und ihrem Gewissen stürzte sie in ein moralisches Dilemma.

Sie war Augenzeugin eines Ereignisses, das Geschichte machen würde. Das Karrierepotential dieser Story war geradezu schwindelerregend. Wenn sie sich vorstellte, die erste und einzige Reporterin zu sein, die vom Brennpunkt des Geschehens aus berichten würde…

Aber der unverdiente Tod einer Frau war nichts, was man bejubeln konnte – vor allem nicht, wenn man persönlich davon betroffen war. Wäre Vanessa auch dann ermordet worden, wenn Barrie aufgehört hätte, sich für den rätselhaften Tod ihres kleinen Sohnes zu interessieren? War sie bei der Verfolgung einer heißen Story zu weit gegangen? War sie mit für die Ereignisse veranwortlich, die zu dieser Tragödie geführt hatten, oder war Vanessas Schicksal längst besiegelt gewesen, als sie Barrie zu einem Kaffee eingeladen hatte?

Das Schlimmste war, daß sie das nie erfahren würde. Diese quälenden Fragen würden sie ihr Leben lang verfolgen.

Sie wusch sich gründlich die Hände, dann drückte sie ein feuchtes Papierhandtuch auf ihr Gesicht. Als sie die Toilette verließ, sah sie Clete Armbruster auf den Eingang zukommen. Sie begrüßte ihn an der Tür.

»Senator Armbruster.« Plötzlich merkte sie, daß sie sich nicht zurechtgelegt hatte, was sie sagen würde. Er wirkte wie immer ziemlich einschüchternd. Für sie war es nicht erfreulich, ihm mitteilen zu müssen, daß seine Tochter tot war. »Danke, daß Sie gekommen sind«, fügte sie lahm hinzu.

»Junge Dame, ich kann bloß hoffen, daß Sie mich aus einem verdammt guten Grund mitten in der Nacht aus dem Bett geholt haben«, sagte er, während er ihr zu ihrem Tisch folgte. »Ich wäre gar nicht gekommen, wenn ich nicht…« Er blieb abrupt stehen, als er Gray Bondurant erkannte.

Gray stand auf. »Clete, wir haben uns lange nicht mehr gesehen.«

Der Senator war über diese Begegnung nicht erfreut. Er schien Gray nicht gerade zu schätzen, und der Grund dafür war leicht zu erraten. Ein Vater hatte natürlich etwas gegen einen Mann, der die Ehre seiner Tochter besudelt hatte – vor allem, wenn sie zufällig noch die First Lady der Vereinigten Staaten war, so daß mehr als persönliche Tugend auf dem Spiel stand.

»Bondurant.« Er übersah die Hand, die Gray ihm hinstreckte. »Was tun Sie hier?« Er wandte sich an Barrie. »Soll das die große Überraschung sein, von der Sie gesprochen haben – diese ›äußerst wichtige Angelegenheit‹?«

»Bitte nehmen Sie Platz, Senator. Geben Sie uns Gelegenheit, alles zu erklären. Möchten Sie einen Kaffee?«

»Nein.« Er setzte sich auf eine Seite des Tisches; Barrie und Gray teilten sich die andere Sitzbank. Armbruster fixierte Gray und stellte fest: »Sie sind weit von Montana weg.«

»Ich lebe in Wyoming, und ich bin nicht aus eigenem Wunsch hier.«

»Ich habe noch nie erlebt, daß Sie etwas tun, was Sie gar nicht tun wollen.«

»Er ist hier, weil er glaubt, daß Menschenleben in Gefahr sind«, warf Barrie ein. »Genau wie ich.«

Armbruster zog spöttisch die Augenbrauen hoch. »Tatsächlich? Wessen Leben? Das von Bundesrichter Green?«

Obwohl sein Spott schmerzte, blieb sie gelassen. »Sie halten mich vielleicht für nicht sehr glaubwürdig«, antwortete sie, »aber was ich Ihnen erzählen werde, ist die ungeschminkte Wahrheit. Sie können daraus Ihre eigenen Schlüsse ziehen. Einverstanden?«

»Was Sie zu sagen haben, interessiert mich nur, soweit es meine Tochter betrifft.«

Barrie nahm sich einen Augenblick Zeit, um ihre Gedanken zu ordnen. »Senator, ich glaube nicht, daß der Tod Ihres Enkels ein Unfall war. Ich glaube, daß der Kleine ermordet wurde, vermutlich erstickt, damit der Atemstillstand als plötzlicher Kindstod ausgegeben werden konnte.«

Armbruster starrte sie ungläubig an. »Was wollen Sie damit

andeuten, junge Dame? Wenn Sie behaupten wollen, Vanessa habe...«

»David hat ihn umgebracht«, warf Gray rasch ein.

Der Senator saß unbeweglich da, aber sein Blick wanderte mehrmals zwischen ihnen hin und her. Sekunden später beugte er sich über den Tisch und fauchte: »Sind Sie beide übergeschnappt?«

»Nein«, erwiderte Gray gelassen. »David hat Vanessas Baby ermordet, weil er nicht der Vater war.«

»Verdammt, das ist eine Lüge!« widersprach Armbruster, ohne jedoch die Stimme zu erheben. »Gerade Sie haben kein Recht, moralische Urteile über meine Tochter zu fällen, Bondurant. Ich sollte Sie auf der Stelle abknallen, Sie verleumderischer Dreckskerl!«

Grays Miene verhärtete sich. »David hat Vanessas Baby nicht gezeugt. Er kann es nicht gezeugt haben. Er hat eine Vasektomie bei sich vornehmen lassen. Schon vor Jahren.«

Diese Mitteilung verblüffte Barrie nicht weniger als den Senator. Gray ignorierte ihren halblauten Ausruf und konzentrierte sich ganz auf Armbruster. »Davon hat niemand gewußt, Clete. Nicht mal Vanessa. Vor allem nicht Vanessa. Sie hat jahrelang versucht, ein Kind zu empfangen, und dieser Dreckskerl hat ihr nie gesagt, daß er sterilisiert ist. Es hat ihm ein perverses Vergnügen bereitet, Monat für Monat zu beobachten, wie sie beim Einsetzen ihrer Periode am Boden zerstört war.«

Barrie starrte Grays Profil an. Sie wußte zwar, daß er ein komplexer Mensch war, aber jetzt begann sie sich zu fragen, wie viele Facetten er wohl noch aufweisen mochte. Immer wenn sie glaubte, wirklich alle zu kennen, fiel das Licht auf eine neue.

»David Merritt hat sich nie einer Vasektomie unterzogen, das hätte ich erfahren«, widersprach der Senator. »Sie lügen.«

»Mir ist es egal, ob Sie mir glauben oder nicht, Clete. Ich sage Ihnen nur die Wahrheit. David konnte kein Kind zeugen, aber Vanessa hat das erst erfahren, als sie schwanger wurde und es ihm erzählt hat.«

Clete starrte ihn weiter mißtrauisch an, aber Barrie merkte, daß seine feindselige Haltung etwas aufzuweichen begann. »Woher wissen Sie das alles?« fragte er Gray.

»Vanessa hat es mir am Telefon erzählt.«

Diese Mitteilung verblüffte Barrie. Sie hatte angenommen, mit Grays Wegzug nach Wyoming sei seine Verbindung zu Vanessa abgerissen. Diesen Eindruck schien auch der Senator gehabt zu haben. Er wirkte so überrascht wie sie.

»Sie hat mich weinend angerufen«, berichtete Gray weiter. »Ich sollte ihr raten, was sie tun sollte.«

»Also war das Kind von Ihnen«, stellte Armbruster fest.

»Darum geht es hier nicht.«

»Darum geht es doch!«

Die beiden Männer starrten sich an – Clete vorwurfsvoll, Gray trotzig. Schließlich fragte er: »Wollen Sie den Rest hören oder nicht?«

Armbruster machte eine ungeduldige Handbewegung.

»Obwohl die Medien das Gegenteil behauptet haben«, sagte Gray mit einem Blick zu Barrie hinüber, »hat David durchgedreht, als Vanessa ihm erzählt hat, sie sei schwanger, weil damit in seinen Augen ihre angebliche Affäre mit mir bewiesen war. Sie wissen, wie empfindlich David auf die geringste Kränkung reagiert, also können Sie sich vorstellen, was für eine Szene er Vanessa gemacht hat.«

»Himmel«, fuhr Gray seufzend fort und schüttelte dabei den Kopf. »Er hat ihr in diesen neun Monaten tagtäglich das Leben zur Hölle gemacht. David mußte natürlich in den allgemeinen Jubel einstimmen, aber er hat bloß auf seine Chance gelauert.«

Die breiten Schultern des Senators sanken nach vorn. Offenbar nahm er Gray diese Geschichte ab.

Barrie brach das jetzt herrschende bedrückte Schweigen als erste. »Warum hat der Präsident nicht von George Allan eine Abtreibung vornehmen lassen?«

»Das habe ich mich auch schon gefragt«, sagte Armbruster.

»Weil eine Abtreibung für sie nicht schmerzhaft genug gewesen wäre«, antwortete Gray sofort. »Ich vermute, daß David sie für ihre Untreue bestrafen wollte. Die schlimmste Strafe, die er sich ausdenken konnte, bestand wohl darin, sie das Kind austragen und in ihr Herz schließen zu lassen und darauf zu hoffen, daß sie nach einiger Zeit etwas weniger wachsam wäre. Und dann hat er sich für die erlittene Kränkung grausam gerächt. Und da Vanessa Augenzeugin dieses Mordes wurde, hat er...«

Barrie merkte, daß Gray sich nicht dazu überwinden konnte, dem Senator zu erzählen, was er erfahren mußte. Sie wandte sich an den älteren Mann. »Mrs. Merritt hat aus einem bestimmten Grund Kontakt mit mir aufgenommen. Ich glaube, daß sie mir Gefahr signalisieren wollte.«

»Gefahr?«

»Für sich selbst. Weil sie um das Verbrechen des Präsidenten weiß.« Barrie warf Armbruster einen mitleidigen Blick zu. »Ich habe Sie heute nacht angerufen, Senator, weil wir glauben, daß der Präsident sie... nun, daß er es ihr unmöglich gemacht hat, in dieser Sache gegen ihn auszusagen.«

»Unmöglich gemacht?« wiederholte er. »Was zum Teufel soll das heißen?«

Barrie nickte zum Krankenhaus hinüber. Armbruster drehte sich zu der großen Fensterscheibe um, in der sich das Innere des Lokals mit ihren drei ernsten Gestalten spiegelte. »Vanessa ist vor etwa zwei Stunden mit einem Krankenwagen dort drüben eingeliefert worden«, sagte sie.

»Aus George Allans Haus?«

Sie nickte erneut. »Wir sind ihnen nachgefahren.«

Armbruster sah plötzlich nicht mehr wie der mächtige, oft unsensible, autoritäre Politiker aus, der er war. Er sah wie ein Vater aus, der eben eine schreckliche Nachricht erfahren hat, die sein einziges Kind betrifft. In den letzten Augenblicken schien sein Gesicht den Kampf gegen die Schwerkraft verloren zu haben. Die Falten schienen tiefer eingegraben zu sein, das Fleisch zwischen ihnen sackte schwerer herab. Seine Stimme klang schwach, als er aufzubegehren versuchte: »Ich war erst vor ein paar Tagen in diesem Haus.«

»Haben Sie Vanessa denn gesehen?« fragte Gray.

Die lose Haut unter seinem Kinn schwabbelte, als der Senator den Kopf schüttelte. »George hat mir erklärt, sie ruhe sich aus und wolle von niemandem gestört werden – nicht mal von mir. Er hat mir versichert, sie brauche nichts als Ruhe.«

»Clete«, sagte Gray geduldig. »George tut alles, was David von ihm verlangt – genau wie in der Nacht, in der David das Baby umgebracht hat.«

»Aber der Secret Service ist dort, um sie zu beschützen.«

»Ihren Enkel hat er auch nicht beschützen können. Glauben Sie mir, David hat diese Sache sorgfältig geplant – bestimmt mit Spences Hilfe. Wahrscheinlich nutzt er die Tatsache aus, daß Vanessa viele verschiedene Medikamente bekommt. Wenn sie einer Überdosis erliegt...«

»Erliegen?« wiederholte Armbruster. »Soll das etwa heißen, daß...« Er starrte abwechselnd Gray und Barrie an.

Später konnte Barrie sich nicht mehr daran erinnern, wie sie den Schnellimbiß verlassen und die kurze Strecke zur Notaufnahme des Krankenhauses hinübergetrabt waren. Die Secret-Service-Agenten waren nirgends zu sehen. Die Nachtschwester am Empfang fragte freundlich, was sie für sie tun könne.

Der Senator würdigte sie keines Blickes. Gray und Barrie blieben ihm auf den Fersen, während er durch eine Automatiktür marschierte. Am anderen Ende des Korridors lehnte Dr. George Allan an der Wand. Er sah nicht gefaßter aus als vorhin, als er Vanessas Leiche ins Krankenhaus begleitet hatte. Als er jetzt aufblickte und Armbruster, Barrie und Gray auf sich zustürmen sah, wurde er kreidebleich.

»Senator Armbruster, was… was machen Sie hier?«

»Wo ist meine Tochter?« Er zeigte auf die Tür hinter dem Arzt. »Ist sie dort drinnen?«

»Nein.«

»Verdammter Lügner!« Er schob den Arzt beiseite, aber Allan hielt ihn am Ärmel fest.

»Senator, bitte. Ich darf Sie da nicht reinlassen. Nicht bevor der Leichenbeschauer da war.«

Armbruster gab einen Laut von sich, der wie ein ersticktes Schluchzen klang. Gray packte den Arzt am Revers seiner Jacke und stieß ihn gegen die Wand. »Sie Schwein! Dafür kommen Sie auf den elektrischen Stuhl – wenn ich Sie nicht vorher totschlage!«

Von der Nachtschwester alarmierte Angehörige des Krankenhauspersonals waren am Ende des Korridors zusammengelaufen, aber nicht einmal der Chef des Sicherheitsdienstes war mutig genug, um einzugreifen.

Armbruster öffnete die Tür, die Dr. Allan bewacht hatte. Dann blieb er wie angenagelt auf der Schwelle stehen und tastete haltsuchend nach dem Türrahmen. Vor ihm an der Wand unter dem Fenster stand die fahrbare Krankentrage. Die Haltegurte waren gelöst worden und hingen herab. Die leblose Gestalt war mit einem blauen Laken bedeckt.

»O Gott!« Seine Stimme klang wie zerreißender Stoff.

Er stieß sich von der Tür ab und wankte über den gefliesten

Boden. Barrie und Gray hielten sich links und rechts von ihm, um ihn notfalls stützen zu können. George Allan folgte ihnen in den Raum. Seine erregten Proteste verhallten ungehört.

Als sie die Krankentrage erreichten, stand Armbruster einfach nur da und starrte das blaue Laken an. Seine großen Hände hingen schwer herab.

»Clete?« fragte Gray.

Der Senator nickte. Gray faßte das Laken an zwei Ecken an und schlug es zurück.

Allen entrang sich ein lautes Seufzen, als sie ins Gesicht der Toten starrten: Schwester Jayne Gaston.

23. Kapitel

»Jayne Gaston war die Krankenschwester, die Dr. Allan eingestellt hatte, um Vanessa pflegen zu lassen, während sie sich in Highpoint erholt hat.« Barrie lag auf dem Feldbett, auf dem Cronkite immer geschlafen hatte, wenn sie ihn zu Daily mitgenommen hatte. Sie war dabei, Daily die Ereignisse der vergangenen Nacht zu schildern. »Übrigens, vielen Dank, daß du mich nicht rausgeworfen hast«, fügte sie hinzu.

»Wo solltest du sonst hin?«

»Eben das wollte ich damit sagen. Ich bin ein Paria. Hätte ich Lepra, könnte ich nicht aggressiver gemieden werden. Vielleicht sollte ich mir eine Glocke umhängen, um die Leute davor zu warnen, daß ich die Straße entlangkomme.«

»Nicht sehr witzig«, sagte Daily mürrisch.

»Da hast du recht.« Ungeweinte Tränen ließen ihre Stimme noch heiserer klingen. »Also zurück zur letzten Nacht. Jayne Gaston scheint gestern nachmittag in Dr. Allans Wochenendhaus in Highpoint einen Herzstillstand gehabt zu haben. Er hat sofort versucht, sie wiederzubeleben, aber alle Bemühungen waren vergeblich.«

Eine Zeitlang war Dailys Keuchen das einzige Geräusch in dem kleinen, vollgestopften Zimmer. Überall lagen die Sachen herum, die Barrie nach der Explosion ihres Hauses gekauft hatte. Die meisten Kleidungsstücke steckten noch in Einkaufstaschen. Daily saß am Fußende des Feldbetts und hatte Barries bestrumpfte Füße auf seinen Oberschenkeln liegen. Ohne richtig bei der Sache zu sein, massierte er ihr die Füße.

»Warum haben sie mit der Überführung der Leiche bis nach

Einbruch der Dunkelheit gewartet, wenn die Krankenschwester schon nachmittags gestorben ist?« fragte er.

»Dr. Allan mußte erst Vanessas Rücktransport nach Washington organisieren. Er wollte sie vor dem Trauma von Mrs. Gastons Tod abschirmen. Ein Hubschrauber ist gekommen, um sie ins Weiße Haus zurückzufliegen, aber inzwischen hatte sie bereits von Mrs. Gastons Tod erfahren. Sie war untröstlich. Nach Auskunft des Arztes hatten die beiden sich ziemlich angefreundet.

Außerdem konnten sie Mrs. Gastons nächsten Angehörigen, ihren hier in Washington lebenden Sohn, nicht gleich erreichen. Dr. Allan wollte die Leiche nicht ins Krankenhaus überführen, bevor der Sohn verständigt war.«

»Aber das passiert doch dauernd.«

»Aber nicht, wenn die Verstorbene die Privatpflegerin der First Lady war. Dr. Allan hatte Angst, über den Fall würde im Fernsehen berichtet werden, bevor ihr Sohn verständigt werden konnte. Tatsächlich wäre das auch beinahe geschehen.«

»Schön, das mag vernünftig gewesen sein«, murmelte Daily. »Aber wenn du mich fragst, klingt es nach einer schwachen Ausrede.«

»Nun, jedenfalls hat Dr. Allan es hinausgeschoben, einen Krankenwagen anzufordern, bis er das Gefühl hatte, unmöglich länger warten zu können. Gray und ich sind der Kolonne zufällig auf der Straße begegnet. Wir sind hinterhergefahren. Als wir die Leiche gesehen haben…« Sie seufzte.

»Du hast einen voreiligen Schluß gezogen, der auf Annahmen, nicht auf Tatsachen basiert hat.«

»Ja, ja, reib's mir nur unter die Nase.«

»Ich kann gar nicht glauben, daß du Armbruster wirklich nach Shinlin gelockt hast.«

»Du darfst es mir glauben, Armbruster und einen WVUE-

Kameramann, dessen Timing ausgezeichnet war. Er ist in dem Augenblick aufgekreuzt, in dem sich mein schrecklicher Irrtum herausgestellt hat. Und er hat alles für die Nachwelt festgehalten: mein Erstaunen, Grays Verblüffung, Armbrusters Beinahezusammenbruch und die Ankunft von Ralph Gaston junior, dem Sohn der Verstorbenen, der nicht nur den Tod seiner Mutter verkraften mußte, sondern auch noch in die tumultartigen Auswirkungen meines tragischen Irrtums verstrickt wurde.

Irgendein Sadist aus dem Krankenhauspersonal hat die Lokalpresse informiert, die ihrerseits... Nun, du weißt, was sich daraus entwickelt hat. Wir haben Schlagzeilen gemacht. Zum Glück ist die Geschichte gestorben, bevor weitere Kamerateams anrücken konnten. Ich bin mit dem einzig existierenden Videoband getürmt.«

Sie machte eine Pause, um sich die Augen abzutupfen und die Nase zu putzen. Seit Senator Armbrusters Anpfiff war sie ständig den Tränen nahe. Ohne sich um die zahlreichen Zuhörer zu kümmern, hatte er sie angebrüllt, sie habe nicht nur sich selbst, sondern auch ihn zu einem gottverdammten Narren gemacht. Sie habe eine Tracht Prügel dafür verdient, daß sie ihm solche Angst eingejagt hatte, und er werde dafür sorgen, daß sie ihr unentschuldbares, unverzeihliches und unprofessionelles Verhalten teuer bezahlen werde. Barrie, die ihm jedes Wort glaubte, hatte sich seine Warnung sehr zu Herzen genommen.

Seine Drohung hing wie das blitzende Fallbeil einer Guillotine über ihr. Sie war so gut wie erledigt; sie wußte nur noch nicht, wann und wie das Fallbeil herabsausen würde. Auf lange Sicht brauchte sie die Vergeltungsmaßnahmen des Senators vielleicht gar nicht zu fürchten. Schon die Ungewißheit, welche Form sie annehmen würden, konnte ihr den Rest geben.

»Großer Gott, Daily«, ächzte sie und legte einen Arm über ihre Augen, »wie habe ich mich bloß so täuschen können? Alles hat darauf hingewiesen, der Präsident der Vereinigten Staaten habe einen, vielleicht sogar zwei Morde verübt. Nüchterne Überlegung hätte erfordert, daß ich darüber noch mal gründlich nachdenke.«

»Also, ich glaube eigentlich nicht, daß deine ›nüchterne Überlegung‹ den Wert hat, der ihr immer zugeschrieben wird«, meinte Daily mitfühlend. »Oder kannst du mir einen einzigen großen Denker zeigen, der ihr nicht ins Gesicht gespuckt hat?«

»Gib dir keine Mühe, mich aufzurichten. Ich will mich weiter in meinem Elend suhlen. Das hab' ich mir verdient.«

Er massierte ihre Fußballen. »Du hast echt Scheiße gebaut, das stimmt. Diese Sache ist noch schlimmer als die mit Bundesrichter Green.«

»Ich konnte es einfach nicht glauben!« sagte sie beinahe flüsternd. »Als Gray das Laken zurückgeschlagen hat, habe ich erwartet, Vanessas schönes kastanienbraunes Haar und ihren Porzellanteint zu sehen. Statt dessen hat da eine Unbekannte gelegen. Ich war wie vor den Kopf geschlagen. Und dann ist Armbruster natürlich wie der Mount St. Helens hochgegangen. Und Gray...«

»Gray?« hakte Daily nach.

»Der hat's wie David Copperfield gemacht und ist spurlos verschwunden.«

Von all den ernsten Folgen, die ihr Leichtsinn haben würde, war Grays Verschwinden vielleicht am schwersten zu ertragen. Sie hatte sich damit abgefunden, die Zielscheibe von Senator Armbrusters Rachefeldzug zu sein. Der Senator würde es ihr heimzahlen, daß er einige Minuten lang hatte glauben müssen, seine Tochter sei tot. Und die Presse in Washington würde jahrelang über Barrie lachen. Das bißchen Glaubwürdigkeit, das sie nach dem Debakel mit Bundesrichter Green wieder zusammengekratzt hatte, war in alle Winde zerstoben. Es würde bestimmt Jahre dauern, bis sie in Journalistenkreisen wieder etwas Ansehen genoß.

Selbst wenn sie ihren eigenen Sender nicht benachrichtigt hätte, wäre die Sache irgendwie rausgekommen. Die Pennsylvania Avenue war nicht anders als die Main Street irgendeiner amerikanischen Kleinstadt. Gerüchte und schlimme Nachrichtend machten mit Lichtgeschwindigkeit die Runde. Ein Fiasko mit so hochkarätiger Besetzung hätte sich niemals unter den Teppich kehren lassen.

Also war sie auf Spott gefaßt. Er würde weh tun. Aber nicht so sehr wie Grays Fahnenflucht.

Als sie von Jayne Gastons Totenmaske in sein Gesicht geblickt hatte, war es ebenso starr wie das der Toten gewesen. Seltsamerweise war ihr Grays Reaktion wichtiger als die von Senator Armbruster gewesen. Aber der Senator hatte seinen Gefühlen lauter und ätzender Ausdruck verliehen. Seine Tirade hatte sie abgelenkt, und als er endlich verstummte, war Gray verschwunden gewesen.

»Ich habe erst das Krankenhaus, dann den Parkplatz abgesucht,«, berichtete sie Daily. »Niemand hat ihn weggehen sehen. Mein Auto hat noch vor dem Schnellimbiß gestanden, also weiß ich nicht, womit er weggefahren ist. Er hat sich einfach in Luft aufgelöst.«

Sie zupfte an der losen Nagelhaut ihres Daumens. »Vermutlich war er entsetzt, daß ein Mann mit seiner Erfahrung sich auf die Phantasien einer Idiotin wie mir eingelassen hat.«

»Bitte!« ächzte Daily. »Bei so viel Selbstmitleid muß ich kotzen.«

»Ich bin nicht...«

»Du hast Bondurant nichts eingeredet, und es wäre vermessen von dir, dir einzubilden, du könntest das. Du hast lediglich den Verdacht bestätigt, den er längst hatte.«

»Aber aufgrund meiner Erzählung hat er Spencer Martin umgebracht.«

»In Notwehr.«

»Wissen wir das bestimmt?«

»Zweifelst du etwa daran?«

»Nun, wenn Merritt nichts zu verbergen hat, wieso hätte er dann Spencer Martin nach Wyoming schicken sollen, um Bondurant beseitigen zu lassen? Weil ich ihm meine wilde Theorie erzählt hatte, muß Gray den Zweck von Martins Besuch, der bestimmt nur zufällig zu diesem Zeitpunkt stattgefunden hat, mißdeutet haben. Merritt wird das Verschwinden seines wichtigsten Beraters nicht hinnehmen, ohne gründliche Ermittlungen zu veranlassen. Dann wird Gray wegen Mordes angeklagt.«

»Er hat Martins Fährte verwischt und die Leiche bestimmt so gut versteckt, daß sie nie gefunden wird«, vermutete Daily. »Keine Leiche, kein Mord.«

»Das ist spitzfindig.«

»Er hat nicht sonderlich besorgt gewirkt.«

»Nein, er hat sich mehr Sorgen um Vanessa gemacht. Als er annehmen mußte, sie sei tot, war er selbst leichenblaß.«

Bondurant liebte Vanessa Merritt. Gray begehrte sie nicht nur, er liebte sie. Er liebte sie so sehr, daß er seine Karriere für sie geopfert hatte. Er war von seinem Posten zurückgetreten, damit weder ihre Ehe noch ihre Stellung als First Lady durch eine skandalträchtige Affäre beschädigt wurden. Er liebte sie so sehr, daß er jeglichen Anspruch auf seinen Sohn aufgegeben hatte. Für ihn mußte es qualvoll gewesen sein, die Geburt des Kindes nicht mitzuerleben und dann später seinen Tod allein betrauern zu müssen – praktisch im Exil.

Barrie, die nie so geliebt werden würde, sagte sich verdrießlich, daß eine derartige Hingabe an eine so oberflächliche und selbstsüchtige Frau wie Vanessa Armbruster Merritt verschwendet sei. Sie war krank, gewiß. Aber entschuldigte das die Art, wie sie andere Menschen manipulierte? Wozu hatte Vanessa sie überhaupt in diese Sache hineingezogen? Wozu hatte sie diese falschen Spuren gelegt, die Barrie prompt verfolgt hatte?

»Er ist ein richtiger Mann«, stellte Daily fest.

»Hmmm. Wie bitte? Wer? Bondurant?« Barrie zog rasch ihren Fuß an sich und stand auf. »Kann ich nicht beurteilen.«

»Ihr beiden habt nicht…« Er zog die Augenbrauen hoch.

»Natürlich nicht.«

»Aber du hättest es gern getan.«

»Wie kommst du darauf? Unser Mr. Bondurant besitzt einige bewundernswerte Fähigkeiten, aber ansonsten ist er vom Mann meiner Träume so weit entfernt wie nur möglich. Er ist ein starker, schweigsamer Typ, was sich meiner Erfahrung nach mit ›eingebildetes Arschloch‹ übersetzen läßt.

Er hat seinen Freund umgebracht und behauptet, es sei Notwehr gewesen, aber dafür haben wir nur sein Wort. Er liebt eine Frau, die er niemals kriegen kann. Auf seiner Ranch haust er wie ein Einsiedler, was komisch und irgendwie unheimlich ist.

Auch wenn er nebenan wohnen würde und der engagierteste Mitbürger des Jahres wäre, hätte er kein Geheimnis aus seiner Meinung von mir gemacht: daß ich eine wandelnde Kalamität, eine Katastrophe kurz vor dem Ausbruch bin. Jedenfalls ist dieses ganze Gespräch sinnlos, weil er mich nicht interessiert, und außerdem ist er ohnehin verschwunden. Okay?«

»Wie lange hat es gedauert, bis du beim ersten Mal mit ihm im Bett gelandet bist?«

»Ungefähr neunzig Sekunden.«

»Himmel, Barrie!«

»Ich weiß, echt professionelles Verhalten, aber nur, wenn man eine Nutte ist.« Sie seufzte. »Da meine Karriere als Journalistin beendet ist, sollte ich vielleicht daran denken, Sinnesfreuden zu verkaufen.«

»Du als Nutte?« Daily kicherte in sich hinein. »Das möchte ich sehen!«

»Fürs Zusehen müßte ich leider extra was verlangen.« Sie schwang ihre Beine über den Rand des Feldbetts. »Dieses Gespräch, das ich in der Hoffnung begonnen habe, es würde meine Lebensgeister wecken, hat mich noch deprimierter gemacht. Ich gehe jetzt unter die Dusche.«

»Eine Dusche kuriert nicht, was dich plagt.«

»Na, ich dusch' mich trotzdem.« Sie wühlte frische Unterwäsche aus einer Einkaufstasche. Während sie die Preisschilder abschnitt, sagte sie: »Hätte ich einen Wunsch frei, Daily, würde ich mir wünschen, mein Leben mit dem Tag fortsetzen zu können, an dem Vanessa Merritt mich angerufen und zum Kaffee eingeladen hat. Ich würde dankend ablehnen.«

»Du bist also jetzt der Überzeugung, der Kleine sei einen plötzlichen Kindstod gestorben und alles andere sei nur das Ergebnis deiner übereifrigen Phantasie und deines schlechten Urteilsvermögens?«

Sie sah ruckartig zu ihm auf. »Du etwa nicht?«

»Du siehst blendend aus!« Senator Armbruster schloß Vanessa in die Arme und drückte sie an sich. »Ich kann dir nicht sagen, wie schön es ist, dich zu sehen.«

»Ich freue mich auch, dich zu sehen, Daddy.« Sie erwiderte seine Umarmung, aber er spürte ihre Ruhelosigkeit und gab sie frei. Ihr Lächeln strahlte wie ein Brillantring für zehn Dollar und war noch falscher. »Ich habe mich heute morgen im Spiegel gesehen. Ich glaube nicht, daß ich das Wort *blendend* für mich gebrauchen würde.«

»Du bist gerade erst nach wochenlanger Krankheit aufgestanden. Was kannst du da erwarten? Aber verlaß dich darauf, du bekommst bald wieder Farbe.«

Die drei saßen bei einem kontinentalen Frühstück in Vanessas Privaträumen. Obwohl Vanessa nach Cletes Überzeugung bestimmt kein Koffein brauchen konnte, war sie bei ihrer zweiten Tasse Kaffee. »Vielleicht solltest du ein paar Wochen daheim verbringen«, schlug er vor. »Du könntest in der Sonne faulenzen, jeden Tag richtig ausschlafen und mit der guten Südstaatenküche ein paar Pfund zulegen. Was hältst du davon, David? Sollen wir sie nach Mississippi verfrachten?«

Sein Schwiegersohn hatte sein bestes Wahlkampflächeln aufgesetzt. Er mußte es vor dem Spiegel eingeübt haben. »Ich habe sie eben erst zurückbekommen, Clete. Ich fände es schlimm, wenn sie gleich wieder wegführe. Außerdem geht es ihr von Tag zu Tag besser. George hat wahre Wunder vollbracht.«

Was Dr. Allan betraf, war der Senator anderer Meinung als sein Schwiegersohn. »Vorletzte Nacht hat er wie ein verdammtes Häufchen Elend ausgesehen.«

Vanessa war an ihren Toilettentisch getreten, um Ohrringe anzuprobieren. »Welche soll ich tragen?« fragte sie, drehte sich zu ihnen um und hielt zwei verschiedene Ringe an ihre Ohren. »Wahrscheinlich sind die Perlen am besten, findest du nicht auch, Daddy?«

»Die Perlen sind in Ordnung.«

»Sie haben Mutter gehört.«

»Ja, ich weiß.«

»Weißt du noch, Daddy, wie du sie mich im vorletzten Jahr an der High-School zum Schulball hast tragen lassen? Ich habe einen verloren, und du hast dich darüber aufgeregt. Aber ich bin am nächsten Tag in die Turnhalle zurückgegangen und habe gesucht, bis ich den Ohrring gefunden hatte. Mein Ballkleid war rosa. Du hast einen Anfall bekommen, weil du dachtest, die Schneiderin habe den Saum viel zu kurz gemacht. Zu diesem Ball bin ich mit dem jungen Smith gegangen, der später in Princeton studiert hat. Er hat sein Studium abgebrochen. Was aus ihm geworden ist, weiß ich nicht mehr.«

Bevor Vanessas manisch-depressives Leiden diagnostiziert worden war, hatten ihre heftigen Stimmungsschwankungen ihren Vater betrübt und verwirrt. Sie konnte abgrundtief deprimiert, erregt, ängstlich oder hyperaktiv sein. Aber er hatte sie selten so rastlos wie jetzt erlebt. Sie steckte entweder tief in einer manischen Periode oder war high von Antidepressiva. Die Symptome waren so ähnlich, daß sie schwer auseinanderzuhalten waren. Jedenfalls war sie nicht stabilisiert, was doch der Zweck ihres Rückzugs aus der Öffentlichkeit gewesen war.

David mußte ihr Benehmen auffallen, aber er ignorierte es geflissentlich. Er unterbrach Vanessas Geplapper, um sich zu dem Urteil seines Schwiegervaters über ihren Arzt zu äußern. »George war neulich nacht sicher nicht in Bestform, Clete. Aber kann man ihm das verübeln? Erst ist ihm die Krankenschwester unter den Händen weggestorben, und dann hat er die Angehörigen der Toten nicht erreichen können. Um dem Ganzen die Krone aufzusetzen, ist Barrie Travis mit dir und Gray im Schlepptau im Krankenhaus aufgekreuzt, hat einen Riesenwirbel veranstaltet und eine Medienlawine losgetreten, auf die wir alle hätten verzichten können.« Er schüttelte grinsend den Kopf. »Sie kann doch nicht wirklich geglaubt haben, die Leiche sei Vanessa?«

»Diese junge Dame hat von mir was zu hören bekommen, das kannst du glauben«, sagte Clete. Er stieß seinen dicken Zeigefinger in die Luft. »Und ich bin noch längst nicht mit ihr fertig!«

»Ich will nicht mehr darüber reden«, warf Vanessa ein und kam vom Toilettentisch zurück. »Sieh dir meine Arme an. Gänsehaut. Es ist schrecklich, Gerüchte über den eigenen Tod zu hören.«

»Ich werde dieser Frau nie verzeihen, was ich ihretwegen durchgemacht habe«, sagte Clete. »Ich habe schon einige verantwortungslose Reporter kennengelernt, aber sie ist absolut der Gipfel. Wie zum Teufel ist sie bloß auf diese verrückte Idee gekommen? Wie sieht deine Version der Story aus, Liebes?«

»Welche Story? Oh, du meinst, was sich in Highpoint ereignet hat? Alles ist ziemlich verschwommen. Ich weiß nicht mal, wie ich von dort weggekommen bin. Als ich aufgewacht bin, habe ich hier in meinem Bett gelegen und George hat mir erzählt, bald ginge es mir viel besser.«

»Und das stimmt auch.« David trat auf sie zu, ergriff ihre Hand und küßte sie auf die Wange. Aber Clete merkte, daß Vanessa rasch wieder auf Abstand ging.

»George hat mir erzählt, meine Krankenschwester sei an einem Herzschlag gestorben. Das hat mir leid getan, obwohl ich sie nie richtig kennengelernt hatte.« Sie verschob ein schweres Goldarmband mit Glücksbringern an ihrem schlanken Handgelenk. »Dieses Ding ist echt lästig.«

»Was soll das heißen, daß du Mrs. Gaston nie kennengelernt hast?« fragte Clete.

»Genau was ich gesagt habe, Daddy. Ich kann mich vage an ihre Stimme erinnern, aber in einer größeren Gruppe würde ich sie nicht erkennen. Ich kann mich überhaupt nicht erinnern, wie sie ausgesehen hat. Vielleicht lasse ich es einfach weg.« Sie streifte das Armband von ihrem Handgelenk und ließ es scheppernd auf die Tischplatte fallen.

»George Allan hat mir aber erzählt, ihr beiden hättet euch richtig angefreundet«, stellte Clete fest.

»George hat recht«, warf David ein. »Du kannst dich bloß nicht daran erinnern, Liebste.«

»Ich habe sie aber nicht kennengelernt, David«, widersprach Vanessa nachdrücklich. »Ich muß doch wissen, ob ich das getan habe oder nicht, und ich hab's nicht getan. Warum verbesserst du mich dauernd? Das tust du immer, und ich kann es nicht ausstehen. Dabei komme ich mir richtig dumm vor.«

»Du bist nicht dumm.«

»Du behandelst mich aber so.«

»Du hast Medikamente bekommen, Liebling«, sagte er beruhigend. »Du hast Mrs. Gaston richtig liebgewonnen, aber wegen der Sedativa, die du genommen hast, um dich besser ausruhen zu können, erinnerst du dich nicht mehr daran.«

»Okay, okay, wie auch immer.« Sie hob abwehrend die Hände. »Himmel, ich kann nicht fassen, daß sie direkt neben meinem Bett gestorben ist. Das geht mir echt an die Nieren.« Sie legte das Armband wieder an und schüttelte es leicht. »Das ist mein Lieblingsarmband. Mir gefälllt es, wie die Glücksbringer klimpern. Wie Schlittengeläut zu Weihnachten.«

»Weihnachten ist da, bevor wir uns versehen«, sagte David wieder lächelnd. »Danach läuten wir das neue Jahr ein – das Wahljahr. Am besten vergessen wir Barrie Travis und die Krankenschwester und alle unglücklichen Ereignisse dieses Jahres und konzentrieren uns aufs kommende Jahr.« Er rieb sich energisch die Hände. »Wir müssen uns bald an die Wahlkampfplanung machen.«

»Daran möchte ich noch nicht denken.«

Clete richtete sich nach seiner Tochter. »Sie hat recht, David. Das wäre etwas voreilig, glaube ich. Vanessa muß erst wieder ganz gesund sein. Die Wahlkampfplanung hat noch reichlich Zeit.«

»Planen kann man nie früh genug.«

Vanessa begann die Hände zu ringen. »Allein der Gedanke daran… Hör zu, David, ich fühle mich besser als seit langem, aber ich glaube nicht, daß ich diese Pressekonferenz heute morgen durchstehen kann.«

Clete war entsetzt gewesen, als er gehört hatte, daß für elf Uhr eine Pressekonferenz im East Room angesetzt war. Vanessa sollte daran teilnehmen. Ihre Stylistin war ins Weiße Haus gerufen worden. Sie hatte Vanessa perfekt frisiert und geschminkt, aber selbst ihre Kunst hatte die dunklen Schatten unter Vanessas Augen und ihre eingefallenen Wangen nicht ganz verdecken können.

»Warum muß ich hingehen?« fragte sie ängstlich.

»Es dauert nur ein paar Minuten«, sagte David.

»Das ist keine Antwort«, wandte Clete ein. »Warum muß sie unbedingt hingehen?«

»Aus dem simplen Grund, weil sie Barrie Travis in unser Leben gezerrt hat«, antwortete David verkniffen. »Damit hat alles angefangen, und dieses Fiasko in der Notaufnahme war der krönende Abschluß. Jetzt schwirren alle möglichen Gerüchte durch die Gegend. Widerlegen können wir sie nur, wenn wir Mrs. Gastons Tod ansprechen und genau schildern, was passiert ist.

Außerdem vermißt die Bevölkerung in letzter Zeit Auftritte ihrer First Lady. Du hast Tausende von Karten und Briefen mit besten Wünschen für eine baldige Genesung bekommen. Darauf mußt du reagieren, Vanessa.«

»Natürlich reagiere ich darauf. Ich lasse meinen Stab sofort Dankesbriefe schreiben. Aber können wir die Pressekonferenz nicht verschieben? Nur ein paar Tage?«

»Sie ist längst angesetzt«, knurrte David. »Dalton würde einen Anfall bekommen. Außerdem, wenn wir sie jetzt verschieben, würden die Spekulationen darüber, warum du in Highpoint von einer Krankenschwester betreut worden bist, nur noch mehr ins Kraut schießen. Ich kann mir nicht noch mehr schlechte Presse leisten. Hast du mich nicht schon genug gekostet?«

»David!« blaffte Clete. »Beherrsch dich gefälligst!«

David seufzte. »Entschuldigung. Das hätte ich nicht sagen dürfen. Ich hab's auch nicht so gemeint.« Er trat wieder vor Vanessa und legte ihr diesmal die Hände auf die Schultern. Clete hätte schwören können, daß sie tatsächlich vor ihm zurückwich. »Wir haben alle viel mitgemacht, aber du natürlich am meisten«, sagte er sanft. »Wenn es dir lieber ist, kannst du die heutige Pressekonferenz ausfallen lassen. So wichtig ist sie auch wieder nicht. Ich hätte nicht darauf bestehen dürfen, daß du mitkommst, wenn du dich ihr nicht gewachsen fühlst.«

Vanessa sah rasch zu ihrem Vater hinüber, der in den Augen seiner Tochter Panik und Hilflosigkeit las. Aber sie sagte: »Nein, David, ich komme schon. Das ist meine Pflicht als First Lady.«

Seine Hände umschlossen ihre Schultern. »So ist es recht. Ich hätte diese Pressekonferenz nicht angesetzt, wenn ich befürchten müßte, sie könnte dir schaden. George hat mir versichert, daß du stark genug bist. Tatsächlich hat er mir erklärt, daß du dich um so rascher erholen wirst, je früher du deine gewohnten Verpflichtungen wieder übernimmst.«

»Was muß ich tun?«

»Nichts. Dalton verliest einen kurzen Nachruf auf Mrs. Gaston. Er wird behaupten, der Nachruf stamme von dir, ihn aber selbst verlesen. Du brauchst nur dazustehen und für die Kameras hübsch auszusehen. Das schaffst du doch, oder?«

»Klar schafft sie das«, sagte Clete überschwenglich. »Wann muß sie unten sein?«

»Kurz vor elf. Wenn du ihr bis dahin Gesellschaft leisten könntest, Clete... Ich habe einiges zu erledigen.« Mit diesen Worten verließ David den Raum.

»Du solltest etwas frühstücken, Vanessa.«

»Ich bin nicht hungrig. Ich habe vorhin ein Glas Orangensaft getrunken.« Sie trat ans Fenster und zog den Vorhang etwas weiter auf. »Daddy, ich wollte vor David nicht davon anfangen, aber habe ich gehört, daß er Gray erwähnt hat?«

»Ja, leider«, knurrte er. Er hatte vorgehabt, ihr nichts von Bondurants Rückkehr zu erzählen, und war unglücklich darüber, daß David ihn erwähnt hatte. »Dabei hatte ich gehofft, wir würden Rambo nie wieder zu sehen bekommen.«

»Er ist hier in Washington?«

»Er war da. Unterdessen ist er vermutlich mit eingezogenem Schwanz nach Wyoming zurückgeschlichen.«

»Du hast ihn immer gehaßt. Das hättest du nicht tun sollen. Er war nett zu mir. Ich wollte, ich könnte ihn wiedersehen.«

»Wir wollen uns nicht über ihn streiten, Vanessa.«

»Was hat er hier gemacht? Warum ist er zurückgekommen?«

»Das ist eine lange Geschichte.«

»Ich würde sie gern hören.«

»Das hat Zeit bis ein andermal. Du hast schon genug Probleme.«

»Du sollst von Gray erzählen!« verlangte sie mit schriller Stimme.

Sie wirkte so labil, daß Clete ihr diesen Wunsch erfüllte. Aber nur bis zu einem gewissen Punkt. »Warum er zurückgekommen ist, weiß ich nicht«, log er. »Ich weiß nur, daß er mit Barrie Travis zusammen war. Eine gefährlichere Kombination kann ich mir kaum vorstellen. Andererseits haben die beiden einander reichlich verdient.«

»Wie ist Gray mit ihr zusammengekommen?«

»Wer weiß? Aber welchen Unterschied macht das schon? Sie ist selbst für eine Fernsehreporterin ungewöhnlich skrupellos. Und Bondurant ist… Aber wollen wir das wirklich vertiefen,

Vanessa? Du weißt, was für eine schlechte Meinung ich von ihm habe.«

»Er ist anders, als du denkst, Daddy. Ganz anders. Er…«

Clete verschloß ihr mit seinem dicken Zeigefinger die Lippen. »Ich will's nicht wissen,Vanessa.«

»Aber du mußt es wissen. Ich muß darüber reden.« Die schöne Maske, die ihre Stylistin für die Pressekonferenz geschaffen hatte, bekam Risse. Aus ihren blauen Augen sprach seelischer Aufruhr.

»Nicht jetzt«, sagte er leise. »Später.«

»Alles ist so durcheinander. *Ich* bin durcheinander, nicht wahr? David tat nur so, als ginge es mir gut. Aber das stimmt nicht. Du weißt es auch, stimmt's? Ich bin… innerlich zerbrochen, nicht wahr? Das spüre ich ganz deutlich.«

»Pst, pst«, sagte er und zog sie an sich. Er drückte ihr Gesicht an sein Revers, brachte seine Lippen an ihr Ohr und flüsterte: »Hör mir gut zu, Vanessa. Du hast dich doch immer darauf verlassen können, daß ich alles in Ordnung bringe, oder? Nun, das tue ich noch immer. Du mußt mir vertrauen. Ich bringe alles in Ordnung. Wirklich alles. Das verspreche ich dir. Okay?«

Sie entzog sich ihm. Er sah ihr tief in die Augen und hoffte, daß seine Botschaft ihre Verwirrung und den Medikamentennebel in ihrem Kopf durchdringen würde. Schließlich nickte sie.

»Gut. Jetzt geh und pudere dir die Nase«, sagte er fröhlich. »Die First Lady der USA kann im Fernsehen nicht mit 'nem glänzenden Riechkolben auftreten!«

Sie war ins Bad unterwegs, dann drehte sie sich noch einmal um. »Kommt Spence heute vormittag auch?«

»Ich nehme es an. Warum?«

»Ach, nur so. Ich habe ihn seit meiner Rückkehr nicht mehr gesehen, das ist alles.«

Der Senator zog die buschigen Augenbrauen über der Nasenwurzel zusammen. »Wenn ich es mir recht überlege, habe ich ihn auch schon längere Zeit nicht mehr gesehen.«

24. Kapitel

»Du bist trocken wie ein Maisstengel im August.«

David versuchte weiter, sich Eingang zu verschaffen, aber obwohl das unangenehm war, protestierte Vanessa nicht. Sie fand ihr Vergnügen an seinen vergeblichen Bemühungen, in sie einzudringen. »Alle meine Säfte sind eingetrocknet, David. Durch deine Schuld.«

»Nein, du hast sie verbraucht, um für Bondurant feucht zu sein.«

Er schob seine Hand zwischen ihre Körper, teilte die zarten Falten ihres Fleisches und stieß in sie hinein. Sie biß sich auf die Unterlippe, um nicht aufzuschreien und ihm durch das Wissen, ihr weh getan zu haben, Befriedigung zu verschaffen. Bei dieser Travestie eines Liebesspiels ging es nicht um Sex, sondern um Macht. Er demonstrierte seine Macht über sie, weil er keinen Zweifel an seiner Autorität lassen wollte.

Seine Beleidigungen hatten ihr ursprüngliches Gewicht längst verloren. Sie hatten sich durch ständige Wiederholung abgenutzt. Mit einer weiteren Litanei gutturaler Obszönitäten erreichte er seinen Höhepunkt. Als er sich von ihr herabwälzte, grinste er hämisch.

»Bevor du dich beglückwünschst, David, solltest du bedenken, daß du kein Leben in dir hast.« Sie zog ein Kosmetiktuch aus einer Schachtel auf dem Nachttisch und wischte das Sperma zwischen ihren Schenkeln ab. »Du bist steril, hast du das vergessen?«

»Halt 's Maul.«

»Selbst wenn ich von deiner heimlichen Vasektomie gewußt

hätte, hätte ich mir wahrscheinlich einen Liebhaber genommen – nur um des Erlebnisses willen, von einem Mann geliebt zu werden, der Leben schenken kann.«

»Sag das nicht noch mal, sonst…«

»Was tust du sonst, David?«

»Ich glaube nicht, daß du das wirklich wissen willst.«

»Drohst du mir etwa? Willst du Drohungen hören? Okay. Was ist mit der Nacht, in der Robert Rushton gestorben ist?«

»Warum fängst du immer wieder davon an, Vanessa? Für uns beide wäre es am besten, die Sache zu begraben – genau wie den Kleinen.«

Sie erhob sich, blieb aber neben dem Bett stehen, baute sich vor ihm auf. Ihre Nacktheit ließ die physischen Auswirkungen ihrer langen Erkrankung deutlich hervortreten. Sie war so abgemagert, daß ihre Beckenknochen grotesk aus ihrem eingesunkenen Bauch herausragten. Die Haut hatte ihre Elastizität verloren und bildete lose Falten, unter denen sich früher straffe Muskeln befunden hatten.

Unter normalen Umständen wäre sie über diese unattraktiven Veränderungen ihres Körpers entsetzt gewesen. Aber im Augenblick wurde sie nur von abgrundtiefem Haß auf diesen Mann beherrscht, der lässig hingestreckt auf ihrem Bett lag.

Sie war halb bewußtlos gewesen, als man sie aus Highpoint nach Washington zurückgebracht hatte. Heute vormittag waren ihre Nerven straff wie Drahtseile gewesen. Mit Drogen jonglieren. Das tat George in Davids Auftrag. Er spielte mit den Medikamenten, die sie bekam, um ihre Stimmungslage ganz nach den Wünschen ihres Ehemanns zu beeinflussen. Wie lange würde ihr Körper das noch aushalten?

Sie war jetzt in stabilerer Verfassung und imstande, ihre Lage zu analysieren, aber sie war sich nicht sicher, ob ihr diese geistige Klarheit lieber war. Die neue Erkenntnisfähigkeit hatte ihr eine schockierende Realität vor Augen geführt. Was David mit ihr vorgehabt hatte, war vorerst nur durch Schwester Jayne Gastons überraschenden Tod verhindert worden.

Die Pressekonferenz hatte sie als die erfahrene Politikerin durchgestanden, die sie war. Während sie zwischen ihrem Mann und ihrem Vater stand, vor sich die Scheinwerfer, Kameras und Mikrofone, die ein Teil ihres Lebens gewesen waren, solange sie zurückdenken konnte, hatte sie sich gefragt, ob irgendein Zuschauer erkannte, welches Entsetzen ihr Inneres beherrschte. Oder ob jemand bemerkt hatte, welchen Schmuck sie trug. Genauer gesagt: Hatte jemand bemerkt, daß sie ein bestimmtes Schmuckstück *nicht* trug?

David hatte es nicht gemerkt. Dieser kleine Erfolg machte sie so kühn, daß sie sagte: »Du kommst dir sehr schlau vor, weil du alle Welt davon überzeugt hast, Robert sei den plötzlichen Kindstod gestorben.«

»Das ist besser, als wenn alle die Wahrheit über ihn wüßten, oder? Ist es dir nicht lieber, wenn alle diese Lüge glauben? Du genießt es, die First Lady zu sein. Was würde aus dir, wenn die Wahrheit rauskäme?«

»Du denkst nicht wirklich daran, was aus mir würde«, sagte sie verächtlich. »Du denkst dabei nur an *dich*. Damit die Wahrheit nie mehr ans Tageslicht kommen kann, sollte Dr. Allan mich mit meinen Medikamenten umbringen, nicht wahr?«

»Du phantasierst, Vanessa.«

»Nein, heute abend sehe ich alles erschreckend klar.« Sie lachte freudlos. »Dein Pech, David. *Du* hast versagt. Du hast *versagt*. Ich bin noch immer da. Vielleicht etwas schwächer, aber mit der festen Absicht, dir das Leben so zur Hölle zu machen, wie du mir meins zur Hölle machst.«

»Klar, jeder kann sehen, wie höllisch dein Leben ist.« Er setzte sich auf und betrachtete die luxuriöse Umgebung. »Du wohnst in dem Haus mit dem größten Prestigewert von ganz Amerika. Du bist mit dem mächtigsten Mann der Welt verheiratet. Du hast so viel Personal, das dir jeden Wunsch von den Augen abliest, daß du es gar nicht mehr auseinanderhalten kannst. Du kennst nicht mal die Namen der Leute, die dein Leben so reibungslos behaglich gestalten.

Modeschöpfer stehen Schlange und betteln darum, dich ausstaffieren zu dürfen. Du fliegst mit der Air Force One und kannst mehrere Jachten benützen. Eine Flotte von Limousinen mit Chauffeur steht dir zur Verfügung. Eine ganze Nation und die halbe restliche Welt liegen dir zu Füßen.« David streckte die Hand aus, um über ihren Oberschenkel zu streichen. »Kein Wunder, daß du dich so elend fühlst, Vanessa.«

Sie schlug seine Hand weg. »Warum hast du mir nicht schon vor Jahren einfach nur das Herz gebrochen, David? Als ich in meiner Jugend rettungslos verliebt war... warum hast du meine Liebe nicht schon damals mißbraucht und mich danach in Ruhe gelassen?«

»Weil es mir Spaß gemacht hat, in deinem Märchenleben das Ungeheuer zu spielen. Du hältst dich für elend, Vanessa, aber du weißt nicht, was Elend ist. Elend bedeutet, arm zu sein und nichts dagegen tun zu können. Elend bedeutet, mit zwei Trinkern zusammenleben zu müssen, die einen dafür hassen, daß man überhaupt geboren ist, und einen zum Spaß verprügeln.

Du bist als Kind reicher Eltern aufgewachsen. Dir ist jedes Ding, das du dir je gewünscht hast, auf einem Silbertablett präsentiert worden. Du hast in deinem ganzen beschissenen Leben nie um etwas betteln oder kämpfen müssen, du mußtest es dir noch nicht mal wünschen.«

»Bestrafst du mich etwa deshalb?« rief sie ungläubig aus. »Weil ich als Kind privilegierter war als du?«

»Nein«, antwortete er ruhig. »Ich bestrafe dich, weil du für einen Mann, dem ich vertraut, den ich für meinen Freund gehalten habe, die Beine breit gemacht hast. Das da«, sagte er verächtlich und zeigte auf das Dreieck zwischen ihren Schenkeln, »hat ihn dazu gebracht, *mich* zu verraten.« Seine Stimme war lauter geworden, und sein Gesicht war vor Zorn gerötet.

»Du hast mich zuerst betrogen!« kreischte sie. »Mit Dutzenden von anderen Frauen. Vielleicht mit Hunderten. Weiß der Teufel, wie viele es waren.« Ihre Hände ballten sich wütend und verzweifelt zu Fäusten. »Ich habe dich angebetet, David. Ich war sechzehn, als du in Daddys Wahlkampfmannschaft eingetreten bist. Ich hab's kaum erwarten können, erwachsen zu werden, um dich endlich heiraten zu können. Ich habe dich immer geliebt, David. Ich habe dich nur betrogen, um dir weh zu tun.

Trotz deiner Affären wollte ich, daß unsere Ehe weiterbesteht. Selbst nachdem ich von deiner Vasektomie erfahren und erkannt hatte, daß das Baby nicht von dir war, wäre ich zu einem neuen Anfang bereit gewesen. Ich wollte, daß wir uns wieder lieben wie zuvor.«

David begann zu lachen und schüttelte bedauernd, nachsichtig den Kopf. »Vanessa, ich habe dich nie geliebt. Denkst du wirklich, daß ich mich lebenslänglich an ein dummes, oberflächliches, krankes Weibsstück wie dich gekettet hätte, wenn du nicht Armbruster geheißen hättest?«

Sie holte rasch tief Luft und stieß einen erstickten Seufzer aus. Angesichts seiner kalten, unversöhnlichen Herzlosigkeit fragte sie sich, wie sie jemals auf ihn hatte reinfallen können. Was für ein erstaunliches Talent er besaß, andere Menschen für sich einzunehmen – sie, ihren Vater, eine Nation von Wählern.

»Du bist böse«, sagte sie.

»Und du bist verrückt. Das weiß jeder, der dich kennt.« Er schob sie beiseite, als er aufstand und nach seinem Bademantel griff.

Vanessas Hände umklammerten die Rückenlehne eines Sessels. »Ich bin nicht so dumm und oberflächlich, wie du zu glauben scheinst. Du wirst es mir büßen, daß du versucht hast, mich zu ermorden.«

»Vorsicht, Vanessa«, sagte er sanft. »Den Präsidenten der Vereinigten Staaten zu bedrohen, ist ein schweres Verbrechen.«

»Welche Strafe darauf steht, ist mir egal. Ich werde dich vernichten.«

»Ach, tatsächlich?«

Es fiel ihr schwer, nicht zurückzuweichen, als er auf sie zutrat, aber sie behauptete ihre Stellung.

Bis er sie mit dem Handrücken ins Gesicht schlug.

Sie sank gegen die Wand und bedeckte ihren Wangenknochen, der unter ihrer Haut zu zerfallen schien, mit einer Hand.

»Versuch niemals wieder, mir zu drohen, Vanessa. Du tust *nichts,* außer die geistlose, gehorsame Null zu sein, die du schon immer warst – erst für deinen Vater, später für mich.

Und was Clete betrifft: Bild dir nicht ein, mich stürzen zu können, ohne ihn mit in den Dreck zu ziehen. Seit Präsident Johnson war er an sämtlichen krummen Deals in Washington beteiligt. Du kannst mich nicht vernichten, ohne gleichzeitig auch deinen lieben Daddy zu vernichten. Ruf so viele gottverdammte Reporter an, wie du willst, und laß Andeutungen über Streitigkeiten im Weißen Haus fallen, aber mach dich dann auch auf das Ende von Senator Clete Armbruster gefaßt.«

Er strebte mit langen Schritten der Tür zu, aber bevor er sie öffnete, brachte er noch einen letzten Hieb an. »Früher warst du 'ne richtig heiße Nummer. Jetzt bist du nicht mal mehr das.«

Er ging rasch über den Korridor in sein eigenes Schlafzimmer hinüber und nickte den Secret-Service-Agenten, die ihm eine gute Nacht wünschten, flüchtig zu. Obwohl er diese Runde gegen Vanessa gewonnen hatte – sein Sieg war nicht mal knapp gewesen –, war er jetzt wütend. Er wußte immer noch nicht, was er ihretwegen unternehmen sollte.

Der Teufel sollte diese Krankenschwester holen!

Seine Bettdecke war zurückgeschlagen. Die Nachttischlampe verbreitete behagliches Licht. Der Raum wirkte intim und einladend. David überlegte, ob er eine seiner Freundinnen anrufen sollte: eine bekannte Kolumnistin, die für mehrere große Zeitungen schrieb. In ihren Artikeln forderte sie die Rechte der Frauen ein, aber ihre Begabung als Schwanzlutscherin war legendär. Es törnte sie an, ins Weiße Haus eingeschmuggelt zu werden, und sie belohnte ihn für dieses spannende Erlebnis meistens gut. Aber Vanessas Gejammer hatte seine Begierde erlöschen lassen, was ihm noch mehr Berechtigung gab, aufgebracht zu sein.

Er goß sich ein Glas Tafelwasser ein, tat einen Spritzer Whiskey dazu und nahm das Glas ins Bad mit. Dort putzte er sich die Zähne, spülte nach und spuckte ins Waschbecken aus. Während er nach dem mit Whiskey versetzten Wasser griff, nahm er im Spiegel eine Bewegung hinter sich wahr.

Als er sich herumwarf, rutschte ihm das Glas aus der Hand und zerschellte auf dem Fußboden. Er griff sich ans Herz und sackte rückwärts gegen das Waschbecken.

»Du siehst aus, als hättest du eben ein Gespenst gesehen.«

»Himmel.« David sank auf die Toilette. Er zitterte am ganzen Leib. »Ich dachte, du wärst tot.«

Spencer Martin lehnte nonchalant am Türrahmen. Trotz seiner Lässigkeit sah er ziemlich mitgenommen aus. Seine Kleidung, die anscheinend aus dem Kaufhaus stammte, war offenbar neu, aber er war unrasiert und schien seit Wochen nicht mehr geduscht oder sich die Haare gewaschen zu haben.

Sobald David sich von seinem ersten Schock erholt hatte,

sagte er: »Wo zum Teufel hast du gesteckt, Spence? Du siehst wie Scheiße aus. Du riechst auch danach.«

»Bevor ich ausbrechen konnte, habe ich tagelang in meinem eigenen Dreck gelegen.«

»Woraus bist du ausgebrochen?«

»Ich glaube, die Pioniere hatten dafür den drolligen Namen Rübenkeller. In Wirklichkeit nur ein Erdloch – in diesem Fall unter der Scheune unseres gemeinsamen Freundes Gray Bondurant.« Spencer feixte. »Kannst du dir das vorstellen? Dieses blöde Schwein hat auf mich geschossen!«

David hörte zu, während Spencer ihm das gemeinsame Frühstück unter Freunden schilderte. »Er hat zugegeben, daß Barrie Travis bei ihm war, aber anscheinend hat er mir von Anfang an nicht getraut. Er hat schneller geschossen als ich.« Er kniff seine Lippen zusammen. »Er wird es noch bereuen, daß er die Gelegenheit nicht genutzt und mich umgelegt hat. In seiner pfadfinderhaften Art hat er mich absichtlich nur verwundet.«

»Was ist dann passiert?«

»Er hat meine Schulterwunde verbunden, mich nackt ausgezogen, wie ein Paket verschnürt und in den Keller geschafft. Meine Hände waren gefesselt, aber ich konnte Essen und Wasser mit dem Mund erreichen. Bei sparsamer Rationierung mußte beides für einige Wochen reichen. Bevor er die Falltür zugeknallt hat, hat er mich daran erinnert, daß ich bei der Überlebensausbildung immer der Beste war. ›Dann überleb mal schön, du Dreckskerl‹, hat er gesagt.

Die Schulterwunde war schmerzhaft, aber ich habe gewußt, daß sie nicht lebensgefährlich ist, solange keine Entzündung dazukommt. Ich habe ungefähr einen Tag gebraucht, um meine Hände freizubekommen. Er hat gewußt, daß ich das irgendwann schaffen würde, aber er hat darauf vertrauen können, daß ich viel länger brauchen würde, um dort rauszukommen.

Das Erdloch war vielleicht sieben Quadratmeter groß. Die Decke hat zehn Zentimeter über meinem Kopf begonnen: eine durch Balken verstärkte dreißig Zentimeter dicke Schicht festgestampfter Erde, die auch der Scheunenboden war. Das habe ich natürlich erst festgestellt, als ich draußen war.«

»Und die Falltür?«

»Holz. Aber er hatte zwei Doppel-T-Träger darübergelegt, die wahrscheinlich vom Hausbau übrig waren. In die Falltür hatte er drei Luftlöcher gebohrt. Die Stahlträger haben mit drei bis vier Zentimetern Abstand – das war gerade der Durchmesser der Luftlöcher – parallel über der Tür gelegen. Zum Schluß hat er alles mit Heu bedeckt.Wer nur zufällig in die Scheune gekommen wäre, hätte nie etwas bemerkt.«

»Ich habe einen Mann hingeschickt.«

»Einen meiner Leute?« Als David nickte, knurrte Spencer: »Dann ist er so gut wie erledigt! Er hätte jeden Fußbreit der Ranch absuchen müssen.«

»Wie bist du dort rausgekommen?«

»Ich hab' mir einen Gang ins Freie gescharrt. Die Vorräte – hauptsächlich Brot und trockene Nudeln, auch Cornflakes – haben kein geeignetes Werkzeug abgegeben.«

»Und die Wasserbehälter?«

»Styropor. Keine Deckel, keine Strohhalme. Ich hatte bloß die hier«, sagte Spencer und hielt seine Hände hoch. »Damit habe ich seitlich neben der Falltür und den Stahlträgern ein Loch gegraben, durch das ich mich schlängeln konnte. Wäre die Decke nur wenig höher gewesen, hätte ich nicht weit genug hinaufgereicht. Außer meinen Füßen hatte ich nichts, worauf ich mich stellen konnte.«

»Was für ein Glück, daß der Scheunenboden nicht betoniert war.«

»Dort hat früher ein Pionierhaus gestanden, und Gray hat

vermutlich den Originalzustand der Scheune erhalten wollen.« Spencer grinste, aber sein Grinsen war eisig. »Er war schon immer dämlich sentimental.«

»Er ist übrigens hier.«

»Das hab ich mir gedacht.«

David erzählte Spencer von dem unangemeldeten Besuch, den Gray Bondurant ihm abgestattet hatte, und berichtete danach, was sich während seiner Abwesenheit ereignet hatte. »Das war verdammtes Pech«, merkte er zu Jayne Gastons Tod an. »George hat Vanessas Lithiumdosis allmählich erhöht, aber immer nur die normale Dosis eingetragen. Als er ein stärkeres Beruhigungsmittel verordnet hat, hat die Krankenschwester rebelliert. Er hat versucht, sie gewaltsam entfernen zu lassen. Dabei hat sie vor Aufregung einen Herzschlag bekommen und ist gestorben. Dann ist deine Lieblingsreporterin, übrigens auch meine...«

»Ja, ich weiß«, warf Spencer ein. »Ich habe die Meldung in der *Post* gelesen und nicht fassen können, daß sie immer noch unter den Lebenden weilt. Diese Explosion hätte sie todsicher erledigen müssen, David.«

»Ihr Hund ist vor ihr ins Haus gelaufen.«

»So was nennt man Künstlerpech.«

»Seit dem Vorfall in Shinlin hat Clete es auf sie abgesehen. Sie wurde öffentlich gedemütigt und ist beruflich erledigt. Hoffentlich hat sie ihre Lektion gelernt.«

»Hoffentlich, aber sie lernt langsam.«

»Da hast du recht.« David nickte ernst. »Und was ist mit Gray?«

»Ich denke, vorläufig sollte meine Rückkehr unser Geheimnis bleiben, findest du nicht auch?«

»Aber du bist heute abend beim Hereinkommen bestimmt gesehen worden.«

»Ich lasse den Wachen ausrichten, daß die Geheimhaltung meiner Rückkehr eine Frage der nationalen Sicherheit ist. Meine Leute werden das Gerücht in Umlauf setzen, es habe Attentatsdrohungen gegen die First Lady gegeben – irgend etwas in dieser Art.«

»Das ist gut. Das dient unserem Zweck.«

Spencer musterte ihn prüfend. »Du bleibst also bei deinem ursprünglichen Vorhaben?«

David, der sich die Szene von vorhin mit Vanessa ins Gedächtnis rief, antwortete: »Mehr denn je. Sie ist vom Tod des Babys noch immer wie besessen. Unser Problem existiert weiter.«

Spencer, der sein eigenes Bild im Spiegel über dem Waschbecken betrachtete, sagte: »Dann haben wir eine Menge Arbeit vor uns.«

»Alles der Reihe nach.« David stand auf. »Ich kann dir kaum sagen, wie sehr du mir gefehlt hast und wie froh ich bin, dich wiederzuhaben. Aber jetzt nimm um Gottes willen bitte ein Bad.«

25. Kapitel

»Miss Travis, Ihr Benehmen ist unverzeihlich.«

»Ich bin mir der Ausmaße meines Fehlers völlig bewußt, Mr. Jenkins. Für mich war es eine demütigende Erfahrung.«

Der WVUE-Geschäftsführer fuhr mit streng gerunzelter Stirn fort: »Senator Armbruster hat mich höchst persönlich angerufen, um mir die Ereignisse aus seiner Sicht zu schildern. Seine Darstellung war noch detaillierter als die Presseberichte. Ich habe mir mit wachsender Bestürzung von Ihrer krassen Unprofessionalität erzählen lassen. Es entsetzt mich, daß eine Angestellte dieses Senders sich so benehmen konnte.«

»Ich bedaure, Sie und WVUE in Verlegenheit gebracht zu haben. Ich würde alles ungeschehen machen, wenn ich könnte.«

Barrie mußte in ihrem eigenen Interesse bußfertig wirken, und sie bereute ihren Fehler auch ehrlich. Aber sie fand es unfair, daß Armbruster sich hinter ihrem Rücken an Jenkins gewandt und sie verpetzt hatte, als wäre sie ein ungezogenes Kind. Hatte er ihr noch mehr vorzuwerfen, hätte er es ihr ins Gesicht sagen sollen.

»Im Verhältnis zu den Ausmaßen Ihres Fehlers waren die Folgen minimal. Gott sei Dank! Die Pressekonferenz des Präsidenten hat geholfen, den Vorfall in die richtige Perspektive zu rücken.«

»Ja, Sir, das hat sie getan.«

»Ende gut, alles gut.«

Dieser muntere Kommentar kam von Howie Fripp, der mit ihr zu Jenkins zitiert worden war. Bisher hatte er an einem Niednagel herumgekaut und die Achseln seines schmuddeligen weißen Hemdes naßgeschwitzt. Barrie wußte, daß er nicht ihretwegen besorgt war. Ihn kümmerte nur seine eigene Haut und wie heil sie noch wäre, wenn der Geschäftsführer mit ihnen fertig war.

Jenkins nahm ihn ins Visier. »Tatsächlich haben doch Sie den Kameramann losgeschickt, nicht wahr, Fripp?«

»Äh, ja, aber nur, weil Barrie angerufen und einen angefordert hat. Sie hat gesagt, sie sei an der Story des Jahrhunderts dran.«

»Gott bewahre«, sagte Jenkins.

Es widerstrebte Barrie, aber sie fühlte sich verpflichtet, Howie in Schutz zu nehmen. »Howie kann nichts dafür, Mr. Jenkins. Ich habe ihn zu Hause angerufen und gebeten, mir einen Kameramann zu schicken.« Sie errötete unter dem unheilvollen Blick des Geschäftsführers. »Eine der vielen Entscheidungen, die ich inzwischen bedaure.«

Sie bedauerte sie, weil die Anwesenheit der Medien eine schlimme Situation in eine Katastrophe verwandelt hatte. Aber Barrie hatte auch leichte Gewissensbisse, weil sie den Kameramann aus Boshaftigkeit angefordert hatte. Sie war auf Gray sauer gewesen, weil er ihren Ausdruck ehrlichen Mitgefühls zurückgewiesen hatte. Sie war nie ein Fan von Clete Armbruster gewesen. Was Vanessa anging, so hatte Barrie vor ihrer Verwicklung in eine Phantomintrige, die sie in Lebensgefahr gebracht hatte, mit kaum verhülltem Spott auf die First Lady herabgesehen. Und wenn sie sich selbst gegenüber ehrlich war, gestand sie sich ein, auf Vanessa eifersüchtig zu sein, weil Gray sie noch immer liebte.

Als Barrie an jenem Abend Howie angerufen und dringend einen Kameramann angefordert hatte, hatte sie für keinen von ihnen Wohlwollen aufgebracht. Aus war es mit der Objektivität.

Oh, der Anruf war gerechtfertigt gewesen. Vielleicht etwas egoistisch, aber gerechtfertigt. Unter diesen Umständen hätte kein Reporter in der Geschichte des Journalismus darauf verzichtet, Verstärkung anzufordern. Das hätte die Story sein können, die für sie einen Karrieresprung zum Superstar bedeutet hätte.

Im nachhinein ließ ihr Entschluß sie jedoch so unsensibel wie einen magenkranken Aasgeier erscheinen. Vermutlich bekam sie jetzt nur, was sie verdient hatte.

Jenkins sagte: »Armbruster könnte uns wegen dieser Sache mit Prozessen überschütten, und ich könnte ihm das, ehrlich gesagt, nicht einmal verdenken.«

»Senator Armbruster ist aus gutem Grund aufgebracht«, sagte Barrie ergeben. »Ich habe ihm das Leben für einige Minuten zur Hölle gemacht, wofür ich mich ausdrücklich entschuldigt habe. Ich habe auch das Weiße Haus unzählige Male angerufen, weil ich gehofft habe, den Präsidenten und die First Lady persönlich um Entschuldigung bitten zu können. Sie weigern sich, meine Anrufe entgegenzunehmen.«

»Ist mir unerklärlich«, murmelte Howie.

Jenkins warf ihm einen bösen Blick zu.

Barrie fuhr fort: »Ich will dem Präsidenten und Mrs. Merritt mitteilen, daß ich meinen Fehler zutiefst bedaure, und mich für allen Kummer entschuldigen, den ich möglicherweise verursacht habe.«

»Sehr edel von Ihnen, Miss Travis. Aber falls und wenn sie Ihren Anruf entgegennehmen, treten Sie bitte nicht mehr als Mitarbeiterin von WVUE auf.« Er faltete seine Hände auf der Schreibtischplatte und sah ihr ruhig ins Gesicht. »Ihr Vertragsverhältnis mit diesem Fernsehsender ist ab sofort beendet.«

Genau das hatte sie heftig befürchtet. Sie hatte sich jedoch ebenso leidenschaftlich eingeredet, dazu werde es nicht kommen. Während sie sich mit den unmittelbaren Auswirkungen ihres groben Fehlers befaßt hatte, war es ihr gelungen, ihre Angst vor einem Rausschmiß zu verdrängen. Jetzt mußte sie sich mit dieser Realität auseinandersetzen.

»Ich bin entlassen?«

»Sie haben eine Stunde Zeit, Ihren Schreibtisch auszuräumen und das Gebäude zu verlassen.«

»Bitte überlegen Sie sich die Sache noch mal anders, Mr. Jenkins. Ich habe meine Lektion gelernt. In Zukunft arbeite ich pedantisch genau. Ich überprüfe alle Fakten dreimal.«

»Ihre guten Vorsätze kommen zu spät, Miss Travis. Mich können Sie nicht mehr umstimmen.«

Sie appellierte an seine Barmherzigkeit. »Sie wissen, daß mein Stadthaus abgebrannt ist.«

»Ja. Ein unglückliches Zusammentreffen.«

»Ich brauche meinen Job.«

»Tut mir leid. Die Entscheidung ist gefallen.«

Ihre Gedanken überschlugen sich, und sie begann nach Strohhalmen zu greifen. »Okay, lassen Sie mich statt als Reporterin nur noch in der Redaktion arbeiten.«

»Miss Travis…«

»Ich tippe Meldungen. Ich bearbeite Manuskripte. Ich gehe ans Telefon, bediene den Teleprompter, sortiere die Post, hole Sandwiches. Gewissermaßen auf Bewährung. Nach ein paar Monaten können Sie mich erneut beurteilen.«

»Bringen Sie sich bitte nicht weiter in Verlegenheit«, sagte er in dem festen, aber freundlichen Tonfall, der für rettungslos Verlorene reserviert war.

»Sie passen nicht mehr in unser Programm.«

»Was soll das heißen?«

»Das soll heißen, daß Ihr Niveau leider unter unserem liegt. Daß Sie unsere Erwartungen nicht erfüllt haben. Daß ich Sie wegen vielfacher Unzulänglichkeiten entlasse – nicht nur wegen dieser einen Sache.«

»Bockmist.«

Howie zuckte zusammen.

Auch Jenkins wirkte ziemlich verblüfft. »Wie bitte?«

»Warum versuchen Sie nicht, sich wie ein Mann zu benehmen, Jenkins? Geben Sie einfach zu, warum Sie mich wirklich rausschmeißen – weil Armbruster meinen Kopf auf einem Silbertablett verlangt hat.«

Jenkins lief rot an, was Barrie zeigte, daß sie den Nagel auf den Kopf getroffen hatte. Sie stand auf und richtete sich zu ihrer vollen Größe auf. »Sie täuschen sich, Jenkins. Dieser kümmerliche Sender mit seinem zweitklassigen Ruf und seiner beschissenen Geschäftsleitung paßt nicht mehr in *mein* Programm.«

»Mit Fritten?«

Barrie wog den Fett- und Kaloriengehalt von Pommes frites gegen ihren Heißhunger darauf ab. »Klar. Warum nicht? Große Portion.«

Sie bezahlte ihren Cheeseburger mit Fritten und ging damit zu ihrem Auto zurück. Heute würde sie allein zu Abend essen. Nachdem sie Daily monatelang zugeredet hatte, er solle doch öfter ausgehen, hatte er heute ihren Rat befolgt und die Einladung eines alten Kollegen vom Fernsehen zu einem Brigitte-Bardot-Filmfestival angenommen.

»Fährt er dich hin?« Immer wenn Daily allein das Haus verließ – vor allem nach Einbruch der Dunkelheit –, machte sie sich Sorgen um ihn.

»Ja, *Mama.* Er holt mich ab und bringt mich wieder nach Hause. Und bevor du fragst: Ich werde meinen Sauerstofftank kontrollieren und darauf achten, daß er voll ist, obwohl mir vielleicht die Luft ausgeht, wenn die junge Bardot mich so zum Hecheln bringt, wie ich hoffe. Und sollte ich mir einen runterholen, werde ich röchelnd, aber glücklich sterben.«

Den letzten Satz hatte er nur angefügt, um sie zu ärgern. Sie hatte ihm nicht erzählt, daß sie rausgeflogen war, denn sie wußte, daß er darauf bestanden hätte, daheim zu bleiben und sie zu trösten. Aber es hatte keinen Sinn, wenn sie sich beide elend fühlten.

Nach dem Gespräch in Jenkins' Büro hatte einer der Wachmänner von WVUE sie zu ihrem Glaskasten zurückbegleitet und war in der Nähe geblieben, während Barrie ihren Schreibtisch ausräumte. Sie ärgerte sich so sehr darüber, wie eine Verbrecherin behandelt zu werden, daß sie den Wachmann sarkastisch fragte: »Was gibt's in dieser Bruchbude, das ich stehlen wollen könnte?«

»Hat nichts mit Ihnen persönlich zu tun, Miss Travis. Firmenpolitik.«

»Ja, natürlich.«

Nachdem sie den Inhalt ihrer Festplatte bereits auf Disketten gespeichert und danach gelöscht hatte, leerte sie die Schreibtischschubfächer aus, in denen Kladden, Notizen und Manuskripte lagen, die fast bis zu ihrem ersten Arbeitstag bei WVUE zurückreichten. Barrie kippte alles unbesehen in Kartons, die der Sender zur Verfügung gestellt hatte; dann half der Wachmann ihr, die Kartons zum Auto hinauszutragen und im Kofferraum zu verstauen.

Da sie keine große Lust hatte, den Abend allein in Dailys deprimierendem Haus zu verbringen, überlegte sie, wo sie ihr abendliches Picknick einnehmen sollte. Am Lincoln Memorial? Am Jefferson Memorial? Beide wurden nachts wunderschön angestrahlt. Sie war noch immer unschlüssig, als sie sich wieder in den Verkehr einordnete.

»Barrie?«

Sie schrie auf und bremste scharf.

»Sieh dich nicht um und halt nicht an.«

Der Wagen hinter ihr kam mit kreischenden Reifen zum Stehen und wäre ihr um Haaresbreite hinten draufgefahren. Der Fahrer hupte wütend, zog dann seinen Honda Civic an ihr vorbei und zeigte ihr seinen hochgereckten rechten Mittelfinger.

»An der nächsten Kreuzung rechts abbiegen«, wies Gray sie aus seiner Ecke des Rücksitzes an. Er war so tief nach unten gerutscht, daß im Rückspiegel nicht einmal sein Kopf zu sehen war.

»Du hast mir einen Riesenschreck eingejagt!« rief sie wütend, befolgte aber seine Anweisungen.

»Eine Frau, die allein unterwegs ist und es versäumt, vor dem Einsteigen auf den Rücksitz zu schauen, ist echt dämlich.«

»Der Wagen war abgesperrt.«

»*Ich* bin reingekommen.«

Sein vernünftiger Einwand brachte sie noch mehr auf. »Ich dachte, du seist längst wieder beim Cowboyspielen in Wyoming. Warum hast du mich neulich nacht alles allein ausbaden lassen? Das war verdammt feig von dir. Und was tust du überhaupt in meinem Auto? Woher hast du gewußt, wo ich bin?«

»Dort vorn links, dann gleich wieder rechts einordnen und an der ersten Kreuzung abbiegen. Siehst du ungefähr drei Wagen hinter uns eine grüne Limousine?«

»Werde ich beschattet?«

»Sieh in den Rückspiegel, aber nicht zu auffällig.«

»Äh, nein... doch! Die grüne Limousine ist ungefähr einen halben Block hinter uns.«

»Häng sie ab, Barrie.«

»Abhängen? Das sagst du so einfach. Woher weißt du überhaupt, daß dieser Wagen mir folgt?«

»Du bist den ganzen Tag beschattet worden.«

»Woher weißt du das?«

»Weil ich die Beschatter beschattet habe.«

»Und warum soll ich dir das glauben, Mr. Schachtelteufel?«

»Häng die Verfolger ab und laß die Zicken, okay? Sie sollen aber möglichst nicht merken, daß du sie abhängen willst.«

Obwohl sie ihm hundert Fragen zu stellen gehabt hätte, konzentrierte sie sich lieber auf ihre Fahrerei. »Das macht Spaß«, sagte sie, als es ihr gelang, noch schnell durch eine Ampel zu fahren, an der die grüne Limousine halten mußte.

»Klar, jede Menge«, grummelte Gray vom Rücksitz aus.

Nachdem sie ungefähr zehn Minuten lang weitergefahren und mehrmals willkürlich abgebogen war, berichtete sie, die grüne Limousine sei nirgends mehr zu sehen.

»Nimm eine Schnellstraße, die aus der Stadt hinausführt. Überzeug dich davon, daß kein anderer Wagen den ersten abgelöst hat.«

Barrie behielt ihren Rückspiegel aufmerksam im Auge. Nach einiger Zeit konnte sie berichten, sie sei sich ziemlich sicher, nicht mehr beschattet zu werden.

»Okay. Bei der nächsten Gelegenheit wendest du und fährst zurück.«

»Wozu?«

»Ich habe ein Zimmer.«

In dem Motelzimmer, das Gray sich unter falschem Namen genommen hatte, teilte Barrie ihren Cheeseburger und die Fritten mit ihm. Am Fenster standen ein niedriger Tisch und ein Sessel, aber sie dinierten im Schneidersitz mitten auf dem großen französischen Bett.

»Ich bin rausgeflogen«, erzählte sie, während sie die benützten Servietten und das Verpackungsmaterial in die Tragetüte zurückstopfte. »Meine aufrichtige Entschuldigung hat Senator Armbruster nicht gereicht. Er hat heute morgen unseren Geschäftsführer angerufen, damit er mich rausschmeißt.«

»Das kann dich nicht überrascht haben.«

»Eigentlich nicht. Armbruster hat schließlich nicht deswegen so lang in der politischen Ära überlebt, weil er fair kämpft, und zu Jenkins' Job gehört jede Menge Arschkriecherei. Also bin ich nicht sonderlich überrascht. Und damit dieser miese Tag noch mieser wird, habe ich heute erfahren, daß Cronkite das Opfer meiner eigenen Fahrlässigkeit geworden ist.«

»Wie das?«

»So steht's im Abschlußbericht der ATF-Brandfahnder. Mein Hund hat sich in einem Elektrokabel verheddert, als er durch die Hundetür in die Küche gelaufen ist. Das hat in der Steckdose Funken gegeben, die wiederum das Gas im Backofen entzündet haben, den ich angelassen hatte, als ich nach Wyoming abgereist bin. Ohne ausreichende Lüftung hat sich das Gas angesammelt. Da hat schon ein kleiner Funken ausgereicht, haben sie gesagt. Zum Glück ersetzt die Gebäudeversicherung mir den gesamten Schaden.« Mit traurigem Lächeln fügte sie hinzu: »Cronkite war natürlich nicht mitversichert.«

»Dein Haus wurde angezündet, dein Hund umgebracht, aber keine Sorge, Ma'am, die Versicherung zahlt alles«, sagte Gray erbittert.

»Hast du nicht gehört, was ich gesagt habe, Gray? Es war ein Unfall.«

»Blödsinn. Wann hast du deinen Backofen zuletzt benützt?«

»Weiß ich nicht mehr.«

»Hast du die Zündflamme jemals ausgemacht?«

»Nein.«

»Hast du jemals ein Elektrokabel quer durch die Küche gespannt?«

Er sprach Fragen aus, die Barrie sich auch schon gestellt hatte. Sie aus seinem Mund zu hören, verstärkte nur ihre Entschlossenheit, die auf der Hand liegenden Antworten zu leugnen. »Aber die Ermittlungen…«

»Haben ein völlig zutreffendes Ergebnis erbracht. Die Explosion hat sich so ereignet, weil jemand sie entsprechend vorbereitet hat. Spence hätte seinen Mann keine komplizierte Sprengladung anbringen lassen. Etwas Raffiniertes hätte nur zu Komplikationen beim Verwischen der Spuren geführt.

Er hat den Auftrag erteilt, bevor er nach Wyoming geflogen ist, und sich für die einfachste Lösung entschieden. Tatsächlich hat er nicht viel überlegen müssen. Ein Kinderspiel. Du hast allein gelebt, also konnte kein Liebhaber, Elternteil oder Mitbewohner im Weg sein. Du warst verreist, also konnte sich das Gas ansammeln. Die Explosion wurde so geplant und ausgelöst, daß sie wie ein fahrlässiger Unfall aussehen mußte. Daß Cronkite vor dir reingelaufen ist, war Künstlerpech. Das haben sie nicht voraussehen können.«

»Sie?«

»David Merritt hat den Anschlag genehmigt.«

Sie schüttelte den Kopf. »Unsinn. Deine Unterstellung basiert auf der Annahme, er hätte ein großes schlimmes Geheimnis und ich wäre nahe daran gewesen, es aufzudecken. Nun wissen wir es besser. Ich habe mich geirrt: in bezug auf Vanessa und den Tod ihres Babys und… alles. Du übrigens auch. Wir hatten unrecht. Richtig?«

»Warum bist du denn heute den ganzen Tag beschattet worden? Selbst wenn an deiner Story nichts dran wäre – und ich behaupte weiter, daß etwas dran ist –, vergißt David niemals eine Kränkung. Ob deine Vermutungen stimmen oder nicht, ist unwichtig; er ist wegen deiner verdeckten Anschuldigungen aufgebracht genug, um dich erledigen zu lassen.«

Barries gespielte Tapferkeit fiel von ihr ab. »Glaubst du, daß er es noch mal versuchen wird?«

»Davon kannst du ausgehen.«

»Nur gut, daß ich schon zu Abend gegessen habe«, murmelte sie. »Ich habe gerade meinen Appetit verloren.«

»Hier ist eine letzte Fritte.«

»Die können wir uns teilen.« Sie zerbrach die kalte Fritte, steckte die eine Hälfte in ihren Mund und hielt die andere Gray hin. Zu ihrer Überraschung knabberte er sie gleich aus ihren Fingern.

Als seine Lippen ihre Finger berührten, durchströmten ihren Körper wundersame Empfindungen. Ihre Arme und Beine wurden plötzlich schwer, aber ihr Magen schien gewichtslos zu schweben. Ihr gesamter Körper kribbelte bis zu den Zehen hinab.

Bis zu ihren Zehen hinunter, die sie nachdrücklich auf den Fußboden stellte, als sie aufstand. »Ich werde nicht mit dir schlafen, Bondurant. Solltest du das vorgehabt haben, möchte ich dir die Peinlichkeit und das körperliche Unbehagen ersparen, vergebens in Wallung zu geraten.«

»Ich bin nicht leicht in Verlegenheit zu bringen und fühle mich sehr wohl, besten Dank. Vermute ich richtig, daß du das Wort *schlafen* euphemistisch gebraucht hast?«

»Du weißt, was ich gemeint habe.«

Er betrachtete sie einen Augenblick. »Ich weiß, was du gemeint hast, aber ich kann mich nicht erinnern, darum gebeten zu haben.«

»Stimmt, hast du nicht. Das tust du nie. Beim ersten Mal hast du auch nicht darum gebeten.«

»Das war auch nicht nötig.«

Da konnte sie ihm nicht widersprechen. An jenem Morgen in Wyoming hatte er nicht um sie werben müssen – weshalb hatte sie also angenommen, er plane für diesen Abend eine umständliche Verführung?

»Ich gehe jetzt duschen«, murmelte Barrie. Sie griff nach ihrer Umhängetasche, nahm sie und ihren verletzten Stolz in das winzige Bad mit und schloß die Tür hinter sich.

26. Kapitel

»Mich hat mal ein Mann gemalt.«

»Gemalt?«

Barrie war nur mit Slip und Pullover bekleidet aus dem Bad gekommen. Sie duftete nach Seife und feuchter Haut, auf die er einen Blick erhascht hatte, als sie sich rasch den Pullover über den Kopf gezogen hatte, bevor sie unter die Bettdecke gekrochen war. Gray, der in dem Sessel am Fenster Posten bezogen hatte und in regelmäßigen Abständen durch die Jalousie nach draußen sah, gab sich alle Mühe, möglichst wenig an die appetitlich duftende, halbnackte Barrie Travis in wenigen Metern Entfernung zu denken.

»Ich meine nicht, daß er meinen Körper angemalt hat«, erläuterte sie. »Er hat mich auf Leinwand gemalt. Ich habe ihm nackt Modell gestanden.«

»Warum das? Hast du das Geld gebraucht?«

»Nein, nicht deswegen. Ich war damals im College, habe mich aufmüpfig und rebellisch gefühlt und wollte etwas Empörendes tun, was meine Eltern ganz sicher nicht gebilligt hätten. Er hat mich gefragt, und ich habe gedacht: Warum nicht? Solange sein Atelier schön warm war.«

»Wie hat's geklappt?« fragte Gray.

»Sein Atelier hat sich als kümmerliche Dachwohnung entpuppt, in der es nach Terpentin und ungewaschenem Künstler gerochen hat. Er hat viel gekifft, viel billigen Rotwein getrunken und war sehr mißmutig und launisch.«

»Und das Gemälde?«

»Eine Katastrophe. Einige meiner Körperteile sind bei der

Umsetzung verlorengegangen. Er hat sich von seinem mit großem Elan begonnenen Werk verraten gefühlt. Er war gerade mitten in einer künstlerischen Tirade, als ich meine Sachen eingesammelt habe und rausgeschlichen bin. Aber er hat sein Versprechen gehalten, das Atelier gut zu heizen.«

Grays Schniefen hätte fast als Lachen durchgehen können. »Hat er dir beigebracht, wie man einem Mann einen bläst?« Als einen Augenblick später klar war, daß sie nicht antworten würde, drehte er sich zu ihr um.

Sie lag ihm zugewandt mit hochgezogenen Knien auf der Seite. Ihr Haar umrahmte ihr Gesicht und fiel über ihre nackten Schultern – fast ein kindliches Bild. Das hatte zu den ersten Dingen gehört, die ihn an ihr gereizt hatten: diese unwiderstehliche Kombination von weiblicher Verlockung und kindlicher Verwundbarkeit. Natürlich stand jetzt, Wochen später, da er sich noch immer deutlich an ihren warmen Körper erinnerte, außer Zweifel, daß sie mehr Frau als Kind war.

Aus ihren ausdrucksvollen Augen sprach eine Mischung aus unschuldiger Verwirrung und Gekränktheit. »Warum tust du das, Bondurant?«

»Was?« fragte er.

»Warum sagst du Sachen, die absichtlich derb, beleidigend und kränkend sind?«

»So war es nicht gemeint. Ich wollte dich nur ein bißchen necken. Aber das kann ich wohl nicht sehr gut.«

»Du kannst es überhaupt nicht, finde ich.«

»Ein Charakterfehler.«

Ein langer Augenblick verging, bevor sie flüsternd sagte: »Der Künstler hat mir nichts beigebracht, außer daß man sich von Künstlern fernhalten sollte. Was die Frage betrifft, wie man… hmmm, das habe ich mir beim ersten Mal gewissermaßen selbst beigebracht.« Nach einer bedeutsamen Pause fügte sie noch leiser hinzu: »An dem bewußten Morgen in deinem Ranchhaus.«

Grays Körper reagierte auf seine erotischen Erinnerungen, wodurch der verdammt unbequeme Sessel noch unbequemer wurde. Und er konnte ihren Blick nicht unbefangen erwidern. Er wollte nicht daran teilhaben, wenn sie sexuelles Neuland betrat. Das verlieh ihm Bedeutung. Und dies brächte eine Verantwortung mit sich, von der er nicht sicher wußte, ob er ihr gewachsen war. Er wechselte das Thema und fragte: »Wie bist du auf diese Story gekommen? Die mit dem Maler.«

Sie zuckte mit den Schultern. »Keine Ahnung. Wahrscheinlich habe ich nicht gewußt, was ich sonst sagen soll.«

»Das ist typisch für dich.«

»Was?«

»Daß du immer das Bedürfnis hast, etwas *sagen* zu müssen.«

»Das stimmt nicht!«

»Siehst du?«

Sie verzog das Gesicht. »Sehr witzig.«

»Tja, ich bin ein richtiger Komiker. Das sagen alle. Daß ich ein Komiker bin und die Leute dauernd necke.«

Er lächelte nicht einmal, aber sie lachte. Tatsächlich kicherte sie, wälzte sich auf den Rücken und streckte ihre Arme über dem Kopf aus. Gray hatte in seinem Leben nicht viel Gelächter gehört, zumindest nicht als Erwachsener. Ihr Lachen war so reizvoll wie ihre Stimme: ehrlich und spontan. Der Klang gefiel ihm.

»Danke, Bondurant«, sagte sie. »Nach diesem scheußlichen Tag hat es mir gutgetan, mal richtig lachen zu können. Obwohl ich mich inzwischen dran gewöhnt haben müßte.«

»Woran?« fragte er.

»Rausgeschmissen zu werden. Das war nicht das erste Mal.«

»Hat Daily dich als erster rausgeschmissen?«

Sie legte fragend den Kopf schief.

»Er hat es mir erzählt.«

»Ach, wie nett von ihm«, sagte sie und meinte genau das Gegenteil.

»Leeres Gerede.«

»Klar, natürlich. Hat er zufällig auch erwähnt, warum er mich rausgeschmissen hat, wenn er dich schon über meine turbulente berufliche Laufbahn aufgeklärt hat?«

Er schüttelte den Kopf. Das war gelogen, denn Daily hatte ihm diese Geschichte sehr ausführlich erzählt. Aber er konnte von ihrer Stimme nicht genug bekommen, obwohl sie auf die Dauer seine Entschlossenheit gefährdete, die Hände von ihr zu lassen. Wenn man um sein Leben rennen mußte, paßte ein romantisches Zwischenspiel nicht ins Programm.

»Nun«, begann sie und lächelte bei der Erinnerung daran, »Daily und ich waren nicht immer Freunde. Er hat mir meinen ersten Job als Fernsehreporterin gegeben. Ich habe mir natürlich eingebildet, alles über diese Art Journalismus zu wissen, deshalb habe ich von Anfang an nicht mal konstruktive Kritik vertragen. Daily hat mich für einen Hohlkopf gehalten, der nichts zu unserem Beruf beizutragen hatte.

Darum hat er schon bald einen Grund gesucht, um mich entlassen zu können. Aber ihm waren durch die FCC, die EEO und eine ganze Buchstabensuppe aus Einstellungs- und Entlassungsvorschriften die Hände gebunden. Aber dann hatte Daily Glück. Ich habe mich selbst abgesägt.«

Barrie hatte damals als erste ein Bezirksgericht erreicht, in dem ein Amokläufer in einem Verhandlungssaal um sich geschossen hatte. Aufgrund der Zeugenaussage einer Frau, die dem Kugelhagel nur knapp entronnen war, hatte sie berichtet, es habe Dutzende von Verletzten gegeben.

»›In dem blutigen Tumult.‹ Genau diesen Ausdruck habe ich benützt, glaube ich.«

In einer Liveübertragung hatte sie dann berichtet, diese Schießerei habe in einer Verhandlung von Richter Green stattgefunden. »Das hat die Story noch sensationeller gemacht, weil er gerüchteweise als zukünftiger Richter am Obersten Bundesgericht gehandelt wurde. Ich habe vor der Kamera darüber spekuliert, ob die Schießerei politisch motiviert gewesen sein könnte. War Richter Green die Zielscheibe eines oppositionellen Radikalen gewesen? Oder handelte es sich um einen Racheakt für ein unbequemes Urteil? Hatte er überlebt, war er verletzt?

Wie sich herausstellen sollte, war Richter Green auf dem Golfplatz, als die Sache passiert war. Ein Caddie informierte ihn über die laufende Fernsehberichterstattung. Der Vorfall hatte sich in der Verhandlung eines anderen Richters ereignet, und Schaden genommen hatte lediglich eine Deckenleuchte, die heruntergeschossen worden war, als der Gerichtsdiener einem Angeklagten, der sein Jagdgewehr als Beweisstück in einem Zivilprozeß wegen Wilderei mitgebracht hatte, die Waffe abnehmen wollte.

»Meine Augenzeugin hat sich später als leicht debile Frau erwiesen, die in der Kellercafeteria Eistee und Wasser ausgeschenkt hat. Soviel bekannt war, ist sie nie übers Erdgeschoß des Gerichtsgebäudes hinausgekommen.

Mein Schicksal besiegelt hat die Tatsache, daß mein Sonderbericht die Serie *The Young and the Restless* unterbrochen hat. Richter Greens Frau hat nie eine Folge versäumt. Auf meinen Bericht hin ist sie aus dem Haus gelaufen, über einen Rasensprenger gefallen und hat sich das rechte Handgelenk gebrochen. Auch andere Zuschauer waren über die Programmunterbrechung empört – erst recht, als sich herausgestellt hat, daß sich im Gerichtsgebäude kein Drama ereignet hatte... jedenfalls keins, das mit einer Seifenoper hätte mithalten können.

Mit ihren wütenden Anrufen haben sie unsere Telefonvermittlung heißlaufen lassen.

Meine Glaubwürdigkeit war danach gleich Null. Die des Senders auch. Die Nachrichtenredaktion hat den Spott unserer Konkurrenz erdulden müssen. Und für den Fall, daß jemand die Geschichte nicht mitbekommen hatte, haben die Fernsehkritiker der Lokalzeitungen sie noch tagelang ausgewalzt. Die Geschäftsleitung des Senders hat Daily heftige Vorwürfe gemacht, weil er mich eingestellt hatte. Daß er damals seinen Job behalten hat, war ein Wunder. Er hat mich sofort rausgeschmissen. Der einzige, der von dieser Sache profitiert hat, war Richter Green, der jetzt Bundesrichter ist.«

»Aber ein unbeliebter.«

»Was ein weiterer Minuspunkt auf meinem Konto ist. Mehrere Experten haben in Leitartikeln behauptet, Richter Greens Ernennung wäre niemals durchgegangen, wenn er nicht als Resultat meines Fiaskos auf einer Woge des Mitgefühls ins Amt getragen worden wäre. Das amerikanische Volk hat es also mir zu verdanken, daß es mit einem ziemlich unfähigen Bundesrichter leben muß. Das ist übrigens Dailys Theorie.«

»Wie seid ihr Freunde geworden, obwohl das alles zwischen euch gestanden hat?«

»Vor ein paar Jahren habe ich durch Kollegenklatsch erfahren, Daily sei wegen seines Emphysems vorzeitig pensioniert worden. Ich habe mich verpflichtet gefühlt, ihm einen Höflichkeitsbesuch abzustatten.« Das sagte sie mit einem kleinen Mona-Lisa-Lächeln, und er fragte sich, welches Geheimnis sich dahinter verberge.

»Daily hat zugegeben, mich hart angefaßt zu haben, weil es mir nicht an Talent, sondern an Reife und gesundem Menschenverstand fehlte. Er war bereit, mir zu helfen, wenn ich den Mund hielte und zuhörte. Seit damals ist er mein bester Freund.«

»Warum hältst du eure Freundschaft geheim?«

»Hauptsächlich, weil sie etwas Persönliches ist und ich immer streng darauf geachtet habe, Beruf und Privatleben voneinander zu trennen. Und zweitens, weil…«

»Weil deine Kollegen keinen Respekt mehr vor dir hätten, wenn bekannt würde, daß du dich mit deinem ehemaligen Feind ausgesöhnt hast.«

»Sehr scharfsinnig, Mr. Bondurant. Wenn man in dieser Branche die Brücken hinter sich abbricht, leistet man meist ganze Arbeit, so daß man nicht mehr zurückkann. Wüßten die anderen, daß ich jetzt mit Daily befreundet bin, würden sie mich für einen Softie halten, der sich in einem von erbitterter Konkurrenz geprägten Beruf zu behaupten versucht.«

Ihr Lächeln war so treuherzig naiv, daß es ihm widerstrebte, es zu zerstören. »Dein Geheimnis ist keins mehr, Barrie. Ich habe sie beschattet, während sie dich beschattet haben. Sie wissen, wo du jetzt wohnst.« Als sie kummervoll ächzte, fügte er rasch hinzu: »Ich glaube nicht, daß sie Daily belästigen werden. Aber wir sollten ihn gleich morgen früh davon in Kenntnis setzen.«

»Warum beschatten sie mich?«

»Die meisten Secret-Service-Agenten, die David, Vanessa und dem Weißen Haus zugeteilt sind, gehören zu Spences Leuten. Sie haben die vorgeschriebene Ausbildung hinter sich und alle Tests bestanden, aber sie sind seine Männer.«

»Wie können sie sich über die Vorschriften hinwegsetzen?«

»Das ist gerade das Schöne daran. Sie setzen sich nicht über sie hinweg. Sie sind geschmeidig wie Quecksilber. Sollte jemand sie zur Rechenschaft ziehen wollen, können sie behaupten, daß du in die Kategorie der seelisch gestörten Personen fällst, die vorbeugend überwacht werden müssen.«

»Um es gelinde auszudrücken«, murmelte sie.

»Versuch jetzt zu schlafen.«

Gray stand auf, knipste die Nachttischlampe aus, ging ans Fenster zurück und sah wieder durch die Jalousie. Er suchte den Parkplatz des Motels fünf Minuten lang nach verdächtigen Autos oder Bewegungen ab.

Als er sich vergewissert hatte, daß sie ihren Verfolgern für diesmal entkommen waren, blickte er zum Bett hinüber und sah beunruhigt, daß Barrie ihn beobachtete. »Ich dachte, du seist längst eingeschlafen.«

Sie lag wieder auf der Seite, aber jetzt hatte sie die Hände flach unter ihre Wange geschoben. »Wer bist du, Gray Bondurant?«

»Ich? Ich bin niemand.«

»Stimmt nicht«, sagte sie schläfrig. »Du bist jemand.«

»Schlaf jetzt.«

»Du brauchst auch Schlaf. In diesem Bett ist Platz genug für uns beide.«

Er konnte unmöglich zu ihr unter die Decke kriechen, ohne der Verlockung dieser Haut, dieser Stimme zu erliegen. »Ich bleibe noch eine Weile hier sitzen.«

»Wozu?«

»Damit ich nachdenken kann.«

»Worüber?«

»Schlaf jetzt, Barrie.«

»Noch eine Frage?«

»Okay«, sagte er seufzend.

»Neulich in deinem Haus… das war Sex ohne Verpflichtungen, stimmt's?«

»Stimmt.«

Sie senkte kurz den Blick, dann sah sie wieder zu ihm auf. »Aber ziemlich phantastischer Sex.«

Er lächelte in der Dunkelheit. »Ziemlich phantastisch.«

»Aber du hast mich nicht geküßt. Nicht auf die Lippen. Was hast du gegen Küsse auf den Mund?«

»Das sind zwei Fragen. Gute Nacht.«

»George?«

Die Stimme seiner Frau schien von einer fernen Küste über ein Meer von Scotch hinweg an sein Ohr zu dringen. Dr. Allan hob den Kopf und sah Amanda als Silhouette in der offenen Tür seines Arbeitszimmers stehen. Er fand sie schön, begehrenswert und stark. Er konnte ihren Anblick nicht ertragen. Ihre Stärke betonte seine Schwäche.

Sie kam herein. Als sie den Schreibtisch erreichte, griff sie nach der Flasche und überzeugte sich davon, daß sie nur noch einen Rest Scotch enthielt. Selbst in seinem benebelten Zustand entging ihm ihr stiller Tadel nicht.

»Was gibt's, Amanda?« fragte er nörglerisch.

»Du kennst mich also noch. Das ist erfreulich. Erinnerst du dich zufällig auch, daß du zwei Söhne hast?«

»Spielen wir Rätselraten?«

»Dein älterer Sohn zieht sich jeden Tag ein bißchen weiter in sich selbst zurück. Ich habe ihn angefleht, mir zu sagen, was ihn bedrückt, aber er reagiert mürrisch und antwortet nicht. Seine Lehrer haben in letzter Zeit ähnliche Erfahrungen gemacht. Er frißt seine Probleme in sich hinein und läßt niemanden an sich heran. Er ist dir so ähnlich, daß es mir richtig angst macht.

Ich komme gerade vom Bett deines jüngeren Sohns und habe sein Nachtgebet gehört. Er hat den lieben Gott gebeten, Daddy zu helfen; dann hat er zu weinen angefangen, und ich mußte ihn im Arm halten, bis er eingeschlafen ist.«

George rieb sich die müden, blutunterlaufenen Augen. »Ich gehe später rein und gebe ihnen einen Gutenachtkuß.«

»Du begreifst nicht, worum es geht. Ich will nicht, daß du

ihnen einen Gutenachtkuß gibst. Nicht in deinem momentanen Zustand. Die beiden sind nicht dumm, weißt du. Sie spüren, daß mit dir irgend etwas ganz und gar nicht in Ordnung ist und daß es nicht nur deine Trinkerei ist.«

»›Meine Trinkerei‹? Das klingt, als wäre ich ein Gewohnheitstrinker.«

»Du wirst allmählich einer. Was ist mit dir los?«

»Nichts.«

»Ach, tatsächlich? Würdest du die letzten achtundvierzig Stunden als typisch bezeichnen? Als du gestern morgen heimgekommen bist, hast du wie eine Gestalt aus einem Horrorfilm ausgesehen. Weiß der Teufel, wie lange du nicht mehr geschlafen hattest. Du hast mir deine lange Abwesenheit oder dein Aussehen mit keinem Wort zu erklären versucht. Du hast dich nicht dafür interessiert, wie es mir oder den Kindern geht. Du bist sofort in dein Zimmer hinaufgegangen, hast dich hier verkrochen und bist seitdem nicht herausgekommen.«

Um ihren Worten Nachdruck zu verleihen, knallte sie die Flasche wieder auf den Schreibtisch. »Du bist stinkbesoffen, und ich habe dich weinen gehört. Ersteres macht mich wütend, letzteres bricht mir das Herz. George«, sagte Amanda bittend, »wie soll ich dir helfen können, wenn du mir nicht sagst, was dich bedrückt?«

»Mich bedrückt nichts.«

»Verdammt, George, seit wann hat sich deine Auffassung von einer guten Ehe verändert?«

»Wie meinst du das?«

»Wenn du dich mir nicht anvertraust, führen wir doch keine Ehe mehr, jedenfalls nicht die, die wir einander versprochen haben. Aber zumindest auf dem Papier bin ich nach wie vor deine Ehefrau, deshalb will ich wissen, was zum Teufel hier vorgeht.«

»Herrgott, bist du taub?« brüllte er. *»Ich habe nichts!«*

Sie wich vor seinem aufbrausenden Zorn nicht zurück. »Lüg mich nicht an«, sagte sie eisig. »Denkst du, ich merke nicht, wie du zusehends verfällst?«

»Laß mich in Ruhe.«

»Nein, das tue ich nicht«, gab sie zurück und schüttelte den Kopf, daß ihre glatte Pagenfrisur flog. »Du bist mein Mann. Ich liebe dich. Ich würde mein Leben für dich opfern. Aber erst muß ich wissen, was dich von einem mustergültigen Arzt, Ehemann und Vater in einen brabbelnden Trinker verwandelt hat.«

George funkelte sie an, aber sie hielt seinem Blick stand. Amanda konnte unbarmherzig stur sein. »Dein Problem hängt mit David zusammen, nicht wahr? Gib dir keine Mühe, das zu leugnen. Ich weiß genau, daß er hinter deiner persönlichen Krise steckt. Was hat sie ausgelöst?«

»Laß es gut sein, Amanda.«

»Was hat er von dir verlangt?«

»Du sollst aufhören, hab' ich gesagt.«

»Womit hat er dich in der Hand?«

»Hat er nicht!«

»Hat er doch!« widersprach sie ebenso laut. »Und wenn du dich nicht davon freimachst, vernichtet er dich.«

George sprang auf und hämmerte mit beiden Fäusten auf die Schreibtischplatte. »Die Frau ist gestorben, okay?«

»Wie bitte?«

»Also, jetzt habe ich's gesagt. Ich habe dir mein Problem anvertraut. Bist du jetzt glücklich? Zufrieden?«

»Du sprichst von der Krankenschwester.«

»Ja, von der Krankenschwester, die vor drei Tagen in unserem Ferienhaus gestorben ist. An plötzlichem Herzstillstand.« Er senkte den Kopf und umfaßte ihn mit beiden Händen. »Ich habe mich bemüht, sie wiederzubeleben, aber das ist mir nicht gelungen. Ich habe versagt, und sie ist gestorben.« Seine Schultern zuckten, als ihm ein Schluchzen entfuhr.

»Warst du betrunken?«

»Ich hatte ein Valium genommen, sonst nichts.«

»Du hast alles getan, was du konntest?«

Er nickte. »Ich habe eine halbe Stunde lang versucht, sie wiederzubeleben. Dann haben die Secret-Service-Agenten mich von ihr weggezogen und gesagt, das habe keinen Zweck und sei reine Zeitverschwendung.«

Amanda holte stockend Luft, dann legte sie ihm eine Hand auf die Schulter. »Das tut mir leid, George«, sagte sie mit sanfter Stimme.

Er sehnte sich danach, ihr Mitgefühl anzunehmen. Er wußte, daß sie trotz der zornigen Worte, die sie gewechselt hatten, die Arme für ihn ausbreiten würde. Ihr Busen wäre weich, ihre Stimme tröstend, ihre Umarmung ein Zufluchtsort, wo er sich verkriechen und vielleicht für gewisse Zeit vor seinen Dämonen verstecken konnte.

Aber er hatte ihren Trost und ihre Verzeihung nicht verdient. Seine krasse Unwürdigkeit weckte in ihm Ressentiments gegen ihre Bereitschaft, solche bedingungslose Liebe zu geben. Deshalb wies er sie zurück und zuckte mit der Schulter, so daß ihre Hand abglitt. »Was hättest du tun können?« fragte er aggressiv. »Welches Wunder hättest du bewirken können, damit das Problem verschwindet?«

Er kehrte ihr den Rücken zu und torkelte zum Barschrank. Eine neue Flasche Scotch zu öffnen schien mehr manuelle Geschicklichkeit zu erfordern, als seine Finger aufbringen konnten, aber er bekam sie schließlich doch auf und goß sich einen weiteren Drink ein.

»Oh, nein, warte«, sagte er, als er sich wieder zu Amanda umdrehte. »Du kannst ja jedes Problem lösen, nicht wahr? Dir gelingt alles, was du dir vornimmst. Erfolg ist dein zweiter Vorname. Nein, es muß Vortrefflichkeit heißen. Vortrefflichkeit ist dein zweiter Vorname.«

George wußte, daß sein beißender Spott sie tief verletzte, aber er konnte den Mund nicht halten. Jemand anders sollte sich ebenso mies fühlen wie er, und Amanda war der einzige Mensch in seiner Nähe. Aber sie ließ sich nicht provozieren, sondern behielt die Fassung.

»Ich hätte dein Problem nicht lösen können, George, aber ich hätte dir mein Mitgefühl ausdrücken können.«

»Das hätte mir viel genützt.«

»Dir sind schon früher Patienten unter den Händen gestorben. Natürlich leidet der Heiler in dir, wenn alle deine Bemühungen, einen Patienten zu retten, vergebens bleiben. Aber so verzweifelt warst du noch nie.«

Sie legte den Kopf leicht nach hinten und sah ihm in die Augen. Er war betrunken, aber nicht so weit hinüber, daß er nicht befürchtete, sie könnte in seinem Blick mehr lesen, als sie erfahren durfte. Er sah weg. Nicht rasch genug.

»Du hast mir nicht alles erzählt, stimmt's?« fragte sie. »Was ist in unserem Ferienhaus noch passiert?«

»Wer sagt, daß noch was passiert ist?«

Amandas Blick war reserviert. »Ich kenne dich, George. Du hast irgendeinen entscheidenden Aspekt ausgelassen.«

»Die Schwester hat ins Gras gebissen. Das war alles.«

»Die Sache betrifft Vanessa, nicht wahr?«

»Nein.«

»Wieso ist der Tod dieser Frau dann...«

»Was willst du noch von mir?« brüllte er sie an. »Du hast gefragt, was mich bedrückt, und ich hab's dir gesagt. Jetzt scher dich zum Teufel und laß mich mit deinem Scheißmitleid in Ruhe, verdammt noch mal!«

Solche Ausdrücke hatte er ihr gegenüber noch nie benützt. Er konnte nicht glauben, daß er es jetzt getan hatte, obwohl ihr vulgäres Echo von den holzgetäfelten Wänden widerzuhallen schien. War er schon so tief gesunken, daß er seine Frau beschimpfte? Dieser Gedanke, der wie ein Mühlstein an seinem Hals hing, zog ihn noch tiefer in einen Abgrund aus Depression und Selbstverachtung. Er kippte rasch seinen Drink.

Amanda, deren eigener Abscheu offensichtlich war, wandte sich ab. An der Tür drehte sie sich um. »Meinetwegen kannst du brüllen und fluchen, George, wenn dir das hilft. Ich bin zäh. Ich kann einiges vertragen.«

Sie hob die zur Faust geballte linke Hand, damit er ihren Ehering sehen mußte. »David Merritt hat einen Amtseid abgelegt, aber ich auch – an unserem Hochzeitstag am Altar. Ich habe versprochen, daß nur der Tod uns scheiden wird, und das war mein Ernst. Du bist mein Ehemann, und ich liebe dich. Ich werde dich nicht kampflos aufgeben. Ich werde alles in meiner Macht Stehende tun, um zu verhindern, daß dieser Mann dich vernichtet, selbst wenn er zufällig der Präsident der Vereinigten Staaten ist.«

27. Kapitel

»Nicht schon wieder«, nörgelte Daily.

Barrie hatte seinen Fernseher auf VH-1 und ohrenbetäubende Lautstärke eingestellt. »Gray glaubt, daß dein Haus überwacht wird.«

»Verwanzt ist es wohl auch?«

»Abhören können sie auch ohne Wanzen«, erklärte Gray ihm. »Mit hochmoderner Ausrüstung können sie Gespräche über mehrere Straßenblocks hinweg mithören.«

»›Sie‹?«

»Spences Männer.«

»Schweine«, murmelte Daily. Er nickte zu Gray hinüber und fragte Barrie: »Ich dachte, er sei abgehauen?«

»Das hab' ich auch gedacht. Er, äh, hat mich gestern abend überrascht.«

»Ich bin ziemlich spät vom Bardot-Festival heimgekommen«, sagte Daily. »Du warst nicht da. Ich habe mir die ganze Nacht Sorgen um dich gemacht.«

»Ich hab' vergessen, dich anzurufen«, gab sie verlegen zu.

Daily bedeutete ihnen, ihre Plätze auf dem Sofa einzunehmen. »Vermute ich richtig, daß die Sache noch nicht vorbei ist? Ihr glaubt weiterhin, daß der Tod des Babys kein Unfall war?«

»Davon müssen wir ausgehen«, antwortete Gray. »Diese ganze Sache hat damit angefangen, und jetzt ist sie weiter eskaliert. David bemüht sich, alles unter Verschluß zu halten, aber das ist schwierig. Spence ist es nicht gelungen, mich zu erledigen. Dann ist in George Allans Ferienhaus alles schiefgegangen, als Vanessas Krankenschwester gestorben ist.

Ihr Tod hat Dr. Allan in einem Augenblick ins Bewußtsein der Öffentlichkeit gerückt, in dem weder David noch er es brauchen konnten«, vermutete er. »Allan konnte unmöglich weiter an Vanessa herumdoktern.«

Barrie ergriff das Wort. »Da der Tod ihrer Krankenschwester die Aufmerksamkeit der Öffentlichkeit wieder auf Vanessas Gesundheitszustand lenken würde, mußte er … sie gewissermaßen *wiederbeleben* und in aller Eile nach Washington zurückverfrachten.«

»Bei der Pressekonferenz haben sie Vanessa der ganzen Welt vorgeführt«, sagte Gray. »Jedem, der sie nicht besonders gut kennt, muß sie normal vorgekommen sein. Ich glaube, daß sie weiterhin in Gefahr ist.«

»Wie kommst du darauf?« fragte Daily. »Alles ist wunderbar glatt gelaufen. Neely hat den Nachruf der First Lady auf die Krankenschwester verlesen. Die Merritts sind in Gedanken und Gebeten bei den Hinterbliebenen. Blablabla.«

»Vanessa hat ein Notsignal gesendet«, sagte Gray. »Sie hat den Ehering ihrer Mutter nicht getragen«, fügte er erklärend hinzu. »Sie hatte ihn am rechten Ringfinger, seit Clete ihn ihr am Todestag ihrer Mutter angesteckt hat. Auf der Pressekonferenz hat er auffällig gefehlt. Sie hat ihre rechte Hand immer wieder sehen lassen – vor allem, wenn Kameras auf sie gerichtet waren. Sie hat es darauf angelegt, glaube ich, daß jemand das Fehlen des Rings bemerkt.«

»Hältst du das wirklich für einen Hilferuf?« wollte Daily wissen.

»Ja.«

»Sie kann den Ring verlegt haben«, wandte Barrie ein. »Vielleicht hat er nicht mehr gepaßt, weil sie so dünn geworden ist. Oder vielleicht hat er ihr einfach nicht mehr gefallen. Er kann bei einem Juwelier sein, um enger gemacht oder gereinigt zu werden. Es gibt Dutzende von plausiblen Erklärungen dafür, daß sie ihn nicht getragen hat.«

»Stimmt«, sagte Gray. »Hätte ich sie daheim in Wyoming im Fernsehen gesehen und bemerkt, daß sie den Ring nicht trägt, wäre ich vielleicht ein bißchen neugierig, aber nicht unbedingt besorgt gewesen.

Aber«, fuhr er fort und stand auf, »da Spence losgeschickt wurde, um mich zu erledigen, da ich mit eigenen Augen gesehen habe, wie dein Haus in die Luft geflogen ist, und da ich weiß, daß du von Überwachungsteams beschattet wirst, neige ich dazu, mehr als nur ein bißchen neugierig zu sein.«

»Und ich glaube, du hast recht«, gab Barrie widerstrebend zu. »Diese Pressekonferenz ist Vanessas einziger öffentlicher Auftritt seit ihrem ›Rückzug aus der Öffentlichkeit‹ geblieben. Wenn sie so gesund wäre, wie das Weiße Haus behauptet, hätte sie ihre gewohnten Verpflichtungen wieder aufgenommen, nicht wahr?» Sie griff impulsiv nach dem Hörer von Dailys Telefon und wählte eine Nummer, die sie im Kopf hatte.

»Wen rufst du an?« fragte Gray.

»Vanessas Büro.«

»Denk daran, daß wahrscheinlich alles, was du sagst, abgehört wird.«

»Sie werden glauben, ich wollte wieder einen meiner alten Tricks versuchen. Stell den Fernseher leise.«

Die plötzliche Stille war ebenso ohrenbetäubend wie zuvor der Krach. »Guten Morgen«, sagte Barrie freundlich, als sich eine Stimme meldete. »Mein Name ist Sally May Henderson. Ich vertrete die Töchter der amerikanischen Revolution. Wir möchten die First Lady als Anerkennung für ihre Kampagne zugunsten der Obdachlosen mit einer unserer Ehrenurkunden für besondere Verdienste auszeichnen.«

Sie unterstrich, ihre Organisation lege großen Wert darauf,

die Auszeichnung persönlich zu überreichen. »Das Medienecho würde die Nation darauf aufmerksam machen, daß die Suppenküchen und Unterkünfte, an deren Bereitstellung die First Lady so maßgeblich mitgewirkt hat, weiter dringend gebraucht werden.« Darauf wurde ihr höflich, aber bestimmt mitgeteilt, in naher Zukunft sei leider kein Termin möglich. Die First Lady erhole sich noch von ihrer kürzlichen Unpäßlichkeit.

»Ja, ich verstehe. Nun, dann bestellen Sie ihr bitte unsere herzlichen Grüße. Wir melden uns wieder.« Sie legte auf und wandte sich an Daily und Gray. »Ihr Stab hat Anweisung, keine Termine für sie zu vereinbaren, bevor Dr. Allan die Erlaubnis dazu erteilt.«

Gray stellte den Fernseher wieder brüllend laut, bevor er sagte: »David geht aufs Ganze.«

»Sieht so aus.«

Daily rieb sich mit besorgter Miene das Kinn. »Willst du wirklich das andeuten, was ich vermute?«

»Der ehemalige Aktivposten Vanessa hat sich mehr in einen Passivposten verwandelt«, sagte Gray. »Und Passiva eliminiert David schleunigst.«

»Das vermutest du nur«, betonte Daily.

»Nein. Das weiß ich.« Gray ging zum Sofa zurück, setzte sich wieder neben Barrie. Einen Augenblick lang schwiegen alle drei.

Schließlich ergriff Barrie das Wort. »Meine Karriere war ein Witz. Ich habe mehr Debakel erlebt als Erfolge. Mein Instinkt ist weiß Gott nicht zuverlässig. Aber diesmal *weiß* ich, daß ich recht habe. Unser Präsident ist ein Verbrecher.« Sie sah Gray an. »Meinem Instinkt mißtraue ich vielleicht, aber ich vertraue deinem.«

»Danke.« Er sah zu Daily hinüber, bevor er sich wieder an

Barrie wandte. »Ich finde, ihr beiden solltet einen längeren Urlaub irgendwo im Ausland machen. Sobald David davon überzeugt ist, daß ihr aufgegeben habt, daß ihr keine Bedrohung mehr darstellt, läßt seine Wachsamkeit nach. Ich bleibe hier und versuche Vanessa zu retten, bevor David sein Vorhaben in die Tat umsetzen kann.«

»Kommt gar nicht in Frage!« widersprach Barrie hitzig. »Hier geht es um einen Mordversuch an der First Lady. Als Staatsbürgerin kann ich da nicht untätig zusehen. Außerdem hat Vanessa sich ursprünglich hilfesuchend an mich gewandt. Hätte ich die Zeichen nicht falsch gedeutet, wäre sie jetzt vielleicht bei ihrem Vater in Sicherheit. Weil ich den Ball verloren habe, steht sie weiter unter der Fuchtel ihres Ehemanns.

Und wegen seiner Falschheit habe ich alles verloren, was mir etwas bedeutet hat: Cronkite, mein Haus, meinen Job. Ich führe jetzt einen privaten Rachefeldzug gegen diesen Dreckskerl im Oval Office. Und Gott sei ihm gnädig, denn ich bin die schlimmste Feindin, die man haben kann. Eine, die nichts mehr zu verlieren hat.«

»Nur ihr Leben«, sagte Daily keuchend.

»Nein«, widersprach sie leise. »Nur *dich*, Daily.«

»Du brauchst mir jetzt gar nicht mit Tränen in den Augen zu kommen, junge Frau. Du hast Scheiße im Hirn. Das habt ihr beide«, sagte er, während er abwechselnd Gray und sie anstarrte.

»Wie können wir Merritt *nicht* als das anprangern, was er ist?« fragte sie mit sanfter Stimme.

»Du redest verrücktes Zeug. Habt ihr euch mal selbst reden hören? Verdammt, der Kerl ist der Präsident der Vereinigten Staaten. Er bekleidet das höchste Amt Amerikas. Er ist der mächtigste Mann der Welt. Legt euch ruhig mit ihm an, dann seid ihr am Ende tot.«

Als Barrie zu Gray hinübersah, las sie in seinem Blick eine Entschlossenheit, die der ihren entsprach. Eine Ironie des Schicksals wollte es, daß die Sache, die sie zuvor getrennt hatte, sie jetzt zusammenschmiedete.

Sie wandte sich wieder an Daily und sagte: »Sollte Merritt vorhaben, mich umbringen zu lassen, will ich wenigstens kämpfend untergehen. Aber dich möchte ich auf keinen Fall in Gefahr bringen. Du mußt einen längeren Urlaub machen.«

»Am besten fliegst du gleich heute nachmittag ab«, drängte Gray.

»Wohin möchtest du reisen, Daily? Mexiko?«

»Und Durchfall kriegen? Zum Teufel, nein.«

»Auf die Bahamas?«

»In der Karibik tobt ein Hurrikan. Siehst du keine Nachrichten?«

»Australien?«

»Ich fliege nirgendwo hin«, sagte er nachdrücklich. »Warum soll ich abhauen und euch den ganzen Spaß überlassen?«

»Spaß wird es dabei nicht viel geben, Daily«, stellte Gray mit Leichenbittermiene fest. »Mit diesen Kerlen ist nicht zu spaßen. Die machen Ernst, wenn es darum geht, einen Auftrag auszuführen. Deshalb müssen wir es auch ernst meinen. Selbst auf die Gefahr hin, daß das melodramatisch klingt: Bei dieser Sache kann es leicht um Leben oder Tod gehen.«

»Bei mir geht es täglich um Leben oder Tod«, erwiderte Daily. Er breitete seine Arme aus, um den schäbigen Raum zu umfassen. »Ich habe noch weniger zu verlieren als Barrie. Ich habe eine unheilbare Krankheit. Ich habe keine Frau, keine Kinder, nichts. Ich schätze, daß ich nicht vergessen sterbe, wenn ich euch helfen kann.«

Barrie durchquerte den Raum, beugte sich über Daily und

küßte ihn auf seine hohe Stirn. »Du bist hinfällig und häßlich, aber ich liebe dich sehr.«

»Schluß damit! Ich kann diesen sentimentalen Scheiß nicht leiden.« Er scheuchte sie mit einer Handbewegung fort. »Okay, Bondurant, womit fangen wir an?«

28. Kapitel

Barrie lächelte Jayne Gastons Sohn über die Schwelle seines Hauses hinweg an. »Hallo, Mr. Gaston. Barrie Travis. Erinnern Sie sich an mich?«

»Nur zu gut. Was wollen Sie?«

»Ich habe Ihnen das hier mitgebracht«, sagte sie und hielt ihm eine blaue Hortensie in einem Blumentopf hin. »Darf ich reinkommen?«

Er zögerte, während er überlegte, ob er mit ihr reden sollte. Schließlich trat er beiseite. »Für ein paar Minuten.«

Ralph Gaston junior war ein zurückhaltender Mittdreißiger mit einem kleinen Bäuchlein. Er wohnte in einem Mittelstandsvorort von Washington in einem gepflegten Backsteinhaus in der Mitte eines Straßenblocks. Barrie hatte seine Adresse aus dem Telefonbuch.

Sie wurde durch saubere Zimmer geführt, die voller Spielzeug lagen. »Meine Frau ist mit den Kindern ins Einkaufszentrum gefahren«, erklärte er ihr, während er über einen Rasenmäher von Playskool hinwegstieg.

»Tut mir leid, daß ich sie verpaßt habe. Ich wollte auch ihnen mein Beileid aussprechen.«

Sie folgte ihm auf eine Veranda mit Fliegenfenstern, wo er sich auf einem tragbaren Fernseher gerade ein NCAA-Footballspiel angesehen hatte. Er stellte den Ton leiser, dann nahm er einen Schluck aus der Bierdose auf dem Tischchen neben dem Sofa. Barrie bekam nichts zu trinken angeboten. Sie setzte sich in den Gartenstuhl aus Aluminiumrohren, auf den er mit einer Handbewegung wies.

Barrie stellte einleitend klar, dieses Gespräch sei strikt inoffiziell. »Ich bin nicht als Reporterin hier. Vielleicht fühlen Sie sich besser, wenn ich Ihnen sage, daß ich bei WVUE rausgeflogen bin.«

»Das freut mich wirklich«, gab er schonungslos zu. »Sie haben nur bekommen, was Sie verdienen, Miss Travis. Meine Mutter war eine Dame. Sie hat Würde besessen und nur selten die Aufmerksamkeit anderer auf sich gelenkt. Sie haben aus ihrem Tod eine schwarze Komödie gemacht. Nach dem Medienspektakel, das sie im Krankenhaus veranstaltet haben, fällt es mir schwer, höflich zu Ihnen zu sein.«

»Das kann ich Ihnen nicht verdenken. Ich bedaure es wirklich überaus, daß Ihr Verlust so öffentlich ausgewalzt wurde.«

»Versuchen Sie, sich zu entschuldigen?«

»Sogar sehr.«

»Ich nehme Ihre Entschuldigung an.« Er wollte aufstehen. »Wenn Sie mich jetzt…«

»Ihre Mutter war sicher sehr aufgeregt, als Dr. Allan sie eingestellt hat«, sagte Barrie hastig, bevor er sie hinauskomplimentieren konnte.

»Wie kommen Sie darauf?« Seine Stimme klang wie ein Peitschenknall, was sie überraschte.

»Äh, nun, weil er so viel Vertrauen zu ihr hatte.«

»Oh«, sagte er sichtlich entspannt. »Klar, sie war glücklich, einen so guten Job zu bekommen. Sie hat gesagt, es sei besonders befriedigend, eine so wichtige Patientin betreuen zu dürfen.«

Barries journalistischer Instinkt ließ ihren gesamten Körper kribbeln. Worauf war sie hier gestoßen? Ihr ursprüngliches Motiv war aufrichtig gewesen: Sie hatte sich für ihr peinliches Versehen und seine Auswirkungen auf die Familie Gaston entschuldigen wollen.

Aber dieses Gespräch mit Ralph Gaston war auch Bestandteil von Grays und ihrer Strategie zum Schutz Vanessas. Sie konnten den Präsidenten wegen seiner angeblichen Verbrechen nicht einfach auf dem nächsten Polizeirevier anzeigen. Sie hatten keine gesicherten Beweise in der Hand, die sie dem Justizministerium hätten vorlegen können. Sie konnten das Weiße Haus nicht mit Waffengewalt stürmen. Ihr Angriff mußte viel subtiler sein.

Nach Grays Auffassung, die Barrie und Daily teilten, mußte Merritts Regierungsapparat von innen heraus zerstört werden. Er mußte wie ein erlöschender Stern in sich selbst zusammenfallen. Die Energie, die Merritts Präsidentschaft innewohnte, mußte paradoxerweise ihre eigene Zerstörung bewirken.

Informationen waren die einzige Waffe, die ihnen zur Verfügung stand. Sie mußten genau wissen, was in George Allans Ferienhaus passiert war. Barrie hatte sich erboten, mit Jayne Gastons Sohn anzufangen. Sie hatte nicht erwartet, etwas wirklich Wichtiges zu erfahren, aber vielleicht hatte sie das Potential dieses Interviews unterschätzt.

Ralph hatte Ausdrücke wie *glücklich* und *befriedigend* gebraucht, um die Reaktion seiner Mutter auf ihren neuen Job als Privatpflegerin der First Lady zu beschreiben – als hätte sie das Gefühl gehabt, dieses Postens nicht würdig zu sein. Warum? fragte Barrie sich.

»Hat Ihre Mutter schon früher Probleme mit dem Herzen gehabt?«

»Erst in den letzten Jahren«, sagte Ralph fast etwas abwehrend. »Aber sie hatte sie im Griff. Sie hat sich regelmäßig untersuchen lassen und nie vergessen, ihre Medizin einzunehmen. Mom war nicht unterzukriegen. Sie hat ihren Beruf geliebt. Und sie war eine ausgezeichnete Krankenschwester.«

»Stimmt, das habe ich gehört, Dr. Allan war ganz begeistert von ihr. Der Präsident auch.«

»Er hat zur Beerdigung Blumen geschickt.«

»Wirklich? Mir hat er auch mal Blumen geschickt.« In einem anderen Leben. Bevor sie gewußt hatte, daß er ein Mörder war. »Hat Ihre Mutter früher schon mal einen Herzanfall gehabt?«

»Ja, aber einen harmlosen«, antwortete er wieder fast abwehrend. »Sie hat sich rasch erholt. Ihre Arbeit hat nie darunter gelitten.«

»Niemand hat Zweifel an ihren Fähigkeiten oder Leistungen geäußert, Mr. Gaston.«

Er rieb sich mit beiden Händen die Oberschenkel. Barrie erkannte das als nervöse Geste. Der dem Mittelstand angehörende Vorstadtbewohner mit dem Bäuchlein wirkte plötzlich nicht mehr ganz so sanftmütig. »Wenn Mom gut genug war, die First Lady zu betreuen«, sagte er, »war sie für jeden gut genug.«

»Genau.«

»Sie war hervorragend qualifiziert.«

»Davon bin ich überzeugt. Wie hat es ihr gefallen, für Dr. Allan zu arbeiten?«

»Wie meinen Sie das?«

Barrie schenkte ihm ein Insiderlächeln. »Ich bin nur neugierig. Sie wissen, wie egoistisch Ärzte sein können. Manche glauben, sie könnten übers Wasser wandeln. Ich habe mich nur gefragt, ob Ihre Mutter mit Dr. Allan etwas Ähnliches erlebt hat.«

»Darüber hat sie nie gesprochen.«

Barrie merkte sofort, daß er log. »Ihre Mutter war sicher der Überzeugung, die Krankheit der First Lady werde mit den richtigen Mitteln behandelt?«

»Mrs. Merritt war nicht krank. Sie hat nur längere Zeit Ruhe gebraucht.«

»Natürlich. Genau das habe ich gemeint.«

»Nein«, widersprach er und schüttelte den Kopf, »Sie wollten andeuten, meine Mutter würde es bewußt übersehen, wenn ein Patient falsch behandelt würde.«

»Ich habe nichts dergleichen angedeutet, Mr. Gaston. Der Präsident hat Ihre Mutter und Dr. Allan öffentlich dafür belobigt, wie ausgezeichnet sie Mrs. Merritt betreut haben.«

»Worauf wollen Sie also hinaus?«

Worauf *wollte* sie hinaus? »Ich finde es nur jammerschade, daß selbst ein so guter Arzt wie Dr. Allan Ihre Mutter nicht hat retten können.«

»Er hat gesagt, er habe alles Menschenmögliche getan.«

»Und Sie glauben Ihm?«

»Warum denn nicht? Er ist ein erstklassiger Arzt und ein anständiger Mensch. Er hat Mom eine Chance gegeben, die ihr sonst niemand geben wollte.«

»Eine Chance?«

»Arbeiten zu können.« Er sprang plötzlich auf. »Ich möchte nicht mehr darüber reden. Meine Mutter ist erst vor einigen Tagen gestorben. Ich bin noch immer ziemlich durcheinander.«

»Natürlich. Tut mir leid, daß ich Sie belästigt habe.«

Barrie setzte ihn nicht weiter unter Druck. Sie hatte ohnehin schon viel mehr erfahren, als sie sich erhofft hatte. Tatsächlich hatte dieses Gespräch zahlreiche neue Fragen aufgeworfen, und sie hatte es eilig, weitere Nachforschungen anzustellen.

»Ich bin Ihnen sehr dankbar für dieses Gespräch.« An der Haustür drückte sie ihm herzlich die Hand. Ihrer Überzeugung nach war er wie ganz Amerika von den Männern an den Schalthebeln der Macht hinters Licht geführt worden. Daher empfand sie trotz seines rüden Verhaltens nur Mitleid für ihn. »Bitte übermitteln Sie Ihrer Familie mein Beileid, und ich bitte Sie nochmals um Entschuldigung für den zusätzlichen Kummer, den ich Ihnen bereitet habe.«

Ralph Gaston junior beobachtete, wie Barrie Travis zu ihrem am Randstein geparkten Wagen ging und einstieg. Er wartete, bis sie weggefahren war, bevor er ans Telefon lief.

Nach dem zweiten Klingeln meldete sich eine Stimme.

Ralph hatte in seinem ganzen Leben erst zweimal mit einem FBI-Agenten gesprochen – vorgestern, als einer bei der Totenwache am Sarg seiner Mutter erschienen war, um unter vier Augen mit ihm zu sprechen, und jetzt. Beide Male hatte er eine trockene Kehle und feuchte Hände gehabt.

»Ich sollte Sie anrufen, wenn diese Reporterin sich hier blicken läßt. Nun, sie hat eben mein Haus verlassen.«

»Sie haben mit ihr gesprochen?«

»Ja, Sir. Ich hätte am liebsten die Haustür vor ihr zugeknallt, aber ich habe mich an Ihre Anweisungen gehalten und versucht, mir nichts anmerken zu lassen.«

»Was hat sie gewollt?«

»Sich entschuldigen.« Er gab ihr Gespräch wieder und beantwortete dann die Fragen des anderen mit der forschen Präzision eines neuen Rekruten. »Hauptsächlich hat sie versucht, mich über den Gesundheitszustand meiner Mutter und die Behandlung, die Mrs. Merritt von Dr. Allan bekam, auszuhorchen.«

Nach einer spannungsgeladenen Pause sagte der FBI-Agent: »Sie haben Ihre Sache sehr gut gemacht, Mr. Gaston. Präsident Merritt wird Ihre Unterstützung zu würdigen wissen.«

Ralph hatte vor Stolz einen Kloß im Hals. Er hatte seine Befehle direkt vom Oberkommandierenden bekommen. Man hatte ihm erzählt, hinter Barrie Travis' Versuch, den Präsidenten zu verleumden, stecke krankhafter Neid auf die First Lady.

Barrie Travis stehe dem Weißen Haus äußerst feindselig gegenüber, ergo sei sie eine Staatsfeindin. Noch wußte niemand, wie ihre subversiven Tendenzen sich letztlich auswirken würden, aber seit dem Vorfall in Shinlin war erhöhte Vorsicht angebracht. Deshalb hatte der Präsident darum gebeten, sofort benachrichtigt zu werden, wenn sie bei den Gastons aufkreuzte und Informationen zu erhalten versuchte, um ihre Wühlarbeit fortsetzen zu können.

»Ich gebe die Informationen sofort an den Präsidenten weiter«, sagte der Mann. »Sie haben Ihre Pflicht vorbildlich erfüllt.«

»Danke, Sir. Stets zu Diensten. Kann ich sonst noch etwas tun?«

»Rufen Sie mich bitte an, falls sie vorbeikommt.«

»Ich glaube nicht, daß sie wiederkommt«, wandte Ralph ein. »Sie ist bei ihrem Sender rausgeflogen. Sie war heute nicht als Reporterin, sondern als Privatperson da.«

»Das bezweifle ich sehr.«

Spencer legte den Hörer auf und wandte sich an den Präsidenten. »Das war Gaston. Er glaubt noch immer, mit einem FBI-Agenten zu reden. Willst du raten, wer ihm gerade einen Höflichkeitsbesuch abgestattet hat?«

»Verdammt!«

Wann würde dieses Problem endlich verschwinden? Er mußte sich den Kopf für wichtigere Dinge freihalten. Im Augenblick war er zu einer Sitzung des Generalstabs unterwegs, bei der es um beunruhigende Geheimdienstmeldungen aus Libyen gehen würde. In einigen Wochen würde man ihm den Gesetzesentwurf für den Haushalt des kommenden Jahres vorlegen. Die im Vermittlungsausschuß von Senat und Repräsentantenhaus vorgenommenen Kürzungen würden den Zorn spezieller Interessengruppen wecken, und ihm würde die Aufgabe zufallen, sie zu beschwichtigen. Und selbstverständlich mußte jede Entscheidung darauf abgeklopft werden, wie sie den Wahlausgang im kommenden Jahr beeinflussen konnte.

Obwohl diese Amtsgeschäfte volle Konzentration erfordert hätten, mußten sie notwendigerweise hinter diesem ungelösten Problem zurückstehen. »Sie ist schlimmer als ein hartnäckiger Tripper«, knurrte er. »Sie will einfach nicht verschwinden.«

»Dafür könnten wir sorgen. Wir könnten Gray und sie umlegen.«

»Zu riskant, Spence. Ihre Namen sind in letzter Zeit viel zu oft genannt worden.«

»Aber meistens in Zusammenhang mit Clete. Er hat sie öffentlich angeprangert. Wenn sie ermordet würden, würde man den Senator als ersten verdächtigen.«

Merritt dachte darüber nach. Die Vorstellung war reizvoll. Zwei Fliegen mit einer Klappe. Drei, wenn man Clete mitzählte. Spencers Überwachungsteam meldete ihnen jede Bewegung von Gray, Barrie Travis und dem Alten, bei dem sie untergekrochen waren. Der Gedanke, sie mit einem einzigen Schlag zu beseitigen, war verlockend. Eine elegante und zweckmäßige Lösung. Ein reizvoller Vorschlag, aber... zu riskant.

»Nein, Spence.«

»Ich habe Leute, die das erledigen können. Das Weiße Haus wäre nicht im entferntesten...«

Merritt hob abwehrend eine Hand. »Bill Yancey ist zuwenig berechenbar«, sagte er über den Justizminister. »Nein, das wäre zu riskant. Außerdem ist deine Idee nicht ganz uneigennützig. Du würdest Bondurant gern umlegen.«

»Stimmt. Aber damit wäre auch dein Problem gelöst.«

»Ich möchte es lösen, aber wir müssen die Sache klug angehen. Sie können nicht viel Schaden anrichten, solange sie nicht an Vanessa herankommen.«

»Sei doch vernünftig, David. Wir können sie nicht auf unbegrenzte Zeit im Weißen Haus gefangenhalten.«

Er sah seinen Berater an. »Nein, das können wir nicht. Vor allem nicht, wenn ihr Zustand sich wieder verschlimmert.«

Die beiden Männer verstanden sich auch diesmal ohne Worte. Spencer nickte und griff nach dem Telefonhörer. »Ich rufe Dr. Allan an, damit er sofort kommt.«

Merritt nahm ihm den Hörer aus der Hand. »Soll noch jemanden der Schlag treffen? George hält dich für tot. Laß lieber mich anrufen.«

29. Kapitel

»Wo zum Teufel bist du gewesen?« wollte Gray wissen, sobald Barrie zur Haustür hereinkam. »Du hättest vor zwei Stunden zurück sein sollen.«

»Ich habe ein paar sehr interessante Tatsachen ausgegraben«, antwortete sie. »Keine Angst, mir geht's gut. Ich habe den ganzen Nachmittag Gesellschaft gehabt. Mein Schatten ist erst an der letzten Ecke abgebogen. Ich bin fast verhungert.« Sie warf ihm ihre Autoschlüssel zu. »Hol uns ein Abendessen, während ich dusche, dann erzähle ich euch alles.«

Eine Stunde später saßen die drei an Dailys Küchentisch, auf dem noch die weißen Kartons mit den Resten ihres Abendessens aus dem Imbiß standen. In einer Ecke plärrte das voll aufgedrehte Radio.

Barrie entschuldigte sich dafür, ihnen Sorgen gemacht zu haben. »Ich habe nicht angerufen, weil ich am Telefon nichts Wichtiges hätte berichten dürfen. Ihr werdet mir verzeihen, wenn ich euch erzähle, was ich herausbekommen habe.«

»Von Ralph Gaston junior?«

»Indirekt.« Sie berichtete mit gerade noch verständlicher Lautstärke von ihrem Gespräch mit dem Sohn der verstorbenen Krankenschwester. »Merkwürdigerweise hat er mehrmals betont, seine Mutter sei eine ausgezeichnete Fachkraft gewesen.«

»Und?«

»Nun, meines Wissens hat niemand das Gegenteil behauptet. Wozu sollte er etwas beteuern, was gar nicht in Frage stand? Das ist mir so merkwürdig vorgekommen, daß ich weiterrecherchiert habe. Dabei habe ich auch einen Informanten im Justizministerium angerufen, der ihren Namen in die nationale Verbrecherkartei eingegeben hat. Voilà! Dort sind ein Haftbefehl und ein Alias gespeichert.«

Die beiden Männer wechselten einen raschen Blick, dann sahen sie wieder zu Barrie hinüber. »In den ersten Jahren ihrer Ehe mit Ralph Gaston hat sie weiter unter ihrem Mädchennamen gearbeitet. Jayne Heisellman.«

»Der Name kommt mir bekannt vor«, sagte Daily. »Warum?«

»Weil vor ein paar Jahren ein todkranker Patient in Heisellmans Pflege gestorben ist. Man hat sie verdächtigt, Sterbehilfe geleistet zu haben. Obwohl sie das empört zurückgewiesen hat, hat die streng katholische Familie des Patienten Anzeige gegen sie erstattet. Die Geschworenen haben wegen Mangels an Beweisen entschieden, das Verfahren gar nicht erst zu eröffnen. Der Tod des Patienten wurde auf Bauchspeicheldrüsenkrebs zurückgeführt und die Heisellman freigesprochen.«

»Jetzt erinnere ich mich wieder«, sagte Daily.

»Mir hätte es früher einfallen müssen«, antwortete Barrie reumütig. »Das war eins der ersten Themen, über das ich für WVUE berichtet habe. Leider habe ich sie im Krankenhaus nicht erkannt. Sie war gealtert, und… nun, die dortige Situation war einer sofortigen Erinnerung nicht gerade förderlich.

Obwohl sie vom Vorwurf einer strafbaren Handlung freigesprochen wurde, hat ihr die Anklage so viel Streß verursacht, daß sie einen Herzanfall erlitten hat. Auch darüber haben die Medien berichtet. Sie hat sich erholt und wäre ein halbes Jahr später wieder arbeitsfähig gewesen. Aber niemand wollte sie mehr haben.

Die Ermittlungen hatten einen unauslöschlichen Fleck auf ihrem bis dahin tadellosen Werdegang hinterlassen. Das Pflegeheim, in dem dieser Patient gestorben war, hat ihr gekündigt, und auch unter ihrem Ehenamen blieb eine Bewerbung nach der anderen erfolglos.«

»Laß mich raten«, warf Gray ein. »Bis Dr. Allan sie eingestellt hat.«

Barrie bildete mit den Fingern eine Pistole und schoß sie auf ihn ab. »Haargenau, Kumpel.«

»Sie haben eine Krankenschwester eingestellt, die einst unter dem Verdacht stand, Sterbehilfe geleistet zu haben...«

»Für den Fall, daß Vanessa ein *gnädiges* Ende fände. Hätte ihr Leben auf andere Weise geendet und die Schwester darüber reden wollen, hätte Mrs. Gaston praktischerweise einem Herzschlag erliegen können.«

»Was durchaus plausibel gewesen wäre, weil ihre Herzprobleme bekannt waren.«

Ihr Verstand arbeitete so parallel, daß sie die Sätze des anderen ergänzen konnten. Sie stellte abschließend fest: »In jedem Fall hätten sie einen idealen Sündenbock gehabt.«

»Gut gemacht«, erklärte Daily ihr.

»Danke«, sagte sie und sonnte sich in seiner Anerkennung.

»Glaubt ihr, daß Dr. Allan die Schwester ermordet und ihren Tod als einen weiteren Herzanfall ausgegeben hat?« fragte er.

Gray kratzte sich geistesabwesend an der Backe. »Möglich, aber nicht sehr wahrscheinlich. George ist... na ja, er ist schwach. Aber ich halte ihn nicht für skrupellos – kein Mann, der jemanden kaltblütig umlegen könnte. Er ist nicht wie Spence. Nicht wie David.

Ich glaube, daß dieser Herztod sie alle unvorbereitet getroffen hat. Im Krankenhaus hat George weniger schuldbewußt als durcheinander ausgesehen.« Er wandte sich an Barrie. »Was ist mit Gaston? Spielt der auch mit?«

»Nein. Er ist nur um den Ruf seiner Mutter besorgt.«

»Was bedeutet das alles für uns?« wollte Daily wissen.

»Ich habe keinen blassen Schimmer«, antwortete Barrie entwaffnend ehrlich.

Nachdem Daily einen Moment schweigend nachgedacht hatte, sagte er: »Also, ich gebe mich geschlagen. Außerdem macht mich dieses verdammte Ding noch wahnsinnig.« Sein aufgebrachter Blick schien das Radio durchbohren zu wollen.

»Laß deinen Frust nicht wieder die Oberhand über dich gewinnen.«

Barrie erkannte ihren Fehler zu spät. Sie hatte unbedacht dahergeredet. Daily warf ihr einen wütenden Blick zu, den Gray prompt auffing.

»Wovon redet ihr?«

»Hör zu, Bondurant«, wehrte Daily ab, »das ist mein Haus, und ich tue darin, was ich will, und ich tue es, wann ich will.«

Grays Miene verfinsterte sich von Sekunde zu Sekunde. »Wenn etwas vorgefallen ist, was ich wissen müßte...«

»Mach doch um Himmels willen keine Staatsaffäre daraus«, unterbrach Barrie ihn. »Daily hat sich heute morgen ein bißchen aufgeregt. Als du nicht da warst, ist draußen immer wieder eine Limousine vorbeigefahren. Er hat die Beherrschung verloren, ist rausgegangen und hat ihr den Finger gezeigt. Das war alles.«

»Und jetzt wissen sie, daß wir sie erkannt haben«, sagte Gray deutlich verstimmt.

»Daily wollte nicht...«

»Danke, du brauchst mich nicht in Schutz zu nehmen«, sagte Daily knapp. Er wandte sich so trotzig wie möglich an Gray. »Was gibt dir das Recht, mich in meinem eigenen Haus herumzukommandieren?«

»Wir veranstalten hier kein Wettpinkeln, Daily.« Grays Stimme war sanfter und freundlicher, als Barrie erwartet hatte. »Wenn ich dir einen Ratschlag gebe, dient er nur deiner eigenen Sicherheit. Und Barries. Ich kann nicht genug betonen, wie gefährlich diese Männer sind. Und sie suchen Streit. Laß dich bitte auf keinen ein. Ich möchte deinen Tod nicht auf dem Gewissen haben.«

Daily machte ein Gesicht wie ein kleiner Junge, der zu Unrecht getadelt worden ist. Aber er erkannte Grays größere Erfahrung mit knappem Nicken an. »Verdammt«, murmelte er, als er aufstand. »Ich gehe ins Bett.«

Barrie erbot sich, die Küche aufzuräumen, und wünschte ihm eine gute Nacht. Gray folgte ihm hinaus. Da sie nicht mehr als Verschwörer zusammensaßen, stellte sie das Radio ab und genoß die Stille. Nachdem sie Ordnung in der Küche geschaffen hatte, machte sie das Licht aus und ging ins Wohnzimmer hinüber.

Gray hatte sich auf dem Sofa ausgestreckt. Sein Kopf ruhte auf einer Armlehne, seine Füße auf der anderen. Im Dunkel, das durch den gelblichen Lichtschein der Straßenbeleuchtung, der durch die Vorhänge fiel, nur wenig aufgehellt wurde, war seine Gestalt kaum zu erkennen.

In den ersten achtzehn Jahren ihres Lebens war Barrie von zwei Menschen ignoriert worden, die es mehr darauf anlegten, einander unglücklich zu machen, als für das Glück des Kindes zu sorgen, das sie in einem seltenen Augenblick ehelicher Harmonie gezeugt hatten. Vielleicht hatte sie deshalb einen Beruf gewählt, in dem sie ständig gehört und gesehen wurde. Fernsehjournalismus war nichts für Leute, die zurückgezogen leben wollten. Das ehemals vernachlässigte Kind stand jetzt häufig im Blickpunkt der Öffentlichkeit. Barrie war getadelt und verspottet worden, aber sie wurde nur selten ignoriert.

Außer von Gray Bondurant. Es war kränkend, daß er sie so mühelos ignorieren konnte. Nicht sie persönlich, aber die Intimität, die sie miteinander geteilt hatten. Seit jenem Morgen, an dem sie sich kennengelernt hatten, hatte es kaum ein persönliches Gespräch zwischen ihnen gegeben.

Gewiß, dieser Morgen in Wyoming war eine chemische Reaktion, ein *Unfall,* bestimmt kein Akt der Liebe oder auch nur der Zuneigung gewesen. Sie erwartete nicht, daß Gray sie jedesmal mit Fanfarenstößen begrüßte, wenn sie hereinkam, aber wäre nicht zumindest eine gewisse Bestätigung fällig? Er tat so, als wäre nie etwas vorgefallen. Als er Gelegenheit gehabt hatte, zu ihr ins Motelbett zu kriechen, hatte er es nicht mal versucht. Das war die schlimmstmögliche Kränkung.

Heute abend wirkte er zurückhaltend und besonders mit sich selbst beschäftigt. Sie überlegte, ob es klug war, den Löwen in seiner Höhle aufzusuchen. Aber vorsichtiges Taktieren war nie ihr Stil gewesen.

Sie durchquerte das Wohnzimmer, baute sich direkt vor ihm auf und sagte ohne Vorrede: »Du kannst nicht einfach so tun, als wäre es nie passiert.«

»Warum nicht?« Immerhin stellte er sich nicht dumm. »Ich dachte, wir seien uns darüber einig, daß das Sex ohne Verpflichtungen war.«

»Ja, das stimmt.«

Gray zuckte mit den Schultern, als wollte er sagen: *Damit ist der Fall wohl erledigt.*

»Trotzdem – können wir nicht wenigstens zur Kenntnis nehmen, was passiert ist?« fragte sie.

»Welchen Zweck hätte das?«

»Nun, das würde... das würde...« Sie seufzte irritiert. »Ich weiß es nicht. Ich finde nur, wir sollten es nicht einfach ignorieren.«

»Wegen deines Vaters?«

Hätte er plötzlich angefangen, mit Zungen zu reden, hätte sie nicht verblüffter sein können. »Was weißt du über ihn?«

»Daß er nie für deine Mutter oder dich dagewesen ist. Daß er ein notorischer Ehebrecher war und in der Satinbettwäsche einer Geliebten gestorben ist und daß deine Mutter sich aus Kummer über seinen Tod umgebracht hat.«

»Daily hat gründlich ausgepackt, was?« fragte sie erbittert. »Wie kommt er dazu, mein Privatleben mit dir zu diskutieren?«

»Ich habe ihm eine Pistole an den Kopf gehalten. Im übertragenen Sinn.«

»Warum so interessiert, Bondurant?«

»Warum so unwirsch?«

»Du reagierst auch immer unwirsch, wenn ich versuche, über deine Vergangenheit zu sprechen.«

Sie konnte seine Augen in der Dunkelheit nicht sehen, aber sie spürte, daß er sie nachdenklich und abschätzend betrachtete. »Du verkörperst einen Widerspruch, Barrie, und ich bin dafür ausgebildet, Widersprüche zu erkennen und zu analysieren, weil sie meistens sehr bedeutsam sind.«

»Okay, ich beiße an. In welcher Beziehung bin ich widersprüchlich?«

»Zum Beispiel reißt du um so mehr Witze, je kritischer die Situation wird. Männern gegenüber sendest du widersprüchliche Signale aus. In einem Augenblick wehrst du alles ab, was auch nur entfernt sexuell sein könnte, im nächsten...« Er brachte den Satz nicht zu Ende. »Die Ritterlichkeit gebietet, daß ich hier aufhöre.«

»Du bist ein echter Kavalier.«

»Ich wollte wissen, woher dieser häufige Wechsel zwischen heiß und kalt kommt. Seit Daily mir von dir erzählt hat, verstehe ich dich besser. Die Zurückweisung durch deinen Vater hat dich so ehrgeizig gemacht.«

Barrie schob eine Hüfte vor und stützte ihre Hand darauf. »Ach, tatsächlich?«

»Du schuftest verbissen, damit Daddy auf dich aufmerksam wird und dich lobt. Du suchst Zuneigung, fürchtest dich aber zugleich vor ihr. Du gibst dich aggressiv und weist die Männer zurück, bevor sie dich abweisen können, aber diese kompromißlose Haltung entspricht nicht deinen natürlichen Neigungen, die durchaus feminin sind. Dein Vater hat dich Männern gegenüber argwöhnisch gemacht.«

»Ich bin nicht argwöhnisch, Bondurant, ich bin clever. Und ich mißtraue nicht allen Männern, sondern nur manchen.«

»Den meisten.«

»Die meisten sind auch nicht vertrauenswürdig. Im Gegensatz zu meiner Mutter werde ich nie zulassen, daß ein Mann mich behandelt, als wäre ich unsichtbar. Womit wir wieder bei dir und dem Zweck dieser Unterhaltung wären. Ich erwarte weder Pralinen noch Rosen von dir. Aber du sollst nicht durch mich hindurchsehen und so tun, als zählte ich nicht.«

»In Ordnung.«

»Gut. Ausgezeichnet. Gute Nacht.«

»Gute Nacht.«

Als Barrie dann in dem kleinen Gästezimmer auf dem schmalen Feldbett lag, wurde ihr klar, daß sie ihr Ziel erreicht hatte. Aber dieser Sieg erschien ihr sehr schal.

30. Kapitel

Vanessa Merritt frühstückte im Bett. Sie hatte ihr Schlafzimmer seit drei Tagen nicht mehr verlassen – seit dem Abend, an dem David sie geschlagen hatte. Und er hatte sich seinerseits nicht mehr bei ihr blicken lassen.

Mit einem Kissenberg im Rücken sah sie zu, wie Katie Couric den Verteidigungsminister interviewte, der eben aus Nordafrika zurückgekommen war. Es gab Meldungen über verstärkte militärische Aktivitäten Libyens und Luftangriffe auf Israel. Die libysche Regierung behauptete, nichts mit den Bombenangriffen zu tun gehabt zu haben. Der Minister hatte Präsident Merritt geraten, auf drastische politische oder militärische Maßnahmen zu verzichten, solange diese Meldungen nicht vom Geheimdienst bestätigt worden waren.

David würde wütend sein, wenn er Vergeltungsmaßnahmen anordnen mußte. Solche Entscheidungen des Präsidenten provozierten unweigerlich einen Aufschrei in der Öffentlichkeit und heftige Reaktionen von Gegnern und Befürwortern eines militärischen Eingreifens. Bereits ein Scharmützel mit feindlichen Truppen konnte Stimmen kosten.

Vanessa lächelte bei dem Gedanken an das Dilemma, in das diese Sache ihn stürzen konnte.

Ihr Lächeln verschwand, als eine Assistentin anklopfte, um ihr zu melden, Dr. Allan wünsche sie zu sprechen. »Was wollen Sie, George?« fragte sie unfreundlich, als er an ihr Bett trat.

»Ist das eine angemessene Begrüßung?« fragte er, in untadeliger Visitenmanier lächelnd. »Ich bin gekommen, um nach Ihnen zu sehen.«

»Hat David das angeordnet?«

Er gab vor, die häßlich verfärbte Schwellung unter ihrem Auge nicht zu sehen. »Er ist heute morgen in die Karibik geflogen, um die Hurrikanschäden zu begutachten.«

Sie nickte zum Fernseher hinüber. »Die Nachrichten haben gezeigt, wie er zum Abschied gewinkt hat, als er in Andrews an Bord seines Flugzeugs gegangen ist. Er hat sehr entschlossen ausgesehen. Ich bin sicher, daß er den Hurrikan ganz allein wie einen Drachen besiegen wird. Sir David, der furchtlose Ritter.«

»Sarkasmus steht Ihnen nicht, Vanessa.« Er legte ihr die Manschette seines Blutdruckmessers um den Oberarm.

»So wenig wie diese Prellung im Gesicht, die Sie so tapfer zu übersehen versuchen. Fürchtet David, ich könnte eine kosmetische Operation zur Wiederherstellung des Wangenknochens brauchen? Hat er Sie deshalb herbeordert – damit Sie den Schaden begutachten und ihm einen Kostenvoranschlag für die Reparatur machen?«

»Ich bin nur hier, weil eine weitere Blutuntersuchung fällig ist.« Er nahm ihr die Manschette ab und ersetzte sie durch einen Stauschlauch, den er an ihrem Oberarm zusammendrehte, um die Ellbogenvene hervortreten zu lassen. »Und David meint, daß Sie vielleicht noch etwas Ruhe brauchen, bevor Sie wieder ganz genesen sind.«

»›Ruhe‹? Sie meinen Eingesperrtsein?«

Gott, nein! kreischte sie. Innerlich. Was hätte es ihr genützt, laut zu schreien?

Die Secret-Service-Agenten würden herbeieilen. Sie würde George beschuldigen, sie zum zweiten Mal ermorden zu wollen. Ihre Bewacher und die Assistentin, die George hereingeführt hatte – sie sah mit ihren sackartigen Pullovern und Gesundheitsschuhen wie die freundlichste aller Großmütter aus, gehörte aber bestimmt zu Davids strategisch günstig plazierten

Spionen –, würden sie mitleidig anstarren, weil sie offenbar völlig durchgedreht hatte. Jedenfalls würde man sie trotzdem betäuben und abtransportieren.

Sie hatte von niemandem Hilfe zu erwarten. Sie saß in der Falle. Bei der Pressekonferenz hatte sie ein Signal auszusenden versucht, jemand sollte kommen und sie retten. Hatte denn niemand, der sie gut kannte, bemerkt, daß sie den Ehering ihrer Mutter nicht getragen hatte?

Anscheinend nicht. Gray jedenfalls nicht. Spencer war verschwunden, aber er fühlte sich ohnehin nur David gegenüber zur Loyalität verpflichtet. Sie erinnerte sich an das geflüsterte Versprechen ihres Vaters, er habe alles unter Kontrolle, aber wo war er heute morgen?

»Ich will meinen Vater anrufen«, sagte sie, während George ihre Ellbogenbeuge mit eiskaltem Alkohol desinfizierte.

»Ich rufe ihn später für Sie an. Machen Sie eine Faust, damit ich Ihnen etwas Blut abnehmen kann.«

»Ich will ihn aber jetzt anrufen«, sagte sie mit vor Angst schriller Stimme.

Sie schlug die Decke zurück und schwang ihre Beine über den Bettrand. Ohne sich um ihre Nacktheit zu kümmern, griff sie nach dem Telefon auf dem Nachttisch. In ihrer Nervosität ließ sie den Hörer fallen. Sie ließ sich auf alle viere nieder und beeilte sich, den Hörer wieder aufzuheben.

»Vanessa, um Gottes willen!« Georges Hände umfaßten ihre Taille und versuchten sie hochzuziehen.

»Lassen Sie mich los, Sie Schwein!«

Sie wehrte sich, aber George schlug ihr das Telefon aus der Hand und zerrte sie hoch. Sie schwang kraftlos die Arme. Sie krümmte ihre Finger und versuchte, ihm mit ihren Nägeln das Gesicht zu zerkratzen. »Ich lasse nicht zu, daß Sie mir das noch mal antun.«

»Ich versuche doch nur, Ihnen zu helfen.«

»Lügner, Heuchler!« fauchte sie. »Mir können Sie nichts weismachen. Wir wissen beide, warum Sie hier sind. Sie haben Anweisung, mich wieder außer Gefecht zu setzen, stimmt's? Wenigstens so lange, bis nicht mehr zu sehen ist, daß mein Mann mich geschlagen hat. Schlechte Presse, wenn die First Lady nach einem Ehestreit mit einem Veilchen rumläuft, was?«

Sie wehrte sich erneut, aber seine Hände hielten sie eisern fest. »Nicht aufregen, Vanessa, sonst muß ich Sie ruhigstellen.«

»Würden Sie mich auf seinen Befehl hin umbringen, George?«

»Himmel, nein!«

»Lügner. Droben in Highpoint haben Sie es versucht. Womit hat er Sie in der Hand?«

»Ich weiß nicht, was Sie meinen.«

»Ihm zuliebe haben Sie einen Mord vertuscht, folglich muß er Sie mit einem Geheimnis in der Hand haben. Womit, George?«

»Ich weiß von keinem Mord.«

»O doch. Aber Sie halten den Mund, weil David Sie in der Hand hat, oder? Ich kenne ihn nämlich, wissen Sie. Das ist so seine Art. Womit erpreßt er Sie? Hat es irgendwas mit Amanda zu tun? Das würde Sie am schwersten treffen, stimmt's? Sie waren ja schon immer ganz vernarrt in ihre fade Ehefrau. Oder hat David das Leben Ihrer Kinder bedroht? Darauf versteht er sich auch. Glauben Sie mir, er ist… Aua!«

Ohne daß sie etwas davon merkte, hatte er nach einer vorbereiteten Spritze gegriffen und die Nadel in ihren Oberschenkel gestoßen. Jetzt drückte er den Kolben herunter, bevor sie ihn daran hindern konnte. »Tut mir leid, Vanessa. Sie haben mir keine andere Wahl gelassen.«

»Sie hatten die Wahl, George. Die hat jeder von uns. Zum

Teufel mit Ihnen!« rief sie mit versagender Stimme. »Dafür sollen Sie mit David in der Hölle braten!«

Am Abend dieses Tages stellte Dr. Allan seinen Wagen in der Einfahrt seines Hauses ab, ohne jedoch auszusteigen und hineinzugehen. Seine Hände lagen untätig in seinem Schoß, während er blicklos nach vorn durch die Windschutzscheibe starrte. Er war so erschöpft, daß er sich nicht einmal dazu aufraffen konnte, die Autotür zu öffnen.

Im Haus brannte Licht, was er tröstlich fand. Er fürchtete bei jeder Rückkehr, alle Fenster dunkel vorzufinden, die Zimmer verlassen, die Schränke und Schubladen ausgeräumt. Er lebte in ständiger Angst davor, Amanda könnte ausziehen und die Jungen mitnehmen.

Sie hatte geschworen, um ihn zu kämpfen, aber an welchem Punkt würde sie aufgeben? Wann würde sie zu der Einsicht gelangen, er sei es vielleicht nicht wert, gerettet zu werden? Jeden Morgen sah er den Widerwillen in ihrem Gesicht, wenn er, verkatert von Alkohol und Schuldbewußtsein, mit zitternden Händen und verschwollenen Augen am Frühstückstisch erschien.

Er liebte Amanda auch, weil er ihr noch so viel bedeutete, daß sie ihn fragte, wo er gewesen sei und was er gemacht habe, aber ihre scharfe Beobachtungsgabe weckte auch Ressentiments in ihm. Sie schien einen inneren Lügendetektor zu besitzen, der weit zuverlässiger als die Geräte irgendwelcher Strafverfolgungsbehörden arbeitete. Es wurde immer schwieriger, plausible Erklärungen zu finden.

Sein schlechtes Gewissen drängte ihn in die Defensive und machte ihn verbal aggressiv. Nach einigen häßlichen Szenen hatte sie es aufgegeben, ihn darüber auszufragen, welche Behandlungen er auf David Merritts Geheiß durchführte, vermutlich hatte sie zu bohren aufgehört, weil sie seine Lügen satt hatte; wahrscheinlich wollte sie ihren Söhnen auch das Trauma ersparen, sich erbitterte Auseinandersetzungen anhören zu müssen.

Aus ihrem Blick sprachen Tadel und Verachtung. Er spürte, daß ihre Geduld sich abnutzte, ihre Toleranz abnahm, ihre Liebe schwand. Er mußte täglich damit rechnen, daß sie ihn verließ. Dann würde er vor Scham und Verzweiflung sterben.

Er nahm einen großen Schluck aus der Schnapsflasche, die auf der Heimfahrt zwischen seinen Oberschenkeln gesteckt hatte. Er hatte sich fast gewünscht, von einem Verkehrspolizisten angehalten und wegen Trunkenheit am Steuer festgenommen zu werden. Er hätte sich gern als schuldig im Sinne der Anklage bekannt. Eine Haftstrafe wegen Trunkenheit am Steuer wäre besser gewesen als die lebenslängliche Strafe, zu der er bei David verurteilt war. Wenn er hinter Gittern saß, mußte David sich einen anderen Arzt suchen, der sein Problem für ihn löste. George hätte diese Aufgabe nur allzugern abgegeben.

Er hatte im Oval Office gewartet, bis David von seiner hastigen Goodwill-Reise in die Karibik zurückkam, wo die Medien jeden seiner Auftritte ausführlich dokumentiert hatten. Der junge, gutaussehende, vitale Präsident Merritt war fotografiert worden, wie er Sturmschäden besichtigte und Inselbewohner tröstete, denen die Naturgewalten Haus und Familie genommen hatten.

Wenn sie nur wüßten, hatte George gedacht, *wieviel zerstörerischer der Mann ist, der diese Platitüden von sich gibt.*

Obwohl ein langer Tag hinter ihm lag, schien der Flug ihn belebt zu haben. Er war sonnengebräunt und wirkte kerngesund, als er ins Oval Office gesegelt kam. »George! Was gibt's?«

Als ob er das nicht wüßte. »Ich muß Ihnen leider mitteilen, daß Ihre Frau wieder erkrankt ist. Ich habe sie heute morgen auf eigene Verantwortung in eine Privatklinik verlegen lassen, in der sie beste Pflege genießt.«

Der Drecksack gab tatsächlich vor, diese Mitteilung mache ihn betroffen. Er fragte leicht deprimiert, ob sein Schwiegervater davon benachrichtigt worden sei.

»Ich dachte, Sie würden Senator Armbruster lieber selbst verständigen wollen.«

David bat George, sich mit Dalton Neely wegen der richtigen Formulierung einer Pressemitteilung in Verbindung zu setzen, und George versprach, sich gleich morgen früh darum zu kümmern.

Falls ihm Dr. Allans gehetzter Gesichtsausdruck und seine mangelnde Begeisterung für seine gegenwärtige Aufgabe auffielen, ließ er es sich nicht anmerken. Er war zuversichtlich, daß seine Anweisungen genauestens ausgeführt werden würden – egal, was George von ihnen hielt.

Womit erpreßt er Sie?

George verfluchte den Tag, an dem er David Merritt begegnet war. Was ihm damals wie eine glückliche Fügung vorgekommen war, hatte sich als die unheilvollste Begegnung seines Lebens erwiesen. Der vielversprechende junge Assistenzarzt war dem aufstrebenden jungen Abgeordneten zufällig – oder hatte David dem Zufall etwas nachgeholfen? – beim Racquetball begegnet. Als die beiden sich die Hände schüttelten, hatte George das Gefühl, durch seinen Arm gehe ein Stromstoß. Es war, als habe er eine Injektion von Davids Charisma und Energie erhalten. Aus dieser Infusion entstand eine Freundschaft.

Danach trafen sie sich gelegentlich zum Racquetball oder zu einem Drink oder einem kurzen Mittagessen. Die Allans, die als Jungverheiratete sparen mußten, konnten nicht großzügig einladen, aber David schien es völlig auszureichen, wenn es auf der Veranda ihres bescheidenen Apartments Hamburger zum

Abendessen gab. Als er dann heiratete, war seine junge Frau von diesen zwanglosen Abenden bei den Allans weniger begeistert. Vanessa und Amanda schlossen nicht Freundschaft wie ihre Ehemänner. George vermutete, es liege daran, daß Amanda Vanessa intellektuell hoch überlegen war. Die Persönlichkeiten und Interessen der beiden Frauen hätten kaum verschiedener sein können. Aber ihre Gleichgültigkeit im Umgang miteinander hatte die Freundschaft zwischen George und David nicht beeinträchtigt.

Schon bald hielt George David trotz der Distanz, die sie weiterhin wahrten, für seinen besten und vertrautesten Freund. Daher war es nur natürlich, daß er hilfesuchend zu David gelaufen kam, als sein Leben am Rand einer Katastrophe zu stehen schien.

Der in der Notfallambulanz eingelieferte Patient, ein junger Schwarzer, war bei einem Basketballspiel mit Freunden zusammengebrochen. George, der nach Alter und Aussehen des Patienten und seiner Begleiter urteilte, tippte sofort auf Drogenmißbrauch. Er fragte die Gruppe, was ihr Freund an diesem Tag eingeworfen habe.

»Mann, er will mal in der Profiliga spielen«, erklärte ihm einer der Jungen. »Er nimmt keine harten Sachen.«

George glaubte ihm nicht. Alle Symptome wiesen auf eine Barbituratüberdosis in Kombination mit Alkohol hin. Er ließ dem Jungen den Magen auspumpen und ein Brechmittel verabreichen.

Was George nicht wußte und von der Mutter des Patienten erfuhr, als sie eintraf, war die Tatsache, daß er als Kind rheumatisches Fieber gehabt und seit damals eine geschädigte Aortenklappe hatte. Er hatte sich bei einem schnellen Spiel überanstrengt und war mit Herzversagen zusammengebrochen.

Bevor George die notwendigen Maßnahmen treffen konnte,

um seinen Fehler zu korrigieren, begann das Brechmittel zu wirken. Der junge Mann erstickte an seinem Erbrochenen.

Entsetzt über diesen Fehler und voll Panik flüchtete George zu David, der ihm zuhörte, während er seine Geschichte hervorstieß. »Er war desorientiert und konnte es mir nicht sagen. Hätte ich nicht voreilig die falschen Schlüsse gezogen, wäre er durchgekommen. Bei einer gründlicheren Lungenuntersuchung wäre…«

»Haben die anderen Kids Ihnen erzählt, daß er ein schwaches Herz hatte?«

»Seine Mutter hat gesagt, daß es keiner seiner Freunde erfahren sollte, weil sie ihn sonst für einen Weichling gehalten hätten. Gott«, schluchzte er und vergrub das Gesicht in den Händen, »die Mutter könnte das Krankenhaus und mich wegen dieses Kunstfehlers verklagen.«

Er sah seine ärztliche Laufbahn beendet, bevor sie richtig begonnen hatte. Seine Zeit als Assistenzarzt wäre in wenigen Monaten zu Ende gegangen. Nun würden seine und Amandas Träume sich nie erfüllen.

»Seien Sie doch nicht so streng mit sich«, forderte David ihn gelassen auf. »Was hätten Sie sonst denken sollen? Er war ein schwarzer Straßenjunge, um Himmels willen!«

»Ich bin nie auf die Idee gekommen, er könnte es am Herz haben.«

»Natürlich nicht.«

»Aber ich hätte darauf kommen müssen«, sagte George nachdrücklich. »Ich hätte andere Möglichkeiten nicht ausschließen dürfen, nur weil die Diagnose scheinbar auf der Hand gelegen hat.«

»Hören Sie«, sagte David, »wenn Sie glauben, daß ich meinen Freund wegen eines reinen Fehlers ein Leben lang leiden lasse, sind Sie auf dem Holzweg. Vertrauen Sie mir?«

George, der von Davids Gelassenheit wie hypnotisiert war, nickte wortlos.

»Hat jemand mitbekommen, daß die Mutter des Jungen Ihnen von seinem Herzfehler erzählt hat?«

»Nein, das glaube ich nicht. Wir waren allein.«

»Gut.«

»Aber es steht in seiner Krankenakte. Die Mutter hat sie ins Krankenhaus mitgebracht.«

»Wo ist sie jetzt?« fragte David sofort.

George holte die belastende Mappe aus seinem Aktenkoffer und gab sie David. »Die haben Sie nie gesehen, verstanden?« sagte David, während er die Akte in seinen Safe sperrte. Als er sich wieder umdrehte, lachte er über Georges Gesichtsausdruck. »Warum so verkrampft? Sie sind der einzige, der aus dieser Sache eine Staatsaffäre macht. In der Notaufnahme sterben dauernd Patienten. Ich garantiere Ihnen, daß niemand sich allzu intensiv mit diesem Fall befassen wird.«

»Was ist mit seiner Mutter?«

»Die hat bestimmt damit gerechnet, daß er eines Tages tot umfällt. Sie wird denken, daß es früher oder später so kommen mußte, und wird glauben, für ihn sei alles Menschenmögliche getan worden.«

George biß sich auf die Unterlippe. »Da er in der Notaufnahme gestorben ist und die Todesursache feststeht, wird wahrscheinlich keine Autopsie vorgenommen.«

David klopfte ihm auf den Rücken. »Na also, hören Sie auf, sich deswegen Sorgen zu machen.«

Wie David vorausgesagt hatte, zweifelte niemand die Todesursache an, die George eingetragen hatte. Nachdem ein Bestattungsunternehmen die Leiche abgeholt hatte, meldete die Mutter des Jungen sich nie mehr.

Ihr strafbares Geheimnis verstärkte ihre Bindung. David

stellte George seinen Abgeordnetenkollegen und anderen einflußreichen Leuten vor. Er pries ihn als den besten Mediziner Washingtons, und da er das ebenso ernsthaft und überzeugend tat, wie er sonst im Repräsentantenhaus Gesetzentwürfe einbrachte, glaubten ihm die Leute.

Als George seine Privatpraxis eröffnete, war er in der politischen Elite Washingtons bereits fest etabliert. Und als er dann Jahre später offizieller Arzt des Weißen Hauses wurde, verkaufte er seine lukrative Praxis zu einem unglaublich hohen Preis und kaufte sich ein Haus, das gleich um die Ecke von der Residenz des Vizepräsidenten lag.

Es hätte nicht besser laufen können.

Dann wurde er eines Nachts ins Weiße Haus gerufen, um den drei Monate alten Robert Rushton Merritt für tot zu erklären, und damit begann der Niedergang von Dr. George Allans glücklichem Leben.

David hatte einen vor vielen Jahren ausgestellten Wechsel zur Einlösung vorgelegt. Auch wenn George niemals danach gefragt hatte, vermutete er, David habe die Krankenakte des schwarzen Jungen noch immer in seinem Besitz. Seine damalige Fehldiagnose war ein reiner, allerdings tödlicher Fehler gewesen. George hätte ihn überleben können, wenn er sich sofort dazu bekannt hätte. Aber die Lüge, die Vertuschung, war etwas, was die Ärzteschaft ihm auch nach so langer Zeit nicht verzeihen würde. Davids Lösung, die George wie eine Erlösung empfunden hatte, war in Wirklichkeit verhängnisvoll für ihn gewesen.

Weil er jetzt berühmt war, hätten Ermittlungen wegen dieser längst vergessenen Episode in der Notaufnahme Schlagzeilen gemacht. Wie viele Patienten jährlich wegen ärztlicher Kunstfehler starben, hätte keine Rolle gespielt. Die Aufmerksamkeit aller hätte sich auf den Jungen, seine unglückliche Mutter und den Arzt konzentriert, der die fatale Fehldiagnose gestellt hatte.

Er mußte seine Familie vor einem derartigen Skandal schützen. Der Erlös aus dem Verkauf seiner Praxis reichte aus, um Amanda und die Jungen für den Rest ihres Lebens zu unterhalten. Er würde nicht nur eine kümmerliche Lebensversicherung oder gar enorme Schulden hinterlassen.

Hinterlassen?

George merkte plötzlich, daß er in der Vergangenheitsform an sein Leben dachte. Was vielleicht nur gut war. Wenn er Davids letzte Weisung ausführte, war er so gut wie tot.

31. Kapitel

»Du glaubst, daß er lügt?« fragte Barrie mit unverkennbarer Schärfe in der Stimme.

»Dalton Neely ist der Pressesprecher des Weißen Hauses«, sagte Gray. »Lügen gehört bei ihm zum Handwerk.«

»Aber nicht diesmal, glaube ich.«

Die drei saßen bei Kaffee und Kuchen in der Küche. Neely hatte vor fast einer Woche angekündigt, die First Lady werde sich nochmals für unbestimmte Zeit aus dem öffentlichen Leben zurückziehen. Die Angaben über ihren Gesundheitszustand blieben nebulös, und ihr Aufenthaltsort wurde nicht bekanntgegeben.

Sie brauchten das Radio nicht mehr aufzudrehen, damit es ihre Unterhaltungen übertönte. Gray hatte einen Geräuschgenerator aufgestellt und mehrere Transducer im ganzen Haus verteilt. Das High-Tech-Gerät erzeugte ein Geräusch, das sich nicht herausfiltern ließ und die Wirksamkeit von Abhörgeräten stark einschränkte.

»Ich glaube Dalton, wenn er sagt, daß Vanessa nicht gesund ist«, stellte Barrie fest.

»Warum verteidigst du ihn?«

»Ich verteidige nicht ihn, sondern mein Argument. Vanessa ist krank. Punktum. Der Tod ihres Kindes hat ihre manisch-depressive Veranlagung noch verstärkt. Folglich muß ihre medikamentöse Behandlung neu abgestimmt werden. Bis sie sich stabilisiert hat, muß sie überwacht werden. Sie hat sich zurückgezogen, um sich erholen zu können, und mehr ist an der Sache nicht dran. Darauf würde ich meine Karriere verwetten.«

»Du hast keine Karriere«, bemerkte Daily.

»Wie nett, daß du mich daran erinnerst. Noch netter ist es, daß du mich ungefähr alle fünf Minuten daran erinnerst.«

»Hey, was ist los mit dir?«

»Nichts. Alles. Keine Ahnung«, antwortete Barrie gereizt. »Nein, das stimmt nicht. Ich weiß genau, was mit mir los ist. Mir fehlt das Leben, das ich geführt habe, bevor es ruiniert wurde.«

»Genauer gesagt, bevor du es ruiniert hast«, stellte Daily fest. »Niemand hat dich beauftragt, haltlose Vermutungen über plötzlichen Kindstod, das Baby des Präsidenten oder den geistigen und seelischen Gesundheitszustand der First Lady anzustellen. Das hast du dir alles ganz allein ausgedacht.«

»Nun, wer hat mir denn alle Journalistentricks beigebracht? *Du!*«

»Ich habe dir beigebracht, daß man Reportagen auf Tatsachen, nicht auf Vermutungen aufbaut. Das habe ich dich *gelehrt.* Aber du hast es nicht gelernt.« Er holte keuchend Luft. »Du willst dein Leben zurückhaben? Nichts dagegen. Du kannst mein Haus jederzeit verlassen, junge Frau.«

»Keine schlechte Idee. Ich hab's satt, in diesem schäbigen Gästezimmer zu hausen. Ich hab's satt, mir das Bad mit zwei schlampigen Männern teilen zu müssen, die nie nasse Handtücher aufhängen oder die Klobrille runterklappen.« Barries Stuhl scharrte quietschend über das Linoleum, als sie ihn zurückschob und aufstand.

»Ich hab' euch zwei satt, und unser gemeinsames Spiel hab' ich auch satt«, fuhr sie aufgebracht fort. »Es ist dumm und gefährlich und reine Zeitvergeudung. Aber ich habe in dieser Sekunde eine wichtige Entscheidung getroffen. Ich will mein früheres Leben zurück. Ihr beiden könnt euch von mir aus zum Teufel scheren.«

Sie stapfte durch den Raum und knallte die Küchentür hinter sich zu.

Nach kurzem gespannten Schweigen sagte Gray: »Sie ist echt sauer auf dich.«

Dailys Seufzer klang wie ein Röcheln. »Ja, ich hab' sie ziemlich hart angefaßt. Nach allem, was sie in letzter Zeit durchgemacht hat, hätte ich nicht so streng sein dürfen. Am besten gehe ich rüber und rede mit ihr.«

»Spar dir die Mühe. Laß sie schmollen. Schieb es auf PMS. Sie wird sich schon wieder beruhigen. Ich werde ihr ein bißchen gut zureden.«

»Du fickst sie, stimmt's?«

»Einmal.«

»Das war alles?«

»Führst du 'ne Statistik?«

»Welche Pläne hast du mit ihr?«

»Bei Frauen mache ich keine Pläne.«

Auch Grays einschüchternder stahlblauer Blick konnte Daily nicht davon abhalten, seine Meinung zu sagen. »Manchmal könnte ich sie erwürgen, aber ich liebe dieses Mädchen, als wäre sie meine eigene Tochter. Ich will nicht, daß sie verletzt wird. Weder von dir noch von dieser Geschichte. Vielleicht wird es Zeit, daß wir Vernunft annehmen und mit dem Unsinn aufhören.«

»Vor einer Woche hast du es noch nicht für Unsinn gehalten.«

»Es ist mein gutes Recht, meine Meinung zu ändern. Alles hat mit Barries Gier nach einer heißen Story angefangen. Ich glaube allmählich, daß ihr Ehrgeiz ansteckend gewesen ist. Er hat auf mich abgefärbt, obwohl ich es besser hätte wissen müssen.

Dann ist sie nach Wyoming geflogen und hat dich auch noch

verrückt gemacht. Und das war ja wohl nicht schwer, was, Bondurant? Bei der geringsten Andeutung, Vanessa könnte in Gefahr sein, kommt ihr Held angerannt. Teufel, wenn man es genau nimmt, sind wir drei mitleiderregende Gestalten!«

»Alles okay mit dir, Daily?«

»Klinge ich so?« keuchte er. »Ich bin für so einen Scheiß zu alt und zu müde. Ich möchte meine letzten Tage ein bißchen friedlicher verbringen. Und der Gedanke, auf meinem Grabstein könnte *Verräter* eingemeißelt sein, gefällt mir auch nicht besonders. Nur eine starke Persönlichkeit kann zugeben, daß sie sich geirrt hat. Und ich möchte gern glauben, daß ich noch genug Charakterstärke besitze.«

Er stand auf, schlurfte zur Tür und zog sein quietschendes Wägelchen hinter sich her. »Vergiß nicht, das Licht auszumachen. Ihr beiden zahlt keine Miete, und Strom gibt es nicht umsonst, wie du weißt.«

Gray spülte ihre Kaffeetassen im Ausguß, ging zur Tür und knipste das Licht aus. Danach kauerte er sich einige Minuten lang neben Barrie und Daily in die Dunkelheit.

Barrie kniff Gray ins Ohrläppchen und zog seinen Kopf zu sich hinunter. »Was sollte das mit dem prämenstruellen Syndrom?«

»Tut mir leid«, wisperte er.

Daily tat sein Bestes, um lautlos zu atmen. »Weißt du bestimmt, daß es klappt?«

»Nein«, flüsterte Gray ernüchternd ehrlich. »Ist dir die Handhabung klar?« Zuvor hatte er Daily in einem Schnellkurs beigebracht, wie man den Infrarotdetektor bediente.

»Ich suche die Umgebung mit langsamen Schwenks ab«, antwortete Daily kaum hörbar. »Wenn jemand in der Dunkelheit lauert und das Haus beobachtet, leuchtet diese LED auf.«

»Gut«, sagte Gray. »Wenn du etwas siehst, flüsterst du. Ich

höre dich dann.« Er steckte sich den Ohrhörer des Funkgeräts in seiner Jackentasche ins Ohr.

»Das sind hübsche Spielsachen.« Selbst in der Dunkelheit konnte Barrie das Glitzern in Dailys Augen erkennen.

»Das Problem ist nur«, stellte Gray fest, »daß die Profis noch hübschere haben. Okay, wir müssen los.«

Als Dailys hochgereckter Daumen ihnen signalisierte, draußen sei die Luft rein, schlüpften sie durch die Hintertür hinaus. Da der Nachthimmel bewölkt war, konnte das Überwachungsteam sie nur sehen, wenn es Nachtsichtgeräte und Infrarotdetektoren einsetzte. Aber wie Gray gesagt hatte, besaßen die Profis auch hübsche Spielsachen. Er hatte festgestellt, welche Fahrzeuge zur Überwachung eingesetzt wurden – heute ein Lieferwagen, gestern ein Servicefahrzeug, vorgestern ein Geländewagen. Sie standen einen Straßenblock von Dailys Haus entfernt geparkt. Obwohl eine Woche ohne sichtbare Aktivitäten vergangen war, arbeitete Spencers private Geheimpolizei auch in seiner Abwesenheit höchst effektiv.

Da Barries wie auch Dailys Auto unübersehbar vor dem Haus standen, hoffte Gray, die Rückseite des Hauses werde nicht überwacht werden. Er hoffte auch, daß ihre sorgfältig vorbereitete kleine Inszenierung in der Küche die Überwacher davon überzeugt hatte, zwischen den dreien gebe es gravierende Meinungsverschiedenheiten. Gray wußte nicht, ob der Geräuschgenerator ihre Unterhaltung hunderprozentig abhörsicher machte, deshalb hatte er dafür gesorgt, daß die Lauscher nur mitbekamen, was sie hören sollten.

Sie verließen lautlos das winzige Quadrat aus bröckelndem Beton, das als Dailys rückwärtige Veranda diente, und rannten geduckt durch den kleinen Garten hinter dem Haus. Wie in der Nacht, in der ihr Haus in Flammen aufgegangen war, führte Gray sie einige Straßenblocks weit durch Gärten und über

Garagenzufahrten. Unterwegs wurden sie zweimal von Hunden angekläfft, aber sonst gab es keine unangenehmen Begegnungen – zum Beispiel irgendwelche FBI-Männer, die mit schußbereiten Maschinenpistolen aus dem Schatten traten.

Gray hatte den Wagen hinter einem ebenerdigen Bürokomplex geparkt. Als sie ihn erreichten, sprach er ins winzige Mikrofon seines Funkgeräts: »Wie sieht's aus, Daily?«

»Nicht mal ein Maulwurfsfurz. Viel Erfolg.«

»Danke. Ende.«

Barrie war nicht nur vor Anstrengung, sondern auch vor Nervosität völlig außer Atem. Sie stiegen ein, aber sie wartete, bis sie losgefahren waren, bevor sie fragte: »Ob sie gemerkt haben, daß wir abgehauen sind?«

»In ein paar Minuten erfahren wir es.«

Er verließ das Viertel, in dem Daily wohnte, beschleunigte zwischendurch mehrmals und fuhr dann wieder im Kriechtempo auf einem Zickzackkurs durch die Wohnstraßen. Schließlich sagte er: »Wenn nicht noch ein Hubschrauber aufkreuzt, müßten wir's geschafft haben.« Er nahm den Ohrhörer heraus und legte das Funkgerät auf den Sitz zwischen ihnen.

»Daily und du, ihr habt verdammt überzeugend gewirkt«, meinte Barrie trocken. »Jeder, der euch belauscht hat, muß mich für eine ehrgeizige, umstürzlerische, nur mäßig intelligente Schlampe mit prämenstruellem Syndrom halten.«

»Das kommt ungefähr hin.«

Sie warf ihm einen bösen Blick zu. »Wo hast du den Wagen her?«

»Parkplatz eines Einkaufszentrums.«

»Du hast ihn geklaut?«

»Nein, ich habe mich dem Besitzer als jemand vorgestellt, der den Präsidenten stürzen will, und ihn gebeten, mir dafür sein Auto zu leihen.«

»Sehr witzig! Der Wagen ist bestimmt längst als gestohlen gemeldet. Was ist, wenn die Polizei uns anhält?«

»Ich habe mit einem Chevy Blazer die Nummernschilder getauscht. Diesen Taurus gibt's im Großraum Washington zu Tausenden. Außerdem lasse ich ihn morgen stehen und besorge mir ein anderes Fahrzeug.«

»Deine Verbrechen scheinen dich recht kaltzulassen.«

»Im Vergleich zu den Verbrechen, die wir vielleicht noch verüben müssen, bevor diese Sache ausgestanden ist, ist Autodiebstahl eine Kleinigkeit. Also, wo wohnt er?«

Howie Fripp lebte im zweiten Stock eines Hauses ohne Aufzug allein in einer Vierzimmerwohnung. Die Treppenstufen schienen jedes Jahr ein bißchen mehr zu knarzen – genau wie seine Knie. Sie taten ihm weh, als er jetzt die Tür aufsperrte und seine Wohnung betrat. Er machte überall Licht, während er in die winzige Küche ging und die Pappkartons mit dem chinesischen Essen auf den Tisch stellte.

»Hallo, Howie.«

»Himmel!« Als er sich herumwarf, sah er Barrie aus dem unbeleuchteten Schlafzimmer kommen.

»Hab' ich Sie erschreckt, Howie? Ach, das tut mir leid. Ich weiß, wie ärgerlich es sein kann, wenn jemand sich so an einen ranschleicht.«

»Sie haben mich zu Tode erschreckt! Was tun Sie…«

Aus dem Dunkel hinter Barrie sah er einen großen, schlanken Mann auftauchen. »Wer ist das?«

»Gray Bondurant. Gray, ich möchte dich mit Howie Fripp bekannt machen.» Sie trat beiseite, damit Howie den ehemaligen Marineinfanteristen mit den stahlblauen Augen, dem graumelierten Haar und dem grimmigen Zug um den Mund besser sehen konnte.

»Sie sind Gray Bondurant?«

»Aha, Sie haben also schon von ihm gehört«, sagte Barrie.

Howie mußte ängstlich schlucken. »Ist mir ein Vergnügen, Mr. Bondurant.«

»Ich wollte, das könnte ich auch sagen.«

Selbst seine Stimme klang knallhart. Sie erinnerte Howie an den Mann, mit dem er einmal Billard gespielt hatte – den er als Freund zu gewinnen gehofft hatte. Der nie mehr in der Bar aufgekreuzt war.

Howies dunkle Augen huschten zwischen seinen ungebetenen Gästen hin und her. Der Ausdruck auf Bondurants Gesicht gefiel ihm nicht. Ganz und gar nicht. Er trug die gelassene, furchtlose Miene eines Raubtiers zur Schau, das gerade seine nächste Beute entdeckt hat und weiß, daß sie leicht zu schlagen sein wird. »Was tun Sie in meiner Wohnung?«

»Wir brauchen ein paar Informationen.« Mit einer Stiefelspitze – *Wer hätte das gedacht? Manche Kerle tragen tatsächlich Cowboystiefel!* – zog Bondurant einen Stuhl vom Küchentisch weg. »Setzen Sie sich, Howie. Lassen Sie sich nicht beim Abendessen stören. Wir können reden, während Sie essen.«

Howie ließ sich auf den Stuhl sinken, schüttelte aber den Kopf, als Bondurant ihm die Tüte mit dem chinesischen Essen über den Tisch hinschob. Beim Gedanken an süßsaures Schweinefleisch und Chow Mein rebellierte sein Magen. Aber seine Bemühungen, sich sein Unwohlsein nicht anmerken zu lassen, schlugen fehl.

»Was ist los, Howie?« fragte Barrie. »Sie sind reichlich grün um die Kiemen. Freuen Sie sich denn nicht, uns zu sehen?«

»Ich darf nicht mit Ihnen reden, Barrie. Unter keinen Umständen! Jenkins hat gedroht, mich rauszuschmeißen, wenn ich Sie auch nur grüße.«

»Dann haben Sie Glück, Howie, weil wir darauf dankend verzichten«, sagte Gray Bondurant.

»Es ist nicht so, daß ich nicht mit Ihnen reden will, Barrie, es ist bloß, Sie wissen schon... Gott, ich muß meine eigenen Interessen wahren. Das geht nicht gegen Sie, Ehrenwort! Wir sind als Freunde auseinandergegangen, oder? Ganz ohne Groll. Jedenfalls auf meiner Seite.«

Er hatte große Schweißflecken unter den Achseln. »Ich... ich... Hey, Augenblick, ich hab' 'ne Nachricht für Sie. Moment, ich hab' sie mir irgendwo notiert.« Er wühlte in seinen Taschen, bis er eine Gesprächsnotiz gefunden hatte.

»Hier«, sagte er und hielt Barrie den Zettel hin. »Dieser Anruf ist heute abend gekommen, als ich gerade gehen wollte. Sie hat gesagt, sie sei eine alte Freundin von Ihnen. Sie hat nach Ihnen gefragt, deshalb hat die Vermittlung das Gespräch zu mir durchgestellt.«

»Charlene Walters«, las Barrie vor.

»Genau. Sie hat gesagt, es gehe um eine dringende Sache, und mir ihre Telefonnummer diktiert. Sehen Sie, ich hab' sie gleich darunter hingeschrieben.«

»Sie ist keine Freundin von mir. Sie ist eine Spinnerin, die mich dauernd anruft.«

»Oh.« Das war enttäuschend. Howie hatte gehofft, diese Charlene sei wichtig – eine Frau, mit der Barrie unbedingt sprechen wollte. Er tat sein Bestes, um hilfreich zu sein, aber das schien Bondurant nicht zu beeindrucken. Seine wie aus Granit gemeißelte Miene war nicht freundlicher geworden.

Howie beobachtete ängstlich, wie der große, imponierende Held sich den zweiten Küchenstuhl heranzog und sich rittlings darauf niederließ. Seine Bewegungen waren lautlos und geschmeidig. Und sein Blick konnte jedem einen kalten Schauder über den Rücken jagen. Howie hatte den Eindruck, er bohre sich geradewegs durch seinen Schädel. Kein vernünftiger Mensch hätte sich mit diesem Kerl angelegt.

Barrie lehnte mit verschränkten Armen an der Arbeitsplatte. Sie wirkte entspannt und trug ein Lächeln zur Schau, das Howie als künstlich erkannte. »Sie schwitzen wie ein Schwein, Howie.«

»Ich möchte wissen, warum Sie hier sind.«

»Gray und ich sind nur auf einen freundschaftlichen kleinen Schwatz vorbeigekommen.«

»Worüber?«

»Ach, über alles mögliche. Übers Wetter. Die laufende Saison der Redskins. Haben sie auch nur den Hauch einer Chance, die Entscheidungsspiele zu erreichen? Den neuen Film von Harrison Ford. Was im Weißen Haus vorgeht. Solche Sachen.«

»*Ich* weiß nicht, was im Weißen Haus vorgeht.«

»Klar wissen Sie das, Howie. Sie arbeiten in einer Nachrichtenredaktion.«

»Barrie, bitte lassen Sie die Finger davon. Sie kriegen bloß noch mehr Schwierigkeiten.«

»Ich finde Ihre Besorgnis rührend. Ehrlich. Aber mich interessiert mehr, was Sie in letzter Zeit über die First Lady gehört haben.«

»Nichts.«

»Sie müssen doch etwas gehört haben.«

»Ehrenwort nicht!«

»Wer hat das Weiße Haus übernommen, seit ich weg bin?«

»Grant. Er sagt, daß dort drüben alle eisern dichthalten. Nirgends auch nur das kleinste Leck.«

»Irgendwelche Lecks gibt's immer. Klatsch. Gerüchte. Mrs. Merritt ist angeblich verreist. Warum? Wohin? Hat jemand sie gesehen? Ist sie krank, sehr krank? Ist ihr Zustand lebensbedrohend?«

»Ich schwöre Ihnen«, winselte er, »daß ich nichts weiß. Mein Gott, Sie sind ja richtiggehend besessen! Sie haben sich total in diese Sache verrannt. Wieso haben Sie nichts mehr im Hirn als Mrs. Merritt? Das ist unnatürlich, Barrie. Ich denke, Sie sind übergeschnappt, ja, das denke ich.«

Barrie holte tief Luft, dann atmete sie seufzend aus. Sie sah zu Gray hinüber und schüttelte den Kopf. »Ich hab' dich gewarnt, daß aus ihm nichts rauszuholen ist. Komm, wir hauen ab.«

Sie wollte zur Tür, aber Gray hielt sie auf. »Wir können ihn nicht einfach hierlassen, sonst erzählt er dem FBI, daß wir bei ihm waren und ihn ausgefragt haben.«

»Hmmm, wahrscheinlich hast du recht.« Sie sah mit gerunzelter Stirn auf Howie herab.

Dieser neue Tonfall war ihm entschieden unheimlich. »Ich erzähle keinem Menschen, daß ihr dagewesen seid.«

»Das dürfen wir nicht riskieren, fürchte ich.« Bondurant griff unter seine Jacke und zog eine Pistole aus dem Hosenbund.

Howie begann eine jammernde Litanei: »O Scheiße, o Mist, o Jesus, o Scheiße, o Gott. Ich will nicht sterben. Ich will nicht. Ich will nicht. Erschießen Sie mich bitte nicht. Bitte.«

Gray zog mit entsetzlichem Klicken den Hahn zurück.

Howie kniff die Augen krampfhaft zu und begann zu stammeln: »B… Barrie, b… bitte, Sie dürfen nicht zulassen, daß er mich erschießt. Wir sind doch Freunde.«

»Freunde? Freunde, Howie? Das kann nicht Ihr Ernst sein.« Sie lachte. »Freunde verkaufen einander nicht. Sie hingegen haben mich immer wieder an Jenkins verkauft. Sie haben mich jeden Tag, den ich bei Ihnen gearbeitet habe, wie Scheiße behandelt. Außerdem trifft Gray seine Entscheidungen selber. Wenn er beschlossen hat, Sie zu erledigen, damit Sie uns nicht verraten können, kann ich wirklich nichts dagegen machen.

Aber ich möchte lieber nicht zusehen. Sonst würde mir chinesisches Essen nie wieder schmecken. Gray, kannst du einen Augenblick warten, bis ich nach nebenan gegangen bin?«

»Biiiitte«, flehte Howie schluchzend. »Um Gottes willen, Barrie.«

»Tut mir leid. Ich kann Ihnen wirklich nicht helfen.« Sie stieß sich von der Arbeitsplatte ab. Auf dem Hinausweg blieb sie kurz stehen, um Howie eine Hand wie zum Abschied auf die Schulter zu legen.

Bondurant streckte den Arm über den Tisch und setzte Howie die Pistolenmündung mitten auf die Stirn.

»Ich hab' was gehört, aber ich weiß nicht, ob es wahr ist oder nicht.« Seine Worte kamen so rasch heraus, daß sie sich wie Zirkusakrobaten zu überschlagen schienen.

Barrie blieb stehen, drehte sich um. Sie runzelte skeptisch die Stirn. »Sie würden uns jetzt alles mögliche erzählen. Sie würden irgendwas erfinden, nur damit Gray Sie nicht erschießt.«

»Nein, nein, ich schwör's. Ich schwör's Ihnen, Mr. Bondurant.« Seine Hand beschrieb ein unsichtbares Kreuz über seinem Herzen.

»Was haben Sie gehört?«

»Nur das Gerücht, Mrs. Merritt sei wegen Drogenmißbrauchs in ein Krankenhaus eingeliefert worden.«

»Eine alte Story«, sagte Barrie. »Darüber ist schon früher spekuliert worden.«

»Diesmal scheint es ernster zu sein«, sagte Howie nervös. Bondurant machte noch immer ein finsteres Gesicht.

»In welches Krankenhaus?«

»Weiß ich nicht. Das weiß niemand. Und vielleicht ist alles bloß Tratsch.«

Bondurant sah zu Barrie hinüber. Sie schüttelte den Kopf.

Bondurant zuckte mit den Schultern und drückte die Pistolenmündung wieder an Howies Stirn.

»Dr.... Dr. Allan wird am Rasen des Weißen Hauses jeden Tag von einem Hubschrauber abgeholt«, fuhr er hastig fort. »Meistens ist er nach einer, maximal eineinhalb Stunden wieder da. Aber niemand weiß, wohin er fliegt und ob diese kurzen Flüge überhaupt was mit der First Lady zu tun haben. Und wie man hört, soll's in seiner Ehe kriseln.«

»Die Allans führen eine gute Ehe«, widersprach Bondurant. »Ich kenne die beiden persönlich. Sie sind verrückt nacheinander.«

»Er und seine Frau haben oft Krach miteinander. Das erzählt man sich jedenfalls. Vielleicht fliegt er also zu irgendeinem Rock, wer weiß?«

Howie drehte den Kopf und sah hoffnungsvoll zu Barrie hinüber. »Ich schwöre bei Gott: Das ist alles! Das ist alles, was ich gehört habe. Jenkins hat gedroht, mir das Washington Monument in den Arsch zu rammen, wenn ich auch nur mit Ihnen rede. Sollten Sie diese Infos also verwerten wollen, darf er nicht erfahren, daß sie von mir sind. Versprechen Sie mir das, Barrie, okay?«

»Was meinst du?« fragte Bondurant sie. »Glaubst du, daß er lügt?«

»Ich lüge nicht!« rief Howie aus.

»Ich weiß nicht recht«, meinte sie, an der Innenseite ihrer Backe nagend. »Vielleicht lügt er, nur um sich zu retten. Andererseits weiß er, daß du zurückkommen würdest, um ihn zu erledigen, wenn er uns Bockmist erzählt hat.«

»Das hab' ich nicht. Das brauchen Sie nicht«, sagte Howie hastig.

Bondurant fixierte ihn mit einem glühenden Blick seiner stahlblauen Augen. Howies gesamtes Leben lief mindestens dreimal wie ein Film vor ihm ab, bevor Bondurant den Hahn abschlug und die Pistole wegnahm. »Ich mache Ihnen einen Vorschlag, Howie. Ich erschieße Sie heute abend nicht, wenn Sie uns einen Grund geben, morgen zurückzukommen.«

»Wozu?«

»Um den Namen des Krankenhauses zu erfahren. Das ist doch nicht zuviel verlangt, oder? Den Namen des Krankenhauses im Tausch gegen einen guten chinesischen Imbiß, wie Sie ihn hier vor sich haben, und die Chance, ihn auch zu essen.«

»Ich weiß nicht... Wie soll ich den Namen des...«

»Das ist Ihr Problem. Aber ich wette, daß Sie mich nicht enttäuschen werden.«

»Verlaß dich nicht darauf«, sagte Barrie. »Er sagt zu allem ja und amen, nur um seinen kümmerlichen Arsch zu retten. Und dann verpfeift er uns wahrscheinlich.«

»Nein, das tue ich nicht!« quietschte Howie. »Ich schwör's Ihnen, Mr. Bondurant!«

»Tu, was du für richtig hältst, Gray«, sagte Barrie. »Aber ich traue ihm nicht. Der Kerl ist eine Ratte.«

»Danke, daß du mich daran erinnert hast.« Bondurants Stimme jagte Schauder über Howies schweißnassen Rücken. »Wie ich höre, haben Sie sie am Arbeitsplatz belästigt.«

»Das stimmt nicht!«

»Er ist nicht nur ein Sexist und ein schmieriger Kerl, er ist auch noch ein Lügner«, stellte Barrie fest.

Die gefährlichen stahlblauen Augen verengten sich nochmals kaum merklich.

Howie rutschte auf seinem Stuhl hin und her. »Okay, vielleicht... vielleicht hab' ich mal 'nen Scherz gemacht, aber ich hab' es doch nicht so gemeint!«

»Sie sehen wie ein Kerl aus, der Frauen gegenüber anzügliche Bemerkungen macht, weil sie ihn sonst gar nicht beachten.«

»Genauso ist es«, sagte Barrie.

»Stimmt, so ist es.« Howies eifriges Nicken ließ seinen Kopf auf dem Hals wackeln. »Ich bekenne mich in allen Punkten schuldig.«

»Haben Sie spöttische Bemerkungen über ihren Sexualtrieb, ihr Liebesleben, ihre Figur und ihr Geschlecht im allgemeinen gemacht?«

»Manchmal.«

»Sie haben ihre Beine angeglotzt, ihren Busen angestarrt und Dinge gesagt und getan, die geeignet waren, die Würde einer Frau herabzusetzen?«

»Ja, das hab' ich getan. Das stimmt leider. Und ich bereue es aus tiefstem Herzen.«

»Wirklich?« fragte Bondurant trocken.

»Wirklich. Ja, Sir. Andernfalls soll Gott mich wegen meiner Lügen mit Blindheit schlagen.«

Bondurant klopfte nachdenklich mit dem Pistolenlauf an die Stuhllehne. »Sollte mir jemals zu Ohren kommen, daß Sie sie wieder beleidigt oder schlecht behandelt haben, werde ich stinksauer, Howie. Sie werden noch darum beten, mit Blindheit geschlagen zu werden, statt mich auf dem Hals zu haben.«

»Ich ... ich hab' verstanden.«

»Was ist mit morgen?«

»Ich versuche rauszukriegen, was Sie wissen wollen.«

»Hoffentlich enttäuschen Sie uns nicht.«

Howie lächelte aufatmend. »Weil es Ihnen schrecklich wäre, mich zu erschießen, stimmt's?«

»Nein. Weil es mir schrecklich wäre, eine tadellose Patrone zu vergeuden, nur um Mus aus Ihrem Gehirn zu machen.«

Bondurant stand abrupt auf und steckte die Pistole wieder in seinen Hosenbund. Dann verschwand er im Schlafzimmer. Barrie folgte ihm wortlos.

»Wohin wollt ihr?« rief Howie ihnen nach. »Hey! Morgen um welche Zeit? Wo?«

Aber nebenan herrschte nur bedrohliche Stille. Als Howie endlich den Mut aufbrachte, die Küche zu verlassen und ins Schlafzimmer zu gehen, war es leer. Seine Gäste schienen sich in Luft aufgelöst zu haben. Wäre nicht der nasse Fleck vorn auf seiner Hose gewesen, hätte er sich einbilden können, alles sei nur ein Alptraum gewesen.

32. Kapitel

»Er hat mir leid getan.«

»Nicht nötig. Als du ihn mit einer Ratte verglichen hast, hast du damit sämtliche Ratten der Welt beleidigt.«

Sie hatten Howies Wohnung durch das Schlafzimmerfenster und über die Feuertreppe verlassen, über die sie auch heraufgekommen waren, und befanden sich auf der Rückfahrt zu Dailys Haus. Barrie starrte nachdenklich durch die Windschutzscheibe des Wagens, den Gray anscheinend ohne Bedenken gestohlen hatte. »Du bist ein unheimlicher Kerl, Bondurant. Du hast ihm echt Angst eingejagt.«

»Angst ist eine gute Triebfeder.«

»Aber auch die effektivste?«

»Das wird sich morgen abend rausstellen.«

»Er hat sich bemüht, hilfreich zu sein.« Sie angelte den Zettel, den Howie ihr gegeben hatte, aus der Tasche. »Die gute alte Charlene«, sagte sie mit leichtem Lachen. »Sie hat offenbar nicht mitgekriegt, daß ich nicht mehr bei WVUE bin. Ich habe nie selbst mit ihr geredet, aber sie war eine treue Anruferin.« Barrie folgte einem Impuls und bat Gray, vor dem Drugstore an der nächsten Kreuzung zu halten.

Gray parkte am Randstein und stieg mit ihr aus. »Der Laden hat zu«, stellte er fest.

»Den Drugstore brauche ich auch nicht. Ich will die Telefonzelle benützen.«

Er sah sich um. »Keine gute Gegend, um sich an Straßenecken herumzutreiben.«

»Ach, mit der Beleuchtung im Laden und der tragbaren

Kanone in deiner Hose fühle ich mich einigermaßen sicher.« Er sah sie mit hochgezogenen Augenbrauen an. »Du bildest dir zuviel ein, Bondurant. Hast du Kleingeld für mich?«

Die Telefonnummer, die Howie für sie notiert hatte, begann mit einer Vorwahl, die sie nicht kannte. Um zu vermeiden, daß der Anruf registriert wurde, benützte sie nicht ihre Telefonkarte, sondern warf Münzen ein. Nach mehrmaligem Knacken und Piepsen kam die Verbindung schließlich zustande. Barrie hörte es am anderen Ende klingeln. Sie wollte den Hörer schon wieder einhängen, als sich doch jemand meldete.

»Yo!«

»Wie bitte?« Sie hob ihre freie Hand, um Gray zu signalisieren, die Verbindung sei zustande gekommen.

»Vom wem ham Se die Nummer?«

»Äh, Charlene Walters«, antwortete Barrie, »kann ich sie bitte sprechen?«

Die einzige Reaktion auf ihre Bitte bestand aus einem schleimigen Lachen, in das sich nasale Schnieflaute mischten.

»Ist Miss Walters da?«

»Die ist schon hier. Aber nach dem Absperren darf niemand mehr ans Telefon.«

»Nach dem Absperren?« Barrie sah zu Gray auf, der ebenso überrascht wirkte wie sie. »Wo sind Sie eigentlich?« fragte sie.

»Zentralgefängnis. Pearl, Mississippi.«

»Ist Miss Walters dort inhaftiert?«

»Die sitzt hier schon verdammt lang ein. Wie kommt's, daß Sie sie anrufen?«

»Mit wem spreche ich bitte?«

Der Mann identifizierte sich als Gefängniswärter, der nur zufällig vorbeigekommen war, als das Telefon geklingelt hatte. Barrie fragte, ob sie den Direktor sprechen könne. »Zu so nachtschlafender Zeit? Sind Sie 'ne Anwältin oder was?«

Sie mogelte sich um eine direkte Antwort herum, erklärte, sie müsse unbedingt mit jemandem aus der Gefängnisverwaltung sprechen, und betonte, diese Sache könne keineswegs bis morgen warten. »Okay«, knurrte der Wärter. »Geb'n Se mir die Nummer, unter der Sie zu erreichen sind. Er kann Sie ja zurückrufen, wenn er's für richtig hält.«

Barrie hätte lieber die Telefonnummer des Gefängnisdirektors gehabt, aber sie gab sich damit zufrieden, dem Aufseher die Nummer des Telefons zu geben, an dem sie stand. Als sie den Hörer einhängte, erkundigte Gray sich, woher die Insassin eines Gefängnisses in Mississippi sie kennen könne.

»Meine Krippentodserie ist über Satellit verbreitet worden. Jeder Sender im ganzen Land hätte sie übernehmen können. Anscheinend hat sie ein Sender ausgestrahlt, der im Gefängnis zu empfangen ist. Häftlinge sind oft auf Berühmtheiten fixiert – obwohl man sehr gutwillig sein muß, um mich als Berühmtheit zu bezeichnen.«

»Warum mußt du sie ›unbedingt‹ noch heute sprechen?«

»Das muß ich nicht«, gab Barrie zu. »Sie hat mir meistens nur ausrichten lassen, ich sei eine Idiotin. Aber mich interessiert, warum sie mich für eine gehalten hat.« Sie sah, daß Gray konzentriert die Augen zusammenkniff. »Woran denkst du?«

»Mir ist nur eingefallen, daß David und Vanessa beide aus Mississippi stammen.«

»Tatsächlich, du hast recht«, bestätigte Barrie. Sie griff beim ersten Klingeln nach dem Hörer. »Hallo, hier Barrie Travis.«

»Foote Graham, der stellvertretende Gefängnisdirektor.«

»Vielen Dank, daß Sie mich zurückgerufen haben, Mr. Graham.«

»Kein Problem, Ma'am. Was kann ich für Sie tun?«

Sie stellte sich als Fernsehjournalistin aus Washington vor

und erzählte, Charlene Walters habe sie schon mehrmals angerufen.

»Belästigt sie Sie etwa?«

»Nein, das ist es nicht. Ich frage mich nur, wie Miss Walters auf die Idee gekommen ist, mich anzurufen.«

»Crazy Charlene ist leider ganz unberechenbar.«

Barrie sah zu Gray auf, der konzentriert versuchte, ihren Gesichtsausdruck zu deuten. Sie runzelte die Stirn, schüttelte den Kopf und verdrehte die Augen. »Crazy Charlene?« wiederholte sie, damit Gray informiert war.

»Ja, Ma'am. Charlene ist siebenundsiebzig Jahre alt, aber noch immer putzmunter.«

»Siebenundsiebzig? Großer Gott, wie lange sitzt sie schon hinter Gittern?«

»Sie hat lebenslänglich. Keine Chance auf Bewährung. Sie war schon hier, als ich gekommen bin – und das ist bald siebzehn Jahre her. Sie hat praktisch alle überlebt. Niemand kann sich an eine Zeit erinnern, wo unsere alte Charlene nicht hier war. Sie ist gewissermaßen ein... wie sagt man gleich wieder? Ein Maskottchen. Die geborene Anführerin. Beliebt bei den übrigen Insassinnen. Und ein echtes Original. Sagt zu allem ihre Meinung, ob man nun danach gefragt hat oder nicht.«

»Dann sind Sie also nicht überrascht, daß sie meine Serie im Fernsehen verfolgt und beschlossen hat, mich anzurufen?«

»Ganz und gar nicht. Worüber haben Sie denn berichtet?«

»Über den plötzlichen Kindstod.«

»Hmmm. Ich dachte, Sie hätten eins ihrer Lieblingsthemen behandelt. Sie äußert sich ziemlich unverblümt über Beamtenbestechung, Polizeibrutalität, Legalisierung von Gras... solche Themen.«

»Was hat sie verbrochen?«

»Sie hat mit ihrem Mann einen Schnapsladen überfallen. Für

weniger als fünfzig Dollar Beute hat er eine achtzehnjährige Verkäuferin und drei Kunden durch Kopfschüsse getötet. Dafür ist er vor einigen Jahren hingerichtet worden. Charlene, die nicht selbst geschossen hatte, hat geschworen, ihr Alter habe sie zum Mitmachen gezwungen, und ist deshalb nicht zum Tod verurteilt worden.«

»Nichts davon hängt mit dem plötzlichen Kindstod zusammen, stimmt's?«

»Ich seh' da keinen Zusammenhang.«

»Nun, besten Dank für Ihre Auskünfte. Bitte entschuldigen Sie, daß ich noch so spät angerufen habe, Mr. Foote.«

»Graham. Foote Graham. Kein Problem. Freut mich, daß ich Ihnen zu Diensten sein konnte.«

Barrie wollte sich schon verabschieden, als Gray sie anstieß, um sie an etwas zu erinnern. »Oh, Mr. Graham, eine letzte Frage: Es gibt vermutlich keine Verbindung – und sei sie auch noch so entfernt – zwischen Charlene und Senator Armbruster oder Präsident Merritt?«

»Zwischen ihr und dem Präsidenten? Na, warum haben Sie das nicht gleich gefragt?«

Ihr Herz schien einen Schlag auszusetzen. Das gesamte Universum schrumpfte zusammen, so daß es in dem schmutziggrauen Telefonhörer Platz hatte, den sie umklammerte.

»Was hat er gesagt?« flüsterte Gray und drängte sich näher an sie heran.

Sie machte ihm ein Zeichen, er solle den Mund halten. Der stellvertretende Gefängnisdirektor sprach weiter: »Irgendeine Verbindung zwischen Charlene und unserem Senator oder zwischen ihr und Präsident Merritt ist durchaus denkbar.«

»Wie das?« frage Barrie heiser.

»Oh, da gibt's verschiedene Möglichkeiten. Charlene kommt viel herum, wissen Sie.«

»Ich dachte, sie sitzt lebenslänglich?«

»Das stimmt. Aber Charlene behauptet, sie hätte vor ihrer Inhaftierung ein sehr bewegtes Leben geführt. Erst mal war sie Robert Redfords College-Sweetheart. Das war nach ihrem Techtelmechtel mit Richard Nixon. Zwischendurch hat sie ein uneheliches Kind von Elvis Presley bekommen und eine dieser französischen Dreiecksgeschichten mit Marilyn Monroe und Joe DiMaggio erlebt, die damals verheiratet waren. Charlene nimmt für sich in Anspruch, ihn zur Erfindung von Mr. Coffee angeregt zu haben.«

Barrie sank gegen die Glaswand der Telefonzelle. »Ach, allmählich komm' ich mit. Sie tickt nicht richtig.«

»Allerdings!« bestätigte er, während ein Lachen, das viel melodischer als das des Wärters war, an ihr Ohr drang. Einen Augenblick später sagte er: »Entschuldigen Sie, daß ich auf Ihre Kosten lache, Miss Travis. Wär' das für Sie echt wichtig gewesen?«

»Ja.«

»Tut mir schrecklich leid, Ma'am. Sie haben Ihre Zeit vergeudet, fürchte ich.«

»Nicht ganz«, sagte sie niedergeschlagen. »Wenigstens habe ich mal jemanden kennengelernt, der Foote heißt.«

Sobald sie wieder im Auto saßen, zerriß Barrie den Zettel mit Charlenes Namen und Telefonnummer in winzige Papierfetzen und ließ sie auf den Wagenboden flattern. »Auf den Anruf einer Spinnerin reagieren«, murmelte sie voller Selbstverachtung. »Das beweist nur, wie verzweifelt ich bin. Bloß gut, daß Howie und Jenkins nicht wissen, daß ich so tief gesunken bin.«

»Hätte auch anders ausgehen können.«

»Spar dir deine gönnerhafte Art«, wehrte sie mißmutig ab. »Es war ein dämlicher Impuls, und ich schäme mich, ihm nachgegeben zu haben. Das Problem ist nur, daß mir nichts mehr einfällt. Was tun wir, wenn Howie nichts rauskriegt?«

»Was ist mit deinen Informanten?«

»Du hast meinen Piepser nicht mehr gehört, oder?«

»Hast du die Batterien kontrolliert?«

Sie warf ihm einen finsteren Blick zu. »Der Piepser funktioniert, Bondurant, aber ich nicht. Als Journalistin bin ich in Washington erledigt.«

»Du kannst dich trotzdem noch gewandt ausdrücken.«

Je mehr er versuchte, sie aufzumuntern, desto widerborstiger wurde sie. »Niemand, nicht mal die geheimste geheime Quelle, will mit mir noch was zu tun haben. Keine einzige Redaktion in dieser Stadt, vielleicht sogar im ganzen Land, würde mich auch nur als Klofrau beschäftigen.«

Sie lehnte sich seufzend an die Kopfstütze. »Was ich heute abend vor dem Wegfahren gesagt habe, war zu ungefähr neunzig Prozent mein Ernst. Ich wollte, ich könnte mein früheres Leben zurückbekommen. Cronkite fehlt mir. Mein Haus fehlt mir. Es war kein Palast, aber immerhin mein Heim. Mir fehlt meine Arbeit, der Termindruck, die Aufregung, wenn ich am Ort des Geschehens eintreffe, und die Befriedigung, die ich empfinde, wenn mir eine gute Reportage gelingt. Gott bewahre, mir fehlt anscheinend sogar Howie, denn ich habe mich fast gefreut, ihn heute abend wiederzusehen.«

Gray sah leicht entsetzt zu ihr hinüber. »Du scheinst einen schweren Anfall von Selbstmitleid zu haben.«

»Spürst du etwa gar keins? Hast du keine Sehnsucht nach deiner Ranch, deinen Pferden und deiner kostbaren Einsamkeit? Wünschst du dir nicht manchmal, ich wäre nie aufgekreuzt?«

»Du bist aber aufgekreuzt. Was könnten Wünsche daran ändern? Ich habe ein Jahr lang zurückgezogen gelebt, aber stets geahnt, daß irgendein neuer Einsatz kommen würde. Unbewußt habe ich abgewartet, welche Form er annehmen würde. Als Katalysator hat sich dann Robert Rushton Merritts Tod erwiesen. Wer hätte ihn voraussagen können? Kein Mensch. Letztlich wissen wir nie, was uns als nächstes bevorsteht.« Er zuckte gleichmütig mit den Schultern. »Ich nehme die Dinge, wie sie kommen, und blicke möglichst nicht zurück.«

»Gott, zeigst du denn nie die geringste Schwäche? Läßt du nie eine menschliche Regung durch deinen verdammten Panzer dringen? Kannst du nie loslassen und einfach nur *fühlen?*«

Als ihre Stimme brach, hielt sie den Mund, damit er nicht merkte, wie nahe sie den Tränen war. Ja, sie kam sich idiotisch vor, weil sie eine Spinnerin aufgespürt hatte. Ja, sie war frustriert, weil es ihnen bisher nicht gelungen war, die Mauer der Geheimhaltung, die Vanessa umgab, zu durchdringen. Sie wußte nicht einmal, ob sie vielleicht schon tot war. Barrie war mehr denn je davon überzeugt, Merritt wolle letztlich Witwer werden. Mit jedem Tag, an dem sie ihn nicht entlarvte, kam er diesem Ziel einen Schritt näher.

Ja, sie machte sich Sorgen um Daily, weil er immer elender klang und aussah. Er riß sich zusammen, aber Barrie wußte, daß sein Zustand sich verschlimmerte. Auch sein Facharzt konnte ihm nicht mehr helfen. Sein Leiden hatte ein Stadium erreicht, in dem selbst die aggressivsten und innovativsten Behandlungsmethoden nicht mehr angeschlagen, sondern nur die Qualität des ihm noch verbleibenden Lebens verringert hätten.

Ja, ja, ja. Das alles machte ihr heute nacht Sorgen. Aber den größten Kummer machte ihr der Mann neben ihr. Gray Bondurant blieb ihr ein Rätsel. Sie war mit ihm im Bett gewesen, aber sie kannte ihn nicht. Obwohl sie nun schon so viel Zeit miteinander verbracht hatten, war er ihr so fremd wie an jenem ersten Morgen, vielleicht sogar fremder.

Deshalb war Barrie den Tränen nahe. Sie hatte seinen Körper liebkost, aber *ihn* nicht berührt.

Sie warf alle Vorsicht über Bord und fragte: »Wie kannst du dir aus nichts und niemandem etwas machen? Wie bist du nur so ein gefühlloser Kerl geworden?«

Eine volle Minute feindseligen Schweigens verging, bevor er antwortete: »Meine Eltern sind am gleichen Tag gestorben. Zack. Plötzlich waren sie weg. Ich war damals noch klein. Das hat weh getan. Aber ich bin darüber hinweggekommen und habe mich auf meine Großeltern verlassen. Dann sind sie nacheinander weggestorben. Meine Schwester und ich haben uns nahegestanden, aber ihrem Mann war ich unsympathisch. Er und die Kinder waren ihr wichtiger, deshalb hat sie mich praktisch aus ihrem Leben ausgeschlossen.

Ich habe zwei Männern vertraut, und sie sind meine engsten Freunde geworden. Ich konnte ihre Gedanken lesen, noch bevor sie sie gedacht haben, und umgekehrt war es genauso. Wir waren so eng befreundet, wie es für drei Heterosexuelle nur möglich ist. Dann haben sie mich verraten und zweimal versucht, mich umzubringen.« Er zuckte mit den Schultern. »Ich schätze, daß ich keinen Vorteil darin sehe, Beziehungen aufzubauen.«

Damit hatte er mehr als je zuvor über sich preisgegeben. Trotzdem hatte er bei seinem die Seele entblößenden Monolog eine Sache auffällig ausgespart. »Du hast den Teil mit Vanessa und dem Baby ausgelassen«, stellte Barrie fest. »Du hast zu erwähnen vergessen, daß die Liebe deines Lebens die Frau eines anderen ist.«

»Ja«, sagte er mit gepreßter Stimme. »Den Teil habe ich ausgelassen.«

33. Kapitel

»Senator?«

Clete drückte eine Taste der Gegensprechanlage auf seinem Schreibtisch. »Was gibt's, Carol?«

»Gray Bondurant ist am Telefon. Er möchte Sie sprechen.«

Clete rieb sich nachdenklich das Kinn. »Sagen Sie ihm, ich sei nicht da.«

»Er ruft schon zum drittenmal innerhalb von zwei Tagen an.«

»Mir ist egal, wie oft er angerufen hat. Ich bin nicht für ihn zu sprechen. Was ist mit Dr. Allan?«

»Ich versuche weiter, ihn ans Telefon zu bekommen, aber er ist angeblich nicht erreichbar.«

»Was zum Teufel soll das heißen?«

»Der Stab des Weißen Hauses drückt sich leider nicht deutlicher aus, Sir.«

George Allan hatte ihn angerufen, um ihm mitzuteilen, Vanessa habe die von ihm veranlaßte Dosisänderung nicht gut vertragen. Und er hatte angedeutet, sie trinke wieder zuviel. Der eigentliche Zweck seines Anrufs war es gewesen, dem Senator mitzuteilen, er habe Vanessa zur Beobachtung in eine Privatklinik eingewiesen. Bis ihr Zustand sich wieder stabilisiert habe, solle sie am besten keinen Besuch empfangen. Tatsächlich untersage die Klinik jeglichen Besuch.

Genau wie in dem verdammten Highpoint! Man hatte Vanessa abtransportiert, ohne ihr die Chance zu geben, sich von ihm zu verabschieden, und jetzt war sie unerreichbar. Zum Schluß hatte Allan noch gesagt, er rechne nicht damit, daß sie mehr als ein paar Tage isoliert werden müßte.

Als Vorsitzender des Haushaltsausschusses des Senats hatte Clete viele Sitzungen leiten müssen, um den Haushaltskompromiß durchzuboxen. Seine Anwesenheit war unerläßlich, aber es war schwierig, sich auf die Staatsfinanzen zu konzentrieren, weil er sich Sorgen um seine Tochter machte. Der Arzt ließ sich am Telefon verleugnen. David hatte sich nicht einmal dazu herabgelassen, ihn anzurufen und persönlich mit ihm zu sprechen. Diese Sache stank allmählich zum Himmel. Und ein Teil des Gestanks kam von Cletes eigener wachsender Panik.

»Wissen sie, daß Sie in meinem Auftrag anrufen?«

»Natürlich, Sir.«

»Dann möchte ich sofort den Präsidenten sprechen.«

Während sie telefonierte, verließ er seinen Schreibtisch und trat an das große Fenster. Obwohl er diese Aussicht seit über dreißig Jahren kannte, ermüdete sie ihn nie. Die Autos auf den breiten Avenuen Washingtons veränderten sich. Moden kamen und gingen. Jahreszeiten wechselten. Aber die festgegründeten Regierungsgebäude überdauerten alles.

Die Gefühlswandlung, die ihn bei ihrem Anblick überkam, ließ sich nicht als Patriotismus beschreiben. Sie war geringwertiger als Vaterlandsliebe. Er empfand Leidenschaft für die in diesen Gebäuden zirkulierende Macht, was in Clete eine Erregung hervorrief, die einer Erektion nicht unähnlich war. Er hielt es mit der Redensart, Macht sei das wirkungsvollste Aphrodisiakum. Nichts konnte sich mit ihr vergleichen. Nichts kam ihr auch nur nahe.

Jeder Mann, der etwas taugte, kämpfte um Macht. Und wenn er sie dann besaß, kämpfte er wie der Teufel, um sie zu behalten. Es war unvermeidbar, daß irgendwann ein Jüngerer die Macht ergreifen würde, die Clete jetzt in Washington ausübte. Aber nicht heute und nicht morgen. Er selbst würde den Zeitpunkt bestimmen, an dem er den Stab übergab.

Und er würde ihn nicht David Merritt anvertrauen.

Seine Sekretärin meldete sich wieder. »Tut mir leid, Senator. Der Präsident hat heute einen übervollen Terminkalender und soll heute abend nach Atlanta fliegen. Er wird erst morgen nachmittag zurückerwartet.«

Clete ließ sich das mehrere Sekunden durch den Kopf gehen. »Danke, Carol. Versuchen Sie weiter, diesen Quacksalber Allan zu erreichen. Und wimmeln Sie Bondurant ab.«

»Ja, Sir.«

Er ging an seinen Schreibtisch zurück, legte die Füße darauf und wippte mit seinem abgewetzten Ledersessel vor und zurück, während er über seinen nächsten Schachzug nachdachte. David hatte unerwartet schnell gehandelt. Clete hatte damit gerechnet, er werde die Sache etwas abkühlen lassen, bevor er einen neuen Versuch startete, die einzige Zeugin seines Säuglingsmords zu beseitigen.

Ja, Clete glaubte alles, was Bondurant und Barrie Travis ihm in jener Nacht in dem Schnellimbiß erzählt hatten. Gewiß, er hatte der Travis öffentlich jede Glaubwürdigkeit abgesprochen, aber sie hatte ihm schließlich keine andere Wahl gelassen. Er hatte wegen ihres Irrtums im Krankenhaus Krach schlagen müssen, um nicht selbst wie ein verdammter Trottel dazustehen. Er war über sie hergefallen, aber sein Zorn hatte seinem verräterischen Schwiegersohn gegolten.

Barrie Travis war eine Spinnerin, aber Bondurant war keiner. Clete hätte ihre Geschichte wahrscheinlich nicht geglaubt, wenn nur die Travis sie erzählt hätte, aber Bondurant war absolut glaubwürdig. Clete hatte den zum Präsidentenberater aufgestiegenen ehemaligen Marineinfanteristen nie besonders gut leiden können. Der Mann war fast krankhaft schweigsam. Und er trug seine Integrität wie ein Ärmelabzeichen zur Schau. Clete mißtraute jedem, der so ehrlich und aufrichtig war.

Clete hatte Bondurant noch nie bei einer Lüge ertappt. Er war zwar allen Fragen nach seiner Affäre mit Vanessa ausgewichen, was man als Lügen durch Verschweigen hätte auslegen können, aber Clete war sicher, daß sein Schweigen nicht reiner Selbstschutz war, sondern daß er sich ritterlich bemühte, Vanessa vor einem Skandal zu bewahren.

Da er Davids Persönlichkeit wie sonst niemand kannte und von dem Vorfall mit einer jungen Frau namens Becky Sturgis wußte, zweifelte Clete nicht im geringsten daran, daß David imstande wäre, ein Kind zu ersticken, von dem er wußte, daß es nicht seins war.

Clete machte sich Vorwürfe, weil er nicht schon früher darauf gekommen war. Dieser Dreckskerl hatte Vanessa und ihn in dem Glauben gelassen, er wünsche sich Kinder. Sie hatte jahrelang alle möglichen Mittel gegen Unfruchtbarkeit versucht. David hatte sich stets geweigert, ärztlichen Rat einzuholen. Jetzt wußte Clete, warum. Der Schweinehund schoß mit Platzpatronen, und niemand sollte es erfahren. Außerdem hatte er die Schuld für ihre Kinderlosigkeit subtil Vanessa zugeschoben und damit ihre Minderwertigkeitsgefühle, ein Schlüsselsymptom ihrer Krankheit, noch verstärkt.

Natürlich hatte Clete kein ganz reines Gewissen. Er hatte einen Teil der Ehequalen, die seine Tochter durchlitten hatte, zu verantworten. Wo war er in all diesen Jahren gewesen? Weshalb hatte er nicht gesehen, was jetzt so offensichtlich war? Er war zu sehr damit beschäftigt gewesen, David ins Weiße Haus zu bringen, um zu erkennen, daß David Vanessas Liebe grausam zurückgewiesen hatte.

Solange sie alles tat, was er verlangte, seine Pläne nicht durchkreuzte und die ihr zugedachte Rolle spielte, war David zufrieden. Er hatte eine langmütige, schöne Frau, die seine beiläufigen Affären übersah. Aber als Vanessa den Spieß umdrehte und von einem anderen Mann schwanger wurde, hielt David die Todesstrafe für gerechtfertigt.

Ja, Barrie Travis und Gray Bondurant hatten die Wahrheit gesagt. Sie hatten Clete die Augen geöffnet: David Merritt hatte seiner Tochter das Leben zur Hölle gemacht; David Merritt hatte seinen Enkel ermordet; David Merritt hatte ihn verraten; David Merritt mußte vernichtet werden.

Aber dieses Ziel ließ sich nicht erreichen, indem man in den Abendnachrichten mit unbewiesenen Vorwürfen um sich warf. Clete würde David heimlich absägen müssen, statt seinen Rachefeldzug öffentlich bekanntzumachen. Alles außer verdeckter Wühlarbeit war zum Scheitern verurteilt.

Bondurant hätte vielleicht eine Chance gehabt, zum Erfolg zu kommen und straffrei auszugehen. Aber bestimmt nicht, solange er mit einer Journalistin verbündet war, vor allem nicht, wenn diese Journalistin Barrie Travis hieß. Clete mußte unabhängig von den beiden operieren, und er mußte rasch handeln, weil David anscheinend bereits die Initiative ergriffen hatte.

Zuerst mußte er Vanessa aufspüren. Danach mußte er sie vor David in Sicherheit bringen. Und dann mußte er den Schweinehund erledigen.

Auf dem Weg dorthin gab es Hindernisse. Unter anderem den Gefühlskonflikt, in dem Clete sich befand. Der Verrat seines Schwiegersohns war für ihn wie ein Pflock durchs Herz, aber er konnte es sich nicht leisten, das, was hätte sein können – und sein sollen –, sentimental zu betrachten.

Darüber hinaus mußte er äußerst vorsichtig agieren. Wenn er David entlarvte, durfte er nicht selbst ins Visier irgendwelcher Ermittler geraten. Einen Präsidenten zu stürzen, ohne selbst mitgerissen zu werden, erforderte geschicktes Taktieren.

Das Problem war, daß jedes Taktieren Zeit erforderte, und gerade Zeit war knapp, das wußte er.

»Howie, nicht wahr?«

Howie verschluckte sich fast an seinem leicht gesalzenen Bier. Er fuhr sich mit dem Handrücken über den Mund, bevor er dem Schnurrbärtigen, der eine Baseballmütze über seinem Pferdeschwanz trug, die Hand hinstreckte. »Hey! Ich hab' schon gedacht, Sie würden sich nie mehr blicken lassen.«

Der Mann reagierte mit einem schwachen, steifen Lächeln. »Ich war sehr beschäftigt.«

»Nun, ich freue mich, Sie zu sehen. Darf ich Sie zu einem Bier einladen?«

Obwohl Howie froh war, daß der Mann, den er als Freund zu gewinnen hoffte, wieder da war, sprach er die Einladung nur halbherzig aus. Heute abend war nicht der richtige Zeitpunkt. Howie war in die Bar gegangen, um rasch ein Bier zu trinken, ohne sich jedoch unterhalten zu wollen. Den ganzen Tag war er nervös wie eine Hure in der Kirche gewesen und hatte sich gefragt, wann Bondurant aufkreuzen würde, um ihn zu fragen, was er über den Aufenthaltsort der First Lady hatte in Erfahrung bringen können. Er hatte befürchtet, Bondurant oder Barrie könnten in den WVUE-Studios auftauchen.

Aber dann war es sieben Uhr geworden, und er hatte seinen Posten als Chef vom Dienst wie immer dem Kollegen von der Nachtschicht übergeben, ohne etwas von Barrie oder ihrem bedrohlichen Verbündeten gehört zu haben. Er hatte sich einzureden bemüht, die beiden hätten ihn vergessen oder die gewünschten Informationen längst aus anderer Quelle erhalten, aber dieser Selbstbetrug hatte nicht funktioniert. Je länger der Tag sich hinzog, desto ängstlicher sah er dem Abend entgegen.

Bestimmt würden sie ihm nicht glauben, daß er außerstande gewesen war, im Weißen Haus irgendwas rauszukriegen, obwohl er sich alle Mühe gegeben hatte. Entweder logen alle, oder niemand, wirklich *niemand* wußte, in welcher Klinik Mrs. Merritt behandelt wurde. Aber das war nicht, was Barrie und Bondurant hören wollten.

Deshalb hatte Howie beschlossen, Bondurant irgend etwas zu erzählen, selbst wenn er sich den Namen einer Klinik ausdenken mußte. Der ehemalige Marineinfanterist würde Wort halten, davon war er überzeugt. Wenn er nichts lieferte, würde Bondurant ihn umlegen, ohne mit der Wimper zu zucken.

»Danke, ein Bier täte mir gut.«

»Was?« fragte Howie, der aus seinen trübseligen Überlegungen hochschreckte.

»Ein Bier?« Sein neuer Freund musterte ihn fragend.

»Oh, klar, klar. Ich hab' nur 'nen anstrengenden Tag hinter mir«, sagte Howie, um seine momentane Geistesabwesenheit zu entschuldigen. »Bin gleich wieder da.«

Als Howie mit dem Bier zurückkam, war der Mann, ein echt cooler Typ, damit beschäftigt, die Spitze eines Billardstocks mit Kreide einzureiben. »Nehmen Sie sich heute abend in acht. Ich hab' nämlich geübt.«

Sein Grinsen erinnerte Howie an ein Raubtier mit unstetem Blick und sehr kleinen, spitzen Zähnen. »Äh, eigentlich hab' ich, äh, heute keine Zeit.« Das einzige, was noch beunruhigender war als das Lächeln des Mannes, war sein Stirnrunzeln. Es veranlaßte Howie sofort zum Umdenken. »Also gut, vielleicht ein schnelles Spiel.«

»Großartig. Das ist meine Chance, meinen verletzten Stolz zu retten.«

In den Spielpausen schwatzten sie über dieses und jenes. Howie spielte schlecht. Er konnte sich nicht konzentrieren, weil er ständig daran denken mußte, wer ihm auflauern würde, wenn er heimkam. Oder hatte Bondurant ihn schon jetzt im Visier? Beobachtete er Howie aus dem Münzwaschsalon auf der anderen Straßenseite?

»… mit Ihrer Freundin?«

»Wie bitte?«

»Ich habe nach Ihrer Mitarbeiterin gefragt. Nach der kleinen Reporterin. Na, Sie wirken heute abend richtig geistesabwesend. Wenn Sie was Besseres vorhaben …«

»Nein, nein«, sagte Howie hastig. »Entschuldigung.«

Reiß dich zusammen, Idiot! ermahnte er sich. Was zum Teufel war in ihn gefahren? Hier stand ein cooler Typ, der praktisch darum bettelte, sein Kumpel sein zu dürfen, und was tat er? Er benahm sich wie ein Arschloch, das tat er.

Das war Barries Schuld. Es war immer Barries Schuld. Und jetzt auch Bondurants Schuld. Wie kamen die beiden überhaupt dazu, in seine Wohnung einzubrechen und ihn herumzuschubsen? Dabei konnten sie ihm überhaupt nichts anhaben. Zumindest Barrie nicht. Und Bondurant war aus der Stadt verjagt worden, weil er seine Hände nicht von der First Lady lassen konnte. Zum Teufel mit den beiden! Wenn sie heute abend wieder mit ihren versteckten Drohungen ankamen, würde er einfach die Polizei rufen.

Von neuem Selbstvertrauen beseelt, zog er seinen rutschenden Hosenbund hoch und nahm einen großen Schluck Bier. »Ich hab' sie rausgeschmissen.«

»Ohne Scheiß?«

»Ich hab's nicht gern getan«, sagte Howie und verzog bedauernd die Lippen, »aber sie hat laufend Mist gebaut. Sie hat mir keine andere Wahl gelassen.«

»Was hätten Sie sonst tun sollen, Mann?«

»Richtig.« Howie gelang sein bester Stoß des Abends. Sein Freund hob seinen Bierkrug, um auf diesen Erfolg zu trinken. »Aber ich gebe ihr noch eine Chance.«

»Oh?« Der Mann konzentrierte sich auf den nächsten Stoß. Die Kugeln prallten klackend zusammen, aber er schaffte es nicht, eine zu versenken. »Sie kriegt wohl ein Empfehlungsschreiben von Ihnen?«

»Nein, ich helfe ihr bei verdeckten Ermittlungen.«

Wie Howie gehofft hatte, zog der andere seine Augenbrauen hoch. Das klang so abenteuerlich, daß er offenbar beeindruckt war. »Bei welchen verdeckten Ermittlungen?«

Howie, den die Demütigung durch Bondurant schmerzte, genoß es, seine Muskeln spielen zu lassen. Was machte es schon, wenn er dabei ein bißchen übertrieb? Sein Kumpel hier würde es gar nicht merken. Außerdem beschwindelten sich sogar die besten Freunde. Das gehörte bei Männerfreundschaften einfach mit dazu.

»Sie arbeitet jetzt freiberuflich, ist weiter hinter dieser großen Story her, von der ich Ihnen erzählt habe. An wen hat sie sich gewandt, um Informationen zu bekommen, als ihre eigenen Quellen versiegt sind? An meine Wenigkeit.«

»Informationen worüber?«

Howie kniff ein Auge zusammen. »Insiderwissen aus dem Weißen Haus.«

»Und Sie haben es ihr beschafft?«

»Denken Sie ja nicht, das wäre einfach gewesen«, sagte Howie und blies sich auf. »Durchaus nicht! Ich habe selbst ermitteln und einige meiner geheimsten Quellen anzapfen müssen, aber ich habe rausgekriegt, was Barrie wissen wollte.«

»Da war sie bestimmt glücklich.«

»Sie wird es sein.«

»Sie haben es ihr noch nicht gesagt?« Die Augen des Mannes glänzten, und sein Schnurrbart hob sich, als er grinste. Er boxte Howie an die Schulter. »Ah, ich verstehe! Sie halten Ihre Informationen zurück, bis Sie von der Kleinen eine gewisse Gegenleistung bekommen haben, was?«

Howie schmunzelte. Sein neuer Kumpel hatte genau den

gewünschten Eindruck von ihm: Er hielt ihn für einen Herzensbrecher, einen Mann von Welt, einen Mann, mit dem man rechnen mußte, und einen Mann, den keiner reinlegen konnte. »Wir treffen uns später heute abend. Für das, was ich ihr zu erzählen habe, wird sie sich mit ein paar Gefälligkeiten revanchieren wollen, denken Sie nicht auch?«

An diesem Abend fuhr Barrie einen Volvo, den Gray nachmittags auf dem Parkplatz des Ärztehauses gestohlen hatte. Vor Howies Haus verlangsamte sie ihr Tempo, bis der Wagen nur mehr kroch. »Wo soll ich parken?« fragte sie Gray.

»In der nächsten Seitenstraße. Laß mich hier aussteigen. Ich gehe als erster rauf.«

»Durch den Vordereingang?«

»Unser theatralischer Auftritt von gestern abend hat ihn so eingeschüchtert, daß wir heute unbesorgt direkter vorgehen können.«

»Was ist, wenn er nichts rausgekriegt hat?«

»Ich merke, ob er lügt. Wir sehen uns oben«, sagte er, bevor er ausstieg und die Tür zuknallte.

»Faß ihn nicht zu hart an!« rief sie, aber Gray hörte sie nicht oder zog es vor, sie zu ignorieren.

Howies Mut hielt nicht lange vor. Schon bald nachdem er sich von seinem neuen Freund verabschiedet und die Bar verlassen hatte, bekam er es wieder mit der Angst zu tun. Auf der Heimfahrt wurden seine Hände so feucht, daß er das Lenkrad kaum noch halten konnte.

Bondurant würde ihn in den Hintern treten, wenn er nichts Brauchbares zu berichten hatte. Und wenn er etwas erfand und Bondurant ihm auf die Schliche kam, was bestimmt nur eine Sache von wenigen Stunden war, kam der Kerl wahrscheinlich zurück und legte ihn um. In beiden Fällen war Howie aufgeschmissen. Außer er flehte Barrie um Gnade an. Gestern abend war sie ziemlich unnachgiebig gewesen, aber er glaubte nicht, daß sie tatenlos zusehen würde, wie Bondurant ihn abknallte.

»Nein, sie würde rausgehen, um sich nicht den Appetit verderben zu lassen«, murmelte Howie, bevor er auf dem für ihn reservierten Platz hinter dem Gebäude parkte und die Treppe hinaufging. Er sperrte seine Wohnungstür mit zitternden Händen auf, stieß sie auf und zögerte dann. Als nicht der geringste Laut zu hören war, trat er endlich ins Wohnzimmer und schloß die Tür hinter sich.

Er war sich ziemlich sicher, daß er in seiner Wohnung allein war und daß niemand sie betreten hatte, seit er sie morgens verlassen hatte. Trotzdem hastete er durch die kleinen Zimmer und betätigte einen Lichtschalter nach dem anderen, bis alles hell erleuchtet war. Aus dem Schlafzimmerfenster warf er einen Blick auf die Feuertreppe, denn er wußte jetzt, daß die ungebetenen Besucher von gestern abend diesen Weg gekommen waren. Auf der Stahltreppe, die im Zickzack am Gebäude hinunterführte, war niemand.

Howie ging in die Küche. Vor Nervosität stieß ihm das Bier in seinem Magen sauer auf. Er rülpste, während er den Kühlschrank öffnete, um etwas zu suchen, was die überschüssige Säure binden konnte.

»Das ist verrückt«, murmelte er, den Mund voll kalter Spaghetti unbestimmten Alters.

Er war kein Kind mehr. Er war ein Mann.Trotzdem schlich er durch seine Wohnung, als fürchtete er sich vor dem eigenen Schatten. Seit Barrie diese hirnrissige Idee mit der First Lady gehabt hatte, war Howies Leben nur noch beschissen gewesen. Er hatte Scherereien in der Arbeit gehabt, Probleme mit Jenkins. Und auch noch Probleme in seiner Freizeit. Wie konnte man eine Freundschaft kultivieren, wenn man befürchten mußte, ein ehemaliger Marineinfanterist werde einem das Gehirn zu Mus schießen? Und jetzt hatten die Probleme ihn zu Hause eingeholt.

Aber er war fuchsteufelswild und würde sich das nicht länger gefallen lassen!

Sobald Barrie auftauchte, würde er…

Ein Klopfen an seiner Wohnungstür.

Seine Magennerven verkrampften sich reflexartig.

Dann kehrte seine Tapferkeit zurück. Er marschierte kämpferisch zur Wohnungstür und riß sie auf, um Barrie und Bondurant die Meinung zu sagen. Aber draußen stand nur ein Besucher, der ihn anlächelte.

»Hallo, Howie. Darf ich reinkommen?«

Barrie stieg aus dem Volvo und sperrte gewissenhaft die Tür hinter sich ab. Als sie rasch den Gehsteig entlangging, mußte sie über die Ironie lächeln, die darin lag, einen gestohlenen Wagen gegen Autodiebstahl zu sichern. Sie sah zum zweiten Stock des Eckgebäudes auf. Die Jalousien waren heruntergezogen, aber hinter allen Fenstern von Howies Wohnung brannte Licht. Das war beruhigend. Hätte Gray etwas wirklich Häßliches vorgehabt, hätte er es im Dunkeln getan, glaubte sie.

Sie durchquerte die Eingangshalle und begann die Treppe hinaufzusteigen. Es roch modrig wie in einem Antiquitätengeschäft. Sie klopfte an die Tür von Howies Wohnung. Und wartete. Niemand machte ihr auf. Sie legte ihr Ohr ans Holz und horchte, aber auf der anderen Seite waren keine Stimmen zu hören. Sie drehte den Türknauf. Die Wohnungstür war nicht abgesperrt.

»Howie? Gray?«

Sie trat über die Schwelle.

Die Lichter gingen aus.

Die hellerleuchteten Räume waren plötzlich in tiefste Finsternis getaucht. Die Situation hätte einen Aufschrei erfordert, aber Barrie war zu erschrocken, um auch nur einen Ton herauszubringen. Sie spürte den Fußboden vibrieren, als jemand schnell durchs Wohnzimmer auf sie zukam. Sie warf sich herum, tastete nach dem Türknauf und fand ihn auch. Aber bevor sie ihn drehen konnte, bedeckte eine Hand die ihre.

»Pst, keinen Laut!«

Als sie Grays Stimme erkannte, wäre sie vor Erleichterung beinahe zusammengeklappt. Sie drehte sich zu ihm um. »Was ist hier los?« flüsterte sie.

»Komm, wir müssen verschwinden. Sofort.«

»Warte«, sagte sie und stemmte sich gegen die Tür, die er öffnen wollte. »Wo ist Howie? Ist er hier?«

»Ja, er ist hier.«

»Wo? Was hat er gesagt?«

Er gab keine Antwort. Barrie konnte ihn nicht sehen, aber sie spürte, daß er aufrecht vor ihr stand und mit durchdringendem Blick auf sie herabsah. Sie fühlte seinen Atem auf ihrem emporgewandten Gesicht. »Wo ist Howie?«

»Pst!«

Ihre Stimme wurde lauter, ihre Panik wuchs. »Was hast du ihm getan?«

»Du sollst leise sein.«

Sie stieß ihn beiseite und stolperte quer durchs Wohnzimmer davon.

»Barrie, nein!«

Sie spürte einen Luftzug am Arm, als er nach ihr griff und sie im Dunkeln verfehlte. In Howies Küche rammte sie sich eine Tischecke schmerzhaft in den Oberschenkel. Dann ertastete sie den Lichtschalter an der Wand und betätigte ihn mehrmals, aber das Licht ging nicht wieder an. Irgend jemand mußte sich am Hauptschalter im Sicherungskasten neben der Tür zu schaffen gemacht haben.

Gray packte sie am Arm. »Komm jetzt, Barrie. Sofort.«

»Laß mich los!« rief sie aus und versuchte ihren Arm loszureißen.

Ihn bezwingen zu wollen, war aussichtslos – vor allem in völliger Dunkelheit. Sie fand sich nicht zurecht, aber wenigstens kannte sie Howies Küche genausogut wie Gray. Während sie miteinander rangelten, erinnerte Barrie sich daran, wo das Fenster sein mußte, und arbeitete sich unauffällig darauf zu. Sobald es in Reichweite kam, griff sie nach der Unterkante des Rollos und zog kräftig daran. Das altmodische Springrollo schnellte hoch und wickelte sich mit einem schwirrenden Geräusch um die obere Leiste, als schlügen tausend Fledermausflügel gleichzeitig. Von der Straße her fiel Licht in die Küche.

»Verdammt!« knurrte Gray.

Barrie stieß ihn mit einer übermenschlichen Kraftanstrengung von sich weg. »Howie?» rief sie laut.

Und dann sah sie ihn auf der Schwelle zwischen Küche und Schlafzimmer liegen. Er starrte zu ihr auf. Sein schlaffer Mund stand weit offen. Ebensoweit klaffte darunter ein Schnitt, der seine Kehle von einem Ohr zum anderen durchtrennte. In dem blassen, bläulichen Lichtschein sah die Blutlache unter seinem Körper schwarz aus.

Bevor sie schreien konnte, hielt Gray ihr mit einer Hand den Mund zu. Seine Lippen berührten fast ihr Ohr. Er flüsterte ein einziges Wort.

»Spence.«

34. Kapitel

»Spencer Martin?« Daily war sichtlich verwirrt. »Du hast gesagt, du hättest ihn umgebracht.«

»Nein, *sie* hat gesagt, ich hätte ihn umgebracht.« Er nickte zu Barrie hinüber.

Sie saß auf der Kante von Dailys Sofa, hielt eine Tasse mit siedendheißem Tee in den Händen und wiegte sich leicht vor und zurück, ohne es zu merken. Nirgends im Haus brannte Licht. Sie hatten es geschafft, sich ungesehen hineinzuschleichen. Zumindest hoffte Gray das. Seit Spencer wieder eine Rolle spielte, hatten sich die Risiken plötzlich vervielfältigt.

»Ich habe ihn nur außer Gefecht gesetzt«, fügte er erklärend hinzu. »Aber ich hätte ihn erschießen sollen.«

Dann schilderte er, wie er Spencer durch einen Schuß verletzt und in den Rübenkeller unter der Scheune gesperrt hatte. »Er sollte überleben, aber nicht ausbrechen können. Ich dachte, ich könnte herkommen und Vanessa mit Cletes Hilfe innerhalb weniger Tage aus Davids Klauen befreien. Schlimmstenfalls binnen einer Woche.«

Er sah zu Barrie hinüber, die weiter blicklos ins Leere starrte. »Das hat leider nicht funktioniert. Ich hätte wissen müssen, daß Spence sich befreien würde, obwohl ich mir weiß Gott nicht vorstellen kann, wie er das geschafft hat. Wahrscheinlich hat er sich mit bloßen Händen ein Loch gegraben.«

»Bist du so sicher, daß er es war, der Fripp umgebracht hat?« fragte Daily.

»Ganz bestimmt. Ich kenne seine Methode.«

»Wenn Howie Spencer Martin jemals begegnet wäre, hätte er

damit angegeben«, meinte Barrie, die seit fünf Minuten nichts mehr gesagt hatte.

»Sie können sich ein paar Sekunden vor dem Augenblick begegnet sein, wo Spence ihm die Kehle durchgeschnitten hat.«

Sie schüttelte den Kopf. »Nach Auskunft der Polizei deutet nichts auf gewaltsames Eindringen hin. Howie hat seinen Mörder gekannt und in die Wohnung gelassen.«

Daily beugte sich nach vorn. »Was willst du damit sagen, Barrie?«

Gray antwortete an ihrer Stelle. »Damit will sie sagen, daß Howie mich erwartet hat und daß ich ihn ermordet habe.«

Ihr Blickkontakt währte nur einen Sekundenbruchteil, bevor sie wieder wegsah. Aber Gray hakte nach. »Das denkst du doch, oder?«

»Ich weiß nicht, was ich denken soll!« rief sie aus. »Ich kann überhaupt nicht mehr denken.« Sie stellte die Tasse weg, stand auf und rieb sich energisch die Arme. »Ich kann bloß noch an Howies grausigen Tod denken. Er ist nicht mein liebster Freund gewesen«, sagte sie stockend, »und ich will nicht vorgeben, ihn gemocht zu haben. Er war ein widerlicher Kerl, aber er war ein Mensch und, was diese Sache betrifft, harmlos und unschuldig. Ich habe ihn mit reingezogen. Ich bin an seinem Tod schuld. Diesen Mord werde ich bis an mein Lebensende auf dem Gewissen haben.«

Sie setzte sich wieder und begann zu weinen.

Die Männer schwiegen, bis Daily fragte: »Was hat die Polizei gesagt?«

Gray hatte so schnell wie möglich vom Tatort verschwinden wollen, weil er befürchtete, Spencer könnte zurückkommen und sie erledigen. Aber Barrie hatte darauf bestanden, das Richtige zu tun, und den Notruf gewählt. Da Gray sie nicht k. o. schlagen und aus Howies Apartment schleppen wollte, hatte er dableiben und sich ebenfalls von den Kriminalbeamten vernehmen lassen müssen.

Sie gaben den Ermittlern gegenüber zu, daß sie mit Howie vereinbart hatten, ihn an diesem Abend zu besuchen. Bei ihrer Ankunft war die Wohnung dunkel gewesen, aber die Tür war unversperrt. Sie hatten ihn tot aufgefunden. Außer dem Türknauf, einigen Lichtschaltern und dem Springrollo hatten sie nichts angefaßt. Gray hatte daran gedacht, vor dem Eintreffen des ersten Streifenwagens seine Fingerabdrücke im Sicherungskasten abzuwischen. Er hätte Schwierigkeiten gehabt, der Polizei zu erklären, warum er im Dunklen aus der Wohnung hatte flüchten wollen.

»Die Kriminalbeamten haben die Theorie aufgestellt, Howie sei vor der Tür überfallen und in seine Wohnung gestoßen worden. Seine Taschen waren durchwühlt, deshalb wird der Fall als Raubmord behandelt. In Frage kommt ein Einzeltäter, haben sie gesagt, oder ein neues Bandenmitglied, das eine Art Mutprobe ablegen sollte.«

»Bist du irgendwie verdächtigt worden?« fragte Daily.

»Das hätte passieren können, wenn der blutige Schuhabdruck nicht gewesen wäre. Ein Männersportschuh, von dem im ganzen Land tagtäglich Tausende von Exemplaren verkauft werden. Der Täter scheint seinen Fehler bemerkt zu haben, denn er hat nur diesen einen Abdruck hinterlassen. Die Kriminalbeamten vermuten, er habe den Schuh ausgezogen, um im Treppenhaus keine Blutspur zu hinterlassen.

Ich glaube dagegen, daß Spence diesen Abdruck absichtlich hinterlassen hat, damit die Polizei genau das annimmt, was sie jetzt vermutet – daß jemand zufällig gesehen hat, wie Howie das Gebäude betreten hat, ihm die Treppe hinauf nachgeschlichen ist und ihn wegen ein paar lumpigen Dollars kaltgemacht hat. Das passiert in diesem Viertel jede Woche mehrmals. Die

Polizei ermittelt routinemäßig, legt eine Akte an und stellt irgendwann die Ermittlungen ein. Also wird dieser Mord nie aufgeklärt.«

»Wie kannst du das so verdammt kaltschnäuzig sagen?«

Barrie war wieder aufgesprungen und funkelte ihn an. Das war endgültig zuviel für Gray. »Was erwartest du eigentlich von mir – daß ich gestehe?« fragte er und baute sich wütend vor ihr auf.

»Ich möchte eine Erklärung dafür, warum du vor mir in Howies Wohnung gegangen bist.«

»Ich wollte ihn einschüchtern.«

»Das ist dir allerdings gelungen!«

»Das bedeutet nicht, daß ich ihn umgebracht habe.«

»Warum hast du das Licht ausgemacht, als ich reingekommen bin?«

»Ich wollte dir seinen Anblick ersparen.«

»Warum hast du versucht, mich hinauszuzerren, nachdem ich ihn dann doch gesehen hatte?«

»Falls Spence in der Nähe gelauert hätte, wären wir beide in Gefahr gewesen.«

»Spence. Spence, der auf wundersame Weise wiederauferstanden ist.« Sie schwenkte die Arme über dem Kopf. »Lobet den Herrn!«

Gray fühlte, daß sein Kiefer sich verkrampfte. »Wär's dir lieber, wenn ich sagen würde: ›Okay, ich gestehe. Ich habe dem Arschkriecher die Gurgel durchgeschnitten‹?«

»Du bist widerlich.«

»Worüber beklagst du dich eigentlich? Du hättest vor Vergnügen auf und ab hüpfen sollen. Mich wundert bloß, daß du nicht gleich nach dem Gespräch mit der Notrufzentrale einen Kameramann angefordert hast. Du warst als erste Reporterin am Tatort eines gräßlichen Mordes. So was ist doch genau das richtige für dich, oder? Das törnt dich an, stimmt's? Das und mit jedem Mann ins Bett zu hüpfen, der dafür vielleicht eine heiße Story für dich hat.«

»Jetzt reicht's aber, Bondurant«, warf Daily ein.

Gray achtete nicht auf diese Zurechtweisung. Er konzentrierte sich ausschließlich auf Barrie. »Ich hab's nicht nötig, mich zu verteidigen – weder vor dir noch vor sonst jemandem. Von mir aus glaubst du, was du willst. Ist mir doch scheißegal.«

Er kehrte ihr den Rücken zu, war aber erst wenige Schritte weit gekommen, als sie ihm – fast wie an jenem ersten Morgen in seinem Haus – nachsetzte. »Warum sollte Spencer, falls er tatsächlich noch lebt, Howie aufspüren und ermorden?«

»Weiß der Teufel«, antwortete Gray und schüttelte ihre Hand ab. »Vielleicht hat er gewußt, daß Howie Informationen für uns hatte, die geheim bleiben sollten.«

»Woher soll er das gewußt haben?«

Er schnaubte zynisch. »Du mußt dich von der Illusion verabschieden, daß diese Leute sich an irgendwelche Spielregeln halten. Das tun sie nicht. Für sie existieren keinerlei Beschränkungen. Weder moralische, politische noch emotionale. Sie sehen, daß etwas getan werden muß, und tun es, ohne Gewissensbisse zu empfinden. Sie haben kein Gewissen. Solange du das nicht begreifst, sind sie dir überlegen, weil du dich an die Spielregeln hältst.«

Er wandte sich an Daily. »Soll ich lieber gehen? Dann gehe ich gleich.«

Daily stand schwer seufzend auf. »Wenn ihr mich mitten in der Nacht aus dem Bett holt, gibt's jedesmal schlechte Nachrichten.« Mehr sagte er nicht, bevor er in sein Schlafzimmer davonschlurfte.

Nun starrte Gray Barrie herausfordernd an, aber sie wandte sich schweigend ab und folgte Daily den Flur entlang.

Gray zog leise fluchend Hemd und Stiefel aus und streckte sich auf dem Sofa aus. Es war zu kurz für ihn, so daß er die Füße auf die Armlehne legen mußte. Eigentlich konnte er überall, unter allen Umständen schlafen. Er hatte sich die Fähigkeit antrainiert, jederzeit einschlafen zu können. Er hatte gelernt, augenblicklich in tiefen Schlaf zu verfallen, während ein Teil seines Unterbewußtseins wachsam blieb.

Aber in dieser Nacht versagten seine antrainierten Fähigkeiten. Er war zu aufgebracht, um schlafen zu können. Aufgebracht und… verletzt? War das der richtige Ausdruck? »Himmel.« Er legte sich einen Arm über die Augen. Verletzt? Weshalb? Wegen ihrer schwachsinnigen Anschuldigung? Weil sie ihn verdächtigte, ein Mörder zu sein? Was für eine dämliche, unreife Gefühlsregung!

Von mir aus glaubst du, was du willst. Ist mir doch scheißegal. Aber das war es ihm eben nicht. Er wußte nicht genau, wie er in Barries Augen dastehen wollte, aber ganz bestimmt nicht als kaltblütiger Killer. Ihm fiel kein einziger Grund ein, weshalb ihre Meinung ihn interessieren sollte, aber sie war ihm trotzdem wichtig.

Sie war eine Klugscheißerin. Impulsiver, als ihr guttat. Sie besaß einen ätzenden, sarkastischen Sinn für Humor, den sie einsetzte, um Angst und Enttäuschung zu überspielen. Aber sie war nicht feige, und Gray bewunderte Mut. Ihr Verstand war rasiermesserscharf. Vielleicht war sie zu phantasievoll, um eine objektive Journalistin zu sein, aber dieser kreative Aspekt unterstrich ihre Intelligenz nur noch. Sie hatte Zurückweisungen erlitten, und er empfand nicht nur Mitleid mit ihr, sondern konnte es ihr bis zu einem gewissen Grad sogar nachfühlen.

Außerdem besaß sie verdammt viel Integrität. Es war billig gewesen, ihr vorzuwerfen, sie setze ihre Verführungskünste ein, um an Storys heranzukommen. Das hatte er an jenem Morgen in Wyoming nicht im Ernst behauptet, und auch vorhin war seine Behauptung nicht ernst gemeint gewesen. Er glaubte selbst nicht daran.

Wahrscheinlich wußte sie keine bessere Erklärung für die frühmorgendliche Orgie in seinem Haus als er, und sein Erklärungsversuch war ziemlich kümmerlich. Er hatte alles auf spontane, verzehrende, unerklärliche Begierde zurückgeführt und es dabei bewenden lassen. Es war sicherer, solche intensiven sexuellen Begegnungen nicht allzu gründlich zu analysieren. Am besten machte man die animalischen Triebe des Menschen dafür verantwortlich und vergaß die Sache schnell wieder. Oder versuchte es wenigstens.

Trotz seiner bissigen Kommentare, die das Gegenteil besagten, hatte er im Augenblick ihrer ersten Berührung an jenem Morgen gewußt, daß sie keine Femme fatale war. Ihre Reaktionen waren zu ehrlich, zu undiszipliniert gewesen.

Aber er wollte nicht an ihre undisziplinierten Reaktionen denken. Nicht jetzt, wo er wütend auf sie war. Trotzdem krochen die Erinnerungen aus ihrem Versteck in den Grauzonen seines Gedächtnisses, um ihn zu verhöhnen. Wirre Gedanken überfluteten seinen sonst so geordneten Verstand: Erinnerungen an Brüste, die klein, aber voll waren, an Brustspitzen, die immer leicht aufgerichtet zu sein schienen, an ihr Flüstern im Dunkeln mit dieser Stimme, die allein ausreichte, um ihn zu erregen.

»Gray?«

Er ließ den Arm sinken und setzte sich ruckartig auf. Er hatte sie nicht hereinkommen hören, deshalb war er überrascht, sie dicht vor dem Sofa stehen zu sehen. Er räusperte sich. »Ja?«

»Hast du schon geschlafen?«

»Beinahe«, log er.

»Ich weiß jetzt, was wir als nächstes tun sollten.«

»Was denn?« fragte er und dachte dabei hoffnungsvoll: *Uns dumm und dämlich bumsen?*

Aber das schlug sie keineswegs vor.

Barrie wußte von dem Wohngebiet. In Washington war es ein gut gehütetes Geheimnis, weil in diesen kurvenreichen, dicht mit Bäumen bestandenen Straßen nahe der Embassy Row viele Prominente wohnten. Die Straßen lagen in Rufweite der vielbefahrenen Massachusetts Avenue, aber wer sie nicht bewußt suchte, konnte sie leicht übersehen. Sie waren nicht oft auf Karten eingezeichnet.

Die Villen standen auf parkartigen Grundstücken und waren durch hohe Hecken oder Ziegelmauern abgeschirmt. Viele hatten als zusätzliche Sicherheitsmaßnahme elektrische Tore. Barrie war nervös, als Gray in der Einfahrt eines Anwesens parkte, das zu verkaufen war.

»Jemand könnte auf uns schießen«, sagte sie.

»Stimmt.«

»Was wird sie sagen, wenn wir durch den Garten hinter ihrem Haus getrampelt kommen?«

»Das erfahren wir erst, wenn wir's tun.«

Dieser Besuch war Barries Idee. Vergangene Nacht war ihr der Plan noch gut vorgekommen. Jetzt war sie sich nicht mehr so sicher. »Du kennst sie von früher, sagst du?«

»Wir sind uns ein paarmal bei offiziellen Anlässen begegnet. Aber wir haben uns nie privat unterhalten. Vielleicht erinnert sie sich nicht mal an mich.«

»Das bezweifle ich.« Sie wechselten einen angespannten Blick, dann fügte Barrie leise hinzu: »Du machst auf jeden Eindruck, Bondurant.«

»Ja. Du brauchst nur an den Eindruck zu denken, den ich auf dich gemacht habe.«

Barrie sah auf ihre gefalteten Hände herab. »Das tut mir leid. Die Verdächtigungen, meine ich. Ich habe nie wirklich geglaubt, du könntest...« Sie biß sich auf die Unterlippe. »Ich war durcheinander. Und ich hatte Angst.«

»Reden wir nicht mehr davon.« Er öffnete seine Tür.

»Nein, bitte.« Sie legte ihm eine Hand auf den Arm, um ihn zurückzuhalten. »Ich will nicht, daß diese Sache weiter zwischen uns steht.«

»Okay, raus damit.«

»Ich habe die ganze Nacht darüber nachgedacht und mich bemüht, die Sache von allen Seiten zu betrachten. Wenn Spencer sich befreit hat und nach Washington zurückgekommen ist, wenn er Howie irgendwie aufgespürt und festgestellt hat, daß er uns Informationen liefern wollte, und wenn er wenige Minuten vor unserem Eintreffen in Howies Wohnung gewesen ist und ihn ermordet hat – warum hat er dann absichtlich ein Indiz hinterlassen, das uns entlastet?

Spencer hätte alles leicht so hindrehen können, als hätten wir Howie ermordet, zum Beispiel aus Rache für seine Rolle bei meiner Entlassung. Dann säßen wir jetzt hinter Gittern und müßten versuchen, unsere Unschuld zu beweisen, und Merritt und er hätten Ruhe vor uns gehabt. Warum hat er also bewußt dafür gesorgt, daß wir in den Augen der Polizei nicht als Täter in Frage kommen?«

Darüber brauchte Gray nicht lange nachzudenken. »Weil er Größeres mit uns vorhat«, antwortete er spontan.

»Was denn?«

»Das weiß ich noch nicht. Deshalb müssen wir sehr vorsichtig sein.« Er sah zu dem Wäldchen hinter der leerstehenden Villa im Kolonialstil hinüber. »Also los.«

Barrie stieg aus, obwohl sie nach diesem Gespräch noch beunruhigter war als zuvor. Sie hatte darauf geachtet, die Zeitung mit der Verkaufsanzeige für dieses Anwesen mitzubringen. Die Anzeige konnte ihnen als plausible Ausrede dienen, falls jemand anhielt und wissen wollte, was sie hier herumzuschnüffeln hatten.

Sie ging hinter Gray her, der jetzt dem hohen eisernen Gartenzaun folgte, der das Grundstück begrenzte. Sie brauchten fünf Minuten, um die rückwärige Grundstücksgrenze zu erreichen. »Das ist ihres«, sagte er und zeigte nach vorn.

Jenseits des Grüngürtels zwischen den beiden Grundstücken sah sie ein Hausdach. »Okay, weiter!«

Die Laubbäume begannen eben, sich zu verfärben, und gaben einen farbenprächtigen Kontrast zu den wintergrünen Bäumen ab. Herbstlaub raschelte unter ihren Füßen, als sie durch das Wäldchen gingen. Bei anderer Gelegenheit, unter anderen Umständen, wäre dies ein netter Ausflug gewesen.

Sie blieben stehen, als sie die große sorgfältig gepflegte Rasenfläche hinter einem Backsteinhaus im georgianischen Stil erreichten. In Rabatten blühten Chrysanthemen in verschiedenen Farben. Die Hecken waren so sorgfältig manikürt wie eine Debütantin auf ihrem ersten Ball.

»Seit ich dich kenne, Bondurant, habe ich jede Menge Hinterhöfe und Gärten gesehen. Der hier ist bei weitem der hübscheste.«

Er hätte fast gelächelt, aber sein Lächeln erstarb, weil im nächsten Augenblick eine Frau aus dem Haus trat. Sie trug einen ganzen Arm voller Papierrollen – anscheinend von Gummibändern zusammengehaltene Plakate.

»Das ist sie«, sagte Gray. Er trat unter den Bäumen hervor, die ihnen Sichtschutz gewährt hatten, und ging über den Rasen. Barrie folgte ihm mit klopfendem Herzen.

Die Frau war schlank und attraktiv. Nachdem sie die Rollen auf den Rücksitz ihres Jeeps Cherokee gelegt hatte, richtete sie sich auf. Dabei sah sie die beiden auf sich zukommen. Anerkennenswerterweise wandte sie sich nicht ab und rannte ins Haus und ließ auch sonst keinerlei Besorgnis erkennen. Sie behauptete die Stellung.

Als sie näher kamen, glaubte Barrie zu erkennen, daß in ihren ausdrucksvollen dunklen Augen ein sorgenvoller Ausdruck zu liegen schien. Sie starrte erst Barrie, dann Gray und zuletzt wieder Barrie an. Bevor sie oder Gray versuchen konnte, den Zweck ihres Besuchs zu erläutern, sagte Amanda Allan: »Gott sei Dank, daß Sie gekommen sind.«

35. Kapitel

Sie führte Barrie und Gray durch die große, heimelige Küche, an einem eleganten Speisezimmer vorbei und in ein gemütliches Wohnzimmer. Im offenen Kamin brannte ein kleines Feuer. Zahlreiche gerahmte Fotos von zwei Jungen, Dr. George Allan und Amanda dokumentierten ihre Familiengeschichte und das Heranwachsen der Kinder. Die Einrichtung war geschmackvoll und schön, aber trotzdem behaglich. Die Atmosphäre war einladend.

Barrie beneidete die andere Frau um den schönen Raum, die Kinder und das gemütliche Heim, das sie geschaffen hatte. Weniger beneidenswert war die unheilverkündende Anspannung in Amanda Allans Gesicht und in ihrer ganzen Haltung.

Letzte Nacht war Barrie auf die Idee gekommen, Mrs. Allan könnte bereit sein, über die Arbeit ihres Mannes zu sprechen – vor allem, wenn es in ihrer Ehe kriselte, wie Howie behauptet hatte. Sie hatte geglaubt, die Sache sei nicht sehr aussichtsreich, aber einen Versuch wert. Niemals hätte sie damit gerechnet, daß Amanda erleichtert wirken würde, wenn Gray und sie aufkreuzten. Und sie hätte erst recht nicht erwartet, daß diese Frau, die alles zu haben schien, was man sich nur wünschen konnte, so gestreßt und elend aussehen würde.

Als sie Platz genommen hatten, wandte Amanda sich zuerst an Gray. »Wie geht es Ihnen? Seit wir uns zuletzt gesehen haben, ist viel passiert.« Er nickte und machte sie mit Barrie bekannt. »Ich weiß, wer Sie sind, Miss Travis.«

»Und ich weiß, wer Sie sind«, antwortete Barrie. »Zumindest jetzt. Sie haben mich beim Sender angerufen und darauf hingewiesen, daß in Highpoint etwas vor sich geht.« Sobald Amanda sie draußen begrüßt hatte, hatte Barrie ihre Stimme wiedererkannt und sie als die Frau identifiziert, die ihr den anonymen Tip gegeben hatte.

»Ich muß mich für meinen geheimnisvollen Anruf entschuldigen. Ich hatte das Gefühl, ich müßte etwas unternehmen, jemanden informieren, aber ich habe nicht gewußt, wie ich das anstellen sollte. Auf Sie bin ich wegen Ihres Interviews mit Vanessa gekommen.«

»Sie haben gewußt, daß in Ihrem Ferienhaus etwas Verdächtiges passiert?«

»Ich habe nur gespürt, daß irgend etwas nicht in Ordnung war. George...« Sie kniff die Lippen zusammen. Amanda Allan war keine Frau, die vor Fremden weinte. Sie sprach erst weiter, als sie die Fassung wiedergewonnen hatte. »George zieht mich nicht mehr ins Vertrauen. Aber ich glaube, daß Vanessa jetzt tot wäre, wenn die Krankenschwester keinen Herzanfall erlitten hätte.«

»Ich fürchte, Sie haben recht«, bestätigte Gray.

Sie sah mit mühsam beherrschter Verzweiflung zu Barrie hinüber. »Als Sie den Sender verlassen haben, wußte ich nicht mehr, wie ich Sie erreichen soll.«

»Weshalb wollten Sie mich erreichen?«

»Um Ihnen etwas zu erzählen, was Sie offenbar schon wissen. David Merritt ist nicht der Mann, für den ihn ganz Amerika dummerweise hält. Er muß aufgehalten werden.« Ihre dunklen Augen fixierten Barrie durchdringend. »Sie sind im Krankenhaus von Shinlin in den Leichenraum eingedrungen, weil Sie Vanessas Leiche unter dem Laken vermutet haben, nicht wahr?«

»Richtig.«

»Und Sie haben geglaubt, mein Mann habe ihren Tod herbeigeführt?«

Barrie nickte betrübt. »Tut mir leid, aber genau das habe ich geglaubt. Und Gray auch.«

Amanda faltete die Hände im Schoß. »Ich verstehe.«

»Vanessas manisch-depressive Veranlagung und die Medikamente, die ihre Stimmungsschwankungen dämpfen, bieten einem Arzt viel Manövrierraum. Darin stimmen Sie mir doch zu?«

»Ja«, sagte Amanda mit belegter Stimme. »So wird es wohl sein.«

»Wir glauben aus verschiedenen Gründen, daß Vanessa weiterhin ernste Gefahr droht«, warf Gray ein.

»Von George?«

»Von David.«

»Aber *durch* George.«

Er brauchte nicht zu antworten. Sein Gesichtsausdruck sagte genug.

Barrie wußte, daß sie Amanda Allan nichts erzählten, was diese nicht schon längst vermutete. Trotzdem war es bestimmt ein schwerer Schlag für sie, ihre schlimmsten Befürchtungen bestätigt zu sehen. Aber sie bewahrte ihre Würde, was ihr Barries Bewunderung eintrug.

»Ich weiß, wie extrem schwierig diese Sache für Sie sein muß, Mrs. Allan«, sagte sie. »Ich kenne Ihren Mann nicht persönlich, aber nach allem, was ich über ihn gehört habe, kann ich mir nicht vorstellen, daß er in bewußt böser Absicht handelt.«

»Ich kenne ihn«, stellte Gray fest. »Ich halte ihn ebenso für Davids Opfer wie Vanessa.«

»Wir sind nicht hergekommen, um Dr. Allan anzuklagen«, sagte Barrie. »Wir wollen nur Informationen.«

»Sie brauchen sich nicht vor mir zu verteidigen«, wehrte Amanda mit bitterem Lachen ab. »Seit David Präsident ist und

George zum Arzt des Weißen Hauses ernannt hat, hat er meinem Mann das Leben zur Hölle gemacht.«

»Dafür hat David Talent«, meinte Gray.

Amanda und er wechselten einen verständnisvollen, wissenden Blick, der Barrie momentan ausschloß. Dann sah Amanda wieder weg und starrte ein neueres Familienfoto auf dem Beistelltisch neben dem Sofa an. »George ist in irgend etwas Schreckliches verstrickt. Ich weiß nicht, was es ist, aber er kann sich nicht davon befreien. Es zerstört unser Eheleben. Es wirkt sich nachteilig auf unsere Kinder aus. Es hat George dazu gebracht, mit sich zu hadern. Er leidet Höllenqualen. Er zerbricht vor meinen Augen, und ich kann ihn nicht mehr erreichen, nicht einmal mit Bitten oder der Drohung, ihn zu verlassen. Dieses unbekannte Etwas ist stärker als ich.« Sie sah zu Barrie hinüber. »Haben Sie eine Ahnung, was es sein könnte?«

»David Merritt hat Vanessas Baby umgebracht. Es war kein plötzlicher Kindstod.«

Amanda preßte ihre dünnen, weißen Finger an die Lippen, als könnte sie so ihr Zittern verbergen.

»Man hat Ihren Mann gezwungen, etwas zu dulden, was seiner Natur als Heiler und seinen persönlichen Moralbegriffen völlig zuwiderläuft«, sagte Barrie leise. »Deshalb leidet er Höllenqualen.«

Sie brachte es nicht über sich, gleich anzufügen, Dr. Allan habe die Tat des Präsidenten vertuscht und leiste jetzt Beihilfe zur Beseitigung der einzigen Augenzeugin des Verbrechens.

Amanda war jedoch eine intelligente Frau, die keine näheren Erläuterungen brauchte. Sie ließ die Hand sinken. Ihre Lippen waren blaß, aber sie zitterten nicht mehr. »Ich hasse diesen Mann für das, was er George angetan hat. Selbst wenn ich George dadurch einer Strafverfolgung aussetze, tue ich, was ich kann, um Ihnen zu helfen, David Merritt zu entlarven.

George soll lieber leben und eine Haftstrafe verbüßen, als an dieser Sache zerbrechen. Wenn dieser Alptraum für ihn nicht bald endet, treibt er ihn so oder so in den Tod.«

»Barrie und ich haben gehofft, daß Sie bereit sein würden, uns zu helfen«, sagte Gray.

Amanda wandte sich an ihn. »Um es klar auszudrücken: Glauben Sie, daß George von David den Auftrag erhalten hat, Vanessa zu beseitigen?«

»Ja, das glauben wir.«

»Was ist mit ihrem Vater? Clete Armbruster würde jeden umbringen – auch seinen Schwiegersohn –, wenn ihr auch nur ein Haar gekrümmt würde. Haben Sie ihn um Hilfe gebeten?«

»Wir haben's versucht«, antwortete Barrie. »Aber seit dem Debakel in Shinlin ist er nicht mehr für uns zu sprechen.«

»Vielleicht meidet er Sie aus einem ganz anderen Grund«, sagte Amanda. »Der Senator ist weiß Gott kein Unschuldsengel. Als Politiker spielt er mit hohen Einsätzen. George hat mir von seinen faulen Tricks erzählt.«

»Exakt meine Theorie«, bestätigte Gray. »Würde Clete das Weiße Haus mit Anschuldigungen unter Beschuß nehmen, könnten sie sehr leicht zu Querschlägern werden und ihn selbst treffen. David versucht, über jeden Menschen in seiner Umgebung etwas herauszubekommen. Peinliche Geheimnisse fördern blinde Loyalität. Das gilt für jeden. Sogar für seinen Schwiegervater, der ihn in dieses Amt gehievt hat.«

»David Merritt hat keinen Anspruch auf meine Loyalität«, stellte Amanda fest. »Was brauchen Sie von mir?«

»Den Namen der Klinik, in der Vanessa sich unter Georges Aufsicht befindet.«

»Den weiß ich nicht. Er hat ihn mir nicht gesagt. Aber ich tippe auf Tabor House.«

Barrie sah zu Gray hinüber. Er schien mit diesem Namen so wenig anfangen zu können wie sie.

»Eine Privatklinik für Entziehungskuren«, fügte Amanda erklärend hinzu.

»Nie davon gehört.«

»Das ist kein Wunder«, sagte sie. »Die Existenz von Tabor House wird strikt geheimgehalten. Es steht nur höchsten Regierungsbeamten und ihren Familien zur Verfügung. Drogenmißbrauch in Führungskreisen ist weiter verbreitet, als man vermuten würde. Die Klinik wurde vor etwa zwanzig Jahren eingerichtet, damit die Regierung nicht das Gesicht verliert, wenn jemand aus dem Kreis der Mächtigen eine Entziehungskur braucht.«

»Wo liegt sie?«

»Virginia. Ungefähr eineinhalb Autostunden von hier.«

»Das ist die Erklärung für Georges tägliche Hubschrauberflüge vom Rasen des Weißen Hauses aus«, sagte Gray. »Können Sie uns den Weg dorthin beschreiben?«

Sie runzelte verwirrt die Stirn. »Ich bin selbst nie dort gewesen. Besuche sind nicht gestattet. Aber ich weiß, wie die nächste Stadt heißt.«

Die beiden folgten ihr in die Küche, wo sie sich an einen Einbauschreibtisch setzte und ihnen aufschrieb, was sie wußte. Wo Tabor House tatsächlich lag, würden sie selbst herausbekommen müssen. Gray überflog die Angaben, die sie niedergeschrieben hatte, und steckte den Zettel ein. »Das hilft uns weiter«, sagte er. »Danke, Amanda.«

»Gray.« Sie legte ihm eine Hand auf den Arm. »Ich verlasse mich darauf, daß Sie behutsam vorgehen. Mit George, meine ich. Was ich getan habe, soll sein Leben retten. *Unser* Leben. Aber indem ich Ihnen helfe, habe ich zugleich das Gefühl, ihn zu verraten.«

»Ich verstehe den Konflikt, in dem Sie sich befinden. Ich habe selbst einen ähnlichen durchgemacht. Schließlich habe ich einmal für David gearbeitet – als sein Freund und Berater.« Er machte eine Pause. »Ich tue nichts, was George körperlich schaden könnte«, versicherte er ihr. »Darauf gebe ich Ihnen mein Wort.«

Ihre Finger drückten seinen Arm, dann ließ sie die Hand sinken. »Für Sie ist das alles schrecklich gefährlich. Mich wundert, daß Sie das Risiko eingegangen sind, mich hier aufzusuchen.«

Barrie berichtete von der Überwachung, unter der sie seit dem Vorfall in Shinlin standen. »Wir sind beschattet worden, als wir das Haus meines Freundes verlassen haben. Gray ist es gelungen, den andern Wagen im Stadtverkehr abzuhängen. Aber ich muß Sie warnen: Jemand, mit dem wir ebenfalls gesprochen haben, ist letzte Nacht ermordet worden.«

»Mein Gott!«

»Wie wär's, wenn Sie und die Kinder eine Zeitlang verreisen würden?« schlug Gray vor. »Bis sich alles aufgeklärt hat.«

Sie überlegte kurz, dann schüttelte sie den Kopf. »Wenn ich die Kinder aus der Schule nehmen und mit ihnen flüchten würde, sähe das erst recht verdächtig aus. Außerdem will ich George nicht allein lassen.«

Barrie bewunderte sie jetzt noch mehr.

»Wir haben die größtmöglichen Vorsichtsmaßnahmen getroffen, um Sie nicht zu gefährden, aber Sie dürfen niemandem trauen«, sagte Gray warnend. »Nicht einmal Leuten, denen Sie normalerweise trauen würden. Zum Beispiel Spencer Martin.«

Amanda legte ihren Kopf schief. »Aber… Sie haben diese Viper doch unschädlich gemacht? Oder etwa nicht? Ich dachte, Sie…«

»Wie meinen Sie das?«

Amanda nickte zu dem kleinen Einbaufernseher in einem der Küchenschränke hinüber. »Erst vorhin kam ein Nachrichtenbulletin.«

»Worüber?« fragte Barrie.

»Über Gray Bondurant.«

36. Kapitel

Gray Bondurant, der Held des Geiselbefreiungsunternehmens, wurde vom FBI gesucht. Es wollte ihn zum Verschwinden von Spencer Martin, einem Mitarbeiter des Präsidenten, befragen.

Das erfuhr David Merritt im selben Augenblick wie der Rest des Landes.

Spencer und er saßen bei einer vertraulichen Beratung in den Privaträumen des Präsidenten. Nur eine Handvoll Leute wußte, daß Spencer gegenwärtig im Weißen Haus wohnte. Er hatte ein Gästezimmer im zweiten Stock bezogen. Dort konnten sie offen miteinander reden. Der Raum war abhörsicher und wurde regelmäßig nach Wanzen abgesucht.

»Der Kerl war ein Trottel«, sagte Spencer über Howie Fripp. »Er hat sich tatsächlich gefreut, mich zu sehen. Hat mich hereingebeten. Hat sich nicht mal gefragt, woher ich weiß, wo er wohnt.«

»Bist du sicher, daß er keine Gelegenheit hatte, sich mit Gray und der Travis in Verbindung zu setzen, bevor du bei ihm aufgetaucht bist?«

»Ich habe ihn im Auge behalten, als er heimgefahren ist.« Spencer trank einen Schluck Pepsi. »Aber selbst wenn er sie angerufen hätte, wäre das nicht weiter tragisch gewesen. Er hat nichts gewußt. Er hat mit seinem angeblichen Wissen geprahlt, weil er mir imponieren wollte. Er hatte keinen...«

»Verdammt, was ist das?«

Als Spencer sich rasch umdrehte, um zu sehen, was Davids Aufmerksamkeit erregt hatte, war er ebenso erschrocken, sein Gesicht auf dem Fernsehschirm zu sehen, wie der Präsident. Es war ein altes Archivbild, vermutlich das einzige, das von ihm existierte. Trotzdem war er darauf zu erkennen. Er griff nach der Fernbedienung und stellte den Ton an.

»... ist als vermißt gemeldet worden.«

David und Spencer starrten sich völlig verblüfft an, aber ihre Verwirrung wuchs noch, als der Washington-Korrespondent der Fernsehgesellschaft weitersprach. »Gray Bondurant, der nach einer kühnen Geiselbefreiung zum Nationalhelden aufgestiegen war, soll Spencer Martin als letzter gesehen haben. Der Präsidentenberater hat ihn vor kurzem auf seiner Ranch in Wyoming besucht. Das FBI hat mit umfangreichen Ermittlungen begonnen, um Mr. Martin aufzuspüren.«

»Himmel!« Spencer schoß förmlich hoch. »Wer hat das veranlaßt?«

»Keine Ahnung. Aber ich werde es feststellen.« David griff nach dem Telefonhörer und verlangte, mit dem Justizminister verbunden zu werden.

»Lassen Sie mich mithören«, verlangte Spencer.

Justizminister William Yancey war nicht da, deshalb bekam einer seiner Mitarbeiter den ganzen Zorn des Präsidenten zu spüren. »Was zum Teufel soll das? Wo steckt Mr. Yancey? Ich will ihn sofort sprechen!«

»Er ist mit seiner Frau zum Essen gegangen, Mr. President.«

»Dann spüren Sie ihn gefälligst auf. Sofort! Aber vorher will ich wissen, wer die Ermittlungen wegen Spencer Martins Verschwinden genehmigt hat.«

»Mr. Yancey persönlich, Sir. Soviel ich weiß, hat er einen Tip bekommen.«

»Einen *Tip*? Er hat 'nen Tip gekriegt? Und allein auf dieser Grundlage läßt er riesige Ermittlungen anlaufen?«

»Der Tip kam aus sehr verläßlicher Quelle, Mr. President.«

»Nämlich?«

»Senator Armbruster.«

Der Präsident sah zu Spencer hinüber, der lautlos eine Serie wilder Flüche ausstieß. David ließ sich in einen Sessel sinken, massierte seine Schläfen und zwang sich zu eiserner Ruhe, als er weitersprach. »Ja, ich verstehe. Senator Armbruster hat wahrscheinlich nur vergessen, es vorher mit mir abzusprechen.«

»Nach Auskunft des Senators ist Mr. Martin bereits seit fast zwei Wochen verschwunden.« Nach einer unbehaglichen Pause fügte er hinzu: »Mr. President, Mr. Yancey hat angenommen, Senator Armbruster handle in Ihrem Auftrag.«

»Nun, das stimmt natürlich«, sagte David rasch. »Auch mir macht Mr. Martins Abwesenheit zunehmend Sorgen. Ich verstehe nur nicht, warum Mr. Yancey nach Mr. Bondurant fahnden läßt.«

»Sir, Bondurant hat Senator Armbruster kürzlich erzählt, Mr. Martin sei auf seiner Ranch in Wyoming gewesen. Unseres Wissens war das das letzte Mal, daß Mr. Martin gesehen wurde.«

»Hat man Mr. Bondurant festgenommen?«

»Noch nicht, Sir.«

»Halten Sie mich auf dem laufenden.«

»Selbstverständlich, Mr. President.«

»Und spüren Sie Mr. Yancey auf. Ich möchte ihn so schnell wie möglich sprechen.«

»Gewiß, Sir. Ich lasse ihn sofort benachrichtigen.«

David legte den Hörer auf. »Was ist, willst du plötzlich wieder auftauchen und diesem Unsinn ein Ende machen?«

Spencer ging kurz auf und ab. »Nein. Ich kann besser operieren, wenn ich unsichtbar bin. Aber ich werde meine Leute anweisen, nichts zu unternehmen, falls sie Gray irgendwo sehen. Wir wollen schließlich unbedingt vermeiden, daß er vom FBI oder von Yancey vernommen wird.«

»Yancey«, wiederholte David angewidert.

William Yancey war ihm als die Idealbesetzung für den Posten des Justizministers in seiner Regierung erschienen. Er war zehn Jahre jünger als David und so aggressiv wie damals Robert Kennedy, als sein älterer Bruder ihm dieses Amt anvertraut hatte. Wie Kennedy hatte Yancey sich als Strafverfolger vor Staats- und Bundesgerichten hervorgetan. Er war charismatisch, sah gut aus und konnte gut reden. Deshalb hatte David ihn in die Regierungsmannschaft geholt – eine Entscheidung, die er seither bereute. Yancey war zu intelligent, zu fleißig, zu ehrlich. Yancey und Bondurant gäben ein gefährliches Paar Gleichgesinnter ab.

»Gray bekommt diese Meldung natürlich auch mit. Was soll ihn daran hindern, in Yanceys Büro zu spazieren und ihm mitzuteilen, daß du in seinem Rübenkeller hockst?«

»Das tut er nicht.«

»Warum nicht?«

»Erstens würde ihn das zumindest vorläufig außer Gefecht setzen. Er würde erklären müssen, warum er auf mich geschossen und mich im Keller eingesperrt hat. Die Aufklärung dieser Sache würde Zeit kosten – und Zeit will Gray auf keinen Fall verlieren. Zweitens war Howie Fripps Leiche so gut wie eine Visitenkarte. Gray weiß, daß ich nicht mehr in seinem Rübenkeller bin.«

David runzelte die Stirn. »Zeitplanung ist plötzlich entscheidend wichtig, was?«

»Genau.«

»Verdammt, das hätt's nicht gebraucht!« sagte er wütend. »Was zum Teufel hat Clete sich dabei gedacht?«

Spencer zeigte aufs Telefon. »Das solltest du ihn am besten gleich selbst fragen.«

»Ich verstehe wirklich nicht, warum du dich so aufregst, David«, sagte Clete und streifte seine Zigarrenasche in einen Aschenbecher mit dem Siegel des Präsidenten ab.

Der Senator war sofort gekommen, als der Präsident ihn um seinen Besuch gebeten hatte. Obwohl er sich durchaus darüber im klaren war, daß ihn ein wutschnaubender David Merritt erwartete, war er gut gelaunt zu dieser Besprechung erschienen. Ein gelungener trickreicher Schwindel versetzte ihn immer in beste Laune.

Genau wie Clete erwartet hatte, schwitzte David Blut und Wasser wegen dieser Sache mit Gray und Spencer. David wollte unbedingt vermeiden, daß Bondurant aussagte, Spencer sei nach Wyoming entsandt worden, um ihn zu ermorden. Natürlich hätte er diese Behauptung strikt zurückgewiesen und Bondurant seinerseits als Verräter und Mörder angeprangert.

Aber der Schaden wäre dann bereits angerichtet, und er wäre irreparabel. In der Öffentlichkeit wären Zweifel an der Integrität des Präsidenten geweckt. Für den Amtsinhaber wäre das im Jahr vor der Präsidentenwahl ein Katastrophe. Die Opposition hätte natürlich die Chance genützt, den leichtgläubigen Wählern vor Augen zu führen, mit was für zweifelhaften Gestalten ihr Präsident sich umgab.

Durch den Verrat an Gray Bondurant hatte Clete sich einen Feind geschaffen, aber der Mann war entbehrlich. Für Barrie Travis galt das erst recht. Ihre Glaubwürdigkeit hatte Clete nach der Szene im Leichenraum des Krankenhauses ganz bewußt untergraben.

Obwohl sie auf dem besten Weg waren, David Merritt zu erledigen, machte Clete sich kein Gewissen daraus, ihre Pläne zu durchkreuzen. Er durfte nicht zulassen, daß zwei unberechenbare Leute herumliefen und Zwischenfälle verursachten, die seine eigenen Pläne zu Davids Vernichtung gefährdeten.

Außerdem bestand eine gewisse Gefahr, daß die beiden in ihrer tölpelhaften Art auf die alte Sache mit Becky Sturgis stießen. Zwar wäre der Präsident damit zweifellos ruiniert, aber es hätte auch für Clete Armbruster den Ruin bedeutet. Und auf der Liste seiner Prioritäten stand Selbsterhaltung gleich hinter Macht.

Damit Bondurant und die Reporterin beschäftigt waren, hatte er Justizminister Yancey darauf aufmerksam gemacht, Gray sei der letzte gewesen, der Spencer Martin lebend gesehen habe. Nachdem die beiden nun so gut wie aus dem Rennen waren, hatte Clete freie Bahn. Er mußte dafür sorgen, daß Vanessa gesund wurde, sie endgültig aus dem Weißen Haus herausholen und David dann vernichten.

Aber erst einmal machte David ihm heftige Vorwürfe. »Ohne die Sache mit mir zu besprechen, hast du...«

»Ich habe seit Tagen versucht, sie mit dir zu besprechen«, unterbrach Clete ihn. »Aber du hast dich am Telefon verleugnen lassen. Gestern warst du in Georgia. Heute nachmittag hattest du eine Besprechung, die...«

»Ich kenne meinen Terminkalender, Clete. Du hättest warten können, bis ich mal Zeit habe, anstatt einfach Yancey anzurufen.«

»Im Gegenteil, David. Ich hatte den Eindruck, diese Sache könne nicht länger warten. Alle möglichen Leute haben nach Spence gefragt.«

»Welche Leute?«

»Leute aus deinem eigenen Stab. Leute, denen seine Abwesenheit aufgefallen ist. Du hattest zu tun, deshalb sind sie zu mir gekommen.«

»Warum zu dir?«

»Weil wir uns so nahestehen.« Clete ließ diese Behauptung wie einen Fehdehandschuh liegen, den David aufnehmen konnte, wenn er den Mut dazu hatte. »Alle Welt nimmt an, daß du deine Gedanken und Sorgen mit mir teilst. Wenn du mit jemandem über Spences unerklärliche Abwesenheit geredet hättest, dann mit mir.« Er paffte zufrieden an seiner Zigarre.

»Gray hat dir erzählt, daß Spence ihn auf seiner Ranch besucht hat?«

»Genau. In der Nacht, in der ich mich mit ihm und der Travis in Shinlin getroffen habe.«

»Wieso seid ihr in dieser dramatischen Nacht, in der soviel passiert ist, überhaupt auf Spence gekommen?«

Clete runzelte die Stirn, als versuchte er, sich zu erinnern. »Das weiß ich nicht mehr genau. Aber ich glaube, daß er nur nebenbei erwähnt wurde. Wäre Spence wieder aufgetaucht, hätte ich bestimmt nie mehr daran gedacht. Aber er scheint endgültig verschwunden zu sein. Ich habe ein paar Nachforschungen anstellen lassen. Sein Briefkasten quillt über. Die Nachbarn haben ihn seit Wochen nicht mehr gesehen. Nachrichten auf seinem Anrufbeantworter bleiben ohne Echo. Sieht ganz so aus, als wäre er nach Wyoming geflogen und von den Tetons verschluckt worden, nicht wahr? Und Bondurant scheint ihn als letzter gesehen zu haben.«

David lachte. »Wie du's ausdrückst, klingt es ziemlich unheilvoll, Clete. Willst du etwa andeuten, Gray habe Spence umgebracht?«

»Weißt du eine andere Erklärung?«

»Das ist doch lachhaft!«

»Wirklich?«

»Ja«, erwiderte der Präsident gereizt.

»Yancey scheint anderer Meinung zu sein.«

»*Yancey*. Ich hatte Bedenken wegen seiner Ernennung. Hätte ich damals bloß auf meine innere Stimme gehört!«

Der Senator schmunzelte. »Weil er Ähnlichkeit mit Bondurant hat, stimmt's? Liegt dir ständig wegen irgend etwas in den Ohren. Er macht keinen Kotau vor dir wie alle anderen. Jedenfalls hat er mit dem Leiter der FBI-Kriminalabteilung gesprochen, der ihm zugestimmt hat, ein Schwätzchen mit Mr. Bondurant sei angebracht.«

Clete klemmte sich seine Zigarre in den Mundwinkel, trat an den Barschrank und goß sich einen Scotch ohne Wasser ein. Er hielt das geschliffene Kristallglas vor eine Tischlampe und beobachtete, wie sich das Licht in den Facetten brach. »Ich frage mich, wieviel Bondurant ihnen bei seiner Vernehmung über Spences Besuch in Wyoming erzählen wird.«

Er drehte sich um und starrte seinen Schwiegersohn scharf an. Die beiden Männer wechselten einen langen Blick. David lächelte als erster – aus widerstrebendem Respekt vor seinem gerissenen Mentor. »Du weißt es also. Gray hat es dir erzählt.«

»Daß du Spence losgeschickt hast, um ihn umlegen zu lassen? Ja, das hat er mir erzählt. Da fragt man sich natürlich, was er sonst noch weiß, das du lieber geheimhalten würdest.«

David setzte sich auf ein Sofa und schlug die Beine übereinander. Aber Clete ließ sich von seiner scheinbaren Lässigkeit nicht täuschen. Er wußte genau, daß David nicht entfernt so gelassen war, wie er zu wirken versuchte.

»Also, was willst du, Clete? Ich kenne dich nur allzu gut. Diesen ganzen FBI-Scheiß hast du nicht bloß aus einer Laune heraus inszeniert. Und erst recht nicht aus echter Sorge um Spence. Warum sonst? Was willst du?«

»Meine Tochter.«

»*Meine Frau*, meinst du.«

»Du ruinierst Vanessas Leben. Das lasse ich nicht zu.«

»Was Vanessa angeht, haben meine Wünsche als ihr Ehemann Vorrang vor deinen, Clete. Ich kann dir versichern, daß sie beste Pflege genießt.«

»Wo? Wieder in Allans Ferienhaus?«

»Ihr Zustand hat sich zu sehr verschlechtert, als daß sie dort behandelt werden könnte. Sie ist neulich morgen völlig ausgeflippt. George hat keine andere Wahl gehabt, als sie in eine Klinik einzuweisen.«

»In welche Klinik?«

»Tabor House.«

»Du meinst die Entzugsklinik?«

»Er wußte, daß sie dort von niemandem belästigt werden würde.« David stand auf, trat an seinen Schreibtisch und nahm einen Zettel aus der mittleren Schublade. »Hier ist die Telefonnummer. Du kannst dort anrufen, wenn du mir nicht glaubst.«

Clete riß ihm den Zettel aus der Hand und wies die Telefonvermittlung des Weißen Hauses an, die Verbindung herzustellen. Während er wartete, kippte er den Scotch. Schließlich meldete sich eine honigsüße Stimme. »Tabor House.«

»Hier ist Senator Clete Armbruster. Ich möchte den Direktor sprechen.«

»Einen Augenblick, bitte.«

Während er darauf wartete, weiterverbunden zu werden, kam aus dem Hörer sanfte Musik. Clete fragte sich, ob er wirklich mit der exklusiven Entzugsklinik sprach. Oder war das nur einer von Davids Tricks?

»Clete? Ich habe schon auf Ihren Anruf gewartet. Der Präsident hat mir gesagt, daß Sie anrufen würden.«

Die Stimme kannte er. Sie gehörte Dr. Dexter Leopold, dem ehemaligen Gesundheitsminister, der jetzt Direktor von Tabor House war. »Hallo, Dex. Wie geht's meiner Tochter?«

»Ich will ganz ehrlich sein, Clete. Ihr Zustand war ernst, als Dr. Allan sie hergebracht hat. Ihre Medikamente haben nicht angeschlagen, weil sie zuviel Alkohol getrunken hat. Aber inzwischen hat ihr Zustand sich stabilisiert, und sie befindet sich auf dem Weg der Besserung.«

»Sorgen Sie dafür, daß sie die beste Behandlung bekommt, Dex.«

»Das versteht sich von selbst.«

»Ich will, daß sie von mehreren Ärzten betreut wird, nicht nur von Allan.«

Am anderen Ende entstand eine kurze Pause. »Das ist ein bißchen heikel, Clete.«

»Mir ist scheißegal, wie heikel es ist!«

»Dr. Allan ist ihr behandelnder Arzt. Solange Mrs. Merritt ihn nicht ablöst – oder Präsident Merritt, falls sie die Entscheidung nicht selbst treffen kann –, muß ich ihn als den für ihren Fall zuständigen Arzt anerkennen.«

Dex Leopold galt allgemein als Ehrenmann, aber David konnte ihn irgendwie in der Hand haben. Würde Dr. Leopold bewußt die Augen verschließen, wenn George Allan dafür sorgte, daß Vanessas Zustand sich stetig verschlechterte? »Wie komme ich nach Tabor House?« fragte Clete. »Ich möchte sie morgen besuchen.«

»Das kann ich leider nicht gestatten, Clete«, widersprach der Klinikdirektor mit sanftem Nachdruck. »Sie kennen unser Prinzip. Außer Patienten und Personal hat hier grundsätzlich niemand Zutritt. Nur so können wir die Privatsphäre unserer Patienten schützen und die Integrität der Klinik aufrechterhalten. Besuche von Angehörigen können Rückfälle auslösen – vor allem bei Patienten, die körperlich schon genesen sind und sich in der psychischen Aufbauphase befinden.«

»Hören Sie, Dex, Sie können doch bestimmt ...«

»Tut mir leid, Clete, da gibt's keine Ausnahme. Nicht einmal der Präsident darf Mrs. Merritt besuchen, obwohl er bei jedem Anruf um Besuchserlaubnis gebeten hat. Wenn ich ihn abweise, muß ich auch Sie abweisen. Glauben Sie mir, für Mrs. Merritt ist das am besten.«

Clete sah rasch zu David hinüber, der ihn gleichmütig beobachtete.

»Also gut«, stimmte Clete zu. »Ich will, daß Vanessa wieder ganz gesund wird. Sie hat unter dem Tod ihres Babys sehr gelitten.«

»Das habe ich von Präsident Merritt erfahren. Er bedauert, sie nach dem Tod des Babys nicht zu einer Therapie überredet zu haben. Wäre sie damals betreut worden, hätte diese Krise sich vielleicht vermeiden lassen. Aber machen Sie sich keine Sorgen. Wir geben sie Ihnen heil und gesund zurück.«

»Hoffentlich, wenn Sie wissen, was gut für Sie ist«, sagte Clete noch, bevor er auflegte.

»Zufrieden?« fragte David.

»Nein, durchaus nicht.« Clete marschierte durchs Oval Office zur Tür. »Nimm dich in acht, David! Mir ist es egal, wie viele Leute du in der Hand hast, damit sie für dich lügen und deine Schmutzarbeit erledigen. Ich will meine Tochter zurück, sonst kannst du was erleben! Vor einigen Wochen habe ich dich daran erinnert, daß ich dich hier reingebracht habe und dich wieder rausbefördern kann.« Er schnippte dicht vor der Nase des Präsidenten mit den Fingern. »Einfach so.«

37. Kapitel

Lange vor Tagesanbruch ging Clete in die Küche hinunter, um sich eine Tasse Kaffee einzugießen. Bevor er abends zu Bett ging, stellte er stets den Zeitschalter der Kaffeemaschine ein.

Diese erste dampfende Tasse weckte jedesmal liebgewonnene Erinnerungen an seine Kindheit, bevor er gewußt hatte, wie man *Politik* schreibt, oder auch nur die Bedeutung dieses Wortes gekannt hatte, bevor er die Erfahrung gemacht hatte, daß manche Männer Ehrgeiz und Geldgier über ihre Ehre stellten, bevor er selbst einer dieser Männer geworden war.

Sein Vater war ein großer, starker, ruhiger Mann gewesen, für den es undenkbar gewesen wäre, eine Straftat zu begehen, um damit eine andere zu vertuschen. Er war nur bis zur dritten Klasse in die Schule gegangen, aber er kannte alle Sternbilder und konnte die Punkte soeben gespielter Dominosteine in Rekordzeit zusammenzählen. Er geriet nicht rasch in Zorn, war aber schnell bereit, sich bei einer Auseinandersetzung auf die Seite des Unterlegenen zu schlagen.

Er war mit General Patton in Deutschland gewesen. Dort war er gefallen und begraben worden. Aber vor dem Krieg hatte er als Vormann auf einer Ranch in Südtexas gelebt und gearbeitet. Als Junge hatte Clete manchmal mit ihm und den anderen Cowboys mitreiten dürfen, wenn im Frühjahr die Rinder zusammengetrieben wurden.

Die gefährlichsten Tiere auf dem Weideland waren nicht andere Männer, vor denen man sich in acht nehmen mußte, sondern Klapperschlangen, scheuende Pferde und störrische Langhorn-Rinder. Die Tage im Sattel waren lang, schwer und staubig. Die Nächte waren sternenklar. Bevor die Arbeit begann, versammelten die Cowboys sich jeden Morgen vor Tagesanbruch ums Lagerfeuer und tranken tassenweise kochendheißen, starken Kaffee.

Nach dem Krieg zog seine verwitwete Mutter mit den Kindern nach Mississippi zu ihrer Familie. Clete hatte seine restliche Jugend weit von der Ranch entfernt und sein Erwachsenenleben größtenteils in Washington verbracht, aber noch sechzig Jahre später erinnerte er sich gut an die Geruchsmischung aus brutzelndem Schinken, Pferdemist, Sattelzeug und den Zigaretten, die sein Vater selbst drehte, während sie unter freiem Himmel beim Frühstück hockten. Kein Kaffee der Welt hatte so miserabel wie dieser Kaffee am Lagerfeuer geschmeckt. Keiner hatte seither wieder so gut geschmeckt.

Clete hatte diese Morgen geliebt. Und er hatte auch seinen Vater geliebt. Er wußte noch gut, wie glücklich er gewesen war, neben ihm reiten zu dürfen, und wie die anderen Männer, so rauh sie auch sein mochten, seinen Vater mit wohlverdientem Respekt behandelt hatten. Wie stolz Clete als Junge auf seinen Vater gewesen war!

Auch an diesem Morgen vermied Clete es, darüber nachzudenken, ob sein Vater auf Clete als Mann stolz gewesen wäre.

Er machte in der Küche Licht.

Gray Bondurant saß am Tisch. Er hatte sich eine Tasse Kaffee eingegossen. »Morgen, Clete.«

Seine Stimme klang gleichmütig. Seine lässige Haltung erschien nicht bedrohlich. Aber Clete wußte, daß für Gray Bondurant Verrat das schlimmste Verbrechen war. Und daß Bondurant ein gefährlicher Mann war.

Clete fragte sich, ob die Erinnerungen an seinen Vater und die Lagerfeuer und Round-ups etwa Vorboten seiner bevorstehenden Ermordung durch einen Mann waren, dem er bitter

Unrecht getan hatte. Er schämte sich der Angst, die ihn durchflutete.

Selbstverständlich ließ er sich seine Furcht nicht anmerken, als er sich einen Kaffee eingoß. Er wußte, daß es Zeitverschwendung gewesen wäre, Bondurant zu fragen, wie er ins Haus gekommen war. Die hochmoderne Alarmanlage war eingeschaltet gewesen, aber den ehemaligen Marineinfanteristen, der es geschafft hatte, in ein Gefängnis im Nahen Osten einzudringen, hatte sie nicht aufhalten können.

Clete erwiderte Bondurants eisigen, unversöhnlichen Blick und nahm einen stärkenden Schluck Koffein. »Vermutlich reicht es nicht, wenn ich sage, es tut mir leid.«

»Bestimmt nicht, Clete. Pfeifen Sie die Hunde zurück.«

»Das kann ich nicht. Der Fall ist ein Selbstläufer geworden. Ich habe ihn nicht mehr in der Hand.«

»Bockmist. Sie haben den Stein ins Rollen gebracht. Sie können ihn wieder anhalten. Oder war all die Prahlerei mit Ihrer Macht nur leeres Gewäsch?«

Bondurant war ein gleichwertiger Gegner. Er würde sich bestimmt nicht mit Worten abspeisen lassen. Clete beschloß, das Verfahren abzukürzen. »Was wollen Sie?«

»Ich will Vanessa finden und sie zu Ihnen zurückbringen. Dabei kann ich das FBI wirklich nicht brauchen.«

»Vanessa ist nicht mehr in Gefahr.«

»Glauben Sie das wirklich?«

»Sie ist in Tabor House.«

»Ich weiß, wo sie ist.«

Clete fragte sich, wie Bondurant das herausbekommen hatte, aber er wußte, daß es zwecklos gewesen wäre, ihn das zu fragen. »Gestern abend habe ich mit Dex Leopold gesprochen. Er führt jetzt dort die Aufsicht. Ich habe ihn gewarnt, daß ich sie heil und gesund zurückerwarte.«

Bondurant schniefte verächtlich, dann beugte er sich über den Küchentisch. »Haben Sie denn etwas von dem geglaubt, was Barrie und ich Ihnen über Vanessas Schwangerschaft und den angeblichen Krippentod des Babys erzählt haben?«

Als gewiefter Politiker äußerte Clete sich nicht dazu.

»Nehmen wir mal an, Sie hielten auch nur einen Teil unserer Behauptungen für wahr – glauben Sie dann, daß David es jetzt dabei bewenden ließe? Sie kennen ihn besser als jeder andere, Clete. Was denken Sie also? Glauben Sie, es besteht auch nur die geringste Chance, daß er die einzige Tatzeugin am Leben läßt, wenn er Vanessas Baby wirklich erstickt hat?«

Clete debattierte in Gedanken über diese Frage, obwohl die Antwort erschreckend simpel war. »Was wollen Sie?« wiederholte er brüsk.

»Ich will mich frei bewegen können, ohne befürchten zu müssen, verhaftet zu werden. Wie Sie es schaffen, ist mir egal, aber Sie müssen dafür sorgen, daß das FBI die Jagd auf mich abbläst.«

»Wie soll ich das Ihrer Meinung nach…«

»Machen Sie mir nichts weis! Ihnen fällt bestimmt etwas ein, was überzeugend klingt. Behaupten Sie einfach, man hätte Sie völlig mißverstanden, falsch zitiert, irregeführt. Erfinden Sie irgend etwas, aber sorgen Sie dafür, daß es glaubhaft klingt. Schaffen Sie mir diese Leute vom Hals. Als Gegenleistung bekommen Sie Vanessa zurück.«

»Ich bekomme sie ohnehin zurück.«

»Die Frage ist nur, ob Sie sie lebend zurückbekommen.«

»David würde nicht riskieren, ihr etwas anzutun. Ihn habe ich auch gewarnt.«

»Dann müssen wir um so rascher handeln.«

»Ich handle lieber allein, besten Dank.«

»Gut, wie Sie wollen. Aber Sie sollten noch etwas wissen.

Spence ist nicht auf unerklärliche Weise verschwunden. Er ist gesund und munter und in Washington.«

»Verdammt! Ich dachte, Sie hätten ihn umgebracht.«

»Nein, das habe ich nicht getan, obwohl ich vielleicht gerade noch lang genug zu leben habe, um es zu bereuen. Er ist wieder da. Ich habe sein persönliches Werk gesehen. Denken Sie, daß David und er zulassen werden, daß die Jungs vom FBI mich vernehmen? Niemals! Sie werden versuchen, mich vorher zu beseitigen.«

»Dann wollen Sie also nicht Vanessa, sondern Ihre eigene Haut retten.«

Dieser Hieb ließ Bondurants Augen zornig aufblitzen, aber er blieb äußerlich gelassen. »Spence bleibt nicht für immer unsichtbar. Irgendwann taucht er wieder auf. David gibt seine Rückkehr bekannt, und die beiden lachen sich auf Ihre Kosten schief. Dann stehen Sie als schwachsinniger alter Trottel da, der unnütz Alarm geschlagen hat. Yancey und das FBI prangern Sie an, weil Sie sich eingemischt und sie in diese Farce hineingezogen haben.

Wer wird Ihnen danach noch glauben, wenn Sie David beschuldigen, nachdem Vanessa irgendein Mißgeschick zugestoßen ist? Kein Mensch! Die Leute haben Sie dann längst als senilen Phantasten abgeschrieben. Somit hat David auf der ganzen Linie gesiegt.«

»Sie lügen!« Bondurant ließ sich nicht dazu herab, diese Unterstellung abzustreiten, sondern starrte Clete nur mit seinen kalten, blauen Augen an. »Ich habe David gestern abend erklärt, warum ich Yancey angerufen und diese Ermittlungen in Gang gebracht habe. Wenn Spence noch lebte, hätte er's mir gesagt.«

»Wirklich? Wahrscheinlich hat er Sie bewußt irregeführt.« Bondurant beugte sich nochmals leicht nach vorn. »Raffiniert, wie Sie sind, Clete, haben Sie bestimmt schon einen wunderbaren Plan ausgearbeitet, um David zu vernichten, weil er Ihren Enkel ermordet hat. Aber Ihre Methode wird Zeit brauchen – und Zeit haben wir keine.«

Das klang sehr vernünftig, aber Clete war nicht bereit, schon nachzugeben. »Was ist, wenn ich nicht tue, was Sie verlangen?«

»Dann wünsche ich Ihnen alles Gute. Sie müssen allein zurechtkommen.«

»Ich bin schon verdammt lange allein zurechtgekommen. Meine Erfolge sprechen für sich.«

»Warum ist Vanessa dann nicht hier bei Ihnen, anstatt von der Außenwelt abgeschnitten in irgendeiner Klinik eingesperrt zu sein, in der Davids Schoßhündchen George Allan sie bewacht und behandelt?«

Das war eine gute Frage. Clete wußte keine Antwort darauf. Trotzdem fiel es ihm schwer, von seinem Standpunkt abzurücken. Nachgiebigkeit lag nicht in seinem Naturell.

»Sie bluffen! Sie wollen Vanessa ebenso dringend gesund zurückhaben wie ich. Unabhängig davon, ob ich interveniere oder nicht, würden Sie das FBI und alle anderen zurückschlagen, um die Burg zu stürmen und sie zu retten.«

»Früher vielleicht. Jetzt nicht mehr.«

»Sie haben eine andere, was? Barrie Travis?«

Clete erwartete nicht, daß er anbeißen würde, und Bondurant tat es auch nicht. »Vanessa ist in vieler Hinsicht eine reizende Frau. Aber sie ist egoistisch.«

»Moment mal!« sagte Clete mit erhobenem Zeigefinger. »Ich lasse nicht zu, daß Sie oder sonst jemand meine Tochter kritisiert.«

Bondurant ignorierte ihn und sprach weiter. »Sie hat früh gelernt, auf den eigenen Vorteil zu achten, und in Ihnen hatte sie einen verdammt guten Lehrer. Vanessa ist sich selbst absolut die nächste – das habe ich am eigenen Leib zu spüren bekommen, als ich meinen Posten im Weißen Haus aufgegeben habe. Sie hat mich die Hauptlast des Klatsches über uns tragen lassen, ohne mich mit einem einzigen Wort zu verteidigen, ohne sich auch nur einmal bei David für mich zu verwenden.«

»Was bringt Sie dann jetzt dazu, ihr helfen zu wollen?«

»Patriotismus.«

Clete schnaubte. »Selbstverherrlichung dürfte eher zutreffen. Sie wollen ein Held sein. Die First Lady zu retten ist eine unwiderstehliche Herausforderung.«

»So romantisch ist mein Motiv nicht, Clete. Ein unschuldiges Baby ist tot. Sollte sein Mörder nicht bestraft werden? Außerdem möchte ich nicht mehr mit Davids Präsidentschaft in Verbindung gebracht werden. Aber ich weiß, daß damit erst Schluß ist, wenn er als Verbrecher entlarvt und aus dem Amt gejagt ist. Und auch wenn Vanessa sich meine Zuneigung verscherzt hat, hat sie natürlich nicht den Tod verdient.«

»Der heilige Gray«, sagte Clete spöttisch.

Bondurant stand auf, um anzudeuten, er habe genug von dieser unwürdigen Feilscherei. Er wirkte ungewöhnlich stark, als er so über dem Tisch aufragte. Im Vergleich zu ihm fiel Clete sehr ab. Angesichts der sehnigen Kraft des Jüngeren kam er sich alt und schwach und verweichlicht vor.

»Also, was ist, Clete? Soll ich ein Rettungsunternehmen durchführen?«

»Ich werde darüber nachdenken.«

»Das genügt nicht. Sie rufen sofort Bill Yancey an – oder ich verschwinde, und die Verantwortung für Vanessas Leben liegt allein in Ihren Händen. Sie sind bösartig und gerissen genug, um David besiegen und es überleben zu können. Sie nicht.«

Clete Armbruster kapitulierte nie. Niemals. Aber er wußte

aus seiner Zeit als Footballspieler an der Ole Miss, wann es taktisch klüger war, sich zurückfallen zu lassen und den Ball nach vorn zu kicken.

Als sie von dem frischen Grab zu ihrem Wagen zurückging, gesellten sich zwei Männer zu ihr – einer links, einer rechts. »Miss Travis?«

»Ja?«

Sie zeigten FBI-Plaketten vor. »Wir würden Ihnen gern ein paar Fragen stellen.«

»Jetzt?« fragte Barrie ungläubig. »Wir sind hier auf einer Beerdigung, falls Sie das nicht gemerkt haben sollten.«

»Wir haben es gemerkt«, sagte einer der beiden Männer. »Tut uns leid, daß das mit Mr. Fripp passiert ist. Wir haben Sie nirgends finden können und uns gedacht, daß Sie zu seiner Beisetzung kommen würden.«

»Ihre Gefühllosigkeit ist einfach unverzeihlich«, sagte sie.

Jämmerlich wenig Trauergäste hatten an der kurzen, nicht kirchlichen Trauerfeier an Howie Fripps offenem Grab teilgenommen – ein deprimierender Kommentar zu seinem Leben. Die Anwesenden waren fast ausschließlich ehemalige Kollegen von WVUE, denen seine Beerdigung als willkommene Ausrede diente, ihre Mittagspause um eine Stunde zu verlängern. Jetzt hasteten sie in kleinen Gruppen schwatzend zum Parkplatz zurück: Sie hatten ihre moralische Pflicht erfüllt und konnten nun den Rest dieser Pause auf Kosten ihres Arbeitgebers genießen.

Barries Tränen waren echt. Sie trauerte wirklich – nicht nur, weil Howie auf so gräßliche Weise umgekommen war, sondern auch, weil dieses Verbrechen nicht gesühnt werden würde und weil sich ohnehin niemand etwas daraus machte.

Einer der FBI-Agenten legte ihr eine Hand auf den Arm, um

sie aus ihren kummervollen Gedanken zu wecken. »Wir wissen, daß dies ein ungünstiger Zeitpunkt ist, Miss Travis, aber wir würden trotzdem gern mit Ihnen reden.«

»Was bleibt mir schon anderes übrig, nachdem Sie mich umzingelt haben? Aber Sie haben wohl nichts dagegen, wenn wir ein bißchen weiter vom Grab weggehen?«

»Durchaus nicht.«

Als sie den Parkplatz erreichten, tupfte Barrie sich zum letztenmal die Augen ab und drehte sich zu den beiden um.

»Ich habe der Polizei alles gesagt, was ich über Mr. Fripps Ermordung weiß. Sie hat meine Aussage zu Protokoll genommen.«

»Deswegen sind wir nicht hier«, sagte einer der Agenten.

»Nein?« fragte sie scheinbar erstaunt und verwirrt. »Worum geht es denn?«

»Gray Bondurant.«

»Ach, der«, sagte Barrie angewidert. Sie verschränkte ihre Arme und nahm eine gelangweilte, aber ungehaltene Pose ein. »Was wollen Sie über unseren ehemaligen Nationalhelden wissen, Gentlemen?«

»Als erstes, wo er ist.«

»Das weiß ich nicht. Ich will's auch gar nicht wissen. Er ist ein fieser Kerl.«

Die Agenten wechselten einen Blick, dann sagte einer von ihnen: »Soviel wir wissen, Miss Travis, waren Sie in letzter Zeit viel mit ihm zusammen.«

»Richtig, waren wir. Aber nur, bis sich gestern herausgestellt hat, daß er steckbrieflich gesucht wird. Als ob ich nicht schon genug Probleme hätte!« sagte Barrie und verdrehte dabei die Augen. »Erst ist mein Haus explodiert, was meinem Hund das Leben gekostet hat. Als nächstes haben Senator Armbruster und ich uns angebrüllt, wobei *ich* nur zugehört habe. Dieser Vorfall hat mich meinen Job gekostet.

Dann habe ich mich auf eine... na ja, Sie wissen schon«, sagte sie verlegen. »Ich habe mich auf eine *Sache* mit diesem Kerl eingelassen. Welche Frau würde nicht auf ihn reinfallen? Der Kerl ist schließlich ein Nationalheld. Der starke, schweigsame Typ. Sehr sexy. Und er hat Augen, die einen richtig...« Sie bebte vor gespieltem Entzücken.

»Nun, wir kamen jedenfalls ziemlich gut miteinander aus, bis gestern seine Visage im Fernsehen aufgetaucht ist. Das hat mich echt geschockt. Ich hab' ihm gesagt, er soll verschwinden, und er ist abgehauen.« Sie seufzte bedauernd. »Ich hätte wissen sollen, daß das alles zu schön war, um wahr zu sein.«

»Wann haben Sie ihn zuletzt gesehen?«

»Gestern, wie ich schon gesagt hab'.«

»Um welche Zeit?«

»Hmmm, mal sehen. Irgendwann nachmittags.«

»Können Sie uns das nicht genauer sagen?«

»Nein. Bis die Meldung in den Nachrichten gekommen ist, habe ich nicht auf die Zeit geachtet.«

»Was haben Sie um diese Zeit gemacht?«

Sie warf ihm einen vielsagenden Blick zu.

»Ah, ich verstehe. Sie hatten ein... Schäferstündchen?«

Sie kicherte. »Ein ulkiger Ausdruck.«

»Und wo?«

»Puh, da haben Sie mich. Irgendwo an einer Stadtautobahn, das weiß ich noch. Ich hab' nicht darauf geachtet, wohin wir gefahren sind.«

»Sie wissen auch nicht, in welchem Teil der Stadt Sie waren?«

Sie senkte den Kopf, biß sich auf die Unterlippe und war sichtlich verlegen. »Ich, äh... Gott, das ist so *peinlich*. Gray, Mr. Bondurant, hat am Steuer gesessen, wissen Sie. Und ich... mein Gott! Reicht es, wenn ich sage, daß ich auf der Fahrt ins

Motel nicht aufrecht dagesessen habe und daß mein Kopf unterhalb des Armaturenbretts war?«

Die FBI-Agenten wechselten erneut einen Blick. Die Augenbrauen des einen berührten fast seinen Haaransatz.

»Ich weiß nicht mal, ob das Motel einen Namen hatte«, fuhr sie fort. »Er hat's ausgesucht. Eine reichlich schäbige Bude, wenn Sie mich fragen. Sie kennen diese billigen Absteigen. Stundenweise Vermietung von Zimmern. Frische Bettwäsche gegen Aufpreis. Nicht nur, daß ihm die elenden FBIler... Oh, Entschuldigung, Jungs. War nicht persönlich gemeint. Jedenfalls ist Bondurant auf die ganz billige Masche gereist. Bei unserem ersten Rendezvous hat er mich auf einen Pfannkuchen eingeladen. Ist das nicht unglaublich? Wäre er nicht so gut im Bett gewesen, wären seine blauen Augen und alles andere nicht so toll gewesen, hätte ich sofort mit ihm Schluß gemacht.«

Einer der Agenten räusperte sich. »Äh, hat Mr. Bondurant jemals mit Ihnen über Spencer Martin gesprochen?«

»Klar. Sogar sehr oft. Sie waren Kumpels. Die beiden und der Präsident sind so«, sagte sie und legte den rechten Mittelfinger über den Zeigefinger.

»Hat er Mr. Martins Besuch in Wyoming erwähnt?«

»Ja. Tatsächlich war ich, soweit ich weiß, nur einen oder zwei Tage vor Mr. Martin bei ihm. Ich bin nach Wyoming gereist, weil ich über Bondurant berichten wollte – eine dieser ›Was-macht-er-jetzt‹-Stories. Dabei hat's zwischen uns gleich gefunkt, verstehen Sie? Er ist mir nach Washington nachgereist. Aber bevor ich die Story über ihn produzieren konnte, bin ich rausgeflogen. Und jetzt zeigt sich, daß er vielleicht gefährlicher ist, als ich dachte.«

»Sie haben ihn für gefährlich gehalten?«

Barrie schenkte dem Agenten ein engelhaftes Lächeln. »Für meine Libido.«

»Oh.«

»Hat Bondurant sich jemals feindselig über Mr. Martin oder den Präsidenten geäußert?«

»Nein. Übrigens hat er den Präsidenten erst vor kurzem besucht.« Sie kniff ein Auge zu. »Aber das wißt ihr Jungs sicher längst, oder?«

»Sie haben seit gestern nachmittag nichts mehr von Bondurant gehört?«

»Nein. Tut mir leid. Kann ich jetzt fahren? Ich halte mich nicht gern auf Friedhöfen auf.« Sie schloß die Fahrertür auf. »Außerdem kann ich Ihnen wirklich nicht mehr erzählen. Die Affäre mit Mr. Bondurant hat zwar nicht lange gedauert, aber sie gehört zu den Fehlentscheidungen, die ich in letzter Zeit getroffen habe. Einige der Sachen, die ich mir in aller Öffentlichkeit geleistet habe, haben Sie sicher mitbekommen. Die hier möchte ich so schnell wie möglich vergessen.«

»Sollte er sich wieder bei Ihnen melden…«

»Das tut er nicht. Als ich ihn aufgefordert habe, er solle verschwinden, hat er mit der typischen Männermasche angefangen. Sie wissen schon – ›Was fällt dir ein, einem tollen Mann wie mir den Laufpaß zu geben?‹«

»Sollte er sich wieder melden, rufen Sie uns bitte an.«

»Klar, wird gemacht.« Barrie steckte die Karte, die der FBI-Agent ihr gab, in ihre Handtasche. »Ich will seinetwegen keine Schwierigkeiten bekommen. Wenn er sich wieder meldet, erfahren Sie es sofort.«

Sie bedankten sich für ihre Auskünfte und gingen zu ihrem Dienstwagen zurück. Barrie sah ihnen ohne feindselige Gefühle nach. Die beiden gehörten zu den guten Kerlen. Sie führten aus, was ihre Vorgesetzten angeordnet hatten. Sie ermittelten streng nach Vorschrift.

Im Gegensatz zu dem Überwachungsteam rund um Dailys

Wohnblock. Es hatte das Haus noch nicht gestürmt, um nach Gray zu fahnden, was ihren Verdacht bestätigte: Diese »Agenten« gehörten zu Merritts FBI-Privatarmee, die von Spencer Martin befehligt wurde. Und der wollte nicht, daß Gray aufgespürt und vernommen wurde.

Der Präsident oder sein Berater konnten diesen Männern jederzeit befehlen, in Dailys Haus zu marschieren und die darin lebende kümmerliche Gruppe von Saboteuren auszuschalten. Warum hatten sie es noch nicht getan?

Das war eine Frage, die sie alle drei quälte. Gray schien zu glauben, man ließe sie vorläufig in Ruhe, weil Spencer und der Präsident etwas anderes, etwas viel Größeres planten, in dem Barrie, Daily und er sich verfangen würden.

Sie fürchtete, daß er recht hatte.

38. Kapitel

Daily winkte den Hippie heran, der an einer belebten Kreuzung Rosen verkaufte. In weniger als fünf Sekunden lag der Mann auf dem Boden vor dem Rücksitz, und Daily fuhr bei Grün weiter.

»Klasse gemacht, Daily«, sagte Gray, während er Stirnband und Perücke abstreifte. »Sie sind drei Fahrzeuge hinter dir, aber der Bus schirmt uns völlig ab.«

»Ich bekomme langsam Übung«, antwortete Daily. »Wie läuft das Blumengeschäft?«

»Echt gut. Ich gebe es nur ungern auf. Wer ist das?« fragte er und deutete auf Dailys Beifahrerin.

»Ich nenne sie Dolly.«

Dolly war eine Aufblaspuppe mit weit aufgerissenen Augen. Sie trug eine Jacke, die Barrie gehörte, und eine rot-braune Perücke, die noch verfilzter war als Grays Hippiezöpfe. Der straff angezogene Dreipunktgurt fixierte sie auf dem Beifahrersitz.

»Das soll ich sein«, sagte Barrie, die sich in der anderen Ecke des Rücksitzes zusammenkauerte.

Ohne den Kopf zu sehr zu heben, musterte Gray die Puppe genauer. »Sieht dir ziemlich ähnlich.«

»Freut mich, daß du das sagst«, behauptete Barrie gelassen. »Da braucht es mir nicht mehr leid zu tun, dich beim FBI runtergemacht zu haben.« Sie berichtete, wie sie nach Howies Beisetzung abgefangen worden war.

»Das war, bevor Armbruster seinen Irrtum eingestanden hat und die Fahndung nach dir abgeblasen wurde. Ich weiß nicht, wie du ihn rumgekriegt hast, aber es hat funktioniert. Heute abend hat er auf allen Kanälen behauptet, das Ganze sei ein unglückliches Mißverständnis gewesen. Er hat angedeutet, an allem sei sein Stab schuld, dessen Effizienz jetzt überprüft werden soll. Merritt hat der Nation durch den Senator versichern lassen, Spencer Martin sei damit beschäftigt, eine ›delikate persönliche Angelegenheit‹ abzuwickeln.«

»Womit zwischen Hämorrhoidektomie und Hochverrat alles abgedeckt wäre.«

»Stimmt. Und daß er seine Tätigkeit im Weißen Haus wiederaufnehmen werde, sobald diese Angelegenheit geklärt sei. Clete wurde von einigen seiner Kollegen mild kritisiert, aber er hat ihren Tadel gutmütig grinsend weggesteckt.«

»Erzähl ihm von deinem Anruf aus dem Justizministerium.« Daily fuhr wie vereinbart ziellos durch Washington und versuchte, ihre Verfolger abzuschütteln, aber er hörte auch bei ihrem Gespräch zu.

»Hat deine Quelle angerufen?«

Sie nickte. »Ich bin angepiepst worden und habe zurückgerufen, aber statt mir zu erzählen, was ich bereits wußte – daß man die Fahndung nach dir abgeblasen hat –, wollte meine Quelle selbst Informationen haben.«

»Zum Beispiel?«

»Zum Beispiel: ›Was zum Teufel ist los?‹ Ende des Zitats. Wegen dieses Durcheinanders mit Armbruster und Yancey und der FBI-Kriminalabteilung sind heute nachmittag alle ziemlich gereizt. Aber das tut mir offen gestanden gut.« Sie grinste ihn frech an. »Also, Honey, das war's von meiner Seite aus. Wie war dein Tag?«

»Ich habe Tabor House gefunden.«

Für den Fall, daß Gray herausbekommen hatte, wo die Klinik lag, hatten Barrie und Daily bereits Vorbereitungen getroffen.

»Glaubst du, daß du die Verfolger abgehängt hast, Daily?«

»Vor ungefähr fünf Minuten.«

»Aber ins Auto kann ein Peilsender eingebaut sein«, sagte Gray. »Daß ich keinen gefunden habe, heißt nicht, daß der Wagen sauber ist. Wir müssen uns beim Autowechsel beeilen.«

Daily folgte Grays Anweisungen und fuhr in ein Parkhaus, in dem Gray auf der zweiten Ebene einen anderen Wagen stehen hatte. Barrie und Gray stiegen aus. Auch Daily stieg aus und ließ den Motor seines Wagens laufen. »Paßt gut auf euch auf«, sagte er zum Abschied.

»Ich mache mir mehr Sorgen um dich als um uns«, erklärte Barrie ihm. »Weißt du bestimmt, daß dein Sauerstofftank voll genug ist?«

»Ja.«

»Fahr spazieren, geh irgendwo essen, benimm dich ganz natürlich«, forderte Gray ihn auf. »Sieh zu, daß sie ein paar Stunden lang beschäftigt sind, aber geh kein Risiko ein. Geh *kein* Risiko ein.«

»Ich weiß, ich weiß«, wehrte Daily mürrisch ab. »Wir haben alles ein dutzendmal besprochen. Ich weiß, was ich zu tun habe.«

»Du schaffst es«, versicherte Gray ihm. »Komm, Barrie.«

Sie zögerte noch und wünschte sich, Daily sähe weniger gebrechlich aus. Spionageabwehr und ein Sauerstoffgerät schienen ganz und gar nicht zusammenzupassen. »Wir kommen auf jeden Fall vor Tagesanbruch zurück. Ich sehe nach dir, sobald ich kann. Versprich mir, vorsichtig zu sein.«

»Ich bin bestimmt vorsichtig.«

»Und daß du nett zu Dolly bist.«

»Ach, mit der ist gut auszukommen. Sie nörgelt nicht.«

»Und daß du sofort heimfährst, wenn du dich schlecht fühlst.«

»Versprochen.«

»Das versprichst du, aber du tust es nicht«, sagte sie mit wachsender Besorgnis. »Da bin ich mir sicher.«

»Barrie!« rief Gray vom Fahrersitz des anderen Wagens aus. »Wir müssen los!«

»Hau ab, sonst verdirbst du Grays ganzen Plan«, forderte Daily sie auf.

Er wollte sich in sein Auto setzen, aber sie umarmte ihn und drückte ihn fest an sich. »Du bist mein bester Freund, Daily«, flüsterte sie. »Lebenslänglich.«

»Ja, ja«, sagte er verdrießlich. Diesmal ließ sie zu, daß er sie wegschob, aber seine Brüskheit konnte sie nicht täuschen. Sein Widerstreben gegen diesen Abschied war ebenso groß wie ihres, was Barrie mit düsteren Vorahnungen erfüllte.

»Daily…«

»Ich komme zurecht.« Er rutschte hinters Lenkrad.

Sie nickte und schloß seine Autotür. Sie suchte nochmals seinen Blick, aber Daily sah angelegentlich nach vorn, während er den Gang einlegte. Sie trat einen Schritt zurück, als er wegfuhr. Sie beobachtete die Schlußlichter seines Wagens, bis sie um die scharfe Kurve der Ausfahrtsrampe verschwanden.

»Barrie?«

»Ich komme.« Sie stieg bei Gray ein. Auf dem Rücksitz lag eine große Plastiktüte. »Was ist da drin?«

»Anziehsachen. Was ist da drin?« fragte er und zeigte auf ihren Lederrucksack.

»Camcorder«, antwortete sie geistesabwesend. »Glaubst du wirklich, daß Daily es schafft, oder hast du nur gesagt, was er und ich hören wollten?«

Gray bremste, hielt und wandte sich zu ihr um. »Du brauchst nicht mitzukommen«, sagte er. »Vielleicht ist es besser, wenn du bei Daily bleibst, dich um ihn kümmerst und mich diese Sache allein erledigen läßt.«

Die Lässigkeit, mit der er jeglichen Beitrag, den sie hätte leisten können, als unwesentlich abtat, brachte sie auf. »Geh zur Hölle, Bondurant.«

»Dorthin sind wir unterwegs, glaube ich.«

Sie fuhren in einen ruhigen Vorort, in dem Gray in einer Seitenstraße am Randstein parkte. »Sag mir, wenn jemand kommt«, forderte er Barrie auf, als er ausstieg und sich hinten ins Auto setzte. »Ich muß mich umziehen.«

Er vertauschte seine Hippiekleidung – ausgewaschene Jeans und Batikshirt – mit einem anthrazitgrauen Flanellanzug, einem weißen Hemd und einer dunklen Krawatte. »Das hättest du mir sagen müssen«, meinte Barrie. »Ich bin zu einfach angezogen.«

»Hat deine Mutter dir nicht gesagt, daß man lieber zu einfach angezogen als aufgedonnert sein soll?«

»Wahrscheinlich. Ich habe ihr nie besonders gut zugehört.«

»Okay, dann hör jetzt mir gut zu«, verlangte Gray und öffnete die Autotür. »Sei leise und tu genau, was ich dir sage.«

Sie hielten sich im Schatten und gingen zu dem Eckhaus an der Kreuzung vor ihnen weiter. Hinter fast allen Fenstern des Hauses brannte Licht. Durch die offenen Jalousien des Wohnzimmers sah man einen Fernseher, der bläuliche Schatten über die Wände tanzen ließ.

In der Einfahrt standen eine Limousine und ein Pick-up mit Campingaufbau. Gray machte Barrie ein Zeichen, neben der immergrünen Hecke zum Nachbargrundstück zu warten. Er ließ sie die Einkaufstüte halten, während er sich dem Wohnmobil von hinten näherte. Die Hecktür war abgesperrt, aber er bekam das Schloß sekundenschnell auf und winkte sie zu sich heran. Sie spurtete aus ihrem Versteck zur Tür des Wohnmobils. Sobald sie beide eingestiegen waren, schloß er die Tür und versperrte sie wieder von innen.

»Nimm Platz.« Er deutete auf die Polsterbank entlang einer Seitenwand. Dann zog er das Jackett aus und legte es zusammengefaltet auf seine Oberschenkel, als er sich setzte.

Sie breitete die Arme aus. »Was machen wir hier?«

»Warten.«

»Ich sag's nicht gern, Mr. Superman, aber wir sind hier nicht in Tabor House.«

»Der Mann, der hier wohnt, arbeitet dort. Ich habe die Klinik heute morgen gefunden, als die Nachtschicht abgelöst wurde. Ich bin ihm bis nach Hause nachgefahren.«

»Woher weißt du, daß er diese Nacht wieder Dienst hat?«

»Das weiß ich nicht.«

»Woher weißt du, daß dein Plan klappt?«

»Das weiß ich nicht.«

»Was ist, wenn er nicht klappt?«

»Dann versuchen wir was anderes. Läßt du jetzt bitte die Fragerei? Jemand könnte uns hier drinnen hören. Setz dich.«

Sie setzte sich und verfiel in mürrisches Schweigen. Die Polsterbank kam ihr schon bald nicht mehr gepolstert vor. Nach ungefähr einer Stunde meinte sie: »Ein Kommandounternehmen ist gar nicht so spannend, wie immer behauptet wird. Es ist langweilig.«

»Pst!« Er hob warnend eine Hand.

Durch die Wände des Wohnmobils hörte sie ein Geräusch, als falle eine Fliegengittertür zu. Dann hörte sie zwei Stimmen, eine männliche und eine weibliche. »Fahr vorsichtig«, sagte die Frau.

»Mach' ich.«

»Hast du 'ne Doppelschicht?«

»Nein. Ich komme gegen acht Uhr heim.«

»Dein Frühstück wird bereitstehen.«

Die Stimme des Mannes wurde lauter, als er sich dem Wohnmobil näherte. »Schlaf gut. Tschüs.«

Sie hörten seine Schritte auf dem Beton, dann ein metallisches Klicken, als er die Fahrertür öffnete. Das Wohnmobil schwankte leicht, als er einstieg. Als Gray merkte, daß Barrie etwas sagen wollte, legte er einen Finger an die Lippen.

Der Motor stotterte ein paarmal, bevor er schließlich ansprang. Sie spürten einen leichten Ruck, als die Handbremse gelöst wurde. Sobald sie unterwegs waren, begann Countrymusic aus den Lautsprechern des Wohnmobils zu plärren.

»Die Musik ist günstig«, sagte Gray. »Jetzt können wir reden, ohne gehört zu werden.«

»Er arbeitet in Tabor House?«

»Seinem Overall nach ist er wahrscheinlich Techniker oder Hausmeister.«

»Wie sieht sie aus?«

»Die Klinik? Ein umgebauter Landsitz. Georgianischer Stil. Prachtvoller Park mit hoher Mauer. Sehr abgelegen. Mindestens zehn Meilen von der nächsten größeren Straße. Rein zufällig kommt dort niemand vorbei. Das Tor an der einzigen Zufahrt wird von einem bewaffneten Posten bewacht.«

»Er soll uns mit reinnehmen«, sagte Barrie, der plötzlich ein Licht aufging.

»Genau.«

»Was ist, wenn der Posten das Wohnmobil kontrolliert?«

»Jeder Angestellte hat einen Aufkleber an der Windschutzscheibe.«

»Ziemlich clever.«

»Heb dir das für später auf, wenn wir wieder heil rausgekommen sind.«

Dieser Gedanke war so ernüchternd, daß sie das Thema wechselte. »Wie ist es mit Armbruster gelaufen?« Nachdem Gray ihr das Gespräch geschildert hatte, erkundigte sie sich: »Traust du ihm?«

»Natürlich nicht. Aber bisher hat er sich an unsere Vereinbarung gehalten. Und ich tue mein Bestes, mich ebenfalls daran zu halten.«

»Ich kann gar nicht fassen, daß sie ihm die Story mit den unfähigen Mitarbeitern abgenommen haben.«

»Clete kriegt jeden rum.«

»Aber trotzdem…«

»Notfalls hilft er ein bißchen nach. Er hat mit den richtigen Leuten geredet und sich unmißverständlich ausgedrückt, das war genug. Er will seine Tochter unbedingt zurückhaben. Also ist er bereit, mit dem Teufel – nämlich mit mir – zu paktieren, wenn das Vanessa das Leben retten kann.«

Grays Motiv war Liebe. Darüber hatte Barrie bewußt nicht allzuviel nachgedacht. Und sie hatte sich auch nicht gestattet, darüber nachzudenken, wie tief Vanessas Dankbarkeit wohl wäre und welche Form sie annehmen würde, wenn erst einmal alles vorüber war.

Der Idealfall: Vanessa überlebte. Ihre Ehe mit David Merritt ging in die Brüche. Danach könnte Vanessa bis an ihr seliges Ende glücklich mit dem Helden zusammenleben, der sie vor ihrem mörderischen Ehemann gerettet hatte.

Und Barrie hätte, was sie sich wünschte – die langersehnte Exklusivstory, die endlich ihre Karriere vorantreiben und in heute noch unvorstellbare Höhen führen würde. Das war es doch, was sie sich mehr als alles andere wünschte, oder?

Diese Überlegungen irritierten sie so sehr, daß sie mürrisch fragte: »Du hast nicht zufällig ein Kartenspiel mitgebracht, damit wir uns die Zeit vertreiben können?«

»Wenn du dich langweilst, kannst du dich schon mal umziehen.« Er nickte zu der Einkaufstüte hinüber. »Da drin ist dein Kostüm für heute abend.«

Die Tragetasche enthielt eine Schwesternuniform – Hose und

Oberteil aus korallenrotem Polyester –, ein Paar weiße Schuhe mit flachen Absätzen und einen marineblauen Overall.

»Die Schwestern tragen keine einheitliche Uniform«, sagte Gray, »also fällst du damit nicht auf.«

Barrie kippte den Inhalt der Tüte auf den Teppichboden des Wohnmobils. »Was soll der Overall?«

»Der ist für mich.«

»Flott.« Sie stand auf und griff nach ihrer Gürtelschließe. »Willst du dich nicht umdrehen?«

»Nein, aber du kannst es ja tun.«

Wenn er kein Theater daraus machte, würde sie erst recht cool reagieren. Ich kann mindestens so blasiert tun wie er, sagte sie sich,während sie ihre Schuhe abstreifte und ihre Bluse aus dem Hosenbund zog. Zum Glück war es hier hinten im Wohnmobil ziemlich dunkel.

Nachdem sie den Gürtel gelöst hatte, zog sie den Reißverschluß ihrer Hose auf und schob sie an ihren Beinen nach unten. Als sie abgestreift war, legte Barrie sie zusammen und packte sie unten in die Tragetasche. Als nächstes knöpfte sie ihre Bluse auf und zog sie aus, so daß sie nur noch Slip und BH trug. Wenigstens paßten beide zusammen. Wenigstens waren beide neu, erst kürzlich bei Victoria's Secret gekauft.

Aber sie war kein Wäschemannequin. Sie war auch keine Vanessa Armbruster Merritt. Vielleicht meinte das Halbdunkel es gut mit ihr und milderte den Unterschied etwas ab.

Gray und sie merkten gleichzeitig, daß das Wohnmobil langsamer wurde. Barrie sah zu ihm hinüber. Er warf einen Blick auf seine Armbanduhr. »Wir können noch längst nicht da sein. Warum hält er jetzt?«

»Vielleicht muß er tanken?«

»Ich weiß nicht«, sagte er und spähte durch einen Vorhangspalt. »Draußen ist nichts zu sehen.«

Das Wohnmobil fuhr noch langsamer und hielt dann. Das Radio verstummte, als der Fahrer den Motor abstellte. Seine Tür öffnete sich quietschend. Das Fahrzeug schwankte leicht, als er ausstieg.

»Na, Zuckerpüppchen«, hörten sie ihn sagen. »Wartest du schon lange?«

39. Kapitel

Daily nahm seinen Auftrag als Köder ernst.

Kurz nachdem er sich im Parkhaus von Gray und Barrie getrennt hatte, fiel ihm eine graue Limousine auf, die ihm mehrere Blocks weit in sicherem Abstand folge. Nachdem Daily auf seinem Zickzackkurs durch die Stadt mehrmals willkürlich abgebogen war, wußte er ganz sicher, daß er erneut beschattet wurde.

Vielleicht hatte Gray richtig vermutet, daß in seinen Wagen ein Peilsender eingebaut war. Vielleicht hatten die Dreckskerle auch nur Glück gehabt und ihn wiederentdeckt. Vielleicht war Merritts Geheimpolizei allgegenwärtiger, als selbst Gray ahnte. Das war eine beängstigende Möglichkeit. Andererseits war es wenig wahrscheinlich, daß diese Typen einen kranken alten Emphysematiker auf offener Straße anhalten würden. Daily fühlte sich verhältnismäßig sicher.

In der ersten Stunde machte ihm die Verfolgungsjagd noch Spaß, aber irgendwann wurde die Monotonie übermächtig. Nachdem er innerhalb von fünf Minuten dreimal gegähnt hatte, stellte er sein Autoradio auf einen Sender ein, der Rapmusik brachte – aus dem einfachen Grund, weil er sie leidenschaftlich haßte. Wenn ihn dieser widerwärtige Krach nicht wach und munter hielt, half auch nichts anderes mehr.

Als sein Magen zu knurren begann, fuhr er bei McDonald's an den Autoschalter und bestellte Big Macs für sich und Dolly. Der Jüngling hinter dem Schalter sah, daß Dailys Beifahrerin eine Aufblaspuppe war, aber er äußerte sich nicht dazu, und Daily gab keine Erklärung ab. Der Junge sollte ihn lieber für pervers als für subversiv halten.

Daily parkte vor dem Restaurant und beobachtete geistesabwesend das Kommen und Gehen anderer Gäste, während er seinen Hamburger mit Fritten aß. Da er keinen großen Appetit hatte, aß er von allem nur die Hälfte. Er hätte schwören können, daß Dolly ihn mißbilligend anstarrte, als er die Reste in einen Abfallkübel warf.

Er hatte keine Lust, gleich weiterzufahren, deshalb blieb er mit untätig im Schoß liegenden Händen sitzen und beobachtete weiter die Klientel von McDonald's. Besonders interessierten ihn die Paare mit kleinen Kindern. Diese glücklich wirkenden Familien waren der lebende Beweis dafür, daß das Ideal nicht ganz unerreichbar war. Aber anstatt darüber Freude zu empfinden, fühlte Daily sich beim Anblick der Kleinen mit den Happy Meals unsagbar traurig.

Er war sich wieder einmal darüber im klaren, das wirklich Wichtige im Leben versäumt zu haben. Er hätte die niedliche kleine Lehrerin heiraten sollen, die so verrückt nach ihm gewesen war. Daily war ebenso verrückt nach ihr gewesen. Gleich am ersten Abend ihrer Bekanntschaft hatte er sich Hals über Kopf in ihre rehbraunene Augen und ihre sanfte Art verliebt. Ein einziges Lächeln von ihr genügte, damit er sich wie ein Millionär fühlte.

Aber er hatte ihre Liebe als selbstverständlich hingenommen und sie schlecht behandelt, weil ihm Überstunden oft wichtiger waren als eine Verabredung zum Abendessen. Auf seiner Jagd nach einer guten Story hatte sie stets weit abgeschlagen den zweiten Platz belegt. Zwischen einem Kinobesuch mir ihr und der Verfolgung einer heißen Fährte hatte es nie ernsthafte Konkurrenz gegeben.

Sie hatte sich als wahrer Schatz erwiesen und ihn bewundernswert lange ertragen. Aber er hatte ihre Geduld einfach zu sehr strapaziert. Da hatte sie ihn aufgegeben und einen anderen geheiratet: einen Mann, der stetiger und aufmerksamer war, der nicht so sehr an seiner Arbeit und seiner Freiheit hing.

Komisch, wie sich die Freiheit der Jugend im Alter in Einsamkeit verwandelt.

In letzter Zeit dachte Daily immer öfter an sie zurück und an das, was hätte sein können.

Als er sich bei diesem wehmütigen Gedanken ertappte, machte er sich Vorwürfe wegen seines Selbstmitleids. *Irgendwie bin ich in letzter Zeit ein jämmerlicher alter Narr geworden.*

Aus Ärger über seine wehleidige Träumerei ließ er den Motor seines Wagens an und stieß rückwärts aus der Parklücke. Die graue Limousine parkte auf der anderen Straßenseite vor einem Taco Bell. Sie nahm sofort die Verfolgung auf. Er fuhr auf der 66 aus der Stadt, bis sie die 495 kreuzte, auf die er in nördlicher Richtung abbog. Es war amüsant, im Rückspiegel zu beobachten, wie der Fahrer der Limousine sich bemühte, auch bei dichtem Verkehr dranzubleiben, obwohl Daily nicht so naiv war zu glauben, er werde nur von der grauen Limousine beschattet.

Er kam über Chevy Chase, Maryland, nach Washington zurück und fuhr in die Innenstadt weiter. Dort rollte er gemächlich die Wisconsin Avenue entlang, wo ein anspruchsvolles Publikum, das das Nachtleben in Georgetown genießen wollte, um die Tische in den überfüllten Bars und Restaurants konkurrierte.

Daily fuhr einfach der Nase nach quer durch die Stadt, bis er wieder die Außenbezirke erreichte. Er langweilte sich und war schläfrig und erschöpft, weil er so lange am Steuer gesessen hatte.

Seine Gedanken kehrten zu der Lehrerin zurück. Er war verdammt blöd gewesen, sie nicht zu heiraten. Sie wäre ihm eine liebevolle Frau gewesen. Sie hätten Kinder, jetzt schon Enkel haben können. Dann wäre sein Lebensherbst nicht so einsam gewesen, und er hätte sich nicht nur auf Barries Gesellschaft verlassen müssen. Sie war ein richtiger Schatz, und er liebte sie wie sein eigen Fleisch und Blut, aber sie war keine Lebenspartnerin. Das war ein großer Unterschied.

Hätte er die süße Lady damals geheiratet, hätte er jetzt vielleicht nicht so große Angst vor dem Sterben. »Das wäre für sie vielleicht ein Leben gewesen«, murmelte er. »Einen röchelnden alten Furzer wie mich versorgen zu müssen.«

Der Klang der eigenen Stimme ließ ihn aus seinem Tagtraum aufschrecken. Wo zum Teufel war er überhaupt? Ohne es zu merken, war er in ein Industriegebiet geraten, wo lange Reihen von Lagerhäusern standen, die kaum voneinander zu unterscheiden waren. Um diese Zeit waren natürlich alle dunkel. An Laderampen standen leere Sattelschlepper, deren offene Hecktüren wie die Rachen prähistorischer Ungeheuer gähnten.

Dailys Wagen und die ihn verfolgende Limousine waren als einzige Fahrzeuge auf den menschenleeren Straßen unterwegs. Bei jedem Abbiegen verlor er noch mehr die Orientierung, verirrte sich immer tiefer in das Betonlabyrinth und landete schließlich in einer Sackgasse.

»Verdammt!« Er sah rasch in den Rückspiegel. Die Limousine war dicht hinter ihm.

Daily schlug sein Lenkrad instinktiv scharf ein, wendete auf der Fahrbahn und hatte die Limousine schon fast erreicht, als ihr Fahrer nach links zog. Daily mußte eine Vollbremsung machen, sonst hätte er den anderen Wagen breitseits gerammt.

Das hätte er lieber tun sollen. Vielleicht hätte er dann eine Chance gehabt, sich durch Fahrerflucht zu retten. Aber vor den drei aufgebrachten Männern, die aus dem Wagen sprangen und auf ihn zukamen, würde er leider nicht mehr flüchten können.

»Du kommst zehn Minuten zu spät.« Die nörgelnde Frauenstimme drang durch die Wände des Wohnmobils.

»Scheiße!« zischte Gray.

»Was ist los?«

»Der Kerl ist ein Romeo mit einem Schlafzimmer auf Rädern. Schnell!«

Er warf Barries Sachen, die Tragetasche und ihren Rucksack in die zum Teil in den Innenraum des Wohnmobils ragende Schlafkoje über dem Fahrerhaus. »Los, rauf mit dir! Beeil dich!«

»Niemals. Das Ding ist wie ein Sarg.«

Da er keine Zeit hatte, mit ihr zu streiten, packte er einen ihrer nackten Knöchel. Die gespreizten Finger seiner anderen Hand lagen unter ihrem Gesäß, als er sie in die Schlafkoje hinaufstemmte, wo zwischen Matratze und Decke kaum ein halber Meter Luft war. Wenn sie nicht gerade benutzt wurde, wurde in der Koje zusätzliches Bettzeug aufbewahrt. Gray zog sich hoch und wühlte sich zwischen Kissen, Decken und Schlafsäcken hinein.

»Rutsch ganz nach vorn«, forderte er Barrie auf, die ausnahmsweise ohne Widerrede tat, was er verlangte. Sie machte sich in einer der vorderen Ecken so klein wie möglich.

Von draußen war zu hören, wie sich das Paar der Hecktür des Wohnmobils näherte.

»Ich hab' diesen blöden Kasten satt«, beschwerte die Frau sich. »Warum können wir nicht ins Motel gehen?«

»Weil wir hier ungestörter sind.«

»Und weil's nichts kostet.«

»Mir geht's nicht ums Geld. Echt nicht, Baby. Motels registrieren ihre Gäste. Du willst doch nicht, daß meine Alte uns auf die Schliche kommt?«

Während dieser kleinen Meinungsverschiedenheit arbeitete

Gray fieberhaft weiter und baute am Rand der Koje einen Wall aus Kissen und Schlafsäcken auf. Mit viel Glück waren sie dahinter nicht zu sehen, wenn das Paar hereinkam. Dann drückte er Barrie noch tiefer in ihre Ecke. Praktisch in letzter Sekunde zog er eine Steppdecke über ihre Köpfe.

»Wird verdammt eng, wenn sie zu uns raufkommen«, flüsterte sie.

»Hast du 'ne bessere Idee?«

Falls sie eine hatte, blieb ihr keine Zeit mehr, sie vorzubringen. Die Hecktür wurde geöffnet, dann flammte die Deckenleuchte auf. Das Wohnmobil schwankte unter dem Gewicht des einsteigenden Mannes. »Nur rein mit dir, Baby.« Er stieß einen leisen Pfiff aus. »Toll siehst du heute aus! Ist das 'ne neue Bluse?«

»Gefällt sie dir?«

»Und wie sie mir gefällt! Wie schnell können wir dich aus ihr rausholen?«

»Du bist ein richtiges Tier!«

Die Tür wurde geschlossen, und die Deckenleuchte ging aus. Lachen. Seufzer. Die feuchten, saugenden Laute leidenschaftlicher Küsse. Das Rascheln von Kleidungsstücken. Das Geräusch eines Reißverschlusses. Ein leises Stöhnen.

»Du bist vielleicht einer«, sagte die Frau.

»Das kannst du glauben, Baby. Fester.«

Wieder Seufzen und Schmatzlaute, dann: »Ich bin gleich am Platzen«, keuchte der Mann. »Komm, wir…«

»Müssen wir wieder dort rauf?« jammerte sie mit näselnder Stimme. »Ich kann's dort oben nicht leiden. Letztes Mal hab' ich mir den Kopf an der Decke angeschlagen.«

»Okay, okay, aber…«

»Augenblick!« kreischte sie. »Zerreiß sie nicht. Ich zieh sie aus, wenn du noch 'ne halbe Sekunde warten kannst.«

Der Ärmste hatte offenbar das Stadium erreicht, in dem es kein Halten mehr gab. Von unten her kamen Geräusche von Körpern, die gegen die Wand oder den Boden prallten. Gray konnte es nicht genau feststellen. Er wollte es gar nicht genau wissen, denn wenn er genau wüßte, was dort unten passierte, würde das Vorstellungen wecken, mit denen er im Augenblick vielleicht nicht fertig wurde. Er versuchte, an irgend etwas anderes zu denken, um die unverkennbaren Sexgeräusche abzublocken. Er kniff die Augen zusammen, wünschte sich, er könnte seine Ohren ebenso wirkungsvoll verschließen, und wünschte sich, er könnte seine unwillkürlichen Reaktionen – vor allem eine – irgendwie unterdrücken.

Barrie lag völlig unbeweglich da, atmete kaum und war so verkrampft wie er. Das wußte Gray, weil er ihre Bewegungslosigkeit, ihre flachen Atemzüge und ihre Anspannung wahrnahm. Er nahm jede verdammte Einzelheit an ihr wahr – vom Duft ihres Shampoos bis zu ihren Zehen, die an seinen Knien lagen.

Was auf dem Boden des Wohnmobils passierte, war eine Szene geradewegs aus einem Pornofilm, wie ihn Freunde sich gemeinsam ansehen, während sie ein paar Sechserpacks Bier kippen. Ein Geschlechtsakt, wie er in Hardcoremagazinen in drastischen Ausdrücken geschildert wird. Eine Phantasie ohne künstlerischen Wert. Es war noch nicht einmal elegant erotisch. Es war unreif, primitiv und…

Zum Teufel damit. Er brannte lichterloh.

Gray merkte, daß ihn weniger die Szene dort unten erregte als die Tatsache, daß seine Gliedmaßen mit Barries verflochten waren. Sie war halb nackt, er war vollständig bekleidet. Schon das war erregend. Die Gefahr, entdeckt zu werden, war ebenso verlockend wie damals, als er sich als Sechsjähriger mit der achtjährigen Tochter des Pfarrers in den Pfirsichgarten ihres Vaters geschlichen hatte, um dort Adam und Eva zu spielen.

Und zu den boshaften Streichen, die Mutter Natur dem Manne spielte, gehörte es, daß er um so erregter wurde, je weniger er seine Erregung befriedigen konnte.

Der Typ dort unten wieherte wie ein Esel. Einen Augenblick später fragte er: »War's gut für dich, Baby?«

»Nein, und der Teufel soll mich holen, wenn ich dir was vorspiele.«

»Keine Angst, du kommst auf deine Kosten. Ich hab' reichlich Gummis und 'ne Dreiviertelstunde Zeit, bevor ich in die Arbeit muß.«

Eine Dreiviertelstunde!

So lange konnte er es unmöglich aushalten. Und was war mit Barrie? Hatte es auch auf sie eine Wirkung? Gray fühlte ihren Atem an seinem Hals. Er war heiß und kam stoßweise. Ängstliche Unruhe oder Erregung?

Als hätte sie seine Gedanken gelesen, bewegte Barrie sich leicht. Ganz leicht. Ihre Knie, die bis fast zur Brust hochgezogen waren, streckten sich – aber so unmerklich, daß Gray zuerst glaubte, er bilde sich das nur ein. Nach einiger Zeit befanden sie sich auf gleicher Höhe mit seiner Gürtelschnalle, dann glitten sie tiefer. Gray hielt den Atem an, als sie ihre Knie langsam, ganz langsam über seine Erektion schob. Dann rutschten ihre Schienbeine seine Oberschenkel entlang und an seinen Knien vorbei, bis sie schließlich Bauch an Bauch, Mann an Frau, dalagen.

Sie legte ihren Kopf leicht in den Nacken. Dann noch etwas weiter. Das bildete er sich nicht nur ein, denn er fühlte ihren Atem nicht mehr am Hals, sondern auf seinen Lippen. Und obwohl es unter der Steppdecke dunkel war, wußte er, daß sie ihn ansah, seinen Mund anstarrte.

Du bist ein Idiot, wenn du's tust, dachte er in der Sekunde, bevor er sein Gesicht nach vorn neigte und sie küßte.

Ihre Lippen öffneten sich unter seinen – nur leicht, aber genug, um ihn vor Lust den Kopf verlieren zu lassen.

Tu's nicht, Bondurant.

Aber er hatte diesen Gedanken kaum zu Ende gebracht, als seine Zunge bereits ihren Mund liebte, ihren süßen, weichen, frechen Mund. Seine Hand glitt lautlos an ihrem Rücken nach unten, bis sie ihr Gesäß umfaßte und ihre Körpermitte fest an sich drückte. Nur eine dünne Seidenlage trennte sie jetzt von seiner ausgebeulten Hose. Ohne sich merklich zu bewegen, rieb sie sich mit leichten wellenförmigen Hüftbewegungen daran.

Ein kehliger Laut, mehr eine Vibration als ein wirkliches Geräusch, entrang sich ihm. Sie erstarrte. Er erstarrte. Er drückte seine Wange an ihre und versuchte, lautlos zu atmen, obwohl das fast unmöglich war, weil sein Herz raste.

Aber sie blieben unbelauscht und unbemerkt, weil das Paar unter ihnen durch dümmliches, kokettes, verbales Vorspiel abgelenkt war, das nur manchmal vom schrillen Kichern der Frau unterbrochen wurde. Von ihm aus hätten sie auch das Versteck von Jimmy Hoffas Leichnam enthüllen können. Ihm war es egal.

Er konzentrierte sich nur darauf, naß und gierig Barries Mund zu küssen. Er wußte längst nicht mehr, wie oft er sie schon geküßt hatte, wie oft seine Zunge in ihren Mund eingedrungen war. Er ließ den Kontakt zu ihren Lippen niemals abreißen, nicht mal in den Atempausen, die sie einlegen mußten, um nicht zu ersticken. Aber selbst dann reckte sie den Kopf hoch, und ihre Zungenspitze spielte mit seiner Oberlippe. Er ließ sie gewähren, ließ sie spielen und ihn necken und herausfordern, bis er es nicht länger ertragen konnte.

Er steckte seine Zunge tief in ihren Mund. Er drückte sie fester an sich, drängte sich zwischen ihre Oberschenkel. Und blieb dort. Blieb dort, während er sie in Gedanken vögelte. Süßer Himmel, heilige Hölle.

Es war der längste, intensivste, intimste, befriedigendste und frustrierendste Liebesakt seines Lebens. Er wünschte sich abwechselnd, ihn mit einem explosiven Orgasmus beenden oder bis in alle Ewigkeit fortführen zu können.

Die Auflösung blieb jedoch nicht Gray oder Barrie, sondern den beiden Unbekannten überlassen.

Erst als die Wohnmobiltür geöffnet wurde und die Deckenleuchte aufflammte, wurde Gray ruckartig in die Gegenwart zurückversetzt. Dann fiel die Tür ins Schloß und wurde von außen verschlossen. Das Pärchen blieb noch kurz stehen, um das nächste Rendezvous zu vereinbaren. Diesmal setzte die Frau ihren Willen durch. Der Mann erklärte sich widerstrebend bereit, in ein Motel zu kommen.

Gray und Barrie lagen still: zwei unabsichtliche Ohrenzeugen des traurigen Abschieds eines heimlichen Liebespaars. Das Zwischenspiel war vorüber, als der Mann wieder ins Fahrerhaus kletterte und davonfuhr.

Sobald das Wohnmobil angefahren war und das Radio wieder plärrte, riß Gray die Decke von ihren Köpfen weg. Er vermied es, Barrie anzusehen. Nachdem es – was immer *es* auch war – vorüber war, fühlte er sich genau wie damals, als der Pfarrer seine Tochter und ihn dabei erwischt hatte, wie sie unter einem Pfirsichbaum die beiden besten Ideen verglichen, die Gott je gehabt hatte.

Er ließ sich aus der Schlafkoje gleiten. »Komm runter und zieh dich an.«

Er wußte, wie unfreundlich das klang, aber er wußte auch, daß dies im Moment der einzig richtige Tonfall war. Sie hatte ihn dazu gebracht, seine gesamte Ausbildung zu vergessen. Er hatte gelernt, selbst Folterqualen zu ertragen, indem er seinen

Verstand von den körperlichen Schmerzen abkoppelte. Aber die Marineinfanterie hatte ihn nicht ausgebildet, Barrie Travis zu widerstehen.

Sie kletterte ohne seine Hilfe aus der Schlafkoje herunter. Im Radio sang Garth Brooks davon, wie er mit Freunden in Kneipen Bier und Whiskey trank. Gray war für den Lärm dankbar. Er übertönte das verlegene Schweigen, das zwischen ihnen herrschte, während Barrie die Schwesternuniform anzog. Gray schlüpfte wieder in das Jackett, zog den Overall darüber und setzte eine Baseballmütze auf.

Als Barrie fertig angezogen war, setzte sie sich auf die Polsterbank. Er gab ihr den Rucksack, den er aus der Koje geholt hatte. Im Halbdunkel sah er, daß sie ihn mit geweiteten Augen forschend anstarrte. »Vorhin hast du mich zum ersten Mal geküßt«, stellte sie fest.

»Und?«

»Und wollen wir nicht darüber reden?«

»Nein.«

»Warum nicht?«

»Weil wir uns vorgenommen haben, die First Lady der Vereinigten Staaten zu entführen. Wir sollten uns auf das Unternehmen konzentrieren.«

»Das Unternehmen? Ich bin eine Frau, Gray. Keiner deiner Marineinfanteristen.«

»Du wolltest unbedingt mitkommen. Wenn dir mein Führungsstil nicht gefällt, kannst du ja aussteigen. Aber ich muß mich konzentrieren, deshalb ...«

»Eine Frage? Bitte?«

»Also los!«

»War's gut für dich, Baby?«

Gray versuchte, nicht zu lächeln, aber das war unmöglich. Er lachte sogar ganz passabel. »Halt die Klappe, Barrie.«

»Das hab ich mir gedacht.« Dann bedachte sie ihn mit dem sanften, selbstgefälligen, wissenden Lächeln, das eine Frau einem Mann schenkt, wenn sie weiß, daß sie ihn dort hat, wo sie ihn haben will.

Danach schwieg sie gehorsam. Sie sprachen kein Wort mehr, bis das Wohnmobil langsamer wurde. Der Fahrer stellte das Radio ab, als er bei dem Posten am Tor hielt.

Gray sah zu Barrie hinüber und flüsterte: »Okay, wir sind da.«

40. Kapitel

Zwei der drei Männer kamen auf die Fahrertür von Dailys Auto zu. Der andere lief um den Wagen herum zur Beifahrertür. Beide Türen wurden gleichzeitig aufgerissen. »Mr. Welsh?«

»Wer will das wissen?«

Er wurde am Arm gepackt und vom Fahrersitz gezerrt. Dann hörte er einen leisen Knall und ein Zischen und sah Dolly tödlich verletzt zusammensinken – mit einem Taschenmesser erstochen.

»Hey!« rief Daily. »War das nötig? Verdammt, für wen haltet ihr euch eigentlich?« Es war schwierig, den harten Burschen zu spielen, wenn jeder Atemzug anstrengend war. Seine Stimme klang so schwach, daß er über sich selbst hätte lachen können.

Aber die drei Männer lachten nicht. Tatsächlich waren sie das grimmigste Trio, dem er jemals zu seinem Mißvergnügen begegnet war. Wäre noch einer dazugekommen, hätten sie ihn an jenes fidele Quartett, die vier Apokalyptischen Reiter, erinnert.

»Wir halten uns für FBI-Agenten.« Sie wiesen ihre Plaketten vor.

»Ja, natürlich«, bestätigte er sarkastisch, weil er wußte, daß es sich um Spencer Martins Männer handelte.

»Wir sind den ganzen Abend hinter Ihnen hergefahren, Mr. Welsh«, sagte der eine, der anscheinend das Kommando führte. »Haben Sie wirklich geglaubt, wir würden auf diese dämliche Puppe reinfallen? Wir sind doch keine Idioten! Eine Frau, die niemals spricht, sich niemals bewegt?«

»Ist das jetzt eine legitime Frage oder ein Kommentar zu Ihrem Liebesleben?«

Seine Stichelei schien dem Mann nicht zu gefallen. Er riß Daily am Arm herum, drückte ihn gegen den Kotflügel und fesselte ihm mit einem Kabelbinder die Arme auf dem Rükken,während er ihn über seine Rechte belehrte.

»Weswegen verhaften Sie mich? Ich habe nichts verbrochen. Oder sind Aufblaspuppen seit neuestem illegal?«

»Wir möchten mit Ihnen über Ihre Hausgäste reden.«

»Welche Hausgäste?«

»Ich wette, daß er auspackt, wenn Sie ihm diesen Plastikschlauch aus der Nase ziehen«, schlug einer der Männer ihrem Anführer vor.

Daily mußte gegen die aufsteigende Panik ankämpfen. Wenn sie die Verbindung zu seinem Sauerstofftank unterbrachen, war er in kürzester Zeit tot.

»Das wird nicht nötig sein, glaube ich«, sagte der Anführer. »Noch nicht.« Daily bekam vor Erleichterung ganz weiche Knie, aber die nächsten Worte ließen erkennen, daß der Aufschub nur von kurzer Dauer war. »Unser Boß ist echt sauer auf Sie und Ihre Kumpane.«

»Was kümmert mich das? Ist Spencer Martin nicht Manns genug, mich selbst aus dem Verkehr zu ziehen? Oder hat er Angst vor Bondurant?«

»Spencer Martin?« wiederholte der Mann. Er spielte bewußt den Dummen. »Sehen Sie keine Nachrichten? Mr. Martin hat sich für kurze Zeit von seinen Aufgaben im Weißen Haus entbinden lassen.«

»Ja, ja. Er muß wirklich unter Personalmangel leiden, wenn ihr die Besten sei, die er für seine fiese kleine Armee hat rekrutieren können.«

Die drei Männer wechselten einen Blick.

Daily lachte laut auf. »Was? Überrascht, weil ich davon weiß? Habt ihr geglaubt, das sei ein Geheimnis? Irrtum!«

»Mit uns können Sie es nicht aufnehmen, Alter«, warnte der Anführer ihn. »Sie wären gut beraten, mit uns zusammenzuarbeiten. Wo sind Barrie Travis und Gray Bondurant heute abend, und was haben sie vor?«

»Du kannst mich mal, Arschloch.«

Der Mann trat wütend einen Schritt vor, aber einer der anderen hielt ihn zurück. »Wo sind sie, Welsh?« brüllte er.

Daily wußte, daß er in der Scheiße saß. Selbst wenn er ihnen sagte, was sie wissen wollten, würde er keinen weiteren Sonnenaufgang mehr erleben. Diese drei sollten ihn nicht nur verhören, sie sollten ihn beseitigen.

Er hatte den Auftrag, die bösen Kerle zu beschäftigen, damit Gray und Barrie Zeit hatten, Vanessa Merritt aus Tabor House zu befreien. Und genau das würde er tun, solange noch Atem in ihm war. Das war vielleicht kein Abgang in ruhmvoller Feuersglut, aber ein paar Funken würde er schon schlagen.

Aggressivität hatte nicht funktioniert, deshalb änderte er die Taktik und täuschte einen Schwächeanfall vor. »Mir geht's nicht so gut.«

»Sagen Sie uns, wo die beiden sind, dann sorgen wir dafür, daß Sie sich ausruhen können.«

Klar, für immer. »In irgendeinem Motel«, murmelte er.

»In welchem Motel? Wo?«

»Weiß ich nicht.«

»Wo?«

»Eins mit Washington im Namen.«

»Wissen Sie, wie viele Motels es hier gibt, die Washington im Namen haben?«

»Nein«, antwortete Daily unschuldig. »Wie viele?«

Der Mann packte ihn an den Aufschlägen seines Sakkos und riß ihn hoch, bis seine Zehen kaum noch den Asphalt berührten. »Wenn Sie Miss Travis und Mr. Bondurant lebend wiedersehen wollen, sollte Ihr Gedächtnis schnellstens besser werden.«

»Es... es liegt draußen in Richtung Andrews«, stammelte Daily. »Ich war mal mit ihnen dort. Ich weiß nicht, wo es genau liegt, aber ich würde es wiedererkennen.«

»Okay, dann los.« Der Mann stieß Daily so energisch vorwärts, daß die Kanüle aus seinem Nasenloch rutschte.

»Mein Sauerstoff!« rief er. »Den muß ich haben!« Er mühte sich vergeblich ab, seine gefesselten Hände zu befreien.

»Immer mit der Ruhe, Mr. Welsh. Wir haben nicht vor, Sie ersticken zu lassen. Nicht bevor wir wissen, was Ihre Freunde heute nacht vorhaben.«

Der Plastikschlauch wurde wieder in seine Nase gesteckt. Sein Sauerstofftank wurde aus seinem Auto geholt und mit ihm zu der grauen Limousine transportiert. Als er auf den Rücksitz gestoßen wurde, fand er es tröstlich, daß Dollys sterbliche Überreste ebenfalls mitgenommen wurden.

Wenigstens würde er nicht ganz einsam sterben.

»Falls du angehalten und gefragt wirst – du vertrittst eine erkrankte Kollegin.«

Gray war seit zehn Minuten dabei, Barrie letzte Anweisungen zu geben – seit ihr ehebrüchiger Fahrer seinen Wagen abgestellt hatte, um zur Arbeit zu gehen. Der Wachmann am Tor hatte ihn wie erwartet durchgewinkt, ohne das Wohnmobil zu kontrollieren. Sie waren auf dem Gelände, aber noch nicht im Klinikgebäude.

Gray hatte Sicherheitsausweise mit Lichtbildern und falschen Namen vorbereitet, die sie sich anheften würden. »Wer sie genauer betrachtet, erkennt, daß sie gefälscht sind, aber auf den ersten Blick wirken sie echt.«

»Dolly Madison?« las Barrie stirnrunzelnd vor. »Wo wir

gerade von Dolly reden… hoffentlich geht's Daily und ihr gut.«

»Er kommt schon zurecht. Denk daran, daß es hier bestimmt massenhaft Überwachungskameras gibt – du kannst also beobachtet werden, auch wenn niemand in der Nähe ist. Beweg dich natürlich und…«

»Zielstrebig. Ich weiß, ich weiß. Das hast du mir mindestens schon ein dutzendmal gesagt.«

»Ich will nur nicht, daß wir auffliegen, bevor wir Vanessa gefunden haben.«

»Gibt's im Inneren der Klinik auch Sicherheitspersonal?«

»Das weiß ich nicht.«

»Wäre es bewaffnet?«

»Schon möglich. Die Secret-Service-Agenten sind natürlich bewaffnet. Aber mit denen werde ich fertig.«

»Noch etwas. Wie willst du hier rauskommen, wenn wir Vanessa haben?«

»Plan A: Ich schließ' die Zündung dieses Wagens kurz. Unterwegs sitzt du mit Vanessa hier hinten.«

»Und wie sieht Plan B aus?«

»Weiß der Teufel.«

»Großartig«, murmelte sie. Aber dann öffnete sie die Hecktür des Wohnmobils und stieg als erste aus.

Tabor House war weitläufiger, als Gray es geschildert hatte. Das U-förmige Gebäude, das einen Gartenhof umschloß, hatte zwei Stockwerke. Sie mieden das grandiose Hauptportal und machten sich auf den Weg zum seitlichen Personaleingang, den Gray bei seiner ersten Erkundung am Vortag entdeckt hatte. Um diese Zeit war gerade Schichtwechsel. Ärzte, Pflegepersonal und sonstige Mitarbeiter verließen die Klinik, während andere zur Nachtschicht kamen.

»Ich gehe als erster rein«, sagte Gray, als sie den Personaleingang vor sich hatten. »Du wartest ein paar Minuten, dann kommst du nach.«

»Wohin?«

Er zuckte mit den Schultern. »Keine Angst, ich finde dich schon.« Er wandte sich ab, drehte sich aber noch einmal um. »Barrie, falls mir etwas zustößt, haust du schnellstens ab. Kapiert? Versteck dich im nächsten Auto und laß dich rausfahren, wie wir reingekommen sind. Okay?«

Sie nickte.

»Bloß tust du es nicht, stimmt's?«

»Stimmt.«

Er runzelte angewidert die Stirn, wandte sich ab und verschwand durch den Personaleingang. Sie bemühte sich, nonchalant zu wirken, während sie ihren Rucksack öffnete und alle Funktionen der Videokamera überprüfte, ohne sie dabei herauszunehmen. Und sie kontrollierte auch, ob eine Kassette eingelegt war. Es hätte ihr ähnlich gesehen, Geschichte zu machen, aber zu vergessen, vorher eine Kassette in ihre Videokamera einzulegen.

Auf dem Weg zum Personaleingang wurde sie von tausend bösen Ahnungen bestürmt. Aber eins war gewiß: Wenn sie jetzt kniff, würde Vanessa Merritt in diesem Gebäude sterben. Also hielt sie ihren Blick auf den Halogenstrahler über dem Eingang gerichtet und ließ sich von ihm leiten, wie ein Leuchtturm einen Seemann sicher durch gefährliche Riffe leitet.

Als erstes betrat sie einen Vorraum – vermutlich die ehemalige Stiefelkammer aus der Zeit, als Tabor House noch ein privater Landsitz gewesen war. Dahinter lag ein großer, gut eingerichteter und beleuchteter Aufenthaltsraum, der zugleich als Personalkantine diente. Dort gab es mehrere Automaten für Fertiggerichte und Getränke, eine große Kaffeemaschine, einen Eisbereiter, mehrere Mikrowellenherde, Tische, Stühle und zwei Türen mit Toilettenschildern. An einer Wand stand eine lange Reihe Stahlspinde. Ein Telefonverzeichnis war als Poster vergrößert worden, so daß es von jeder Stelle im Raum aus lesbar war.

Da der Schichtwechsel fast vorüber war, hatte das Gedränge nachgelassen. Ein Mann, offenbar ein Krankenpfleger, wartete darauf, daß die Mikrowelle sein Essen garte. Eine Krankenschwester stand am Münztelefon. Eine andere kramte in ihrem Spind herum. Zwei Männer in blauen Overalls, wie Gray einen trug, saßen an einem Tisch, tranken Kaffee und fachsimpelten über Motoren mit Turboladern.

Niemand achtete auf Barrie. Sie durchquerte den Raum, als täte sie das jeden Abend um elf Uhr.

Hinter der Tür zeigte sich die Klinik wie verwandelt. Jenseits der hellen Sterilität des Aufenthaltsraums lag ein Korridor, der an gedämpfte Stimmen und steife Förmlichkeit denken ließ. Die Wände waren zweigeteilt: unten eine Holztäfelung, oben eine pastellfarbene Tapete mit Prägemuster. Wandleuchter aus Messing verbreiteten gedämpftes Licht. Der Boden war mit Teppich ausgelegt. Barrie folgte dem Korridor, bis er auf einen anderen stieß.

Rechts oder links? Rechts oder links? *Nicht zögern, zielbewußt wirken.* Ene, mene, muh. Okay, *rechts!*

Der Korridor, für den sie sich entschieden hatte, führte in den vorderen Teil des Gebäudes. Unterwegs sah sie Büros, die jetzt dunkel waren, einen luxuriös eingerichteten Salon mit einem Stutzflügel und einen Wintergarten mit Farnen und tropischen Pflanzen zwischen Rattanmöbeln mit Kissen. Alles sehr elegant, und nichts erinnerte an eine Klinik.

Die runde Eingangshalle mit der geschwungenen Treppe und einem Oberlicht fünfzehn Meter über dem Marmorboden war ziemlich eindrucksvoll. Mitten in dieser Rotunde stand ein runder Foyertisch, auf dem ein riesiges Blumenarrangement aus Gladiolen mit über einem Meter langen Stielen thronte.

Hier war niemand zu sehen außer einem Haustechniker, der vor einer abgeschraubten Steckdose kniete, in der er mit einem Schraubenzieher herumstocherte. Barrie ging um den Tisch herum, um mit ihm zu reden. »Ich könnte glatt zu koksen anfangen, um hier ein paar Wochen bleiben zu dürfen.«

»Könntest du dir nicht leisten«, sagte der Haustechniker, als er aufstand. »Im Erdgeschoß liegen nur Büros und Konferenzräume.«

»Auch die Registratur?«

»Wahrscheinlich. Aber die Aktenschränke sind bestimmt abgesperrt, und ich habe kein passendes Werkzeug mitgebracht. Außerdem würde das zu lange dauern.«

»Was schlägst du also vor?«

»Ich denke an ein Computerterminal«, sagte er. »Hier muß es ein ständig aktualisiertes Patientenverzeichnis geben.«

»Gute Idee. Weiter hinauf?«

»Du nimmst den Aufzug. Ich benutze die Treppe.«

»Okay, wir treffen uns im ersten.«

Der Aufzug war ein Eisenkäfig, der mehr ästhetische Qualitäten als mechanische hatte. Barrie war dankbar, daß er wenigstens ein Stockwerk schaffte. Sie trat aus der schmiedeeisernen Tür, wandte sich nach links und stand einer Krankenschwester gegenüber, die Barrie ebenso erschrocken anstarrte wie Barrie sie.

»Was tun Sie in diesem Ding? Das ist eine Todesfalle.«

»Äh, ich bin neu hier«, antwortete Barrie nervös lachend, was unter diesen Umständen nicht viel Verstellung erforderte. »Nächstesmal nehme ich den Expreßaufzug. Dolly Madison«, sagte sie und streckte die rechte Hand aus. »Bitte keine Witze über meinen Namen. Glauben Sie mir, ich kenne alle!«

»Linda Arnold.«

»Freut mich.«

Aus dem Augenwinkel heraus sah Barrie, wie Gray die Treppe heraufkam. Er nutzte ihr unfreiwilliges Ablenkungsmanöver aus, um hinter dem Schreibtisch der Stationsschwester zu verschwinden. Sonst war niemand in Sicht.

»Wann haben Sie hier angefangen?« fragte die Schwester.

»Heute ist meine erste Nacht. Ich assistiere Dr. Hadley«, sagte sie, weil sie sich an diesen Namen auf dem Telefonverzeichnis in der Kantine erinnerte.

»Ich dachte, Dr. Hadley hätte ein halbes Jahr Forschungsurlaub genommen.«

»Ja, das hat er.«

»Sie meinen sie.«

»Ich habe sie gesagt.« Barrie legte Linda Arnold eine Hand auf den Arm und beugte sich vertraulich zu ihr hinüber. »Unter uns gesagt, es klappt nicht alles so, wie sie es sich vorgestellt hat. Sie wollte ein Buch schreiben, aber ich bezweifle, daß sie jemals damit zu Rande kommt.«

»Tatsächlich? Das überrascht mich aber. Sie hat schon so viel veröffentlicht.«

»Richtig, richtig«, sagte Barrie und wünschte Dr. Hadley, wer immer sie sein mochte, eine Schreibblockade an den Hals. »Aber diesmal muß sie schwer kämpfen.«

»Tut mir leid, das zu hören. Sie hat so viel zu geben und ist eine so begabte Ärztin.«

»Sie ist ein Schatz, nicht wahr?« schwärmte Barrie. Sie konnte Grays Rücken sehen. Er stand über einen Schreibtisch gebeugt. Hatte er ein Computerterminal gefunden?

»Was ist da alles drin?« Die Schwester zeigte auf Barries schweren Rucksack, den sie über einer Schulter trug.

»Forschungsunterlagen, die ich für Dr. Hadley sammle.«

»Einen ganzen Rucksack voll?«

»Äh, ja, nun, ich gehe nie ohne mein, äh, Slim-Fast aus dem Haus. Ich habe für alle Fälle immer zwei Büchsen dabei. Und ein zusätzliches Paar Schuhe. Ich habe schrecklich entzündete Fußballen. Zeitschriften. Sie wissen schon, alles mögliche Zeug. Mein Mann macht sich dauernd über mein *Zeug* lustig.«

»Haben Sie unten denn keinen Spind zugewiesen bekommen?«

»Doch, aber das komische Ding an der Tür...« Sie tat so, als versuche sie, ein Zahlenschloß einzustellen. »Ich komme nicht damit zurecht. Bis ich's kapiert habe, muß ich meinen Krempel wohl mit mir rumschleppen.«

Schwester Linda Arnold legte den Kopf schief. »Sie kommen mir bekannt vor, aber ich weiß nicht, wo ich Sie hinstecken soll.«

Sie erkennt mich aus dem Fernsehen!

»Wo haben Sie gearbeitet, bevor Sie Dr. Hadleys Assistentin geworden sind?«

»Ach, ich hab' schon jede Menge Jobs gehabt. Immer derselbe Job langweilt mich, deshalb wechsle ich öfters mal.« Hinter der Schwester reckte Gray einen Daumen hoch. »Wenn Sie mich jetzt bitte entschuldigen, möchte ich weiter herumlaufen und versuchen, mich zurechtzufinden.«

»Kann ich Ihnen irgendwie...«

»Nein, nein, es ist besser, wenn ich es allein lerne.« Barrie lachte. »Immerhin weiß ich schon, daß der klapprige alte Aufzug unbenützbar ist.«

»Entschuldigung?«

Gray hatte sich ihnen genähert und tippte Linda Arnold auf die Schulter. Sie drehte sich zu ihm um. »Haben Sie angerufen, weil eine Glühbirne ausgewechselt werden muß?«

»Nein. Das war ich nicht.«

»Dann muß es im zweiten Stock sein. Ich dachte, sie hätte erster gesagt. Sorry.« Er tippte sich mit zwei Fingern an den Mützenschirm und ging zur Treppe zurück.

Bis Schwester Linda Arnold sich wieder umdrehte, war Barrie verschwunden.

»Hier sind sie nicht.«

Diese Meldung erstattete einer der Untergebenen des Anführers – der mürrische Kerl, der Dollys kurzes Leben so gewaltsam beendet hatte. Sie hatten eineinhalb Stunden gebraucht, um das Motel zu »finden«.

»Wir sind im richtigen Motel«, sagte Daily keuchend. »Bestimmt! Das Washington Inn. Zimmer hundertzweiundzwanzig.«

»Dort drinnen pennt ein Fernfahrer, und er war fuchsteufelswild, weil ich ihn geweckt habe«, sagte der Agent und funkelte Daily an.

»Das versteh' ich nicht«, behauptete er und sah hilflos von einem zum anderen. »Sie hat gesagt, daß sie sich heute abend hier mit Bondurant trifft.«

»Sie haben sie in einem Parkhaus abgesetzt, stimmt's?«

»Woher wißt ihr das?«

»Wohin wollte sie?«

»Hierher! Das hat sie mir jedenfalls erzählt. Ehrenwort! Ich sollte mit der Puppe spazierenfahren und euch von ihr ablenken.«

»Der Kerl erzählt lauter Quatsch«, sagte einer der Männer. »Er hat uns die ganze Zeit an der Nase herumgeführt.«

Um überzeugender zu wirken, begann Daily zu betteln. »Tut mir nichts. Bitte! Ich mußte es tun. Ich hab' solche Angst vor ihm.«

»Vor wem?«

»Vor Bondurant. Er hat gedroht, mich umzulegen, wenn ich Mist baue. Und das tut er auch. Habt ihr ihm schon mal in die Augen gesehen? Der Mann ist ein geborener Killer. Wenn er rauskriegt, daß ich euch hergeführt habe, macht er mich kalt.«

»Schluß damit!« knurrte der Anführer.

»Bringt mich bitte heim«, flehte Daily. »Ich hab' keinen blassen Schimmer, wo sie sonst sein könnten. Wahrscheinlich hat Bondurant mich angelogen. Vielleicht hat er Barrie auch angelogen. Er kann ihr eine Falle gestellt haben. Haben Sie daran schon gedacht? Aber was weiß ich schon? Ich bin nur ein alter Mann. Ich weiß überhaupt nichts.«

»Er lügt«, sagte einer der Agenten.

»Klar lügt der Scheißkerl«, stimmte der Anführer zu. »Los, wir fahren zurück.«

Unterwegs benützte der Anführer sein Mobiltelefon. »Welsh hat gelogen, was das Motel betrifft. Sie waren nicht dort.« Er hörte kurz zu, dann sagte er: »Ja, Sir. Sie können bestimmt mehr aus ihm rausholen als wir.«

Diese Vermutung gefiel Daily nicht. Aber noch weniger gefiel ihm die Anzeige seines Sauerstofftanks. »Ich hab' nicht mehr viel Luft«, sagte er, sobald der Mann das Gespräch beendet hatte.

»Klingt nach einem persönlichen Problem, finde ich.«

Die beiden anderen machten sich nicht mal die Mühe, Daily zu antworten. Vom Wagenboden aus starrte Dolly ihn mit großen, leblosen Augen an.

Die Fahrt in die Stadt zurück dauerte lange. Ihr Ziel erwies sich als ein harmlos aussehendes Bürogebäude. Als Daily zu einem Notausgang auf der Rückseite des Gebäudes geführt wurde, blickte er zum Nachthimmel auf. Wegen der Großstadtlichter waren natürlich keine Sterne zu sehen. Aber am Himmel stand ein hübscher Mond.

Das war nett.

Sie fuhren mit dem Lastenaufzug in den sechsten Stock hinauf. Ihre Schritte hallten den leeren Korridor entlang, als sie mit Daily zwischen sich zu der Tür am Ende des Flurs marschierten. Ein Rad seines Sauerstoffwägelchens quietschte. Er war nie dazu gekommen, das verdammte Ding zu ölen.

Einer der Männer ging voraus und klopfte an die Tür. »Herein!« rief eine Stimme. Er öffnete die Tür, dann trat er beiseite. Als Daily über die Schwelle in den Raum trat, hatte er eine vage Vorstellung davon, wie er hier gefoltert und ermordet werden könnte.

Sein bedrohlicher Gastgeber wurde von der einzigen Lampe, die im Raum brannte, von hinten angestrahlt, aber Daily erkannte ihn an seinem Profil. »Mr. Welsh«, sagte er in beinahe freundlichem Tonfall. »Sie waren heute abend schrecklich viel unterwegs. Ist Ihr Sauerstoffvorrat nicht schon fast erschöpft?«

Und Daily dachte: *O Scheiße.*

41. Kapitel

Der Wasserrohrbruch in einem Lagerraum im zweiten Stock von Tabor House hatte die gewünschte Wirkung. Krankenschwestern und sonstige Mitarbeiter drängten sich vor der Tür, unter der das Wasser hervorquoll. So viele Personen anwesend waren, so viele Meinungen gab es, wie dem Problem am besten beizukommen sei. Eine Schwester sagte, wenige Minuten vor dem Wasserrohrbruch habe sie in diesem Raum einen Hausmeister arbeiten sehen, aber dieser Mann, der hätte mithelfen können, den Schaden zu begrenzen, war nirgends zu finden.

Barrie hatte nicht gewußt, was Gray vorhatte, als er sie aufgefordert hatte, im Treppenhaus auf ihn zu warten und »beschäftigt auszusehen«, falls jemand vorbeikam. Als er wenige Minuten später zurückkam, hatte er Overall und Baseballmütze abgelegt und trug wieder Anzug und Krawatte. Was er inzwischen getrieben hatte, war unschwer zu erraten.

»Komm«, sagte er nur. Sie folgte ihm durch die Tür in den zweiten Stock.

Wegen des Menschenauflaufs im Südflügel achtete keiner auf sie, als sie zum Nordflügel hinübergingen. Aber als sie dort um eine Ecke bogen, sahen sie zwei Secret-Service-Agenten vor Zimmer 200 Wache halten.

Jetzt erschießen sie uns, dachte Barrie.

Aber Gray blieb cool. »Abend, Gentlemen«, sagte er knapp, während er auf sie zuging.

Beide erkannten ihn sofort. »Mr. Bondurant?« fragte einer von ihnen.

»Wie geht's?« Gray bedachte ihn mit seinem grimmigen Lächeln.

»Ich dachte, Sie seien aus dem aktiven Dienst ausgeschieden. Seit wann sind Sie wieder…«

»Das alles erzähle ich Ihnen gern später. Aber jetzt müssen wir Mrs. Merritt sofort verlegen. Im Südflügel hat's einen kleinen Unfall gegeben. Nichts Ernstes, glaube ich, aber Grund genug für diese Vorsichtsmaßnahme. Der Präsident will keinerlei Risiko eingehen.«

Er hob die rechte Hand, als verlange er Ruhe, und drückte mit der anderen Hand gegen den Ohrhörer, den er im linken Ohr trug. »Der Krankenwagen steht bereit«, sagte er. »Schwester?« Er nickte Barrie zu, sie solle ins Zimmer vorausgehen.

»Ja, Sir.« Sie schlüpfte an den beiden Agenten vorbei.

»Entschuldigung, Sir, aber außer Dr. Allan…«

Grays Handkante traf den Kehlkopf des Agenten. Ein weiterer rascher Schlag ließ ihn zusammensacken. Der andere Mann hatte sich umgedreht, um Barrie festzuhalten. Grays Karateschlag traf ihn im Genick. Auch er brach zusammen. Barrie hielt die Tür auf, während Gray die beiden ins Zimmer schleifte.

Das Ganze hatte nur ein paar Sekunden gedauert. Gray vertauschte seinen Ohrhörer hastig gegen den eines Secret-Service-Agenten.

Nachdem er kurz zugehört hatte, bückte er sich, um in das winzige Mikrofon zu sprechen, das der bewußtlose Agent unter seinem Revers trug. »Kleine Aufregung drüben im anderen Flügel.« Gray machte eine Pause, um zu hüsteln und sich zu räuspern. »Ein Rohrbruch.«

Er hörte wieder zu.

»Nein, hier ist alles unter Kontrolle.«

Er schaltete das Funkgerät aus. Barrie erklärte er: »Auf dem Dach ist ein weiterer Agent postiert.«

»Fällt ihm die andere Stimme nicht auf?«

»Hoffentlich nicht.«

Gray nahm einem der Agenten rasch das Funkgerät ab, damit er erfuhr, was der Agent auf dem Dach und seine möglicherweise auf dem Klinikgelände verteilten Kollegen taten. Dann klebte er den Agenten den Mund mit Heftpflaster zu und fesselte ihre auf den Rücken gelegten Hände sowie ihre Füße mit Isolierband. Vorläufig waren sie außer Gefecht gesetzt. Aber wie lange würde es dauern, bis jemand merkte, daß sie nicht mehr auf ihrem Posten waren, und sich auf die Suche nach ihnen machte?

Barrie hatte keine Zeit, sich deswegen Sorgen zu machen. Gray durchquerte bereits das abgedunkelte Zimmer, in dem Vanessa bewegungslos in einem Krankenbett lag. Ihr abgemagerter Körper war unter der Bettdecke kaum auszumachen.

Barrie trat auf die andere Seite des Krankenbetts. »Mrs. Merritt?«

»Vanessa, kannst du uns hören?« fragte Gray nachdrücklicher, während er sie an der Schulter rüttelte. *»Vanessa?«*

Ihre Lider zuckten, dann öffnete sie die Augen. Als sie Gray sah, stockte ihr kurz der schwache Atem. »Du bist gekommen?«

»Keine Angst, ich hole dich hier raus.«

»Gray.« Während ihre Augen wieder zufielen, lächelte sie schwach, als fühlte sie sich jetzt in Sicherheit. Sie war so mit Beruhigungmitteln vollgepumpt, daß sie nicht einmal zusammenzuckte, als er das Heftpflaster von ihrem Arm riß und langsam die IV-Kanüle aus ihrer Vene zog.

Barrie brauchte gar nicht genau hinzusehen, um zu erkennen, daß Vanessa schwerkrank war. Ihre Augenhöhlen lagen wie dunkle Krater in ihrem Schädel. Ihre Lippen waren farblos. Gray schob beide Arme so unter ihren Körper, daß sie unter

Knien und Schultern lagen, und hob sie aus dem Bett. In seinen Armen sah sie wie ein Kind aus.

»Barrie«, befahl er ihr, »du nimmst die Pistole.«

Er hatte sie aufs Bett gelegt, bevor er Vanessa hochgehoben hatte. Barrie starrte die Waffe an, vor der ihr gruselte. Der angeschraubte lange Schalldämpfer ließ sie noch bedrohlicher wirken. Aber Grays Gesichtsausdruck wirkte gefährlicher und tödlicher als die Pistole, deshalb gehorchte sie wortlos.

»Vorsicht«, sagte er warnend, »sie ist entsichert. Der Personalaufzug befindet sich am Ende des Korridors. Wir fahren damit ins Erdgeschoß runter.« Er sah zu den beiden bewußtlosen Agenten hinüber. »Wenn ihr zu den offiziellen Agenten gehört, tut es mir leid«, murmelte er. »Wenn ihr Spences Männer seid, ist es nicht weiter schade um euch.«

Auf dem Weg zur Tür fragte Barrie: »Was ist mit den Überwachungskameras?«

»Ich habe keine gesehen – und du?«

Sie schüttelte den Kopf. »Was ist, wenn jemand uns aufzuhalten versucht?«

»Dann erschießt du sie«, sagte er nüchtern. Er nickte zur Tür hinüber. »Sieh nach, ob der Korridor frei ist.«

Sie öffnete die Tür und sah hinaus. Der Korridor war menschenleer, obwohl hinter der nächsten Ecke Stimmen zu hören waren, die sich lachend über den Wasserrohrbruch unterhielten. Das Verschwinden der beiden Secret-Service-Agenten war anscheinend noch nicht bemerkt worden.

»Frei«, meldete sie Gray.

»Hol den Aufzug rauf.«

Sie trat in den Korridor hinaus und drückte auf den in die Wand eingelassenen Rufknopf. Eine Leuchtanzeige signalisierte, daß er im Erdgeschoß stand. Barrie war überzeugt davon, daß er nie länger gebraucht habe, um zwei Stockwerke zu bewältigen. Sie behielt die nächste Ecke im Auge, aber dort erschien niemand.

Dann kam endlich der Aufzug. Er war leer. Barrie trat in die Kabine und hielt den Knopf *Tür öffnen* gedrückt. Gray trug Vanessa mit zwei, drei großen Schritten über den Flur. Barrie drückte auf den Knopf *Tür schließen.*

Nichts passierte.

Zumindest endlos lang erscheinende Augenblicke nicht.

Schließlich gingen die beiden Türhälften zu, und der Aufzug setzte sich nach unten in Bewegung.

Barrie starrte den Spalt zwischen den Türhälften an. Wäre sie imstande, auf jemanden zu schießen, der im Erdgeschoß vor ihnen stand, wenn die Tür sich öffnete, und womöglich fragte, was zum Teufel sie da mit einer Patientin machten?

Sie war dankbar, daß ihre Entschlußkraft nicht auf die Probe gestellt wurde. Im Erdgeschoß wartete niemand vor dem Aufzug. Sie trat aus der Kabine und sah sich auf dem Flur um. »In der Kantine sind viele Leute«, berichtete sie Gray, da aus dieser Richtung laute Unterhaltungen drangen. »Anscheinend haben sie jetzt Pause.«

»Geh in die andere Richtung weiter«, wies er sie an. »Das kann nicht der einzige Ausgang sein. Wir nehmen einen anderen und kommen ums Gebäude zurück.«

»Im Wintergarten habe ich Terrassentüren gesehen.«

Sie erreichten ihr Ziel, ohne gesehen zu werden. Die Terassentüren des Wintergartens waren verriegelt, aber sie ließen sich von innen öffnen. Barrie zögerte. »Sie könnten mit einer Alarmanlage gesichert sein.«

»Das müssen wir riskieren.«

Sie entriegelte eine Tür und stieß sie auf. Daraufhin ertönte ein ohrenbetäubendes Kreischen. Barrie warf sich herum, riß die Pistole hoch und drückte reflexartig ab.

Der Papagei in seinem hohen weißen Käfig lärmte mißtönend weiter, obwohl Barries Schuß nur einen Zierfarn verwundet hatte. Der Vogel sträubte das Nackengefieder, schlug mit den ausgebreiteten bunten Flügeln und kreischte. »Scheiße!« sagte sie.

Sie verließen fluchtartig das Gebäude, aber das Personal schien die Wutanfälle des Papageis gewöhnt zu sein, denn sie wurden nicht verfolgt. Sie blieben im Halbschatten der Klinikmauern und arbeiteten sich durch die gepflegten Anlagen vorwärts, bis sie den Parkplatz erreichten.

»Halt«, sagte Gray.

Barrie blieb stehen und drehte sich zu ihm um. Sie keuchte vor Anstrengung. Gray schien kaum außer Atem zu sein, als er auf die Stimme in seinem Ohrhörer horchte. Er betätigte die Sendetaste. »Jemand auf dem Personalparkplatz?« sagte er ins Mikrofon.

Der andere Secret-Service-Agent! Den hatte Barrie fast vergessen.

Sie sah automatisch zu dem Dach des Klinikgebäudes auf, ohne ihn ausmachen zu können. Gray deutete mit dem Kinn nach vorn. Sie wandte sich ab und rannte weiter. Er blieb dicht hinter ihr, und sie hörte ihn in gespieltem Erstaunen sagen: »Nein, sie ist nicht gestört worden.« Dann rief er: »Verdammt! Wir sind entdeckt, Barrie.«

Sie spurtete weiter. Als sie das Wohnmobil erreichte, riß sie die Hecktür auf, kletterte hinein und half dann Gray, der nach ihr einstieg und Vanessa auf die Polsterbank legte.

»Halt sie gut fest!« sagte er noch, bevor er aus dem Wagen sprang und die Tür hinter sich zuknallte. Im nächsten Augenblick sprang der Motor an, und das Wohnmobil setzte sich in Bewegung. Sekunden später zerriß schrilles Sirenengeheul den ländlichen Frieden rund um Tabor House.

»Köstlicher Apfelkuchen, Amanda. Vielen Dank.«

David lächelte sie an, als sie seinen leeren Kuchenteller aufs Tablett stellte. »Danke, David. Freut mich, daß er Ihnen geschmeckt hat. Möchten Sie noch ein Stück?«

»Nein, danke.« Er klopfte sich auf den Bauch. »Jede Kalorie zählt.«

Ohne sein Lächeln zu erwidern, fragte sie, ob er noch etwas Kaffee wolle. Er nickte dankend und beobachtete sie aufmerksam, während sie ihm Kaffee nachgoß. Dann entschuldigte sie sich, nahm das Tablett mit und ließ ihn mit George in ihrem behaglichen Wohnzimmer allein.

»Amanda hat sich nie für mich erwärmen können, stimmt's?« sagte David.

»Wollen Sie auch was?« George stand am Barschrank und versetzte seinen Kaffee mit einem üppigen Schuß B & B.

»Nein, danke.«

Der Präsident hatte sich für diesen Abend bei den Allans eingeladen. Georges Söhne hatten wie erwartet aufgeregt reagiert. Präsident Merritt hatte sich ihre Hausaufgaben angesehen und für jeden ein paar Zeilen geschrieben, die sie morgen ihren Klassenkameraden zeigen konnten.

Sobald sie die Jungen ins Bett gebracht hatte, hatte Amanda angeboten, George und ihm im Wohnzimmer Kaffee und Kuchen zu servieren. Ihre Art war geradezu feindselig, aber David war es gewöhnt, daß sie ihm die kalte Schulter zeigte, sah wie seit Jahren darüber hinweg und bemitleidete den armen George, der mit diesem Eiszapfen verheiratet war.

George kam mit seinem Kaffee mit Schuß zum Sofa zurück. David fiel auf, daß die Hände des Arztes so sehr zitterten, daß das zarte Porzellan klirrte. »Warum so nervös, George? Wenn ich es nicht besser wüßte, würde ich glauben, Sie hätten ein schlechtes Gewissen.«

Mit einem Unterton von Verzweiflung in der Stimme fragte George: »Warum sind Sie heute abend hierhergekommen?«

»Bin ich im Haus eines meiner engsten und liebsten Freunde etwa nicht willkommen?«

»Das habe ich damit nicht sagen wollen.«

»Gut. Freut mich, das zu hören.« David rührte seinen frischen Kaffee träge um. »Da wir jetzt unter uns sind, will ich zur Sache kommen.«

»Und die wäre…?«

»Mich interessiert, was Sie von dem im Kongreß eingebrachten Gesetz zur Reform des Gesundheitswesens halten. Sie wissen, wie sehr ich Ihren Standpunkt als Arzt schätze.«

Vor Verblüffung konnte George lediglich stammeln: »Ich… ich kenne nur die Hauptpunkte.«

»Die als Grundlage für eine Meinungsbildung reichen müssen. Also, was halten Sie davon?«

Als das Telefon klingelte, sprang George geradezu vom Sofa auf, um den Hörer abzunehmen. »Hallo? Dr. Allan am Apparat.« Er hörte kurz zu. »Ja, er ist hier.«

Er drehte sich um, hielt David den Hörer hin. »Ein dringender Anruf«, flüsterte er.

»Schalten Sie den Lautsprecher ein.«

George starrte ihn verblüfft an, gehorchte aber wortlos. »Hier ist der Präsident«, sagte David.

Er hörte zu, wie der Anrufer ihm meldete, die First Lady sei aus Tabor House fortgebracht worden.

»Was soll das heißen – *fortgebracht?*«

»Entführt, Mr. President. Gekidnappt.«

»Was sagen Sie da?« fragte er mit gepreßter Stimme.

Der Unglücksbote wiederholte seine Meldung.

»Wo hat der verdammte Secret Service gesteckt?« blaffte David.

»Die Agenten wurden überwältigt, Mr. President. Mrs. Merritt ist aus ihrem Zimmer getragen, zu einem Fahrzeug gebracht und weggefahren worden. Das Unternehmen wurde sehr gut geplant und ausgeführt, Sir. Der Sicherheitsdienst der Klinik und die Secret-Service-Agenten haben ihr Bestes getan, um die Entführer am Tor aufzuhalten. Aber sie konnten nicht riskieren, auf den Wagen zu schießen und die First Lady zu treffen. Der Fahrer hat trotz abgegebener Warnschüsse nicht gehalten. Er hat die Schranke durchbrochen und ist dann leider entkommen.«

Das laute Telefongespräch hatte Amanda aus einem anderen Teil des Hauses zurückgelockt. David fiel auf, daß diese Meldung sie nicht sonderlich zu überraschen schien.

»Hat jemand die Verantwortung dafür übernommen? Irgendeine Terroristengruppe?«

»Als Hauptverdächtige wurden Gray Bondurant und Barrie Travis identifiziert, Mr. President.«

Als David das hörte, atmete er stoßartig aus. »Allmächtiger Gott!« Er fuhr sich mit der freien Hand durchs Haar. »Ist Bondurant jetzt völlig übergeschnappt?«

»Er ist ganz frech auf die Secret-Service-Agenten vor Mrs. Merritts Zimmer zugegangen, Sir, und hat vorgegeben, in Ihrem Auftrag zu handeln.«

»Garantiert nicht!« rief David, den diese Vorstellung erboste. »Er ist wie jeder andere Verbrecher zu behandeln. Ist das klar?«

»Völlig, Mr. President. Das FBI ist bereits verständigt. Die dortige Polizei hat das Fluchtfahrzeug inzwischen sichergestellt. Es wurde wenige Meilen von der Klinik entfernt auf einem Rastplatz entdeckt. Von der First Lady und den Entführern fehlt jegliche Spur. Sie haben offenbar das Fahrzeug gewechselt, Sir.«

David schien den ersten Schock überwunden zu haben. »Ich

fahre sofort ins Weiße Haus zurück. Sie können mich im Auto erreichen.«

»Gewiß, Mr. President.«

Als das Gespräch beendet war, fiel David über George her. »Wie haben Sie das zulassen können?«

»Es war doch nicht meine Schuld!« rief der Arzt aus. »Ich war nicht mal dort. Jemand muß gegen die Sicherheitsvorschriften verstoßen haben.«

Von der Tür aus sagte Amanda: »Wenn jemand schuld daran ist, dann Sie, David.«

»Amanda!« rief George aus.

David hätte die hochnäsige Gans am liebsten erwürgt, weil sie es wagte, so mit ihm zu sprechen, aber andererseits mußte er ihren Mut bewundern. »Vergessen Sie es, George«, sagte er barsch. »Ich muß sofort ins Weiße Haus zurück. Kommen Sie mit?«

»Natürlich.«

Begleitet von Secret-Service-Agenten, die offenbar schon von der neuesten Krise wußten, gingen sie die Einfahrt hinunter. Die Limousine des Präsidenten wartete am Randstein. Vier Motorradpolizisten führten die aus einem Bewacherfahrzeug, der Limousine und einem weiteren Secret-Service-Dienstwagen bestehende kleine Kolonne an.

Auf der rasanten Fahrt zur Pennsylvania Avenue überzeugte David sich, daß die Trennscheibe hinter dem Chauffeur geschlossen war, bevor er sich an George wandte und zu lachen begann.

»Ich habe gewußt, daß er es tun würde! Habe ich Ihnen nicht gesagt, daß Gray edel genug, *verrückt* genug sein würde, eine dramatische Rettungsaktion zu inszenieren?«

George Allan starrte ins Leere. »Ja, David. Das haben Sie mir gesagt.«

»Ich habe gewußt, daß er versuchen würde, sie dort rauszuholen. Und als Spences Leute gemeldet haben, dieser Alte – Welsh – sei als Köder unterwegs, habe ich damit gerechnet, daß die Entführung heute abend steigen würde.«

»Sie haben anscheinend alles richtig vorhergesehen.«

»Haben Sie Ihren Teil getan, George?«

»Ja. Bevor ich heute abend gegangen bin.«

»Und es klappt?«

»Natürlich. Sie stirbt an einer Überdosis Lithium.«

Das würde sich bei der Autopsie herausstellen, aber weder ihr Arzt noch der Präsident würden jemals verdächtigt werden, weil sie bei Kaffee und Kuchen zusammengesessen hatten, als Vanessa Gray Bondurant und seiner Komplizin Barrie Travis in die Hände gefallen war. Diese beiden würden wegen Entführung und Ermordung der First Lady angeklagt werden.

Als enger Freund würde Gray wissen, daß Vanessa ihr Medikament sorgfältig dosiert erhalten mußte. War die Dosis zu niedrig, bekam man ihre Stimmungsschwankungen nicht richtig unter Kontrolle. Eine zu hohe Dosis konnte Krämpfe, Koma oder den Tod auslösen – vor allem im Zusammenwirken mit den Sedativa, die sie in der Klinik erhielt, damit sie die Ruhe fand, die sie so dringend brauchte.

»Man wird fragen, woher Gray das Mittel hatte«, bemerkte George.

»Ein gerissener Kerl wie er?« David tat dieses Problem mit einer Handbewegung ab. »Ein guter Staatsanwalt hat bestimmt keine Mühe, die Geschworenen davon zu überzeugen, daß er clever genug ist, um sich das Medikament zu besorgen und es danach spurlos verschwinden zu lassen.«

»Das Motiv ist nicht ganz klar«, stellte George fest. »Warum sollten sie Vanessa ermorden, nachdem sie sich solche Mühe gegeben haben, sie zu retten?«

George war oft so begriffsstutzig, daß David sich manchmal fragte, wie er es geschafft hatte, Arzt zu werden. Außerdem hatte er die irritierende Neigung, einfache Dinge schwierig zu machen.

»Gray ist Vanessas abgewiesener Liebhaber. Das ganze Land hat die Geschichte mitbekommen. Anfangs war es ihm ganz recht, aus Washington abzuhauen und seine Wunden in der Einsamkeit Wyomings zu lecken. Aber seine Feindseligkeit hat ihn schier zerfressen. Zuletzt konnte sein gekränktes Ego nur mehr durch Vanessas Tod versöhnt werden.«

»Und Barrie Travis?«

»Die ist in Gray verliebt. Sie hat dankbar die Gelegenheit ergriffen, die Rivalin auszuschalten. Seit diesem Vorfall in Shinlin sind die beiden Staatsfeinde Nummer eins und zwei. Die Öffentlichkeit traut ihnen diese schändliche Tat bestimmt sofort zu.«

Der Präsident lehnte sich lächelnd in die Polster zurück. »Ein wirklich brillanter Plan, George. So verdammt perfekt. Spence hat immer gesagt, es sei besser, seine Feinde nicht zu vernichten, sondern dafür zu sorgen, daß sie sich selbst vernichten. Nur schade, daß er nicht hier ist, um das mitzuerleben. Es hätte ihm bestimmt Spaß gemacht.«

42. Kapitel

Senator Armbruster erwartete Gray und Barrie am Treffpunkt. Die Rotorblätter des Hubschraubers drehten sich bereits.

»Gott sei Dank, daß Sie es geschafft haben«, sagte er, als Gray aus dem Wagen sprang. »Wie geht es ihr?«

»Sie lebt.«

Damit Vanessa auf dem Rückflug nach Washington die bestmögliche Notversorgung erhalten konnte, hatte der Senator ein handverlesenes Ärzteteam mitgebracht. Als sie aus dem Wohnmobil gehoben und auf eine Krankentrage gelegt wurde, begann der verantwortliche Arzt, seinem Team Anweisungen zu erteilen.

»Liebes, was haben sie dir angetan?« Armbruster hielt die eiskalte Hand seiner Tochter umklammert, während er neben der Krankentrage zum Hubschrauber lief.

Gray hielt den Arzt lange genug zurück, um ihm zuzuschreien: »Es war schrecklich einfach, sie dort rauszuholen. Zu einfach. Der Schaden kann schon angerichtet sein.«

Der Arzt nickte, um zu zeigen, daß er verstanden hatte, hielt sich jedoch nicht mit Fragen auf. Er sprang in den Hubschrauber, der Sekunden später abhob und Barrie und Gray von Luftwirbeln umgeben auf dem leeren Parkplatz des Einkaufszentrums zurückließ.

Barrie hatte das Umladen und den Abtransport Vanessas mit der Videokamera festgehalten. Auch wenn der Film keine Studioqualität hatte, würde er sich später als unbezahlbar erweisen. Sie beobachteten, wie der Hubschrauber abdrehte und nach Washington zurückflog.

»Was hast du damit gemeint?« fragte sie Gray, während sie die Kamera wieder in ihrem Lederrucksack verstaute. »Was du zu dem Arzt gesagt hast.«

»Ich habe das Gefühl, daß die Leute in Tabor House gewußt haben, daß wir kommen würden.«

Sie starrte ihn ungläubig an.

»Denk mal darüber nach«, forderte er sie auf. »Sieht man von der harmlosen Knallerei am Schluß einmal ab, sind wir praktisch reinspaziert und mit der First Lady der Vereinigten Staaten wieder rausspaziert.« Gray wirkte angespannt und nervös, als er dem Hubschrauber nachsah. »Vielleicht sind wir zu spät gekommen, um ihr Leben zu retten.«

»Halt! Keine Bewegung! FBI!«

Der Ruf kam aus der Dunkelheit hinter ihnen. Sie warfen sich instinktiv herum. Vier Männer kamen mit schußbereiten Handfeuerwaffen auf sie zugestürmt. Autoscheinwerfer flammten auf. Zwei Autos rasten auf den Parkplatz und hielten mit quietschenden Reifen nur wenige Meter von den beiden entfernt.

»Hände auf den Kopf, Bondurant!«

Gray fand es offenbar ratsam, diesen Befehl zu befolgen. Einer der Agenten trat vor, sah die Pistole in seinem Hosenbund und zog sie heraus. Ein anderer riß Barrie den Rucksack weg und tastete sie nach Waffen ab. »Ich bin nicht bewaffnet.«

»Am besten sagst du gar nichts«, warnte Gray sie, als die Agenten ihm Handschellen anlegten und ihn über seine Rechte belehrten.

Barrie folgte seinem Beispiel und ließ sich widerstandslos verhaften. Die Story, die sie zu erzählen hatte, und ihr Videofilm würden ausreichen, um zu verhindern, daß Gray und sie wegen irgendwelcher bei der Rettung der First Lady verübter Straftaten angeklagt wurden. Aber sie jetzt zu erzählen wäre bloße Zeitverschwendung gewesen. Sie würde warten, bis Senator Armbruster und Vanessa persönlich ihre Anschuldigung bestätigen konnten, der Präsident habe seinen Sohn ermordet und den Tod seiner Frau geplant.

Barrie wurde zu einem der Wagen geführt, Gray zu dem anderen. Ein FBI-Agent hielt ihr die Tür auf, damit sie hinten einsteigen konnte.

Was sie auf dem Sitz liegen sah, erfüllte sie mit solchem Entsetzen, daß sie laut aufschrie und rückwärts aus der offenen Autotür zu entkommen versuchte. *»Gray!«* Aber der Agent legte ihr eine Hand auf den Rücken und schob sie in den Wagen.

Durchs Autofenster sah sie Gray. Er hatte ihren Schrei gehört, spürte ihre Angst und versuchte die Agenten abzuschütteln, die ihn in den anderen Wagen schieben wollten. Mit auf dem Rücken gefesselten Armen konnte er sich jedoch kaum wehren. Er wurde auf den Rücksitz gestoßen. Die Türen wurden zugeknallt. Beide Autos fuhren mit quietschenden Reifen an.

Barrie schluchzte hemmungslos, während sie ihre Mitfahrerin auf dem Rücksitz der grauen Limousine betrachtete, die ihren Blick mit leeren Augen, gräßlich ausdrucksloser Miene und schiefsitzender verfilzter Perücke erwiderte. Dolly.

George Allan blickte auf seine beiden schlafenden Söhne hinab, deren Köpfe unter den hochgezogenen Bettdecken kaum zu sehen waren. Sein jüngerer Sohn, der im oberen Bett schlief, war der Lausbub, der Sportler, der zukünftige Herzensbrecher. Mit seinem Charme würde er es im Leben immer leichter haben.

Der Ältere hatte Amandas Ernsthaftigkeit geerbt. Sogar im Schlaf schien er damit beschäftigt zu sein, irgendein Problem zu lösen. Von den beiden war er der Klügere, der Ehrgeizige.

Seine Intelligenz und Selbstdisziplin waren die Garantie dafür, daß er in jedem Beruf, den er wählte, Erfolg haben würde. George hoffte, daß er sich dafür entscheiden würde, Medizin zu studieren.

Er küßte seine Söhne leicht auf die Stirn und schloß dann die Tür hinter sich, als er auf Zehenspitzen aus ihrem Zimmer ging. Die Tür des Elternschlafzimmers stand offen. Amanda hatte das Nachtlicht für ihn brennen lassen. Auch wenn sie sich noch so erbittert stritten, auch wenn sie sich entfremdet hatten, teilten sie doch jede Nacht ihr Ehebett. Es war, als ließe sie das Licht brennen, damit er jederzeit zu ihr zurückfinden konnte.

Er betrachtete das Gesicht der Schlafenden. Seidige Strähnen ihres dunklen Haars malten Streifen auf ihr Kopfkissen. Ihr Atem ging langsam und gleichmäßig. Sie sah wunderschön aus. Er wollte sie berühren, sie küssen, aber er tat es dann doch nicht, weil er Angst hatte, sie zu wecken.

Er trat rückwärts aus dem Schlafzimmer, ging den Flur entlang zu seinem Arbeitszimmer und schloß leise die Tür. Jetzt brauchte er unbedingt einen Drink. Er schenkte sich ein Glas voll, nahm es an seinen Schreibtisch mit und ließ sich dankbar in den Ledersessel sinken.

Die Nacht war lang gewesen. Er hatte mit David im Weißen Haus gewartet, bis die Nachricht gekommen war, Vanessa sei von Clete begleitet im Krankenhaus in Sicherheit.

George war übermüdet. Er genoß seinen Drink, nahm bewußt nur kleine Schlucke und spürte, wie die Wärme sich in seinem Körper ausbreitete. Die berauschende Wirkung des Alkohols lag im Widerstreit mit den ernüchternden Gedanken, die George keine Ruhe ließen. Er mußte unablässig daran denken, was David ihm befohlen hatte – und was er in Wirklichkeit getan hatte.

Er leerte sein Glas und sperrte die unterste Schreibtischschublade auf. Der Revolver hatte kein großes Kaliber, aber ein Schuß in den Gaumen genügte, um einen schmerzlos ins Jenseits zu befördern. Er prüfte die Kammern und stellte fest, daß alle geladen waren; dann ließ er die Trommel wieder einrasten und legte die Waffe auf seine Schreibtischunterlage.

Als nächstes angelte er ein Plastikfläschchen aus seiner Hemdtasche. Der Sicherheitsverschluß war intakt, das Lithium nach wie vor in dem Fläschchen, statt in tödlicher Überdosis durch Vanessas Körper zu kreisen, wie David glaubte.

Beim letzten Showdown hatte George über David gesiegt, indem er sich kaltblütigem Mord verweigert hatte. Hoffentlich würde auch Amanda das als Sieg sehen. Vielleicht würde sein trotziger Schwanengesang seine jahrelange Nachgiebigkeit und Schwäche wettmachen. Vielleicht würde sie ihn sogar dafür lieben. Wenigstens ein bißchen.

Er stellte das Fläschchen auf die Schreibunterlage, griff nach dem Revolver und steckte den Lauf in seinen Mund.

Auf der langen Fahrt versuchte Barrie, aus ihren Entführern herauszubekommen, was mit Daily passiert war, aber ihr Kreischen, Betteln, Schluchzen und Drohen konnte die Männer nicht dazu bewegen, ihr eisernes Schweigen zu brechen. Gray tappte ebenso im dunkeln, als sie ihr Ziel erreichten: ein Bürogebäude in Washingtons Innenstadt. Sie wurden in einen Lastenaufzug verfrachtet und im sechsten Stock in das Büro am Ende des Korridors geführt.

Da Gray sich nach wie vor bei jedem Schritt wehrte, stießen die Männer ihn zuerst ins Büro. Sein wilder Fluch schien Barries schlimmste Befürchtungen zu bestätigen.

Sie rechnete damit, Dailys mit Prellungen übersäten, entstellten, vielleicht auch blutigen Leichnam zu sehen. Statt dessen ruhte er halb liegend auf einem Sofa und sah müde aus. Barrie war so erleichtert, ihn lebend wiederzusehen, daß sie durch das halbdunkle Büro stolperte, neben dem Sofa niederkniete und nicht wußte, ob sie lachen oder weinen sollte. »Alles in Ordnung, Daily?«

»Jetzt wieder«, sagte er keuchend. »Seit ich weiß, daß du mit heiler Haut davongekommen bist.«

»Sie haben Dolly in ihrem Auto gehabt. Ich hatte schreckliche Angst, du…«

»Sie haben mir einen vollen Sauerstofftank gebracht, also lebe ich vorerst mal weiter. Aber auf mich kommt's nicht an. Habt ihr Mrs. Merritt rausholen können?«

»Ja! Sie ist jetzt in guten Händen, obwohl sie sehr krank ausgesehen hat. Wir wissen nicht, ob sie es überleben wird.«

Mit Hilfe eines FBI-Agenten, der ihr die Handschellen abnahm, stand Barrie auf und drehte sich zu dem Mann am Schreibtisch um. Sie streckte ihm aufgebracht die Handgelenke hin, um ihm die aufgeschürften roten Stellen zu zeigen. »War das wirklich nötig, Bill?«

Justizminister William Yancey wirkte etwas geknickt. »Hallo, Barrie. Mr. Bondurant.«

Gray starrte sie ungläubig an. »Ihr beiden kennt euch?«

»Seit dem College«, antwortete Yancey. »Barrie hat als Reporterin beim Campus-Radio gearbeitet. Ich war Vorsitzender der Vereinigung politisch interessierter Studenten. An flauen Tagen ist sie auf der Suche nach einer Story manchmal zu mir gekommen.«

»Das tue ich heute noch. Er ist mein Informant im Justizministerium.«

»*Er* ist dein Informant?«

»Ich gebe nichts Vertrauliches weiter«, erläuterte Yancey. »Meistens bestätige oder dementiere ich nur, was sie anderswo erfahren hat. Und ich bemühe mich, sie daran zu hindern,

Dummheiten zu machen, was manchmal schwierig ist«, fügte er mit finsterem Blick hinzu.

»Bill, war das nötig?« wiederholte Barrie.

»Wir haben euch offiziell verhaften müssen. Nach Bondurant und dir wird wegen Entführung gefahndet.« Er nickte zu Daily hinüber. »Mr. Welsh hat gestanden, euer Komplize zu sein.«

»Daily hat mitgeholfen, aber das Ganze war keine Entführung. Wir haben Vanessa Merritt gerettet.«

»Wovor, vor wem?«

»Vor ihrem Ehemann.«

Yancey musterte erst Barrie, danach Gray ernst. »Ich habe befürchtet, daß ihr das sagen würdet.«

»Du scheinst aber nicht sehr überrascht zu sein«, stellte sie fest.

»Ich habe in letzter Zeit einige sehr merkwürdige Anrufe bekommen. Von Armbruster. Von Merritt. Mr. Bondurants Rückkehr nach Washington scheint sie alle nervös gemacht zu haben. Erst sollte ich ihn dringend verhaften, dann wurde ich gedrängt, es nicht zu tun. Und dann stellt sich heraus, daß Bondurant ausgerechnet mit dir zusammen ist. Übrigens«, fügte Yancey trocken hinzu, »hast du meinen Männern bei Howie Fripps Beerdigung eine tolle Geschichte erzählt. Stell dir bloß vor, wie sie mir die Episode von der Fellatio auf der Autobahn erzählt haben?«

»Die *was?*« fragte Gray.

»Eine lange Geschichte«, murmelte Barrie. Sie wandte sich wieder an Yancey. »Ich hab' ziemlich dick aufgetragen, weil ich nicht wußte, ob sie zu den guten Kerlen gehören.«

»Sie waren FBI-Agenten.«

»Ich weiß, aber ich dachte, sie wären vielleicht...« Sie sah zweifelnd zu Gray hinüber, weil sie nicht wußte, wieviel sie preisgeben durfte.

Von seinem Platz auf dem Sofa nahm Daily ihr die Entscheidung ab. »Barrie hat sie für Spencer Martins Leute gehalten.«

»Spencer Martin«, wiederholte Yancey nachdenklich. »Jedenfalls seid ihr auch von anderen Leuten überwacht worden. Mein Team ist mehrmals auf sie gestoßen. Wir haben uns gefragt, wer sie wohl sind.«

»Das waren Spences Leute«, sagte Gray heiser.

Yancey wandte sich an ihn. »Und das soll ich Ihnen einfach so glauben?«

»Sie sind der ranghöchste Justizbeamte dieses Landes. Das bedeutet, Sie müssen Jagd auf die bösen Kerle machen.«

»Es bedeutet aber auch, die Rechte von Kerlen zu schützen, denen andere Leute *unterstellen,* sie seien böse. Aus welchen Gründen auch immer.«

Barrie spürte, wie zwischen den beiden Feindseligkeit aufkam, und mischte sich rasch ein. »Bill, sobald du alle Tatsachen kennst, wirst du uns zustimmen, daß Spencer Martin höchst gefährlich ist.«

»Ich bin ganz Ohr. Was *sind* die Tatsachen, Barrie? Seit deiner Serie über den Krippentod wird dein Name mit der First Lady in Verbindung gebracht, und die First Lady hat sich auf ungeklärte Weise zurückgezogen. Dalton Neelys Geschwätz ist eine Beleidigung für meine Intelligenz. Dr. George Allan erscheint mir unfähig. Der Secret Service schweigt respektvoll. Uns war klar, daß ihr heute nacht etwas vorhattet, als ihr im Parkhaus in den anderen Wagen umgestiegen seid. Wir haben uns den Alten geschnappt…«

»He!« unterbrach Daily ihn gekränkt.

»… damit er nicht von den Leuten, die angeblich in Spencer Martins Auftrag handeln, verletzt oder getötet wird.« Er knöpfte die Anzugjacke auf und stemmte eine Hand in die Hüfte. »Ich möchte wissen, was zum Teufel hier vorgeht, und bestehe darauf, die ganze Story zu erfahren. Deshalb haben wir euch hergebracht, anstatt euch gleich ins Gefängnis zu karren und wegen verschiedener Straftaten in Untersuchungshaft zu nehmen.«

»Ich weiß dein Vertrauen zu würdigen, Bill«, sagte Barrie. »Aber sollte ich nicht lieber einen Anwalt hinzuziehen, bevor ich mit euch rede?«

»Das kannst du, wenn du dich für diesen Weg entscheidest. Oder du kannst mir einfach reinen Wein einschenken.«

»Inoffiziell?«

»Inoffiziell.«

Sie kannte Bill Yancey seit vielen Jahren als Ehrenmann. Seine Integrität hatte ihr mehr als einmal eine gute Story verpatzt. Barrie war wütend gewesen, wenn er ihr aus Sicherheitsgründen Informationen vorenthalten hatte, aber andererseits hatte er sie auch nie falsch informiert. Sie hatte keinen Grund, ihm zu mißtrauen.

»Also gut«, sagte sie. »Aber es gibt so viel zu erzählen, daß ich nicht weiß, wo ich anfangen soll.«

»Am besten fängst du mit Spencer Martin an.«

»Wieviel weißt du über ihn? Er ist…«

»Vorsicht, Barrie.« Gray nickte zu Yancey hinüber. »Dein ehemaliger Kommilitone mag sich als fairer, zuverlässiger Informant bewährt haben, aber bevor du auspackst, solltest du dich daran erinnern, wer ihn ernannt hat und für wen er arbeitet.«

»*Ich* erinnere mich daran, wer mich ernannt hat, Mr. Bondurant«, erwiderte Yancey gekränkt. »Aber ich arbeite für das amerikanische Volk und nehme mein Amt und die damit verbundene Verantwortung sehr ernst.

Gewiß, meinen Posten verdanke ich David Merritt, aber ich bin nicht immun gegen den Gestank, der heutzutage aus dem Weißen Haus dringt. Was Spencer Martin betrifft, so weiß ich von seiner Privatarmee. Seine Spitzel sitzen überall, und er hat seine Leute in fast alle Ministerien eingeschleust – auch in Abteilungen des Justizministeriums, wie ich peinlicherweise eingestehen muß.

Noch gefährlicher ist jedoch sein starker Einfluß auf den Präsidenten. Ich will wissen, warum und bis zu welchem Grad Merritt sich auf ihn verläßt. Offen gestanden habe ich mir Sorgen um Barrie gemacht, Bondurant, weil sie so viel Zeit mit Ihnen verbracht hat. Deswegen habe ich ihr von Ihrem kürzlichen Besuch im Weißen Haus berichtet. Ich habe Sie für einen von Martins Bluthunden gehalten.«

»Da haben Sie sich geirrt.«

»Schon möglich. Sie sind wegen Mrs. Merritt ausgestiegen, glaube ich.«

Gray nickte. »Und ihretwegen bin ich wieder in alles hineingezogen worden.«

Der Justizminister starrte Gray einige Sekunden lang unverwandt an, bevor er sich wieder an Barrie wandte. »Mit deiner Serie über den Krippentod hast du die Lawine losgetreten, stimmt's?«

»Eigentlich hat Vanessa Merritt sie losgetreten, als sie mich zum Kaffee eingeladen hat. Es ist eine lange Story, in deren Verlauf ich den Präsidenten unglaublicher Verbrechen beschuldigen werde.«

»Deswegen habe ich dich herbringen lassen«, sagte Yancey. »Unabhängig davon, wie lang und kompliziert deine Story ist und wen sie belastet, will ich alles hören.«

43. Kapitel

»Scheiße! Alles geht schief! Barrie und Gray sind noch immer nicht geschnappt. Vanessa ist in einem gottverdammten Krankenhaus. *In einem Krankenhaus!* Ich hätte die Schreckensnachricht von ihrem Tod erhalten sollen. Statt dessen kommt die frohe Botschaft, daß sie im Krankenhaus der George Washington University behandelt wird.«

»Immer mit der Ruhe, David.«

Seine Augen glitzerten diamanthart, als er sich ruckartig zu Spencer umdrehte. »Bloß nicht gönnerhaft werden, Spence. Wenn ich erledigt bin, bist es du auch. Denk daran, bevor du wieder blasiert mit Gemeinplätzen um dich wirfst.«

»Ich war weder gönnerhaft noch blasiert. Ich bin so besorgt wie du. Aber wenn wir jetzt den Kopf verlieren, wird alles nur noch schlimmer.«

»Ich glaube nicht, daß es noch schlimmer werden kann.»

»Natürlich kann es das.«

David schlug sich mit der rechten Faust in die linke Handfläche. »Wie hat das passieren können?«

»Das weiß ich auch nicht. In Tabor House hat alles genau nach Plan geklappt. Meine Männer haben ihren Stolz hinuntergeschluckt und sich von Bondurant überwältigen lassen. Wer kann denn ahnen, daß Clete nur wenige Meilen entfernt mit einem Hubschrauber bereitstehen würde?«

»Du hättest es ahnen müssen. Dafür bezahle ich dich. Und wo zum Teufel steckt George? Er hat sich davongeschlichen und muß heimgefahren sein. Ruf ihn an. Frag ihn, ob die Ärzte im Krankenhaus rückgängig machen können, was er getan hat.«

»Ich habe ihn mehrmals zu Hause angerufen. Die Nummer ist ständig besetzt, und seinen Piepser hat er ausgeschaltet.«

»Er ist Vanessas behandelnder Arzt. Vielleicht ist er ins Krankenhaus gerufen worden«, meinte der Präsident hoffnungsvoll.

»Das ist höchst unwahrscheinlich, David. In Zukunft läßt Clete ihn garantiert nicht mehr an sie heran.«

»Himmel! Wenn das jetzt nicht klappt…«

»Dann lassen wir uns was anderes einfallen«, sagte Spencer beruhigend. »Was wir nicht aus den Augen verlieren dürfen, ist die Tatsache, daß Vanessa eine Gefahr für deine Präsidentschaft geworden ist. Vanessa, du und ich wissen als einzige, was in der bewußten Nacht im Kinderzimmer passiert ist. George muß etwas ahnen, aber er könnte seinen Verdacht nie beweisen. Wir müssen irgendwie dafür sorgen, daß Vanessa schweigt. Dann weiß niemand mehr davon.«

»Außer«, sagte David, indem er Spencer einen nachdenklichen Blick zuwarf, »uns beiden.«

Der Tag dämmerte herauf, als Präsident Merritt im Krankenhaus eintraf, um seine Frau zu besuchen. Statt wie sonst einen Anzug zu tragen, hatte er sich für Freizeitkleidung und eine Windjacke entschieden, weil er glaubte, seine Besorgnis werde um so glaubwürdiger wirken, je zerzauster er aussehe.

Vor seinem Eintreffen waren Secret-Service-Agenten aufgetaucht. Im Krankenhaus herrschte mühsam kontrolliertes Chaos. Ganze Heerscharen von Reportern gierten nach Meldungen über die neueste Wendung, die die Saga vom Gesundheitszustand der First Lady genommen hatte. Der Präsident betrat das Krankenhaus durch die Küche, benützte einen Personalaufzug und wurde nach oben in ihr Zimmer geleitet.

Als er hineinging, stand sein Schwiegervater an Vanessas Bett. »Wie geht's ihr, Clete?« fragte David besorgt.

»Warum fragst du sie das nicht selbst?«

Vanessa schien zu schlafen, aber als David ihre Hand ergriff, schlug sie die Augen auf. Er lächelte sie strahlend an. »Hallo, Liebling, Gott sei Dank, daß dir nichts passiert ist!«

»Hallo, David. Wie nett, daß du mich besuchst«, sagte sie mit von Sarkasmus triefender Stimme.

»David, das ist Dr. Murphy.«

Er nickte geistesabwesend, als Clete ihm den behandelnden Arzt vorstellte. »Was fehlt meiner Frau, Doktor?«

»Meiner Ansicht nach, Mr. President, hat man ihr eine unangemessen hohe Dosis Lithium verabreicht – vor allem in Kombination mit Haldol und anderen Sedativa.«

»Ich dachte, ihre Blutwerte seien ständig überwacht worden.«

Der Arzt zuckte mit den Schultern. »Dr. Leopold hat mir ihr Krankenblatt aus Tabor House zugefaxt. Die verzeichneten Werte sind in Ordnung, aber sie entsprechen nicht den Befunden unseres hiesigen Labors.«

»Wie können Dex Leopolds Mitarbeitern so gravierende Fehler unterlaufen sein?« Niemand äußerte eine Vermutung. Tatsächlich kam von Dr. Murphys Seite des Bettes der Patientin nur verlegenes Schweigen. »Welche Prognose stellen Sie?« fragte David munter.

»Sie leidet an Vergiftungserscheinungen. Ich behandle sie mit Tropfinfusionen, um das Gift aus ihrem Körper zu spülen. Das wird einige Tage dauern. Danach verringere ich die Medikamentenzufuhr auf eine wirksame, aber sichere Tagesdosis. Sie sollte ihre Tage nicht wie in Trance verbringen – wie bei ihrer Ankunft.«

»Aber sie erholt sich wieder?«

»Ja, Mr. President.«

»Gott sei Dank!« David drückte Vanessas Hand, führte sie an

seine Lippen und beugte sich dann über seine Frau, um sie sanft zu küssen. Ihre Lippen waren nicht wärmer und williger als die einer Schaufensterpuppe.

Der Arzt entschuldigte sich und ließ die drei allein. Bevor Clete über ihn herfallen konnte, ging David in die Offensive. »Das kostet Dex Leopold den Arsch!«

»Bevor du dich zu sehr mit anderer Leute Ärschen befaßt«, sagte Clete, »solltest du darüber nachdenken, wie du den deinigen retten kannst.«

David tat überrascht. »Wie meinst du das?«

In diesem Augenblick wurde angeklopft. Spencer Martin kam herein.

Vanessa holte rasch tief Luft und wirkte auf einmal lebhafter als bisher. »Ach, sieh mal einer an«, sagte Clete. »Der ist auch wieder da.«

Spencer überhörte diese Beleidigung. Er sah an Clete vorbei zu Vanessa hinüber. »Freut mich zu hören, daß Sie auf dem Weg der Besserung sind.« Und zu David sagte er, ihn wie immer in Gesellschaft siezend: »Daily Neely hat Schwierigkeiten, die Reporter davon zu überzeugen, daß Mrs. Merritts Prognose günstig ist. Ich glaube, Sie sollten eine Pressekonferenz geben, Sir, um der Nation zu versichern, daß die First Lady bald wieder auf den Beinen sein wird.«

»Das ist eine gute Idee«, stimmte David zu. »Clete, willst du nicht mitkommen? Deine Anwesenheit kann die gute Nachricht unterstreichen.«

Clete blickte auf Vanessa herab. »Du hast wohl nichts dagegen, Liebes? Macht's dir was aus, wenn ich dich allein lasse?«

»Ich bin nicht mehr allein, Daddy«, sagte sie leise.

»Ganz bestimmt nicht!» Er beugte sich über sie und küßte sie auf die Stirn. Dann richtete er sich auf und deutete mit großer Geste auf die Tür. »Nach dir, Mr. President.«

David gefiel diese Selbstzufriedenheit des Senators nicht. Ganz und gar nicht. Noch weniger gefiel ihm der blanke Haß, mit dem seine Frau ihn anstarrte. Trotzdem verabschiedete er sich von ihr, versprach ihr, sie nachmittags wieder zu besuchen, und küßte zärtlich ihre Hand, bevor er sie losließ.

David Merritt war schon immer ein Präsident zum Anfassen gewesen. Er liebte das Bad in der Menge seiner Wähler, und diese Umgänglichkeit stellte die Männer, die geschworen hatten, ihn zu beschützen, vor große Herausforderungen. Da war dieser Morgen keine Ausnahme.

Zum Entsetzen der Secret-Service-Agenten fand die improvisierte Pressekonferenz in der Eingangshalle des Krankenhauses statt, wo sich Reporter und Teile des Krankenhauspersonals hinter einem Nylonseil drängten, das eine wenig haltbare Absperrung bildete.

Müde und dankbar räumte Dalton Neely den Platz, als der Präsident kam. Sein Auftauchen versetzte die Reporter in schiere Raserei. Er wurde sofort mit gebrüllten Fragen bombardiert. David hob die Hände, um Ruhe zu fordern. Als der Lärm sich gelegt hatte, gab er bekannt, daß Senator Armbruster und er eben aus Mrs. Merritts Zimmer kamen.

»Wir haben beide mit ihr gesprochen. Sie ist geistig völlig klar, befindet sich auf dem Weg der Besserung und ist bester Laune. Senator Armbruster und ich haben vollstes Vertrauen in die Betreuung, die ihr die ausgezeichneten hiesigen Ärzte, Schwestern und medizinisch-technischen Angestellten angedeihen lassen.«

Clete staunte darüber, mit welcher Selbstsicherheit David es verstand, sich in jeder Lage aus der Affäre zu ziehen. Objektiv betrachtet, konnte er zurücktreten und den Präsidenten, den er fast eigenhändig aufgebaut hatte, bewundern. Aber er hatte auch ein Monster erschaffen. Und wie in Mary Shelleys klassischem Roman fiel dem Schöpfer die Aufgabe zu, seine Schöpfung zu vernichten.

Der Präsident wich einer Frage nach Dr. George Allan aus, indem er sagte, Dr. Allan sei im Augenblick nicht erreichbar. Auf Fragen nach der angeblichen Entführung Mrs. Merritts aus Tabor House antwortete er, dazu wolle er keinen Kommentar abgeben, bevor er eingehend über den Vorfall informiert worden sei. »Bisher gibt es darüber widersprüchliche Berichte«, sagte er.

Dann bat er um Verständnis für die Kürze dieser Pressekonferenz, dankte allen wortreich für ihr Mitgefühl und bahnte sich einen Weg zum Ausgang. Clete lehnte es ab, die ihm zugerufenen Fragen zu beantworten, aber er bat David, ihn nach Hause mitzunehmen.

Diese Bitte verblüffte David. Aber er schlug sie ihm nicht ab, sondern wies seinen Chauffeur an, bei Senator Armbruster vorbeizufahren.

»Fahren Sie anderswo mit«, sagte Clete brüsk, als Spencer sich zu ihnen in die Präsidentenlimousine setzen wollte.

Spencer sah David fragend an. »Bitte, Spence«, sagte der Präsident. Clete merkte, daß Spencer dies nicht paßte, aber er gehorchte, um das Gesicht zu wahren.

»Seit wann ist der wieder aufgetaucht?« fragte Clete, als die Wagenkolonne den Parkplatz des Krankenhauses verließ.

»Als du die lächerliche Story erfunden hast, er sei in einer... was war es gleich wieder? In einer ›delikaten persönlichen Angelegenheit‹ unterwegs?«

»Irgend etwas in dieser Art.« Clete lachte glucksend. »Mir tut es ehrlich gesagt leid, daß Bondurant den Kerl nicht umgelegt hat, als er Gelegenheit dazu hatte.«

»Hast du mich deshalb gebeten, dich mitzunehmen? Um

wieder einmal ungefragt die schlechte Meinung, die du von meinem Berater hast, äußern zu können?«

»Nein. Was ich zu sagen habe, ist weit wichtiger als er.«

»Also raus damit, Clete. Du hast immer wieder pikante Andeutungen gemacht, ich stünde am Rand des Abgrunds und nur du könntest mich noch retten.«

»Das entspricht ziemlich genau den Tatsachen, David. Nur ich stehe noch zwischen dir und deinem endgültigen Sturz.«

David stieß einen leisen Pfiff aus. »Das klingt allerdings ernst.«

»Willst du mich verspotten, David? Dann überleg dir mal folgendes.« Clete starrte seinen Schwiegersohn durchdringend an. »Vanessas Baby war nicht von dir, deshalb hast du es umgebracht und mindestens zweimal versucht, auch sie zu ermorden.«

Wie Clete erwartet hatte, ließ diese Feststellung das Lächeln von Davids Gesicht verschwinden. »Wenn Vanessa dir das erzählt hat, ist sie noch kränker, als wir bisher angenommen haben, und wir wissen schließlich beide, daß sie leicht plemplem ist.«

Clete beherrschte sich, weil er David nicht einmal diesen Vorteil gönnen wollte. »Ich habe nicht vor, mit dieser Sache allzuviel Zeit zu vergeuden, David. Du würdest jede meiner Anschuldigungen mit einem Dutzend lügnerischer Dementis, Erklärungen oder Rechtfertigungen zurückweisen. Ich kenne deine Tricks, denn ich habe sie dir selbst beigebracht. Deshalb wollen wir uns die Sache beide leichter machen. Ich kann dir etwas garantieren, was du willst und brauchst.«

»Und das wäre?«

»Mein Schweigen. Und Vanessas.«

»Und was willst du dafür?«

»Eine Scheidung in gegenseitigem Einvernehmen.«

David zuckte mit keiner Wimper. »Du wirst anscheinend senil, Clete.«

»Keineswegs, das kann ich dir versichern.«

»Du schlägst eine rasche, einvernehmliche Scheidung von Vanessa vor?«

»Ich schlage es nicht vor. Ich fordere es. Sonst mußt du die Konsequenzen tragen.«

David Merritt lächelte wieder verächtlich. »Welche denn?«

Clete griff nach seinem Aktenkoffer und holte einen zugeklebten Umschlag heraus. »Ich suche Bill Yancey auf und übergebe ihm das hier.«

Er reichte den Umschlag seinem Schwiegersohn, der ihn aufriß und mehrere Farbfotos herauszog. David ließ sie fallen, als hätte er sich die Finger verbrannt.

»Dabei dreht sich einem der Magen um, was? Sie hat gräßlich viel geblutet. Aber eins war Becky Sturgis' Tod garantiert nicht – es war kein Unfall. Sie ist nicht bei einer Rangelei mit dem Hinterkopf gegen eine Tischkante geknallt, wie du mir damals weiszumachen versucht hast. Du hast sie zu Tode geprügelt, David. Das beweisen diese Fotos von ihr.«

David erholte sich bemerkenswert rasch von seinem Schock. »Das ist ein Bluff, Clete, der deiner nicht würdig ist. Keines dieser Fotos zeigt *mich*. Das können Aufnahmen irgendeiner Frauenleiche sein. Vielleicht sogar von einer Toten, die du selbst erschlagen hast.«

»Vielleicht, aber ich hab's nicht getan. Der Umschlag enthält mehr als nur Fotos.« Als David ihn schräg hielt, glitt eine Audiokassette heraus und fiel ihm in den Schoß. »Du hast sie umgebracht, David. Das hast du unter Tränen zugegeben. Weißt du noch? Wenn nicht – es ist alles auf der Kassette.«

Clete fügte leise hinzu: »Ich nehme jedes Wort auf, David. Unwichtiges wird später gelöscht, aber ich bewahre alles auf, was vielleicht einmal nützlich sein könnte. Als ich gesehen habe, was du diesem armen, hilflosen Mädchen und seinem Baby angetan hast, habe ich beschlossen, dieses spezielle Band aufzuheben.«

Es war erfreulich, die Schweißperlen zu beobachten, die sich auf Davids Stirn bildeten. Aber er sagte: »Du würdest es nie gegen mich einsetzen, Clete, denn du bist ebenso schuldig wie ich.«

»Ich täte es nicht gern«, gestand Clete ein. »Mein Leben im Dienst der Nation würde mit Schimpf und Schande enden. Es wäre mir weitaus lieber, dich dem Teufel zu überlassen und den Rest meiner Tage als verdienstvoller Politiker zu beschließen, mit meiner Tochter an meiner Seite. Dieser peinliche Vorfall aus deiner Vergangenheit...« – er nickte zu den Farbfotos hinunter –, »...könnte sich einfach so in Luft auflösen.« Clete schnalzte mit den Fingern. »Du brauchst Vanessa nur gehen zu lassen, ohne ihr Steine in den Weg zu legen oder überflüssige Erklärungen in den Medien abzugeben.«

»Wie soll ich das anfangen?«

Clete zuckte mit den Schultern. »Zwischen euch beiden bestehen unüberwindbare Differenzen, Punktum. Der Tod des Babys hat eure Ehe belastet. Millionen amerikanischer Ehepaare werden mit euch fühlen. Die Aufrichtigkeit, mit der du an die Scheidung herangehst, kann dir sogar ein paar Sympathiestimmen einbringen.«

Davids Miene hatte sich verhärtet. »Hältst du mich für einen Idioten? Eine Scheidung im Jahr vor der Wahl wäre politischer Selbstmord. Die Partei würde mich wahrscheinlich gar nicht erst als Kandidaten aufstellen.«

»Das kannst du nicht wissen. Eine Scheidung ist kein Verbrechen. Aber ein Doppelmord ist eins, das zudem nicht verjährt.« Er ließ seinem Schwiegersohn Zeit, über die grausigen

Konsequenzen nachzudenken, sollte sein Mord an Becky Sturgis und ihrem Baby aufgedeckt werden. Nach einiger Zeit sagte er: »Ich biete dir eine großzügige Übereinkunft an, David. Selbst wenn ich nicht persönlich daran interessiert wäre, würde ich dir raten, darauf einzugehen.«

»Die verdammten Fotos beweisen überhaupt nichts, und die Kassette ist genauso wertlos.«

»Ob sich etwas beweisen läßt, ist unwichtig«, stellte Clete nüchtern fest. »Allein der Ruch eines Skandals dieser Größenordnung würde dich um jegliche Chance auf eine zweite Amtszeit bringen. Danach wärst du ein Paria. Du könntest tun, was du wolltest – diese Sache würde dich für den Rest deines Lebens verfolgen.«

David schien kurz vor einer Implosion zu sein, aber Clete wußte, daß er die erste Runde gewonnen hatte. Er würde noch viele weitere Runden gewinnen, bevor David auf der Matte lag und um Gnade bat. Dies war der größte aller Skandale, aber es gab noch weitere, einen ganzen Sack voll. Clete würde sie nacheinander hervorholen und bekanntmachen. Sie würden jahrelang reichen – sogar über Clete Armbrusters Tod hinaus. Aber er würde glücklich und mit dem Bewußtsein sterben, daß David Merritt sein Leben lang keine ruhige Minute mehr haben würde.

Vorerst gab Clete sich jedoch zufrieden. Für einen Morgen hatte er genug erreicht.

»Diese Abzüge kannst du behalten, David. Ich habe noch andere. Solltest du übrigens daran denken, mich von Spence oder einem seiner Schläger beseitigen zu lassen, hat auch mein Anwalt die Fotos und die Kassette. Ich habe ihn angewiesen, sie den Medien zu übergeben, falls ich aus anderen als natürlichen Ursachen sterben sollte.«

Der Chauffeur brachte die Limousine am Randstein vor dem

Haus des Senators zum Stehen. »Augenblick!« sagte David und hielt Clete am Arm fest, bevor er aussteigen konnte. »Du garantierst mir euer Schweigen, aber was ist mit Barrie Travis und Gray Bondurant? Bist du mit denen nicht verbündet?«

Clete sträubten sich bei diesem Gedanken die Nackenhaare. »Mit einer hohlköpfigen Journalistin und dem Mann, der meine Tochter verführt hat? Wohl kaum! Die beiden kannst du ruhig mir überlassen.« Er tätschelte Davids Knie. »Überleg dir alles, was ich gesagt habe, und meld dich wieder bei mir. Ich bin sicher, daß du mir letztlich zustimmen wirst.«

44. Kapitel

Der Justizminister stand am Fenster, drückte beide Fäuste in sein Kreuz und reckte sich. Barrie wünschte sich, sie wüßte, was er dachte. Glaubte er ihr? Während ihres Berichts hatte er sie gelegentlich unterbrochen, um sich einzelne Punkte genauer erklären zu lassen, aber als sie ausgesprochen hatte, war er aufgestanden und hatte angefangen, im Büro auf und ab zu gehen, ohne sich anmerken zu lassen, ob er ihre Darstellung für wahr hielt.

Gray hatte sie allein miteinander reden lassen und unterdessen den Fernseher eingeschaltet, der ausführlich über die Sensation des Tages berichtete. Er fluchte halblaut, als der Präsident auf der improvisierten Pressekonferenz seine kurze Erklärung abgab, aber als ein Arzt bestätigte, die First Lady werde bald ganz wiederhergestellt sein, konnte Gray seine Erleichterung nicht verbergen.

Barrie teilte sie natürlich. Aber sie wäre kein Mensch gewesen, wenn sie dabei nicht auch etwas Eifersucht empfunden hätte.

Daily war irgendwann während Barries Monolog eingeschlafen. Sie war froh, daß er sich jetzt ausruhen konnte. Er sah völlig erledigt aus.

»Eins begreife ich nicht«, sagte der Justizminister, als er sich wieder zu Barrie umdrehte. »Warum hat Mrs. Merritt ihn nicht selbst angezeigt?«

»Aus Angst«, antwortete Barrie sofort. »Sie hat in ständiger Angst vor ihm gelebt, Bill. Als wir uns zum Kaffee getroffen haben, war sie mit den Nerven völlig am Ende. Ich glaube nicht, daß ihre Nervosität nur auf ihre manisch-depressive Veranlagung zurückzuführen ist. Damals hat sie erstmals vermutet, ihre Tage könnten gezählt sein, weil er versuchen werde, sie zu beseitigen. Dieses Treffen mit mir war das erste Rauchsignal, das sie hochgeschickt hat.«

Yancey sah zu Gray hinüber. »Was ist mit George Allan?«

»Er ist Davids Marionette. Ihm fehlt der Mut, etwas anderes zu sein. David hat ihn mit irgend etwas in der Hand. Soviel hat Mrs. Allan uns bestätigt.«

»Das stimmt, Bill«, sagte Barrie. »Ich bin sicher, daß ihre Aussage deinen Fall untermauern würde.«

»Fall?« wiederholte er schnaubend. »Ich habe keinen *Fall.* Ich habe nichts als die Aussage zweier Flüchtiger, nach denen wegen Entführung gefahndet wird.«

»Aber du glaubst uns«, stellte Barrie fest. »Da bin ich mir sicher, sonst hättest du uns nicht herbringen lassen.« Sie trat zu ihm ans Fenster. »Fällt es dir so schwer, einem Präsidenten einen Mord zuzutrauen? Sieh mal dort hinaus.« Die Morgensonne beleuchtete die Spitze des Washington Monuments.

»Denkmäler für Präsidenten. Manche waren Schurken, manche gute und ehrenwerte Männer. Hochgewachsen, kleinwüchsig, Krieger, Staatsmänner. Sieht man von dem Amt ab, in das sie gewählt waren, war ihr einziger gemeinsamer Nenner, daß sie *Menschen* waren. Die Geschichtsschreibung hat sie auf einen Sockel gestellt, sie als überlebensgroß geschildert und in einigen Fällen zu Halbgöttern erhoben, aber das waren sie nicht.

Sie waren Männer: Sterbliche mit Charakterfehlern. Sie haben gelacht und geweint, haben Wutanfälle bekommen und an Verstopfung gelitten. Sie waren gegen nichts immun – weder gegen Stolz noch Schmerz, noch Liebeskummer, noch …« Sie sah zu Gray hinüber. »Noch gegen Eifersucht. David Merritt hat gewußt, daß seine Frau ihn betrogen hatte. Sie ist von einem anderen schwanger geworden. Das hat er nicht verwinden können. Folglich hat er etwas dagegen unternommen.«

Er hat es schon mal getan.

Der Gedanke traf sie mit solcher Gewalt, daß sie zusammenzuckte. Sie hörte die Worte so deutlich, als hätte sie jemand laut ausgesprochen. »Wie bitte?«

Yancey starrte sie an. »Ich habe nichts gesagt.«

»Du hast davon gesprochen, daß…«, sagte Gray.

»Augenblick!« Sie hob eine Hand, um ihn zum Schweigen zu bringen.

Die plötzliche Erleuchtung war so schwerwiegend, daß sie fast biblische Ausmaße erreichte. Ihr Gewicht zwang Barrie in die Knie. Buchstäblich. Sie sank zu Boden.

»Barrie!« Gray stieß Yancey beiseite und ging vor ihr in die Hocke. Er umfaßte ihre Schultern und starrte ihr besorgt ins Gesicht. »Barrie, was hast du?« Seine Stimme schien aus weiter Ferne zu kommen; sie war kaum zu hören, so laut toste es in ihrem Kopf.

Er hat es schon mal getan.

Wo hatte sie diese Worte gehört? Oder vielleicht auch gelesen? Warum waren sie ihr in diesem Augenblick eingefallen? Warum erschienen sie ihr so ungeheuer wichtig?

Dann erinnerte sie sich in einem Augenblick gleißend heller Klarheit daran, wo sie diese Worte gelesen hatte. Damit waren die Fragen beantwortet, und sie fühlte ein Prickeln im Nacken.

»Barrie, was fehlt dir?« Bill Yancey kniete sichtlich besorgt neben Gray.

»Sag was, verdammt noch mal!« forderte Gray sie auf.

»Was ist denn los?« Daily setzte sich auf und kratzte sein schütteres Haar. »Was geht hier vor? Was hat sie?«

Daily. Gott segne ihn, hatte er ihr nicht tausendmal gepredigt, ein guter Reporter schürfe *tief*, weil es *immer* eine tiefere Schicht freizulegen gebe, und tue nie etwas leichtfertig ab, so unbedeutend und wertlos es zunächst auch erscheinen möge?

Die besten Hinweise – die aus einer Story eine Sensation machten, die eine mittelmäßige Story zu einer machten, die die Welt erschütterte – waren die, die man an den unmöglichsten Orten fand, an Orten, wo man sie nie bewußt gesucht hätte.

Der hier war die ganze Zeit dagewesen. Die ganze verdammte Zeit lang! Zwischen den Papieren und Notizen, die sie aus ihrem Schreibtisch bei WVUE mitgenommen hatte. Sie war diesem Hinweis nachgegangen – aber eben nur oberflächlich. Sie hatte nicht tief genug geschürft.

Sie ermahnte sich, jetzt nicht zu aufgeregt zu reagieren. Sie konnte sich irren. Die Sache konnte sich als weitere Sackgasse erweisen, aber ihr Instinkt sagte ihr das Gegenteil. Jedenfalls mußte sie diesem Hinweis nachgehen.

Sie schob die beiden Männer beiseite und stand auf. »Ich muß gehen.«

»Wohin?«

»Ich… darüber möchte ich lieber nicht reden. Erst wenn ich es weiß.«

»Du willst fort, aber du weißt nicht, wohin?«

»Natürlich weiß ich, wohin ich will«, sagte sie ungeduldig. »Ich weiß nur nicht, was ich dort erfahren werde. Vielleicht nichts. Vielleicht irgendwas. Aber ich muß jetzt los.«

»Barrie«, widersprach Bill Yancey, »ich kann dich unmöglich freilassen, damit du…«

»Bitte, Bill. Gib mir jemanden mit – einen US-Marshal. Er kann mir Handschellen anlegen, das ist mir egal. Aber laß mich bitte tun, was ich mir vorgenommen habe. Es könnte diesem Fall die entscheidende Wende geben.«

»Was könnte das bewirken?«

»Das kann ich eben nicht sagen.«

»Warum kannst du es mir nicht sagen?«

»Weil ich nicht wie eine Idiotin dastehen will, falls ich mich geirrt habe!«

Nach ihrem Ausbruch herrschte langes Schweigen.

Dann sagte jemand: »Lassen Sie sie gehen.«

Es war Gray gewesen, und als Barrie sich überrascht zu ihm umdrehte, begegnete sie seinem Blick, der tausend Dinge ausdrückte, nicht zuletzt absolutes Vertrauen in sie.

In diesem Augenblick wußte sie, daß sie ihn liebte. Verdammt! Sie liebte ihn sogar sehr.

»Lassen Sie sie gehen«, wiederholte er, während er weiter ihren Blick erwiderte. »Sie weiß, was sie tut.«

»Also ich dachte, mich laust der Affe, als Sie hier mit einem Empfehlungsschreiben des Justizministers aufgekreuzt sind.«

Der stellvertretende Gefängnisdirektor Foote Graham war so entwaffnend wie sein Name. Er entsprach ganz und gar nicht dem Klischee aus Kriminalfilmen. Er war sanftmütig, gertenschlank und trug eine Nickelbrille. Und er war rücksichtsvoll genug, sich nicht über die schmuddelige Schwesternuniform zu äußern, die Barrie immer noch trug. Sie hatte sich nicht die Zeit genommen, sich umzuziehen.

Barrie dankte ihm, daß er sie unangemeldet empfangen hatte. »Ich bin in solcher Eile aus Washington abgeflogen, daß keine Zeit mehr war, Sie vorher zu verständigen.«

Bill Yancey hatte ihr den Weg geebnet. Sobald ihre Reise nach Mississippi beschlossene Sache war, hatte er ihr einen Privatjet zur Verfügung gestellt. Auf dem Flughafen in Jackson hatte eine Limousine mit Polizeieskorte bereitgestanden, um sie ins Gefängnis in Pearl zu bringen. Foote Graham, dem die glänzenden Beziehungen seiner Besucherin imponierten, hatte sich sofort bereit erklärt, ihr auf jede erdenkliche Weise zu helfen.

»Bei Ihrem Gespräch mit Charlene Walters geht es also um etwas Dringendes?« fragte er.

»Tut mir leid, Mr. Graham. Das ist vertraulich.«

»Da komme ich nicht mit«, sagte Graham und schüttelte verwundert den Kopf. »Aber wie käme ich dazu, Zweifel zu äußern, wenn der Justizminister und Sie sagen, daß es um die nationale Sicherheit geht?«

Er begleitete Barrie durch eine Tür, die eine uniformierte Aufseherin ihnen aufsperrte. »Sie wartet auf Sie«, sagte die Uniformierte. »Und sie ist wütend wie 'ne Hornisse, weil wir sie vom Hofgang weggeholt haben.«

Die Strafgefangene trank eine Dose Dr. Pepper und wirkte tatsächlich aufgebracht, als Graham und Barrie Travis hereinkamen. Charlene Walters war eine winzige Frau mit knochiger, eingefallener Brust und spindeldürren Armen und Beinen. Ihr weißes, übermäßig dauergewelltes Haar bildete einen krausen Heiligenschein um ihren kleinen Kopf. Ihre glitzernden, schwarzen Augen und raschen, abrupten Bewegungen erinnerten Barrie an einen Sperling.

Sie schnaubte verächtlich, während sie Barrie von oben bis unten musterte. »Na, Sie haben sich ja lang genug Zeit gelassen.«

Barrie streckte ihr die rechte Hand hin. »Freut mich, Sie kennenzulernen, Mrs. Walters.«

Crazy Charlene schüttelte ihr die Hand, danach wandte sie sich herablassend an den stellvertretenden Gefängnisdirektor. »Wir haben private Dinge zu besprechen, wenn Sie nichts dagegen haben.«

Foote Graham lächelte, obwohl sie seine Autorität in Frage gestellt hatte. »Natürlich nicht. Ich will nicht weiter stören.«

Er ging zu der Aufseherin hinüber, die sich in diskreter Entfernung hielt. Barrie und Charlene setzten sich an einem kleinen Tisch gegenüber. »Ich habe gehört, daß ich Ihren Hofgang unterbreche. Das tut mir leid.«

»Haben Sie Zigaretten dabei?«

Barrie wühlte in ihrer Umhängetasche und brachte dieselbe Packung zum Vorschein, die sie vor einigen Wochen Vanessa Merritt angeboten hatte. Charlene schüttelte eine Zigarette heraus und steckte sie zwischen ihre schmalen Lippen. Barrie gab ihr Feuer. Dann fragte sie, ob es Charlene recht sei, wenn sie dieses Gespräch auf Tonband aufnehme.

»Solange Sie die Zigaretten dalassen.«

Barrie lächelte zustimmend. Nachdem sie ihren Kassettenrecorder überprüft hatte, begann sie: »Sie haben auf meinem Anrufbeantworter bei WVUE mehrere interessante Mitteilungen hinterlassen.«

»Sie haben mich für 'ne Spinnerin gehalten.«

»Nun, ich…«

»Sonst hätten Sie zurückgerufen.«

Charlene würde eine anspruchsvolle Tanzpartnerin sein, die keinen einzigen falschen Schritt duldete. Barrie wechselte die Methode. »Sie haben völlig recht, Mrs. Walters. Ich habe Sie für eine Spinnerin gehalten. Tatsächlich denke ich noch immer, Sie könnten eine sein.«

Charlene beugte sich vor und blinzelte ihr spitzbübisch zu. »Ich hab' sie dazu gebracht zu glauben, daß ich's bin. Plemplem, meine ich. Gleich nach meiner Einweisung hier habe ich Jesus gefunden, aber Wunder sind erst passiert, als ich verrückt geworden bin. Verrückte können sich praktisch alles leisten. Sie würden staunen!«

Charlene Walters war keineswegs verrückt; sie war schlau wie ein Fuchs.

»Als Sie mich zum ersten Mal angerufen haben«, fuhr Barrie fort, »haben Sie mir als Mitteilung hinterlassen: ›Er hat es schon mal getan.‹ Wen haben Sie damit gemeint?«

»Na, wen kann ich schon gemeint haben, Schwachkopf? Natürlich den Präsidenten. David Malcomb Merritt.« Mit einem gelben, abgebrochenen Fingernagel stach sie auf die Tischplatte ein. »Er hat den Säugling, den kleinen Robert Rushton, umgebracht, so wahr ich hier sitze.«

»Wie kommen Sie darauf?«

»Sind Sie schwer von Begriff oder was? Hören Sie nicht zu? Ich hab' Ihnen doch gesagt, daß er's schon mal getan hat. Er hat ein anderes Baby ermordet. Vor vielen Jahren.«

Das war die Aussage, wegen der Barrie nach Mississippi gekommen war. »Tut mir leid, aber das müssen Sie mir schon genauer erklären.«

Charlene stieß eine Rauchfahne aus. »David Merritt hat zu Senator Armbrusters Stab gehört. Ein gutaussehender Weiberheld war er. Hat dutzendweise Frauen gehabt. Eine davon ist schwanger geworden. Becky Sturgis hat sie geheißen. Sie hat 'nen Sohn gekriegt, als Merritt gerade in Washington war. Als er zurückgekommen ist, hat sie ihn mit dem Kleinen überrascht. Merritt hat keine Lust gehabt, auf einmal Daddy und Ehemann zu spielen. Aber Becky wollte ihn unbedingt heiraten und hat ihm ständig damit in den Ohren gelegen.

Eines Abends – der Kleine war erst ein paar Wochen alt – hat er Becky in ihrem Wohnwagen besucht, um die Sache mit ihr zu klären. Die beiden haben sich laut angebrüllt. Der Kleine hat gequengelt. Merritt hat ihn erwürgt.

Vielleicht hat er nicht vorgehabt, das Baby umzubringen. Vielleicht wollte er nur, daß es den Mund hält. Aber als er es erwürgt hatte, hat er es wohl für besser gehalten, keine Augenzeugin am Leben zu lassen. Also hat er Becky Sturgis totgeprügelt.«

Charlene schnaubte ihre Stirnhöhlen frei und schwenkte die Zigarette wie einen kleinen Taktstock. »Für die Art Gewalt gegen Frauen gibt's keine Entschuldigung. Nicht die mindeste! Wäre ich keine verurteilte Verbrecherin, hätte ich ihn schon allein deswegen nicht gewählt.«

Ihre Enthüllungen waren so unglaublich, daß Barrie sie gar nicht auf einmal verkraften konnte, daher lenkte sie sich ein bißchen ab, indem sie überlegte, wie interessant das Leben doch war. Es war durchaus denkbar, daß diese komische vogelartige Alte, die eine lebenslange Haftstrafe wegen bewaffneten Raubüberfalls und Mordes verbüßte, die Geschichte Amerikas maßgeblich veränderte.

Aber wer würde ihr jemals glauben? Glaubte sie ihr? Charlenes Glaubwürdigkeit stand auf tönernen Füßen. Sie konnte sich diese Geschichte zum bloßen Zeitvertreib ausgedacht haben. Robert Rushton Merritts Tod hatte ihr Interesse geweckt. Barries Serie über den plötzlichen Kindstod hatte die Flammen ihrer Phantasie angefacht. Und jetzt hatte sie eine Dumme gefunden, die ihr zuhörte, die eigens nach Mississippi gekommen war, um mit ihr zu reden. Diese Geschichte zu erfinden, konnte die beste Unterhaltung sein, die Charlene seit Jahren genossen hatte.

Oder es konnte alles wahr sein.

Barrie beschloß, auf jeden Fall behutsam vorzugehen. Dies konnte die Story des Jahrhunderts sein. Wenn sie die Sache verpatzte, würde nicht nur ihre Zukunft, sondern auch die Zukunft Amerikas ein Opfer ihrer Unfähigkeit werden.

»Das klingt alles sehr…«

»Unglaublich«, sagte Charlene, als Barrie den Satz nicht zu Ende brachte. »Sie brauchen mir nicht zu glauben. Fragen Sie den ollen Cletus Armbruster.«

»Den Senator?«

Charlene verzog angewidert ihr runzliges Gesicht. »Er ist der korrupteste Politiker, den die Erde je gesehen hat – und das sagt viel.«

»Er weiß von Becky Sturgis?«

»Weiß? Zum Teufel, Mädchen, wer hat das Problem Ihrer Meinung nach aus der Welt geschafft?« rief Charlene aus. »Merritt ist gleich nachts zu ihm gelaufen. Der Senator hat sich darum gekümmert.«

»Senator Armbruster ist ein mächtiger Mann, aber nicht mal er könnte zwei Leichen verschwinden lassen«, wandte Barrie ein. »Hat es denn keine polizeilichen Ermittlungen gegeben?«

»Wenn Sie es so nennen wollen«, sagte Charlene und schnippte ihre Zigarettenasche verächtlich in Richtung Aschenbecher. »Armbruster hatte massenhaft städtische und staatliche Beamte in der Tasche. Er hat für ein paar Gefälligkeiten kassiert, das war alles. Becky und ihr kleines Baby waren den Jungs drunten im Gerichtsgebäude scheißegal.«

Barrie schüttelte ungläubig den Kopf. »Armbruster kann unmöglich darin verwickelt gewesen sein. Er hätte Vanessa niemals David Merritt heiraten lassen, wenn er gewußt hätte, daß sein Schwiegersohn...«

»Auf welchem Planeten haben Sie bisher gelebt? Natürlich hätte er sie Merritt heiraten lassen. Er wollte doch, daß seine Tochter die First Lady wird.« Sie räusperte sich und spuckte ungeniert auf den Fußboden. »Dreckskerle! Alle miteinander. Sie denken, sie können einfach tun, was sie wollen, und damit durchkommen. Leute wie mein Alter und ich, wir haben für unsere Verbrechen bezahlen müssen. Aber nicht Leute wie Armbruster und Merritt.«

»Da haben Sie leider recht«, sagte Barrie. »Wenn alles, was Sie mir erzählt haben, richtig ist, muß es vor ungefähr zwanzig Jahren passiert sein, nicht wahr? Wenn es Armbruster gelungen ist, einen Doppelmord zu vertuschen, hat er seine Spuren bestimmt ebensogut verwischt. Dann läßt sich nie mehr beweisen, was damals passiert ist.«

Charlene schlug so heftig auf den Tisch, daß Barrie erschrocken zusammenfuhr. »Sie sind die dümmste Gans, die mir je untergekommen ist! Glauben Sie denn, ich würde mein Geld für Telefongespräche nach Washington verplempern und meinen mageren alten Hals riskieren, wenn ich keine Beweise hätte?«

45. Kapitel

»Das wäre mehr, als Sie verdient haben.« Bill Yancey beugte sich vor und legte beide Hände flach auf die polierte Tischplatte. »Wenn Sie uns Beweise dafür liefern, daß der Präsident Vanessas Baby erdrosselt und versucht hat, sie umzubringen, garantiere ich Ihnen Straffreiheit.«

Spencer Martin schwieg weiterhin hartnäckig. Während der gesamten Befragung war er bewundernswert gelassen geblieben und hatte wie eine steinerne Statue starr geradeaus gesehen, als ginge ihn seine Lage nicht das geringste an.

Überall im Büro waren jetzt die Schachteln mehrerer Fertigmahlzeiten und leere Kaffeebecher gestapelt. Der Raum vibrierte fast von der Spannung der langen Nacht und des folgendenTages. Daily war trotz heftiger Proteste in ein Hotel gebracht worden. Zwei FBI-Agenten, die ihn begleiteten, hatten den Auftrag, bis auf weiteres bei ihm zu bleiben und für seine Bedürfnisse zu sorgen. William Yancey und Gray Bondurant hatten den ganzen Tag lang in diesem Büro ausgeharrt und sorgenvoll auf Nachricht von Barrie gewartet.

Als sie endlich aus dem Gefängnis in Mississippi angerufen und ihr Gespräch mit Charlene Walters wiedergegeben hatte, hatte Yancey festgestellt: »Ohne Unterstützung durch einen Insider kommen wir nicht weiter, und Spencer Martin wäre der richtige Mann dafür.« Er hatte angeordnet, Spencer zu einer Befragung zu holen. Spencer war freiwillig mitgekommen, hatte aber bisher keinerlei Bereitschaft zur Zusammenarbeit mit den Strafverfolgungsbehörden gezeigt.

Gray, der dagegen war, Spencer Straffreiheit zu gewähren,

sah sich durch dessen hartnäckiges Schweigen bestätigt. Er hatte den Justizminister gewarnt, Spencer werde auf keinen Fall auspacken, und damit recht behalten.

»Ich habe Ihnen gesagt, daß wir uns diese Befragung sparen können«, sagte er jetzt. »Darum hat er Ihr Angebot abgelehnt, einen Rechtsanwalt hinzuzuziehen. Er hat gewußt, daß er kein einziges gottverdammtes Wort sagen würde. Sie könnten ihn zu Tode foltern, bevor er David Merritt verraten würde.«

Aber Yancey wollte noch nicht aufgeben. »Mr. Martin, einige Ihrer früheren Mitarbeiter sind bereit, gegen Sie auszusagen, um selbst einer Strafverfolgung zu entgehen. Ihnen werden mehrere Verbrechen vorgeworfen, die Sie lebenslänglich hinter Gitter bringen könnten.«

Nichts.

»Howard Fripp? Kommt Ihnen der Name bekannt vor, Mr. Martin? Sie müßten ihn kennen. Sie werden verdächtigt, Fripp ermordet zu haben.«

Spencer zuckte mit keiner Wimper.

»Aus dem kriegen Sie nichts heraus«, sagte Gray. »Er würde nicht mal zugeben, daß ich auf ihn geschossen und ihn in einen Rübenkeller gesperrt habe. Sonst müßte er ja erklären, was er in Wyoming zu suchen hatte. Damit vergeuden Sie nur Ihre Zeit.«

Yancey fuhr sich mit einer Hand über seine Stirnglatze. »Also gut, Mr. Martin. Mein Angebot gilt nur noch dreißig Sekunden lang. Falls Sie ablehnen, drohen Ihnen Ermittlungen eines Kongreßausschusses, die in der amerikanischen Geschichte beispiellos sind.«

Spencer Martin stand auf. »Wenn Sie mir auch nur eine einzige Straftat nachweisen könnten, hätten Sie mich verhaften lassen. Versuchen Sie nicht noch einmal, mich unter Druck zu setzen, Bill. Damit beleidigen Sie uns beide.«

Yancey knurrte einen Fluch.

Spencer grinste sarkastisch und ging dann zur Tür.

»Yancey, haben Sie was dagegen, wenn ich kurz unter vier Augen mit ihm rede?«

Diese Idee gefiel Yancey nicht sonderlich gut, aber er nickte zustimmend. Gray folgte Spencer auf den Flur hinaus.

Sobald sich die Tür hinter ihnen geschlossen hatte, fiel Spencers Gelassenheit schlagartig von ihm ab. Er packte Gray an der Kehle und knallte ihn gegen die Wand. Sein Gesicht war rot vor Zorn und zu einer wütenden Grimasse verzerrt. »Ich könnte dich umbringen dafür, daß du mich in diesen Scheißkeller gesperrt hast!«

Gray befreite sich aus seinem Griff und stieß Spencer zurück. »Aber du tust es nicht. Es wäre eine Dummheit, und daß du dumm bist, hat noch niemand behauptet, Spence. Jedenfalls bis heute nicht.«

In seinem Blick blitzte flüchtiges Interesse auf. Aber es wurde sofort wieder durch seinen charakteristischen Zynismus verdrängt. »Wer bist du – der gute Bulle?«

Gray zuckte mit den Schultern. »Du mußt selbst wissen, was du tust. Aber du hättest Yanceys Angebot annehmen sollen.«

»Glaubst du wirklich, er oder sonst jemand könnte David stürzen?« Spencer lachte belustigt. »Dazu kommt es nie, Gray. Zuletzt steht ihr alle wie Idioten da, weil ihr es versucht habt. Du hast dich auf die falsche Seite geschlagen, Kumpel. Wir haben keine Vorsichtsmaßnahme ausgelassen. David ist absolut nichts nachzuweisen. Das weißt du genau.«

»Ob er gestürzt wird oder nicht, braucht dich persönlich nicht zu interessieren, Spence. Du wirst es nicht mehr erfahren, weil du dann längst tot bist.« Spencers Grinsen verlor etwas von seiner Überheblichkeit. »Na, begreifst du allmählich, Spence? Du weißt von Davids Plänen zur Ermordung Vanessas, bist wahrscheinlich auch irgendwie an der Ermordung des

Babys beteiligt gewesen. Also ist David gefährdet, solange du lebst. In dem Moment, wo ihm das klar wird, bist du erledigt.

Dann sucht David sich einen zweiten Ray Garrett. Erinnerst du dich an ihn? An den netten jungen Marineinfanteristen, der mich erschießen sollte, als ich dem Oval Office lästig wurde? Schade, daß du in deiner gottverdammten Selbstgefälligkeit nicht erkennst, wie gefährlich deine Lage ist. Yanceys Angebot hätte dir immerhin einen gewissen Schutz geboten.«

»Verpiß dich!«

»Klasse, Spence. Die verächtliche Aufforderung jedes Trottels, dem sonst nichts weiter zu seiner Verteidigung einfällt.« Gray öffnete die Bürotür und sagte über die Schulter hinweg: »Halt dir den Rücken frei, *Kumpel.*«

Barrie kam am frühen Nachmittag des nächsten Tages nach Washington zurück. In ihrer Abwesenheit war viel passiert. Die *Washington Post* hatte Dr. George Allans Selbstmordversuch auf der Titelseite gemeldet. Er lag im Koma, seine Frau harrte am Krankenbett aus.

»Wie haben sie es nur geschafft, das zwei Tage lang geheimzuhalten?« fragte Barrie.

»Aus Rücksicht auf seine Angehörigen«, erklärte Gray ihr. »Zumindest hat Neely das behauptet.«

Sie wohnten als Gäste der amerikanischen Regierung in einer komfortablen Hotelsuite. Draußen vor der Tür hielten US-Marshals Wache. Bill Yancey telefonierte im Nebenzimmer. Gelegentlich drangen Gesprächsfetzen zu ihnen herüber.

»Amanda tut mir leid. Es muß grausig gewesen sein, ihn so aufzufinden.«

»Der Schuß hat sie geweckt. Sie ist sofort ins Arbeitszimmer gestürmt. Hätte sie das nicht getan, wäre er am Schreibtisch verblutet.«

»Ich wünsche ihr, daß er durchkommt – und dann nicht etwa geistig behindert ist.«

»Jedenfalls haben sie und die Kinder darunter zu leiden«, sagte Gray. »Was hat der Typ sich eigentlich dabei gedacht?«

»Bestimmt war er verzweifelt und hat keinen anderen Ausweg mehr gesehen.«

»Verdammt, es gibt immer eine Alternative«, meinte er aufgebracht. »Yancey hätte ihm wahrscheinlich einen Deal als Zeuge der Anklage angeboten.«

»Sollte er durchkommen«, sagte sie, »macht Bill ihm garantiert ein Angebot.«

Sie bemerkte Grays bestürzten Gesichtsausdruck und erinnerte sich daran, daß er kaum älter als Allans Söhne gewesen war, als er beide Eltern verloren hatte. Außerdem sah er müde und erschöpft, unrasiert und reizbar aus. Sie waren alle mit ihren Nerven am Ende. Die vergangenen achtundvierzig Stunden waren sehr ereignisreich gewesen.

Und so würde es vermutlich weitergehen.

Wenigstens war Daily in Sicherheit und konnte sich in Ruhe erholen. Er bewohnte eine relativ luxuriöse Suite im selben Hotel. Bei ihrem Besuch hatte er sich darüber beschwert, daß er nicht nach Hause durfte, aber in Wirklichkeit genoß er das Kabelfernsehen, den Zimmerservice und die Gesellschaft der beiden jungen FBI-Agenten, die seine Beschützer waren. Sie hörten gespannt zu, wenn er abenteuerliche Geschichten aus seinem Journalistenleben zum besten gab.

Barrie sah auf die *Washington Post* auf dem Couchtisch hinunter und bezog sich auf eine Meldung auf der Titelseite. »Wäre Spence über diesen knappen Nachruf beleidigt gewesen?«

»Eher geschmeichelt«, antwortete Gray. »Er hat sich immer gern mit der Aura des Geheimnisvollen umgeben. Je weniger andere über ihn wußten, desto lieber war es ihm.«

»Wirklich unglaublich.« Barrie überflog die kurze Meldung nochmals.

»Ich habe versucht, ihn zu warnen, aber er hat nicht hören wollen. Daß David ihn beseitigen lassen würde, war bloß eine Frage der Zeit. Mich überrascht nur, wie schnell er zugeschlagen hat.«

»Glaubst du wirklich, daß Merritt diesen Raubüberfall arrangiert hat?«

»Raubüberfall? Daß ich nicht lache!« Gray winkte verächtlich ab. »Er ist vor seiner Wohnungstür von zwei Kerlen überfallen worden, denen FBI praktisch auf die Stirn tätowiert war. Spence war immer bewaffnet. Außer seinem Messer hatte er eine Pistole in einem Knöchelhalfter. Das haben die beiden Täter gewußt. Sie haben genau gewußt, wie sie ihn entwaffnen konnten.«

Nach allem, was sie in Mississippi erfahren hatte, zweifelte Barrie nicht mehr an Merritts Skrupellosigkeit. Er war seelenruhig bereit, seinen loyalsten Freund umlegen zu lassen. Ihre angstvoll zitternden Hände umfaßten ihre Ellbogen. »Wir stehen auch auf seiner Abschußliste, stimmt's?«

»Zweifellos.«

»Was hält er dann davon?«

Barrie zeigte auf die dritte groß aufgemachte Meldung auf der Titelseite, die von Gray und ihr handelte. Vanessa Merritt hatte öffentlich erklärt, sie habe ihre Freunde Barrie Travis und Gray Bondurant gebeten, sie aus Tabor House wegzubringen. Die beiden hätten heimlich vorgehen müssen, weil die Klinik Besuche strikt untersage. Das Durcheinander, das in der Beschuldigung gipfelte, Barrie und Gray hätten sie entführt, sei absurd, hatte sie von ihrem Krankenhausbett aus gesagt. Travis und Bondurant hätten sie zu ihrem Vater gebracht, der mit einem Hubschrauber in der Nähe gewartet habe. Klinge das etwa nach einer Entführung?

»Ich möchte wetten, daß Clete die Erklärung verfaßt hat und David darüber nicht glücklich ist«, sagte Gray. »Für ihn wäre es praktischer gewesen, wenn wir auf der Flucht erschossen worden wären. Aber jetzt bleibt ihm nichts anderes übrig, als die Geschichte seiner Frau zu bestätigen. Kein Mensch wird Vanessa und Clete nicht glauben.«

»Wäre ich die Frau auf der Straße, würde ich ihnen keine positive Äußerung über uns abnehmen. Nicht nach dem Vorfall in Shinlin.«

Er zuckte mit den Schultern. »Wir haben uns eben alle wieder versöhnt.«

Das schien wirklich der Fall zu sein – erst recht, als der Justizminister hereinkam und eine Neuigkeit mitbrachte. »Senator Armbruster läßt dich zu sich bitten.«

»Mich?« rief Barrie aus.

»Wozu?« fragte Gray mißtrauisch.

»Er will ihr ein Exklusivinterview geben. Er sagt, er sei ihr eins schuldig.«

»Ein Exklusivinterview worüber?» fragte Barrie. »Was kann er erzählen wollen?«

»Reg dich nicht auf«, sagte Gray. »Du gehst nicht hin.«

»Du spinnst wohl? Exklusivinterviews darf man nicht verpassen.«

»Du hast schon eins.«

»Das heißt nicht, daß ich nicht noch eins führen kann.«

Gray wandte sich an Yancey. »Seit Barrie wieder hier ist, telefonieren Sie andauernd, während wir untätig auf dem Sofa rumhocken. Wann unternehmen wir endlich etwas? Mit dem, was Sie haben, können Sie den Fall sofort abschließen. Marschieren Sie ins Oval Office, legen Sie dem Dreckskerl Handschellen an, belehren Sie ihn über seine Rechte und bringen Sie die verdammte Sache zu Ende.«

»So einfach ist das nicht. Wir reden vom Präsidenten der Vereinigten Staaten.«

»Ich weiß, von wem wir reden!« rief Gray aufgebracht. »Und er ist ein Mörder!«

»Regen Sie sich nicht auf!« fuhr Yancey ihn an. Er sprach ruhiger weiter: »Wir alle verstehen Ihren Wunsch, Mrs. Merritt und ihr Baby zu rächen. Wenn der Präsident die ihm zugeschriebenen Verbrechen verübt hat – worauf alles Beweismaterial hindeutet«, fügte er hinzu, als er merkte, daß Gray ihn unterbrechen wollte, »müssen wir sehr vorsichtig taktieren. Ein einziger Fehler, und er geht straffrei aus. Ich sehe keinen Grund, warum Barrie Armbruster nicht interviewen sollte, während wir auf die Laborbefunde warten.«

»Ich will Ihnen einen Grund sagen«, antwortete Gray zornig. »Clete ist ein ebenso großer Verbrecher wie David. Sie haben doch gehört, was diese Walters ausgesagt hat. Die Liste seiner Straftaten ist so lang wie mein Arm. Er könnte vorhaben, Barrie in eine tödliche Falle zu locken.«

Der Justizminister schüttelte den Kopf. »Nach Armbrusters Auskunft wird Mrs. Merritt heute nachmittag aus dem Krankenhaus entlassen. Sie wird dabeisein, deshalb kann er nichts Gewalttätiges vorhaben.« Yancey wandte sich an Barrie. »Ich nehme an, du traust dich?«

»Klar doch.«

»Wo und wann?« knurrte Gray.

»Im Haus des Senators. Heute abend um acht.«

46. Kapitel

Punkt acht Uhr klingelte Barrie an der Haustür. Sie wurde ihr von einem Secret-Service-Agenten geöffnet, der höflich bat, ihre Umhängetasche durchsuchen zu dürfen. Nach der Durchsuchung gab er Barrie die Tasche zurück und führte einen tragbaren Metalldetektor über ihren Körper.

Senator Armbruster kam ihr entgegen, um sie zu begrüßen. Er ergriff Barries Hand mit beiden Händen und sagte überströmend freundlich: »Ich hoffe sehr, daß wir heute abend alle Mißverständnisse ausräumen können, Miss Travis. Ich habe bereits mit Ihrem früheren Arbeitgeber bei WVUE gesprochen. Um mir einen persönlichen Gefallen zu tun, ist er bereit, Sie weiterzubeschäftigen. Sie bekommen Ihren alten Job zurück.«

»Danke, Senator, aber ich möchte nicht mehr bei WVUE arbeiten – schon gar nicht als Sozialfall.«

Er lächelte großzügig. »Das kann ich Ihnen ehrlich gesagt nicht verdenken. Nach dem heutigen Abend können Sie Ihre Story dem Meistbietenden verkaufen.«

»Ich bin neugierig, was es mit diesem Exklusivinterview auf sich hat.«

»Dann will ich Sie nicht länger auf die Folter spannen.«

Er führte sie in einen eleganten, geschmackvoll eingerichteten Salon. In dem Marmorkamin brannte ein behagliches Feuer. Vanessa, die einen rüschenbesetzten Morgenrock trug und wie die schwache Heldin aus einem viktorianischen Roman aussah, ruhte auf einem Diwan. Sie hing noch immer am Tropf.

Vor dem Feuer stand, einen Ellbogen auf den Kaminsims gestützt, der Präsident der Vereinigten Staaten.

Niemand hatte angedeutet, er werde hier sein. Vor Armbrusters Haus hatten keine schweren Limousinen, keine Bewacher gestanden. Die einzigen Secret-Service-Agenten, die sie gesehen hatte, waren die beiden Männer am Eingang gewesen, die Barrie für Vanessas Leibwächter gehalten hatte. Sie versuchte, sich ihre Bestürzung nicht anmerken zu lassen.

»Hallo, Miss Travis.«

Sie schluckte trocken und sagte: »Guten Abend, Mr. President.« Ihr Herz trommelte so laut, daß sie ihre eigenen Worte kaum hören konnte.

»Hallo, Barrie.«

Sie senkte ihren Blick. »Mrs. Merritt.«

Vanessa lächelte. »Nach allem, was wir zusammen durchgemacht haben, sollten Sie mich Vanessa nennen, finde ich.«

»Danke.« Als Barrie in den Sessel sank, auf den der Senator deutete, kam sie sich vor den dreien wie eine Zeugin im Zeugenstand vor – oder wie eine zum Tode Verurteilte vor dem Erschießungskommando.

»Seit unserer letzten Begegnung scheinen Sie sich sehr gut erholt zu haben«, sagte sie zu Vanessa.

»Ja, das stimmt. Wie geht es Gray?«

Barrie sah rasch zu Merritt hinüber, dessen Gesichtsausdruck sich jedoch nicht veränderte. »Er ist entsetzt darüber, was Spencer Martin gestern abend zugestoßen ist.«

»Wie wir alle«, behauptete Armbruster mit gespielter Betrübnis.

»Gray läßt Sie grüßen«, sagte Barrie zu Vanessa.

»Ich kann Ihnen beiden nicht genug dafür danken, daß Sie mich aus Tabor House herausgeholt haben. Unter Georges Obhut wäre ich dort gestorben.«

Barrie hätte sich am liebsten mit einem Handballen an die Schläfe geschlagen. Wo war sie hier – im Wunderland? War sie

Alice, die eben durch ihren Spiegel in eine verkehrte Welt gefallen war? Seit sie Senator Armbrusters Haus betreten hatte, war nichts so gewesen, wie sie erwartet hatte. Auch ihre Unterhaltung hätte bloßes Kauderwelsch sein können, so unverständlich blieb sie. Vanessa konnte unmöglich glauben, George Allan habe sie aus eigenem Antrieb auf so raffinierte Weise ermorden wollen.

Barrie sah keine andere Möglichkeit, als sich zunächst an dieses bizarre Drehbuch zu halten und abzuwarten, wohin es führen würde. »Vielen Dank, daß Sie die Sache mit der Entführung richtiggestellt haben.«

»Nun, dieses Durcheinander mußte aufgeklärt werden.«

So einfach tat Vanessa das Ganze ab. Der Senator brach das verlegene Schweigen, indem er Barrie einen Drink anbot. »Was darf ich Ihnen bringen?«

»Danke, nichts. Ich würde lieber gleich zur Sache kommen. Wozu haben Sie mich eingeladen?«

»Wir drei stimmen darin überein, Ihnen einen Gefallen zu schulden, Miss Travis.« Der Senator hatte an diesem Abend offenbar die Rolle des Sprechers übernommen. Seit Merritt sie begrüßt hatte, schwieg er hartnäckig, aber Barrie war sich ständig und unbehaglich seiner bösen Blicke bewußt.

»Wie gesagt«, fuhr Armbruster fort, »wir wollen dieses unglückliche Mißverständnis aufklären, es aus der Welt schaffen. Wegen der Verbitterung auf beiden Seiten bieten wir Ihnen einen Olivenzweig in Form eines Exklusivberichts an.«

»Worüber?«

Armbruster sah zu David hinüber, der Vanessa einen Blick zuwarf, bevor er sich an Barrie wandte. »Vanessa und ich lassen uns scheiden.«

Barrie war zu verblüfft, um etwas zu sagen, aber das war auch nicht nötig. Er fuhr erklärend fort: »Dalton Neely wird morgen mittag eine Pressekonferenz geben, von der er noch nichts weiß. Er wird diesen Brief verlesen, den ich an das amerikanische Volk geschrieben habe. Ich gebe Ihnen jetzt ein Vorausexemplar.« Er zog einen Umschlag aus der Innentasche seines Jacketts und reichte ihn Barrie.

»Darf ich ihn gleich lesen?«

David nickte. Sie öffnete den Umschlag und zog zwei Blatt Briefpapier mit dem Siegel des Präsidenten heraus. Nach einer zuckersüßen Anrede erreichte sie den Hauptteil des Briefs und begann laut vorzulesen:

»›Der jähe Tod unseres kleinen Sohns hat einen schrecklichen Tribut von Mrs. Merritt und mir gefordert. Auch die Anforderungen meines Amts haben entscheidend zu ihrem Unglück beigetragen. Keiner von uns macht den anderen für den Zerfall unserer Ehe verantwortlich. Wir akzeptieren unsere Schuld am Scheitern unserer Ehe, obwohl ich den größeren Teil der Verantwortung übernehmen muß. Meine Präsidentenpflichten haben mich unzählige Male davon abgehalten, ein fürsorglicher Ehemann zu sein.

Vanessa ist eine unglaublich selbstlose Frau. Keine andere hätte so viel wie sie so lange wie sie ertragen. Ich empfinde nichts als tiefe Bewunderung und Zuneigung für Vanessa Armbruster Merritt.‹«

Barrie machte eine Pause und hob den Kopf. Sie hatte fast den Eindruck, drei in Öl gemalte Porträts vor sich zu sehen. Ihre Gesichtszüge waren zu immerwährender Heiterkeit erstarrt.

Sie las weiter: »›Vanessa und ich sind uns darüber im klaren, daß diese Wendung Sie, unsere amerikanischen Mitbürgerinnen und Mitbürger, ebenso enttäuschen und betrüben wird wie uns, aber niemand ist immun gegen dieses Dilemma, unter dem in aller Welt Millionen von Familien leiden. Wir bitten Sie nur, kein vorschnelles Urteil zu fällen und die Ehrlichkeit anzuerkennen, mit der wir mit dieser bedauerlichen Situation umgehen.

Dem Vorbild meines Schwiegervaters, Senator Armbruster, folgend, haben Vanessa und ich uns dem Dienst am amerikanischen Volk verschrieben. Wir sind entschlossen, unsere Arbeit auf den Posten fortzuführen, auf die Sie uns stellen werden. Persönlich bin ich jetzt – mehr als zu jedem anderen Zeitpunkt als Ihr Präsident – auf Ihre rückhaltlose Unterstützung angewiesen. Ich danke Ihnen.‹«

Danach die Unterschrift: *David Malcomb Merritt, Präsident der Vereinigten Staaten.* Barrie faltete die Blätter zusammen und steckte sie in den amtlichen Umschlag zurück. »Sehr beredt, Mr. President«, sagte sie. Einen Herzschlag später fügte sie hinzu: »Und sehr betrügerisch.«

»Wie bitte?«

Barrie holte tief Luft und sprang geistig vom Zehnmeterbrett. »Sie sind wegen dieser Scheidung keineswegs betrübt, Mr. President. Sie sind erleichtert. Weil sie zu einem Deal gehört, stimmt's? Zu einem Deal, den Sie mit Senator Armbruster und Vanessa abgeschlossen haben.«

»Das ist ja empörend!« polterte Armbruster. »Das übertrifft Ihre sonstige Unverschämtheit noch, junge Dame. Wir haben Sie heute abend hergebeten …«

»In der Hoffnung, sich mit einem Exklusivbericht über die Scheidung in der First Family mein Schweigen erkaufen zu können. Tut mir leid, Senator, daraus wird nichts. Kein Deal, Mr. President.« Barrie erhob sich und trat auf den Diwan zu, auf dem Vanessa ruhte. »Wie können Sie sich damit zufriedengeben«, fragte sie, indem sie mit dem Umschlag in ihre Handfläche schlug, »wo er doch Ihr Baby ermordet hat?«

»Ich rufe den Secret Service!«

»Nein, Clete«, befahl David ihm. Er hielt seinen Schwiegervater am Arm fest. »Diese Sache muß ausdiskutiert werden. Miss Travis bewirft mich seit Wochen mit Dreck – offensichtlich unter Grays Einfluß. Es wird Zeit, daß sie meine Seite der Geschichte hört.« Er wandte sich ihr zu und sagte: »Ich habe Robert Rushton Merritt nicht umgebracht. Ich weiß nicht, wie Sie zu diesem lächerlichen und ehrabschneiderischen Schluß gelangt sind, aber Sie täuschen sich.«

»Vanessa hat mir gegenüber angedeutet, daß Sie es getan haben. Nach den Ereignissen der letzten Tage glaube ich ihr das.«

»Sie haben etwas mißverstanden, was sie zu einem Zeitpunkt gesagt hat, an dem sie wegen starker Depressionen nicht klar denken konnte.«

Barrie kniete neben Vanessa nieder, so daß ihre Gesichter sich auf gleicher Höhe befanden. »Haben Sie unter klinischen Depressionen gelitten, als Sie damals Verbindung mit mir aufgenommen haben? Oder hatten Sie Angst? Hat er das Baby erstickt, während Sie im Zimmer waren, oder sind Sie hereingekommen und haben ihn mit einem Kissen in der Hand über Roberts Leiche stehen gesehen?«

»Der Kleine ist den plötzlichen Kindstod gestorben.«

Barrie ignorierte den Präsidenten und griff nach Vanessas Hand. »Wollen Sie ihn ungestraft davonkommen lassen, obwohl er Ihr Baby ermordet und versucht hat, auch Sie umzubringen?«

»Ich warne Sie, Miss Travis, kein Wort mehr, sonst …«

»Ihr Vater hat Sie zu diesem Deal überredet, oder? Hat er Ihnen geraten zu schweigen, um eine einvernehmliche Scheidung zu erreichen? Wissen Sie, warum er Ihnen zu diesem Deal geraten hat?«

»Weil er weiß, daß ich Angst habe«, sagte Vanessa leise. »Ich will aus meiner Ehe mit David raus.«

»Halt den Mund, Vanessa!« rief David. »Laß dich nicht von ihr aushorchen!«

Barrie appellierte an sie. »Warum hat der Präsident Ihrer Meinung nach in eine Scheidung eingewilligt, die die Chancen seiner Wiederwahl beeinträchtigen wird? Welcher Grund kann so zwingend sein, daß er bereit ist, Ihren Wunsch nach einer Scheidung zu erfüllen?«

Vanessa war erkennbar bestürzt, aber ihre weit aufgerissenen blauen Augen ließen Barrie nicht los. »Ich... ich weiß es nicht.«

»Weil Ihr Vater angedroht hat, ein schreckliches Geheimnis zu enthüllen, wenn Ihr Mann nein sagt.«

»Ich warne Sie zum letzten Mal...«

»David, laß mich den Secret Service rufen«, bat Clete geradezu flehentlich.

Barrie ignorierte sie beide. »Ihr Vater weiß, wo die Leiche vergraben ist, Vanessa. In diesem Fall ist das nicht nur eine Redensart. Es gibt wirklich einen bestatteten Leichnam. Den eines anderen Babys. Eine Frau namens Becky Sturgis hat es vor vielen Jahren zur Welt gebracht. Auch dieses Baby war unerwünscht, deshalb hat Ihr Mann es ermordet. Und Ihr Vater hat ihm geholfen, den Mord zu vertuschen.«

Vanessa starrte ihren Vater an. »Daddy? Ist das wahr?«

»Natürlich nicht! Die Frau ist übergeschnappt, Vanessa. Das weiß jeder. Man kann ihr kein Wort glauben.«

»Diesmal hilft kein Bluff mehr, Gentlemen«, sagte Barrie. »Es nützt auch nichts, mich zum Schweigen zu bringen. Zu viele Leute wissen bereits davon. Das Spiel ist aus.«

»Das werden wir ja sehen, verdammt noch mal!«

Auf den wütenden Ausruf des Präsidenten hin öffneten die Secret-Service-Agenten die Tür. »Mr. President?«

Aber Merritt scheuchte sie mit einer ungeduldigen Handbewegung hinaus. »Verschwindet!« rief er. »Hier geht's um private Dinge.«

»Wer übernimmt diesmal die Schmutzarbeit für Sie, Mr. President?« fragte Barrie. »Dr. Allan hat sich umzubringen versucht, weil Sie ihn als Werkzeug benutzt haben.«

»Er hat sich umbringen wollen, weil er seine eigene Unfähigkeit erkannt hat. Er ist die Barrie Travis der Medizin – ein völliger Versager. Er hat es nicht mal geschafft, sich das eigene Gehirn aus dem Schädel zu blasen.«

»Was ist mit Spencer Martin?« fragte sie. »Den haben Sie gestern nacht ermorden lassen, weil er zuviel wußte. War er dabei, als Sie das Baby erstickt haben?«

»Du hast Spence ermorden lassen?« rief Vanessa aus.

David warf ihr einen giftigen Blick zu, dann erklärte er Barrie: »Ich habe das Baby nicht umgebracht. Wie oft muß ich das denn noch sagen? Wäre Spence hier, würde er es bestätigen. Ich habe Robert Rushton nicht ermordet. Sie war's!« Sein Zeigefinger schien Vanessa durchbohren zu wollen.

Vanessa schrie entsetzt und empört auf.

»Vanessa hat ihr Kind nicht umgebracht«, widersprach Barrie. »So wenig, wie Becky Sturgis ihren kleinen Sohn ermordet hat. Sie haben ihn erwürgt.«

»O Gott, *o Gott!*« jammerte Vanessa.

»Ja, das hat er getan«, erklärte Barrie ihr. »Dann hat er unbarmherzig auf die junge Frau eingeschlagen. Immerhin war ihm diese Erfahrung eine Lehre. Er hat gelernt, subtilere Methoden anzuwenden.«

Vanessa wandte sich erneut an ihren Vater. »Ist das wahr, Daddy? Hast du es gewußt?«

Der Senator tastete nach einem Sessel und ließ sich hineinfallen. Seine Haltung zeigte, wie schwer die Schuld war, die seit achtzehn Jahren auf seinen Schultern lastete.

Vanessa schrie wie in Todespein auf. »Es *ist* also wahr! O Gott! Warum hast du mich ihn heiraten lassen? Warum hast du mir zugeredet, ein Kind zu bekommen?« Sie schluchzte. »Ich wollte so gern ein Baby haben.« Sie starrte ihren Mann wie die Verkörperung alles Bösen an. »Wie konntest du ihn nur ermorden? Er war so hilflos, so süß.«

Merritt lachte bellend. »Du bist eine sentimentale Närrin, Vanessa. Und eine Lügnerin dazu. Das Baby hat dich zur Verzweiflung getrieben. Du konntest sein Geschrei nicht ertragen. Als Mutter warst du ebenso unfähig wie auf allen anderen Gebieten auch. Du hast dieses Baby nicht geliebt. Dieses Zeug, das Gray in dich reingespritzt hat, das du jetzt so lachhaft verklärst, war nur Schleim. Es hätte rausgespült werden sollen. Das hätte uns beiden eine Menge Ärger erspart.«

Barrie war wie vor den Kopf geschlagen, als sie die häßlichen Worte des Präsidenten hörte. Auch Armbruster war schockiert und sprachlos.

Nicht jedoch Vanessa. Ihre Augen funkelten, als sie jetzt aufstand. Sie schwankte zwar, hielt sich aber an der Rückenlehne des Diwans fest. »Du Dreckskerl, mein Liebhaber war nicht Gray, sondern Spence!«

»Spence?« rief Merritt aus.

Spence? dachte Barrie verwirrt.

Scheinbar ohne auf die Kanüle in ihrem Arm zu achten, bewegte Vanessa sich auf ihren Mann zu und zog dabei den Rollständer hinter sich her. »Ja, Spence ... Spence!« Sie spuckte ihm den Namen buchstäblich ins Gesicht. »Du hast Gray für meinen Liebhaber gehalten, weil du das denken *wolltest*. Ein Mann mit Gray Bondurants Integrität und unbeirrbarem Pflichtgefühl, der mit der Frau seines besten Freundes schläft!« Sie lachte herausfordernd.

»Wach endlich auf, David! Gray war bloß nett zu mir, weil er von deinen Weibergeschichten gewußt hat. Du bist nie auf die Idee gekommen, daß Spence derjenige war, der deine Frau gevögelt hat«, sagte sie in demselben hämischen Tonfall, als genieße sie es, seine Illusionen über den Mann zu zerstören, dem er so sehr vertraut hatte.

»Aber er hat mich gefickt. Und ich wollte es auch. Nur ging die Sache leider nach hinten los. Spence war auch nicht besser als du. Ein kalter, herzloser Dreckskerl, genau wie du. Er war tatsächlich froh, als der Kleine tot war.« Ihre Stimme stockte. »Spence hat nichts von ihm wissen wollen, und das hat mir das Herz gebrochen. Aber wenigstens war mein Sohn nicht von dir, David. Wenigstens habe ich nicht *dein* Kind geboren.«

Merritt schlug ihr ins Gesicht.

Das ließ Armbruster aus seinem Sessel aufspringen. Er fiel seinen Schützling brüllend wie ein alter Löwe an. Aber David stieß ihn ohne große Mühe beiseite. »Du bist ein Witz, Clete«, sagte er lachend. »Du bist saft- und kraftlos – wirklich und im übertragenen Sinn. Du bist ein Eunuch. Du hast nicht den Mumm, mich zu *irgendeiner* Entscheidung zu zwingen.«

Dann sah er wieder zu seiner Frau hinüber. »Ich hab' mir die Sache mit der Scheidung überlegt, Vanesssa. Scheiden lassen wir uns schon, aber wir geben einen anderen Grund an. Ich denke, es wird Zeit, daß die Welt erfährt, was für eine Nutte ihr Liebling in Wirklichkeit ist.«

»Was Sie betrifft«, sagte der Präsident zu Barrie, »so rate ich Ihnen, sich schleunigst zu verpissen, wenn Sie wissen, was gut für Sie ist. Los, verschwinden Sie schon!«

Er marschierte zur Tür und riß sie auf.

Draußen standen Gray Bondurant und Justizminister Yancey mit einer Phalanx FBI-Agenten.

»Mr. President, Sie haben das Recht, die Aussage…«

»Was zum Teufel tun Sie hier, Bill?«

Gray drängte sich an Yancey und Merritt vorbei und beugte sich über die beiden Frauen. »Alles in Ordnung?«

Barrie, die die weinende Vanessa an sich gedrückt hielt, nickte. »Ihr fehlt nichts Ernstes.«

»Was ist mit dir?«

»Mir geht's gut. Natürlich zittrig. Er hat ausgesehen, als wollte er mich mit bloßen Händen erwürgen.«

»Vorher hätte *ich* ihn umgebracht«, sagte Gray. Er blickte ihr lang in die Augen. Dann wandte er sich ab, um bei der Festnahme des Präsidenten und des Senators zu assistieren.

Merritt nahm seine Verhaftung nicht in würdevollller, friedlicher Haltung hin, sondern führte sich wie ein Tobsüchtiger auf. Er überschüttete den Justizminister mit gekreischten Beleidigungen. Aber Yancey blieb bewundernswert gelassen, während er den Präsidenten über seine Rechte belehrte.

Dann fing Merritt zu geifern an, Vanessa, nicht er, habe ihren Sohn umgebracht, und alles, was er seither getan habe, habe nur den Zweck gehabt, sie zu schützen. »Sie hat ihn erstickt! Sie war es, nicht ich! Sie ist die Verrückte! Sie ist…«

»Ich empfehle Ihnen, nichts mehr zu sagen, Mr. President«, unterbrach Yancey ihn. »Sie stehen im Verdacht, in Mississippi ein weiteres Verbrechen verübt zu haben.«

»Ich weiß überhaupt nicht, wovon Sie reden. Clete! Clete, sag du ihnen, wie krank Vanessa ist.«

Armbruster öffnete den Mund, aber seine schlaffen Lippen konnten keine Worte formen. Seine Hamsterbacken wackelten, als er vergeblich zu sprechen versuchte.

»Senator Armbruster erhält noch Gelegenheit, seine Aussage zu machen«, versicherte der Justizminister Merritt. »Seine Aussage dürfte so wertvoll sein wie die der Tatzeugin.«

»Im Kinderzimmer waren nur Spencer, Vanessa und ich. Spencer ist tot, und sie lügt.«

»Ich spreche nicht von Robert Rusthon Merritts Tod«, erklärte Yancey ihm. »Wir haben eine Augenzeugin des Mordes in Mississippi.«

Endlich schienen die Worte des Justizministers durch den roten Vorhang von David Merritts Zorn zu dringen. Er schien erstmals die traurige Wirklichkeit seiner Lage zu begreifen. Er funkelte Yancey eine Weile an und wandte sich dann an Clete.

Clete erwiderte den Blick des Mannes, den er einst aufgebaut und jetzt unter schrecklichen persönlichen Opfern vernichtet hatte.

Davids Augen verengten sich zu bösartigen Schlitzen. »Du gemeines Schwein«, fauchte er. »Was hast du getan?«

Das Exklusivinterview

»Senator Armbruster war bei mir, als ich wieder zu Bewußtsein gekommen bin.«

Becky Sturgis' schleppender Südstaatenakzent erfüllte das Fernsehstudio, in dem ansonsten atemlose Stille herrschte. Selbst das Aufnahmeteam behielt die eingestellten Kamerapositionen bei und hörte ihr ebenso gespannt zu wie Millionen von Fernsehzuschauern in aller Welt. Sie starrte auf ihre Hände hinunter, die krampfhaft gefaltet in ihrem Schoß lagen.

»Ich weiß noch, wie ich gehofft habe, aus einem schlimmen Alptraum aufzuwachen, als ich zu mir gekommen bin. Aber alles ist wahr gewesen. Mein Baby war tot. Die kleine Leiche hat noch so auf dem Boden gelegen, wie David sie hingeworfen hatte. Alles hat in Blut geschwommen. Das muß meins gewesen sein. David hatte mich fast totgeschlagen.«

»David Merritt, der Präsident?«

»Ja, Ma'am. Bloß war er damals noch nicht Präsident.«

Sie trug einen Schal um den Kopf, der die Vertiefung an der linken Schläfe verdecken sollte, wo ein Hautlappen mit primitiven Stichen wieder über dem zertrümmerten Schläfenbein angenäht worden war. Sie war sich der entstellenden Wirkung sehr bewußt. Bei ihrer ersten Begegnung mit Barrie hatte sie einen Häftlingsoverall getragen. Heute abend trug sie ein schlichtes Kleid. Der Schal war ihr einziger Schmuck.

»Nach dem ersten Schlag kann ich mich an nichts mehr erinnern. Ich bin erst wieder aufgewacht, als Senator Armbruster neben mir gekniet hat. Er hat sich sehr gewundert, daß ich noch lebe, weil David ihm erzählt hat, ich wäre tot.«

»Er hatte Senator Armbruster auch erzählt, *Sie* hätten das Baby umgebracht.«

»Das hab' ich nicht!« widersprach sie scharf. »David war es. Und ich hab' dem Senator die Wahrheit gesagt. Er war sehr freundlich. Er hat gesagt, ich bräuchte mir keine Sorgen zu machen, er würde alles regeln.«

»Was hat er getan?«

»Er hat einen Arzt gerufen, der zu mir in den Wohnwagen gekommen ist, mich am Kopf genäht und mir eine Spritze gegen die Schmerzen gegeben hat.«

»Sie wurden nicht ins Krankenhaus gebracht?«

»Nein, Ma'am.«

»Wann ist die Polizei gekommen?«

»Senator Armbruster hat das Büro des Sheriffs angerufen. Als die Beamten gekommen sind...« Sie begann zu weinen. Barrie drängte sie nicht, sondern ließ ihr Zeit, die Fassung zurückzugewinnen, bevor sie weitersprach. »Senator Armbruster hat sie angelogen. Er hat ihnen erzählt, ich hätte mein Baby umgebracht. Er hat ihnen befohlen, mich zu verhaften. Sie haben mich in die Stadt mitgenommen und angefangen, mich zu verhören. Ich sollte ein Geständnis unterschreiben, daß ich einen Totschlag verübt hätte. Ich hab' mich geweigert. Wenigstens anfangs.«

»Aber dann haben Sie doch unterschrieben?«

»Ja, Ma'am – damit sie mich endlich in Ruhe ließen. Mein Kopf hat schrecklich weh getan. Ich hab' mich dauernd übergeben müssen. Mir ist es miserabel gegangen. Also hab' ich unterschrieben, daß ich meinen kleinen Jungen umgebracht habe. Aber ich bin's nicht gewesen. David hat ihn ermordet und beim Wegfahren geglaubt, er hätte auch mich umgebracht.«

Während Barrie sich auf die Rolle einer Stichwortgeberin beschränkte, schilderte Becky Sturgis die von Senator Armbruster inszenierte Rechtsbeugung. Er forderte politische Gefälligkeiten ein. Innerhalb weniger Tage verurteilte ein Richter sie zu einer lebenslänglichen Freiheitsstrafe. Sie wurde aus dem Bezirksgefängnis ins Staatsgefängnis in Pearl verlegt, wo sie bis vorgestern gesessen hatte – bis Barrie durch Charlene Walters von ihrer Existenz erfahren hatte. Daraufhin hatte Justizminister Yancey bei den zuständigen Stellen in Mississippi interveniert, um sie nach Washington bringen zu lassen.

Jetzt fragte Barrie: »Halten Sie es für möglich, daß Senator Armbruster eher David Merritt geglaubt hat als Ihnen? War der Senator Ihrer Meinung nach ehrlich davon überzeugt, Ihre Verurteilung sei ein Sieg der Gerechtigkeit?«

»Das weiß ich nicht«, gab sie offen zu. »Aber ich vermute, daß er mich reingelegt hat, damit David keine Schwierigkeiten kriegt.«

»Sie sind sich bewußt, daß David Merritt Sie all die Jahre für tot gehalten hat?«

»Das weiß ich erst seit gestern. Vermutlich hat der Senator auch ihn reingelegt.«

Um ihre Objektivität zu wahren, verzichtete Barrie darauf, das Offensichtliche auszusprechen: Senator Armbruster hatte Becky Sturgis als heimlichen Trumpf zurückgehalten, um sie notfalls als Druckmittel gegen seinen Schwiegersohn einsetzen zu können. Barrie hatte sie aufgespürt, bevor Armbrusters Lage so verzweifelt geworden war, daß er sie gebraucht hätte.

»Sie sind seit damals in Haft, Miss Sturgis?«

»Ja, Ma'am. Mein Antrag, auf Bewährung entlassen zu werden, ist zweimal abgelehnt worden.«

»Weshalb? Aus Ihren Unterlagen geht hervor, daß Ihre Führung vorbildlich war.«

»Warum, weiß ich auch nicht, Ma'am. Der Bewährungsausschuß lehnte mich einfach ab.«

Barrie ließ eine längere Pause eintreten, damit ihre Zuschauer zu einem weiteren offenkundigen Schluß gelangen konnten: Armbruster hatte dafür gesorgt, daß Becky Sturgis niemals auf Bewährung entlassen werden würde.

»Vor einigen Jahren haben Sie sich eine Zelle mit einer Frau namens Charlene Walters geteilt. Ihr haben Sie Ihre Geschichte erzählt.«

Becky Sturgis nickte. »Damals war David gerade Präsident geworden. Charlene hat mir erst nicht geglaubt, hat gedacht, ich hätte alles nur erfunden. Aber als dann das Baby im Kinderzimmer des Weißen Hauses gestorben ist, hat sie überlegt, ob ich nicht vielleicht doch die Wahrheit gesagt habe. Vor allem nach Ihrer Serie über den plötzlichen Kindstod. Die hat Charlene auf die Idee gebracht, Robert Rushton Merritt könnte eins dieser Babys sein, deren Ermordung als Krippentod hingestellt wurde.«

»Miss Sturgis, nun kommt die schwierigste Frage, die ich Ihnen heute abend stellen werde. Bestimmt möchte jeder wissen, warum Sie sich nicht offenbart haben. Warum haben Sie in all den Jahren, die Sie nun hinter Gittern sitzen, niemanden darauf aufmerksam gemacht, daß man Ihnen etwas angehängt und Sie dazu gezwungen hat, ein unwahres Geständnis zu unterschreiben?«

Sie zuckte mit den Schultern, als akzeptiere sie die Unwichtigkeit ihres gesamten Lebens. »Keiner hat sich darum gekümmert, als ich verschwunden bin. Kein Mensch hat mich je gesucht. Ich war ziemlich neu in der Stadt. Die Leute haben bestimmt gedacht, ich wäre genauso unvermutet weitergezogen, wie ich hergekommen war. Ich habe keine Angehörigen. Wem hätte ich es erzählen sollen?«

»Aber Sie hatten doch einen Anwalt?«

»Ja, Ma'am. Der ist mir gleich nachts im Büro des Sheriffs gestellt worden, aber er hat mir dauernd zugeredet, ein Geständnis zu unterschreiben. Er hat gesagt, die Anklage könnte auf Mord erweitert werden, wenn ich keinen Totschlag gestehe. Einen Mordprozeß könnte ich verlieren, hat er gesagt, und die Todesstrafe bekommen.

Und außerdem war ich in der Haft lange krank. Wegen starker Kopfschmerzen hab' ich oft tagelang im Krankenrevier gelegen. Manchmal hatte ich totale Blackouts und konnte mich an ganze Zeitabschnitte nicht mehr erinnern. Es hat ein paar Jahre gedauert, bis ich das Gefühl hatte, daß mein Verstand wieder richtig funktioniert.

Dann hab' ich angefangen, dem Anwalt Briefe zu schreiben, aber er hat nur ein paar beantwortet. Nach einiger Zeit hat er gar nicht mehr zurückgeschrieben. Ich hab' versucht, ihn anzurufen, aber er war nie zu erreichen und hat nie zurückgerufen. Eines Tages hat mich ein anderer Anwalt – ich hab' mir seinen Namen irgendwo aufgeschrieben – im Gefängnis besucht. Er hat gesagt, daß mein Anwalt gestorben ist und ich sie nicht weiter belästigen soll. Sonst gäb's Zoff mit Armbruster, hat er gesagt. Damals war David schon Kongreßabgeordneter. Ich hab' keinen Sinn im Weitermachen gesehen. Wem hätte man denn mehr geglaubt – mir oder David Merritt und Clete Armbruster?«

»Das ist eine gute Frage, Miss Sturgis. Warum sollten wir Ihnen glauben? Welchen Beweis haben Sie dafür, daß David Merritt Ihr Baby ermordet, Sie zusammengeschlagen und dann als tot liegenlassen hat?«

»Keinen. Aber ich kann beweisen, daß er der Vater meines Babys war«, sagte sie stolz. »An dem Tag, an dem mein Kleiner ermordet worden ist, hab' ich ihm eine Haarlocke abgeschnitten und ihm die Fingernägel geschnitten. Diese Andenken hab' ich all die Jahre in einem kleinen Pappschächtelchen aufbewahrt. Jetzt hat sie Mr. Yancey. Er hat gesagt, daß er Untersuchungen vornehmen lassen kann, die beweisen werden, ob David der Vater war oder nicht. Ich wollte sie nicht aus der Hand geben, weil sie das einzige sind, was ich noch von meinem Baby habe. Aber Mr. Yancey hat versprochen, daß ich sie zurückbekomme, sobald das Labor damit fertig ist. Manche Leute glauben vielleicht, daß ich lüge, aber mein Baby wird ihnen die Wahrheit sagen.«

Barrie hätte keinen passenderen Schluß für dieses Interview finden können. »Ich danke Ihnen, Miss Sturgis.«

Sie wandte sich ab und blickte in die Studiokamera, die zu einer Nahaufnahme heranrollte. »Nach Mitteilung von Justizminister Yancey haben die vorläufigen DNA-Tests von Haaren und Fingernägeln ergeben, daß David Merritt der Vater von Becky Sturgis' Sohn ist. Das müßte Grund genug sein, die Umstände ihrer Verhaftung und ihres Geständnisses erneut zu untersuchen. Wie aus Justizkreisen verlautet, wird die längst überfällige Wiederaufnahme ihres Verfahrens vorbereitet. Vorerst ist noch ungeklärt, ob David Merritt sich wegen Mordes verantworten muß, aber er und Senator Armbruster wurden bereits wegen Behinderung der Justiz angeklagt.

Senator Armbruster steht unter Hausarrest. Er hat heute nachmittag offiziell auf seinen Senatssitz verzichtet. Präsident Pietsch hat den Amtseid abgelegt, nachdem der Kongreß gegen David Merritt ein Strafverfahren wegen Amtsmißbrauch eingeleitet und seinen Rücktritt gefordert hatte.

Der frühere Präsident steht im Blair House ebenfalls unter Arrest und wird dort bleiben, bis Justizminister Yancey Gelegenheit hatte, zwei großangelegte Ermittlungen einzuleiten: die eine wegen der Verbrechen in Mississippi, die andere wegen des Todes von Robert Rushton Merritt.

Für Spekulationen über den Ausgang dieser unglaublichen

Story ist es noch zu früh. Es gab einige Präsidenten in der Geschichte unserer Nation, die einen Skandal überstanden – allerdings nie einen in dieser Größenordnung.

Ob man David Merritt die Straftaten, die man ihm zur Last legt, nun nachweisen kann oder nicht, fest steht, daß er damals in Mississippi von einem Tatort flüchtete, um sich der Zeugenaussage und einer Anklage zu entziehen. Schon das ist nach Bundesrecht strafbar und war Grund genug, seine Amtsperiode als Präsident der Vereinigten Staaten vorzeitig zu beenden.

Ich bin Barrie Travis aus Washington. Gute Nacht.«

»Hallo. Komm rein.« Barrie trat zur Seite und ließ Gray in die Hotelsuite eintreten, in der sie sich vorläufig einquartiert hatte.

»Danke. Ich fühle mich geehrt, mit dir in einem Zimmer zu sein. Du bist eine Berühmtheit geworden.«

»Den Zimmerservice beeindruckt meine Berühmtheit nicht. Er braucht noch immer ewig, um einem ein Club-Sandwich zu bringen.« Sie sah auf die Kaminuhr. »Schon über vierzig Minuten. Inzwischen verhungere ich.«

»Was ist mit dem Licht los?«

»Nichts. Ich finde es so gemütlicher.« Die Suite lag bis auf eine trübe Lampe in Fensternähe im Halbdunkel. Die Vorhänge waren aufgezogen und zeigten die Schönheit der Hauptstadt bei Nacht.

Barrie hatte eben lange und heiß geduscht und war von den Ohrläppchen bis zu den Knöcheln in den weißen Frotteebademantel gehüllt, den das Hotel seinen Gästen zur Verfügung stellte. Ihr feuchtes Haar hatte sie hinter die Ohren zurückgestrichen.

»Hab' dein Interview gesehen«, äußerte er beiläufig.

Sie musterte ihn erwartungsvoll, hielt unwillkürlich den Atem an.

»Es war gut, Barrie.«

Während sie sich in seinem anerkennenden Lächeln sonnte, spielte sie ihren Erfolg herunter. »Ich habe nichts dazu getan. Die Story hat sich selbst erzählt.«

»Ohne dich gäbe es keine Story.«

»Ohne Merritt und Armbruster gäbe es keine Story. Was Becky Sturgis der Welt zu erzählen hatte, hat mir nicht sehr gefallen.«

»Wo ist sie jetzt?«

»In einem Hotel. Bill läßt sie von Polizeibeamtinnen bewachen. Morgen muß sie ins Gefängnis zurück und dort bleiben, bis ihr Fall von einem Richter in Mississippi zur Neuverhandlung zugelassen wird.«

»Das Interview war so rührend, daß die Öffentlichkeit lautstark ihre Freilassung fordern wird.«

»Zumindest wird sie vor ein Geschworenengericht kommen. Mich würde es wundern, wenn man sie verurteilt. Und wenn, dann bekäme sie vermutlich eine Haftstrafe in Höhe der bereits verbüßten Zeit.«

Nach einer nachdenklichen Pause fragte Gray: »Was hat CNN getan, um dich zu bekommen?«

»Mehr als alle anderen geboten. Was soll ich dazu sagen?« fragte sie mit einem Augenaufschlag. »Ich bin eben käuflich.«

»Da kommt dein Sandwich«, sagte er, als angeklopft wurde. Er öffnete die Tür, zeichnete die Rechnung ab und stellte das Tablett auf den niedrigen Tisch vor dem Sofa.

»Amanda Allan hat angerufen«, erzählte sie weiter. »George läßt Anzeichen erkennen, die nach Auskunft der Ärzte ermutigend sind. Sie ist optimistisch. Sie liebt ihn sehr und ist bereit, ihm alles zu verzeihen, wenn er nur überlebt.«

»Etwas anderes hätte ich von ihr auch nicht erwartet«, sagte er. »Und wie geht's Daily?«

»Er wohnt jetzt auf meine Kosten im Hotel. Ich will nicht, daß er jemals wieder in dieses gräßliche Haus zieht. Schlimm genug, daß er langsam stirbt. Er sollte nicht dort sterben müssen. Außerdem glaube ich nicht, daß einer von uns dorthin zurückkehren könnte, ohne ständig an die schrecklichen letzten Tage denken zu müssen, die wir dort verbracht haben.«

»Wo soll er sonst leben?«

Sie zupfte ein Salatblatt aus ihrem Sandwich. »Ich denke daran, ein Haus zu kaufen. Irgendwo in den Vororten. Mit einer Einliegerwohnung für Daily. Die Versicherung hat mir den Brandschaden voll ersetzt, und mit dem Gehalt, über das ich gerade verhandle, kann ich mir fast alles leisten, was mir gefällt. Vielleicht kaufe ich auch einen Hund, damit er Gesellschaft hat, wenn ich nicht daheim bin. Ich glaube, ich könnte wieder einen lieben, obwohl Cronkite natürlich niemals zu ersetzen ist.«

»Hast du darüber schon mit Daily gesprochen?«

»Er hat mich angegiftet, er sei ›kein gottverdammter Sozialfall‹, aber er kommt schon noch zur Vernunft«, sagte sie nachsichtig lächelnd. Obwohl sie erst ein Viertel des Sandwichs gegessen hatte, schob sie den Teller weg.

»Ich dachte, du seist ausgehungert.«

»Anscheinend doch nicht.«

»Was hast du, Barrie?«

»Nichts«, wehrte sie ungeduldig ab. Dann sagte sie widerstrebend: »Ich weiß es nicht.«

»Du hast endlich dein Ziel erreicht: Du bist ein Medienstar, um den sich alle großen Fernsehgesellschaften Amerikas reißen. Du kannst den Preis diktieren. Du hast das Interview des Jahrhunderts geführt. Ich dachte, hier würden Champagnerkorken knallen.«

»So hatte ich es mir auch vorgestellt«, sagte sie wehmütig.

»Aber du würdest staunen, wie deprimierend es ist, diejenige zu sein, die den Sturz eines Präsidenten herbeigeführt hat.«

»Du hast ihn doch gar nicht herbeigeführt. David hat seinen Sturz ganz allein verschuldet.«

»Du hast natürlich recht. Hier oben«, sagte sie und tippte sich an die Stirn, »weiß ich, daß du recht hast. Vielleicht haben meine zwiespältigen Gefühle etwas mit Howie zu tun. Er ist als gänzlich Unbeteiligter zu Tode gekommen. Daran fühle ich mich indirekt schuldig.«

»Das war Spences Schuld.«

Sie seufzte deprimiert. »Wahrscheinlich ist es eine Art Wochenbettdepression. Ich habe das Baby nach schweren Wehen geboren, aber ich weiß noch nicht so recht, ob ich es liebe.« Sie wich seinem Blick aus und sagte: »Übrigens noch etwas, was damit zusammenhängt… Vanessa hat mich heute nach der Sendung angerufen.«

Gray sah sie fragend an.

»Sie hat sich dafür bedankt, daß ich das Interview mit Becky Sturgis so dezent geführt habe, anstatt die Story auszuschlachten und reißerischer aufzumachen.« Sie machte eine Pause und dachte kurz darüber nach. »Meine Zurückhaltung beweist vermutlich, daß ich reifer werde. Ich habe mich persönlich und professionell ziemlich weiterentwickelt.«

»Ganz bestimmt.«

»Jedenfalls«, sagte sie und bemühte sich, den analysierenden Tonfall abzuschütteln, »zieht Vanessa heute abend aus dem Weißen Haus aus, aber sie ist darüber nicht traurig, weil es für sie solche schrecklichen Erinnerungen birgt.

Natürlich ist sie über Becky Sturgis' Geschichte entsetzt. Sie hat mehrmals wiederholt, ihr sei unbegreiflich, wie ihr Vater sich jemals zu einer so ruchlosen Tat – mein Ausdruck, nicht ihrer – habe hergeben können. Er hat nicht nur ein Gewaltverbrechen vertuscht, sondern Vanessa auch erlaubt, David zu heiraten. Er hat sie dazu *ermutigt*. Sie fühlt sich von ihm verraten.«

»Wie ist sie mit Clete verblieben?« fragte Gray.

»Sie behauptet, ihm das niemals verzeihen zu können.«

»Ihre Zurückweisung hat er verdient, aber es wird ihn umbringen.«

Barrie nickte. »Sie hat Bill Yancey ihre volle Unterstützung zugesagt, wenn er mit seinen Ermittlungen wegen Robert Rushtons Tod beginnt. Da sie jetzt nicht mehr um ihr Leben fürchten muß, kann sie die Wahrheit sagen. David hat das Baby umgebracht, aber Spence ist auf die Idee mit dem plötzlichen Kindstod gekommen.«

»Klingt ganz nach ihm. Einfache Lösungen waren seine Stärke.«

»Hat Vanessa ihn geliebt?«

»Spence? Nein. Von ihm hat sie gewollt, was sie von jedem Mann will: Aufmerksamkeit und Sicherheit. Aus Boshaftigkeit hat sie sich an David für seine Weibergeschichten gerächt – mit einem Mann, dessen Loyalität er für unerschütterlich gehalten hat. Aber als Spence sich dann von ihr abgewandt hat, hat diese Zurückweisung sie hart getroffen.«

»Und sie hat sich dir zugewandt.«

»Sie hat einen Freund gebraucht.«

Barrie stand auf und ging ruhelos einmal um den Couchtisch herum. »Ich bin mir nicht sicher, ob sie nicht mehr gewollt hat.«

»Mehr hat sie nicht bekommen.«

»Das hättest du mir erzählen können.«

»Es hat nichts zu erzählen gegeben.«

»Genau das hättest du mir erzählen können.«

»Ich habe Vanessa nicht gewollt, und ich war nie mit ihr im Bett. Na, bitte! Zufrieden?«

»Ja. War das so schwer?«

Gray legte seine Fingerspitzen aneinander, hielt sie an die Lippen und betrachtete Barrie, bis sie sich unter seinem forschenden Blick wand.

»*Was gibt's?*« wollte sie wissen.

»Ich glaube, was dich wirklich deprimiert, ist die Tatsache, daß ich dir ewige Liebe geschworen habe.«

Sie lachte undamenhaft laut. »Da haben wir's, du schmeichelst dir schon wieder selbst. Das ist eine schlechte Angewohnheit von dir, Bondurant.«

»Ich bin hier bei dir, Barrie«, sagte er ruhig. Er streckte eine Hand aus, packte den Gürtel ihres Bademantels und zog sie langsam an sich. »Dieses Haus, das du kaufen willst, wie groß soll es sein?«

»Warum?«

»Man hat mir einen Job im Justizministerium angeboten – sozusagen freiberuflich. Klingt interessant. Ich wäre oft in Washington und bräuchte eine Unterkunft.«

»Aha.« Ihr Herz schlug schneller. Ihr Appetit war wieder da. Sie war geradezu heißhungrig. »Was wird aus Rocket, Tramp und Doc?«

»Ich suche mir einen Mann, der sie und die Ranch versorgt, wenn ich unterwegs bin. Bei diesem Job gibt's reichlich Freizeit. Ich kann oft nach Wyoming zurückfliegen.«

»Du hast schon alles geplant.«

»So ziemlich.«

Er zog an den beiden Gürtelenden, öffnete den Bademantel, ließ seine Hände hineingleiten und umfaßte ihre Taille. Sein Blick ließ sie nicht mehr los. »Du hast mich einmal aufgefordert, nicht durch dich hindurchzusehen, als zähltest du nicht. Du zählst, Barrie. Mach dich von all dem seelischen Schrott frei, den deine Eltern dir hinterlassen haben. Dein Vater hat ausschließlich sich selbst betrogen. Du bist verdammt wichtig.«

Dann zog er sie zu sich herab, bis sie auf seinem Schoß ritt, legte eine Hand um ihren Nacken, preßte sie an sich, küßte sie, ließ seine Zunge in ihrem Mund kreisen, bis ihr Magen ins Bodenlose fiel und ihre Stimmung ungeahnte Höhen erreichte.

Seine Fingerspitzen fuhren über ihre aufgerichteten, hochempfindlichen Brustwarzen. Er drückte sie, streichelte sie zart und umfaßte ihre Brüste, während sie sich mit seiner Kleidung abmühte. Als sie ihn in sich aufnahm, schlossen seine Lippen sich um eine Brustspitze. Sie ritt ihn mit schamloser Lust. Wo hatte sie gelernt, sich so zu bewegen? Woher hatte sie die sinnliche Fähigkeit, seine Lust zu erregen? Welche heidnische Urahnin hatte ihr dieses magische Wissen vererbt?

Nichts, was sie je erfahren hatte, kam der Art gleich, wie ihr Körper auf seinen reagierte, oder ihrem Wunsch, ihn zu befriedigen. Sie war nur Sekunden von ihrem Orgasmus entfernt, als er ihn kommen fühlte. »Fängst du etwa wieder an zu schreien wie beim letzten Mal?«

»Wenn du es nicht verhinderst.«

»Ich bin doch nicht verrückt!« ächzte er. Seine Hände umfaßten ihre Hüften und hielten sie fest.

Der köstliche Druck tief in ihrem Inneren ließ sie aufstöhnen. »Ich meine... wenn du mich nicht daran hinderst... schreie ich vielleicht.«

Sein Mund bedeckte ihren mit einem weiteren Kuß, als gleichzeitig ihre Höhepunkte einsetzten. Er vergrub sein Gesicht zwischen ihren Brüsten. Ihre leisen Stakkatoseufzer standen wie erotische Gedankenstriche in dem dunklen Raum.

Dann sank sie nach vorn auf seine Brust und knabberte sanft an seinem Hals. Er hielt sie lange an sich gedrückt. Als sie sich schließlich wieder aufsetzte, strich er ihr die nassen Haare aus dem Gesicht, fuhr mit seiner Zeigefingerspitze über ihre Wangenknochen und berührte ihre feuchten Lippen.

So zärtlich war er noch nie gewesen. Mit Tränen in den Augen flüsterte sie ein einziges Wort: »Bondurant.«

»Weißt du«, sagte er, »schon deine Stimme macht mich hart. Das wird langsam peinlich.«

Sie lachte leise und beugte sich nach vorn, um wieder an seinem Hals zu knabbern. »Dann könnte man also sagen, daß du mich ganz entschieden begehrst?«

Als er keine Antwort gab, richtete sie sich etwas auf, um ihm ins Gesicht zu sehen. Er kniff die Augen zusammen, um anzudeuten, daß sie nicht ganz das Richtige getroffen habe.

»Du liebst mich?« rief sie schwach.

Er sah sie nur an. Der Blick seiner blauen Augen antwortete mit der für ihn charakteristischen Intensität.

»Wirklich?« flüsterte sie.

»Freu dich nicht zu sehr. Ich werde nie an deinen Geburtstag, den Valentinstag oder Hochzeitstage denken«, erklärte er ihr. »Ich bin nicht der Herzen-und-Blumen-Typ.«

Sie legte ihre Hände auf seine Wangen. »Wirst du mich betrügen?«

»Nein.« Sein Tonfall schloß jeden Zweifel aus. »Niemals.«

»Dann brauche ich keine Herzen und Blumen.«

»Was ist mit Sex?«

»Sex brauche ich.«

Später lagen sie Rücken an Bauch auf dem Bett. Die kühle, glatte Haut ihres Pos schmiegte sich an die behaarte Wärme seiner Körpermitte. Sein Kinn ruhte auf ihrem Scheitel. Sein Arm umschlang sie, seine Hand hielt besitzergreifend ihre Brust umfaßt. Gelegentlich streifte sein Daumen die Brustspitze. Gelegentlich führte sie seine Hand an ihre Lippen und küßte die Stelle, wo sie ihn vor Wochen gebissen hatte.

Sie begann zu dösen. Aber kurz vor dem Einschlafen sagte sie plötzlich seinen Namen.

»Hmmm?«

»Willst du etwas Verrücktes hören?« Er gab keine Antwort, aber seine Bewegungslosigkeit sagte ihr, daß er zuhörte. »Ich habe meinen Vater geliebt. Verzweifelt.«

»Ich weiß«, flüsterte er ganz leise in ihr Haar.

Nachspiel

Das Telefon auf Barries Schreibtisch klingelte. Sie sah auf die Uhr. In fünf Minuten mußte sie im Studio sein. Zeit für ein kurzes Gespräch. Vielleicht war das Gray. Er rief oft unmittelbar vor der Sendung an, um ihr Hals- und Beinbruch zu wünschen – und ihr zu sagen, daß er sich schon auf ihr Heimkommen freute.

Sie lächelte bei diesem Gedanken, als sie nach dem Hörer griff. »Barrie Travis.«

»Hab' Sie gestern im Fernsehen gesehen. Haben Sie Ihr Haar getönt?«

Das war Charlene Walters. »Ich habe es ein bißchen aufhellen lassen. Gefällt's Ihnen?«

»Nein. Sie sollten bei der alten Farbe bleiben.«

Barrie lächelte. Charlene war fast so berühmt wie sie. Ihr Name war in jeder Sendung, in jedem Zeitungsartikel über Präsident Merritts Sturz erwähnt worden. Die Strafgefangene hielt sich jetzt für Barries Kollegin.

»Wie geht's Ihnen, Charlene?«

»Ich hab' Blähungen. Heute mittag hat's bei uns Bohnen gegeben.«

»Na, das höre ich nicht gern. Charlene, ich muß in ein paar Minuten ins Studio…«

»Sie sind bestimmt stolz auf sich, weil Sie das alles in Gang gebracht haben.«

Seit Becky Sturgis' Wiederauferstehung war ein halbes Jahr vergangen. Merritt und Armbruster erwarteten Gerichtsverfahren. Die Staatsanwälte waren noch dabei, die Anklageschriften fertigzustellen. Die Strafverteidiger bemühten sich,

Entlastungsgründe zusammenzukratzen, was angesichts erdrückender Beweise und zahlreicher Belastungszeugen, die auspacken würden, um sich selbst Straffreiheit oder richterliche Milde zu sichern, fast aussichtslos war.

»Es macht mir keine Freude, Leben zerstört zu sehen«, sagte Barrie. »Obwohl ich hoffe, daß die Sache dazu beitragen wird, einen so unentschuldbaren Machtmißbrauch in Zukunft zu verhindern.«

»Darauf würde ich mich nicht verlassen, nachdem die Menschen nun mal sind, wie sie sind.«

Barrie sah erneut auf die Uhr. Drei Minuten. Sie klemmte den Hörer zwischen Kinn und Schulter ein und nahm Spiegel und Puderquaste aus ihrer Schreibtischschublade. Für ein Make-up würde die Zeit nicht mehr reichen. »Freut mich, daß Sie sich wieder mal gemeldet haben, Charlene, aber …«

»Wenn's nach mir ginge, kämen die Schweinehunde gleich an den Galgen. Nach allem, was sie Becky angetan haben, sollten sie keinen Tag weiterleben dürfen.«

»Wenn sie verurteilt werden, sorgt unser Vollzugssystem dafür, daß sie ihre gerechte Strafe bekommen.«

Charlene schnaubte verächtlich, um zu zeigen, was sie von dem System hielt. »Immerhin haben Sie etwas unternommen, als ich Ihnen von Becky erzählt habe. Es hat 'ne Weile gedauert, aber zuletzt sind Sie doch aktiv geworden.«

»Ja, nun …«

»Nicht wie sie. Verdammt, sie hat überhaupt nichts unternommen.«

»Na ja, sie hat im Gefängnis gesessen. Wie sie selbst gesagt hat, sind ihre …«

»Nicht Becky, Sie Dummkopf. Mrs. Merritt.«

Barrie legte den Spiegel hin und nahm den Telefonhörer wieder in die Hand. *»Mrs. Merritt?«*

»Sag' ich doch. Vanessa Armbruster Merritt.«

Bestimmt hatte sie etwas überhört. Während sie in den Spiegel gesehen und dabei Charlenes Schwatzen im Ohr gehabt hatte, mußte sie den entscheidenden Hinweis überhört haben. »Wollen Sie sagen, daß Sie Vanessa Merritt von Becky Sturgis erzählt haben?«

»*Klar!*«

»Wann, Charlene?«

»Wann was?«

»Wann haben Sie mit ihr gesprochen? Wann haben Sie ihr von Becky Sturgis und ihrem Baby erzählt?«

»Hmmm, mal sehen. Erst nachdem ich's von Becky gehört hatte, versteht sich. Muß gewesen sein, als Mrs. Merritt gerade First Lady geworden war.«

»Charlene, wenn das eins Ihrer Märchen ist…«

»Sie sind meine Freundin. Meinen Freunden erzähle ich keine Märchen.«

In Barries Kopf drehte sich alles. »Mal sehen, ob ich Sie richtig verstanden habe. Sie haben Mrs. Merritt, der First Lady, von Becky Sturgis erzählt – von ihrer viele Jahre zurückliegenden Affäre mit David Merritt?«

»In allen Einzelheiten. Genau wie Ihnen. Ich hab' ihr erzählt, daß David Merritt Beckys Kleinen umgebracht hat – und daß der Senator seine Tat vertuscht hat.«

Barrie stützte ihre Ellbogen auf den Schreibtisch und legte die Stirn in ihre Hand, damit der Raum aufhörte, sich um sie zu drehen.

»Ich hab' ihr einen Brief nach dem anderen geschrieben«, fuhr Charlene fort, »und sie gewarnt, daß sie mit einem Mörder verheiratet ist, aber sie hat mich ignoriert. Wenigstens hab' ich das geglaubt. Dann hat sie mich eines Tages hier im Gefängnis angerufen. Hat natürlich einen falschen Namen angegeben, aber eine Nummer hinterlassen, unter der ich sie auf ihre Kosten zurückrufen konnte. Wir haben ’ne halbe Stunde, vielleicht sogar länger, miteinander geredet. Die anderen Ladys, die auch telefonieren wollten, waren stinksauer, aber ich hab’ ihnen gesagt, sie sollen sich verpissen.«

Die Uhr auf Barries Schreibtisch tickte – aber ihr Herzschlag war noch lauter. Sie kämpfte gegen einen plötzlichen Brechreiz an.

Eine Produktionsassistentin steckte den Kopf in ihr Büro. »Barrie? Neunzig Sekunden.«

Barrie nickte, um zu zeigen, daß sie sie gehört hatte. »Charlene, haben Sie denn niemandem vom Anruf der First Lady erzählt?«

»Klar hab’ ich davon erzählt!« rief sie aus. »Aber denken Sie, mir hätte jemand geglaubt?«

Der Frau, die Robert Redfords College-Sweetheart gewesen war und von Elvis Presley ein uneheliches Kind bekommen hatte? Wer hätte ihr glauben sollen?

»Also…« Barrie war zu keinem klaren Gedanken imstande. »Also…«

»Barrie?« Die Assistentin war wieder da. »Alles okay? Wir gehen in einer Minute auf Sendung.«

»Komme sofort!« Dann fragte sie Charlene: »Also, was hat sie gesagt, nachdem Sie ihr die Geschichte mit Becky Sturgis erzählt hatten?«

»Sie hat mich gewarnt, daß das unter uns bleiben und ich aufhören muß, ihr Briefe zu schreiben, weil sie mir sonst das FBI auf den Hals hetzt. Ich hab’ ihr vorgeschlagen, herzukommen, selbst mit Becky zu reden und sich alles erzählen zu lassen, aber sie hat geantwortet, nein, das könnte sie nicht. Sie hat gesagt, daß alles schon vor langer Zeit passiert ist und wahrscheinlich sowieso nicht wahr ist. Hat mich verdammt geärgert, weil ich mich so abgestrampelt hatte, überhaupt an sie ranzukommen, und sie dann nicht mal auf meine Warnung gehört hat. Keine zwei Jahre später ist sie dann schwanger geworden. Nach allem, was ich ihr erzählt hatte, ist sie hingegangen und hat ein Baby von diesem Mann gekriegt. Sie muß verrückt sein.«

Vanessa Armbruster Merritt war alles andere als verrückt.

Barrie, bitte helfen Sie mir. Begreifen Sie nicht, was ich Ihnen zu sagen versuche?

Was wäre, wenn ihr Motiv ganz normale, gewöhnliche Rachsucht gewesen wäre?

Ich habe Robert Rushton nicht ermordet. Sie war's!

In diesem Punkt hatte David Merritt die Wahrheit gesagt.

Sie ist die Verrückte!

Und wie Charlene Walters, eine Philosophin hinter Gittern, so richtig gesagt hatte: *Verrückte können sich praktisch alles leisten. Sie würden staunen!*

Mit kaum hörbarer Stimme fragte Barrie: »Haben Sie jemals wieder von Vanessa Merritt gehört, Charlene?«

»Nur einmal. Als sie mich angerufen und mir vorgeschlagen hat, mich bei Ihnen zu melden.«

BLANVALET

JUNGE AUTORINNEN BEI BLANVALET

Charmant, selbstbewußt und witzig!

C. Kelly. Wär ich doch im Bett geblieben
35132

S. E. Phillips. Träum weiter, Liebling
35105

V. Routledge. Sekt oder Selters
35099

C. Alliot. Und tschüß, Liebling
35196

BLANVALET

TAMI HOAG

Der entsetzliche Mord an einer jungen Frau versetzt eine Stadt im schwülen Louisiana in Aufruhr. Nach dem Freispruch des vermeintlichen Täters verfolgt die Polizistin Annie Broussard eine Spur – und gerät selbst ins Fadenkreuz des Killers...

»Schließen Sie besser alle Fenster und Türen – Tami Hoag schreibt Thriller, die Ihnen kalte Schauer über den Rücken jagen!«
New Woman

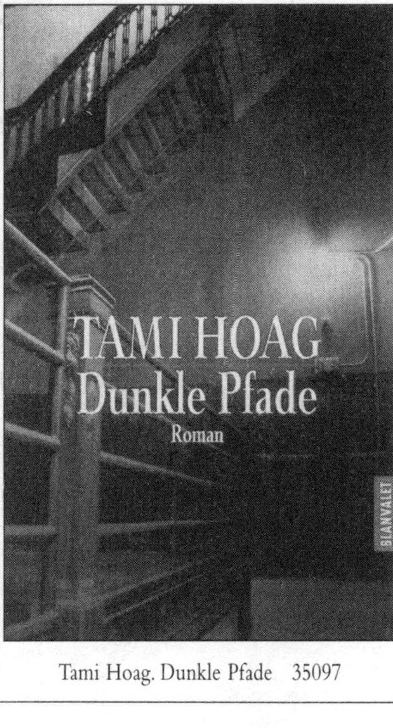

Tami Hoag. Dunkle Pfade 35097

BLANVALET

SPANNENDE UNTERHALTUNG VOM FEINSTEN

Stephen Coonts, Angriff bei Nacht
35279

Gerald Seymour, Die Informantin
35259

Peter Blauner, Ein Mann wird gejagt
35468

Stephen Hunter, Die Gejagten
35382